U0579677

情迷骊城

The
Ridiculous Cycle

吴正 著

漓江出版社

图书在版编目（CIP）数据

情迷双城 / 吴正著 .-- 桂林：漓江出版社，2017.5
ISBN 978-7-5407-8079-1

Ⅰ.①情… Ⅱ.①吴… Ⅲ.①中篇小说—小说集—中国—当代　Ⅳ.① I247.5
中国版本图书馆 CIP 数据核字（2017）第 098739 号

情迷双城

作　　者：吴　正
策划统筹：符红霞
责任编辑：关士礼　王成成
责任监印：周　萍

出 版 人：刘迪才
出版发行：漓江出版社
社　　址：广西桂林市南环路22号
邮　　编：541002
发行电话：0773-2583322　010-85891026
传　　真：0773-2582200　010-85892186　　邮购热线：0773-2583322
电子信箱：ljcbs@163.com
　　　　　http://www.Lijiangbook.com
印　　制：北京汇瑞嘉合文化发展有限公司
开　　本：715×960　1/16　印　张：26.5　字　数：500千字
版　　次：2017年6月第1版　印　次：2017年6月第1次印刷
书　　号：ISBN 978-7-5407-8079-1
定　　价：58.00元

漓江版图书：版权所有，侵权必究
漓江版图书：如有印装质量问题，可随时与工厂调换

假作真时真亦假，无为有处有还无。

——"太虚幻境"匾记

灵魂的安放处

Where my soul lies

1

中国有句谚语：狡兔三窟。虽然我不是只兔子，但我灵魂的安放处也有三个：宗教、故乡上海以及文学。唯前两个的终极归处也是那最后一个。因为，只有在文学创作中，我才能找到我信仰的依靠，我的根和我一切创造力的源头。

这三桩事其实也可以说是一桩事。人之所以为人，所以是人，就因为了他的感情与理智间的冲突、拉锯；而后言和、融合、注流为一体，奔向终极的人性的大海。其实，动物也有感情，但动物没有理智（即理性与智慧的相加值），它们的感情是一种本能，永远停留在那个层面上，无法得以升华。佛学说的八识：眼、耳、鼻、舌、身、意、末那（识）、阿赖耶（识），人之为人的精华，文之为文的奥妙，艺之为艺的境界，其实，全都寓于此八识中的意识以及末那识（潜意识），这两个特殊的精神领域里。对于它们的发掘，使之无限逼近于你的自性——虽然你永远也无法能真正到达它——就是将你的艺术才华发挥至最大值的那个过程。

阿赖耶识即自性，自性即阿赖耶；阿赖耶是迷了的自性，而自性是觉悟后的阿赖耶。不仅是人，一切众生皆如此，因为一切众生皆有佛（自）性。无法能缘到它，这是因为众生们还都没能明心见性故。一旦见性，即成佛道。而你所有的精神追求也于此同一刻化为了乌有。何以故？因为你放下了执着。而为文也好，为艺也好，乡愁也罢，怀古也一样，其实都是一种严重的情执。我们作家写作品，假如没了深浓粘稠的情执的话，作品又如何能感动人？故，所谓追求，永远只是一个过程，雾色茫茫之中的一步一推进，完全不知晓其终极目的地究竟何在？终极目的地在峰顶，那是一片佛光普照的金色世界，清晰明了，一望无际。到那时，你再往下俯瞰时，宇宙与生命的真相都呈现在了你的眼前，你自自然然就明白了什么是什么了。唯于当下，我们大家都还在那茫茫的雾色之中摸索追求。没进入到那个境界里去，我们无法想象它。

2

扯远了去，再回到我的"狡兔三窟"的主题上来：宗教信仰、故乡上海以及文学创作。

比方说，回忆童年（时代的上海），算不算是老让自己沉浸在回忆中而无法自拔呢？是不是总在想象着要回到再也回不到的过去呢？于作家，是，也不是。佛学中有"三心不可得"之说，其中，"过去心不可得"表示：徒劳地回想、惋惜、哀叹、悔疚，老在做能不能将已逝去的时光再抓它回来，让我再活多一次就好啦的梦，这才是一种虚妄，这就叫"过去心不可得"。但如果是从回忆里汲取教训、汲取养份、汲取艺术的感知能力的话，这种回忆非但是积极的，而且是必须的。它会让你富于创造力。

哪个作家不在写回忆？无论是写美好的，还是写痛苦的，那都是些已成为了过去的事。但它动人——尤其在回忆中。而动人的本身即是一种能量。还有一点必须明白：你写，写在当下。只有，也只能，在当下写过去。仅此一点，便已足够。因为"当下"又是无法来写的，刚一落笔，当下又成为了过去，成为了你记忆流程中的一部分。事实真相不就是这样吗？故，写记忆是对的，是有意义和有价值的。反而说写将来，如何写？基本都是在打妄想——说好听一点，叫"想象力丰富，想象力蓬勃"——但当你胡诌一通，再回到当下时，连你自己也都会问自己：将来，将来倒底会是个啥模样呢？不知道。但有一点可以肯定：将来一定不会是你想象、描绘出来的那个样。这是我所写过的一首诗中的某一句，那年我才十八岁：上帝永远在更改着他的/那已被猜度到了的/意志。就这个意思。科幻小说，作为一类文学品种而存在，当然是可以接受的，惜其深层次的文学意义与价值似乎有限。

3

再说回上海。这是一个可以用两个同音的中文字同时来描述旳城市："迷"以及"谜"。迷人的城市，谜一般的城市。她之迷魅，迷魅在她的城市发展史、文明史和进化史。在一个偶然的历史节点上，她被选中，成为了中国人眼中的西方，西方人眼中的中国。在1949年前的一百多年时间里，中西文化的生态在这里得到了最充分、最圆满的融合，嫁接以及整合，像一个美伦美奂的混血女孩，其中西合璧的迷人气质与生俱来，无可替代。当代的中国作家和电影导演们老喜欢用"黄土地"题材来取悦世界、取悦西方，来迎合满足他们的猎奇心态。这不能不说是一种曲解、成见，以偏盖全。中国，除了黄土高原、橡皮筏子和西安的古城墙外，还有像上海，这样的行走于人类文明与文化史最前沿旳都市，以及在这都市中生活着的形形色色的人们与职业群落。对上海这种生态的描述，二十世纪三四十年代有过一段繁荣期，后因战乱封闭等诸多原因，遂沉寂了下来。但她还在那里，她的那些珍贵的文明与文化的种子仍在冻土层下坚强地存活着。它们渴望蓝天，渴望白云，渴望春临大地那一天的到来，好让其再度发芽、抽枝，茂树成林，重新融入世界，融入文明史——而这，就是我们今日所见到的第一个意义层面上的上海。上海的今生仍根植于她一百多年前的前世。

但毕竟，近代的上海仍有过她几十年的辛酸史，梦魇一般的岁月在她丰腴的肌体上伤痕累累地划过。这种精神层面上的创伤所造成的心理扭曲，在这个城市的硬件（指其市容、产业结构与社会资源分配等诸方面）和软件（指在这个城市中生活和成长起来的一代和几代人的思维模式与情感结构）上都留下了永不可能被磨损去的印记。而这，也是另类文化。这种文化以及城市记忆，混合着于此更前以及更后的历史现实一起，形成了一种特殊的地域文化情结。这便是我们所感受到的第二个意义层面上的上海：价值观与生命样态不可理喻的背后，总也隐藏着终能被理喻的条条脉络。而我所说的第二个中文同音字"谜"的涵义也就寓于此。

基于所有这一切的一切，对于一位富有时代使命感的作家的创作取材而言，上海不是座储存量巨大无比的金矿，又是什么？

4

英文里所说的 Homesickness（恋乡情结），其实是一种美好的情操——即使是带上了点儿轻度的病态也不打紧。sickness 这个英文单词本身不就是指"病态"么？恋乡与孝亲尊师重道一脉相承。中国历史上的那个"乐不思蜀"的刘阿斗，除了亡国之外，不可能再有第二种结局。道理很简单：他不思蜀，蜀也不会思他；蜀地最后改换姓氏，那是件必然的事。

现代心理学的发展愈来愈深刻地揭示出了 Homesickness 这种情怀的潜意识的本质。在佛学上，潜意识的专业名称叫作"末那识"，这是一种执着识。只有它，才能够与艺术直接而有效地对话。再说多一行短诗，以厚其质：异乡有骄阳 / 故乡有明月。我们热烈的异地奋斗史，终究还是为了老去时，能有回归故里望见明月的那个晚上。这样的人生才是圆满的人生，始于该点的，终于该点。

上海，上海虹口区，虹口区溧阳路，溧阳路 687 号。这是我的故乡、故地、故址和故居。我深爱着它们，爱得无法割舍：在夜梦里也在白日梦里。入夜梦时，我做不了自己的主，那些记忆精灵们说跑出来，就跑了出来，作祟一番。它们来自于末那识的深处。而所谓做"白日梦"，那是当我在搞文学创作时。就像是一种"自我催眠术"，我努力使用冥想的功能，让自己的神识回到潜意识丛林的深处去。这是一项高危的精神游戏，却又趣味无穷得让人着迷。趣味无穷，是因为你自个儿的理性就能把控全场游戏的规则、进程与气氛。我将那些埋藏于记忆底层的陈事旧人和轶闻挨个儿地激活，这是一种境界，一种即使在大白天的阳光底下，也能让你经历一场"梦游症"的境界。团团幻影向你围拢过来，那种感受是带上了点儿刺激之惊悚感的。它令你流连忘返，忘了你是谁？谁是你？你在哪里？哪里才有你？你究竟是生活在今天呢还是昨天？就是这么样的一种氛围，当它们变得浓稠而又浓稠起来时，某种能量便产生了。如同发射一支三级火箭，它们将你送回去了昔日的岁月里。而我的意识则是清醒的，它告知我说，现在，该是你落笔创作的时候啦！在如此境况之下创作出来的文学作品，其艺术含金量必然会高，代价则是炉炼锤锻记忆时的痛苦指数也会相应增大。

5

于作家，这类感受、感触与感情的澎湃之所以能转化成为创作冲动的原因是：他除了希望能在作品的产出上有所收获外（这是他职业的需要），更渴望能为自己找到一贴精神的疗伤膏。就此意义而言，文学即是作家们的准宗教。而乡愁，这个庞大而又笼统的概念所含藏的心理因子，也是多样性和多元化的。在普鲁斯特的作品中，你就能见到它们是如何被精致地剖析开来的：事隔多少年后了的一个阴冷的傍晚，当母亲为他端上来一杯热茶，几块童年、少年时代他常在姨妈家尝到的，普通了不能再普通的"玛德莱娜"cookies（小点心）。当小饼被含入口中的那一刻，其丰富的感受层次是通过小饼接触到上颚，嗅入鼻腔，咀嚼时感觉其柔韧度，那种种指标值的细致描绘而表达出来的——一块小糕点将他在姨妈家的一连串的少年记忆全部激活，甚至包括了整座贡布雷市的周边场景。色声香味触法，一个高度敏感于生活细节的作家的生命体念是何等地传神、真实而又感人哪！

这是什么？这就是乡愁。乡愁是文学作品组合中的一个非常重要的精神部件。

乡愁还是个多极电源，其中有一端是直接插在了你孩提、童年和少年时代记忆的插座上的。这是条情感的高压线，少年的岁月再艰难、再困苦、再不堪回首，于中老年的回望中，依然美好，依然温馨，依然充满了色彩。探探一层，这应该是与你那个年岁上蓬勃向上的生理指数有密切关联的。生理即心理，生理的热烈煮沸了心理的水壶，自你那美妙绝伦的生理目光之中透视出去的种种世相，岂有不斑烂绚丽之理？

还有，当你那趟生命的列车陆续抵达中老年各个站台时，你孩提时代的那些亲人们都已先后作古而去。即使有健在的，也不复当年那个鲜活的模样了。这让你沮丧。那些生活场景与人物，消失的消失，改变的改变，老旧的老旧，这又令你感觉怅然。你无论如何不愿意，也不可能回避的那个事实是：他们都曾是你此回来到这世间走一遭的全部记忆活体中最富有生命力的那个部分。时光是一样很奇异的东西，经其筛选后留剩下来的记忆竟然都是亲切、美好和可爱的。回忆的面相得以柔化，遂幻化成了一幅幅诱人的画面，重阅时，让你着迷。

沉浸在乡愁的梦境里，是中老年人们当生命遭受挫折后的最安全的心理避风港。另一则表述语就是：（它们是你）灵魂的安放处。

6

再说回宗教去，我灵魂的另一栖息处。

这世间所有宗教的原点，其实，都不是现代词语学意义上的"宗教"。它们的源头无一不是高智慧的圣贤之说。其智慧的超然与芸芸众生们现存的感受能力间的严重落差，有当一日，人们将之与日常生活中的某种实践稍加结合与调配，所可能产生的神奇功效和道德能量，遂让这种本属有据可凭的真实智慧被迅速神化，而发酵成为了一种"宗教"——即：不再会有人去关注它那智慧源头的，一种现行的盲目信仰。且代复一代，开始了其漫长的膜拜过程。这种现象我们亦可称作"迷信"，即是：不解却信。而"迷信"又有两层含义：信是好的，是对的，是有益于社会和众生的。但"迷"又是错的，愚蠢的。是希望能于某一日获得觉悟，从而达至"正信"位的。圣贤们孜孜不倦教诲的全部目的，不就在那个"迷"与"觉"的转变上？就一念之差，八识成四智，烦恼即菩提。

其实说来，我倒是一个笃信了四十年基督教的信徒，皆因我母亲是个虔诚的老基督徒故。她的善良与宽容，自我孩提时代起，就深刻地影响着我的人生轨迹，以及我之价值观、道德观和世界观的成形。1966 年，中国社会正处于一个疯狂的红色漩涡中。父亲虽已去了香港，但我与母亲仍留在了上海，承担这一切，遭受冲击势所难免。抄家、游斗一波接一波。那天晚上，抄家队伍刚走，母亲就拉着我，一同跪在了地上作祈祷。而之所求，竟然都被神奇地兑现了："造反派们"再没"光临"过。就从那次膝盖跪地之后，我就再没中断过。42 个年头，每晚那个时段，无论身处何地，我都会跪祷我们在天的父，"愿他免了我们的债，如同我们免了人的债"，"愿他的意志行走在地上，如同行走在天上"，"不叫我们遇见试探，让我们脱离凶恶"（保罗语，马太福音 6 章 9—13），从而让生活在这么个灾难频发时代的我们，能事事顺遂。然而，就在这漫长的 42 年间，我个人的家庭，在亚洲金融风暴中遭受了解体之灾，我自已也罹患了重度的焦虑型抑郁症，挣扎求存在死亡的边缘线上。2008 年深秋的一个晚上，我偶然获得了一部《金刚经》，我一口气连读了几十遍，那种 deja-vu（曾似相识感），令我那颗始终都处于煎熬之中的痛苦的灵魂一下子便平静了下来，仿佛像是被敷上了一层薄荷清凉剂一般地缓解了。我感受到了佛法伟大和不可思议的能量。我依稀触及到了我之前世与今生间的某个神秘的按纽。从那个黄昏起，我重获新生。大把大把抗抑郁的药丸我都基本停吃，每天，我沉浸在诵经、持咒的日常修行中，我变了，变成了一个名字仍叫"吴正"的不是吴正的人。然而，每晚的那个时段，我仍保持着我已保持了近半个世纪的基督徒的祷告习惯，我感恩万能的主将我的灵魂送回去了它原来的那个家中，它的永久、真正的安放处。我深切地感受到，人类的的宗教，包括准宗教——儒教在内，都是一体的，它们都是你自性成道的示现。唯自称为"无所畏惧"的彻底的唯物无神论者才是这世间真正的可怜悯者。因为他们不理解，也拒绝理解人生的活法与意义，自生至死，他们白来这人世间走了一遭。人是必须要有敬畏感的，这是人之所以为人的基础和基准。

还有，将对宗教的认识停留在算命看相测风水等低级层面上，只求现世利益那丁点儿不劳而获，我必须得说，也是件"舍本求末"之事。这绝不是智慧的人生，并终将落个"一无所获"的结局。对这世间所有宗教的真正契入，都会让你殊途同归。你终究会明白，大凡宗教都具有同一特征：既深奥又浅显。深奥是因为宗教道出的是宇宙与生命的真相，而相无定相，随境随缘随机随时随处，千变万化，故深奥。但万变又不离其宗，故又浅显。中国古老的《易经》采用的那个"易"字，一曰：变；二曰：简。就是这个道理。

7

那文学，文学又是什么呢？文学当然是文字的序列。但那不是文学，那只是一种形式：文学的形式、文字的形式、文化的形式和文明的形式。文学的实质是哲学，是美学，是史学，是心学，也是某类变异了的宗教学。文学是人类的一切美好品质与悟性的代名词。文学这样东西很伟大，一旦你投入其中，不求任何回报与利益地投入其中，带上了某种宗教情怀和献身精神地投入其中时，它能包含一切：人类的过去与未来，生命的真实与虚幻，世界的解析与净化，诸如此类。

比方说文学作品中的时空转切关系。这不单单是个创作技巧的问题，更有其深刻的宗教内涵作为作家的想象依据和叙事之背景。时空是假的、虚幻的，这既是宗教，是科学，也是文学。

时空的虚幻性决定于，它终究是一样被"感受"出来的东西。换而言之，当你不再会，不再能，也不再去感受它之存在时，你便"入定"了，而它，也静止了。同理，当你逆向感受它时（即忆入往昔岁月里去时），它也能倒流回到过去的。

有一个文学术语，叫"心理时间"，它的出现是为了能与"生活时间"互相区别开来。这两种时间概念并立于文学作品中的本身就说明了时空的虚妄：生活时间就是心理时间，反之亦然。道理很深，不说也罢。作家创作时是不需要去追究这些奥理的，他仅凭他的直觉来行事，就可以了。一旦进入到那种境界里去了的作家，一切都变成为"法尔如是"了。生命的真相就摆在你眼前，所有的解释都是多余的。

这是宗教吗？是宗教。是文学吗？也是文学。

意犹未尽，再想说多几句"时空"的相关语。

刚才说了，"时空"只是人的一种感受。在这里，再加多一行定语：基于一个特定对象而言，在一种特定境界之中的特定感受。如此定义，或许会更确切些。

所谓"山中一日，世上千年"，说的当然是仙道里的事。人道与天道在空间维次上的差异决定了其感受方式与计算方式上的不同。且不说科学理据的存废与否，至少，你不能否认说这是一种心的"感受"。哪用"度日如年"来形容时势之艰困呢？用"一日三秋"来形容男女间的相思之苦呢？

还有一种水中的浮游生物，朝生暮死的那一种。生命的全部周期，以我们人的算法来计量之，也仅若干小时而已。但它们也一样有滋有味地过完了那"漫长的一生"。经历了出生、游历、觅食、求偶、交配、繁殖等各种人类所同样要经历的悲欢离合，生老病死的全过程。假如你能与这种浮游生物做出某种精神沟通的话，它们或许会告诉你说，其生命感受，时空感受，与你们能存活八十多年的人类也别无二致。这是事情之其然，那又何妨不去思索一下其中之所以然呢？

当然，还有"黄粱一梦"、"南柯一梦"什么的，这些事绝对不是比喻说，寓言说，方便说。在人的生命历程中，梦中的"心理时间"与梦醒后的"生活时间"从来就是迥然不同的两码事。这几乎是我们每个人都曾有过的生命体念。此，又作何解？

只有一种解释：时空不是什么，时空只是一种"感受"。如此理念、体念与观念一旦润物细无声地融入了文学作品中去之后，作品叙述的主体维度即可被大幅度地予以修正，思野与视野都将无限止地拓展开去。因为你打开了那只末那识的潘朵拉魔匣，因为你走进了宗教。这是一片在你文学创作的航海图表上从未有过任何标识的新大陆，在那个灰蒙蒙的早晨，你独自一个人站在了甲板上。你举着双筒望远镜，瞭望。突然，你发现了那条被氤氲之雾汽笼罩着的地平线，横断于天边。你惊讶无比，也兴奋莫名！你向你自已，也向全世界宣布说：美洲大陆终于被我找到啦！

8

说至此，我想，我们仍有重新回到宗教里去的那个必要。

任何宗教，只要你能抓住了那三个关键词：真、善、美，就什么都迎刃而解了。再说简练点，就一个字，真（sincerity），真诚的真，真实的真，真切的真，真情真性的真。没什么原因，因为它就是我们的真如本性，与生俱来。善心、慈悲心、悟心都是从中自然而然长出来的。而这，就是这天地宇宙间的大美之况。

世尊四十九年的讲经说法，说的就是那桩事，那个字。为了众生能从恶习中解脱出来，恢复自性，认清生命这种现象的本质与实相，他可谓煞费苦心了！而文学的终极归旨，不也一样？只有安住在了这种境界中的文学才是拥有了正能量的文学，"思无邪"的文学，从而也是带上了永恒印记的文学。作为一个有思想的作家，但又是个没有任何宗教信仰与情怀的作家，这是件不可想象的事，也是件很危险的事——以其作品对于人们的价值观和是非观的影响而言。

这并不是单向的。文学里头有宗教；其实宗教里也一样有文学，有艺术，有美学。我们亚洲人去到欧洲旅行，第一次见识到异族人类的 cathedral（大教堂），及其华丽无比、崇高庄严的穹顶画时的那种发自于灵魂深处的震摄，无言以达。同理，西方人来到东方，走进寺庙堂奥，各种宗教场所时，被一股无形而有力的能量团团围困，顿生敬畏之心。这些都是由眼识所引发的宗教崇敬感，而眼识所对应的正是六根尘识中的美学认知。

唯美，这种外质，是必须要与"真"和"善"的内性相结合时，才会有了能量。我们老说的"心灵美"，就这个意思。

其实，也可以逆向来求证的。当你真正拥有了"心灵美"时，外貌也决定会自自然然美了起来——那种朴素的安详美、安静美、安定美、安稳美以及庄重美，让人见了眼慕之，心驰之，意向之，神往之。而那种经"美容院"里粉妆出来的"唇红眉绿"之假美，我们称作为"妖艳"，其中那个"妖"字不已点题了？

9

文学作品的"境界说"，与上述原理亦异曲同工，殊途归一。凡属人间的艺术作品都不可能不着相：文字相、色彩相、线条相、音声相。唯神韵，才是这些外相的精神内核。你摸不着她也见不到她，但她确实存在。而相着得愈轻愈淡愈妙，内核的外化与显化便有了更多的机会与可能性。不明白这个道理的艺术家作品的境界是永远也不可能得以提升的。

着相，是的，着相。着相并不要紧也不可怕，只要这种着相是一类"照见"式的"着"就行。写完了，画完了，曲谱完了，作家画家音乐家们完全不留印象，完全忘了自己刚才都投入地干了些啥了。却于无意之间，将善的意念、美的神韵、真理的实相直接导入了读者和观赏者们的心目中去，灵魂里去了。这，才叫高明，叫高妙。

要知道，"相"背后隐藏着的那个真你真我真他，这才是最重要的。读者透过外相能感受到什么的，就是什么。蒙娜丽莎的笑、肖邦的悲、杜（牧）诗的淡、八大的孤傲，才是本质，才是实相，是艺术与宗教的接口处。

文学作品是作家心灵语的流出。作家心灵的那潭源泉是纯净呢还是污秽，流出的水质必是那同一种。你尽可以用"红唇绿眉"的语言扮相来加以掩饰，但幕布背后藏着的那个真思绪、真意图、真感情，你是掩饰不住的。它们会通过文字的表相，隐隐约约地浮现出来：或骄逸，或浮躁，或巴结，或献媚；或套近乎，或借火点光，或欲火攻心，或急功近利，等等，不一而足。让人读了，心智被搅浑，愚痴倍增。

这是一种负能量，由作家的心桥直接架通去了阅读者的心中。说玄乎点，这是要背因果责任的。说现实点，它会让人们的心灵水土沙漠化，草木不生。

10

那种净化心灵的功能只可能源之于宗教——任凭贪与欲的沙尘暴盘旋于半空而不予以抑制，其后果自然不堪设想。而作家，作为人类心灵工程的重要设计者，其咎也难辞。我前述的所谓灵魂的三个安居所：对宗教的敬畏感，对文学的献身精神，以及对乡土的眷恋之情，这是三位一体说，也是方便说。这世间一切美好的事物，或曰，凡一切能引起美好与高尚之联想之意念之共鸣的人事物都属这同一范畴。我之选择是那三处，但别人也可以选这选那来安放其心。唯心必须要感到"安"，才行。否则，置"放"于未放也。

心老飘着的作家所写出来的作品也一定是"飘"着的。急功近利的结果是：More haste, less speed（欲速则不达），既腐蚀了作品的精神内核，也涣散了处世的道德聚焦，可谓两头不着岸矣！

我们生活的世界，是个布满了价值观陷阱的世界。走走，说不定什么时候就掉入到那陷阱里去了。这就需要作家们高度的自我警觉能力和定功。一有逆于道德，逆于伦常——先不说"逆"，单说"不合"就够了——的念头升起，随即将其掐灭。所谓"不怕念起，只怕觉迟"。尽可能让自己的灵魂常住于和谐、优美的境界里。不错，这是一种宗教修行，但也是一种艺境的精进。艺术品的价值更多时并不取决于技巧的优劣，而更依托于创作者境界间的落差。

何谓"境界"？心之住所也。

肉体住在豪宅里，灵魂却扑腾在污泥浊水中，感人情操的作品焉能与之有缘？相反，人居陋室时，心却安住于净土，美丽善良的艺术女神才会常在你面前露其真容——这是你的心灵美感召来的。

这也很好很合理地解释了为什么作家艺术家们一生的最佳作往往出现于其逆缘困境里的原因。当然，逆缘困境并不是你要去找，就能找得来的。这是上帝的巧妙安排。有一类修行者叫"苦行僧"，这主要是指其物质生活上的高度缩减。精神遭受折磨时的痛苦将更甚：而这种逆境的赋予者只有造物主本身。他要试炼你，为的是最终能成就你。中文所造之字被称作"智慧的符号"。那，你就看一看那个"忍"字吧：心之上架着一把刀，而且，还是以刀之刃面切割着柔弱的心灵的。你就明白这种心的忍受有多艰难多痛苦了。

但这，正是一种绝佳的炼就环境：你要让自己的心安住于其中，不嗔不恚不烦不恼，心情自始至终保持着一种常态。你要设法让自己看透它，识破它，放下它，笑对它——这一切不都是场梦吗？它便拿你无计可施了。如比授受，这般舍得，所有境遇的利弊不都被你给利用尽了？再艰困的的孽缘也都变为了一种增上缘。而能这般自悟的作家还怕写不出传世之作来？皆心非心是名为心，诸相非相是名为相，凡所有相，皆是虚妄，一切有为法，如梦幻泡影——这不，说说，又绕回到宗教这个层面上来了？

2016 年 9 月 10 日于上海寓所

莫奈《从萨利斯花园看到的安提比斯》(局部)

目 录

爱伦黄……………………………………001

后　窗……………………………………026

叙事曲……………………………………059

风化案……………………………………109

姐　妹……………………………………172

胎　记……………………………………242

深　渊……………………………………291

刺背蝎的女人……………………………327

车　行……………………………………373

爱伦黄

一

每次，我从上海返港后去公司上班的第一个早晨，总会遇到那张脸，那张搽白了粉的老女人的脸：我托你的事办了吗？办事？办什么事？记忆从一个不显眼的角落提醒说，好像真有一件什么事她要我办的，但我已忘得彻彻底底，竟连立马找个借口来搪塞一下，也缺乏服人服己的理据。于是，我只得讷讷地站着，想来脸上的表情也已清楚地告诉了她：此事我已忘却。

唉，白脸叹口气说，我知道你也记不住，这种小事……不过你是经常回上海去的，下次摆在心上就是了，辣斐德路马思南路口，只要你有便经过——

"噢，我记起来了！"我迫不及待地抢下了她的话头，"那是'美专'的旧址，还有卡尔登戏院侧边的国立音专。"经她这么一提，记忆便立刻带我回到了那个她曾郑重拜托我的瞬间。

"美专在法租界，我在它的音乐系学钢琴；而音专在英租界：梅白克路，大光明戏院后面的那条街呢——晓得哦？"粉脸笑了，为我能准确地说出一家戏院遥远的英文原名而笑。但由笑容犁开的皱沟令白粉光滑的边缘出现了塌方式的肉红色隐纹，倒叫她的面对者感到了些许难堪。

"那条马路现在叫作黄河路，"我将目光避开了她的那张脸，说，"这是上海有名的食街，开满了个体饭店，一进入晚上，便灯红酒绿，通街点亮，人来车往，水泄不通，霓灯歌舞，通宵达旦。"

"我可不管它现在叫什么，黄河也好，长江也好，反正那时叫梅白克路，是一条很安静的马路。周围有不少外国人经营的酒吧和咖啡馆，大光明戏散后，雅座里便坐满了对对情侣。"说话声停顿了一刻，但在我还没能收拾起勇气来面对那张面孔之前，它又重新响起，"每星期三和六的下午，当我结束了声乐课走出校门时，他总站在路的对面等我，笔挺的条纹呢西服领上斜插着一朵白色的，而手中却握着一枝红色的玫瑰。见到我出现后，他便会横过马路走上前来，将花交给我，并轻声地说一句'My darling, I miss you（亲爱的，叫我好想你）……'于是，两辆蓝翎脚踏车便一前一后地飞驰上了幽静的静安寺路。那时上海的马路上人很少，树荫又特别浓，下午的阳光是柔和的，金黄色的——上海现在的阳光还那样吗？"她的叙述突然没头没脑地转变成了一句对我的发问。

上海今日的阳光该如何来形容，并不是一个我能立即作出全面解答的问题。然而，这个故事，我却听过不下几十回了。故事中的那位"他"，便是她的首任丈夫——她美专的同学，一位来到上海学西洋画的泰国华侨。至于时代背景，那是在孤岛期前后的上海。周围战争风云密布，处于飓风风眼中的上海租界，却在享受着它短暂的阳光之温馨。在法国公园的大草坪，在兆丰公园的碧湖面上，年轻的人们继续着 20 世纪 30 年代上海繁华全盛期的记忆惯性，黑丝领结、白纱飘裙，沉浸在年华允诺给他们的奢侈中，浑然不觉岁月已在前方如何狰狞地等待着他们。

爱伦黄便是他们之中的一个。虽然她那条疲惫的人生航船，现在是暂泊在我们公司的港湾里，担任一位收入稳定的钢琴教师，但谁也说不准的是：她又会在哪一天一咬牙一跺脚，将船驶出港湾去，重经风浪。其实，爱伦黄这个名字就有些古怪，这是因为它本身就是一件中西合璧的产物——时代以及姓名的拥有者都在这里留下了他们的性格痕迹。爱伦是西洋女子名 Ellen 的译音，"黄"当然是姓，但却模仿着西洋习惯，倒过来念。然而有一天，公司却收到了一封收件人为"黄凤仙"的信函。函件寄自香港的一家专打遗产官司的律师行，且还是急件。正准备退邮，我说："先问问爱伦黄吧——看看同她有关系没有？"

我如此提议的原因是：大半年前她的第三任丈夫刚刚去世，虽然他是个据说会经常对她犯点儿精神虐待症的丈夫，但她还是又挂黑纱又戴白花地折腾了好几个礼拜，从而让全公司的人都知道，如今她死了丈夫，她很不幸，她也很悲伤。同时，她也因此恢复了自由身。

爱伦黄之所说所为经常是藏有某种双重含义的。有时别人一点即通，她却仍要执意地演绎一遍又一遍，直到见听者们都快忍受不下去了，也不再耐烦了，终也将她的隐义彻底给捅破，她才会停止表演。但有时，又含义模糊地把旁听者的思路引向不知是何处的某条理解的死胡同里去，她却煞有其事地一经声明之后，便从此守口如瓶。比如说此回的"黄凤仙"，并没人特意去敲开琴房的门，将函件交给她，她是趁课隙的时间里出来走动走动，这才发现了那封放在收发柜面上的律师信函的。

她随即一把将信抢在了手中，并迅速地将封面翻了个转，周围一阵环视之后，又悄悄地潜回琴房里去了。据说，她脸色都有些发白。好在这么多年同事，大家对她性格的脉络多少也有些了解。再说了，香港这地方，谁也不会对谁的隐私有产生兴趣的时间和必要。然而，几个时辰之后，她又重新补了妆，再次自琴房中神色淡定地露了面，并趁着同事们也有不少个在场的机会，郑重其事宣布说：黄凤仙不是谁，黄凤仙正是她本人的原名——但那又怎么啦？那又有什么可大惊小怪的？这一天也快到了，你们不要以为我爱伦黄有什么不可告人的隐秘，到时候大军一到，工会党组织一成立，就有人去告密……

告密？告谁？又向谁告？再说，"黄凤仙"与"那天"又有什么关系？"那天"又是指哪天？同事们面面相觑，等她再度回琴房上课后，才捧腹了好一阵。

但对于我，承蒙她总还另眼相待。这不仅因为我是这里的老板，而且还可能因为我不常笑她，总认定她那性格与举止的背后应该是藏有什么理由的。

"黄凤仙"信件后的没几天，果然，她另找了个机会来向我作出当面解释了。她是个一旦作出了解释的决定后，不管你爱听不爱听，她都要把已准备好了的那通话一吐而后快的人。然而于我，这只是对她曲折的人生故事又增多了一节发黄了色彩的伸展部而已。

她说，她是姑苏人，却生在了上海。那是 20 年代之初的事了，在租界区，那时人口还很稀少。在她童年的记忆里，有一条叫作"四明里"的石库门弄堂，刚造不久，簇新的朱红砖墙上镶饰着整齐的水泥灰线。弄堂很宽敞，还有大铁门与看更人。那时的她只有三四岁，净面乌发，伶俐乖巧，十分逗人喜爱，而"凤仙"就是她的乳名。再之前？再之前，他们应该也是从上海的某处搬到这里来的。反正，她只是听说自己在半岁的时候就死了生母，而这，可能便成了她日后坎坷人生的始端。尽管她可爱、活泼，但早已被深深地烙上了"克母"的罪名。父亲再娶，"四明里"可能就是他那时再筑的爱巢。当律师的父亲当年还不足五十，但已是缎袍瓜皮帽、手杖山羊须地呈现出一副准老人的模样来。继母当然还很年轻。她所记得的是父亲的那对老不敢正视她的、无奈的眼神，以及继母的那条嫩白粗壮的手臂，拧着她的耳朵，将她像小鸡一样扔锁进一间晚上也不着灯的亭子间里，任她哭喊，没人敢应答，或伸以援手——这是在许多许多年之后，当她第一次读到夏洛蒂的《简·爱》时才放声大哭了出来：她，实在太像那个可怜的小女孩了！

她便这么地长大了，且升入高小班了。那年的深秋，在一个冷雨淅淅的晚上，她被从梦中轻轻摇醒。父亲就站在她床前，极其温柔地望着她，无言。"爹爹……"

他摸出一包银元，沉甸甸地塞到了她的枕头底下："……都已经交了钱了，从明天起，你将搬到学校去住……"

"搬到学校去住？住几天哪？"

"不，这是……是寄宿学校。"

她睡梦惺忪的眼睛困惑地望着父亲，两颗豆粒大的泪珠从父亲的眼眶中滚出来，她突然明白了一切，疯了一般地抽身掀被而出，扑入父亲的怀中。她无力的小手死命地掐进父亲瘦骨嶙嶙的肩胛里去，像溺水者抓住了一根漂浮而过的稻草："爹爹，你别抛弃了我呀，你别……！"

她嗅到一股强烈的油脂味从父亲的领颈间蒸发出来，父亲的两块胛骨剧烈地颤动着——这是他无声抽泣的背部动作。

第二天一早，一辆挂着黄铜马灯的人力车便将她连同一只小皮箱一起载去了学校。她从此再没回过家，也没再见到过他——直到她快二十岁了，连第一次专场音乐会都轰轰烈烈地开过了；后来在泰柬边境的那片农庄里，她接到一份"父亲病危速归"的加急电报时，她都抗拒这样做。她恨他，当然她也爱他，但她对他的爱平衡不了对他的恨。多少年后，那种脆弱的父爱，那种自父亲那儿缺少了的安全感，都转化成了另类需求，而向她伸出了那只始终都不肯缩回的、索讨的手。她渴求通过婚姻来满足，来获取——这便是她一生都在寻找、都在选择，而又都不决的原因，当然，这已是后话了。

二

认识爱伦黄的第一幕至今仍清晰地保鲜在我的记忆里，且看来今后的岁月也很难再使它变得朦胧。

那是在九龙亚皆老街窝打老道汇流处的一家琴行里，当时我也才刚来港定居半年许。白日的正职干完后，傍晚与礼拜天的业余时间就去琴行里教提琴，欲在其中探索一番在港经营一项艺商并举事业的可行性。

年过半百的她浓脂厚粉地飘进店来，而一股太强烈的香水味先她而到达，又后她而留在了他人的鼻孔中。天气炎热，她十指蔻红点点，十只露趾也一样，仿佛要在人体所有的肢端上都开放一盏醒目的霓虹灯那般。她四周点头地向人打招呼，问候午安与"你好"之类——甚至也包括了素无谋面的我。她说的是广东话，但却明显地夹杂着沪式的语腔，而这，正是来港不久的我之听觉最易从他人的发音之中所鉴别出来的那种特征：上海人！这更令我产生了一种欲离凳而起，向她作一番自我介绍的冲动。但一位已在店里候她许久的西洋学生已先我而起立："Good Afternoon, Miss Wong……（午安，黄老师。）""Hello, How are you? Please follow me to the studio room, ok?（你好，请随我上琴房去，好吗？）"她流利的英语之中蕴含了一种明显的英式语音的顿挫韵味，当然，这令我对她更刮目相看起来。

这就是香港，颓王败族，孤臣孽子，遗老遗少——而眼前这一位又算是何方神圣？一团疑云扩散着，还未及细想，已到了课隙的时间。我打开琴盒，拉一段巴赫还是门德尔松，想抓紧时间练练手指，就听得有敲门声传来。

"请进。"

半边粉脸自推开的门缝中挤了进来。"大音乐家，能与你谈谈吗？"——这样，我们便正式认识了。

倒不是她那么一句空洞的恭维话真让我得意了，连音乐家都沾不上边的我，更何来个"大"字？其实，她第一眼见到我的印象并不佳，胡须拉碴，一派颓废提琴手的模样。她一向喜爱高尚，喜爱清洁，喜爱富裕以及显赫，但她一样真诚地喜爱艺术。当时不是我，而是巴赫们旋律中的那种不可抵挡的魅力将她拉进了门来——这是多少年之后，当她已成了我们公司的一名雇员后方才告诉我的话。"聪明人一个装得比一个笨，有钱人一个装得比一个穷，嘿，这就是我们老板给我上的第一课！"——我不知道，这是不是也算是一句变了形的恭维话？

并不像经常你在结识了一位普通的点头朋友后从此便就没了下文，直到你在某天意外遇见他（她）时才突然记起。与爱伦黄的相识带给你的常常是一连串出其不意的惊奇故事。

一天，她的课正好又与我的排在了同一时段内，我于是又能有幸目睹她上琴行来上班的一幕。脂粉香水蔻红自然不用说，这回她的身边多了一位二十岁上下的欧陆青年。

金发碧眼，皮肤白皙，挺拔的鼻梁教人联想起阿尔卑斯山脉。他挽着她的手臂，样子十分亲昵。"来，叫 Uncle（叔叔）。"

"Uncle，奈好。我系欧文（Irving）。"青年用幽蓝的眼眸望着我，说的竟是一口极其标准的广东白话。

惊奇第一击。被一位比自己也小不了多少岁的人叫作 UNCLE 的感觉本已令我相当的局促不安，再说，连预先准备好的英文问候语，我也在刹那时流失得精光。"这位是……？"

"我儿子。"——惊奇第二击。而惊奇的第三、四击则是在几个星期乃至几个月后，陆续来到的。

"你看欧文的人品怎么样？"有一次，也是在课隙间，她在走廊中遇到我，便停下来这样问，神情有些自豪。

"很好——真很好。"我急忙回答，"漂亮又有朝气——他现在在哪儿？我的意思是……是说，他现在是在读书呢，还是工作？"

"他在酒店任公关。"她表情突趋冷漠，但下一句的表达却又将另一种热情在她脸上点燃起来，"他就像他的父亲，像极了！简直就是他父亲年轻时的化身——"她略作停顿，似乎在等待一个我会询问有关"他父亲"之种种细节的可能性，但我只"哦"了一声，并无下文。

"——他是英国人，"她只能再追加了一句。

"谁？"

"欧文的父亲。"

但我也只是用"噢"代替了"哦"——英国人、美国人还是德国人并不重要。反正，这样一个儿子的父亲，或者说，这么一个儿子的母亲的丈夫当然不会是中国人。这在香港是件很普通的事，也是我在知道她有这么个儿子时，早已在心中肯定了的事实，再说，打听别人私事从不是我的习惯。于是，谈话便这么中断了。

一星期后，我又在琴行门口碰见了她。我们在路边站定，亚皆老街上的双层巴士来回驶过，废气噪声之外，更有一种歪歪斜斜地好像随时准备冲上街来的趋势。"我们去喝杯咖啡，好吗？"她指指琴行隔壁的一家灯光幽暗、装修别致的咖啡馆。而我看了看表，觉得推托似乎有点缺乏理由。

"听说你家很有钱，住半山区。"刚坐下，点了饮料，她便单刀直入，眼中勃勃着兴趣的光彩，"怎么不去开一家琴行？去，去开一家！开了我来帮忙——"

"假如真有那一天的话，一定找你。"我淡淡地推挡了一句，想回避转一个话题，"你就这么一个孩子吗？"

"什么？"她抬起眼来望着我，"我……我还有个女儿。"

"女儿？那一定很漂亮啦。"

"为什么？"

"你儿子都已经那么帅，就甭说女儿了——混血儿一般都很漂亮，不是吗？"

"但她是中国人。"

我沉默了，明显地感到触及了一条无形的禁区线。我把目光他望别移而去，将注意力集中在了屋角的一盏壁灯上，一股浓浓的咖啡香弥漫在屋内，一个戴红领结的侍者托着盘子，直挺挺地走过。

当然，这一切一切的谜底后来总是会有那么一回被揭开的时候——我们毕竟相识了这些年了，而且还反复而又反复地同过事。只是每一次与她的谈话常叫人有一种从钢丝一端走向另一端的惴惴不安感，这使我产生出了一种可以回避就回避她一下的欲望。但于她，或者就是因为了我的这种对他人隐私毫不感兴趣的个性，而滋生出一种莫明的信任来。这，便是其中的某一次。

"欧文他爸爸死了，是心肌梗塞……"有一天，她突然在一种极不协调的上下文中向我宣布这个消息。

"是吗？"我震惊非常，并下意识地为自己调节好了一种向她示哀的极端姿态，但她的脸部表情并不显示出有一桩惊天动地事件发生后的那种强烈的反应。"在哪儿过的身？"

"伦敦。"

"几时的事？"

"二十五年前。"

"啊？！——"我几乎不能相信自己的耳朵。

而这，又是另一次。那会儿，我太太也已从上海申请来了香港定居，她怀孕了，挺着个大肚子请爱伦黄一同出来去帝苑酒店（ROYAL GARDEN）的 LOBBY（大堂）内厅咖啡座消磨一个礼拜天的下午。周围人造喷泉淙淙，一株绢织的桃花树正"怒放"出一种如火如荼的盛开态势。一个菲律宾乐手坐在大理石人工岛的一架三角琴旁，正掀背俯身地弹奏着 Richard 的那首《水边的阿狄丽娜》。飘忽的琴音流动出一种人生经历，爱伦黄弹开了她硬质手袋的金属环扣，取出一张发黄的 135 型照片，递到了我们的眼前。

照片上一个着短袖香港衫的青年人正叉手张腿地站立在马路中央，微笑地等待着相机快门按下的那个瞬间。他脸膛黝黑，手臂也黝黑。周围是一派上海的盛夏景象，背景中写着英文彩字的大光明戏院的玻璃楼壳就矗立在他身后。几个着仿绸衫戴白礼帽的行人刚巧在此时迈开了匆匆的脚步。而一行模糊的铅笔字迹留在了相片的背面：1941 年 8 月，摄于沪上。"就是他。"

"谁？"

"我女儿的父亲。"

我们当然知道这便是那位每个星期三、六都要持花等她下课的泰国侨生，当时他正在国立美专攻读油画。他苦苦追求了她五年，在消耗了不知多少朵红白玫瑰之后，终于在 1947 年的 5 月，才能扶着大了肚子的她登上一艘美国邮轮，途经东海、南海、南中国海、暹罗湾，踏上了泰国的土地。之后，再一路长途车程，他们又疲惫不堪地来到了一片接近柬埔寨边境的农庄里，那儿是他的祖业，他在那儿出生。

而她，也在那儿生下了她的第一胎。这是个女儿，她为她取名叫丽莎（Lisa）。这些，都是我们在没见到那帧发黄照片前就已了解的事。然而，一个画家与一个音乐家的结合并没能写成一部有始有终的爱情长篇，她在一年之后便离开了他，而且是在某个朗月之夜突然消失的。她说，她忍受不了那种寂寞，更忍受不了那里的风俗：在终年是炎夏的泰国，为了多子多孙，主人与女佣间的私通，据说是一件理所当然的事。

与她私奔的是一位曾参加过"二战"的英国飞行员，而他的照片我们也是在那一次同时见到。他更年轻，年轻得像是一个不谙世事的大男孩。他额上佩戴一副航空镜，身上穿一件皮夹克，细顺的鬈发柔软地贴在头顶上。他像欧文，但更像某位黑白片时代的，颇觉眼熟了的影片男主角，正准备告别情人，驾机冲霄赴前线。

她不顾一切地与他一同来到了香港，这是她生命之中最浪漫的一个时期。碧天细沙，棕榈风帆；星斗海潮，烛光晚餐。有时在墨绿的有轨电车上摇晃过湾仔古朴的街市，有时则嬉笑地奔跑上中环石板街的陡峭台阶，一个弯腰以及气喘的动作之后，便是闪电般的拥抱与烈火样的炽吻——他们，只是生活在梦中！

在那个改变了她一生生活轨迹的朗月夜之后的多少年，其实，她也曾回去过，回到过那片靠贴在泰柬边境的农庄去过。而到了那时，她才知道，原来家中的那位油黑肥胖的女佣已替代了她的位置。他与她，或者再加上一打其他的女人，已有了十三个孩子。他老了，他望她的眼神令她记起了当年她自己父亲望她的那一种。而最可怜的是那个被她遗弃了的丽莎，一撩就是二十多年。她已变得怪癖而内向——她始终没曾结婚，直到现在。她说，她既怕女人更怕男人。而所有这些，爱伦黄应该都是理解的。她毕竟是她的母亲，她爱她，她也爱她。但她们中间却永远相隔着一座不可被逾越的亲情的高墙。她想推翻它，她也想；但她推不倒它，她也一样不能。

爱伦黄的身世故事到此暂告一段落。我们款步走出帝苑酒店的大门，两个穿金红制服的后生，拉开大门，笔挺地站立在了两旁。

门外已是 70 年代末的香港了，阳光猛烈，照射在人背上产生出一种热辣辣的渗透感来。从刚落成不久的尖东休憩区放眼而去，对岸港岛参参差差的楼厦的森林正隐隐约约在一层浅蓝色的雾汽里。我扶着怀孕的妻子慢慢地行走在傍海的漫步径上。走在另一边的她也挽住了我妻子的另一条胳膊："我也有过两次类似的经历，女人在走过这段历程时的感情最脆弱也最复杂。"她冲着我莫名其妙地笑了笑，完了再向我妻子肚腹上的那条动人的曲线丢去了理解的一瞥。"而且，两次都是登船离开一个地方去到另一个地方。一次是从上海去泰国，由他扶着我；而另一次则是从香港回厦门，孤单一人，时间是在 1950 年的 2 月。

三

1979 年和 1980 年的我，蓄着长发，戴着一副深褐色的宽边眼镜，喇叭裤，人造丝 T 恤衫以及一双圆头半高跟皮鞋——这些都是那个时代的青年男士的时尚打扮。

我正忙碌非常地奔进奔出，要开一家琴行，本来只是说说而已，现在居然到了正式筹备的阶段。妻子快生产了，仍挺着个大肚子帮我手，父母亲都老了，打算将他们经营了多年的企业与产业都一并归交我去管理。

我兑现了我的诺言，打电话给爱伦黄。"是吗？"她在电话的另一端高兴地大声叫了起来，并立时搭的士从九龙那头穿街过隧道，赶来了香港的太古城区。

太古城那时还是个发展刚不久的大型地产的蓝图项目，英资的太古集团计划在这片昔日的船坞上建造全球最具现代生活品位的中产阶级住宅区。对于英资、英国甚至英国人，她似乎都怀有一种特殊的感情。听说是太古的发展计划，她便更来劲了，硬押着我以及我的那位当时已十分不利于行的太太，绕过了一幢大厦走上了一个花园平台，再绕过另一幢大厦，又登上新一片平台，满太古城地参观、观赏。她站立在栽种满了绿色植物的清新气息中，仰望天空与浮云，说，假如哪天她也能搬来这里住就好啰。这儿的天空似乎也比九龙区的更蓝，"而且，"她还很轻声地加了一句，"他那时便是在国泰航空驾驶飞机。"——没人去应她，也没人再追问她多些什么，在香港，谁都知道，国泰航空正是太古集团旗下的一项重要的业务分支。

当在新琴行的办公室里坐下时，别说我太太，就连我，都大汗淋漓、腿瘫如泥了。但爱伦黄的兴致仍很高昂，她用手绢抹了抹汗津津的额头，呷一口职员端送上来的冰七喜，取出两本册集来。这是两册相片与报刊的剪辑本，记录着她从乐里程上的每一步脚印。她曾给没给过第二个人看，我不清楚；反正，这是我的第一，也是唯一一次的翻阅。为着一个她所希望能获得的新职位，这种资历的呈送，她认为是有必要的。

厚厚的两册岁月的缩影叠摆在我们面前。册集呈现出了一种厚薄层次上的极度不均匀，剪报脆黄的折叠边缘裸露出在集外。在自制的厚马粪纸的其中一册的封面上，她用粗黑的水笔写着：LONG LONG AGO……（很久很久之前……）；而另一个册集上的则是：WHEN I WAS YONG……（我也曾年轻过……）。我与太太的共同选择都是后一册，并将它打开。

第一页是空白的，除了在中央镶有一幅她本人摄于40年代上海王开照相馆的八英寸的着色彩照外。我望望太太，我见到她也正同时在望我——事实上，我们都惊呆了，这就是我们所认识的爱伦黄吗？美丽、高贵、飘逸，简直是中国的英格丽·褒曼！岁月真会作弄人，我们谁都不敢抬起眼来对比她的那几条深深而又狠狠的粉沟。至于太太的想象，我则更清楚：这会不会是一切女人都逃不了的宿命呢？事后，我们在谈到进入大脑的第一个想法时，发现竟然高度一致：青年画家怎么可能不痴恋她？一朵出水芙蓉，含苞待放在雨后的晨曦中。

册集承载着她昔日的辉煌，以及有关于那个时代的种种记忆细节，一旦被打开，便不由分说，气息浓烈地，迎面扑鼻而来。许多几乎错位了整个时代的人物的面孔，遥远如传说，恍惚如隔世。李维宁，那位曾培养出了中国第一代音乐家的音乐教育家，"知道那首歌吗？我——是——天——空——中——的——一——片——云……"她边说，边随手打开了身边的一架钢琴盖自弹自唱了起来，"他，便是这首当时风行一时歌曲的词曲者。"但我们都摇头，"没听说过？没听说过就算了，继续往下看——"

声乐系的周小燕，弦乐系的马思聪，钢琴系的吴乐懿，指挥系的李德伦，那些曾使我们这些习乐晚辈像星座一样仰望的名字的拥有者竟都是她的同窗或学长。假如不经她指点，谁也无法从那些 135 型相片的密密麻麻的面孔的丛林中去将他们各自一一辨认出来。随着册集的翻阅，她本人也愈趋成熟，开第一次个唱了，在音专礼堂，第二次在辣斐德路某戏院，第三次在"兰心"，第四次在"美琪"，第五次在……当时的上海市长前来道贺，台前摆满了鲜花；一张整版彩照，更赫然记载了泰国的帝后与她左右各一边的合影，她站在了中间，拖着演唱会穿的白色纱裙，钻戒与眼瞳一块儿在镁光灯下闪烁发亮。爱伦黄在上海开演唱会成功！爱伦黄在曼谷开演唱会成功！爱伦黄在新加坡开演唱会成功！爱伦黄在吉隆坡开演唱会成功！爱伦黄在香港开演唱会成功！爱伦黄……！妙龄与艺术，美姿与歌喉，中英文报纸一哄而上，她变成了究竟是属于人间还是天堂的一种身份都无法确定了。然而，就在这生命与事业的巅峰上，她，突然从上海消失，让记者以及她的崇仰者们像追踪着像风一样飘忽的、她昔日所留下的、日渐稀薄了去的气息以及投影，无奈而怅然。直至第二颗新星又从社会的地平线上升起，而她便被人们从记忆之中从此抹去，直到今天。

她离开了上海，就是在那个致命的 5 月的早晨，她被戴着白色细藤凉帽的他轻轻地扶进了"总统"号的船舱。"女人哪，明知爱情是陷阱，也甘心情愿地往下跳！"她的目光从旧报的剪贴上缓缓地抬起来，仿佛在攀着一根援藤，企图从"陷阱"里爬出来一般——而我们这才记起：那两张已被我们熟悉了的面孔似乎从未在这两本册集中出现过。

爱是另一主题，她这样解释，音乐让人神往，爱情叫人心碎。我只是不愿自己在阅读流水般的美好忆程时遭受痛苦的困扰与打断而已。

然而，当她成了我们公司的正式雇员后，常令我们为之困扰与打断的却是那第三个名字和第三张面孔。他姓邓，一个退了休的日本导游，她的现任丈夫。比如说，她会经常鼻青脸肿地来公司上班，并一个上午脾气暴躁，借口训斥，吓得学生们一个个地站在琴房的门口，连敲门内进的勇气都没有。有一段时期，她变得更加古怪，两眼珠突出，神色惊怖。她四面环视，仿佛周围都隐藏着杀机。同事们也都有几个很同情她的，问她，近来老邓对你怎么啦？没打你吗？她说，打我？你怎么知道他打我？——上帝说，诽谤也是一种罪。她更渐渐变得语无伦次起来，并伴有通宵失眠症以及时常听到有人在不停地呼唤她的名字，她怀疑这是欧文的父亲。但我们觉得情况有点儿不妙，拖着她去见了医生。这，才真相大白。原来她已患了精神分裂的初期症状，吃了药，打了针，病休了整整三个月才算逐步好转。

再一回的情况更是惊险。那天已过了上课时间很久，仍不见她的影踪，一连几个学生等候在大堂里。安排课程的小姐又拨电话又打招呼，急得团团转。忽然，就有电话进来。电话来自差馆（警察署），告诉说，爱伦黄现在在伊利莎白医院急诊室，她被人斩伤了！果然，过不一会儿，一个军装警员便陪着缠满了绑纱带的她来到了琴行。我慌忙将他们请进办公室中，这才知道，斩伤她的人确实是老邓。

"还不是为使用一只电饭煲的小小口角？"当警员录完口供走了之后，她轻描淡写地这样说，面色苍白，嘴唇颤抖，手臂上六寸长的伤口仍在渗血不断。"原谅他吧，上帝，他是个粗人……"说完在胸前划了个十字，之后，便不再言语了。

她的这种守口如瓶以及动辄就怀疑他人询问动机的个性，令大多数同事对她的事都不再有过问的兴趣和勇气。但有时，在某些氛围合拍的场合中，她倒也会即兴地蹦跳出几句按耐不住的论断来让人吃了一惊的同时，也叫人有了一闪而过能窥探到她内心秘密某种可能。

这通常是有关于那些男欢女爱情节的。

她会很一针见血地评断说，自己其实是一个最容易堕入恋爱，然而又是个最厌恶性爱的人："污浊邋遢！"在这种非常时刻，她会突然地使用一句广东土语来表达一种刹那间的强烈情绪——即使她的对话者是一个诸如像我那样纯种的上海人——"嗫！咪搞我（不要来搞我）！"她说着，便将一条皱巴巴的苍白手臂自半空中断然划下，似乎要与那"污浊邋遢的"性爱一刀两断似的。"没有温存的性爱最残酷，做起上来呼哧呼哧地像头野兽；干完活儿，便又当什么都没发生过一样……"她陡然插入这么一段"三级"情节，没有所指，也没非所指，令所有在场的人都有些感到脸热，她却若无其事地将目光望去了别处。她说，她一生有过三次婚姻，一次美满，一次浪漫，一次糟糕。虽然只有我才了解那前两次，但同事们都明白所谓糟糕的是指哪一次。有时，她还会指导某个新近刚堕入情网的女同事说，其实，爱是一种缘分，不能强求，更不要错过，但最重要的还是：爱要专一，千万不要像我……

她会于此突然自断了话头，让大家静候着一截永远也不再会有的下文。其实，是没人不想能听个究竟的，却谁，也不敢贸然提出，只得怔怔地望着她略见微驼了的背影走回琴房去。几分钟后，那首凄美的萧邦升 f 小调夜曲的旋律便又从琴房中飘了出来。

升 f 小调夜曲是一首萧邦的并不很热门的作品，但却一直是她情感演奏会的保留节目。每逢雨灰的早晨，她都不会错失时机地提早来到公司，躲进琴房与萧邦对话。她喜爱自弹自唱的还有那首叫作 MEMORY（往事）的名曲，声音颤抖且有少少走调。这是一个老年的、久经荒废了歌喉的歌唱家所常见的情形，她不会不清楚，然而，她却执意要唱，她并不理会他人会对此产生些什么感受，她就是要唱。她不唱给谁听，她唱给她自己听，唱给自己年轻的岁月听，唱给某段记忆听。而记忆是人生最丰富的矿藏，有的能开采，有的则永远只能埋藏。

就像每年的 Christmas Eve（圣诞前夜），对于爱伦黄来说，永远是个隆重非凡的日子。再欢乐的舞会还是聚餐她都一概推却，而她的节目总是那同一套，且一早就安排好了的。她会打电话去半岛酒店预订一间临海的单间，一辆提前预订好的酒店的"劳斯莱斯"会驶到她的那幢位于尖沙嘴老街上的旧公寓的门前。一身盛装的她出现了，仍然是三十年代的淑女型打扮，残破的公寓，嘈杂的旧街与贼亮乌黑、金光闪闪的最新款"劳斯莱斯"房车形成一种错乱了时空的滑稽感。令那些连港督与巨星的出现也未必会引起轰动的香港人都驻足围观了起来。但她可不理这些，在徽服笔挺的司机的伺候下，从容钻入房车，绝尘而去。她要去那张浆白了台布的长桌跟前去独自享受一顿烛光晚餐。这是一种一掷千金的消费，消耗的可能是她三个月薪金的总和，但她并不觉得不值得：租界期的青春岁月，曼谷酒吧的温柔灯光——复活，虽是单独面对，但她总是在幻想有一袭人影一直在陪伴着她。烛光跳跃，一切便恍惚在了不稳定的幻觉中……究竟，这段情结对应着的是她记忆里的哪个盲点？没人——可能包括她自己——都说不清。

但人们总会下意识地将她的这类怪癖与她当前婚姻的不幸去作某种暗联。那时候，她的那位有着阿尔卑斯山脊鼻梁的儿子已经结婚，娶的是一个单眼皮、高颧骨的广东女人，并因工作举家移居了美国。女儿虽仍保持独身，却已恢复了与她的往来。每月至少有一回从泰国打长途来琴行，从而将她置于一片雀跃的快乐之中足足有好多天。按理说，年逾花甲的老夫妻俩，相敬相爱、相助相扶地过日子应已进入一个顺理成章的阶段，然而，鼻青脸肿、绷布膏贴、惊恐窜入琴房不再露面的日子每隔若干时段，总难免会有上演一两次的镜头重新剪辑，令同事们见怪不怪，每次至多也只是用手指戳一戳那扇紧闭的琴房门，扮一个鬼脸，或做出个"嘘"字封口的动作，继而再摇头感叹一番就算是过去了。

有一年，形势在发展得愈来愈严重之后，她突然于某一日以人间蒸发的形式消失了。差馆打来电话，她的亲友们打来电话，连老邓也来过电话询问她的下落。而我们的课程安排更是由于她的突然离开而被全盘打乱。但几个月后，她又出现了，我们这才知道，她去的是她那单眼皮媳妇的加州的家中。这种情形又再出现过好几回，但每次都以她黯然回归香港、回归我们的琴行、回归琴行的那间琴房、回归升 f 小调的肖邦而告终。我们向她提出严正警告，说，如果还有下一次的话，琴行将不再会扮演她生存航船的避风港了。而她，也知错地垂下眼睑来。幸亏她与欧文的关系也陷入一段相当长的冰川期，互相除了每年一次的圣诞卡往来外，再无其他的信息相通。稳定，因而，便也相对有了好多年。

但有一次，普遍被我们想象成野狼一匹、黑猩猩一只或蛮狮一头的老邓让大家都有了个见识的机会。这是个大雨滂沱的傍晚，他挽着裤腿，拖着拖鞋，为爱伦黄送来了雨具。

"老板！——"当她那曾受过训练的女高音尖嗓在店堂里响起时，我正躲进办公室里，准备进入写一首雨中黄昏诗的创作意境，"老邓拜候您来啦！"我拉开趟门，揉一揉眼睛：谁？老邓？我只见到一位高大润泽的谦谦老者笑容和蔼地站在店堂的中央，而爱伦黄则表情十分灿烂地站在他的一边。

他伸出手来与我相握，我发现，这是一双柔软而多肉的大手。他说："久仰阁下大名，年轻有为，才思并茂——"倒不是他的恭维话让我失重，而是我无论如何都不能在他身上侦察出任何狮狼河马之类的隐藏习性来。我们闲谈了有相当一会儿，他们才离去。那天，爱伦黄的情绪是亢奋的，她在琴行里跳出跳进，又拖凳又倒茶又开冰箱又取饮料地忙个不停，俨然一位女主人的姿态。她望望谈话之中的我和他，眉宇间有一种古怪的自豪感。末了，她挽着他的手臂一同离开，他为她打开伞，而她，竟将头依靠在他宽厚的肩上，表情羞涩温柔得像个初恋的少女。

她当着老邓面的真实表演令我与同事们都一个个地大跌眼镜，虽然我们大家都未曾做出过些什么，但却从此在心中都不约而同地对老邓负担上了一种莫名的歉疚感。

然而，她对这些似乎都毫无体察，照旧早晨傍晚上班下班，鼻青脸肿、神情惊慌之戏照演，对"糟糕"婚姻的暗示一样透露，直到有一天。

那天，她表情漠然地走进琴行宣布说：老邓，他死了。死在了玛丽医院急诊室，死因是高血压糖尿病。她说，最惨的是他被锯了一条腿之后又锯了另一条。见到他只剩下了半截肢体，昏迷不醒地躺在白被单覆盖的床上时，她哭了。她想到他神采飞扬、高大魁梧的昔日，想到他呼哧呼哧地趴在她身上所做的一切。"哪怕是在孽缘中也都可以提炼出爱啊！"她说。

我抬起眼来去勇敢面对她脸上的那几条残忍的粉沟，时间与场景是在"黄凤仙"的故事刚刚讲完后的那个午休时刻——人生常是一出倒叙的戏。而她的那场的最始一章却是一直保留到现在才添补上去的。

她的童年故事虽让我感动，但我已没时间来表达啊呀嗬呀一类的同情或感慨了。首先是下午开工的时间已近，再说我也是真有点儿正经事要与她好好相谈。

事情是这样的：自从老邓过世，而她又以太太的名义继承了那笔不大也不小之遗产的消息传出后，各方关系的解冻期也随之来临。先是儿子打来长途，接着便是那位单眼皮的儿媳。他们说什么也要叫她来加州与他们共同生活，理由是母亲老了，还把她一个人丢弃在香港，早干晚干的，做儿女的能安心吗？他们虽都已入了美籍，但中国的孝道永远还是要遵循的。

爱伦黄对他们的关怀表示了理所当然的感谢，但她还是有她自己的打算。她神神秘秘，她鬼鬼祟祟，她总在怀疑根本就无暇来过问她私事的众人都在注视她的一切。她竟引来了一个大胡子的澳洲人，体格壮健，满头银发，躲进琴房，一谈便是整日。有人还见到她挽着大胡子的手臂漫步在中环某著名的商场里。"这是最后的机会啦，她理应好好珍惜，合理安排这笔老本——但她的事，别人还是少出主意为妙。"背地里，同事们的议论无非都是环绕这同一种观点展开来的。看来，只剩下我了，为了她好，我觉得我有责任找她作一次恳谈。

我说，我要说的也就是这么些。

她支吾着，扯此涉彼，尽量作一些离题的漫游。"四明里，"她突然冒出了个新的请求来，"除了美专与音专的旧址，在你回上海时，能不能同时为我确定一下四明里所在的方位呢？如果可以，又能不能为我拍摄一幅目前的弄口照片？"

我说，当然可以，当然可以啦。

到时别又说忘了啊，她笑了，成功地把主题导向了"四明里"而笑。而下午的开课时间也恰巧在此刻到达。

四

正如她所告诉我的那样：她再度挺着个大肚子从香港登船赴厦门的时间是在 1950

年的 2 月。这是当境外的一切前途通道，看起来似乎都已向她关闭了之后。

欧文的父亲死于心肌梗塞。当然，那时还没欧文这个名字，但却已存在了今后将会被唤作欧文的那块生命的肉体，肉体留在她的肚子里，肚子搁在赴厦门之船的某舱某房某铺位之上。再说——我必须在此严肃声明——她的话未必全可信，一是幻觉，二是经常会另藏隐情。飞机师患的究竟是不是心肌梗塞？甚至，他有没有真死？还是有在伦敦，或在苏格兰某小镇上，搂着另一个金发女郎接吻做爱，然后再让她怀上一个不叫欧文的欧文？所有这些均存疑问。但有一点可以肯定，她再也见不着他了，她的那段石班街梯级上互相追逐嬉笑的情节，只能永远地留存在她记忆的底片上。于她而言，他的确已死——而且是死于某类心变之症。

画家再娶也值得探讨。一是娶的是否就是那个他俩昔日的婢女？二是真会育有十三个那么庞大的子女连队？三是与婢女通奸难道真是当地风俗——怎么很少有人听说？反正，农庄的正门与边门都已向她关闭，她明白，挺着一个大肚子去找回不辞而别的前夫，破镜重圆的机会几近于零。再美的诱姿、再甜的蜜语都再难施返魂之术——尤其是在那个时代的，那个闭塞的地区。

于是，她想起了上海，上海的那些色彩斑斓的岁月。

其实，在回国之前，她在香港也已暂住过若干月。那时节，内地乾坤已换，天地变色。每日从罗湖关口流入的避难人口不下几千。其中不乏拎皮箱咬雪茄的厂主商贾，但更多的是提篮挑担的城镇贫民，以及军队溃散了之后的败兵残勇。英国政府将他们聚居在九龙一处叫"调景岭"的山顶上，在那儿，他们过着缺水无电的日子，等待到不知将会是哪一日。

所有这些，报上的报道无日无之。但她全不理会，记忆中的上海玫瑰园图在远方向她招手，她悄悄地登上了那艘空荡荡的返国的班船，待到房东发现她那张留言条再电告她在港的亲友时，她早已悠荡在大海的碧波之上了。

这便是她的个性——直到今天。抗争命运，叛逆传统，挑战社会，蔑视人言，集可爱可恨可敬可憎可惜可怜于一身。当时的她刚三十出头的年纪，亮丽得像一朵盛放的牡丹，浪漫之血在她全身流动，艺术之魂在她额前召唤，她将梦与现实混为了一谈。

她在轮船到港的汽笛声中走下舷梯，激动，盼望，同时也发觉，原来全船除了她，只有寥寥数位搭客。

她从未到过厦门，也想不到厦门竟是个如此破烂的城市。码头上空荡荡的，几个佩武装带与手枪的军管会人员来回走动。一张桌子两把椅子设在当路口上，一个先她而下的入境者被示意去桌前作出登记。这是后来，当她再度回到香港后才了解到的历史事实：当时对岸的金门解放战，我军所向披靡的铁甲雄师碰巧（还是碰不巧？）刚失利了一役，因此厦门的形势更显严峻。她炫目的打扮，她耀眼的美丽，并不能令那几位军服穿着者分心，相反倒更使人增添了几分怀疑的色彩——所谓美蒋女特不是一个个都拥有桃花般的姿色、毒蛇样身段的？

总之，她回国来的天时地利人和诸因素上均存有误差。

她被分配到一所机关模样的地方去学习，两个穿灰布干部服的女人终日与她为伴。她填了履历表，写过一份"情况说明"之类的文件。飞机师？什么？你怀了英国飞行员的骨肉？——她想不到她根本不认为是什么的什么居然会掀起轩然大波。同她来谈话的人更多了，除了女干部还有男干部。白天，在宿舍在走廊上在饭厅或叫去办公室；晚上，则搬张板凳坐到屋外的那块类似于打谷坪的方场上。谈话的内容无非是要她回忆回忆了再回忆，细节细节了再细节。他们一个个地态度和蔼、笑容可掬，然而言语之间却藏着有一种绝不能让你有逃遁机会的围剿感。她被"追赶"得很有些累了，想上街去买些零用品。但他们说，这你就不用操心了，区区小事，让我们来替你代办就是了。而她这才记起，自己似乎已有数星期不曾踏出过这所大院的门口了。有一次的晚间谈话，逆着月光，她依稀见到院墙上的一道铁丝网以及一个横挎枪的人影晃动在高高的瞭望台上——她，突然明白了一切。

"让我回上海去！！"她吼得昏天黑地。

但情况好像并不似她想象得那么坏：灰布装的女人坐到她病倒了的床前来安慰她，向她作出解释，给她送来了缓解头痛与失眠的药丸。最后，一位身材高大的"龚同志"出现了，他是她在内地遇到的第一个令她印象深刻的男人（令她"印象深刻"的似乎总是男人）。他笑吟吟地向她伸出手来：爱伦黄同志（第一次被人唤作"同志"的感觉亲切感人得几乎使她掉泪——尤其在月光、铁网与挎枪的人影之后），我们（"我们"指谁？）是相信你回国来参加新生活建设的决心的。祖国欢迎你！人民欢迎你！组织上（组织？什么组织？我并未参加过任何组织哇！）欢迎你！

虽然，对他谈话的通篇还有相当的一些不甚理解，但她的心情是充满了兴奋以及感动的。她预感到即将出来的阳光，她觉得只有他所说的一切才合情理。她恰如其分地运用了一句刚学成不久的表达法："龚同志，您的话真是说到咱心坎里去啦！"她觉得很得意，于是，她笑了，龚同志笑了，大家都笑了。

第二天一早，她就被送上了北上的火车，带着一封火漆封印的介绍信，她回到了阔别三年的上海。

她悄悄地回来，就像她悄悄地离去。她回上海的第一个冲动就是想哭，她觉得她对不起上海，她记起了徐志摩的一首诗或者萧邦的某首乐曲。这是三十多年后的一个阳光耀眼的琴行下午，她说给我听她当时的感受。

落地大玻璃窗外的太古城平台花园上，树荫翠绿，蝉鸣震天，她刚好准备打开冰箱取一罐饮料来喝时，如此回头来望着我们。那天下午她没课，而我与太太又恰好带上了两个刚放假在家的女儿一同到公司来消磨一个暑午。"嘿！都这么亭亭玉立了！"她很喜欢小孩，尤其是我那两个可爱的女儿。她说，她是亲眼看着我太太如何怀孕，如何抱着她们，领着她们，手推车推着她们，一年年地，她们就如此这般地长大了。每次见面，她都要重复这同一句话，余下的一半，她不说，我也能替她补上："——那我们还能不老吗？"

其实，所谓"老"，只是她说说而已的一种心理逆动，因为下一刻，她已同两个孩子玩成一群、闹成一堆、笑作一团了。她教她们跳苏格兰舞，跳法兰西宫廷舞；她扮绅士，而让她们充当淑女。她一圈又一圈地跳完了三拍跳四拍，邀完了这个又邀那个。直跳到大汗淋漓、气喘吁吁，才肯意犹未尽地退下阵来，走到冰箱前，想喝点什么来消热兼补充水分的流失。

她取出一瓶矿泉水，旋开蓝色的瓶盖，喝了一口，顺势拉出身边的一张琴凳坐了下来："人是有缘分的，他救了我，但我却被注定与他仅有一面之缘。"她指的是那位龚同志，那位气宇轩昂，心地又善良的龚同志。她说，记忆有时会奇迹般地将一场场人生断幕清晰地，呈放大型地，反复放映在你的眼前，却让它的上下文都隐没在绝对的黑暗之中。此类人生镜头甚至细微得诸如某人手指的长度、手背的质感、眨眼时的神韵，以及脖子通往肩胛处去的某一块疤痕都深刻得怎么样都无法从记忆中抹去——她指的当然还是龚同志。因为当时是他送她上的车，火车临动时，他自车厢下握着她从车厢上方伸出来的手说道：我有一个小小的私人要求，能提吗？她的心止不住地一阵狂跳。然而，他说的却是：爱伦黄这个名字读来怪别扭的，黄是你的姓吧？假如改成黄爱国或黄新生什么的，不更好？

她没听他的话，当然，她不会听的。

在内地，第二个令她无法从"记忆之中抹去"的男人是一位姓李的校长。

那时，她已安抵上海。孩子也已在某家外国人留下的教会医院顺利产下，且被宋庆龄基金会创办的幼稚园暨托婴所接纳全托。这是一家只有高级干部和社会名流的子女才能得以入门的机构：高雅、整洁、师资优秀，托费则基本全免。人民政府对她另眼相待这一点，即使在几十年后的今天说起，她还不得不认可。

而她自己则被分配去了一所中学担任音乐教员。这所叫作"天山"的中学，她也说不清应该是坐落在上海哪个方位的哪个角落里。反正是一条路转上一条街，一条街再拐上另一条路，在接近市郊的交接地段，学校便到了。

学校有几排平房式的教学楼，一片沙砾地的操场，几座已经剥落了颜色的篮球架；刮风的日子，当她夹着琴谱疾步走过操场，走向对面的教室时，她必须眯眼遮额，低首而过，一不凑巧，就会有小沙粒被吹进眼睛里去的麻烦。

学校还有一位姓李的校长。

时近 1954 年年尾。镇反之后是肃反，肃反之后又轮到三反五反。岁月在"反"字声中过去。反反得正，不反倒了反动派，又哪能迈得开社会主义的正步？——这是当时人们的理解逻辑。霞飞路上的舞厅一家家地关闭，舞女们作鸟兽散；美国电影逐步绝迹；咖啡馆也只剩下不多的几家，经营惨淡，不知是没人愿，还是没人敢，前往光顾。

她带回国来的香水用完了。上海从前满街满市的进口香水不知何时都消失了踪影，她问了好几家老牌商店，都一律摇头，且被人以一种带点儿嫌恶与疑问的目光凝望着。现在的女人怎么了？怎么一下子都不用香水了呢？但她却觉得香水是一种非备不可的用品。不搽香水的日子几乎一天也不能过，一身汗臭，连自己的嗅觉都过不了关，还用说别人？

照理说，她不是反动派不是反革命也不是反动资本家——她当然不是——但又好像这样样都与她有些关联。政治学习，小组开会，每个人的目光都"刷刷"地射向她：爱伦黄，看你的浪费！丝袜一打打地用，勾丝一只扔掉一双；爱伦黄，看你的三寸高跟鞋！看你的银狐皮大衣！看你的口红！看你的甲油！……你的这种资产阶级的生活方式该不该批判？你的这种资产阶级的思想配不配做人民教师？爱伦黄，看你的香水！看你的"力士"！看你的"玉兰"！看你的"蜜丝佛陀"！——你知不知道这些都是帝国主义的产品？爱伦黄！……她吓坏了，她真害怕他们会叫喊出"看你的睡袍！""看你的胸罩！""看你的三角裤！"来。她换了件宽大的列宁装棉袄，剪了个童花式短发；她躲躲闪闪，她回回避避，连许年没见的好友前来探望她，打对面经过竟也认不出她来。

每遇这种窘况，李校长都会在暗中保护她。他在全校的大会上说，建设新社会不是指形式，而是指内容。互帮互勉互助互爱，共同奔向共产主义的美好明天，不正是我们党一贯向我们提出的要求吗？私下里，他则提醒别人说，爱伦黄是华侨，她从国外来，她还有过一个外国人的丈夫，这些已经组织上审查过，我也了解，大家对她的要求不能过高。李校长很有些权威，李校长又是领导，他看到的材料别人看不到，他不清楚谁清楚？于是，爱伦黄的压力便开始减小，她发现周围有了些笑脸，但，不知道她当时是否已患有精神幻觉一类的症状，反正她敏感到这笑容的底层正隐藏了些什么，正压制了些什么。它们在等待时机，一旦有一天爆发，其能量将加倍可怕。

李校长把她叫到校长室。他叫她不用担心，浓妆艳抹或者太惹眼，淡施脂粉还是可以的。丝袜高跟鞋，其他同事也都有穿么，没关系——啊？没关系！她感激地望着李校长，他五十开外，肩宽体魁，温文儒雅，一头花白了的寸发，让人一望就能产生出一种安全感来。他告诉她，他毕业于30年代某届的圣约翰大学的英国文学系，他没提到他的太太，却说他有两个女儿一个儿子。他们间的谈话，一大半以英语进行。他们谈到雪莱谈到拜伦谈到肖邦谈到贝多芬谈到莎士比亚，她觉得兴奋，觉得舒畅，她甚至觉得对方的目光中闪烁着一种异样的什么。

这目光经常往下瞧，她整了整自己过膝的裙边，但她发觉有半截白裸的小腿是永远遮盖不住的。她突然抬起脸来，遇到的恰好是他打算匆匆避开的目光。他的脸一阵绯红，一切于是便开始冷场。最后，他将她送出校长室，连手，都迟疑了一下，没同她握。

就这样，她与他只有过这么一次单独的接触。但她深知他是个好人，正派、厚重又有她所仰慕的一切风度。然而这种人那个时代是容忍不了的。他成了右派，他下放，他去了外地。"文革"之中被揪被斗自不在话下，然后又在毫无选择的前提下，他走上了那条与他有着很多相似经历与气质的人的共同道路：自杀。所有这些，都是爱伦黄在许多年之后的一次香港友人的圣诞派对上，偶然见到一位与当年的李校长长得极为相似的中年人，探询之下，惊奇地得知原来他正是李校长之子后，才知道的一段情节。"婶婶，"他这样来称呼她，"亏你出来得早哇，否则……"

这次相遇，对她脆弱的神经架构似乎又造成了某种压迫。其效应无非是三种，一是接连几星期，她都梦见李校长（只有在梦中，他仍像今日他儿子般的年轻、壮健），有脸红的一瞥，有躲避的目光。她说，她甚至有点儿内疚：假如没有她冰冷的拒绝，或者不会有他最终的结局。二是她会在夜半时分猛然惊醒，坐起身，虚汗淋漓，连被子都有被挣踢过的痕迹。她仿佛觉得自己仍留在了那个时代，那个时代的厦门、广州、上海。三是她会在白天工作的时隙里，反复不断地问我那同一个问题：基督在上，人为什么要如此猜疑、仇恨、明争、暗斗？撒旦钻进了他们的心中了。她说，像李校长那样的好人他们都容不得，这世界还能容得谁？

其实，这世界能容得的，恰恰是与李校长品行相反的那些人。在那个时代的那块土地上，只有两种人能生存，一是随大流的糊涂虫，二是见风使舵的打手、听令而扑的鹰犬。不要说李校长，不要说爱伦黄，任何一个稍有个性者都会被当时的社会机器绞成一团精神的肉泥。我当然没将我的这些思维结论告诉她听，因为，她究竟能理解多少，以及合不合她基督在上的理论，这些都存疑问。

在她梦中出现的，除了上述的那些外，当然，还少不了另一张面孔。这是一张美少年的面孔，白面红颊凤眼酒窝。它们都是属于广州东山区的一位二十岁上下的户籍干警的。

1956年的她又故技重施，选了个无月的淫淫雨夜，先去宋庆龄基金会幼稚园，偷偷将孩子接了出来，再潜回学校宿舍。她包了包随身的衣物，便登上了南下的火车，那时的户籍制度还没进化到严密得连只苍蝇都飞不越的程度，当学校当局匆匆登报寻找所谓"我校失踪教工爱伦黄"时，她已被安顿在广州东山区的一幢花园住宅里，向着她的好友、粤剧名伶薛某人捂胸喷声道："好险哪——真好险！在北火车站见到的每一个警察，我都怀疑是来抓我回去的……"

白天，她外出工作，晚上，她就借宿在薛公馆三楼的一间面朝花园的大房里。孩子在这里长大，一头金丝卷发，常被人好奇地注视，而该说某外国话的嘴说着一口流利的粤语。

她的工作是在一家被从香港放逐回广州的歌舞团中担任西洋流行歌曲的独唱演员。歌舞团是个自负盈亏的单位，并不从属于任何官方的文化机构。他们巡回演出于各大酒店、茶楼、剧场、公园。她的加盟，顿使歌舞团的业务火爆起来，进账也随之大增。而她，因此也过起了一种收益丰厚的富裕日子。

但所有这些都不是她的目标。广州只是她的跳板，她要从那里跳回香港去，跳回在那个疯狂的早晨她从那儿搭船离岸的地方去——于是，她走进了东山区的派出所，并遇到了那位姓陆的少年干警。

其实，他俩间的爱火在见面的第一个瞬间已经擦出。她觉得他很像欧文父亲的年轻时，而他对她美艳的惊羡当然更是无法掩盖地被那个大他有十多岁的她在眼中活捉。他常常借故"了解情况"来探访她，而"了解"的时间则从一小时到几小时，又从几小时到半天一天；地点更是从家中移到了戏院，移到了越秀公园，移到了东湖的一叶荡船上。

那一个朦胧着月光的深春之夜，在经过近郊一条偏巷的时候，他突然向她跪了下来，他说他爱她，他愿为她放弃工作，双双私奔，一走了事。她将他扶起身来：这是不可能的，她说，在我俩之间即使有爱，也不存在能共度一生的条件。但她还是捧着他的脸吻了他，她说，我希望得到一份去香港的通行证，你能帮我吗？

他确实帮到了她。

当他把一份整个东山区唯一名额、写着她名字、贴着她相片的"来往港澳通行证"摆在她面前时，已经是1957年年中的事了。她再次吻了他，她说，她只能把他当作一个可爱的大男孩，她的好弟弟，而永远永远地珍藏在她的记忆的深处。而他则侠意凛然地表示：能为自己所爱的人尽力已是一种莫大的荣耀：爱不能自私，爱是一种奉献——看来，他读过的文艺小说一定不会少。

时间又回到了那个盛夏之午，地点在太古城平台花园的琴行里。她手中握着的那瓶矿泉水已近乎于喝完。我五岁的小女儿走过来，双膝跪在她所坐的琴凳的那半端空位上，把手搭在了她的肩上："Aunt（姑姑），再陪我们跳舞，好吗？"

她亲热地将她搂在了怀中，用自己的脸蛋贴着她的。

"结果呢？"她无法集中的目光散射在琴行大堂的偌大空间里，"结果是他。"

"那时他刚退休不久，在美孚新村拥有二叠收租楼以及几份美金定期存款单，求婚时，他一一向我展示。"

"唉，还不是为了那个没有了爸爸的孩子？"——为孩子还是为自己，当然没人能说清。

三个月后的一个神清气爽的秋晨，我驾车朝公司方向飞奔，心情兴奋而轻松，我边开车，边用口哨吹奏着一首肖邦的圆舞曲。

昨天深夜我刚从上海回港。辣斐德路马思南路转角现在是一家牛奶棚，而占据梅白克路国立音专旧址的则是一爿制药厂和两家个体饭店。"四明里"当然还在，贯通延安路巨鹿路，甚至连"天山中学"的方位与现况，我都收集到了一鳞半爪的下文。我盘算着先向她卖个关子、吊个胃口什么的，并不急于将一切——包括那几帧我站在"四明里"弄堂口拍摄的照片——都一股脑儿地一倒为快。一则我很想细细地观察她表情的变化，二则我倒是真想说服她回去上海看看。上海不同了，上海的噩梦做完了，上海醒了！——我想用如此形象的比喻来撩拨她回家去一看的欲望。

我泊定车，疾步走出停车场。我推开公司的玻璃大门，一切如旧，金灿灿的朝阳洒满了整座琴行，我去琴房匆匆找了圈，不见她，再回出来："爱伦黄呢？"

"她？还不又是上演那出老脚本了？"

"又不辞而别？"

同事们都咯咯地笑开了，笑声在晨光中的琴行里荡漾开来，而我则站在大堂的中央，愣了呆了傻了。

除了摇头，你告诉我，我还能干些什么？

五

再次见到爱伦黄，是在两天一夜之后。

那是个冷雨霏霏的灰色早晨，我早起去了公司，推开大门，便见到迎面站着的她。

我自然吃惊非常，吃惊得连应该相互寒暄一番的常规台词都忘了个精光。但她却若无其事地走上前来，与我热烈握手。她说，她先去了澳洲，再去了美国，现在决定仍回来香港。钱呢？钱就不要提了——她说——反正还是你说得对。能再让我回来教琴吗？这是我一生的职业，我已在太古城租了间单人房。我还得以此为生。

她说话的时候，用眼神望着我，这是一种恳切的目光，紧紧尾随我，就如探照灯尾随着敌机一样。我突然发现有一层白色的薄膜网住了她的双眼，"你生白内障了，怎么也不去医院治一治？"

老了，她笑着说，老了什么病不会有？别说白内障，就是两耳也都有些聋了！现在别人说什么，我都听不太清楚，除了钢琴声。

不说不要紧，一说倒觉得她真是老了不少：头发花白了。背也驼了，虽然仍厚粉浓脂，但粉之凹沟似乎更深更骇人了——一股强烈的怜悯感自我心底升起。"你究竟离开香港有多久了？"我对自己的判断也有些怀疑了起来。

"两年——不足足有两年了吗？"

什么，两年？我快懵了。我四周望望同事们，同事没人表态，大家不约而同地将头都低了下去。他们知道我正在酝酿一个决定，一个推翻我自己曾严厉警告过爱伦黄不准再干某事的决定。

"老板同意了？"我看见她患白内障的双眼焕发出兴奋的光彩来，"老板同意了！——我早就知道老板会同意的。"

我没言语，默默地走进了自己的办公室。一个弯了腰、驼了背的老妪，一个耳聋目瞽的钢琴教师，这，妥当吗？我在办公室里不知道忙碌了些什么，想起，就真是要再度留任她的话，也要与她再好好儿地说个清楚。我重新回到琴行的大堂里："爱伦黄？"

"她？不又走了？"安排课程的那位小姐面色冷淡得叫人吃惊。

"什么？"我飞奔出公司的大门，见她微驼的背影正在雨蒙蒙的背景之中消失。

"爱伦黄！——"我用双手卷围在口边，喊出了一个长长的拖音。但，她并没回头，而我这才记起她有耳聋的问题。我追了上去，追过了一个平台又一个，绕过了一幢大厦又一幢，她始终行走于翠绿雨滴的树荫间。

我离她渐近了，但她的背影似乎愈走愈年轻，愈走愈柳曲，愈走愈婀娜。"爱伦黄。"这时的我已进入一种只需轻轻一声呼唤，她便可能掉转头来的距离。果然，她转过了脸来。但这是一张美艳非常的青年女子的脸，我惊呆了："对不起，我认错人了……"

她丢给我的是十分嫌恶的一瞥——她必定认为我是白撞①无疑。我很后悔，也很懊恼。我没来得及带雨具，兀自站在了冷雨中，觉得浑身上下都起了一阵寒战感。

我望着那幅美丽的背影在雨帘间完全消失："爱伦黄！——"我仍心有不甘地补上了这么长长的一声呼喊。

回答我这声呼喊的仍是我自己的一个惊弹而起的动作，我，醒了过来，发现自己原来正被毯未盖地暴露在清晨的寒意里。我坐起身来，将头靠在床板上：做一个关于爱伦黄的梦，嘿，真有意思。

我将此梦当作笑话说给了妻子听。她十分认真地听完了，并没笑，反倒一脸严肃地说："难道，你不认为这是某一天又真会发生的事吗？"

---

① 广东方言，扮作熟人混入来干坏事。

对于爱伦黄，这确实很难说。然而对于我，这为什么就不能成为我以此为题材写点儿什么的提示呢？于是，我立马起身，洗梳刷牙，喝茶静坐，让意识的清醒又重新回归大脑。我走进书房，摊开纸，提起笔；我走过了长长的冥思的甬道，走进了爱伦黄的世界。

1997 年 8 月 13 日完成于上海西康公寓

1997 年 8 月 31 日改定于香港太古城

后 窗

一

应该是在 5 月底的某个春末夜。

气温已温润地带点儿黏糊糊的燠热了，空气里浮动着的是一种夏的气息。反正是个周日之夜，这点可以确定。在我们青少年的那个娱乐活动高度匮乏而思想改造运动又连绵不断的特殊年代，周日之夜意味着：整整又是一个星期的紧张而连续的学习，工作和政治议题的宽广的展开。孩子们都已早早上了床，大人们也都开始休息。低矮的弄堂房子群落中，低支数的黄灯光一盏接连一盏地熄灭了去。周围很静，很黝黑，很有些黑白片时代的艺术处理效果。这便是当我的记忆回眸时，放大并出现在我眼前的一幅画面。

我见到了我自己：一个十四五岁的我，正在一座剥落残破的晒台上依栏而站。我年轻的手掌紧紧地握住一条齐腰、粗糙的水泥栏杆，有汗珠从掌心沁出来。我的身后是一座双筒的灶头烟囱，紧贴它剥落的红砖墙基而筑的是一座鸽棚，然而此刻，在这一派静黑的环境中，在一束斜光流泻的路灯的昏暗里，鸽儿们也已栖息，只在偶然的互相碰撞间发出低沉的咕咕声，有一股淡淡的鸽屎味渗入到这燠热的空气中来。

当我说这是一片纯黑白情调的布景时，我的意思是指至少除了两件存在物：一件是一轮挂在东北天角的澄黄澄黄的满月，另一件则是一扇仍沉浸在一片柔和的橙色灯光中的后窗。

从我后晒台的位置望出去，这是一扇与其仅相隔数丈距离，却被覆盖去了大半个视角的侧面，上海普通了再不能普通了的、老式里弄房子的后窗。自一方剥落了朱红色油漆的木窗的取景框中望进去，一张老式红木梳妆台的椭圆形镜面，和半截由床罩改制而成的彩条泡泡纱窗帘，遮掩去了一小半的场景。在这 5 月的熏风之中舞起了又平静，平静了又舞起。

那点亮的应该是盏床头灯，从我站着的那个角度并不能看见。但却知道有一点光源，在房间的另一个角落开放，将光线如同水墨画一般渗透开来，融化成了一片由强到弱、由亮到暗、由浅到深的均匀的亮度分布——至少衬托在这片黝黑而沉睡了的背景上，这是除了圆月之外的另一个仍醒着的弄堂亮点。

窗帘舞起来了，从化妆镜的反射中，我能见到四条赤裸的人腿：两条毛茸茸的，两条光洁洁的；两条肌健健的，两条柔嫩嫩的。而一只细嫩精巧的脚丫正在那条毛茸茸的腿肚上来来回回地搓动。

就在此刻，泡泡纱帘平静了下去。当它再度激动地飞舞起来时，我见到那条嫩白的小腿已经跨越毛腿而过，从镜面中，我能全方位地望见那只光溜溜的脚丫，那是一只拥有了五个非常精致的脚趾的脚丫，即使在淡淡的光线下，仍能分辨出它们柔嫩呈微粉红的色彩，此时都僵直成一个微微张开了的角度。一切静止。毛腿，白腿，空气以及我自己的呼吸。足足有半分多钟，直到纱帘又重新静垂下来为止。

我像被钉在了原地，动弹不得。等？等第三幕场景的拉开？当纱帘三度飞掀起来时，进入我视野的是一只白嫩的纤纤玉脚正从临窗而放的双人床上搁摆到那方剥落了朱漆的窗台上去。灯光的余晕从室内射出来，将那只细巧的脚掌侧影出一个十分优美的弧度来。一只黑黝黝的大手将它轻轻地提起来放回到床上去，并顺便将那半幅没拉上的窗帘拉上，灯也跟着熄灭了。

灯没再亮。站在寂无人声的黑暗里，我问我自己看见了什么？我回答不了我自己。在路灯昏暗的光流里，有一张矜持的鹅蛋脸溜进来又溜出去。我浑身大汗，我心跳怦怦，我觉得全身都膨胀着一股巨大而向外的能量。关于那条白腿那只脚的所属者的争论，在我心中肯定之后又否定，否定之后再肯定。一切都是多余的、徒劳的、惯性的，在下意识之中进行着的，如此周而复始的原因，只是为了给予自己理由，能尽量拖延站立在原地的时间。月亮已升得老高了，银白色的冷辉镀刻在上海弄堂群屋的屋脊之上，产生出一种浮雕感来。

咕……咕……鸽儿们不安的梦呓声又从鸽棚里传出来。很晚了，真的很晚了吗？晚到真是我们都该要离去的时候了吗？

在一场三十五年前的梦的边缘徘徊，徘徊复徘徊，月色依旧，但我却在少年与中年的边界线上忘我地跨出又跨入。春末夜，天气仍有些燠热，是的，夏，一般都是在深春的夜色之中悄悄儿萌芽的。

双筒囱的红砖更见剥落，晒台的水泥栏杆已摇摇欲坠，昔日鸽棚拆除的位置上仍可清楚地分辨出锈钉钉入墙身时的痕迹。我站在原位，面对着婆娑树影之间大楼的一扇扇窗口中收卷了又开放，开放后又收卷去的电视广告的彩色画面，努力收集着从各个黑暗角落里浮现出来的记忆的碎片。少年，你在哪里，你就在我身边吗？

二

童年的我的住所是位于上海东区的一排带庭园与小铁门的日式住宅之中的某一幢。前门坐落的一条僻静的、浓荫遮日的街上，后门则开启在一条弄堂里。这是一幢二楼带三层阁的屋子。据说五十二年前，我便出生在它二楼的正房里。正房有一座带铁围栏的露台，推开草绿色的落地白页长窗，可以瞥见四五十年前上海东郊一带的景色：蝉声嚣噪的排树之后是一条弯流的小河，再过去，便是一大片墨绿色的树冠的海洋——这是东上海的一座著名的公园。公园周围散落着若干木材厂煤屑厂或豆制品加工厂车间的平房的屋脊，几杆烟囱鹤立鸡群，将浓浓的黑烟源源不断地送入半个世纪前上海的湛蓝湛蓝的天空中去。

然而，童年的我的最大癖好并不是站到二楼的阳台上去欣赏风景，而是在屋前的那方小庭院中从事任何一个男孩最可能喜欢的游戏：粘知了，捉蟋蟀，或在梅雨季来临时将带点儿黏性的泥土构筑起一道又一道带堤坝的"水利"工程，然后再在垒起的小丘上插上一支纸做的小红旗，写上：××合作社之类的字样。幼稚园的老师告诉我们，如今农业合作化了，这是苏联老大哥教会我们干的事。国家把农民伯伯们组织起来，兴修水利，往后的日子便不用再为每年的收成而犯愁了。

之后，满手泥巴的我便会蹦跳着穿越客堂间、走廊以及楼梯间，进入那间"天棚"里。所谓"天棚"，是房屋正规建筑之间的一截对着天空的通气口，被父亲网盖了一副夹铁丝的毛玻璃棚顶，棚下种了一池荷花，养了一缸金鱼。大雨滂沱的灰色早晨，听着猎猎的雨点打落在玻璃顶盖上，让人无端地滋生出一种酥酥软软的忧郁来。

"天棚"之后才轮到厨房，水斗、灶头以及深褐色的切配菜台，锅、勺、砧板以及法兰盘什么的，油乌乌地排满了一墙。厨房有一扇朱红漆的双页门，开向后弄堂。这是一扇除了像过年这样的大节日，才会毫无保留地全部敞开以外，平时只打开半扇的后门。童年的我，就老是喜欢从这虚掩的半扇门中偷偷地溜进后弄堂里去，在门内还未传来母亲的呼唤和父亲的训斥声之前，我是绝不肯自愿回家的。与那一批被父亲斥之为"野蛮小居（鬼）"的伙伴玩个昏天黑地，是我童年记忆中最快乐的时光。

如此长长的一段记忆细节，当三十五年后重临故里时才发觉：原来那些门廊都是十分狭窄的通道，而所谓自花园到客堂间，从客堂间到天棚，再从天棚穿越灶间进入后弄堂的总共距离也不过十来米，怎么竟然会让童年的我始终保存如此漫长而又景深丰富的一段回忆呢？记忆之变形是现代艺术的某种特殊的捕捉技巧；记忆的被打碎，切入与重新组合是人始终能珍藏一些美好画面直至生命终点的重要原因。明知有误，却谁也不愿去深究。艺术要表达的，有时候，正是人们的这种可以意会不可言传的潜在心态。

当然，如今后弄堂的多数陋屋矮房及其居民都已拆迁，只留下我们这排"新里"，可能因了其建筑时的特色与质量故，仍得以保存，见证着半个多世纪以来东上海岁月的严酷与变迁。同时逃过被夷平命运的还有若干当年属于后弄堂的砖墙、拱门和甬道，用今日的目光来丈量，彼此间的距离也只不过丈把之遥，一个成年男人于一伸手一展臂之间便能左一掌右一脚地攀爬上去。在这样狭窄的甬道间，当年人山人海的批斗会是如何进行的？我又穿越了一道拱门，一张嫩白的鹅蛋脸自我眼前一晃而过，就是在这儿吗？第一有记忆的偶遇？我定了定神，但什么也没有，只有不远处新建的"虹豪花苑"商品房的某个高层单元的一扇没关上的窗户间，有一幅纱帘被风吹鼓成了降落伞的模样。

另一个我爱待的地方是三层阁——那是我十多岁之后的事了，之前，它是我父亲的书房。

我爱待在那里的大部分缘故与它的建筑结构有关。三层阁的房顶倾斜出一个很陡的角度来，有粗木的屋梁暴露在外面。而三层阁的窗户却是竖开且南向的，推开窗页，你能见到眼鼻子底下的一片暗红色的宽瓦平展开来，以及初春时节，瓦檐前的树枝上刚爆出来的嫩绿的新芽。

那个年岁的我已渐渐变得内向起来，爱读书，爱沉思，爱孤独，爱一个人忧郁地享受着一种古典的阁楼风情。

阁楼虽倾斜，但却不会使人有陋室之感，原因是阁楼四周不能站直人的部位都已围筑成了壁柜，父亲的千册藏书就储于其中。房间有限的空间中，搁放着我的一张带圆顶蚊帐的单人床，一张柚木写字台和皮圈椅，一盏垂目着湖绿色灯罩的台灯底下，我与巴尔扎克、托尔斯泰、托斯陀耶夫斯基们对话完了一本又一本佳作。

夏天午后的阁楼里闷热似蒸笼，我打着赤膊，一把四翼的摇头扇"嗡嗡"地鸣叫着，而窗外则是一片蝉儿们灿烂的歌声。冬日的近暮时分，阁楼阴冷得十只趾头完全失去知觉，有一只烧煤饼的红彤彤的铸铁火炉陪伴着我，一壶开水"嘶嘶嚓嚓"地在铁板上沸腾着一股小小的激动，将一缕蒸汽送入干燥的空气中。太阳落山了，橙红色的夕晖自窗玻璃间射入来，小阁楼里一片辉煌，那斜顶的屋构竟然会叫人生出一种莫名的安全感来。

我爱三层阁的另一层原因是那儿有一片上海人称作后晒台的地方，恰好与它毗邻。春天，尤其是深春季，当空气中温润润地带着股醉意时，你便可以经过几步台阶跨出阁楼去，呼吸那种由远远的公园里传送来的松子与新叶们发出的清香。在那儿，我还饲养了一窝鸽子，有时看书看得连颈脖都感到酸疼时，就可以走到后晒台上去一舒筋骨，梳理梳理思绪，逗逗鸽儿，听它们"咕咕咕"的亲昵的叫唤声。俯瞰那片斜脊的里弄房顶，望着那一扇扇装饰着花点布帘的后窗发一阵呆。

就是那个少年的我吗？那个澎湃着想象、储存着感性、蠢动着欲念的我吗？三十五年后，当我自那斑驳的烟囱旁猛然转过身去时，一个影子正从通往三层阁的台阶上急步走下。影子的一切都隐藏在阴影里，唯有一对眸子闪闪发亮。回去了哦，晚了。一个佝偻挂杖、行动已相当迟缓了的老妇人在我一旁说道，她的苍发蓬乱而灰白。

"潘家姆妈，让我来搀侬，让我来搀侬。"

"前排洋房里个人，像阿拉地辈个还都已经一个个地走得差勿多了，唉，现在只剩下侬姆妈搭自我了。下一辈当中，要算侬顶有点出息，去了外头介些年，还想到回来看看。亏侬还记得我……"

"当心台阶，潘家姆妈，当心……"我觉得影子正与我擦肩而过。我知道他的去处。他要去到那条晒台的水泥栏杆前，他要握住它，紧紧地，且要让掌心中微微有汗水沁出。

潘家姆妈不提，我倒真是记忆已十分模糊了。所谓"前排洋房里个人"，正是后弄堂的邻居对我们这些住在前排新里结构房子里的人的称谓，似乎也算是一种街坊头衔，久而久之，被唤叫之人出出入入也就自自然然地高人一等起来。

应该说，住在所谓"洋房"中的人一般都还算是有些脸面的。我父亲那时在沪上的一所大学任教，每次上下班，夹一个黑皮公文包，他总喜欢叫人力车把他拉到前门口进出，他最憎恶与后弄堂杂色人等为伍。

隔壁潘家伯伯也是一家洋行的高级职员，还兼做些轮胎与火油的生意。他们的天棚里不种荷花不养鱼，而是充当货仓，堆满了整听整听的火油和成排成排的"邓禄普"车

莫奈《海滨公园打伞的女子》

胎。小时候去他家，与他家的儿子玩"拌野朦朦"（捉迷藏）的游戏最有趣，也最刺激，将小小的身躯藏匿在某条车胎的胎肚里，就谁也甭想把你找出来。然而随着一声"鬼来喽！"的叫喊，全都吓得从那间似乎从来也不开灯的黑乎乎的天棚间里逃了出来，一个个脸苍唇白，却都高兴得笑弯了腰。

被母亲唤作潘师母，而我则称其为"潘家姆妈"的女人，那时四十多岁，白嫩胖胖的脸蛋上搽着厚厚的雪花膏，勾着眉线，一身紧腰旗袍把人裹得像只肉粽，而"双妹牌"花露水的香味始终弥漫其四周。串门是她的爱好，从先生逛轮胎赚了钱到儿子测验得了个满分，她都不忘过来我家吹嘘一番。每回，我母亲总是充当她那斯文而又忠实的听众，面带微笑，从不摇头也不点头，只有当提到"斜对门 16 号里的范女人"时，两人似乎才有了共同的话题。

"男人讨伊回来是二婚头，伊自家还勿是勿晓得——像啥有介其事，哼！"

就连很少对坊事发表评论的我的父亲，在提到范女人话题时，也都忍不住会有一种轻飘若烟的兴趣滋生出来："依我看啊，今后伊个小囡长大，还勿会好到哪里去……"

三

范女人不姓范，范是她丈夫的姓氏。至于为什么叫她范女人，而不是范太太、范师母或索性直呼其名，或因表达某种故意的鄙夷之情，或因众坊家那时根本就不清楚她姓甚名谁。

至少在我记忆所及的这么多年中，范女人就是她的名字。

后弄堂的住家，说实在的，确也没几个像样的。小商小贩小职员二房东三房客之类，一般都共租一幢石库门单宅。只有范大块头，范老板家与众不同，他单独拥有一套东西正厢房的红砖石库门住宅不说，还有两扇常年被油得乌亮黑漆的大门，终日紧闭。一对黄铜狮面门扣，一块白瓷底青凸字的门牌和一匾铸着金光闪闪"范宅"两字楷书的铜牌，并列于门扇上。一棵每逢 5 月都会盛开点点白花的夹竹桃越墙而出，两只精致的青石小麒麟门口那么一蹲，俨然一副迷你型小公馆的派头。他是后弄堂众坊中公认最有资格能住进"前排洋房里"去的那一个人。

因为说来他也算是个生意人，日伪时期雇了几个苏北逃难者，穿越日本人的封锁线，做单帮活计。光复之后，又在外滩中央商场一带做起美军剩余物资的生意。他常说自己的"店"里生意如何如何火红，但按父亲的说法，他只不过是在那里挤挤攘攘地设了个地摊而已。

不过，他的气派倒是有点儿非凡：高大魁梧，一条像刀锋般笔挺的阔腿西裤，是靠两条墨绿色的橡筋带吊挂在肩上的。大肚腩、中分头，溜光乌黑，斯迪克（手杖）是棕褐色镶象牙手柄的那一种。走起路来，斯迪克先行，光漆皮鞋随后，昂首阔步的，叫我们这班小鬼头迎面遇到，即使仰首，也要先倒退三分。

再说，他家的布置也算是有点儿豪气——我曾尾随那班"野蛮小居"，从那扇紧闭的黑漆大门中溜进去过一次，全靠他的那个比我们小四五岁的女儿偷偷开的门。

范小妹，这是我们对她顺口的称呼。

她有些讷言，童花发型，嫩白的脸蛋上含有一种对于我们这些自以为是英雄好汉式的男孩子们不太敢向她正视的俊俏。她总爱抱着一只梳得光滑可爱的大眼睛洋娃娃，喂她吃奶嘴，哄她睡觉——这些无疑对我们这些拆天拆地的男孩们来说，是一桩最无聊最可笑的活计。虽然平时看上去文质彬彬，但千万不要也不能去触怒她，否则，她的报复将会是使尽其全身解数并倾其全部词汇向她父母添油加醋地投诉——我们怕，就怕她这一招。说来也怪，在我们这一堆"野蛮小居"中最遭人瞧不起的便是当谁玩不过谁时，就向自家的大人申诉的家伙。每遇此种情势，全体玩伴都会向他翘起鼻孔来，并用拇指顶着鼻尖做出个吹喇叭的鄙夷动作。唯独对她，不敢不想也不愿这样做。这是我们这群孩伴中，谁也不想去揭穿谁的秘密。是因为她是我们之中唯一的女孩，还是因为她的长相总带点儿"那个模样"，令大家不约而同地对她产生了一种讨好的心态，这倒是件大家都未曾细究过的事。

现在，在我记忆的眼前，展现的是一间大客堂，地板是菱形的拼花瓷砖，两排红木太师椅两边开；每只椅背上都镶有一块朦胧山水画意的大理石。宽宽大大，爬上去一坐，只觉得屁股硬背也硬，屁股冷背也冷。太师排椅的尽头安放着一长条红木的供品桌，之上，福禄寿三星笑眯眯地望着你。一旁一只大圆口的瓷花瓶中，一支鸡毛掸在"飕飕"的穿堂风中不住地抖动着羽毛。

二楼的正厢房中央搁着一张宽大的红木双人床，雕荷花叶的床头板上夹着一盏歪戴帽的夜读灯。一幅七彩条的泡泡纱床罩覆盖其上，被扯得一丝不苟。斜对着木床的是一座红木梳妆台，矮矮的底座上摆满了各种高低参差的化妆乳液，而一面椭圆形的化妆镜正面对着四扇宽大的推窗，恰好映出了某幅后弄堂的红砖墙和半棵夹竹桃的叶影来。

这宅石库门拥有五六间房，其中有一扇后窗正好斜对着我家后晒台的那一间，便是我最想要去看的地方。我的好奇是：从他人家的窗口看自家的晒台与屋子究竟会是个啥模样？

"就从这条扶梯上去！"一个绰号叫"樊癫疤"的小伙伴，一把讨好地拉住了我的袖口，神色激动而夸张地表示他愿在前面引路。他夸口说，只有他，才最清楚范大块头家的一切。

"范小妹姆妈一有啥事体"，就会唤他来帮忙，端端弄弄，做个免费下手什么的。而每次事毕，总会有两粒水果硬糖之类的赏赐。但我们大家都笑话他"看中"的是范小妹，讨好前讨好后的，"勿要太腻心哦！"我们甚至在弄堂的砖墙上用拾来的粉笔头画满了壁画来"歌颂"他俩至死不渝的"忠贞"爱情：一口开棺之中睡着一男一女，女的头顶上飞出一线长长的箭头来，表示这就是范小妹，男的则是樊癫疤。为了这些"宣传画"，范小妹哭得死去活来。终于引动了她父亲。有一次，正当我们在玩飞香烟牌子，玩得兴头正高时，范大块头一个阔步闯进了我们的玩圈里来，他用斯迪克一个挨一个地指着我们，咬牙切齿地说，假如再让他看到这些"勿三勿四"的图画的话，他就会立即去报告"你们那些勿教管自家小囡个爷娘"；而假如"你们的那些勿教管自家小囡个爷娘"继续"勿去教管"的话，他就会出面来负起"教管"的责任，他的"教管"方法很简单，那就是用手杖打断那个作画者的腿！

此法果然奏效，宣传画在后弄堂墙上出现的频率减少了许多，只是樊癫疤溜进黑漆大门中去听人差遣，习惯依旧。而在遭人白眼与斥骂之后，还是任劳任怨，依然顺从。然而我们这班"野蛮小居"，一旦对某人某事不再，也不敢再感兴趣时，我们的遗忘也是最快最彻底的。因为有着太多的快乐，让那个年岁的我们去沉浸，去疯癫，去丢掉一个爱好再拾起另一个。

当然，此一刻的情形不同，他毕竟是范家的常客，由他带路绝对是最佳选择，他灵感型的热情甚至让我产生出了一种带点儿内疚的感动。

这是一间从二层去三层的转角亭子间，黑咕隆咚地位于两条扶梯的转接处。当我们正"吱呀"一声推开虚掩的房门时，就有一个梳着发髻的、腾着一股强烈味道的、涂着刨花发水的女人冲出门来："啥事体！啥事体！白相还勿要白相到此地块来！"她大声地嚷嚷着，凶神恶煞。

"嘿嘿，张妈，嘿嘿，我是樊……樊癫疤，斜对门吴家少爷想来看看……"

"看？有啥好看咖？！——去！去！去！"她十分恼火地挥动着她那张开的手掌，仿佛要拒我们于千里之外似的。

原来这里是他家女佣张妈的睡房，虽说不让看，但毕竟还是从大开了的门中过了一瞥之瘾。房间总共也就七八平米，一张单人床靠窗放，窗外呈现的恰好是我天天要单独去要一会儿的我家的后晒台以及那座用油毛毡盖搭出来的鸽棚，看上去就像一座简易的两层楼房。我心中一阵无名的激动：对于一个孩子，这就如在一个没有约定好了的时刻与地点遇上了熟人时的心情。

然而就在此时，范小妹气喘吁吁地蹦上楼来："阿爸姆妈已经进弄堂口了——伊拉回来啦！"如此一声叫唤，犹如晴天霹雳，将我们这群小毛孩一个个吓得屁滚尿流，旋风般地滚下扶梯，甚至连当时是怎么走出的这扇黑漆大门，事后也都漂白成了一片失忆状态。

我的第一次、最后一次，也是唯一的一次，刘姥姥进 16 号大观园的冒险历程就这样结束了。

四

"还勿是勿晓得，伊讨伊回来是二婚头，哼！——"三十五年之后，在残破的后晒台的台阶上回首时，耳畔响起的是一句尖刻的中年女性的声音，清脆丰满，袅袅的余韵之中仍蕴含着一种鄙夷与酸意。

这就是她吗？初升的温暖的月光将她虾弯的体形轮廓出一个可爱的弧度来。"晚了，回去了哦？"她再一次地说道，她的手杖的尖顶已触到了前一级的台阶上。

"小心，潘家姆妈，小心！让我来扶侬……"

据说，那个被唤作范女人的女人也出身于某正派人家的闺房，当时，她只是扬州一家女子中学的学生。

新中国成立前几年，范老板春游瘦西湖，惊艳于某风景点的茶座间，从此，便一发不可收拾地迷恋上了她。他已是个有家有室的人了。然而，他竟不惜一切代价休了前妻，几条大条子将她给打发走，再去扬州把她娶了回来——于是，便有了这个故事的主角：范女人。

那时代，一个外地女子能嫁到大上海来的荣升感就与今日里的出国差不多。范老板将石库门门第装饰一新，青石麒麟门镇就是在那时候添加上去的。据说，他还打听过搬来"前排洋房"里住的代价，虽说最终还是放弃了，但那日迎娶的盛况却是让整条后弄堂都沸腾了。三部强生出租车载满了嫁妆，而第四部上走下来的是一个桃容花貌、水蛇腰身的她，踩着三寸银色高跟，狐皮圈领，狐皮袖筒，挽着范大块头的手臂，招摇过这条陋巷窄弄。

当然，这都是在多少年后我才听说的事。当时的我还在襁褓之中，而她，其实也只不过是个十六七岁的女子。"哼！装成是啥个大人家嫁过来个派头，"在潘家天棚里玩游戏时，常会听到潘家姆妈有关那一次那一天，以及那时节的她的种种细节描绘，"地种绸缎子被面子一看就晓得是大马路上'协大祥①'买夹嘛事，还勿是范大块头出个铜细？"有时，潘家伯伯也会走上前来插上一句半句的："人倒真是长得蛮标致个，假使立到四马路朗向，保侬生意涛涛！……"潘家姆妈狠狠地盯了她丈夫一眼，"哼！"自鼻孔中喷出的，还是她的那个轻蔑外加愤恨的招牌音节。

但我小时候对她最早的实体印象却是遥远得带点儿想象的成分。一套玄湖色的绸缎旗袍，闪闪发亮地裹着她曲柳一般的身段，企领之上发髻之下露出了一截长长的玉颈。她若无其事地挽着硕大壮健的范老板的手臂，表情矜持。前后左右投射过来的惊羡、妒嫉的眼光在她身上溶化开来，而她每次在后弄堂里的出现，都像是一艘破浪前进的舰艇，人群都会自然而然地分开去。当她袅袅婷婷而过时，人群再合拢过来。男人以及女人，叽叽喳喳，各自发表，也发泄着各自的感受。一个在弄堂口设摊修鞋打桩的小皮匠，边用袖口抹一把清水鼻涕边说："两个人在外头人面前已经是个能样缠心缠肺咯，勿要讲是到了床上了——个种叫床头势啊——嘻嘻嘻！……"说完，再用切刀在头皮上刮了刮，径自去完成他的那道穿缝纳线的工序了。

然而，他们却是对绝然不理会他人感受的夫妻。范老板永远叼着一支粗雪茄，腾腾的烟云迷雾里，范女人的那张俊俏的鹅蛋脸更显示出了一种朦胧美来。如此一对若入无人之境的夫妻，在那么一个时代的那么一条小小的弄堂里，形成了一道别开生面的风景线——甚至引起"前排洋房里个人"的某种心态的不平衡，也不是一件不可被理解的事了。

但厄运，终于降临到了他们身上。

---

① 上海绸布行业的老字号。

那应该是在 1953 年、1954 年间的事了。其实，新时代的管治特色在那个时候已经开始显现出来，稍微能敏感一些时势的人都已经开始夹紧尾巴做人。中山装、解放装、干部装、列宁装的流行便是一种无声的说明。所谓"枪打出头鸟"，当太抢眼了的他俩旁若无人地从千百双人的眼前流动而过时，打击走资派的那杆猎枪的准星之中也同时出现了他们的身影。

当那辆被我们小孩唤作"强盗车"，装置有军绿帆布扣篷的小吉普，在我住的那条后弄堂口前"嘎！"地刹住时，正是午睡时间。而我们这班"野蛮小居"恰好趁这弄堂里最清静的时分玩"捉强盗寨"的游戏。这是一种最会令小孩们着迷的游戏，玩法是一个充当捉手的人将额头往墙上一按，自蒙眼睛，倒数十个数字后猛然睁开，而其他玩伴必须在此时段内各找地点藏匿玩毕。当捉手探头探脑地走离"强盗寨"时，突然现身且逃回的就算是胜者。

老实说，一说到童趣时代的游戏，我的思路便会离题：阿二，阿三，长脚，吊眼皮，枧篮头，樊癫疤，这些曾令无数个童年时代我的日日夜夜变得等待、渴望、癫狂的绰号与诨名，每一个都可以为你钓出一连串鲜蹦活跳的往事来。

其他的人，虽说也有不少粗野与狡黠，但事后回忆，不管怎么说，总会有不少妙趣横生的章节连带而出。唯樊癫疤不太一样。三十五年之后当我再度与他相遇的前一刻，一想起他来，总也是那副猥猥琐琐的神情与模样的复活。他有个习惯，老喜欢斜低着头，不正眼瞧人，而让他太阳穴上方的那块因在年幼时被撞破而留下了的不再能长发的永久疤痕亮闪闪地正对着你。他的脸色苍白苍白的，枯瘦的手掌与小臂上不断有冷汗沁出，因而他又获得了另一个颇为切题的雅号："鼻涕虫。"他不合群也不太爱说话，除了在遭范小妹白眼和恶言相向时，才会在面颊上飞上两片罕见的红晕，以及咕哝几句听不清的言辞。然而，他却会对一直怀恨在心的某位小玩伴猛地蹦出句："我操那娘个×××！"之类的粗口来，并立即循其预姿而遁，待那位被骂者搞清是咋一回事时，只能气得唇抖面白，却又对他无可奈何也无计可施。有一次，年仅十岁的他，竟被"请"进了派出所去，在经过他那个在小菜场斩肉的老子的横求竖拜，和他娘的一把眼泪一把鼻涕之后才给放回家来。后来听说，他就是在玩得好端端的时候，倏地猛捏了隔壁一个小姑娘的下身一把而被人告到派出所去的。此一劣行自然又成了日后范小妹在斥骂他时的一个新依据，而他也因此在一个相当长的时期内，让所有小伙伴的家长警告自己的子女再不能与其为伍后，孤零零的，可怜兮兮的，远望着我们沉浸在欢天喜地的玩兴里，不敢也无脸再靠拢过来。尽管在后来，玩的诱惑和与对玩伴的渴求仍战胜了一切，他复变为了大家中的一员。

就如这一次，当小吉普在弄堂口戛然而止时，我记得，充当"强盗寨"捉手的正是樊癫疤。他傻了，当"强盗"们都一个个轻轻松松地"回寨"时，他仍呆若木鸡，眼巴巴地望着那几个佩武装带的军警，神情肃穆，大步流星地往弄堂深处的某个地点走去。

是范大块头家！当军警们的方向感被明确了之后，我们大家也都放弃了游戏的兴趣，身不由己地追随了上去。

嘭！嘭！嘭！狮面铜扣被猛烈地拍打着。樊癫疤脸色苍白，嘴唇颤抖，他一个箭步凑上去："他家我熟，我可以带路，我……"但他被一把推了开去，他一个踉跄，差点儿撞跌在了我身上。他的脸色更苍白了。

50 年代之初的上海，抓人与抄家是件带有点儿神秘、恐惧兼刺激的事。连顽童们之间也常有如此侃法：叫侬阿伯（父亲）去派出所"谈谈"。一"谈"之下便永久消失踪影的情形在当时相当普遍，而范大块头就是这样的一个个案。只是留在我记忆中的他的最后形象与之前的他完全不同：他穿着一套宽条睡衣，脚上拖一双硬质皮拖鞋，没有斯迪克、雪茄和刀一般锋利的西裤。他被从黑漆大门间推出来的时候，手是反铐的，警察左一个右一个地扭住了他的臂膀。

当穿着一套粉红色丝质睡袍的她，哭喊着从门口奔出来时，他已差不多要走到弄堂口了，"范哥！……范——！"他有过一个企图转头的动作，但没能成功。而尾随犯人与押送者的那位警察却掉转头来，一把擒拿，就将她提了起来，她被抛摔了出去，一只丝绒绣花拖鞋飞脱了，她坐在墙角的一潭泥水中，不再去追。她掩面而泣，缕缕长发从前面将她的面容遮着，活像只美丽的女鬼。

黑色石库门宅被灯光通明地折腾了半个白天与一个晚上。天明时分，人才退去。从此，两扇紧掩的黑漆大门之后便开始了死一般的寂静，而后弄堂里当然也消失了那道柳曲加壮健、旗袍加雪茄的风景线。但我们这班小调皮鬼仍不甘心，总喜欢将耳朵贴在门缝上屏神细听些什么。在不知哪个高叫了一句："范大块头回来喽！"大家这才哄笑着地散去。

范小妹再也不参加我们的玩伴群了，我很少再见到她。直到某一日突然惊异地发现她原来也有着与她母亲一样的桃白脸颊与矜持表情时，已是在相当几年后的六十年代之初的事了。那时，我们那班"野蛮小居"已自动解体，大家已先后步入了青少年的生理与心理期，彼此见到，也只是笑一笑、点个头的成年人动作，不要说是面对异性了。

樊癫疱是否继续还往范家跑，我就不得而知了。我后来听说范大块头被抓后，张妈也不见了。原来她是公安局的线人，在拘捕范老板的事件中立了大功。几年后，当她一家在后弄堂某门牌号分配到一间厢房时，她已成了全弄堂人见到都要面带几分敬畏与笑容的治保主任了。她的阶级立场始终十分坚定，不要说是对范老板的家眷，就是对我们这些住在"前排洋房里个人"，她都不苟言笑。

16号的石库门各厢房在几个月后被拆封，分别分配给了若干家工人和复员军人的家庭居住，范女人与她的女儿搬去了从前张妈的亭子间里住。从我家的后晒台常能望见16号后窗窗框间的梳妆台圆镜，和用彩条床罩改制而成的泡泡纱帘轻柔飘扬，那已是属于我记忆长篇里的第二个章节了。然而，这倒是构成了我青少年时代漫漫岁月轨迹上的一块永不褪色的晕黄色的亮点。

五

范女人依然是全弄堂人聚目的焦点。

一是其丈夫于肃反期间，据说拥有了一架随时能与美蒋特务机关保持联系的发报机的那条骇人听闻的罪行。二是她本人始终不肯褪色的美色与风情。三是其频频相传，却又始终得不到证实的艳闻。一切男人皆因了兴趣，一切女人则因了忌羡。

可能人总是不甘心的，如此一朵盛开的女人，怎能忍受没有男人在身边的一个个日夜？

那时候的范女人已被分配到毗邻公园的一家锯木厂去当会计，三十来块的工资，除自谋其生外，还要拉扯大一个女儿。范大块头当然再没回过家。起初，范女人还能提着饼食毛毯之类，每月都有一次机会去到提兰桥高高围墙的阴影里，排队轮候探监，但不久之后就听说范老板被押解去了青海。三年自然灾害期间的某一日，母亲说，范女人是在她工作的单位里被公安局叫去的，人家交给了她一封剪去了一只角的通知信函。

她哭得死去活来，当场昏晕了过去。她被抬回了16号来。当她再度在后弄堂露面时，她的脸色已苍白如纸，行动也飘忽得好像随时都能被风吹起来一般。当然，所有这些都是我在听母亲与他人闲聊时，收集而成的情节的连续，有几成真实度，其实也无把握。我只知道，当自己还只是个十一二岁的男孩时，已悄悄对范女人的一切感兴趣了。

玩得再投入，听觉的滤网也会将有关她的种种细节留下来，存进忆库，并以一个儿童的联想加以润色，完成故事。"就是戴了朵白花，伊还是迷煞人。"我记得，这是潘家姆妈的评论，而母亲的感慨则是："这个红颜薄命的女人，作孽哪，作孽……"

作孽？作孽是什么意思？是自作孽还是他作孽？是前世作今世报，还是今世作今世受？当我逐渐长大，在零零星星的书籍中读到类似佛学理论的只言片语时，我都有掩书作一番少年沉思的习惯。我记起了母亲的这句常用语，以及"她"，那袭总是飘飘忽忽在眼前的形象，久久挥之不去。

伴随而来的，说来也怪，还有一股似有似无的幽香，就像仲夏时节从盛放的草兰丛中飘逸出来的那一种，令我既神往又躁动。

那时的我，已是个十五六岁、感觉与感情都已十分澎湃的少年了。与她窄弄相逢，面面相对在刹那间。周围没人，很安静，盛夏午后的弄堂里，阳光火辣辣地洒满一地，而隔了几条街外的公园的叶荫里，蝉声的大合唱覆盖了这一片宁静。她停下了脚步，赤足拖一双半高跟的闽式烘漆木屐，嫩白的趾甲在阳光下闪闪发亮。我之所以会有如此记忆的原因是，在那段叫人窒息的数分钟内，我目光之所及多是朝下的，然而又不是说，它从没向过上，甚至与她的目光有过对峙的一刻——是的，应该是有的。她用目光整个儿地笼罩住了一个比她小十六七岁的男孩，神情中性，而中性之中又荡漾着一波纹笑意。这是一种脉脉、绵绵、柔柔、弱弱的目光，柔软得甚至叫它的对峙者都丧失了那种承受的勇气。而最奇特的是：目光中竟还含有了一种莫名的自责、内疚和无辜感——这是三十五年后，当我再度与两束类似的目光相交时，才得以用语言形式总结出来的内涵。

这是两道出自于既是她，又不是她的，灵魂之窗的目光，在一个光鲜非常、觥筹交错的社交场合。此时从一个已年届天命的我的立场出发，我只是好奇，对于一个比她小十六七岁的腼腆而又不谙世事的大男孩，被那两束目光笼罩，究竟能产生多大的心理与生理的场效应？

因为这种场效应正是当时的我在承受的，我分明感到有一股热力从那个方向逼射过来，让我周身都燃起了一股烘热。我想，我当时的动作一定是赶快用眼神来避开她，笨拙、慌乱、渴望、好奇，以及不知所措？但脸是肯定无缘无故地涨得通红了的。

她索性驻足来凝望着我，凝望着我那匆匆逃离的模样，凝望着我像所有弄堂里的居住者回避她的模样那般——只因为她是一个瘟疫病毒的带菌者？她觉得好笑，还是叹息？但她绝对不知道的是：在她早已离开了那度拱门之后的很长一段时候，我又悄悄地绕了回去，且在她曾站立过的位置上，傻傻地呆了很久。我闻到一股兰之幽香在四周围弥漫开来，它甚至让脚下那条阴沟污水的臭味都变得微不足道起来。

那夜，我有点儿发烧，且睡得十分不安稳。母亲说，怎么了？感冒了？还是中了什么邪风了？——早就同你说过，后弄堂那种地方少去……

但不去后弄堂又怎么呢？当秋月圆白而明亮地挂在当空时，秋虫们唧唧求伴的歌声也此起彼伏在了周围的一切沟渠、草丛、石缝和砖墙处，这是我们这班玩伴的另一个疯狂季：捉蟋蟀。是的，捉蟋蟀，玩蟋蟀，斗蟋蟀。通常是在深夜十时后，我们全副武装，配备上一切必要的捕具：网筛、竹管、泥盘，还有手电——这真是一件十分有用的器具，一旦方向确定，砖瓦翻开，"唰"的一道手电光，任何猎物都会在迷乱之中被你束手就擒。

我们偷偷地从公园后门的一处与锯木厂露天堆栈直接相通的篱笆窟窿钻入厂里。繁星眨眼，好一个爽秋的月夜。大家一致认定，只有在木厂凌乱的堆库中，才是蟋蟀们最佳的藏身处。谁也不愿放弃这个机会，因为在第二天的蟋蟀比武会上，不论是"红头"还是"青头"大王，一般都产自那里。

一到堆木栈，大家都迅速而自动地散开去，像侦察兵，各自定位各自的目标，各自发挥各自的优长。一大片薄云飘浮过来，月色开始朦胧，堆砌成垒的原木连绵成一种丘原起伏的景象，铺展在乳白的月色下，构筑成了一幅太空画面。一眼望去，不免叫人生出一种胆怯来，然而为着次日"红头"大王的诞生，我仍壮胆向木栈厂的纵深地区挺进。

目标发现了！一只音声洪亮的某"大王"肯定就藏身在前方那堆木栈之中的某一处。我蹑手蹑脚地向目标靠近，并在木栈的底部蹲下了身来，屏气细辨。

然而，令我惊奇的是：木堆开始震动，并伴有一些细小木棍滚下的轻微声息。声息甚至还引起"红头大王"的叫声也有过一段受了惊的间歇。我将目光向木堆的上层移去，我见到一条白色的类似天鹅长颈的人的手臂在弯曲，在游动，而且还伴有一些低低的呻吟声。

有人！我的第一反应该是大声叫喊起来，呼援就在附近的"侦察兵团"。但不知是出自"红头大王"对我的诱惑呢，还是对眼前这一切的好奇，我奇迹般地制止住了自己。现在我辨清楚了：除了那条天鹅曲颈的手臂外，还有几条裸腿互相交错、盘缠。其中的一条在月色之下泛着乳白色的光泽，令我联想到母亲无名指上戴着的那枚玉戒来。它们和谐地扭动着，联动着小腿、脚踝，朦胧飘忽得就像是一场月光下的舞蹈表演。

　　呻吟声更大了，扩大成了一种低低柔柔、细细软软的叫唤。刹那间，一切都寂静了下来，当"红头"大王的歌声又在夜空中起劲地欢唱时，我竟失去了要将其逮住的一切欲望——我只想蹑手蹑脚地离开，就像我曾蹑手蹑脚地来到这堆木栈下一样。

　　我一个猫腰的转身动作，竟然绊倒在了一根滚下木栈的细木棍上，由此，引动了一连串木棍的滚动与下滑，我被我自己所引发的巨大声响惊呆了。

　　我趴在沙砾地上，不敢动。逆着月光，我看到有两个身影，一高一矮，一粗一细，一壮实一柳曲，飞快地从木堆上攀爬而下，并向我卧倒之地逼近过来。慌乱之中，我取出了手电筒，像现代战争中使用的某种电子武器，我朝着目标本能地按下了键钮开关——

　　是她?! 在一道雪白的光亮中，她侧着头，用手掌遮挡在了前额上。她，半敞开着一件黑丝绒滚边的大扣襟短上装，衣冠零乱，发式蓬松。雪白的指掌，雪白的手臂，雪白的脸色，雪白的一大片前胸的裸露部分，在雪白的手电筒光的照射下，显得特别刺眼。而逆着朦胧的月色，我见到一个高大的身影正自她的背后隐遁而去。

　　"原来是吴家弟弟啊？"不知在何时我已熄灭了手电筒，站起身来与她在月光下面面相对了。与她只差几步之遥，第一次，我真切地听到了她银铃一般敲打着的声音，"来这里玩吗？"她的声音镇定极了，就像是一个家长在关心比她小一辈的孩子那样，"已经很晚了呀，还不回去？——"

　　我望着她，一样白皙得耀眼的肤色，一样天鹅曲颈的手臂，一样夏兰幽幽的体香，一样脉脉绵绵自责式的眼神。

　　她，是她的复活吗？

　　仅仅在几分钟前，我借着一个捡落筷的机会俯下身去。桌肚底下，长桌四周拖下的白色台布，在空调与吊扇的双重作用下飘飘荡荡。她穿着半截尼龙质的紧身中裤，圆润优美的小腿曲线和光滑细嫩的肤质，与乌丝绒的裤料形成了一种火辣辣的反差。她赤足跐一双拖鞋式皮鞋，火红色的细高跟，这是今夏市面最流行的款式。她的一只脚从鞋肚里退出来，踩在另一只脚的脚背上。一样的脚掌弧线，一样的嫩白脚趾，一样的晶晶趾甲，即使在台底微弱的光线中，都有一种莹莹的反光。

　　她，是她的复活吗？

　　桌面上与桌面下是两个完全不同的世界，上半部是举臂碰杯喧嚣嬉闹，下半部在相对的安静之中，在众人的腿裤与鞋袜的默默背景上，盛开了这样的两只与一双。周围白桌布的色彩在变幻，变幻成了彩条，变幻成了一副泡泡纱的窗帘，在 5 月的熏风中，而不是在空调与吊扇的作用下，飞舞飘荡。那扇亮着黄光的后窗，在帘布的飞扬中一遮一挡，一隐一现：有一只精巧的光脚丫在一条毛茸茸的脚肚上来来回回地搓动。就是眼前的这一只吗？我定了定神，毛茸茸的腿肚不见了，只有那只脚丫，在另一只脚的脚背上，若有若无，不紧不缓地搓动。

我捡起了一根落筷，将它紧紧握住，我觉得手心中都有汗水沁出来了。

然而，她仍在笑，笑容在她的脸上盛开，就如波纹在湖心中央荡漾开来一样。我假装捡拾动作有些困难似的，慢吞吞地从台肚之下钻出身来，再一次望见了她。她傲然地仰着头，波浪形的长发甩动之间，有一股 shampoo（洗发液）的清香飘来。"作孽啊，作孽！……"这是母亲说的。"还勿是勿晓得自家是二婚头，像煞有介其事！……"这是潘家姆妈四十岁的音色。但看得出来，一桌的男士都向她投来殷勤的眼色，而一桌的女人都面露羡慕的神情。妒嫉？妒嫉的残渣仍然存在，不过早已埋没在了诸多其他心理因子的深深海底去了。

她，是她的复活吗？

"嘛事落脱了就勿要再去拾了，吴作家，再叫服务员小姐替侬拿一双干净个来就是了，喂，小姐！——"

"勿要了，勿要了，谢谢！我已经……"

我觉得她老有一种想从眼角间瞟我一眼的冲动，不过又总在克制。她怎么可能记不起我来了呢？尽管她一直在那儿装成若无其事的笑。那拱弄间的偶遇，那木栈边的惊险，我与三十五年前的自己变化真有如此之大么？她的两只从深宝蓝无袖衫筒中曲颈而出的玉臂，前后交错地摆动，令我再一次陷入了幻觉与现实的交替中。

音乐响起来了，这是一首节奏感与旋律感都十分现代化的歌曲，一个男中音在沙沙地唱着英文歌。全体男士渴望的眼光都一起投向了她，而她，仍毫不介意地开放着一朵笑容。

"黄局长，先同黄局跳一个……"几乎所有的男人都不约而同地投票出了他们之中某个最具分量与影响力的当选者。

她笑盈盈地站起来与一个秃顶的矮男人旋进了舞池里。

"刘总，刘总下一个！"

一个彬彬有礼的瘦长个男人早已在舞池边等候了，他挽住了她的那条刚打算离开舞池的赤裸的臂膀。不一会儿功夫，她的那对火红色的细高跟和两只嫩白如雪海棠的手臂，就像两团红色和白色的火焰，在人群的隙缝间乍隐乍现了起来。

下一个回合来到时，气喘吁吁，桃色的两颊上盛开着两朵红晕的她，是主动走到了一个后生跟前去的。这是个看上去要比她小十来岁的青年，腼腆、优雅、女性化。他修理得一身细窄的条杆，白嫩的面颊，细软服帖的头发中分去了两边。这是一曲舒缓的舞曲，当灯光幽暗下来的时候，她搂着他，投入地跳着一曲贴面舞。

周围的目光都投向他们：对她是渴求，对他是忌羡。

"樊总，小白脸倒贴上门了……嘻嘻……"

"樊总，上去把伊抢下来啊！——"

"没勿关系！没勿关系！"已进入半醺状态的黄局满脸放射出红光来，"勿管侬哪能讲，到了今天夜里向，伊总归是属于阿拉樊总个人，哈哈！哈哈哈！……"

"侬叫我哪能讲呢？"樊总嘿嘿的干笑声中藏着几分醋意、几分自嘲、几分尴尬。"现在已经到了啥个时代了，勿要再翻老皇历了好勿好？改革开放形势一日千里，包括两性关系。还勿晓得是啥人倒贴啥人，啥人属于啥人咧——侬讲呢，吴作家？"

他突然将座椅转出一个小小的角度来针对着我。嗯，嗯，但我已站起身来了，说：对不起，我要走了，要走了！樊……我差点儿就唤出了个"樊癫疤"这一语惊四座的称谓来。

六

不过，那一天的蟋蟀比武会，我倒真是遭了个"滑铁卢"式的败局。

比武会是在 16 号门前的台阶上进行的。大家背靠着石麒麟，盘腿席地而坐，然后摊开了盘、罐、网、筛、竹管和蟋蟀引草等一套家伙，拉开了决战的场面。

连一只"星级"蟋蟀都没能捉到的我，手头上尽是些刚出土不久的嫩头，第一回合就让樊癫疤的那只凶狠狠的"青头大王"咬了个满盆乱窜。"青头大王"骄傲地抖撑起后腿，张开双翼，嘹亮地叫唤着，庆贺胜利。继而再一个回马枪，将我的那只嫩头"一夹子"撵出了盆外。

"哈——！"小伙伴们一个个都变得兴高采烈起来，又跳脚又拍手，还以电影《上甘岭》中的战斗歌曲助兴。

"来！待我将它朝空中掼三掼后再来斗过！""吊眼皮"眼明手快，一把将那只已被撵出了盆外、正准备伺机逃逸的"败将"蟋蟀捉住，握在手掌之中——根据顽童们的经验，蟋蟀有点儿像人（还是人有点儿像蟋蟀？），斗败并不是结局，在晕头转向之际，仍会有一股不顾一切龇牙厮杀的拼劲与傻劲的。

"不，"不知怎么地，我有点儿不忍心将一只斗败的蟋蟀再次投入一场残酷的厮杀大战中去，"还我。"我说。

"吊眼皮"愣住了。而刚刚准备盖上盆盖，说要让他的那只"青头大王"先养养牙，等明天再来拼杀过的樊癞疤，又转而盛气凛然起来，再度掀开盆盖，叫道："哪能？斗就再斗过——阿拉勿吓侬格！"

我从"吊眼皮"手中接过那只可怜的蟋蟀，一个手掌倒铲的动作便将它放生进了16号石库门的门缝中去。

第二天我来听了听，它正在16号的天井里欢唱呢。下个星期还一样，下个星期的再下个星期，下个月的再下个月，根据嗓门判断，应该还是它。直到大雪纷飞、冰棱垂挂的日子来临，它的歌声才沉寂了下来。然而，第二年的秋天以及第二再第二再第二年的秋月当空时，16号的天井里总有蟋蟀们此起彼伏的歌唱——我相信应该都是我当年放生的那只蟋蟀的后代。

1966年初秋，那个一切牛鬼蛇神，一切鼠辈虫类，当然也包括一切蟋蟀都要被革命的铁扫把扫进历史垃圾箱去的时代与季节。

其实在"文革"之前，我已有若干次见到过她们母女俩的机会。两个相依为命的苦命人，总是女儿搀着母亲的手臂，在一些最不引人注目的街边墙角走过或者拐入。母亲的表情依然矜持，女儿却越来越抖落出一副标致的长相来：白嫩白嫩的腮帮上始终染有两片淡淡的粉晕。白皙的手臂，白皙的腿肚细匀而优美——尽管社会不愿意，然而造物主似乎对另册人类并不存有偏见。

她们总企图用目光来避过一切人，包括两三次恰好与她们面对面相遇的我。只是我太敏感地觉觉到，对面相遇的刹那间，那当母亲的总会存有一种自眼角间瞟我一眼的冲动——像极了，就像那次在晚餐会上的她。

说着说着就到了那一天。那一天，在本来就窄小的弄堂中间竟然还搭了一座简易的批斗台：木箱加板凳，以及从木材厂借来的若干高耸的木棍间拉扯着一条"誓死将无产阶级文化大革命进行到底"的横幅。

范女人被揪上台的时候，手是反绑着的，剃着阴阳头。半边看上去像她，另半边看上去像个美丽尼姑。她穿着一身干干净净的毛蓝布衫裤，一双牵绊的方口布鞋。一大堆从废品回收站收集来的女人的破布鞋和男人的烂皮鞋，长长一串地吊挂在了她的脖子上。

其实，在那个年头的那个秋阳灿烂的季节，谁家还能没点儿担惊受怕的事？谁还会有心情去感受大自然，感受艺术，感受一幕幕美妙的人间活剧，包括一场接连一场的批斗会？尤其是"前排洋房里个人"，一般都很少会有人出来观看别人开的批斗会。这次之所以是例外，尤其是那些女人，大家奔走相告，义务传播的缘故是：批斗的对象不是别人，而是范女人。

就说是潘家姆妈吧，她家也刚被抄，整条整条的"邓禄普"被滚走，整听整听的"德土古"被运走，二楼的正间被封，潘家伯伯也被押去单位接受审查，就在如此心境之下，我居然也能见到站在后排角落中的她。她两手互绞成一团，踮脚朝台上望去。她的眼中未褪的惊恐与新生的好奇交织在一起。

而我家的情形也绝不比他家的好。抄家的飓风刮过，小庭院中的那棵每年5月都会在枝头开满花朵的石榴树被连根刨，金鱼缸被打烂，荷花池被抽干，连客堂间的地板也都在要掘寻"黄金与美钞"的借口下被撬起，家中的那只老花猫惊恐得"嗷嗷"地嘶叫了整夜，像是在哭喊。那时的父亲早已去国外谋生，我与母亲被禁闭在三层阁上，而整座后晒台都堆满了所谓"四旧"的罪证，以及我父亲留下的大堆大堆的"毒草"书籍。

我们唯一能走动的地方，就剩下后晒台了，在书籍与杂物之间活动活动筋骨。有时抬头望望，一样是天高云淡的秋空，呼吸一口从后弄堂里飘过来的、自幼就呼吸惯了的那种气息。鸽棚被拆了，鸽儿们飞走的飞走，被人捉去宰了的被人捉去宰了。有一只最有灵性的飞停在对面的屋顶上，望着被毁了的"家"，"咕咕咕"地叫唤着，迟迟不肯飞离。世界怎么了，我感到自己在突然之间长大了，并正在告别自己的童年与少年岁月，一缕说不清是悲哀还是坚定的双重感情，从心窝里升起。

如果说到抄家斗人，并不是把个个人都会搞得愁眉苦脸、心惊胆战的，也有亢奋非常的一群。他们佩戴着红袖章，敲锣打鼓地骑坐在三轮黄鱼车上，唱着"造反有理"的革命歌曲，从这家抄斗到那家，仿佛在享受一个欢腾的节日。只是能到达此层境界的人，"前排洋房里"的一个都找不到，后弄堂的住客们当中，还能数出一些来，诸如弄堂口的小皮匠、治保主任张妈一家等。还有那个在当时一提到他的名字我就会恨得牙根痒痒，然事隔多年后的今日再回想时，也不过付之于一笑的樊癞疤。

其实，我家被抄，假如不是他，应是可以避过这一劫的。原因是父亲一早已脱离了大陆的工作单位，母亲也已退休多年。但万万想不到对我家采取抄家"革命行动"的，是由樊癞疤带领的一群红卫兵完成的。说来，他还是我的同班同学。"捉强盗寨"后的多少年，大家又被统配到同校的同一个班上了。我看见小时候的玩伴，兴奋地上前去亲切招呼，没想到他脸色苍白地低着头，斜视了我一眼，一副从未曾相识过的模样，叫我自讨了个没趣。他出身好，老师说他根正苗红，就是学习成绩不太理想，老弥留在升级与留级之间，直到"文革"爆发。

他，于是便完全变了个人。一顶军帽，一身军服，一双军球鞋，与正规的军人也只差两片红领章的佩戴。他整天忙忙碌碌，奔进奔出。他的手中始终握着一本红宝书，一遇争论，便能立马从中找出一段对应的章节来，准确而有说服力，让人见了不禁肃然起敬。

他觉悟很高，他说，像前排洋房里吴家这种没有所属单位的人家，这种遗老遗少的社会暗角，我们不管，谁管？我们不去打扫干净，谁去打扫干净？而吴家的那位所谓"少爷"，在这场史无前例的"文化大革命"中，他的灵魂不被触及，谁的灵魂才该被触及？他又念了一段最高指示来增强他的论据力度：扫帚不到，灰尘照例不会自己跑掉。于是，敲锣打鼓的抄家队伍便光临了。

最令我不能忘怀的是我家的那只深棕色的桃花心木玻璃书柜，这是我父亲留下的一件最喜爱的家具，里面装着的除了有全套的《红楼梦》、《史记》、唐诗宋词外，还有托尔斯泰文集，巴尔扎克、雨果文集以及左拉和大小仲马的部分名著。就在樊癞疤斜乜着眼的一声阴沉沉的"推！"字中，书柜就被五六个青壮汉子"一、二、三！"地推倒在地了。随着一声巨响，书柜散了，玻璃碎了，书页也飞了。那也只能作罢——谁叫你们都是些"四旧"的证物呢？唯有那把我最心爱的小提琴，看来，我只能求他了。我说，看在我们童年的交情和老同学的分上，是不是这把小提琴……？

"嗯？"他始终斜低着的头，自一个特定的角度抬了起来。

"这只是一件乐器而已，没有什么阶级性，"我喃喃地说着，尽量地摆出一副轻松的模样，以及与他们保持着一致的革命立场，"我们也一样能用它来演奏革命歌曲……"

谁知不提不要紧，一提反倒使他变得异乎寻常的激动起来。他苍白的颊上飞来两片醉红色，"没有阶级性？哼！能演奏革命歌曲！"他随即举起琴来，"——就砸烂你娘的狗头！"他把琴狠狠摔在地上，再踩上一只脚，"金钟"提琴"吱吱"地惨叫着，裂开，露出了白肚。

　　然而于此刻，当我在后晒台上来回走动时，书籍与杂物已被运走。黄鱼车上的锣鼓声和吆喝声又从弄堂的另一端传来。16号的那扇后窗敞开着，窗洞间撑出两面红旗来，一面上写着"××木材厂革命造反队"，而另一面上则写着"××中学卫东红卫兵团"。两面竖飘的旗帜之间，可以瞥见那块被打得稀巴烂的椭圆形的化妆镜。

　　我急忙奔下楼去，全不顾母亲在背后大声叫唤："别人家的热闹不要去凑！别人家的事——"

　　果然又是他。

　　樊癫疤的那张苍白的、汗涔涔的脸在黄鱼车与批斗会的台前台后闪动，认真地指导着一切大会的细节和须知。甭说是同级同班的我，就是比我们低了五个年级的范小妹家的事也有他的份？究竟是他的阶级直觉告诉他，做好出身不好子女的工作，让她与其反动家庭划清界限，来个反戈一击，是他义不容辞的革命职责呢，还是因了他老子是斩肉的，故而他天生便拥有了一种能向一切人开刀的红色遗传？这倒是个过了三十五年后的今天，我仍未找到答案的悬疑题。

　　口号声此起彼伏，批斗会的台下站满了心态各异的观众——包括我。批斗会的高潮是随着一个十四五岁的少女跳上台去，对着被批斗对象"啪啪"地抽了两下耳光而开始的。这是个穿着一身女军服、扎着一条马尾散辫的姑娘，白皙俊俏的脸蛋酷似她的母亲。

　　她的揭发自然会很有说服力，而且很系统，头脑清楚——显然是事先接受过某种教诲的。她用激昂的、那个时代惯用的大字报的语言，诉说了她的那个坏分子的母亲如何在那间八米见方的房间里与一个又一个的野男人做出的种种淫荡事件的细节，其中居然还包括她母亲工作的那家木材厂的某厂长。每当要干这种事的时候，她就打发我去睡地铺，她说，他们都以为我睡着了，但我醒着——醒着！！她无比愤怒道，这是对革命后代的最大腐蚀！爹亲娘亲不如毛主席亲，我要跟着毛主席闹革命，我要与这坏分子的母亲彻底划清界限！

　　她投入而生动的发言，让台下众人听得刺激、紧张又兴奋莫名，竟然到该呼口号时都还保持着鸦雀无声状。还是张妈首先清醒过来："打倒腐化堕落分子罗玉芬！！"第一次，我算是知晓了范女人的真名实姓。

　　张妈说，今天的批斗会开得很好很成功，不仅批臭了坏分子，还挖出了走资派。她还表示革命阵营愿意接纳范雪伊同志作为一名坚定的成员。于是，我也第一次知道了范小妹的真姓实名。

三十五年后的那次，我的确真有过究竟是唤她范雪伊还是罗玉芬的某种选择之间的犹豫，但就在此时，她长发一甩，将偷偷睨我一眼的目光又持平了。让我唤出口的最后一丝勇气，也消失在了只是抖动了两下的唇片上。

使我犹豫的另一个原因是：她手牵着的也是一个八九岁的女孩，童花发型，手中抱了个长绒毛的公仔。我一下子迷惑了：她就是她？她也就是她？她以后会不会是她？而她以后会不会又再是她？范雪伊是她的名字，还是她的？那罗玉芬呢？那个遥远如梦境里的名字，似乎总应该与"雪"和"伊"带给我的感觉相吻合，才对。

而樊总，现在已经是个肥头胖耳的家伙了，身高马大，脸色不再苍白，眼神满怀自信地直视着你，绝对也不斜也一丁点儿。癞疤？我不知道小时候是如何给他取了那么个绝不合适也不公平的绰号的。他梳得乌油溜光的发丛间哪来什么癞疤？他的外貌与他的地位是相吻合的，当他在一个社交场合突然兴奋地跑上前来，双手与我紧紧相握时，我，真是大吃一惊。"吴作家！"他兴奋地叫喊道，"早就听说阁下的大名了。我到处同人说，他不就是我老同学的那个吴某某吗？他还是我小时候最要好的玩伴呢——怎么，不认识我了？"

他坐下，将手臂那么不经意地弯靠在椅背上，一副大人物的架势。他说，他毕业那年请求去黑龙江边境打算与"苏老修"大干一场的决心书是用血来写的。唉，他说着说着就感慨万千了起来，还是你老兄有眼光，有远见。什么反动学生不学生的，去他娘的，不理睬它！待分配回家，正好让你有了十载寒窗的大好机会。时机一到说声"拜拜！"便去了香港大展拳脚。真的，我们都比你晚醒了十年哪——整整十年！那年兵团闹回沪运动时，我已打听到了你的消息，全班老同学聚在一起，对你是羡慕又感慨。人说，君子报仇十年不晚，而你是君子受屈十年出头啊——你不怪我当年的无知吧？

我说，怎么会呢，怎么会呢。

但我去香港的时间，也就在你走了之后的再十年。是吗？当然是啦！他哈哈大笑了起来，眼角上放射出很多条令人印象深刻的粗皱纹，相当有些大人物们的非凡气势。当年范大块头范老板因此而遭难的这份派头，偏偏如今又吃香了起来，且还遗传给了那个与之不太相干的他，来继承一种20世纪90年代末的中国特色的发挥。

渠道不同，但可以殊途同归么。我是在十三年前代表上海 ×× 进出口公司的驻港机构在香港长住了下来的——我的老丈人当时还没退下来，他是主持该局常务工作的副局长。

噢，是这样。

你不要看噢，我现在也是香港的长期居民了，同你一样，身份证上有三颗星。再次的大笑，再次的粗皱纹，再次的气势不凡以及肥头胖耳在笑声中的大幅度抖动。公转私，私转公么。我现在是代表我自己在境外的公司，回来与上海方面洽谈合作项目的。太太坐镇那一头，我穿梭往来之外，还要在这里，嗯！——他做了个莫名其妙的台底移物动作，其意暧昧。

我想，我的眼中一定是露出了某种钦佩的神情了。就是装也得装一装，在这么多年后的这么个意想不到的场合，遇见这么位老同学。

比起那些"插兄"与下了岗的老同学，我还不算太差吧？——All Right？他突然将头侧向一边，说了句英语，叫我吃惊不浅。

Yeah，yeah，all right，我只得结结巴巴地点头称是，除了点头，我干不了什么。

只是忘不了雪伊啊。

雪伊？噢，是的，是雪伊。忘不了？噢，是的，是忘不了。

其实，我第一眼认出的就是他身边的她。当我像被钉子钉在了原地时，他便已哈哈地大笑着，伸出两只大手，迎上前来与我相握了。

你也看上她了？他的笑里藏着一种狡猾。看上她就告诉我嘛，你有名有利有地位，她会喜欢的。我不在乎，她也不会在乎。已经这么些个了，还在乎添多一个？

什么？！我有些愤怒又有些胆怯更有些迷惘，我还有一种有口难辩的慌乱。一个生活在三十五年前的她，一个活脱脱的她，一个悲惨的她，一个因此才会令人如此盲目地沉醉于其中的她，一个甚至令我与太太做爱时都常常会走神的她——

她，她呢？

谁？

我只是用眼睛凝视着他，决定采用无声来代替有声。

噢，死了，死了好多年了，他说着，显得有些漫不经心。他的眼神望向了别处，而且又开始有些斜视起来。到了此时，我才复活了他从牙缝中挤出的那个"推！"字的记忆来。

不能忽略这个记忆中深藏着的某种潜在能量。这正是那次在正式晚餐开始前我决定离开的根本原因。屋外天色还早，是 5 月的春末的黄昏，天气有些闷热也有些潮湿。

我下决心了，我要回到某处去。或者说，是要倒回到时光隧道的某段中去，我要证实一些梦与非梦间的剪裁图像。

我是疯了呢还是傻了？我一块砖墙一块砖墙、一道砖缝一道砖缝地查看。我坚信自己一定是有些记忆丢失在了那里，诸如樊癫疤与范小妹同睡一张棺材的"宣传画"。我告诉自己说，所有这些只是对我太珍贵太重要太不可缺少了，它们或者会像一个心理精神科医生催眠他的病人那样，有助于解开我的某个精神错结。

我走到潘家后门口时，天空还有些微光，四周围的电灯已开始陆续放射出光芒来。一切都没错，就像我在梦中常见到的那般，潘家的两扇后门只打开了一半，一对穿着入时的青年男女推着一辆"霸伏"轻摩托，站在门口谈话。他们很诧异地望着我大明大方地走入潘家的后门。这人是谁？他们在想。而他们又是谁，或是谁的谁？我在想。隔代间的好奇只有在此时，才有了在时光隧道间重逢的那种光阴重叠效果。

一个头发蓬乱的驼背老妪，拄着杖，颤颤巍巍地站在那儿。天棚射入来的微光中，她白花花的发丝边缘有一种逆光的晕味。

"潘家姆妈——"我用自己五十岁的声音叫了一声。

七

当时的她应该就是现在年纪上的她。

她被拖下台去，在两岸树林般竖起的手臂与口号声中通过。她害怕吗？她仇恨吗？她痛苦吗？她在想些什么？这是我与她第三次如此近距离地面面相对；她面无表情地用目光扫过周围的一切人，包括我。

世界在表演，她是观众，还是正好相反？

肤色依然白皙，在秋阳下，甚至还有些透明。而那股幽兰之香即使在浓浓的人腥味中，我依然可以辨别出来。但人们却企图吞没她，男人加女人加小孩的人潮拥过来又拥过去，甚至连让她有一条窄窄的通道来通过都舍不得给。樊癫疤和范小妹并肩在她身后走着，一脸雄赳赳和雌赳赳的模样，仿佛是打赢了一场苦战之后押着俘虏回营地。身后跟着张妈，她的手中捏着一本红宝书，动不动就会喊出"要文斗不要武斗！"的口号来。其实，根本就没人要去武斗，人们拥来又拥去的原因只不过是希望能近距离看望她一眼，尤其是在经过批斗和亲生女儿揭发后的她。

应该说，我当时占有的视角是最佳的，押着她的两个戴红袖章的造反队员恰好冲着我的视线走过来。

她被左臂一个右臂一个押着，恰似当年的她的"范哥"被警察带走时的架势。她的两只脚，一只还穿着鞋，另一个已被挤掉，嫩白的脚踩在乌黑肮脏的泥地上，反差得让人有些不忍心。然而，他人是绝不会去注意这个细节的，人们只是向上望，望她的脸，望她的表情，望她的眼神，每个人都想从中汲取不同的心理需求与感受。在那个时代，人斗人之后又轮到自己被人斗，成为一个太常见了的恩怨轮回。

但突然，我决定放弃那个优佳的视角位置。

我猫着腰从人群之中挤钻出来，大口地喘着气。分明是明晃晃的秋阳在头顶上，怎么就一下变成了黄澄澄的圆月？分明是人群的衣角的飘动，怎么就幻觉成了那条在夜风中舞动着的泡泡纱窗帘？甚至连天气也有些春末式的潮湿与燠热起来，我浑身汗黏黏的，我无缘无故地将手指攥得很紧，紧得手心之中都有些汗水沁出来了。一只精巧白嫩的脚丫在一条毛茸茸的腿肚上来来回回地搓动，就是眼前的这一只吗？当它从泥地上跐掀起了时，我能见到它乌黑一片的脚板。于是，一切便呈现出慢动作，仿佛生活的摄像机突然在此刻作出了某种技巧处理。周围的人群以及挥动着手臂以及擎着的小红书都虚拟成了一种背景，一种流失了所有色彩的黑白背景，唯那只一点一起、一起又一沉的光脚丫十分清晰。白脚背，黑脚板；又起晚风，又感燠热；又是汗黏与心跳，又是彩条帘的激动舞起与平静垂下。圆月，毛腿，弧度精巧的脚掌曲线互相叠化，消失，重现，复合，始终无法定格在一个固定时代的某个固定的场景屏幕上。

一只被众人之脚踩瘪踩脏了的方扣牵绊鞋，被踢出了人群的现场，它在阴沟的边上躺着，目的似乎就是让我能发现它，并将它拾起来。我用力地拍打去布面上的泥印，然后再度钻入人群中去。

是的，在长长的三十五年之后的今天回想起来，一切都很有点儿像是在做梦。我觉得自己当时的连串动作都是下意识的，很有些梦游患者的病态；而且越是病态，便越能准确无误地完成一系列的高难度高险度动作，具备了某种十分强烈的潜在的目的性。这是一段非常往事，每每想起它环扣一环的细节时，我都会产生惊异地面对一个从不相识的自己时的那种神奇感。

我绕到了押送队列的前边去等候他们的来到。快到弄堂口了，我不知道他们将把她押往何处，公安局？拘留所？还是原单位的隔离室？反正那两位押送者也开始呈现注意力松懈状态，他们已经没有了那股刚把她押下台时的，不将她制服不能称作革命派的强大气势。他们让她在他们之前的三四步外走着，垂着脸，也垂着手。一拐一瘸的原因是一只脚上穿着鞋，另一只脚没有。

我采用的是一个半蹲的姿势，一下，就将那只方口鞋塞进了她垂下的手中。这是个刹那间的小小动作，事后回想起来有点儿像将一块番薯干偷偷塞入一个即将饿倒的人的手中。她一脸惊奇地掉转头来望着我。注意：我用"着"字，是表示一串长长的心理流程的连续性。其实，一切都是那样的短暂，短暂到在这片混乱而沸腾的环境中，根本不会有谁会去注意到。她望着他的时候，她真实的眼神又开始醒来，望着这个曾与她在弄堂拱门处有过一次偶遇的、在木栈堆下被她银铃一般的声音打发走的、比她小十六七岁的男孩。凭她这么个女人的直觉，她明确无误地知道，他现在正用眼神与动作在告诉她些什么，可惜他却没有了机会知道；而她，也没有了机会让他知道，他告诉了她些什么。

接着，接着她便走了过去。

走了过去，从此走进了我的记忆。

直到"她"突然再现的前一刻，他一直将之视为一场愈来愈浩烟渺茫的梦境。连同那些疯狂了的人，那片挥动着小红书的海洋、军服、马尾扎辫、黄鱼车、大字报、糨糊、墨汁等等，等等。他有时真会怀疑，他是不是真的经历过这一切？以及这一切难道真是与他的那段最灿烂的生理与心理期有所联系，并结合成了同一块不可互相剥离的生命断岩？

但潘家姆妈坚持告诉我说，是的，这一切都是真的。

那一年的那一天她就亲眼看着如何被批斗后的她被押出去，上了停在弄口的一辆吉普车——一如当年的老范。她还记得她走路时是一拐一拐的，因为她一只鞋穿在脚上，另一只鞋不知怎么竟拎在手中。她相信，全场人只有她才注意到了这个细节，这令她印象深刻，也令她在十三年后再见到她时，便立即有了谈话的切入口。

依看，依看，她先用手杖轻轻地敲击着我家那后晒台的水泥地面，继而再颤颤巍巍地举起手来指着前方的某个含糊不清的目标。在刚降临不久的夜色之中，有两三幢灯火辉煌，仿佛是雕空成了千疮百孔的高层建筑矗立在那里。这些据说不会少于两万幢已建成了的，或正规划要建的，20世纪末的上海的新地标，如今哪怕是在再偏远再贫穷再"下只角"的市区，你都可以随时找到目标来仰首观赏一番。

"看啥？潘家姆妈？"

"地个三堂大楼叫'虹豪花苑'，是高档商品房，买起来个价细居（贵）得吓煞侬人……"

"我晓得，我晓得。"我晓得是因为她已提过此房身价至少不下三次。

"嗨，以前是'前排洋房里个人'，现在变成了'后面大楼里个人'了，阿拉大家才穷下去了啊，下岗个下岗，退休个退休，死脱个死脱。侬个潘家伯伯，假使勿是文革把伊当作特务关了六年，又挨饿又遭打又被折磨，还勿至于咖早就……就……"

"勿要难过了，地个时代倒霉个人还勿止潘家伯伯一个……"我想不出太多的话来安慰老妇人，尤其在这种不太知内情的故事面前，我通常显得笨嘴拙舌无能为力。老妇人用手指使劲揉着她凹瘪的眼睑，满布白内障的眼眶里有几滴老泪沿着脸部纵横交错的沟壑淌下来。"难得侬还勿忘记得来望望我——此地块弄堂里出去个下一辈当中，要算侬顶有点儿……"

"侬千万勿要这样讲，潘家姆妈，外头有出息个人多的是——"我决意打断她话的缘故是：在这段短短的相会中，她至少提及上述主题的次数不下十回。

"这倒也是，据说还有一个也发了大达的。人家叫伊樊总樊总个，其实还勿就是当年个樊癞疤？——伊个爷老头子在小菜场斩肉来个？"

"我晓得，我晓得，我最近还碰到过伊。"

"是哦？"她用两只布满了白内障的眼睛认真地望着我，只是我不清楚它们究竟能不能聚焦。她的背后除了三幢一扇扇窗口灯光开始通明起来了的"虹豪花苑"外，还有一片残光未退的青白色的天空。

"同范家个小妹妍上了，侬晓得哦？"她自顾自地说，"长得同伊娘活脱活样……"

我感到心脏跳动的频率有些不寻常的变化。但我等候着，平静地等候着，在这夜色与黄昏的交替时分，在这梦与非梦的灰色地带，等待着她的话题有进一步延伸的可能。

然而，老年人的思路往往是不按常规逻辑推进的，尤其是不会按我的思路推进。她啰啰唆唆地谈了一大通有关当今的樊总已如何了不起、如何气派十足、如何挥金如土之后又点土成金的种种以讹传讹的巷闻坊谈。词汇重叠词汇，语法复合语法，但我始终保持耐性，保持笑容，保持愿听下去的一切表情与姿态。

她说，樊癞疤每天都开一部"奥什么迪"的乌亮乌亮的轿车将她迎来又送去。我故作惊讶状：是哦？是哦？

她说，一样是两个女人，一个大明大方，一个偷偷摸摸。

我说：是的，是的。

她说，一个睡席梦思，一个睡木柴堆。

我说，啊？啊？

她说，一个吹空调，一个受野风。

我说，对，对。

她说，世道变喽，世道真变喽——变得比我们年轻时更不成体统。勿，勿，勿，她又忽而又纠正自己的说法，是更开放了，应该说是更开放了。

我说，对，对，更开放，更开放。

她说，以前是一个男人可以讨几房女人，像阿拉当人老婆的最大个事体就是要管好自家屋里向个男人。现在是一个女人可以同一打男人困觉，还没有任何人去管伊，还蛮有面子还蛮光彩还蛮叫人眼红个。地个叫开放，地个就叫开放吗？

我说，是个，是个，地个就叫开放。

她说，以前范大块头勿管怎么讲，还算是明媒正娶，勾着伊老婆个手膀子进进出出还算名正言顺。现在樊癞疤地个瘟生倒好，虽然勿是伊老公，但总归是包伊吃着住，有啥个理由？……嗨！

侬勿是讲现在开放了吗？

是喽，是喽。——这会儿轮到她来附和我的话了。

我觉得自己的心跳频率正逐渐趋向于正常。

侬看，侬看——老妇人在稍作一刻停顿后，又重新端了那个用颤巍的手指指向前方目标的某个含糊动作。

看啥？我只能再一次重复自己的那个小心翼翼的发问。除了"虹豪花苑"亮灯的窗孔比之前更多更亮更密以外，我看不出有什么变化。

然而，她复将手臂抖抖颤颤地放平下来，并不对我的发问直接作答。她白内障的瞳仁在夜的暗光中幽闪幽闪的，思路似乎又滑去了另一个方向："那一天，伊回屋里向来，坐在一架残废车上，自家推自家，刚好推到弄堂口就碰到我。"

"啥人？潘家姆妈，侬讲个是啥人？"我只能再一次轻声提示。

"范女人。"

我心脏的频率一下子又有了紧迫感，"残废车？"我问。

听来应该是一个曲折、内涵动人的故事，却在老妇人的口中化成了一些简扼平淡的断断续续。她漫无目标的思绪就如她不能聚焦的眼神一样，提醒人们，人老之后的回首，记忆在远方会呈现一种什么模样。然而，这并不碍事，在她四十来岁的记忆中可以插入我十一二岁的记忆，便也同样可以在她的六七十岁的记忆中渗入我三十多岁的想象。有时，故事反而更像故事。

范女人是在十三年后从安徽白茅林劳改农场回来的。那时的她的年龄应该是介于五十和五十二之间。

她一样的肤色白皙而细腻？她一样的鹅蛋脸型？她一样的矜持表情？她一样的绵绵脉脉的目光之中包含着某种内疚和诱惑？对这一切，潘家姆妈都斩钉截铁地说：是的。

唯一失去了也永久失去了的，是她的双脚。

就是在后窗灯光的衬托下浮雕着一弯弧线的那一只吗？就是在彩条帘舞起垂下、垂下又舞起之间，在一只毛茸茸的腿肚上来回搓动的那一只吗？就是在夏日午后的阳光中白嫩趾甲闪亮着诱惑的那一只吗？我当然无法问潘家姆妈，但我问自己的记忆，记忆说，是的。

她在弄堂口遇见了她，她望着她空荡荡裤腿的下半截，呆住了。

她向她说，老姐妹，能见回你，真好。

她将一只手提包放在膝头上，拍一拍说，平反喽，没事喽，回来喽，以后可以永远同雪伊生活在一块喽。

她注意到她的老姐妹正注意她的裤腿。她苍白地笑了笑，"其他倒是什么损失也没有，除了这一样。"

那一年冬天，天气阴冷，雨雪纷纷，在农场的一条泥泞小道上，她被从身后驶来的一辆手扶拖拉机撞倒了。拖拉机驾驶员是个年轻的新手，心慌意乱中的一个急刹车，竟将拉运的一车木材都倾压在了她的两条蜷曲的小腿上，她痛晕了过去。

醒来的时候，她发现自己正躺在县医院外科病房的走廊的一张加位床上。床沿的左上方有一只输血袋，正将一滴一滴的鲜红输入她的体内。一个坐等在走廊远端的青年人见她醒来急忙奔跑过去，他脸色苍白："对不起，阿姨，全是我的过错……"

她原谅他了，她以她永久地失去了双脚的代价原谅了他。她说，他是个蛮可爱的大男孩呢，二十出点头，红红圆圆的一张脸，竟为了一时起贪，偷挪了国家的财物，因此也被落到了与她一样的命运。"其他倒没什么损失，除了这一样。"仍回到原先的结论上来，她说："这是命啊，有的自己不能掌握，比方说，命。但有的，自己还是有坚持自己一份执着的权利。"她解开了自己膝头的那只包袱，在其中摸索了好一会儿，取出了一双方扣牵绊的布鞋来。

我觉得自己的心率跳得更紧迫、更快速了。

老姐妹一眼就认出来。她说，是啊，正是这一双！那天，我就是穿着它直接被遣送到白茅林农场的。现在回家，即使失去了双脚，也不能失去了这双鞋啊！您说呢，老姐妹？

我真很想询问一些有关这双鞋的细节，以便与对它只有过一瞥的记忆之中的某些部位对照一下。不过，我克制住了自己，我甚至觉得自己有些心理麻烦，我不想将它们在一个莫名其妙的老妇面前曝光。

但她说，她一定是要回来的——说什么也要回来！即使断了腿，即使没了脚，她也都要回来！

望着老妇人此刻的表情与手势，我能想象出说话者在诉说一番话时的难得的坚定与刚毅。范哥他没能赶上这个平反的时代，但她赶上了；范哥他没能死在自己的家乡，但她拥有了这个权利。就是自己推自己，即使要将残废车推上几百里路，她也要推回上海来，推进这条弄堂里来，推回16号来，推回那八米见方的后厢房去。她不能像范哥，她死，也要死在自家屋里来！

而她，真也做到。那年她六十三岁。

她患肺癌，却在那间带后窗的厢房中坚持到不得不送医院的最后一刻。那时，还没有"虹豪花苑"，那时，甚至在后弄堂还没听说有拆迁的规划。那时的我？那时的我早已离开上海，在那后晒台的栏杆边上，因此再不可能会有我中年的身影。我可能在异乡的某条繁华的街道上，手拎着拷克箱，行色匆匆？或者在海鲜舫的一桌五彩缤纷前与人寒暄碰杯？或者正埋头在一篇小说的稿笺上，投入自己的灵魂？而她，正在猛咳，在咯血，在气喘吁吁地低低呼唤着：雪伊啊，雪伊，快给我充个暖水袋来吧。

她被救护车的担架抬到弄口时，正巧又遇上了刚从小菜场买菜回来的潘家姆妈，她的两只骨瘦如柴的手从白布单中伸出来握住了她的手：再见了，老姐妹，再见了……两颗豆粒大的温泪从她苍白深凹的脸颊上淌下来。

"人是个好人哪，老邻居毕竟还是老邻居。"白内障再一次认真地望着我，趁着她的思路还没有走神之前，我认真地回望着她，"见勿到伊了倒还经常会想起伊。人老了，勿晓得是哪能搞个，动勿动就会想到点再还寻勿回个老事体，老朋友，老邻居来，侬讲怪勿怪——亏得侬还记得来望望我，阿拉个条弄堂里出去的下一辈当中，还要算侬顶……"

我忙说，潘家姆妈——

嘟！嘟！从弄堂口传来了汽车喇叭声，但不是吉普车，不是，绝不是。

一定是乌亮乌亮的"奥什么迪"来了。她说，她辨得出这叫声。只要樊总在上海的日子，每天送伊回来，车总要在弄堂口那么嘟吧嘟吧地叫几声。眼睛白内障了，耳朵还好使，她说，她可以断定。你要下楼去看看那场面吗？她问。

我说，不用了，不用了吧。再说，您老人家的腿脚也不方便，只怕等阿拉下到楼去个辰光，车也已经开走，人也不见了踪影。但我的脑屏幕上放映出来的，却是一柳玄湖绿旗袍包裹着的她，臂勾着中分头斯迪克粗雪茄的他，自人们目光的汇流之中航行而过。

这倒也是，这倒也是。她笑了。这是三十五年之后，我第一次见到她的笑，满脸的粗细皱纹绽放在夜风里。她在通往三层阁的台阶上跨上了一级之后又跨上第二级了。然而，她的拄杖却在原级之上停了下来，并不见有再跨上去一级的意图。她转回身来，第三次向前方举起了她那颤颤巍巍的手：侬看，侬看。

莫非有什么玄机隐藏其中？

我决定保持沉默。待她将手臂完全放下后，我才说："虹豪花苑的窗口真多，灯光真亮，潘家姆妈——"

不就是那一扇窗吗？对正这后晒台的。

在众多的窗洞之中，几乎立即，我认定了那一扇。那窗口的灯光似乎刚亮不一会儿，有人影在其中晃动。透过婆婆摆动的树影，能见到有一块椭圆形的化妆台镜正好对着窗口，铝合金的窗户打开着，夜风灌进去，将半截尼龙质的透明窗帘舞起了又平静下，平静后又再舞起。

就是樊癫疤替伊买个一套房子。老妇人说："放着这么多好地段好房子好朝向不拣，偏要买回这里来。而且还指定要那套朝北的单元，窗口一定要朝向阿拉前排洋房个，朝向侬地间老屋里后晒台个——是童年的记忆呢，还是一定要向谁来争口气呢？人个样么事，有辰光实在是有点讲勿清爽。"

人回首的感觉，有时奇特得有些叫人毛骨悚然。时光隧道从你眼前呈"V"字形，无限深远地展现去，你可以看着自己如何迷失于现在，走走走地走回少年，走回童年，直到消失于已经完全丧失了记忆功能的，深黑深黑的远处。我说，是的，上海的弄堂也太多太多了，上海的窗口则更多。只要你熟悉它们，每一扇窗口或许都可以告诉你一个十分市井化，却又会令你一世难忘的动人故事。这话我是说给潘家姆妈听的，明明知道她听不太明白，也要说给她听。这话其实我是说给我自己听的。

圆月升起来了，澄黄澄黄地挂在东北角。天气有些燠热，又一个春末夜，一个与三十五年前的那一个没有什么两样的春末夜。

2000 年 6 月 30 日于上海

叙事曲

一

溧阳路 1687 弄 2 号，当他再度站在了这个门牌号前时，他已两鬓斑白。

他将随身带的手提箱往地上一放，慢慢直起腰来。初秋的下午，还带些夏之热烈的金色的阳光从梧桐叶丛间泼溅在他的脸上、身上，影影绰绰地涂出一些模糊的斑点来。他深深地呼吸了一口从 1687 弄里流动出来的空气，对着阳光眯起了眼缝。

这一带的溧阳路，树荫特别浓密，尽管年年修枝剪叶，但越街的树枝已相互交错地将整条街面都几乎遮盖在了它们斑斓的树影里。唯这种场景与他儿时的记忆有些出入，在他的记忆当中，那条大街相当宽阔，梧桐树也似乎比现在的更粗大，只是它们的枝叶都是笔直地伸向天空，在街的中心留出了一阔条蔚蓝色的天空来，且随街道的笔直而笔直，弯转而弯转，婉若一条蓝色的悬河。而对街，在童年的他的眼中，几乎就是个可望而不可即的地域，要从这个绿色的岸边渡过蓝蓝的悬河而去到对面那片绿色陆地是要经过车之激流间摆渡的重重危险的。这一切，其实，都是他站在自家房间的窗口踮脚探望出去时候的一种夹带着童话式的想象。那年代的街上通常都很安静，且永远是一幅阳光充沛的景象。对街有家杂货铺，夏日的晌午，总是支撑着一大幅蓝白相间的条形帆布檐篷，从他家窗口的角度俯视出去，最有深刻记忆的便是印在檐篷顶部的那个带火炬的商标，曰：光明牌棒冰。檐篷底下的种种他是见不到的，但他能想象。那个打蒲扇的胖老板娘总喜欢将两只雪白雪白的腿脚伸进檐篷外的阳光里去。遇到有熟顾客，她总会笑吟吟地拖上木屐站起身来，说："任先生，好久不见了，最近忙伐？——"她对父亲的一脸讨好相就与偶然紧紧抓着他的小手踱街到对面去，替他买回一根棒冰或一只汽水的他家女佣完全不同了。她将手臂深深地伸埋进那只浇铸着可口可乐凹凸字体的大冰箱中，摸出一只冰得硬邦邦的，还在冒着缕缕冷气的棒冰来，"砰"地往柜面上那么一摔，一言不发，收了钱，便摇着蒲扇，头也不回地向着搁在街树影荫里的竹榻走去了。

五六点光景，太阳开始西斜，满街树荫里的蝉儿叫唤得更热闹了。杂货铺的檐篷开始收拢，胖老板娘已早早将一张小方台桌和四根板凳以及碗碗碟碟的在树荫底下摆放了出来。任胤看不清楚他家晚饭吃些什么，只见一大一小的两个赤膊男孩拼命地从碗中扒着饭，再从半碟黑乎乎的酱汁色的小菜碟中夹起一块或者几件什么的来送入口中，小任胤想，这该是油豆腐烧黄豆芽吧或者是冬瓜笋尖汤？因为这些汤菜他家煮得最多，母亲说，这些菜既消暑又有营养，只是偏偏他就厌恶吃。有时，不知是因为互相抢食而打翻了碗碟，还是为了一些其他的什么，惹来了胖母亲用筷头在两个赤膊儿子的脑壳上一阵穷敲猛打。于是，便大哭小叫，哭闹声甚至隔了远远的一条街都能传进 1687 弄 2 号的二楼来，让童年的任胤听得真切，心中是既紧张又兴奋莫名。

两个赤膊崽被其母亲斥训甚至遭打，任胤心中暗喜。夏天的中午，两兄弟，一个打赤脚，一个拖木拖板，一见没汽车经过的当儿就飞也似的奔过街来，爬过弄堂铁栅栏，翻进他家的小庭园中来。假如遇到他父亲或女佣什么的，他们便猴似的再爬出去或龟缩下半个脑袋；假如见到是他，而且还只是一个人的话，他们便大模大样地爬进来，冲他做鬼脸朝他扔泥巴——他们明摆着要欺侮他一着。

而他，从小就生性懦弱，且多情善愁、敏感异常。他敏感于他人的言行，敏感于环境，气氛，季节的变幻甚至湿度与温度的增减。但他却能够将他人对于他明显的恶意妒嫉吞咽下去，不反击，甚至完全忘却。他后来学音乐，又写写诗文。他觉得这两样他都没学错——他的灵魂似乎就是用这两种材料铸成的。只是他的"学"，只是自学，业余地学，在他上进学业的那个时代，这种艺术门类轮不上他们那号出身的人沾边。

1687 弄 2 号是位于一条朝马路而开的弄堂的首幢房子。弄堂很短，总共也不过五六幢新里结构的住房而已。弄堂口通常是装设有一扇铁门的，每晚 8 点过后，铁门上锁，除了本弄住客以及"火烛小心"的敲梆声外，是没有什么能进入得了弄内的。这些三四十年代在上海各处崛起的中、上户人家居住的住房，既混合有欧美的现代生活品味，又延续有旧式石库门住宅的传统特色：一楼客堂，二楼正房，假三层是客房兼杂物间；亭子间通常是预留给佣人睡的，而盥洗间设在一至二楼的扶梯转口，与亭子间的两扇门并列，朝北开启。

住宅的前门有一畦小花园，两三石级，一盏奶白光的门廊灯之下是住宅向南而开的正门。住宅的后门在竖横交错的排污管的旁边还预留有三几尺的草皮和泥地的空隙，面对着后一排同类住宅的前门。夏日有雷阵雨的下午，天空突然乌沉沉地黑压了下来，雷声隆隆滚过，接着便是泼瓢样的大雨，打得水洼点溅在花园的泥地里溜溜地转。每逢这种时候，他家通常会把前后门都统统敞开，好让凉风吹跑那一屋积压的暑热。而孩子们便会趁这虚假夜幕笼罩的一刻，发挥出各种缤纷的想象来。雨腥味很浓很浓的时候，天地间又突然撕裂开了一茎吓人的闪电，趁着那雷声还未劈下的一刻，就赶紧捂住两只小耳朵，扑倒在母亲的两膝间——所有这些生活场景，任胤可以说是太熟悉了，熟悉到了在他中年的梦中还会变了形态地一现再现，无论是在新泽西州跃空顶的别墅，还是在香港半山海景壮丽的住宅露台上，他都甩不掉这些已深深蚀入了他忆版上的童年生活的种种细节，叫他从一个短暂的午后打盹间猛然醒来，还不知道自己身处何时何地何年何月。

不，但他坚持说，他在梦中所经历的一切都是确切无疑的，尤其是那一层强烈得迟迟不肯消散的氛围，模糊了那条梦与现实，醒与非醒间的界线。正如此一刻的他，站在光晕斑斓的梧桐叶影下仔细辨认着那块蓝底白字的弄堂标牌：溧阳路 1687 弄。没错，正是这一块，就是这一块。只差在它的右上角被撞去了一块烤瓷，露出了一片深褐色的锈迹外。栅栏铁门在任胤的记忆中是早已被拆除了的，那是在 1958 年大炼钢铁的年代，拆铁门一则可以支援 1070 万吨钢这项指标的达成，再则也能破除旧时代竖立于人们之间，象征着人际关系与地位间的隔阂与差别。于是，别说是对面街的赤膊男孩，就连与1687 弄相毗邻的那条横街上的各式杂民也都能随时随便随地地进入到弄内来，舀井水、抓知了、摇打那棵老桑树上结出来的火红色的果实，或是在夏日的夜晚，早早抢先在那些有树荫垂下的弄径上占定好位置，摆出竹榻，然后伸手张腿地享受纳凉时光。

但现在，任胤见到的是：栏栅铁门又在原处竖立了起来，而且还比他儿时记忆中的更漂亮更堂皇了；乌黑簇新的铸铁柱顶上套着金色的帽尖，梧桐树影绿盈盈地遮盖下来，呈现出一派摄影取景角度上的蕴意与品味。

其实，那时的拆去与现在的装上都各有其理由。现在的理由是：一则为恢复市容旧观，再则也以策安全。在这外来民工大量拥入上海的年头，如今警局与居委会强调的是治保与联防。于是，铁门不仅是在每晚 8 点后，而且连大白天也都关闭了起来，新油漆的铁栏上写着两行醒目的白瓷警告牌，一曰：闲人小贩严禁入内；二曰：擅撞必究。

1687 弄之所以特别受青睐的缘故还有另一个：隔两排之遥的同一类弄房中，有一座是某文化名人的故居。为了统一格调，位于它前后左右的姊妹屋也都占了一份被粉刷一新的光。赭红色的砖墙间，镶着灰色的嵌条；钢窗全油成了绿色，以便能与路旁浓密的梧桐树叶糅合成一种色彩上的呼应。其实在小时候，任胤对那名人故居也没有什么太深的记忆，一个看屋的老伯伯整日闲来无事，便从早到晚地拿着放大镜一字一句地读他那本似乎永远也读不完的《七侠五义》。八岁生日的那天早上，他穿着一套全新的海魂衫，就是模仿新中国刚成立不久的海军制服那一种式样，后帽檐还飘飘荡荡着两条黑色的丝带。他从1687弄的弄口走出来（他记得，那时的铁门还没有被拆除，他是用小手扳开了笨重的铁门才钻出来的），初秋的清晨，时间还很早。这是四五十年之前上海东区那一带，朝阳升起来了，从梧桐叶丛间投下了金色的、新一日的开始。街上行人很稀少，戴草帽拉板车的人走过之后，拖黄包车的车夫又小跑步般地奔跑而过，他们的小腿肚上鼓胀着团团青筋。对街的杂货铺还上着排门板，若干着长衫短打的行人匆匆而过，再之后的街上便不再有生气了，周围安静得只剩下送牛奶人的自行车铃碎响在晨风中。

任胤在人行道的最前沿站了好一会儿，觉得很扫兴：并没有人留意他那套簇新的海魂套装。他只得沿着人行道与街面相交的那条细窄的石径小心翼翼地朝前走去，他伸出两臂来平衡自己的行姿：两条海魂带一飘一荡的，他觉得这样很有味。

他来到了名人故居的跟前，终于见到了一位熟人。他向看管故居的老人走去："老伯伯——"他站在了他的前面。

"哦？"老人抬起眼来，朝阳金灿灿地照落在他那发黄的武侠书页上，而他戴的那副圆框架的老花眼镜，一边有腿，另一边则是用一根棉纱线绕扎在耳廓上的。

"从今朝开始，我八岁啦。"他向他宣布。

"你是谁家的孩子？"他一口浓浓的苏北话，听得任胤要好好消化一下，才能对他的话意作出反应。

"我住在1687弄2号。"

"噢，原来是任会计师的儿子啊，了不起，八岁了，啊，了不起！了不起！……"说着，又绕起镜腿来继续读他的《七侠五义》了——他始终未对海魂衫作出任何评论。

如此可爱和善的一个老头，任胤是到了"文革"爆发时才听说，原来他是个血债累累的逃亡地主，继而被押回原籍批斗兼劳改。但后来，又说他是个老革命，在革命根据地的保卫战中打断了股骨而丧失了工作能力，而他为了不给组织增添负担，才自己来到大上海找了这份看管名人故居的差使。等到一切都弄清楚，他人也死了。倒是他的子女们，因而，便享受到了烈属待遇，当然，那又是在"文革"结束后的事了。

只是任胤对他的面对面的直接印象仅得在他八岁生日清早的那一回。

在任胤的记忆中，那时的名人故居，其实，也并不比他家石级之上、门廊灯之下挂着的那块"任宏会计师寓"的搪瓷匾牌要显赫多少。只不过名人故居前栽有一棵粗大的白玉兰树，一到 5 月天就会开出一朵朵香飘四邻的大白花；而任家门前只有一棵骨瘦伶仃的枇杷树罢了。枇杷树每到中秋还能结出成串大小不一的果实来，但转眼间就被横街上的邻居小孩们管它是青苦涩口还是什么的，都摘去吃了。那时到名人故居参观的人群还不像现在这般络绎不绝。就像溧阳路的此路段上的车辆，除了在树荫下三三两两踩过的自行车外，半天还盼不到有一辆轿车轻盈驶过一回的机会。偶尔，也会有下着纱帘的红旗或伏尔加轿车在弄堂门口停泊的时候，每逢这样的场合，居委会干部和派出所民警必都倾巢出动，而扎镜腿的老头更是别有一圈红袖章，戴着一顶褪了色的蓝干部帽，站在当街，前后左右警惕地张望，神态严肃而认真。

"文革"爆发之后，有很多名人故居都因对名人本身的定位上的争论而暂停开放。唯任胤隔壁的那家不同：题匾换成了更大的，题字者也换了更显赫的，下帘的轿车愈来愈多。到了改革开放后，每天更有一队队的少先队员和一批批的共青团员来到故居门前排队，等候瞻仰和接受教育。而到上海来的外地和外国游客，更是假如没到此处一游，就等于是白来了上海一趟那般。故，这所名居既带旺了市面，也带出了溧阳路的名声。好多次，任胤在香港的电视节目里见到自己童年的旧居有一瞥而过的镜头，这多半也因了那座名人故居的缘故。

老头被押送去苏北老家后，名居看管人就换成了一个三代红色的、历史审查上的绝对过硬者。但太过硬也有太过硬的缺点，造反派夺权后，他就被结合进街革会，之后区革会，之后又是市革会，闹了个名人居还是乏人看管的结果。当然，1979 年后，那位青云直上的人物便跌进谷底，成了阶下囚，而那，又是后话了。反正待到任胤两鬓斑白地出现在弄堂门前时，那家名人居的看管人又换成了一个背弯发稀齿缺的黑瘦老人，一件发黄的汗背心套在他身上，骨瘦嶙嶙的似乎随便一折就能断其一根肋骨的模样。他的两块肩胛骨特别高地隆起，横肋则一根排一根地从他汗背心的两旁支伸出来。他从梧桐树的光影里向他走来，说：哪一位啊？你不就是 1687 弄 2 号的胤胤吗？

请问阁下？

我就是住你对街的"黑皮"啊——开杂货店的呢，不记得了？

一个爬在铁栅端上探头探脑的赤膊男孩的形象在任胤的脑中一闪，他赶紧跑过去，握住了他那双硬邦邦的，像是用一根根铁纤扎成的手。

四十五年之后，童年的伙伴便又这样再遇了。

二

他蹑手蹑脚地来到 1687 弄 2 号的门前，时间是 1964 年 5 月间的某个月如玉盘、高悬于墨蓝天穹之中的夜晚。

一件白棉"的确凉"长袖衬衫，一条深蓝色的人造纤维长裤，一双塑底碗口松紧便鞋，他想，应该是他在那时的服饰。他怀抱一架小提琴左手握一厚卷乐谱，正小心翼翼地将钥匙插入锁孔之中。

每逢他回想起这一段时期的生活，一千个场景似乎都是同一个场景。尤其是夜晚，尤其是有月的、仲春的夜晚。他深夜回家去，路上除了偶尔骑过有一二辆自行车外，已空寂无一人了。路灯和灯柱都还是十五年前旧政府离开上海时留下的那一种：粗方的原木柱上刷着一条柏油的编号；灯罩是扁斜的，薄边搪瓷质地的；灯泡的功率最多也只有25 瓦，高悬在半空，像一只只惺忪而又忧郁的城市的眼睛。

可以想象，我们的小说主人公就在这么一派氛围中，从最后一班 55 路公交车上下来，独自走上了溧阳路。深夜的空气清醒得带点儿湿凉，透过梧桐树叶缝，他能望见墨蓝墨蓝天穹上的炯炯星光，而幽幽的路灯将他的身影拉长了又缩短，缩短后又拉长去。

假如他回家再早一点，而又是在这一带街道上步行经过的话，他能从梧桐叶影映掩丛中、两旁躲身在幽暗院落里的、法式老洋房的某扇仍亮着灯光的窗口间，捕捉到一曲钢琴或小提琴的旋律。这都是些他熟悉不过的曲目，他边哼着它们的主旋律，边让那些和声丰富的乐队伴奏部都留在了胸中回荡、澎湃。他觉得肖邦、巴赫、德彪西的幽灵就在那些幽暗的树丛后忽隐忽现。

突然，一辆十轮卡的泥头车轰隆而至，没有月色，没有烁星，没有粗方木的灯柱，也没有德彪西，只有秋阳从梧桐叶丛间明晃晃地斜射下来，而他仍眯着两眼，准备去提起身边的那只手提箱来。自行车仍有不少，但更多的是喷冒黑烟的助动车，还有几辆红色"桑塔那"出租，"嗖嗖"地从贴近人行道的他的身边一个"S"形地超越到了十轮卡的前方去，令他不由得朝人行道的内里跳移进几步去。

是溧阳路真比他童年时代更窄了呢，还是他成年后并已开始老年了的目光的丈量上存有偏差？现在，他能一眼就看透街对面的一切，绝不存在什么从绿色此岸渡向绿色彼岸的重重叠叠的视觉屏障。杂货店早就不见了，现在那里是一家个体饭店，什么"内设空调雅座"，什么"笑迎八方客　汇纳四海财"之类的广告语东倒西歪地贴得到处都是，不肯放过任何一个能与途人目光接触的空隙。几个外地妹在一棵梧桐树下拣菜，另一个正在宰鸡，还有一男一女在一个塑胶盆里洗些什么，时而打情骂俏，互相朝对方泼脏水。

个体饭店的隔壁是一家唱碟片公司。两只半人高的喇叭箱搁在人行道边，郭富城的某首"劲歌"被调至最高音量，声嘶力竭；而穿着亮晶晶台服的歌手们的海报贴得重叠而又重叠——甚至包括那位其实只能称是武打明星成龙的。再过去便是一片尘浪滚滚的建工地盘了，地盘边上还是地盘，几幢灰褐色的楼壳子正探头探脑地从那片梧桐树的绿冠之上冒出来。

任胤不由得生出一种轻度的厌恶感来——这便是他日思夜梦的家吆？说是铜锣湾或北角或旺角的某条小街似乎还嫌抬高了它的档次。他真不愿他儿童与少年时代的那个纯净如水晶的家的形象遭受污染——哪怕只是一点点。比如说废气，比如说噪声，比如说没完工的楼壳子，又比如说外地民工拖在硬塑拖鞋中的填满了尘垢油污的长长的脚趾甲。

他只想回到他的那个透明的，记忆中的夜晚去。

他向正与他面对面站着的黑瘦微驼的名居看管老人说：我们再找个时间来好好聊聊吧，老耿。（那个遥远了时空的姓氏是在他说到最后一个字眼时，突然奇迹般地跳入到他的记忆里来。）

"好。好。"

"你家仍住对面？"他用手指了指那家个体饭店。

"嘿——早不是啦。"他用一种略显尴尬的干笑折叠出满脸满额的皱痕来，"在横街上，"他的一条食指勾弯出一个从1687弄邻街拐弯进去的动作，"霞芬家，嘿，嘿，霞芬家。"

他简直有些发愣了地呆望着他——虽然时代已经远久，人事沧桑也一定会有过多少变动与反复，但他还是发愣——禁不住地发愣——霞芬？他问自己，霞芬是她吗？她是霞芬吗？哪一个是霞芬？霞芬又是哪一个？诸如此类重复而又些混乱了思路的问题。

"是的，就是这个霞芬。现在伊是我的老太婆——改日过来坐，改日过来坐，大家都是熟人，嘿，嘿。"

他又躬腰又堆笑，表示要回名人故居去工作了。他的背显得更驼，头发更稀落，咧开的口腔里黑洞洞的，让人发觉，除了几颗酱黄色的门牙之外，他其实已丧失了为数不少的一大批白牙。

但至少，他还是沿着人行石条向名人故居走了回去，仁慈地给任胤让出了可以供他重新回到1964年那个仲春之夜的足够的时间与空间。

"胤胤。"他听得一声低低的叫唤声时，正是他将钥匙插入锁孔的那一刻。

他回转头去，见她站在月色斑斓的梧桐叶影间。

因为这时的月色很浩洁，照洒在1964年的上海，上海溧阳路1687弄这一带。2号前园的那棵赢弱的枇杷树在月色中弯着细细的腰。这是胤胤的外祖母生前亲手栽种的，传说是地上多一棵枇杷树，天上就必须多一颗灵魂。果然，枇杷树结果实的那一年，外祖母也离开了人世。胤胤只尝到过一次那树所结出来的枇杷，甘甜如蜜。以后铁门拆除了，每年没等长熟，青涩的枇杷早已掉入了"黑皮"或他的那些玩伴的口中。弄堂底的那棵桑树却显得四平八稳的模样，枝叶十分茂盛。桑果早已被人采尽摇光，洒满了月色的地面上还能见到那一摊摊被踩烂了的深红色的浆汁。桑树的前面是一口井，井上了盖，盖也加了锁。

就这么一条短短的弄堂，隐藏着历史，隐藏着生死，隐藏着记忆，也隐藏着未可知的宿命与神秘地暴露在1964年的那个月光如水的夜色中。

周围的房屋都已熄灯，或者还有一两家的窗洞亮着灯光，任胤已记不清了。反正那时的铁门与栅栏都已拆除，弄内弄外马路人行道都连成了一片。任胤站在水磨石的门级上就这么回转头去：有月色，有叶荫，还有她。她的身后是一条斜横入幽黑之中去的小马路，那儿有一些低矮的，类似于棚户的建筑，通过他家二楼的边窗，每日，任胤都能从容地俯视着躺在大白天光亮里的这一切。只是现在，它们的每一个细节都各就其位地交融成了一幅水墨画的展轴面，一幅1964年上海街巷弄坊的月色图。之后的几十年，无论他在何时何地何种场合，只要有某个记忆的触发点，都会有这么一幅画面在脑屏幕上的突然呈现，而且还是定了格的、没有声音、没有动作、没有彩色，除了黑（的人影树影屋影）与白（的月色）之外。

然而，定格的画面中出现了一个动点，她向他走了过来，手中握着一卷东西。银辉披满了她的全身，并在她的颈、脖、手腕和脚踝等露裸处莹莹着一种玉牙色的反光。仍处仲春季，进入夜深时分，空气中弥散着一种水凉感。任胤记得她当时是穿一身自缝的深毛蓝布的上装：她的衣服一般都自缝，白线袜配一双方口扣绊鞋；她的鞋底一般也都自纳，一左一右梳两条马尾散辫，这是当年上海少女流行的发式，朴素文静里藏有一份悄悄的典雅与矜持。

她就是霞芬。她向他走来，并展开了她手中的握卷。这是一份手抄谱，工整的五线音谱在乳白的月色中像一条条游动在水中的蝌蚪。

这是柴可夫斯基的一首叙事曲。

三

每个大作曲家都有他们既定得近乎于顽固的曲调风格，就如每个优秀的作家都有自己的语言与思维的特定河床一般。巴赫的涌动深沉如海洋；贝多芬的气势磅礴，深刻如史诗；莫扎特典雅，门德而松热情，肖邦阴柔，拉赫马尼诺夫传奇。但却没有一个更能像柴可夫斯基那样打动如此年岁上的任胤的心了。他爱柴氏的作品是因为他总觉得它们似乎更能贴近人性——而且还是东方人群——中的某个切面。由于客观原因，那个历史时期的新中国的音乐评论家，对其他西洋作曲家的评论甚少，甚至完全没有，唯对柴氏的作品评论可以大胆和多一些。他们对他的评价是更接近大地，更接近人民，更接近生活。任胤想，事实上他真也想不出能比这个评论更贴切的用语了，可能，柴氏作品打动他，就因为了这一点？

但他还想对此作出些补充，假如他能有机会与这些评论权威作一场小小探讨的话。比方说，柴氏的所有小品（他觉得自己没有谈他大作品的资格）似乎都像是在不经意间创作的，总那么深情，深情得叫人感动，叫人在散步时哼起他某一首作品的简朴主题时，情不自禁的眼闪泪光。又比如，柴氏的作品主题往往都有些即兴的成分，那是一种不期而至的感人情绪，原汁原味，很少包装与做作；又好像它们总是在叙述些什么，主题沉思，展开部却呈现一种积极上进的意味，以此来形成一种乐曲结构上的平衡。再比如，柴氏的作品主题常常有空了半拍而起始的特点，或者说特色，似乎作曲家总喜欢在咽下了半句话头后才开始诉说他的故事。然而，假如你仔细一点的话，你会发觉，这半拍音符作曲家其实并没将它真正省略去，在其曲终的最后一小节，他又一定会将它悄悄儿地重新补上——就如某种人生记忆。

任胤当然不知道自己对柴氏作品的评论对不对头，或者根本就是胡扯。但有一点，他很肯定：柴氏的小品（尤其是特别动人的小品）会令他联想到她。

　　她，就是霞芬。

　　其实，她并不能算漂亮，但她吸引他。吸引他就如柴氏的很多并不见得太出名的小品总会令他产生一种说不清的冲动一样。他没太仔细地想过或分析过这一层问题——还不像对柴氏的作品那样，他倒真还是做过一番认认真真思考的。她柳眉细目的，算是一种古典美吗？他说不清；她的肤色并不算太白或嫩泽如雪莲，这是一种类似于象牙的浅咖色，却光滑如玉瓷——是因了这一点吗？他又说不清。但，最迷人的肯定是她的身材了。那些日子，任胤一般都习惯坐在二楼的壁炉架前，支撑起一只黑漆的谱架来练琴，练累了，就将提琴往膝盖上那么一搁，让有点儿发酸的眼睛从那边窗之中望出去。在上海5月底的梅雨季中，他经常注意到打横街的远处撑着一把油纸伞走过来的她，在迷迷蒙蒙的雨的背景上，她那身材一摆一扭地像一枝弱柳。她在自家门前停下，收了伞，再从低矮的门框中走进去，便消失了。

　　他冷眼旁观着所有这一切，阅读着她的每一个细节，心中反复地回荡着那首"如歌似行板"的旋律。可能，就是那么一种记忆的一点一滴的增添与累积，他不知道自己在有一天已经不可自拔地迷恋上了她。

　　但她，并不知道这一切。

　　他打开了边窗，故意让琴声传出去。他反复拉奏的是柴可夫斯基的那首冠名以"小夜曲"的叙事小品。就一把提琴在这霏霏淫淫的雨丝中，在这悠悠茫茫的小巷里叙说了一句又一句，倾诉了一段再一段；每一句都相似于上一句，每一段也都略略变奏于前一段，朴素、平凡、随缘、与世无争，就像一则生活里的琐事，绝无惊天动地，但自有其感人之处。后来，任胤到了香港，进了一家乐团去训练，工作了好多年，而这首叙事曲又恰好是这家乐团的一项保留演目。到了那时，他才明白，原来当独奏小提琴停息下来时，是有着各式乐器此起彼伏的交替演奏，于一问一答一呼一应间，主奏乐器便悄悄地携带着那个迷人的主题再度参与其中，那种出神入化的音韵乐感，就如一片斜坡草原接吻一潭涟漪荡漾的碧湖面那般，厘不清界线也分不出彼此。

　　但在当时，任胤并不了解这些，他只知道根据乐谱和节奏的要求，该停的地方停，该拉的地方拉，让琴声在这60年代上海梅雨季的巷子里飘得很远很远。

　　打开窗来拉琴果然有效，不论她从雨街上走来，还是她已回家，回到了她的二层阁楼上，她都会停下来或打开窗来听他的琴声。他觉察到了这一点，并且对她从侧面望过来的角度也很有把握：因为除了琴声外，他还有一条很长很帅气的鬓角。

于是，便有了相对而行时的互望和脸红一笑；有了借故的搭讪，有了器具以及图书什么的借还，还借；甚至还有了依撑着后门的门框，一谈就谈到深更半夜，仍不肯散去。本来嘛，大家都是邻居，少男少女的相互吸引，迷恋不发生你我身上，也会发生在他她的身上。再说了，其实任胤很早就已经见到过她，那时的任胤还是个比穿海魂装的八岁年纪还要更小一些的男孩，一条"新中国好儿童"的围兜，右上角还用安全扣针扣一块长方形的折叠手帕，乖乖巧巧，干干净净，每天由女佣牵着手，走过长长的溧阳路的林荫人行道，来到街角转弯处的那幢灰白色的钢骨水泥结构的公寓跟前。公寓的对面有一家叫"长春堂"的中药店，高高门廊的上方彩刻着一幅凸前额老寿星伴仙鹤的浮雕图，公寓的底层有一家叫"灵粮堂"的教会幼稚园，而任胤就在那里上学。

每朝，他都见到，在那条横街上，有几个梳羊角辫穿方领汗衫的小女孩在街的一边玩跳"造房子"的游戏，邋邋塌塌，面黄肌瘦，其中有一个准是她。多少年后，当他们已成了一对依框而站立的准情人时，大家都笑着，努力回想和收集当时情景的细节。任胤肯定是她，这个结论是根据了目前对她眼鼻嘴的某些特征之判断而下的。但霞芬则坚持说一定是另一个。因为，她说，她小时候从没有过一件方领汗衫什么的衣服，她家穷，她向来都穿她两个哥哥穿剩下来的男孩子的衣服。夏天是剪去了袖口的、千洞百孔的旧汗衫，冬天则是破肘露絮的旧棉袄。他说，我那时已认识你就好了，爸妈为我买了很多新衣服，我却哭闹着说什么也不肯穿新衣服上学去。你知道吗？那时有个规矩，凡穿新衣服或新剃头的都要让每个见到你的小朋友拍三下脑袋或刮三下鼻子。她笑着说，我知道，我知道。他说，我把那些新衣服都送给你穿有多好啊。她说，不，假如我当时就认识你，我不单要新衣服，我还要跟你上幼稚园去——我们是多么羡慕那些有书读有幼稚园可上的同龄的小朋友啊。他说，其实，我才更羡慕你们呢，可以在街上一天撒野到晚，有多自由！你不知道，在幼稚园里被管束的日子，一天都难过。她说，是吗？于是两人都笑开了，笑声在夜风中被吹散了去。

朦胧初恋的日子就这么平静如逝水般地流动而过，对于他也对于她。仍然是练琴；仍然是开窗后的探头；仍然是寂然雨巷间的油纸伞在门口收拢，然后挥水，然后是两张年轻的面孔一上一下的相视而笑；仍然是街角处的偶遇，仍然是物件的借还还借；仍然是夜幕下门框边的谈笑。

有一次，她终于站到他家的水磨石级上，怯生生地敲他家的门了。那时节，"任宏会计师寓"的搪瓷招牌早已拆除，唯那棵枇杷树仍弯腰地站立在原地。他来应门，见是她，就请她上楼去坐。她跟随着他，脚步轻落地沿着宽畅的柚木弯把手扶梯一路踏上楼去，说，这不仅是她第一次上他家来，而且也是她第一次去1687弄的任何一家人的家中，尽管她从小就生活在近在咫尺的对街。又说道，你家大哟，还一大一小的有两套卫生设备呐，就你一个人住？他说，是呀，父母都去了香港，迟点，说不定我也得去。那房子呢？房子就都交还给房管所了不成？她收住了上楼去的脚步，眼睛睁得老大。

这是他第一次从他家的扶梯上回头来望她一眼，他觉得她有点儿陌生。对她的提问，他没有作答，他不太情愿同她谈论这一方面的内容。

进到二楼正房间了，他觉得她一定会留意那幅挂在壁炉架上的莫奈的《卡普辛基林荫大道》的复制品，或者对他搁在窗前谱架上的乐谱感兴趣，但她都没有。他说，从这边窗能望到你家，她也只"噢"了一声。她用脚试探着棕褐色的打蜡地板，说，真滑，真干净啊。

他请她在三人沙发上坐下来，沙发临落地钢窗而放，落地窗外是阳台，阳台遮盖在一片浓密的梧桐树的叶影下。带点盈盈的翠绿色反射进室内来，让人有一种被罩在了绿纱网罩中的感觉。

他给她冲来了一杯热腾腾的、正冒着热气的"鹅牌"咖啡。那时代的国产咖啡只是将咖啡渣末加糖压制成一块即溶体，抖入杯中，兑开水，那么一搅便大功告成。而那时的人们，也很少有几个是讲究的，有咖啡味，就算有洋味；有洋味，就算有滋味；有滋味就能眯起眼来享受一口革命化之外的某种遥远的感觉。边喝咖啡边听拉琴自然是任胤心目中认定的最佳搭配，他说，我还是拉柴可夫斯基的那首叙事曲，好吗？

她款款地望着他，说了一声，好。便轻轻地用不锈钢的小汤匙搅动着那咖啡，十分秀气地喝了一小口，等待着，样子很文静。他开始拉奏，相当投入。但当他拉完，从谱架上抬起眼来望她时，却发现她正在注意房间中的摆设或是天花顶下繁复曲折的雕花墙角线。突然发觉琴声中止，才匆匆地说，好听，很好听——这，令他有些扫兴。

她说，她来是想送他两样东西的。她取出一件毛蓝布的学生装和一双布纳底的松紧鞋。他就坐在她对面的一把椅子上，学生装和布底鞋摊开在他的膝上，密密的针脚工整而细巧，下午，阳光透过叶丛射入室内来，室内的光线一片柔和。他突然想起了什么，说，"你会抄谱吗？——"他只是希望每天能用她亲手抄的乐谱来拉奏这首曲调。

"什么？"她有些听不明白。

他将原谱摆在她的面前，说明了原委。并解释说，其实，这并不困难，只需按五线谱的模样照描就是了，但必须要耐性和细心，不要抄错了。她说，我从没抄过，但我可以试一试。于是，便有了那回月色中的等待，互相走近，以及夜阅乐谱的那一幕情景了。

四

说实在的，任胤绝不是那种爱占人小便宜的人。他收了她的一衫一鞋以及又请她亲手抄出了如此出色的一份乐谱来的代价绝不是一杯"鹅牌"就会把人打发了的。

他不知道自己是否在朦朦胧胧地恋爱？可能，这便是恋爱？但，就算是恋爱，就算是情人，又怎么样？来而不往非礼也，童年的任胤已经失去了一个赠她以新衣的机会，但他却想出了另一个主意。

自从他的父母去了香港之后，除了能定期享受到他们寄自那里的精白面粉和黄澄澄的花生油外，他还拥有了一厚叠一厚叠的专卖票证。这都是些国家根据每次的个人外汇汇入额而定的特殊供应品，定质、定量、定点。在那个中国急需外汇的年代里，标杆出了当时政府的华侨与外汇政策。

任胤取出了一叠票证来送给霞芬，说：就不知道适不适合你们用？但他想不到的是：她竟顿时兴奋得脸都红晕了起来。

自此之后，他俩的交往似乎更近了一层。她会经常来找他，在他家的那个被梧桐树叶影笼罩的房间里，他们也谈音乐，也谈绘画，也谈诗歌，也谈18、19世纪的西洋文学作品。但每次，他都不忘让她带些侨汇票证走。她有些腼腆，有时，也有些不好意思。她说，这都是她母亲与两个哥哥要她来问他要的。虽然，她家并没有这么多钱来使用这些票证，去买那么多好吃好用的东西回来，但——她有些结结巴巴起来——这些票证的本身就能卖到钱。是吗？他很有些惊讶，但他说，那没什么，没什么，你什么时候需要就什么时候过来拿吧，反正，我一个人留着这么多也用不完……

这种情势一直继续着，直到某一日。

每个星期六，任胤都照例会遵循同一个习惯，拎一架提琴，握一卷琴谱，到他的一个亲戚家合伴奏去。这个习惯持续了有很长一段时期，从任胤的父母去港一直到文革爆发。他的每一个周末记忆似乎都是如此来定式和定形的：下午，阳光灿烂，他拎着琴与谱登上55号公共汽车，然后再转乘20路、15号电车去到那幢洋房的大铁门跟前，按铃。

之后，又会在夜色中走过空寂的街道，15、20、55 路车地回到他自家的门口前，登上那几级水磨石的台阶，伴着那棵弯腰枇杷树在月光中的投影，他将钥匙插入锁孔。

在经过了大半个人生岁月之后再回首，他告诉自己说，是的，那次月色中的等待不也是属于那段日子之中的某个周末夜？

任胤亲戚家的住宅位于衡山路高安路口上的一幢爬满了绿藤的英式洋房。洋房的一边围墙与马路接壤，而洋房的正花园却与其他洋房的花园毗邻。这是当年，这个租界的高尚住宅段很常见的建筑格局。任胤最欢喜它那斜顶的三层楼了，从那半月形的边窗望出去，是一片绿意盈盈的林木的海洋，若干红尖顶灰尖顶的洋房点缀于其中，婉若航帆。假如是霏雨纷纷的季节，情调当更迷人，所有的树木都湿漉漉地碧翠欲滴，而爬墙虎的叶片已蠢蠢地几乎伸展到窗跟前来了。

亲戚家姓徐，究竟是父亲面上的谁的舅父再结谁家的姑母，谁家的姑母再嫁入了谁家的门第，尽管父亲有过几番解读，但到了任胤这一代，就不会再有人去愿花精神搞清弄明了。他只知道，徐家的一家之主是一位被他唤作为大伯的老人，解放前开一家很大的印染厂，股票也都上市。他有两个儿子、一个女儿，被任胤唤作大阿哥的，当年已大学毕业多年，依仗着家中每月还有一笔可观的定息可拿，便坚拒统配去外埠，浪荡在社会上无所事事。但他却精通一切流行的玩术：游泳、溜冰、照相机、自行车、无线电修理。小儿子只大任胤两岁，也是个社会青年，整天跟在他哥哥的屁股后面，两辆亮闪闪的"兰翎"脚踏车飞进又飞出，在满街梧桐树的叶荫里摇响一长串清脆的双铃声，叫路人个个都掉转过头来，眼露羡色地望着他俩。而小女儿则比任胤小一岁，弹得一手正规而迷人的钢琴，每星期六替他充当伴奏的就是她，她的名字叫徐颖婵，而任胤也跟着她家的家人一样，唤她作小婵。

徐家之所以吸引他还远不在于钢琴伴奏。那时，任胤正念高中，徐家的生活方式无疑是当时中国广袤社会生活沙漠之中的一块情趣绿洲。你能在那里听到外界听不到的新闻与俗语，经历到社会上经历不到的生活方式与情趣。一杯咖啡还是一块自家焗炉中焙烤出来的牛油蛋糕，即使是这种再普通不过了的生活小品，假如在他家那种陈设与氛围的上下文中被点睛出来，也能让你享受到一份无可言达的陶醉。这种任胤还在襁褓之中的社会生活的幻影又在那里复活，似有似无，若即若离，且被无穷倍数地放大了之后，再投射到了人们记忆与联想的屏幕上，令人着迷。

其实，在上海这块外国殖民者经营了一百多年的中国土地上要完全铲除这种已经太丰厚了的生存土壤，全体改植以革命化草皮的本身，就是一件不太可能实现的尝试，至少在短时期内。在满街满巷红彤彤的表象之下，像徐家这种生活的绿洲还星罗棋布有不少处。昔日的记忆种子仍在冰封之下努力抽枝发芽，它们像原始的蕨类植物那样，人传一人，代复一代，顽强地盘踞在、漫延到每一小片还可能有人性与情趣水分供应的岩石之上，显示着自己还没被彻底消灭的求生本能——对于这种现象的解释，当时一句流行的报纸社通用语是：剥削阶级时刻在梦想夺回他们已经失去了的昔日的天堂。

徐家，便是这么一小片生活的土壤。三十多年后，当他已两鬓斑白地再次站在那扇大铁门的跟前时，他要说，正是这种无孔不入的蕨类植物的生命延续力，才有效地保存了能让上海于几十年后再度繁华起来的可贵的活力因子；致使她在政治冰封期解冻后，又爆发出如此强大、如此惊人的改革活力的重要原因。当然，这也是为什么中国的其他大城市总是无法与之相比拟的缘故所在——不知道那么多海派文化的研究者们有注意到了这点细节没有？他向自己扮出了个莫明其妙的微笑来：但这些，于我回来此地寻找旧梦又有何关联呢？

他背着手在大门口仔细端详：一样的梧桐树，一样的叶影，一样的太阳在头顶上明亮地照耀，但就不知道为什么这个地段上的这一切，说什么，总要比溧阳路多出一份高贵的情趣来——即使是在三十年后，还是那样。大铁门已换了一种铸铁带金铜倒钩顶的，中间还浇铸有某种古罗马式的图徽设计。围墙新刷过，褚红色的面砖与面砖之间勾画着浅灰色的嵌线，一块金光闪闪的铜牌挂在墙的一边，曰：市级保护建筑。虽然，他早就知道，这座洋房在很久以前已不再属于徐家，虽然，在他记忆的库藏中，还完整地保存着徐家每一个家庭成员的每一个不同的人生故事，然而于此刻，他却拒绝去打开这个记忆角落。他渴求的只是一种梦境的重温，能让他全身心地沉浸一刻于这桃花依旧人面非的惆怅中去：这是一种带了点儿病态的无奈。

他举起手来按门铃。一个老头前来应铃，问：先生，你找谁啊？他喃喃的答复像是说给对方，也像是说给他自己听的：对不起，我只是想来看看。很久很久以前，我曾在这里住过……不，是玩过，是……哎！哎！这怎么行？看门老头用手臂挡住了他，这里现在是××公司驻沪办事处，他说了一句洋泾浜的某个外国化妆品公司的名字。

但瞥一眼，就已经足够了。一条方石的小径通往洋房的后门，有密密的碧草从方石与方石的缝隙之间挤生出来。

一样的方石，一样的碧草，他披着一身湿漉漉的毛毛细雨踏进徐家的花园，时间是在 1964 年的春天。徐家两弟兄正准备推着"兰翎"车出门去。

"是胤胤啊？"大阿哥是一位身材魁梧的年轻人，一副深褐色的宽边"秀郎"镜架在他酱红色的脸膛上显得十分突出。他的头发油水充沛，发型吹得高耸，且一丝不苟。他穿一件米黄色的风楼，敞开，内露雪白的"的确凉"衬衣；灰绿笔叽呢西裤笔挺，脚上着的是一双扁翘形的船鞋。他一只脚踩在自行车的踏脚上，另一只则点撑在碧草深深的方石地上。他笑得很灿烂，拍一拍从右肩上垂挂下来的那只大包头的"莱卡"相机，说道："春霄一刻值千金——出门拍照去！今天就不奉陪了，反正你可以与小嫘伴琴。"

那天，他春风满面，神采飞扬。很久之后，任胤才知道那正是他新结识了一位漂亮女朋友的一天。女朋友后来成了他的老婆，老婆又变成了背弃、揭发他的仇人。三十五年后，当任胤再见到已盲了双眼的他从一座小阁楼上一路摸索着下楼来时，他还提起那一个春雨蒙蒙的星期六的下午，他说，人的命运其实都在他的人生道路的前方，一关一卡地等着他呢。这只有在你事后的回首中，你才会明白到上苍的意志。

他的弟弟在他的边上，也是脚点地地骑在另一辆自行车上。他的一只苍白多毛的手，扶在车把上，不停地将刹车杆弹动出一种"啪啪"节奏来。他斜睨着胤胤，不说话，嘴角间浮动着一丝似有似无的笑意。

"胤胤！——"再次听得背后传来大阿哥的一声叫唤，是在他已差不多要迈进屋去了的时候。他回转头去，见到在蒙蒙的细雨中，两辆"兰翎"车已从半扇打开了的铁门中骑了出去，正准备拐上高安路。他家的老佣人阿英还拉着铁门，喋喋不休地关照着她的两位少东主：大少爷、二少爷，落雨天踏脚踏车千万要小心哦……但他们对她的话似乎没产生什么反应，大阿哥高高鹤起的脸蛋是朝着胤胤这个方向的，他的"秀郎"架镜片在雨光中一闪一闪："路条的事有消息了没有啊？"他说得很大声。胤胤知道，所谓"路条"这是指申请去香港的通行证——这是他们之间对这一种证件的惯常称法，似乎仍隐含了日伪时期要离开沦陷区时的某类证件的意思。

"没有——还没有呢！"他回答得也很大声，而且还是用手掌围住了嘴边的。

"盼望能快点下来，到时，你便可以到香港享福去啦！"

"谢谢……"

胤胤见到另一辆自行车已径自前去，拐上高安路不见了。于是，大阿哥也不得不急急地骑上车去，"再见！……"他说。他追赶了上去。

就这么个 1964 年某星期六下午的春雨绵绵的场景，断层地留在了任胤的记忆中。

人的记忆功能有时很奇特，会将某一截忆况裁剪得很整齐，而让它的上文与下文完全遗失在了忘却的黑暗中。多少年后，他完全是凭了一种理性上的推理，才定位出了某些时空元素。因为，之后应该是还会有所下文的，应该有，也希望有。于是，他便努力从记忆的黑暗里去收集出某些亮点来，然后拼凑成了一幅幅流动的场景：他应该先是在他家的客厅中坐下。客厅中有一座雕花的壁炉架，有一圈沙发围炉架而放。沙发的颈靠与臂垫处都铺有雪白的缕花网纱，而他多数会选择在那张面朝花园的单人沙发上就坐。有一排油漆成了白色的方格钢窗正面对着他，中间的一扇落地，而落地窗开向一片暗红色的方砖平台，平台的远端伸入花园的大草坪中。室内的光线一般不会太好——别忘了，这是个雨天。每逢这种日子，沙发边上站立着的那盏落地台灯，即使在大白天也都是打开着的。从赛璐璐印花灯罩里流泻下来的柔黄色的光芒，照亮了一张深棕色的柚木茶几，而茶几上是常年放有几本外国杂志的。其中一本美国的《生活》周刊，是 1948 年的年底版，搁在那里这么多日子，你翻我翻，连刮刮作响的硬铜版纸也都翻阅得卷起了一大片，纸角上布满了翻阅者们油腻腻的指纹印。然而，书页中的淑女们依然色泽亮丽、深情款款，她们穿着圆头圆脑的半高跟鞋，长波浪发型和稍露胸臂的泡袖时装，站立在一辆 47 年款的"别克"汽车跟前，右手叉在腰际，露齿而笑。如此这般，令生活 60 年代中期的上海青年，即使在过了近二十年后再见到她们，仍会忍不住地浮想联翩。

阿英蹑手蹑脚地走进了客厅，端上一杯咖啡，说："胤少爷，请用。"便退了出去。于是，客厅间又恢复了原先的静谧。任胤最喜爱喝徐家的咖啡了，他家从不喝"鹅牌"，他们从淮海路专门店里买回来新鲜的咖啡豆，自碾自磨，再用一套由两个大玻璃球组成的煮壶将咖啡煲出来，然后再加入几滴白兰地，热腾腾地盛放在一套精致的英国瓷杯和托碟中端出来，才算是完成了终极产品。当然，所有的这些咖啡煮调器具以及那只长颈的白兰地都是 1949 年之前留下的老货。

客厅里静悄悄的，只有任胤一个人坐在那里。呷一口咖啡，觉得一股有厚度的醇香徐徐灌进他的食道里去。他将《生活》周刊卷起，在沙发的臂垫上那么不经意地轻轻敲打着，眼光从白方格的钢窗间透视出去。在这霏霏的春雨里，花园里的一切：树木、花草、攀藤以及稍远处的别家洋房的尖顶都笼罩在一片绿意朦胧的烟雨中。60 年代中期的上海，其实，离开那些 40 年代的以及 30 年代的，上海自开埠以来最繁华、最洋化的日子也不过差了二十年的时间。只是前者是静止的，后者是流动的。前者已经或正在发黄，后者却正在向着色彩斑斓的现代化转变。三四十年代的上海并没有消失，它们存在着。它们只是被人装在皮箱中拎走了，拎走它们的人是架着金丝镜架的，提着文明棍的，咬着雪茄烟的，踩着高跟鞋的，卷烫着波浪发型的，穿着高开叉细腰段旗袍的。它们被随箱拎去了香港、台北；拎去了纽约、东京以及大大小小的欧美城市，而让这个黑白的上海仍留剩在这里，发黄、变脆，变得越来越朦胧遥远成了一块可望而不可即的忆斑，从而倒也让它更散发出一种陈年红酒的魅力与醉性，让任何一个浅尝一口的当代青年都会产生一种晕陀陀的感觉——就如此一刻的任胤。

楼梯上传来了下楼来的脚步声，不一会儿，小婵便出现在了客厅的门口。小婵是个假如她不出声，你就很难会察觉到她存在的女孩子——而偏偏，她又很少出声。当大家都兴高采烈地沉浸在谈兴中时，她常常是手握一册书籍，坐在房间的一角望着他人。不介入，但也不能算完全不介入；不谈笑，但也不能算完全不谈笑。她，不高不矮，不胖不瘦，肤色也是不黑不白，甚至也不灰不黄。她，五官平稳，没有缺点——因此也消失了一切优点和特点。

但有一点，她能弹一手迷人精湛的钢琴，这与她自五岁起就送去跟一位白俄教师学琴是分不开的。

她是个无论家里来了什么客人，她都不愿意出来敷衍和应酬一下的人，除了与她年龄相仿的任胤之外。当然，这与他俩要合伴奏也不无关系。尤其是当她两个哥哥都不在家时，她便无可逃避地要担当起那个接待任胤表哥的主人身份了。在那一个绵绵春雨的星期六下午，在这幽幽然的室内光线中，只见她依着客厅的门框，轻轻地说了一声："你来了啊？……"然后便走了进来。

而记忆的轨迹就从这里开始，又重新滑入了忘却的漆黑隧道间。

五

现在再回想起来，人生万事好像都早已设立了一个定论似的——莫非就如徐家大阿哥所说的那般？

其实，老之本身就是一种智慧的累积，什么哲理什么预言什么宗教，谜底自然会在人生渐老的岁月中渐渐显影出来。有时，人生就像是一个圆周，始于该点的终于该点，就如溧阳路 1687 弄 2 号之于任胤。又有时，人生又像是一首乐曲，总有这么几重情节、几许元素、几段旋律在那里回旋来回旋去，几经变奏后，又回到了那个最原始、最朴素的主题上，就如柴氏的这首叙事曲。他拉过已数不清有多少回了：伴钢琴的，和乐队的。然而更多时是清拉的，绝无惊天动地的交响色彩，但却叙述了一个完整的人生故事。而有时，人生更像是一回既定了的缘分棋盘布局，你跨不进去，这是因为你摆脱不了他局之故。而假如你一辈子都存有美好的感觉，即是因为你一辈子都在渴望之故。

就在那个初秋的下午，当他举首透过梧桐树叶，眯眼遮额地仰望了一会儿之后，当他又重新提起了那件轻便的手提行李，且终于打发走了那位黑黄枯瘦的名人居的看门人之后，当他轻轻推开了那扇镶着金铜尖帽顶的里弄铁门之后，当他从自家门前的水磨石台阶上一步步地拾级而上之后——当于这一切的一切之后，在那个初秋的下午，他恍若在梦中，他再一次重复了那个将一把钥匙塞入锁孔中的那个动作。

锁，肯定不会是他孩童或少年时的那一把，也不会是他在 1964 年的某个浩月之夜回家时的那一把。1687 弄 2 号里的住客调换过许多，也曾被好多户人家割据过。现在，房管部门说，要落实政策了，要物归原主了，于是，他便在香港收到了一封寄自上海的，叫他回来领取一把锁匙的挂号信件。

是的，就是他正在塞入锁孔的这一把。

他在进屋之前仍自然而然地复活了那个习惯：朝那棵枇杷树扫上一眼——它仍站立在那儿，像个忠诚的卫士，只是好像也显得老态了些，腰也更弯了，有一棵枝丫已经枯死。

他走过狼藉着杂物垃圾断木椿与破夹板的底层客堂间，一步步地走上了已完全没有了蜡的光亮的弯把扶梯。一切恍若昨天。他想起了父亲，想起了母亲，甚至想起了那个紧紧捉住他的小手度过溧阳路去到对面"黑皮"家的杂货店替他买一支棒冰的女佣。然而，这些面孔都消失了，永久地消失了，在这世间只留下他一个人，孤孤单单的一个人。还有，还有就是这间风霜老屋。他觉得眼洼与喉头处都有一股热辣辣的气体往上冒来，他赶紧了行走的脚步，来到了他曾生活、读书、练琴与冥思多年的二楼正房。

正房被隔成了两间，有两户人家曾在这里生活过的痕迹。诸如窗帘只装一半，或灶头设在了走廊里等等。只是那扇落地窗外景色依旧，梧桐绿叶向室内投来一片斑影。还有那扇边窗，他站在窗边，望着那条横巷，在对面那间矮房的门框间曾有一个十七八岁的少女的身影正拍打着一身的雨水，停下，收拢起了一把黄油纸的竹骨伞——这是三十多年前的景象了。

据说，人的梦境常会有多少年后再次续上的事，他只是恍恍然地不知道自己仍是在梦中呢，还是醒着？

任胤潜在的做人宗旨从来便是与世无争，他最大的奢侈也不过是能让他一生都那么从从容容地依着这边窗，望着梅雨季中的横巷，练琴。但命运偏将他颠来抛去，让那些不了解他的故乡人还以为他在外边干得轰轰烈烈，充满人生色彩。然而，最让他无法从记忆之中淡抹去的恰恰是他在上海度过的童年和青少年期，以后的影子反而影影绰绰如天际的薄云，也如水边的泡沫——有了，没了，又有了，终还是没了。纽约、香港、东京、台北，他总会把一些年代地点与事情交错对号，互渗记忆。就像那一次，他去新泽西州小婵的家中做客。她坐在一架乌光溜滑的雅玛哈三角琴的背后，应客人的请求再弹奏一遍肖邦的那首升 C 小调即兴曲：那天的新泽西州的阳光特别明媚，上午 10 点许，太阳将它明亮得有点儿刺眼的影子长长地铺展在客厅地板上，透过银白色的铝方格长窗能见到小婵的美国丈夫正打着赤膊，一身胸毛与臂毛地蹲在花园里剪草，然后又开启水龙头，让水雾高高地喷洒下来，在阳光中婉然形成一道拱桥样的彩虹。

升 C 小调即兴曲与新泽西州的阳光，说什么，总不是能算太协调。以前在上海，在小婵家的高安路的住宅里，每逢细雨飘飘的天色，便是这首曲子最好的演绎季节了。一大段湿淋淋的指尖急奏后（A 主题），一颗忧郁而敏感的灵魂便露面了（B 主题），这是一幅雨中少女姗姗而行的水天一色图。少女的发尖与辫梢都点点地有水珠挂滴下来，但她仍飘飘然然地、从从容容地、婷婷袅袅地在这无穷无尽的烟雨之中走呀走的，直到完全溶进了雨的背景里去（A 主题再现）。

小婵弹完了，将手指停在键盘上，从琴盖背后抬起脸来望着胤胤。"霞芬呢，"她问，"她有消息吗？"

他摇了摇头："我已经多少年没回上海了，老屋也早已上缴，还不知道她是否仍住对面那条横街上呢。"

那次霞芬上楼来向他求证说，徐家是否真住在徐汇区的一座大花园洋房里时，他才记起了她好像已经有好几个礼拜没上他家来闲谈了。

徐家？哪一个徐家？他很有点儿诧异。

徐维国家啊——徐维国是徐家老二的名字。

在他证实说的确是花园洋房，的确在徐汇区，的确有如此大时，她的表情有些忸怩和古怪。接着，她便说要走了。他挽留她在有梧桐树绿意的窗口前小坐一会儿，并顺便

莫奈《吉维尼莲花池》

带些侨汇券回去，她都坚定推辞。甚至在下楼时，都有些离态匆匆的样子了。

他努力回想：也就那一次吧。那天，徐维国骑车来虹口，路经任胤家时，顺便在2号靠横巷的边窗前高叫了几声任胤的名字。任胤正与霞芬对坐在临窗的沙发上聊天，当下探出头去，便见是徐家小阿哥。他还是那副骑车的架势：一只脚踏在踏脚板上，另一脚踮地，笑嘻嘻地说，没事，没事。我其实也是顺便经过喊两声玩玩的，看看你会不会在家——我这就要走，还约了人呢。

但任胤却兴奋得有点儿红了脸。他从不来他家，甚至连虹口区这种地段他都甚少光临。他的到来似乎一下子将高安路衡山路的气息都一同带了来。他说，既来了，怎么可以不上来坐一会儿呢？

但对方拒绝，并似乎有一副立马就要离开的模样。

是谁呀？让任胤这样高兴？坐在对面的霞芬也凑上前来，从小小的边窗中挤去一块脸去，而任胤仍在一个劲儿地说服他上楼来一坐。

对方的态度开始软化，说，那好，坐，就坐一会儿吧。说完，就跨下车来，在街边支上撑脚架，打上了车锁。

任胤飞快地蹦下楼去把这稀客迎进门来，而霞芬则走出房门，趴在二楼扶梯的转把上，望着他俩一路有说有笑地上楼来。他连打扮都有明显的徐汇腔：一双软质澳洲皮的小方头皮鞋，一条米色的卡其西裤烫得十分挺括，白的确良衬衣敞开两粒上扣，一副墨镜从衬衣的上方笔袋中翘出一条腿来。即使在楼梯的幽暗光线中，他右腕上的那只全钢的"劳力士"手表仍然在闪闪发亮。

他望见了在扶梯口上趴着的她，便问道：这是谁啊？

他说，我的邻居。在之后的细细回想中，他才想起，他腿部的登梯动作似乎有过，或者说，应该会有过，一刻间的停顿；而他那只布满了密密细汗毛的白皙的小臂，在幽暗的光线之中也有过一回不知所措的举止。

他走进房间的时候，眼光有过那么一两回不经意地从霞芬身上瞟过去又瞟过来，那时霞芬正衬着边窗外的明亮的天空光的背景站着，她柳曲的身材如同一笔流畅的速写线条。

他在沙发中呵呵呵地笑着坐了下来，将上衣襟的纽扣敞得更开了，环顾着房间的四周，说，这里也不错嘛，又安静又凉快，还有这么漂亮的女朋友陪你聊天。

他说，哪里，哪里。小阿哥，侬开玩笑了。不过，这倒是真的，我家没什么可招待你的，我家只有"鹅牌"……

他努力地回想着，也就这一次了。

记忆又开始来作祟了。

不知道这会不会是那同一个春雨霏霏的星期六呢，还不知道是前多少或后多少个中的另一个。已近黄昏了，在她弹完了那首升 C 小调即兴曲之后——在这样的气候、湿度、光线与环境的条件下，他通常都会请求她多弹一遍的。但这一回，她没再弹。她停顿了一下，说道："有过多少回了，我想同你说，但我不知道我该不该说？……"

她用眼睛望着他，大大方方的，有一份矜持、一份真诚，还有一份迟疑。

他也用眼睛回望着她，无言。他没鼓励，也没阻止，她想说的或她该说的。他当时的心中有些紧张也有些不知所措。他已不得不匆匆做好了他可能会听到些什么的心理准备了。

但她，还是自顾自地说了。

她说："我小阿哥这个人，你一定要提防着点他啊，胤胤。"多少年后的那个新泽西州的阳光客厅里，她再次提及那个遥远的忠告，她的脸上浮着一层无从定义的笑容："当时，你一定不会想到我说出来的会是这么一句话吧？"

这倒是真的，纵然他会想到一千种可能，也不会包括这一种。

他一片空白地望着她——空白，不仅指眼光，更有心情。在他们两家的关系的共识中，他与她的将来似乎早就有了一种不成文的确立。徐家大伯、大伯母、秀郎架的大阿哥、白皙多毛手臂的徐维国都觉得这是件天经地义的事。而任胤的父母也从香港来信说，都已到了 MATING SEASON（交婚友）的年纪了，提早留意，才能找到一个理想的终身伴侣。又说，徐家小嬅外貌端庄，内贤外秀，又弹一手好钢琴又门当户对又亲上加亲，这是年轻一辈之中难得的贤惠之才啊，云云。但任胤感觉不到什么，他甚至不知道所谓"贤惠"是什么？"贤惠"了又有什么意思？但她的钢琴的确弹得迷人，尤其在细雨霏霏的时分，他一定会央求她弹多一遍升 C 小调的，然而在雨中的琴声与雨中的身影之间，任胤选择的是后者。

那时，他毕竟还年轻。

他不知道小嬅对那些他人的说法与想法的态度会是什么，在她始终中性的脸部表情上，他读不出什么来。只是在那一天，她突然表示有一件事她想说很久了，但又犹豫该不该说时，他的心头才猛然惊醒了一种奇特的戒备心理。

但毕竟，小婵的话还是让他生长出一种警惕性来。他想起了有一次。有一次，他们——他，大阿哥和徐维国——结伴骑车去西郊公园春游。他们的两辆"兰翎"先行，他的那辆崭新的"永久"随后。那年头，一个人能单独拥有一辆自行车，就如今日里私人那拥有一部私家轿车一般的风光，再说了，这还是一件他用侨汇特种供应券，在南京东路七重天二楼的侨汇商店买回来的货品。他爱车如命，每天一放学就将车子在小院里支撑好，将龙头把手与克罗米钢圈擦了又擦，直到将它们擦得光耀如镜为止。那一天，他先是骑车去的徐家，大家聚了头之后，再从那儿出发前往西郊。当他与大阿哥两个有说有笑地从客厅里走出，来到方石径上时，就见到徐维国刚好从他那"永久"车的边上站起身来。他拍打着两手的尘土，神色有些慌乱。之后，又摆出了一副满不在乎的样子，双手叉着腰际，对着"永久"，东瞧瞧西瞧瞧的像一位资深的古董估价商，说："现在的国产车做得还勿太板（差劲）吗——蛮金光锃亮格嘛！"

然后，他们便骑车出发了。一路无事。就待到要绕延安西路虹桥路交汇处的那口大花台一个大兜转时，任胤发现自己的车把手有些不听使唤了。"嘟！嘟！"马路传来了气势汹汹的鸣号声，他急忙去捏刹车杆，但失效。一辆解放牌的十轮卡，塌扁着鼻子，迎面冲过来，就这一刹那的场景记忆。等他弄清是怎么一回事时，他已连人带车地撞倒在了一根水泥灯柱上，十轮卡"呜——"地从他身边旋风而过，吓出他一身冷汗。他抚摸着额头上撞出的一个大血疱站起身来，徐家大阿哥、小阿哥都已掉转车头，从花坛的那头兜转了回来。"没事吧？""没事吧？"他们都显得担心而紧张。查了查了"永久"，没什么，只是车把上的一颗中心螺丝松动了，而后轮的蟹钳式的刹车装置也不知在何时已经掉在了半路上。

这是一次。

另一次是有关他的那架心爱的上海牌203型相机的。那时，这种型号的相机刚面世，他是在第一时间就去侨汇商店将它买了回来。那一回，他正拿着相机在虹口公园的一座木桥上拍照，为了一个别致的角度，他将头臂都倾斜出桥栏去，朝着对岸桥墩边依柳而站的霞芬叫唤道："再靠近点，笑！笑！——好……"时，他突然觉得手中一滑一轻："扑通！"一声，相机从皮壳的底板上松脱，跌入了湖水中。事后他反复研证相机与皮壳螺旋底板之间的关系时，肯定说，他自从上次用过相机后就一直让它搁在五斗橱的某一格抽屉中没动过，除了有借给徐维国用过几天之外。

还有一次更严重：他从徐家吃了晚饭回家，在15路电车上已感胃部不适，20路车上疼痛难熬，55 路上时，他已呕吐不已，并人都痛蜷缩成了一团。他在区中心医院挂了两天盐水，末了，才算能飘飘然地站出个人样来。"食物中毒，"一位架着一副黄白镜架的白大褂朝他蜡黄了的脸色望了一眼，说，"到哪里去吃了些什么没有啊？"

他愈想愈严重，愈想也愈觉得有点儿可怕了起来。但他没有证据，他当然不能贸贸然地将所有这些奇特事件的起因都统归于那张白皙的面孔和那只多毛瘦臂的名下。

包括霞芬怎么自从那次之后，便突然不再上他家来一事。

六

有些记忆会不时来作祟，有些记忆则总是临崖断层；有些记忆飘忽，有些记忆又清晰如印记。记忆是一门学问，保存记忆更是。人生是因为了记忆有各色各样千姿百态而更显立体、丰富，显得来路茫茫、去途迢迢。

但有的记忆，却是无论时光流水如何洗刷也休想将之淡化去的。

比如说雨季里拉柴可夫斯基，比如说月色之中回家去，再比如说那一回，当晚霞烧红了半壁天空的黄昏过后，他与霞芬正面对面地坐在愈来愈深浓起来的夜色中，谁也不发出声息来，谁也不去开灯——那一回，那一回的全部过程就像是一个凝固了时空的瞬间。

那时，几乎大家都已经知道，他去港的申请马上就要批复下来了——或者说，其实已经批复了下来。霞芬的母亲是里弄干部，她当然很清楚。而霞芬的哥哥又是地段户籍警的铁杆小兄弟，他的消息来源更不会出差错。只是在 1965 年底的那种政治大环境下，所有的出国申请，虽已经市里批复了，但也得一级挨一级地在各级公安机关、街道办事处，甚至里弄居委主任的办公桌抽屉里分别耽搁上若干时间，显示一种自上而下的权威，以及对于那些不愿在这片红色天空下生活的人的不约而同的敌意。

再说，这也是一种时间上的拖延术。万一在这段期间内，党的政策突然有变？万一申请人的政审材料在这段期间内有所增减？这便可当机立断地卡住任何一条不应被它漏网之鱼——那个时代人的阶级觉悟，几乎个个都有一种箭在弦上的警惕性。

至少，直到那个晚霞火红的黄昏为止，这种情形还没有发生在任胤的身上。

既然要走，他家的房子的去向便成了个实际问题——倒不是对于他，而是隐隐约约地对于霞芬及其一家人。任胤不知道自己对于这个隐隐约约的背后故事以及这种背景式诉求的精确感受是什么。他很少去想这层意思。一想到霞芬，他执着的仍然是叙事曲、边窗、雨巷、身材和油纸伞一类的联想。至于她的哥哥或者母亲，他们对他的遥远，就如他那房子之去向应该对于他们的。

霞芬到他家来的频率更高了，除了学生装、纳布底鞋外，她还为他带来了她母亲亲手做的青团和米糕。她问，你去香港后我们如何联系？他说，通信呗。她说，你这一走，这整幢房子就真上缴了不成？他说，那又怎么着？她犹言欲止，犹豫了片刻，终于还是转向了其他话题。

应该说，他俩长长的恋爱缓跑也已经有这么长的日子了，但仍局限于依框而谈、借书还书、拉琴闲扯上。有过一次，在幽暗的扶梯上，她突然用手拉住了他的手，这是一只冰凉冰凉的手。他转过头去，只见有一些水汪汪的光芒在她的眸子间闪动。"霞芬！"他唤了一声，拥抱住了她。他吻她，吻去她颊上湿漉漉的一些液体——仅此一次，也仅如此而已。

于是，便到了那个晚霞灿烂的黄昏。

她颤声地问他："……你爱我吗？"

"爱……"他觉得自己回答得很傻很不文艺化也毫无男子汉腔。他恨自己的舌头，恨自己的嘴唇，也恨自己的声带。

又是一段长长的静场。

"你不愿坐到我的身边来吗？"她蚊声说着，眼睛望着自己的脚尖。

"我，当然愿意……"怀着对自己舌头嘴唇以及声带的再一次憎恨，他坐了过去。在长沙发上，他使劲地搂抱住她，他觉得自己的动作狠得有点儿做作，有点儿带补偿、赎罪兼表白的性质。但他还是呼吸到了一股从她衬衣深层里散发出来的带牛奶味的体香。以后动作的1、2、3、4条，他们都干了些，但不连贯，不自然也不太投入。他只记得，当他俩从沙发上站起身时，他们的衣冠是只要拉一拉，扯一扯便可以恢复整齐的那一种。

他送走了她之后就一直很后悔，他准备了许许多多表白的辞句和解释的理由。他也深思深挖过自己的心理根源：与他的一个美的偶像在这方面旋即进入角色，他始终藏有一份暗暗的心理抗拒。再说，这些事好像从来非其所擅长，即使在许多年后，他结了婚娶了妻，他也都经常会保守在这同一种思路惯性上。做爱时走神，达情上笨嘴拙舌，即使让对方反复不满、责备，乃至于取笑，只会令他在这方面变得更加神经紧张和动作产生不协调。

可惜的是，尽管准备再充分，他也丧失了向她解释的一切机会了。因为自从那次之后，她再没到他家来过，除了那回专程来询问一下有关徐家洋房真假与大小时露了露面外。

小婵说，他的这种个性其实她是很了解也很理解的。他并没有向她说起些什么，在那个新泽西州的阳光的上午，她突然暗示性地提及他俩遥远遥远的过去，以及某段没有结果的关系，语焉不详，含糊含蓄得带点儿泛指性——人在逼近四十后期的年龄段时，又是同乡又是亲戚又是知己又是在异乡，性别已不再成为什么敏感的话题了。

她那赤膊胸毛的美国丈夫回进屋里来，他边抹汗水边向他"哈啰，你好"地打着洋招呼。然后径自往厨房里走去，在一座双门大冰箱里拿了一只"百威"易拉罐出来，复走回客厅来。他一只手撑在门框上，一边望着他们，一边喝着啤酒。

"你没带提琴来吧？"

任胤一愣。"——那我们可伴不成 TCHAIKOVSKY 的那首叙事曲了？"她幽默地眨一眨眼，笑了。她将柴可夫斯基的中文译音用标准的英语发音读出来，故意让那位喝啤酒的人能听懂一点，却不得知晓全部。她何时变得也会玩些幽默调皮的游戏来了？于是，任胤笑了，而她的那位撑框而站的丈夫也跟着"嘿嘿嘿"地傻笑起来，他那金黄色的胸毛在阳光中一抖一抖。

话题，是在等他喝完了"百威"，回去他那地下室的电脑房中时才又接上的。她说，现在，最可怜的要算是大阿哥了，孑然一身。老了，留在上海无人照顾，到美国来同她一起生活吧，又盲了双眼。小阿哥反而好，死了，也干净了，也一了百了了。她的目光黯然了下去，又恢复了那种她在上海少女时代所常见的、矜持的中性表情来。那天，她用目光凝视着她脚下棕色的长条地板，慢吞吞地说道，语音轻柔而飘忽，我们全家都聚在汽车间的那盏昏暗的 25 支光的电灯泡底下，每个人都用双手抱捧着自己的脑袋，懵了。不是不哭，是哭不出来，也不敢哭。什么都蒸发了，留在感觉锅底上的只有一场噩梦老醒不过来时的强大的窒息感。

任胤已经不知道了，这是他的想象呢，还是她的叙述的继续：在遥远遥远时光隧道的那端有一片天空，几颗泛青辉的寒星在它墨蓝色的穹顶上闪烁。路上没有行人，在这深沉深沉的冬夜，只有那座高安路的洋房以及从她花园围墙中伸出头来的漆黑漆黑的树影背景在这片泛着青光的夜空里，兀然矗立。一阵悲鸣着的西北风吹来，掀起满街满墙打红杠杠的纸片，像掀起一片哗啦啦的孝服。

父亲刚从隔离室放回家，每天还得早出晚归，回原单位去接受批斗。而我们，则从童年就已惯熟的温馨里一下子掉进了这现实冰窖中，还没来得及弄清这究竟是怎么一回事。这间在从前谁也不会来歇一歇脚的汽车间：塌房梁，水泥地，蜘蛛网，透风漏雨的门窗以及一盏没有灯罩的单头吊灯，竟变成了我们全家人的栖身地！但就在那个晚上，派出所来了个民警，冷冷地通知母亲说，你家徐维国攀墙逃离审查室有好几天了，今天早上才发现他已畏罪自杀——他是钻入街边的一条空的水泥管道中死去的。后来我们才知道，那是停放在你们家弄堂旁边那条横巷上的，一大堆地下水泥管道中的一根。这些管道都非常巨大，能足足坐进去好几个人——那时全国不正大挖防空洞吗？我想，这些管道很有可能就是派这个用场的。

她说，嗯，可能是吧。

他们说，他是喝下了至少六瓶敌敌畏才死去的，死时一定很痛苦。我去停尸房为他整点时，见他满裤裆的污秽物，脸也扭曲成了青黑色。她停了停："你猜，当我们被通知这霹雳一般的消息时，悲伤恐怖不说，我们全家第一个不约而同想到的那个人是谁？"

"想到谁？——那倒不知道。"

"那个算命人，那个左脸颊上有着一大片青色胎记的算命人……"

"Jennifer！"地下室里传来了她丈夫雄浑着胸腔发音效果的喊声，"I've left something on the gas stove, please take czre of it for me, and thank you, sweet heart！"（詹妮弗，我在煤气炉上煮了些东西，请帮我照看一下，谢谢，甜心。）

"OK！"她坐在三角琴背后的脸朝着地下室的扶梯方面转过去了半个角度，"Don't worry, honey, I'll do it！（放心好了，我会的，亲爱的。）

任胤记起了那一天来。

这应该不是个周末，是大阿哥专门打电话来通知胤胤说，今天下午学校放了学，就到他家来一趟。"有事吗？"他问。

"来了你自然会知道。"他在电话线的那头"呵呵呵"神秘地笑了起来。他家的电话安装在旋弯扶梯上二楼主人房去的墙上，下面紧贴墙身放了一张半圆形的柚木铜手柄的电话记事台。胤胤能想象出此一刻大阿哥的神态与动作：人是靠在墙上的，手指不断地圈弄着垂下来的电话线，他的表情是笑嘻嘻的，仿佛他能见到电话线那一头的胤胤似的。他的一只着拖鞋的右脚尖竖起，在打蜡地板上做着呈弧圈形的旋转动作。从电话线的那一端还能听到小婵的钢琴练习声，可见通往客厅去的弹簧门一定是打开着的，这是车尔尼的一首快速手指练习曲，一连串饱满弹跳的音符一阵风点水面似地掠过，把某种气氛通过电话线传送了过来。

只是在电话线这一头的他所身处的世界，却完全是另一个。

以前胤胤家也有电话，但这些日子只是留在了任胤童年的记忆里。那时，父亲还在上海做执业会计师。以后，公私合营，业务结束，电话也就拆了。现在他使用的都是传呼电话，电话间设在居委会，而居委会就开在那条横街上，与霞芬家门对门。

就在一刻钟之前，一位里弄老太太来到了他家的门前大声叫唤："电话！2号姓任的电话！——"他急忙奔下楼，去了电话间。因为，每次为三分钱传呼费而来叫电话的人的脾气一般都很大，叫几声没听见，就会在门上猛捶乱踢一通起来——横街上的住户一般对1687弄里的人都怀有一种莫名的敌意，就如现一刻与大阿哥通话的胤胤，虽然听觉已不由自主地被听筒里的声音吸引了过去，但他仍如同背受芒刺般地感觉到从横斜里刺探过来的目光，这都是些坐在写字桌后面的里弄干部。他匆匆地说上了几句，就搁下了那只沾有千百人口水臭的胶木黑话筒，离去了。

有什么出了差错吗？本来该是很快就会批核下来的通行证非但迟迟不见回音，就连平日里对他还算客气头头的里弄干部们的脸也都一张张地冷若冰霜了起来。最奇怪的是霞芬她妈，几次打照面经过，她竟故意避到了街的对面去。然而还不及细想，他已背着书包，直接从学校去了徐家。

徐家的世界到底还是另一种世界。

花园、草坪、大客厅、三角琴和铺着地毯的宽走廊——三十年后，他才知道，原来第一次来到这里的霞芬也曾惊愕非常地走进了这扇大铁门，再在这宽阔的走廊上无声而缓慢地走过，并用目光浏览过这里的一切。

这里除了环境、陈设与气氛与当时社会上的其他地方不同外，就连常到徐家来聚会的客人也都是从上海滩的各个被遗忘的角落里汇聚过来的稀有人物。有当年某大老板的外室，有某军阀的后代，有某名门的远亲，有某女星的前夫，有某年某届的"中国小姐"等等，等等。于是，一个个陈年故事就会在他家的壁炉边和咖啡杯中复活了。这次大阿哥请来的是一位当年曾在上海滩显赫一时的名相术士的孙辈。这是一位肥胖的中年人，左腮上长有一块青色的胎记，有一丛毛发从胎记上伸出来。他目前的职业是一家厂里的烧炉工，但据说，他仍保持有他祖父那种能看人三世的禀异本事。

"是专门请他来看看你去香港的路条有希望没有，"大阿哥伸出一根食指来封在了自己的口上，他将话音校得很小声，"嘘！——记得，千万别告诉他些什么，一切让他自己先猜——啊？"

算命选在二楼的大伯父与大伯母的正房里进行。每逢有些神秘或者小圈子成分的活动，通常都不会在楼下客厅里进行，这是徐家的规矩，诸如算命，替人介绍对象或者是每晚10点之后收听"美国之音"和英国BBC的华语广播之类——尽管楼下的客厅里其实也有一座落地收音机。

大家围小圆桌而坐，咖啡在每人面前冒腾着热气。"我这位表弟，你看他……"大阿哥率先进入主题，望着算命人"嘿嘿"地笑。

"想出远门——是伐？"

果然厉害。大家面面相觑，眼露敬佩之色。"是的，是的，你看他……"

"一定会成功。"任胤一阵兴奋，"但，不是现在，是要在他过了三十岁的生日之后。"

"啊？！"一桌人都惊呆了，那岂不是还要等上长长的十三年？

算命人将脸抬起来，这是他在做出某种精神沟通时的神态。他将两眼眯成一条缝，朝着他对面窗外的淡蓝色天空以及天际线上的树木与洋房的轮廓发愣，而让任胤与全桌人都只能朝着他那翘起了的肥大下巴望着，等待。那丛从胎记上长出来的毛发就像一束弯腰在孤滩上的芦苇秆，在电风扇的风流之中巍巍颤动。"你这表弟为人平和，与世无争，但他前世有来头，后世有去路，今世只是过客，任何企图冲激他命格的人必遭惩！"

他将下巴放平了，睁开眼来，似乎他根本就不知道自己刚才说了些什么。他又恢复了一个烧大炉工人的模样，他端起咖啡杯来喝了一口，盛赞咖啡之香浓和英国饼干的奶味。但任胤不知道为什么全房间的人，大伯、大伯母、大阿哥、徐维国以及坐在房角里本来就不怎么出声的小婵都鸦雀无声了？

七

他不觉得自己前世有什么来头——他当然更不知道自己的后世将会有什么特别的出路——反正，假如他前世真有来头的话，他的去港申请不会从此就没了下文。

申请呈上分局已有一年多了，再任凭各级审核部门的拖扣与积压，也都该有消息了。社会上，政治运动的风声日紧，报纸上的社论，学校里的高音喇叭，以及居委会门前神情肃穆，煞有其事赶进赶出的人们，似乎都暗含了某种预示。任胤当然不属于那亢奋的一群——社会上和学校里，这种人还是挺多的。1949 年后，所谓"翻身做主人"的诺言到了今天，似乎才真正有了点兑现的味道。不说别的，就连他，那种素来只要一沉浸到提琴与钢琴旋律中去，就会变得平静如秋湖的心境，也都会产生出一阵阵不由自主的波动。如今，他真已很难再做到让自己安坐于边窗前望着雨巷中的人影拉琴，而不生出一丝焦躁的情绪来了。

父亲从香港那头的来信也一封紧似一封地催促他，信上甚至说，通行证要么现在就批下来，要么，你就要遥遥不知期限地等上一长段日子——爸爸怎么会知道的呢？

天气开始炎热起来的时候，他不得不硬着头皮到市局出入境管理处的接待室去了一次。这是他生平第一次，也是最后一次去那种地方。

一个接待人员坐在一张方桌后，在呼呼的摇着头的电风扇的风流里，他将一条制服的蓝裤腿捋得老高，露出两只白皙的腿肚。"什么名字啊？住哪个区的？"他将语调拖得老长，表示一种官腔，一种懒散，一种对来访者的蔑视和高居临下的意味，眼睛也故意不望对方。

任胤——报上。

他打开了一只宗卷夹，半掩着地朝里看，边看边抠鼻孔。而且，似乎看得愈专注，鼻孔也抠得愈努力，完了，说道："你回去自己想想吧——干过什么坏事没有啊？"说罢，便将鼻孔中抠出的一些什么夹在食指和拇指之间反复捻捏后再点在小指尖上，朝着屋角的方向弹了。

许多年后，他才明白所谓"坏事"是指什么。那一刻，他正将他至今还保存完好的一份浅绿色的折叠式"来往港澳通行证"，小心翼翼地取出来给霞芬看。而那时的霞芬已是个两腮上都有肉球垂荡下来的中老年妇人了，她边在竹箩里拣菜边陪他闲聊。她嫩滑的象牙肤色，早已被无光泽的灰黄所替代，褐色的老人斑开始在她脸额与手臂上浮现。唯眼睛还是那一对，当它们抬起来望着他时，他想到了当他停下弓子，让最后一缕音声都消失在琴弦后，抬起眼来望见它们时的情景。

他指着通行证左上角那一张勃勃着青春气息的青年人的相片说："当时的我就是这个模样？"

"嗯，正是。"说话的就是那同一双眼睛。眼睛希望他能追寻着这同一条思路继续说下去，但他没有。他掂着那张轻若鸿羽的通行证，自言自语道："这里叠折着的是漫长而又沉重的整整十三个年头哪！"

其实，任胤的申请不可能获准的消息，霞芬是知道于任胤之先的——她甚至还知道于她那当里弄干部的母亲和户籍警铁杆好友的哥哥之先。她起初不以为然，但后来知道消息居然属实。她奇怪的是：怎么第一个告诉她这个消息的人竟然是徐维国？她有过好多次想去任胤家告诉他事情的原委，并与他再共度一回日落时分的 1687 弄 2 号边窗前的静默相对之一刻——她后来也就此事向他解释过，不管他信与不信——但不知怎么地，就始终没能去成。

他望着她的眼光有些深邃是可以理解的。那一个深夜天很阴冷，秋已深，街上淫雨霏霏。是的，他说，我想你也应该记得？

他拎着提琴从徐家回来，经过溧阳路长春路口的一家还亮着的日光灯的夜店。一个穿油腻腻白兜的汉子在门口煎生煎馒头，他将平底铁锅斜搁在旺旺的火炉上，用一只木柄铁勺在锅的边沿上响亮地敲打。他在诱人的生煎包的香味之中走进店来，一眼就望见了恰好抬起眼来望一望门口方向的她，半口生煎还咬在口中。

她慌乱的眼神告诉他，她并不想说什么，甚至与他有任何目光接触，她都不想。他于是便很识趣地将搪瓷盘里的生煎端去了另一张台上吃。但从斜横里望去，他见她匆匆起身，走了，将两只还没动筷的生煎都留在了盘中——这在当时，似乎是带点儿不合常理的奢侈之举。

难道，这不是一次他俩可以再谈一谈的好机会吗？

因为那时，那时她已经知道了不少。

因为那时，那时他一切还都蒙在了鼓里。

但那时……她说，唉，叫我从何说起呢？

他笑着说，算了吧，就别说了，真的，别说了。有些，他已经知道，而有些，他永远也不想知道，如此而已。

他永远也不想知道的包括那个秋雨之日的上半部。

而他自己经历的，则是它的下半部。

这一天是霞芬第一次上徐家去，是徐维国亲自接她去的。假如任胤在下午去到那里时，已经知道霞芬是刚从这扇铁门之中离去的话，他一定能想象出当她小心翼翼地跨入这扇铁门门槛的时候，惊喜与慌乱的交织神情。徐维国带领她参观了这幢房子的每一个角落：客厅、饭厅、花园，徐维国父母的卧房以及他自己的，甚至连每一个厕所都没有放过。对于她，一个从小在虹口区的一条穷街上出生和长大的女孩子来说，这一切只是像一场电影、一本小说、一个梦。下午她回家，走在往常熟悉的街巷上，竟然滋生出一种优越感来，她将小时候读到的"灰姑娘"和"红帆"的童话朦胧地串联成了一个庞大而又边缘模糊的人生故事，在故事的结尾，她成了这幢洋房的女主人——这点似乎相当清晰。

她愈想愈远，愈想愈激动，愈想愈浩宇缥缈。生理与心理的因素都在她少女的胸中沸腾，她夜不能成眠，第一次摸黑披衣起身，蹑手蹑脚地爬过了睡在了她外床的母亲，绕过靠门搁放的她哥哥的活动小床，悄悄地打开了屋门。

门外，天色阴冷，细雨绵绵。然而，她却感到内心炽热得可怕，她漫无目标地在深夜的溧阳路上走着走着，就见到了长春路口上的那家生煎包的夜店。

所有这些，让她又如何来向他启口？

当然，他是不会知道这些的，照他的话来说，他也不想知道这些——其实，除了这些以外，他不知道的事还有很多很多，其中至少包括如下几大部分：

一、就在那一天，徐维国告诉她说，快别去理睬任胤那小子了！不信你瞧，他非但去不成香港，哼！我还要叫他去坐大牢呢。什么？！她怀疑自己听错了，你说什么？说这话的时候，是徐维国扬扬得意地领她刚完成了巡视大屋一遍，在客厅的长沙发上坐歇下来之际。徐维国的一张脸朝她转过来，他自觉有些说漏了嘴。他朝她尴尬地笑笑，一只多汗毛的青筋暴突之手伸过来捏住了她的那只柔柔的小手。"你很美，霞芬，你美得让我第一次见到你时已不能自制……"青筋手有些颤抖，沿着柔软多肉的胳膊一路游动上去，点触到了她那蕴藏在外套和衬衣里的丰富着弹性的胸脯。他大口地喘着气，她也开始喘起气来。她的脑腔中塞满了各种混乱的意象，有灰姑娘水晶鞋的，也有与任胤度过的那些年年月月之中的那一个个渴望的时刻。当手托咖啡盘轻轻推开虚掩弹簧门进屋来的阿英见到这一幕场景时，她惊呆了。她没有见到她，她见到的只是她的"二少"，一条长裤还卸在腿弯间，正俯身趴在某件物体上。他削瘦的裸臀在做一上一下的掀动，听到有声息，才从沙发宽厚把手的掩里抬起一张汗涔涔的脸，他见到他家的老佣人的身影正从弹簧门来来回回的摆动之间慌慌张张地退出去。

二、后来，他俩从沙发上起身，徐维国在匆匆提裤的当儿已经告诉她说："今天你还得赶快回去，胤胤一会儿就要来——今天不是星期六吗？"而她，却正在期望着温柔之后的那一喷在腮帮上的浅吻，或者，她是从哪本胤胤借给她的19世纪的西洋小说中读到的某个细节，但她没有能如愿以偿。她匆匆地理了理头发，整了整衣裤，徐维国已从厚玻璃门中探进了头来。他挥一挥手，压低了声音："现在没人——快！"于是，他在前方引路，她在后面猫步而行，一直等到跨离了大铁门，并听到身后传来了"砰"的一下关门声之后，才算将一颗提着的心放平了下来。

三、就当他踏上一辆55路公交车车阶时，她也正赶搭上了一班15路车；而他搭乘的那辆20路电车恰巧就是她搭乘回来的那一辆。他们都曾坐在同一个邻窗的座位上，望着窗外流动而过的南京路和外滩的那些花花绿绿的相同的情景，想着的却是不同的心事。她是从20路的那扇门下的车，车辆一个"U"字形的大转弯，又在对街的起始站将他从另一扇门接载上了车。他俩都行走于外滩梧桐树的树荫下，秋深了，江上有飕飕的冷风吹过来，他俩都不由自主地紧了紧外套；可能要下雨了吧？两人或者都想到过同一个念头：到哪里去吃点热点心——有生煎包就好了。他们在两个不同的命运层面上，在那一年那一月那一日的上下午的交替时分始终平行却又是逆向侧身错过。

四、他不知道的还有：若干星期后的某个夜晚，已经过了晚饭时间有很久了，但徐家的饭厅里仍然灯火通明。巨大的椭圆形的柚木大菜台上，他们全家人有过一次忧心忡忡的、火药味极浓的家庭会议。椭圆大菜台的两端坐着徐家大伯和徐维国。徐大伯的脸涨得通红，时而拍桌起身，指着他对面座上的小儿子破口大骂。徐维国则一声不吭，垂着脑袋耷着头，像个法庭上确凿的罪证就摊开在他面前的犯人。

大阿哥和大伯母分坐在大菜台的两侧。大阿哥前的台面上摊放有数张类似于一封信的底稿纸，粗劣的钢笔字体画画改改涂鸦一片。当母亲的心情最矛盾，她一会儿瞧瞧暴怒中的丈夫，一会儿又望望沮丧垂首的儿子，她盼望能尽快结束这场争吵。

饭厅与客厅间的以及饭厅与走廊间的门都是紧闭上的，优佳的房屋结构令人只能隔着厚粒子的毛玻璃，影影绰绰地见到坐站和指骂的人影，却完全听不清他们在说些什么。

小婵不在场。他当然不会知道为什么单单小婵会不在的。事实上，应该这么来说，为什么他们全家都会不约而同地选择一个小婵不在场的时刻来讨论这件事呢？

他更不可能知道的是：这一切都是因他而起。三十年后的那次新泽西州的客厅中，小婵告诉了他这件事的始末与原委："母亲说：这事决不能让小婵得到半点风声——她还是对了，你瞧，不是在过了三十年后我仍忍不住全对你说了？"

但那天下午，所有这些还没曾发生，甚至还没人察觉会发生，将发生，或已发生了些什么。任胤照常，就在霞芬离开了那儿没多久的下午，便拎着一架提琴来到了徐家。他没见到徐维国，他推说头痛，整个下午都躲在了自己的房中，直到晚饭时分才露了露面。他甚至敏感到替他来开铁门的阿英的脸部表情都有些古怪，她替他端上咖啡来的手有些颤抖，但他，都没在意这些。他与小婵合练了包括那首叙事曲在内的几首曲子后没多久，天便开始阴雨了。那天，黄昏来得特别早，从徐家白漆细格的落地门望出去，云层铅重地压迫在城市的上空，一阵夹雨的北风吹来，吹落了一大片黄叶。黄叶浮在了草坪上，东一滩西一滩的，雨声打在叶片上的沙沙声，听起来特别清亮。

这是 1965 年深秋的上海——离开踏入 1966 年的严冬的门槛已经不远了。

八

他查阅过这段记忆的每一个细节，发现这应该是个闷热的初夏天。

夜间 11 点正，一段流行的爵士乐之后，一个浑厚的男中音便从"沙沙"的干扰声中浮现了出来："这里是英国 BBC 广播公司，主持人 ××× 现在在英国伦敦向您播出……"

徐维国坐在红木大床的床沿边，临床边放的是一座深棕色的"飞利浦"落地机。他将耳朵很近地贴放在收音机的喇叭箱跟前，他穿一件麻质短袖的香港衫，摇头风扇一会儿将他按着调扭的手臂上截的宽大袖口吹得飞扬了起来，一会儿又平复下去，有细细的汗珠从他的发根和小臂密密的汗毛孔中渗出来。

"怎么样——有什么希望没有？"一段沉静的等待之后，坐在对面单人沙发中的大伯终于耐不住了，他朝他的小儿子开了腔。但徐维国却伸出一只手掌来使劲地摆了摆，耳朵仍没离开原来的位置，表达着：嘘，别出声！我正听着哩。再过了一会儿，他才抬起头来，一阵强大的干扰声随即从喇叭箱中轰然传出，他迅速地调低了音量，说："北京的街头出现了铺天盖地的大字报，一场政治运动来势凶猛，目标不明……"他用手指了指喇叭箱，"这是里面说的。"

沉默。全房间的沉默。

"——嗨，这日子可怎么过下去噢！"老头儿突然说道，颓然地瘫靠进了沙发中去。大伯母正端着一壶煮好了的咖啡走进房来——这种场合，她是通常不要阿英来端送咖啡的——见此情景，就慌忙走到窗前拉上了厚厚的丝绒窗帘："都什么时候了，还不小心点？"说完，竟向在场的任胤丢来了莫名其妙的一瞥。

他无法解读这束目光之中所包含的意味。

这日子可怎么过下去？其实，真正过不下去的日子还在后头呢。

谁也想不到的是：就在几个月后，徐家全家就被勒令搬到那间年久失修的汽车间里去住了。

在正房被贴上封条之前，公安局派人来将那座"飞利浦"运走了。

"从此灾祸便接踵而至，隔离、批斗、劳改，直到小阿哥死了，一切才算圈上了个句号。"小婵说得很感慨，"暂不要说那算命汉子说的话，其实，世上本来就没有做了丧天害理之事而不得其报应的——我也是在他出事之后才真正知道了事情的全部真相的。他写了一封匿名信去你居住的那个地区的公安局，揭发说你每晚 11 点左右都在家聚众收听敌台，寄信的时间就赶在你的去港申请即将要批复下来的前夕。后来的结果却演变成了：你的通行证当然被扣压了下来，但他的匿名信也成了追查的目标。家里被抄后，收音机让公安局情治科拿去做了查验，结果非但证实此机短波使用频率极高，就连那封匿名信的笔迹都是他之所为，于是，他便立即遭隔离审查了。"谜底，在三十年后也无所谓再是什么谜底了，因为谜语本身也都已经解体了。任胤笑中有些惊，惊中又有些笑，笑惊相融地望着小婵说：他会不会是太爱霞芬，希望能得到她的缘故呢？

可能是。小婵说，他从隔离室攀墙逃脱出来的第一个目标就是直奔霞芬家。那时的霞芬家红得都发了紫！母亲是治保干部，哥哥是造反派司令，他们还替她找了个复员军人党员的对象，据说就是你们隔壁那家名人故居管理委员会的主任。你想，这样的一个家庭，小阿哥剃着这么一颗拘留所的光头，一身汗酸臭的白衫短裤去找她，会是什么结果？亏得没被其他人撞见，她将他推出门来，塞给他两块钱，让他走，快走！

他后来就是用这两块钱去买的敌敌畏和橘子水。待我到他自杀的现场见到面色已经变成了瘀黑色的他时，他的身边除了几只敌敌畏和正广和橘子汁的空瓶外，还有若干找剩下来的硬币……

同一个故事，任胤曾听到过不同的版本以及描述侧面。大阿哥叙述的时候，他的两眼是盲鼓鼓地朝着屋角里的那圈蜘蛛网凝望着的，蛛网之下是木窗框，木窗框之外是新近矗立起来的几幢大厦的灰色钢骨水泥框架，将蓝天割成了一块块的。天花低矮的室内，光线很差——当然，光线的好坏其实对于大阿哥也一个样。他说，是他首先发现了那封信的底稿的，当时他是坚持要立即通知胤胤家，并应该由父母陪同写信人亲自去有关部门作出澄清。这么大一件事，可不是闹着玩的啊，妒嫉人，也不能妒嫉到那个份上啊。但父亲说——母亲也说——算了吧，不做也已经做了，假如让胤胤的父母知道了，这份亲戚还怎么做下去？但是，害人者往往以害己告终，你看，你看，不是全让我给说中了？这个害人的坏子自己去死，倒也就算了，问题是还连累了全家。父亲因此被斗死，母亲也给急死，就连我的老婆，一见屋也封了，钱也没收了，大势已去，且翻身之日遥遥无期，她便来个反戈一击，划清界线，挺身揭发，一不做二不休地将我送进监狱，一蹲便是十整年。十年出来，家破人亡，双目失明，就成了今天你见到我的这副模样啦——嗨，这全是命哪，命！

霞芬提起这件事，自有她的角度和时机。

其实，他和霞芬在那次生煎店晚遇后已经很少再见到面了，而徐维国事件后，更是没见过一次。不知是她避他呢，还是他避她，生活在同一条街上，就如生活在两个星球上一样。直到他在十年之后离沪赴港，他还保留着那株曲柳的身材在屋门口抖雨收伞的记忆。他觉得很满足：打碎美好，从来就不是他性格的一部分。

再听到她的名字，这是从路边的那个黑瘦枯槁的看门老汉的口中。他说，她现在是他的女人了，这自然令他吃惊不小。

但在任胤的肚中始终埋藏着一些赶不走的狐疑。那个深秋的下午，街上风很大，黄叶飘落纷纷。他俩在相隔了三十年之后，又面面相对地坐在一团旺旺的炉火跟前了。

无言。

他捧着一杯带点儿滚烫意思的龙井茶的茶杯，喝一口，再捧回两只手掌之间，将玻璃杯来来回回地搓动取暖。她就坐在他对面的一张克罗米杆人造面的折椅上，默默地包捏着蛋卷和肉饺。她终于说话了。她说，这么多年了，你还是第一次上我家来吃饭呢。天又冷，不如吃火锅涮羊肉吧，又自助又热身，还可以尽兴地喝些黄酒——让我家那死老头陪你喝，他一听到有酒喝，连老婆孩子命都可以不要。

两人都老了，如今是满头的灰白对峙着满头的灰白。只是一个过胖了点，另一个则又过瘦了些而已。恍若隔世，恍若隔世哪！他说，你还记得吗，我们小时候1683弄的那家名人故居的看门人是个和蔼的苏北老头，眼镜的一只有腿，另一条腿则是用一根棉纱线代用的。

她笑答道，是的，是的——我记得，记得。

怕是现在的我们也快到他那时的年龄了吧？他觉得自己有点儿狡猾，他已开始在隧道间悄悄向他期望的主题推进了。

文革开始后，他好像被押送回了原籍去了，他说。

嗯。她显得有些冷淡起来，她预感到某种可能会令她无法脱身的包围圈正在步步逼近。

"哪……？"他的意思是指"后来呢？"——自然，名人故居必须另有其人来看管。

"是丽丽她爸爸。"她索性抬起头来用眼睛直视着他，点题到要害上去，令他反倒有了一点慌乱得想后退的感觉。这是一只小兽，当你将她哄呀赶呀地逼进了穷巷时，突然掉转头来勇敢逼视着你的那副姿势与目光。"他当时就是名人故居管委会的主任，后来进了街道当主任，再以后就区里，市里，中央，一路升上去。他那时是配有小卧专车的，有司机有警卫，整天开会开会开会，不是市里就是北京，不是北京就是庐山，不是庐山就是北戴河。家中从不见他人影，他说他一心紧跟毛主席一心紧跟党中央一心扑在工作上。他说，他是铁了一颗心，一定要将革命进行到底的，等等，等等。直到那一年，那一年毛主席逝世，'四人帮'倒台，公安局来家中用手铐将他铐走。待到再见他时，已是在电视屏幕上了。他剃着光头（任胤的脑中突然冒出了个当年逃狱的徐维国的形象来——不知她会否有此联想？他偷偷地瞥她一眼，但她似乎没有感觉，继续往下说去），与一排人平肩站在法庭的被告人的木拦后面，听候宣判。"

"他一下就给判了十五年徒刑，而我，一个女人还拖着个孩子，人总要生活下去的，是吧？于是我便单方面向法院申请离婚，重新组织家庭——"

她索性一口气将要说的话说完说透说尽说到了底——这是她的策略。她用望着他的那种眼光来代替说话：怎么样？这下该满意了吧？看你还有什么可东绕西拐来暗示的？

真倒没有什么可再供暗示与提问的了。

"所以说，也没有什么稀奇的，我们丽丽小时候也不是没有过享福和威风的日子。"她突然停下了手头的活儿向厨房方向转过头去，"丽丽——出来见见你任伯伯。"

应声而出的是一个三十来岁的女子，虽然系着宽大的厨围，但仍掩藏不住体态的诱惑和风韵的流溢。她完全有她母亲当年的身材，只是稍微肥了些、垂了些、散了些，让直线部分代替曲线的部分多了些。她向任胤笑笑："任伯伯，您好，常听妈妈说起您。"

任胤向她欠身一笑，算是作答。只见"黑皮"也随其后跟了出来："怎么样，可以温酒了吧？"

"去去去！没你的事！"于是，那颗黑瘦的脑袋又龟缩回了厨房去。

火锅端上来了，热腾腾的，将全屋都弥漫在了一片蒸汽之中，而红红绿绿、黄黄白白的菜碟摆满了一桌。"来来来，你来陪任伯伯坐。"霞芬招呼丽丽，将她应该在任胤一边占有的席位让出来给了她女儿。

一桌围着六七个人，在动筷前，霞芬一一作了介绍。除了霞芬自己，丽丽和"黑皮"老耿外，霞芬先摸着坐在她身边的一个十五六岁的少年的脑袋，说："我的儿子，耿志豪。"见他长得一副油黑精瘦的模样就知道这是黑皮的"产品"。另一位坐在介绍者斜对面的，姓"匡"的，霞芬介绍说是她的女婿，但任胤没听清楚他叫匡什么。（其实，甚至连"匡"，都是他在听到了一个含糊的发音之后，自己设想出来的一个姓氏）他四十上下，浅眉之下，一对鼠目，且闪烁不定。任胤向他欠欠身，表示结识。他也向任胤欠欠身，表示领受结识。这一饭桌上，任胤对他的留意最多：对于从来就很少留意别人举止的任胤来说，这很特别。然而，他却说不上，这是因为了什么的缘故。他见他很少吃东西，劣质的香烟倒是一根接一根地抽，一会儿捏丢了一包空壳，又随即换上另一包，撕开一角包装，再弹出一支新鲜的烟卷来。他极少说话——甚至他可能从没说过一句话。席间，瞅准了一个没人注意到他的机会去了厕所（至少任胤是这样认为的），之后，就再也没有回来过。

"匡先生呢？"他终于忍不住，侧头问丽丽的时候，她正往他的佐料碟中夹一块肥美的羊腿肉，她稍稍抟起的袖口间，闪烁有半截光滑润泽的象牙肤色。

她夹着羊肉的手有过一刻停顿——似乎她不是用脑，而是用手在作思考："不知道，随他去！"随即就将一大块羊肉按进了"川崎"调料浆的液汁中。

她除了为他夹菜之外，还劝他酒。她说，这种叫"炮天红"的酒是一种高档的药酒，多喝不怕冲脑，也不伤身，对于你这样年纪的男人还有强体、活血兼补肾之效。她将此酒的种种好处说得相对缓慢，吐字清楚。任胤听得分明，却将目光盯在了菜碟和酒杯上。他感到桌面底下有一只软软柔柔的什么在靠近过来，他将腿挪了挪，避开了。

霞芬也接上嘴来。她说，本来，是有在外面的饭店里请一桌的打算的，但后来想想，外面也没有什么好吃的，再说也不划算，还是在家吃实惠些。

现在上海的生活水平也高啊，他说。

是啊。再说家中除了志豪还在技校读书外，个个都下了岗，日子能好过吗？她用眼光扫去，见她女婿的那个座位是空着的。

"就我还在岗上呢。""黑皮"老耿总算也找到了个话岔口，凑上嘴来。他指的当然是他的那份名人故居看门人的差事。

"哼！你这也能算工作？一个月几个钱，供你自己抽烟喝酒都不够！"

不知后来怎么说着说着就说到了任胤家的那幢房子上来。"黑皮"说，照现在的市价，至少也值他个百八十万吧——所以说，有钱人转回来转回去，总还是有钱人。

丽丽说，有了这些钱，这一辈子还用再愁吗？

霞芬也希望插嘴上来，但犹豫了一下，还是收住了口。

任胤感到有些醉了。他的酒量本来就不大，几杯"炮天红"下肚，先是体内热烘烘的似有一座小火山在翻腾。再几杯后，就感觉眼前飘飘荡荡的，一切仿佛像是个从游泳池的水面上望出来的世界。但他不觉得不舒服，反倒有一种奇妙的愉悦感。很多从不想去做的事现在倒产生了想去尝试一次的勇气，很多从不想到要说的话也都有了想一吐为快的冲动。甚至包括：霞芬，你有了女儿又有了儿子，难道你就没有替徐维国留下个种吗？——这么些年了，我有时真还会很想念他，很想念他哇！

当然，他还没有失控到将这句也说出来的地步。

他一直见到霞芬的耳畔有几根触目的银丝，在明亮的灯光下晃动来晃动去，他发觉自己真醉了——不可救药地醉了。

唯她望着他的眼光中，他觉得，还包含着从遥远的年代里就已经储藏在了其中的，他俩之间的某种特殊的悟性和沟通能力：她能读懂他的表情，也能读懂他的目光。

"不是我说，不是到了今天我才说，胤胤，徐维国不是个好东西，尤其对于你，他是罪有应得哪，他——"

但他举起了一只手来，动作有些晃晃悠悠。他只想阻止她再说下去。于是，像乐团指挥举起了休止的指挥棒，不仅是霞芬，就连从一开始就一直弥留在席间的嘤嘤嗡嗡的嘈杂之声也都戛然而止了。

或者，她对他醉后了的目光的解读有了那么一点点的偏差。

九

他回到 1687 弄 2 号已经半年了，这是他第一次上霞芬家去。别说这次了，就是在以前那些长长的雨巷岁月，也只有她来的份，他是从没上过她家门一次的。

以前，到居委会打传呼电话的时候，能从斜对面瞥见她家一眼。从低矮的门框间望进去，里面黑乎乎的。偶尔，垂肉荡皮的霞芬的母亲——酷像现在霞芬的那个模样——捋着两筒袖口跑出来，往门口泼一盆污水，便又立即退回到门框的黑乎乎之中去了。

门口老停放着一辆锈渍斑斑的"老爷"脚踏车，任胤认定这是霞芬哥哥的财产无疑。但她家门口占用人行道边的那块面积上倒是栽种有不少绿色植物：靠墙砌了一条花槽，有一棵瘦弱的冬青站立于其中；一只破旧的搪瓷面盆，若干泥罐，还有一列高低参差的白铁皮罐什么的，盛满了泥土。春天来到的时候，有带藤须的叶芽从泥土中冒出头来，再在竹棚上攀爬上去，一直攀爬到二层阁的那个窗口底下，再垂下一条发黄的丝瓜或几只青涩的无名果实来，把这所城市中的这幢矮房装扮得颇有点儿乡村情调。本来嘛，所谓上海人的概念就是在远久以前来自无数乡村的乡民的集合体，在他们或他们的后代身上仍残留些乡村痕迹，原是件十分可理解的事。倒是这只被垂下的丝瓜装饰了窗口，曾经是一个令任胤神往非常的窗口哪——正面对着他家的边窗和壁炉的红砖烟囱。每次，当那身影在门口收了油纸伞之后，他就开始暗暗盼待着她的影子会在那窗前的明暗交界处晃晃动动地出现了。他打开窗拉琴，他让他那条很帅的鬓角侧露在阳光之中都是有他暗自的意图的。

他从来就认定，这窗口，必是她家的主房窗口无疑。

任胤又恢复拉琴了——将谱架搁在老地方，壁炉架上站立着忧郁的肖邦和愤怒的贝多芬。他把那些页码已经发黄了的练习曲找出来，上面还记载有他少年时代练习的日期和记号。他将它们逐首逐句地通通拉了一遍，他觉得自己的臂腕指的关节已明显僵硬了许多，但对乐曲的每一句却有了一种豁然开朗的体验与感动，他十分珍惜这种感觉。他将自己能再度浸淫于其中看作一种无与伦比的享受。

他发现了一份手抄谱，上面还带有些月光的薄荷般的清凉。于是，他复将边窗打开，边窗之下还是那条窄窄的横巷。有雨的日子，横巷的远端照旧隐没在灰霭霭的烟雾中。他一边拉琴一边留意，也有不少妙龄的女孩子打对面行走过来，她们踩着高跟鞋，穿着牛仔短裙，撑着小花点的尼龙透明折伞，让两只白花花的裸腿在雨丝之中一前一后地摆动。

但，她呢？

他还是让他那条很帅的，或者说曾经是很帅的鬓角有意无意地暴露在天空光的侧影里。他还想吸引点什么，唯他的鬓角已霜白了一大半。

这些都是他回到1687弄2号来生活的头几个月间的事了。他将房子整顿了一番，该拆的拆，该补的补上，他竭尽记忆所及的将屋子恢复旧观。他还记得他家从前的窗帘是深红毛革质料的，上面有松竹梅的隐纹设计；沙发套是窄条灯芯绒的；床罩是五彩条的泡泡皱纱的。他跑遍了上海所有的大商场和装潢装饰公司，现在的上海市场上的物资非但不匮乏，而且还丰富得几近于泛滥，令购货者眼花撩乱，甚至都麻木了选择的感觉。听说他要买东西，好几个售货小姐一拥而上，热情得叫他吃不消，好像不买点什么都无法脱身似的。然而，即使如此，在他形容了他所要的货品之后都面露难色。她们不厌其烦地翻出了仓底货，说，是这种吧？是那种吧？但，都不是。任胤只能一次又一次地怏怏而归。最后，他只得放宽尺度，只要颜色相仿，感觉接近的，就敲定了下来。一方面，不至于一次又一次地辜负了营业员小姐们的热情与笑容；另一方面，他也不能老在没有窗帘的房间中一觉睡到天亮。

他的那头完成了，但他希望他家对面的那间矮房也不要与他记忆之中的种种细节相距太远。有一次，他偷偷地瞥见对面黑乎乎的门洞中有一个身段尚佳的女子走出来，他的心猛一跳，后来才知道，她原来是丽丽。

她家门口的那些破脸盆和锈盅罐不见了，给丝瓜攀藤的竹棚也拆了，只有那株冬青还在，并似乎长高了不少。簇簇的鲜绿随着秋风渐凉慢慢地转成了深沉的褐色。门口的锈斑车壳子也没有了，换成了一辆污垢满身的脚踏助动两用车。他常见到有一个叼烟不离口的男人在那儿支架停车，然后跑进屋去，一会儿又匆匆跑出来，朝着车屁股后面的某个部位那么一猛拉，便"突突突"地驾着喷冒黑烟的两用车离去了。

当然，他现在已经知道他是谁了，就是那次涮羊肉圆台面上的那位一言不发，又猛抽烟，后来又偷偷消失了踪影的"匡先生"。他是霞芬的女婿（这是霞芬介绍时说的），丽丽的丈夫（这是他理所当然推断的）。

他对他从一开始就产生了一种想留意他一举一动的兴趣，而且这种兴趣还很持久，持久到在本小说结束时仍在延续下去。后来，他转侧婉曲地向霞芬和丽丽打听过他的过去。霞芬说，丽丽当年打算嫁给他时，他是当采购员的——外快勿要太多哦！然而，丽丽却告诉他说，后来很快市场就不景气了，厂里生产萎缩，之后裁人，之后更解体，之后，之后他就没有了饭碗。

他跑过建材，做过小贩，炒过股票和兑换黑市美金，以后又收购过外汇券以及外烟——怪不得任胤刚回来1687弄2号居住时，还能从边窗中望见横巷对面的人行道旁搁着一只卡通纸箱，上面写着收购与出售的种种内容。卡通纸箱竖立在一只"固本肥皂"

的木箱上，木箱后坐着一个猴瘦的男人，白色的烟雾每相隔数分钟就会从他口中飘腾出来一回。

再后来，卡通竖牌和肥皂木箱都不见了，"收购站"宣告撤销。当然是因为没啥生意可做的缘故了，丽丽说，他是个倒霉鬼，做一行坏一行，沾一样亏一样。连他自己都拉着自己的头发说，嗨，晦气！晦气！怎么财神爷见了我老开溜啊？他变得自卑，变得听之任之，变得过一天算一天，变得与丽丽的关系恶劣。

"这种男人还算是男人？"她愤愤道，"小孩送去了婆家带，但他还养不活老婆，难道还要老婆来养活他不成？！"

包括在涮羊肉圆桌面上的那次在内，任胤与他也有过两三回的打正照面。虽然从不曾相互对话，虽然他望人的目光总是闪烁不定，但你能分明感觉到有一种不屈与坚定包含在其中：活下去——人来到这世上，总要活下去的，也总有法子能活下去！这是任胤对他那种眼光的诠释。他几次都有要把他的想法告诉丽丽的打算，但不知怎么地，后来又都作罢了。

秋色渐深之后，有一日，他终于接到了霞芬家叫他过去做客的邀请——不错，就是吃涮羊肉的那一回。之前，他绝没主动去联系过她，他坚持的只有一样：打开边窗，从从容容地拉琴。

被差遣过来请他的是"黑皮"，她的现任丈夫。他说，上次在街口遇见你怕是有三个月了吧？怎么也不过来坐坐？我们全家都等着你大驾光临啊——霞芬说，看来我们不去请他，他是不会来的了。

他说，哪里是这样，哪里是这样。但心中却有一丝得意滋生出来。

就今晚吧，今晚过来吃便饭。

他沉哦了一阵，答应了。

"黑皮"走后，他立即跑去客厅里，拨通了通往纽约的长途——他也不知道是为了什么。

纽约那头已近半夜，但对方还没有睡。是小婵金胸毛的丈夫来接的电话"Hello! …Ying，Ying! How are you? …What? You are calling from Shanghat? That's great——Just a moment,"（"喂……是胤胤啊，你好吗？……什么？你从上海打电话过来，那太好了！——你等一等啊。"）他的声音明显地偏离了话筒，向着房间的某个方位喊道："A call for you, honey, that's Ying! ——Ying! He is in Shanghai…"（"有电话找，甜心，是胤胤啊！他在上海……"）

当小婵那沉静得带点儿中性的音色在电话线的那端出现，已是过了几分钟之后的事了。她告诉他说，她是从洗澡间跑出来接听他电话的，所以迟了些，抱歉。而他告诉她说，他已与霞芬联系上了，她仍住在他家的对面。

是吗？那好啊。——也就是这些话了。

他觉得自己匆匆来给她打电话的言行是不是有些唐突？但他仍吞吞吐吐、婉婉转转地向她表达出了这层意思来：他在第一时间就告诉她这件事的缘故是因为她曾问起过这件事。

嗯。嗯。

但他至今还没有与她本人对上话呢——他在说这些话时，其实，已表达了他要与她恢复往来与对话的强烈意愿。

嗯。嗯。

之后，之后再说些什么呢？况且还是越洋长途。小婵说，纽约这里已经很冷了，气温掉到5℃以下。现在窗外正淅淅沥沥地下着冷雨，屋内的暖气已经打开。深秋、夜晚、冷雨——弹一首升C小调吧。对方"咯咯咯"地笑，这里是纽约，我说我的胤老兄，今年是1999年，不是1965年深秋的高安路。啊，亏你还记得这样清晰。但现在上海是上午，阳光灿烂，温暖如春，竟然连一点寒意都没有。如今地球气候反常，上海人现在常过凉夏与暖冬……

电话线的那头突然就没有了声息。喂！喂！他急急地叫喊了起来——我正听着呢，胤胤，声音似乎有些哽咽。你的几句描述，勾起了我多少忆乡的情怀啊——算了，别提了，不知道大阿哥好不好？我真是十分十分地想念他哪。

"我会去探望他的，你放心，我回来上海后已去看望过他两次了。"

"谢谢你，胤胤。还有，我……"

他想，她或者打算提及一些与她小阿哥有关的题目了，但顿了下，一个话锋的转弯，她流利而又轻松地说道，告诉大阿哥，说明年开了春，我无论如何也都会回来一次看望他的，让他好好保重自己。

电话收了线之后，他呆坐在沙发上，莫名地激动了好一阵。耀眼的阳光从窗玻璃中泼泻进屋来，铺陈在深棕色的打蜡地板上，影出了半棵枇杷树的枝叶来。他的指关节在沙发柄上轻轻地敲打着，哼唱着柴氏的那首叙事曲的主题旋律——人物，场景，时间，地点，他觉得什么都可以填词进那首曲调中去。

十

当他理智还很清楚的时候，他的感觉已经开始模糊。他很少喝醉酒，应该说，他在这次之前从没喝醉过酒。但这一回不同，至少，他体念到了原来人在喝醉之时是会进入到另一种飘飘欲仙境界里去的。

他认定，这一切都是从那只涮羊肉沸锅中冒升出来的蒸汽始端的。起初，他只是觉得这个世界有些隔雾看花花不清的不真实。就像在梦中那样，所有人的脸都有些可爱的形变，什么都在悠悠晃晃之中，都有一种离地腾空而去，去到另一处没有约束，可以让你为所欲为世界上去的意思——包括他自己在内。

但他还在一口一口地将"炮天红"灌入自己的喉管中去。本来，霞芬母女俩是为他劝酒的，但渐渐地，变成了他只能自己找酒瓶子来，将酒倒入自己的酒杯中去。再后来，丽丽按住了他的手，说：别再喝了，任伯伯，您已醉了。

醉了？但他不觉得哇。他觉得自己的思路清晰异常，清晰得让他回忆过去，回忆那个故乡，那个年代，那条溧阳路，那条横巷，那处从前生活的环境，那时的那个霞芬以及那时的那个他自己，都变得近可触摸。不，不，他说，我没醉，我还能喝——我绝对还能喝！其实，他已无所谓喝不喝什么酒了，他所追求的只是那种感觉的更加逼近，更加真实，更加能让他重经一回童年和少年的岁月。酒让他感到亲切，感到必不可少的原因是：因为只有它，才能为他搭建起一座回归昔日的桥梁，管它呢，虚不虚幻。

他又往肚里灌了几杯。这时，他才发现他的左右臂都已经是被人捉住了的。一边是霞芬的那张垂皮荡肉的脸，另一边则是丽丽的那张妖媚的，有一绺发丝甩在她的前额，隔着腾腾的雾汽，看上去就像他童年家中，挂在弯柄扶梯口上月份牌上的那幅古典美人照。

你不能再喝了，胤胤，再喝下去伤身体。这是霞芬的坚定不移的声音。

嗯，嗯。他含糊地应答着，他觉得自己的舌根已经膨胀得有些不听使唤了。

再以后？再以后的他的记忆已完全模糊了，他只记得有人将他搀扶起身送回家去——至少，他的理智是这样告诉他的：他应该是在回家的路上——然后回到自己的房中，躺下。

蒙眬中，他感到他摸到了一条光溜溜的，类似于女人大腿的形态、线条以及质感什么的，他想，这应该是属于他那早已离了婚的妻子的。我们不早就分开了吗？他这样想着，随即又昏沉睡去。

后来，他闻到了一股熟悉的带牛奶味的异性的体香。突然，记忆从遥远的时空隧道的某处向他电传过来一个锐利的信号，他猛然觉得自己清醒了不少。

他在迷蒙中睁开眼来，见到一丝不挂的她——她，是指丽丽。

他身处于一个陌生的房间里，躺在一张铺花床单的双人床上。房间中开着一只电热取暖炉，窗帘没拉上，深蓝的天穹之上有眨眼的寒星从窗框间望着他俩。而对面，乌黑了灯光的，才是他家边窗的窗口。街灯微弱的光芒从窗口透射些许进来，混合着电热炉的橙色的辐射光，侧投在她白玉质的肌肤上，有一种温软的反光。

此刻，她正骑在他身上，不重也不轻，不强也不弱，不偏也不依，不很自然但也不太强迫。她"嘤嘤"地细唤着，半睁半闭着双目，幽暗之中，她嫩红色的乳头在周身的抖动之中颤一悠。她将赤裸柔曲的身躯扭动得十分有节奏也十分优美。

他睡眼惺忪地望着那属于她的一切：肩膀、乳房、肚脐、膝盖以及由膝盖部位向后弯曲了的大腿，体会着她每一回的上升与下落动作给他生理与心理上带来的巨大冲激。他感到那股由"炮红天"搅起了的火山岩浆正朝着那一个致命的部位输送过去——她要他给予她些什么，她要他满足她些什么，她要向他榨取些什么，带点儿欺骗也带点儿强迫。

他想抵御吗？他能抵御吗？他想抵御，但他不能抵御——已到了这等田地。他销魂荡魄，他，已不属于他自己。而她，她的一切形态、动作与表情都结构了一个美妙无比的旋涡，一个无底的、深渊般的旋涡，要将他扯下去，扯下去！

她见到他睁开眼来了，带着一丝狡黠的笑意，她顺便将他的双手提起来——这是一双软弱得再也不剩下一丝力气的手。她将它们抵在自己的双乳上，她用自己的手把住了它们，再让它们在这两团无骨的柔软之上使劲地搓揉。在一声更紧迫似一声的，似痛苦但又更似欢乐的叫唤声中，他感到灭顶之浪正向自己扑盖而来。

当他酒意完全消退，再度清醒过来的时候，天已放亮。低矮的木窗框上已拉上了一层尼龙质的纱帘。有晨光透过纱帘渗入到这半明半暗的室内来。她还是一丝不挂，她小而精致的乳房挤压在他的手臂上，形变为一团可爱的形状。他没有去摸——虽然他有点儿想——他只是静静地瞧着，带一点儿欣赏。假如没有眼前这一幅场景，他真会怀疑，昨夜，他会不会只是做了个梦？

她也醒来了，在清晨的微亮中向他笑了笑，一切，于是尽在了不言中。任伯伯，她说，这是我们一家最后的机会了；妈妈说过，她欠您的，我可以代她来偿还。您把我当作女儿也好，当作什么也好，反正……

她还能叫他说些什么？

后来，那是在相隔了相当一段日子的后来，她才问他：任伯伯，我跟您上您家去见识见识，行吗？

他当然只能说：行。

她随他上楼去的时候，他记起了在这同一条扶梯上的他与她的母亲。她差他二十岁，也就是说，当她母亲还没有完全脱离那杆柳曲身材之时生下了她来；也就是说，当她母亲的心中还没完全消退了他的影子时已怀上了她。于是，他发现，他便对她有了些许不属于那夜干那事时的感情。

他起身，穿衣，下楼去。在这全部过程中，他始终没朝她望一眼。她仍躺着，起初是毫无遮掩地躺着，之后，又拉了一条毛毯将自己盖上。他感觉她在望他，望着他的每一个动作的起始，延续与完成，直到他走出房门，将门轻轻带上。

他不是后悔，他只是有一种强烈的惆怅感。

他只希望在离开这间屋子时不要再遇见任何人。他如愿以偿了，直到他走到大门口。霞芬正向街心泼了一盆污水之后回进屋里来，她的晨扫工作进行了一半。她没有什么不自然，当然，也不能算是很自然。她只是随便地望了他一眼，说，起身了。

嗯，他一步，便跨出了屋去。

天气还很早，但朝阳已经上升到开始放射出有点儿带炫目光芒的高度了。除了买菜与晨练的之外，路上的行人稀少。风已停，估计又会是一个温烊烊的深秋的日子。从横巷的这端望出去，溧阳路的主杆道上铺满了梧桐黄叶，此刻都在朝辉里金灿灿地卷躺着，等待着上班时分的那一双双匆忙而过的沙沙作响的步履。他想起了八岁生日的那个穿海魂衫的小男孩，沿着石垒边缘平展双臂而过的情景，他微微地笑了。

他走上了溧阳路，但他并没有回家去——离开了它仅这么个夜晚之后，老宅对他似乎都有点儿陌生了起来。他见到路口有一个穿了旧蓝布工作装的男人正在扫落叶，他用嘴唇老练地叼着一支烟，白色的烟雾每隔几分钟就会从他的两唇之间飘腾一回出来。他刚好抬起头来——在这行人稀少的街口，每一回沙沙走近的脚步声都会引起清道夫的注意——而他想回避，已经太迟了。

他一夜之间似乎老了许多，须茬点点，黑蚁似的爬满了半个脸腮。他望见他从这条横巷中走出来。他望他，用眼睛，用眼睛里的眼神，用眼神背后隐藏着的一些更深邃的什么。仅很短促的一瞬间，便随即低下头去，而烟蒂，也在其嘴唇的几个哆嗦间掉落在地。他迅速地转过了脸去，继而便过到街的对面去，打扫那里的落叶。

"任伯伯，"是世豪，穿着一套火红色的大翻领运动衫裤上学校去。他的右手提一只粗布圆底桶的球袋，挎肩而过，某个夸大了色彩与设计图案的冒牌商标醒目在球袋的背面。"您早。"他向他展开了满脸的笑容，这是一种勃勃着生气的年轻的笑容。

"早。"——他觉得他同他的父亲像极了，简直就是年轻了几十岁的"黑皮"老耿。

他也过到了街的对面。他侧眼望了望他的那位正在打扫落叶的姐夫，并没有互相招呼。

任胤开始胡乱地向前走去，连他自己都不知道自己走的是哪一个方向。待到他稍有了方向感和思想空间时，他发觉自己是站在了溧阳路长春路口的一幢高层底下。应该就是那家生煎包店的旧址，但现在，生煎包店不见了，换成了这幢巍峨的大厦。这是一幢拥有了红白相间外墙设计的高档商品楼，商品楼有好几排，而这是沿街那一排之中的第一幢。一扇很有气派的双开铸铁大门将你的视线引进一个住宅小区：修剪得十分整齐的草坪间种植着粗壮的香樟树和黄杨树，白漆长椅，抽象雕塑以及矮矮的黑烘漆的射地园林灯，构成了一派十分优雅的高尚的居住环境。一个穿深藏青长呢大衣的大盖帽门卫站在铁门旁。毕竟是深秋的清晨，他用两只手互相搓动着地取暖，高帮皮鞋把人行道的水泥铺板踩得咚咚直响。

20世纪上海的最后一个深秋，他如此想，站定了脚步。一曲小提琴的练习旋律，正从公寓底层某单元的一扇仅开启了一条缝的窗口中潺潺地流动出来，流进了这带点儿寒意的澄清的空气中，令这清晨静止的空气产生出了一圈圈扩散开来的波动效果。

曲调拉奏得相当的幼稚和蹩脚，一听，就知道是一位初学者。但他还是被深深地吸引住了：这是柴可夫斯基的那首叙事曲。四十年了，曾经，他不都也如此这般地、幼稚兮兮地、一遍又一遍练习过这位大师的这首不朽的小品的吗？从窗口望进去，他能见到一位八九岁的少年，正背朝窗口拉琴。成人琴扛在他的肩上略显大了些，于是，他只能伸直了本来应当有相当弯曲度的左手前臂来弥补这个缺陷，从而令他的拉奏动作更显笨拙、别扭和艰难。

从他站立的位置仰视上去，他望不见拉琴人的脸，却能瞧见正面对着拉琴者的，搁在立地谱架上的白色谱页。他太清楚那一节又一节的乐句了，他只需用他的精神视力就能清晰地阅读到那些遥远渺小如几百光年之外的星辰般的音符。他用右手拍打着左手地为他打拍子，他甚至为年幼练习者的每一处停顿与错音而惋惜而心焦而神经紧张。

他甚至觉得那白色谱页上的音符正像蝌蚪一样，一条条地游动了出来。

乐曲继续着，一句接一句，一段续一段；每一句都酷似于上一句，每一段也只略略变奏于上一段。平静，平淡，平和，流水一般地在叙述着一个平凡不过的人生故事。曲终时，他等待着，等待着那半拍省略了的起始音终于出现，在末尾那一小节中，自然而恰如其分地镶入到了乐句中去——就如某段倒叙的缘分，为了去补缺人生的遗憾。

太阳愈升愈高了，早晨的带点儿刺骨的寒意和湿漉漉的雾气开始消退。愈来愈多的晨练完毕后的归家者出现在那条通往公园的林荫道上。一个佝偻老者逆着晨阳向他走来，他的面孔藏在了一团带光晕的黑暗里。

他走到他面前驻足，让任胤不得不侧往一边去，好奇地望着他。他，毛发稀少，耳聩目昏，在他的左脸腮上有一摊青色的胎记。

他抬起脸来向他说："先生，你前世有来头……"

"是吗？——"

"……来世有去处，今世只是过客。"

他只让他仰望着他那曾经可能是相当肥厚宽大，但如今已变得皱皮重重了的下巴以及那张微微张开了的、掉尽了门牙的黑洞洞的嘴巴。几条银白的长须从那块胎记上探伸出来，在这晨风之中晃晃颤颤，像几枝白了头的芦苇。"但你的根在这里，"他用手杖咚咚地敲着他脚下的地面，"枝叶却长出了墙去——都结果子了，先生，小心要让它们掉到自家园里来才是啊……"

他不太明白他在说些什么，或打算要说更多些什么，但他说："你，不认识我了？——我们曾见过面啊。"

但他惘然地望着他，久久，摇摇头。他能看清他的三世，却不认识眼前的这个他。

不知怎么地，有一股悲情涌上了他的心头，他突然很想念孑然一身的大阿哥，就像小婵那天在电话里说的："真是十分十分地想念他哪。"

该是我再去探望他一回的时候了，现在已经秋深。我答应过小婵的，我还得多给他些零用钱，也好让他过上一个温暖的冬天。

他定了定神，辨清了他该走的方向原来是应该向后转的。远远的，公寓窗口间的那把小提琴又将那首乐曲从头来过，再练多一次，这种缺乏了伴奏的清拉，听上去很有些悲怆。而这条弧线形的溧阳路就这么样地一路通出去，道路尽端的转弯处有一座灰白色的公寓，对面是一家名叫"长春堂"的中药铺；公寓的底层开设有一家名叫"灵粮堂"的教会幼稚园——这都是四五十年前的情景了。如今的那一带，他只听说变化很大：吴淞路拉直了，四平路上高层林立，而55路公交车可能连路线也都撤销了。回上海后，他真还没循这条路走过一回呢，他不想搭车或乘的士，他只想亲身走一次，看看童年还有些什么影痕留在了那里。

他调换了个方向，向前走去，早上的阳光从侧面照射过来，他长长的鬓角只是比半年之前他刚回到上海之时霜白了更多。

2002 年 7 月 31 日完成于上海西康公寓

文后记

我有一个中篇叫《叙事曲》，三万二三千字的样子，写成于十四年前的 2002 年。记得也是在那梅雨季的一个个首尾相衔的日子里：灰稠稠的光线，潇潇雨歇的愁思，把人心都揉伤了——况且我还在写那小说。

小说是半虚半实的那种——当以虚构为主。我日以继夜埋头在近百页的稿笺上，半个多月的功夫便完工了，遂松下一口气来。而此时，气候也已出梅，艳阳高照，酷暑降临了。那个暑天，我汗流浃背，挟着叠书稿，到处奔波、打听、求人，看看能不能在上海的哪家杂志上先发表一下，但吃的尽是闭门羹。

这是我的老遭遇了：一个圈外人，看眼色，仰鼻息，乃意料中事。但，羞辱也受了，笑脸也赔了，不知是不是我天生就不是个赔笑脸的料呢，还是甚的？终还是以失败、失望和失落告终。又过去了多少年，大概要到 2007 年了吧？承蒙杭地的一位年轻文学评论家的热心相助，小说才得以在宁波地区的一家叫《文学港》的刊物上发了出来。随后的一个月中，又被《北京文学》的中篇小说选刊转载，再后来，复又被收录到山东文艺出版的我的那本定名为《后窗》的中篇小说集子里去，且还在北京的"文采阁"开了个似模似样的研讨会。这是这部小说的命运历程：要么不来，要来一年之内一同来。

其实，这个中篇的面世经历是颇有点儿特殊性的，至少在两点上。

首先，绝不是我的每部小说都会像它那样的。能有机会在杂志上先发了，后再集册出书者，肯定属于少数。通常是，写完了就直接找家出文艺类书的出版社，谈妥条件——只要不伤害到我作为一个作家的自尊心就行——出了书，完事。也只有这样了，谁叫你除了一厚叠破稿件外，在毫无优势和资源可言的前提下，执意要去当个作家的呢？挫折遭多了，也就习惯了：就像屋里的几只"嗡嗡"乱飞、找不着北的苍蝇，我，算是其中比较聪明的那一只。分明见着那里有一扇镶着玻璃的亮堂，但这只是一种诱惑，绝非出路。苍蝇们一只只地飞扑过去，被撞回来，忘了，再次扑过去。我不同，索性就安安静静地停泊在墙上，以逸待劳。啥时，见有人开门进屋来了，就"嗖！"地一下，从门缝里溜飞了出去。外面的世界啥模样，咱不知道。反正也算是一片新天地，到时见机行事便是了。再说了，从此便可免去再与那些刊编老爷打交道的难堪了，于我，也算是一种解脱。

第二个不同点是在对于这部书稿的处理手法上。迄今为止，我所写成的小说作品，共有10个中篇和3个长篇，百几十万字。其中，除去《叙事曲》，还有若干篇也曾在其他外地杂志上得以先于书版前而面世的。只是，诚如我在前段的不知是哪节小文里说起过的那般：让编辑们给截肢锯腿、削足适履的事是经常发生的。上粘下贴，只要把故事给说通了，就算完事。如此之"发"，既欠了人情，还弄了个写书者本人的啼笑皆非。说实话，发比不发真也好受不到哪里去。然而《叙事曲》有点儿不同，虽也被删去了若干千字的"枝枝蔓蔓"（当年编辑的告知语），但故事还是给讲好讲完整了。最重要的是，竟然丝毫无损于小说的原结构，于我的小说，仅此一点，就很不易为。原因是：我的那些小说从来就不是平铺直叙地来讲个故事的那一种。总感觉，那似乎离小说艺术远了点儿，而靠"说书"娱乐近了些。而是在在处处，都会藏着点掖着点，每每都以时空次序的打乱与重拼来换取那种语言上的传统铺陈。不知首不知尾的乱删胡砍一通是很容易闹了个砸盘之结局的。但那一回不是，可见此文的裁编者是个个中高手——至少也是个看出了其中名堂的人。我至今不认识他，也没觉得有什么必要非去认识他不可。但他让我刮目相看，心存敬意。由此，无论是《北京文学》的转载，还是我那本小说集子的出版，凡有问到我意见的，我都建议还是使用那删节版，以示其于敬意。

2016 年 7 月 31 日于沪寓

风化案

一

　　杨晓海第一次来到我们琴行应聘提琴教师一职是在三年前。我记得他穿一件POLO的T恤衫，一条浅米黄色的休闲裤，皱巴巴的，一副不修边幅的样子，但仍不失一种风雅。事实上，这样的穿着反倒更加凸显了他作为一个艺术家的随意。

　　是公司负责人事的一位同事接待他的，但站在一旁的我马上就开始注意到他了（想必在当时，他并不知道我是谁）。原因是他说一口带浓重的上海口音的广东话。他没带琴来，也不出示任何可供证明资历与学历的文件；说话的语调随随便便，脸上的表情也相当中性，仿佛这份工作对他可有可无。我心中觉得有点儿好奇，有点儿困惑，还有一丝冷笑滋生出来：摆架子罢了，既然如此，又何必多此应聘一举呢？

　　我转过身，正欲离去，就听到他说，能先看看你们的琴房吗？那位小姐答道，当然能。但……"但"的意思很简单：你又不是前来报名学琴的学生或者家长，他们是消费者，当然有权要求先参观一下将来的学习环境，而后再作决定，你是来教琴，来赚钱的，我们公司录不录用你还未知呢，琴房如何又与你有何相干？

　　但我倒是正因听闻此言又转回了身来，我用上海话说道："侬是上海人？"

　　就从这一句话起，我俩间的对话与交流——我指的不仅是语言上的还有心灵上的——便从此开始了。同时开始的还有我俩间的友谊，这很可能是一种香港社会的普世价值所无法接受无法理解甚至无法认同的友谊，但它被我们两人所接受。

　　与其说同是上海人让我俩马上熟络起来，还不如说更有些其他的因素。比方说，我俩都是艺术上的同行，又都酷爱音乐；两人基本上是同代人，而我们在上海的家址也都住得离开不远，等等。

　　我说，你是上音出来的吧？他说，是。我又问，你是上音哪一届的？他说，是哪一届哪一届的，还说，他与谁谁谁是同班同级的同学。我又问，那，你又是哪一年来香港的？他说，哪年哪年。我再问，那你想来这里教琴又是谁介绍的呢？还是……？他于是便笑了起来，说道，凡搞我们这一行的上海人，有谁不知道有一间叫××的琴行啊，老板是上海人，是个文商兼备的才子？这，还用问人，还用谁来介绍吗？——对了，老板是你，你就是老板吧？我向他望了望，不置可否。我想，当时的我很有可能还稍稍皱了皱眉头。我不喜欢"老板"两字，尤其不喜欢人家唤我作"老板"。连我自己也搞不清，我的这个"臭名"是几时开始远播的。世界上的事就是这个样：千方百计要出名，要想当"老板"的，往往不能如愿；不想的又被人强按个头衔下去，按上了，却又觉得很不是那么回事。

我想转个话题。于是说，你没带琴来吗？这是一句多余的话，而且近乎于荒唐——这不是件明摆着的事吗？至少这不像是我，这么个"文商兼备"的所谓"才子"应该问出来的话，但偏偏，就是我问了出来。他也不置可否地望望我，含义无非有二，一是他不屑作答；二是对于我对他先前的那个提问不予表态的一种及时报复。

我窘迫万分。但就在我俩这一来一回的互望中，我们的心灵交流刻度又深入了一小格：他多了解了我些什么；而我，也了解多了他点儿什么。

负责人事的那位小姐见到如此情景，先是愣在了那儿，然后便合拢上宗卷，打算了结这场谈话。她用眼睛望准了我，意思是说：怎么样？兴许直到这一刻为止，晓海还没完全能肯定我就是谁，但那位小姐毫无疑问是知道的。还不等我表示什么，她便朝着应聘者转过了脸去。那就这么办吧，下星期一来上班，她说。

杨晓海加盟我们公司搅起的是一场不大不小，然而却又是无声无息的人事波动。

琴行里的好几个年处妙龄的钢琴女教师突然都心血来潮地学起小提琴来了，而且都指定要让晓海来担任她们的导师。还有不少学生家长（多是些年轻的母亲）带孩子来上了两堂课后，也都不约而同地表示要拜杨老师为师，还说要亲自尝一尝李子的滋味。就像运动员训练时有"陪跑"，留学生出国时有"陪读"，她们都决意要为她们的孩子学琴来个"陪练"（孩子毕竟太小了，对音乐的理解能力有限，她们如是说），这也是香港儿童教育的特点之一，据说，为了达到望子成龙这一宏大目标，家长们的一切手段与能力都得用上。

琴行是商业机构，学生是越多越好，无论男女老幼，无论其动机是什么，学音乐的天赋有没有或有多少，对我们来说都一样。提供良好的教育服务才是我们的分内事。搞公司管理的同事们都很高兴，他们说，老板倒真是有眼力啊，找准了这么个教师。唯那位管人事的小姐在暗地里犯了嘀咕：哼，都着了什么魔了！

　　说是"着魔"，倒真是有一点。别说那位小姐了，就连我也都有这种感觉。有一次，我在走廊里遇见正好打琴房里出来去上洗手间的晓海，我拍了拍他的肩膀，笑道："嘿，老兄，艳福不浅哇！"话一出口，我便后悔了，我想起了第一次与他见面时的情形。但他倒没什么，用浅浅一笑回敬了我。欲言，而又止了。多少天后，在一个意想不到的场合，他也同样地拍了拍我的肩膀，说："听说过女人祸水这一句话吗？"我一怔，一怔之间，他已经走开了。

　　这里至少有两点问题耐人寻味，或者说须待澄清的。第一是，小提琴是一致公认的最难学的乐器之一。平时，我们琴行都是学钢琴的学生远远超过学提琴的。但这回有点儿不一样了，非但后者的数量大幅度地追赶了上来，而且还颇有要超越前者的意思了。这都是因为来了那位姓杨的提琴教师的缘故吗？还有一点，也是最重要的一点：小提琴教学，导师与学生的肢体接触机会最多。这是这门乐器的特殊性质所决定的。肩、臂、肘、腕乃至手指，无论是右手还是左手都极有讲究。互相间的使力与配合稍有不协调，悦耳甜美的琴声就永远也甭想能奏出来。当然，每一块肌肉的放松，每一处关节的连动，当老师的不是不可以通过言传身教来做出示范，但怎么说，都还是不够的；有时，为了让学生能真正体会到个中的原理，导师亲自动手去纠正一下学生的姿势和动作也属是一件十分正常、合理和必要的事。

　　于是，问题便来了，便引发出多一层教学之外的深刻含义了。都说男女授受不亲这套封建遗毒早该，事实上也早已，被铲除了，尤其是在这现代化程度如此之高的香港社会。但毕竟，一男一女，又独处一室，又衣着单薄（香港气候一年四季都比较炎热），又一摆一弄一触一摸的，说没点儿感觉，那是假的。我记得有一位中国女作家在与美国学者探讨性这一主题时，说过这样的一段话。她说，这么多世纪下来，你们西方女性身上的每一寸肌肤都得到了最有效的开垦和利用。但我们是中国女人，我们不是你们。中国有九百六十万平方公里的土地，但是可耕面据统计只有百分之八。那些广袤的处女地，那些貌似贫瘠的不毛之地并不是不可耕的，它们也都有敏感的神经末梢裸露在外。它们时时刻刻在等待，它们期盼着，焦急地期盼着，期盼着抚爱的手指哪一刻会在它们敏感的表层触摸而过，于是，它们便会战栗，便会痉挛，便会产生十倍于你们西方女人的更强烈的生理反应。

然而，女作家可能忽略了一点，那便是：在中国古代，并没有小提琴这种乐器，这种乐器是在大半个世纪前刚从西洋传入中国的。而如今，我们的小说主角，提琴教师杨晓海每日都要触摸的不就是那片未曾开垦的百分之九十二的土地吗？

但后来，当我与晓海的关系发展到了一个已经是无话不说了的地步时，我才开始明白事情的真相也并非完全如此。他说，他的命中有桃花煞星，这不仅是他自己对自己命运的判断，而且还得到了若干算命高手的确认。他们告诉他说，他就是这样的一种男人，一种生来就会对女人产生出一种说不清道不明迷惑力的男人，他在这方面的孽根有二，一是他的眼神，二是他的手（琴）艺。算命人甚至还进一步预言，说他这一生，因为这类事的纠缠，大名会三次上报而成为一个路人皆知的新闻人物——当然这些说法，作为他朋友的我以及我小说的读者们直到此一刻为止，还都只宜姑妄听之，不必太认真，这要看后续的故事究竟会如何发展而定。

但我倒是因为听他这么一说而心中产生出好奇来了。我开始认真研究起他的那两条所谓"孽根"来，关于第一条，无论我如何观察和研究，总也弄不出个名堂来。眼神？他的眼神怎么了？不就是一般人的眼神吗？既不流连顾盼也不风情万种。但后来我想，大概因为我是个男人的缘故，所以无法读出女人能从其中读出的意蕴来。至于第二条，我倒也是颇有同感的。那一次，恰好遇着空堂，晓海闲来无事，便在琴房里兀自练琴，练了一会儿就踱出步来，正巧遇上吉他导师也有空堂，待在营业大堂里，无所事事。他于是便邀他一块来玩一曲合奏。

我记得这是个初秋的午后，金色的秋阳从琴行的落地玻璃窗中照射进来，铺满了全屋。室内开着空调，很安静，有几个等上堂的学生和家长坐在一旁的椅子上。晓海和吉他老师两个就在大堂的中央架起谱架，玩奏了起来。是一首 Paganini（帕格尼尼）的提琴与吉他的两重奏曲目。一般，很少有正规的作曲家会写吉他与提琴的重奏，原因是吉他这种乐器从来就没被正统的室内乐谱系认同过。但偏偏，Paganini 这个音乐奇才就酷爱吉他，而且他将吉他与提琴玩得一样好，一样的出神入化。于是，在西洋作曲史上仅有的几首提琴与吉他的重奏曲便都出自他的手笔了。其实，这种别出心裁的乐器搭配反倒令乐韵格外别致，另有一功，让人可以享受到一种意想不到的音乐野趣。他们两个一拉一弹，摇头晃脑，用脚打着节奏，一副如入无人之境的样子。很简单的道理是：来自作曲家的灵感的神奇光环戴到了晓海的头上去了。这是个不争的事实，是一件他没想这么着也就这么着了的事。当然，你可以说这是一种错觉，但在这一刻，他成了PAGANINI 的化身，成了音乐的化身。

音乐就是这样的一样东西，应该说，是一种语言，一种心灵的语言。不用翻译，也不需要解读；乐声奏起，每个人都有每个人不同的理解与感动。我一直记得那个秋午的那一幕情景：室外是一片阳光明亮的金秋世界，室内则是一片被朦朦胧胧的秋阳占据了的领地。对于总是闷热潮湿的香港气候来说，这是一个难得的清朗爽利的日子。室内的每一寸空间都被 Paganini 充满了，被 18 世纪的典雅充满了。而在场的每一个人平日里被世俗尘垢所掩盖了的灵性也都在纯洁的乐曲声中被洗净而又复活了。

后来，他俩结束了合奏。晓海抬起头来，他发现全场的人都在注视着他。但他的目光躲闪着，尽量避开一切人，尤其是所有在场的女人的目光。而事实上，当时在这里的，除了我与那位吉他教师之外，几乎全部都是女性。一对母女就坐在他对面的座位上。小女孩十来岁，长得秀气又文静，文静中还含着点儿腼腆，而母亲则是一位打扮十分入时的性感少妇。小女孩抱着一架提琴，她是他的学生。而他急急地结束合奏，就是因为下一堂的上课时间已经到了。他向小女孩笑笑，招招手，说，来吧。你先进课室去，把琴和乐谱都取出来，我这就来。他上了一回洗手间，就匆匆回到琴室里，随手把琴室的门关上了。

就这么一幕场景，呈断面状的，然而又是连细节都十分清晰地存留在了我的记忆中。

二

再把时间往前推移四十年，那时候的晓海还是个八九岁的小男孩：瘦弱、白皙、秀气，玲珑乌黑的大眼睛充盈着一股灵气。

我当然没有见到过童年时代的他（即使真见着他，我也未必可以分辨点儿什么出来，因为在当时，我自己也是个大不了他几岁的儿童），这是当我们成了好朋友后的有一次，他从皮夹的内褶里小心翼翼地掏出了一张已经全都发黄了的"咪咪照"给我看时，我才以一个成年人的眼光所获得的一种印象。

"咪咪照"是一种只有半寸见方的黑白证件照，如今早已绝迹。小小的照片，四边还让花色轧边机轧成了锯齿形，以示艺术化。在我们的童年时代，全社会都生活在一种物质匮乏的环境中，一个孩子能单独上照相馆去拍上一张"咪咪照"因而也都能算得上是件带点儿奢侈的事情了。这种"咪咪照"一般都会被整齐地剪贴在家庭照相簿的某一页中。但晓海告诉我说，他家几乎所有的照相簿都在"文革"的抄家潮中被付之一炬了，他的那张"咪咪照"是被他自己从火堆之中抢救出来的，而且一直保存至今，故十分珍贵。

"咪咪照"的本身就已将我和他同时带回到了那个遥远如梦的年代中去了。我想，我也照过几张"咪咪照"的，只是如今早已不知了去踪。我把照片摆在手掌中反复而又反复地抚弄了很久，仿佛是在鉴赏一件古董。我还找出了一架放大镜来，有滋有味地辨别着照片上的每一个细节。我说，童年时代的你，真是个秀气漂亮的孩子哪。但他说当年的他，最憎恨的恰恰就是自己的这副长相。为了这一点，令他丧失了不少童年生活的乐趣。在班上，他无缘无故地被人按上了个"娘娘×"，"嗲×"之类很难听的绰号，并还常常遭人欺负。诸如，给人"削薄蛋"（用手掌在被欺负人的后脑勺兼拍带打地飞快地掠过，以示轻蔑），"摆开势"（恶作剧者在被欺人不留神时，暗中伸出一条腿来，将对方绊个嘴啃泥）等等。他很羡慕那些粗野得连晚上都不用回家，白天可以不交功课的"皮大王"了，这都是些全班男同学高山仰止的目标人物，他太想与他们接近了，哪怕就是当个可以跟随其后听人差遣的"马仔"也好。但不行，他只能远远地望着他们胡天胡地地玩个不亦乐乎。一旦当他怯生生地试图向他们靠近时，他们都会不约而同地向他奋力地挥起手来，大声地喊着："去去去，娘娘×——阿拉不带侬咯！"令他既懊恼羞愧又自艾自怨。

他说，他就读的小学位于上海西北角的一条叫作"万航渡路"的马路上，而他家也住那附近。我说，万航渡路我知道，一头连接着中山公园，另一头沿着苏州河畔，弯弯曲曲地一直伸入市中心去。他说：正是。但他告诉我说，在他还没出生前，也就是在上海的政权变色之前，万航渡路是有个外国名字的，叫"极司菲尔"路，而中山公园则叫作"兆丰公园"，这些都是他的父亲后来告诉他的。其实，在当年，极司菲尔路已经算是市区的边沿地带了。他还能朦朦胧胧地记起四十多年前的那一带的景象：极司菲尔路的尽头横着一条铁轨，铁轨铺垫在一块间隔着一块的巨大而又乌黑的枕木上。铁轨绵长，没有尽头，两端都隐没在了灰蔼蔼的远方。铁轨上不常有火车通过，而那时候的上海也没有什么交通安全的管制措施，故人们都可以在铁轨上自由行走或者跨越。而跨过了铁轨的那一边，就是一大片没完没了没边没沿的郊田了。就是到了晓海读小学的50年代，那里的情景也没多大的改变。他读书的那所小学位于铁轨的这一边，故还在市区之内。在遭人欺负后的那无数个黄昏，他也不回家，就一个人坐在冰凉的铁轨上，书包搁在一边，望着田野尽头橘红色的夕阳如何变成为一个巨大的鸭蛋黄，并渐渐地沉没到地平线的下面去，心中充满了悲凉和孤独。

其实，就是从那时开始，他的家庭状况也正在发生翻天覆地的变化。家中日差一日、年劣一年的经济以及人伦环境令到小晓海即使放了学也不愿回家去。他宁愿一个人坐在铁轨上，呆呆地望着落日，忍受孤单。

晓海的父亲是学无线电工程的（在 20 世纪的三四十年代，无线电就如今天的电脑，属于一种高科技，因而也是一门令当时的许多年轻人都趋之若鹜愿意为之贡献毕生精力的学科），当父亲从国外学成回到故乡上海时，正值那个兵荒马乱的时代。1948 年年底，他搭乘的那艘叫作"美利坚"的邮轮从旧金山出发，绕道香港，最后抵达上海。邮轮是在外滩法大马路码头泊岸的，他站在甲板上，用他已经远离了十年之后的目光将外滩，将码头的全景重新扫视了一遍。他迅速地获得了他的第一印象。后来，他不止一次地向晓海提起过这事。他说，当时他的直觉就已经告诉他：他的选择很可能是错的。但错了又怎么呢？在旧金山的时候，是他自己向自己一遍又一遍地劝解着说要回来，一定要回来的，他明白自己是过不了这一关的。再说，现在说错了，一切不都已经太晚了？他想起了杜甫《兵马行》里"车辚辚马萧萧／行人弓箭各在腰"的那几行名句。当然，20 世纪 40 年代末的上海是见不到古代战争的车马和弓箭的，但诗句渲染的那种乱世的气氛却是一致的。

晓海的父亲从邮轮的舷梯上走下来，走下来融入到那片人群中去。这是个混乱不堪的世界，码头上你挤我推，大呼小叫；充斥着各式人等：溃军、逃兵、伤员、脚夫、乞丐、流氓、扒手、妓女、白相人①、拆白党②……然而，当晓海的父亲一旦踏上了这片熟悉的土地，再抬头望见上海头顶上的那颗明晃晃的太阳时（这是 1948 年年底的阳光，当时它正温暖地照射在他的脸上和身上），他就有点儿不顾一切的味道了。他在嘴里热切地念叨着：家啊，家！这就是我的家啊，而我，终于到家了！就在这一刻，杜甫的"车辚辚马萧萧"已完全被李白的"床前明月光，疑是地上霜"所替代了。他想，从此，他再也不需要在异乡的月光中找寻故乡的影子了。他将长久而安定地生活在那片"霜美"

---

① 白相人，在很多地方含贬义，跟花花公子意思相近，多指无所事事的人。

② 拆白党，20 世纪 40 年代上海俚语，泛指上海地区一群纠党并以色相行骗，白饮白食骗财骗色的青少年，多指男性。

的世界中了。他感到一种舒坦极了的安慰和安逸感从心底升起来。

　　码头上除这类下三流的人物外，还有那些沪上的富人与名流。他们一般都是由锃亮乌黑的轿车送来码头的。他们咬着雪茄，从车里钻出来。他们挽着姨太太的雪白的手臂，脑满肠肥地，从人群中从容通过。他们的身后跟着挑行李的脚夫，他们的前边，几个戴呢帽着长衫的跟班一路吆喝着为其开道。他们从晓海父亲的身边经过，再从那条他刚从那里走下来的舷梯上登上船去，准备出逃香港。

　　就是那么个冬日的午后，永远地留在了晓海父亲的脑海里。从他回国后一直到他去世的几十年的时间里，他用另一类回忆的目光将这么个瞬间抚摸了不知有多少遍，仿佛是在抚摸一个永远也无法结疤的心灵的创口。人生之途就是从这里拉开了岔道。他一路向前走去，一路回望，回望码头，回望那艘在此一刻仍停泊在岸边的"美利坚"邮轮以及邮轮的那四座高高耸起的黑色的烟囱。就这样，父亲将晓海一家的命运连同他自己的都一起装在了皮箱里，从旧金山带到了 1949 年后的中国。

　　所有这些情景，在今后漫长的岁月里，父亲曾不止一次向他的儿子描述过，从而，在晓海的印象中，一切都显得那么的栩栩如生，仿佛当年是他自己经历的一般。又过了另一个几十年，晓海也开始走出中年，步入准老年了。那一次在香港，在我们的琴行里，他又向我转述了那些细节；而我，则又将它们化作了一幅幅想象之中的场景，写进了我的小说中去。

　　其实，当年父亲回来上海一定说是怀着某个救国效民的伟大理想，那也未免太夸张了。事实上，将如此公式套用于当年一切回国来的知识分子的身上几乎成了所有描写那个时期的小说、传记以及其他文学作品的统一主题和通用题材，好像非爱国是绝不会在那种时候回国来的。当然，话也不能说是全错，但实际上的，也是最大的原动力乃是思乡。尤其是上海这块土地，对于它的一切游子，上海永远是一片充满着无穷诱惑力的故土，这点毋庸置疑。就像是一块拥有极广阔磁场的巨大的磁铁，它让一切游离在外的铁屑都恒处于一种蠢蠢欲动的回归欲望中。半个多世纪过去了，如今中国也已经改革开放了，上海游子的回国热潮再度掀起，唯命运替这两代知识分子安排的机遇截然相反。像晓海父亲的那一代选了那个时机回国的"海归派"几乎全军覆没，晓海的父亲当然也没能幸免。

　　晓海坐在铁轨上望着夕阳落山的日子正是厄运开始降临他家之时。哪怕到了今天，晓海似乎都不太愿意很系统化地重提那些往事。而我呢？当然也不便也不会主动地向他去打探些什么。我先是了解到了他的家庭状况的一个大致框架，后来才慢慢儿地往其中填充一些细节进去，由此而形成了一个连贯的故事。

晓海的父亲回国后不久，便找到了事干：担任上海的一家私营电表电器大厂的总工程师。初期生活十分优裕和惬意，洋房、汽车、佣人、听差，一应俱全。他还娶了一位当年上海滩当红的评弹演员为妻。因此，家庭生活也算是美满。但好景不常在，后来，父亲因"匪特"嫌疑被捕，那是在 1957 年年底的事，反右运动刚结束不久。对于当时的记忆，晓海已经十分模糊了。他只记得那是个淫雨霏霏的寒夜。他在睡梦中被巨大的声浪吵醒了。家中一片嘈杂、惊慌和凌乱。整幢楼的灯光全打开了，手电筒的光柱到处乱窜。最后，披着大衣的父亲被两个佩着武装带的警察带出花园的前门，登上一辆吉普，开走了。

而晓海的记忆也到此中断。即使到了四十多年后的今天，无论如何努力，他也无法再从那段已完全给漂白了的记忆中打捞出片鳞只影的细节来。他只记得一年之后的有一天，当父亲从拘留所里释放出来，到姑妈家来把他接回家去时的模样：父亲瘦成了个皮包骨，面色苍白得像张纸；满脸的黑须和蓬乱的长发几乎遮盖了半只面孔。小晓海惊恐地望着父亲，他记起了他看过的小人书中的海盗的形象。

父子俩回到家里。家中空荡荡的，家具东倒西歪，蒙盖着厚厚的灰尘。而汽车、佣人、听差全都不见了踪影，花园里的野草长得有半人高。母亲也不在家，后来晓海才听父亲告诉他说，他的母亲是在他家被抄的第二天便离家出走，从此就没了音讯。父亲用他那颤抖不已的手掌不停地抚摸着晓海的头颅，说，别怕，孩子，爸爸回来了，爸爸没事——别怕，噢，别怕。但父亲还是抱着晓海哭了，而晓海也抱着父亲哭了。

母亲出走后，父亲没有再婚。事实上，这对还算是过了几年恩爱生活的夫妻从此之后再也没有见过面。倒是后来，晓海又见到了生母。面对着一位头发全都花白了的、皮怠肉荡的老妇人，晓海站在那里有些发呆。要不是晓海的妻子一二三四点地指出他俩面部特征上的某些相似之处，他简直无法能将自己与眼前站着的这位陌生的老妇人作出任何血缘关系上的联想。

那是四十年后发生在香港的一幕情景了。那时，父亲早已去世，而晓海一家也都从上海移民来香港定居了。母亲二度守寡。她不知从哪里打探到了晓海的地址，找上了门来。她说她打算要在她"香港的儿子的家里小住几日"。当然，这些都是后话了。

要说晓海的那些坐在铁轨枕木上望着夕阳落山的日子里还有什么收获的话，那便是他学会了拉小提琴。小提琴是他父亲替他买的，而同时，父亲也是他提琴的启蒙老师。父亲虽然是学工科的，但他酷爱音乐，提琴拉得也很棒。在加州伯克利大学就读时，他还是该大学的学生乐团的小提琴首席。应该说，是孤独把晓海带上了那条音乐之路的。在那些漫长的岁月里（晓海常常说，乍一想，这些岁月是如此漫长，漫长得连他自己也不知道究竟哪里是它的起点和终点了），除了学校，就是家里，除了家里，就是冰凉的铁轨和落日；没有母亲，没有兄妹，没有玩伴，有的只是半个不完整的家。读书，练琴，练琴，读书——晓海无尽的苦楚和悲凉无人可以诉说，除了向着他的心爱的提琴之外，提琴成了他唯一可以放心倾吐的对象。而事实上，提琴不是什么，提琴只是一件乐器，一种媒介；他只是从巴赫、莫扎特、贝多芬、柴可夫斯基这些大师的旋律中找到了某种可令其心灵产生共振的情绪，而这种情绪的演绎却只能依靠提琴与他手指之间的那种精巧的配合。

这样一说，或许就能解释晓海的琴声会如此迷人的部分奥秘了。其中包含了忧郁、孤独、苦楚、悲凉；还有那轮橘红色的夕阳，当它在空无一人的田野的尽头徐徐沉落下去的时候，那种空间感，那种悲凉感，也都不由自主地融入了晓海的琴声之中。

三

算命人和术师的话都没说错。对于晓海而言，所谓心灵之光的透露其实是通过两扇窗户的。一扇是琴声，另一扇则是眼神。这当然与晓海的身世有关，与他从小便失去母爱有关。一生中，他对所有的女性都怀有一种特殊的感觉，一种奇特的心理，一种欲拒还迎、欲迎还拒的心理。这是一种神秘的，渴求和恐惧兼有的感情混合体。它的发射与接受无非是通过两个频道：琴声是显性的，这是一种两性都能共通的音乐语言；眼神则是隐性的——至少对于我这么一个同性朋友来说是隐性的。只有异性的洞察力才能窥探到在它打开了的背后隐藏了些什么。

或许就因了这层原因，当班上的男同学都拒绝与他为伍时，他发觉，班上的女同学群落在直接或间接地向他招手了。即使是站在今天的我，这么个已过天命直逼耳顺的中老年男人的立场上，我也未必就能很清晰地界定出小女孩们当时的那种心理情结的实质是什么。有一位心理学专家曾经说过类似于这么个意思的一段话。他认为：每个人一来到这人世间，便已经同时拥有了三重人格。一个女人的三重人格是：女儿、妻子和母亲。

而男人的则是：儿子、丈夫和父亲。一个女孩，再幼小，这三重人格的隐藏胚胎一样是完整的，并可能会在一定的心理水土和气候的条件下被催化，从而产生出了某种假性的发育和成熟。这，于是就解释了问题的一部分了：当男孩子们不屑他不理他不愿意与他为伍时，另一个性别群体就会不由自主地伸出援手来；她们向他主动靠拢过来。这既是母性的，也是妻性的，她们只是想给予他某种关怀和慰藉，尽管稚嫩，但却完整地包含了女性的一切人格基因。

少年时代的晓海就已经明显地感受到了这一点（尽管完全缺乏理论依据，但他还是感受到了）。而且，他还感觉到，不仅是女同学，就连女教师也待他特别亲切，甚至都有点儿过分关照的意思了。对于这种来自异性阵营的关心与同情，他接受的心态是复杂的，心态的复杂是因为他的心理也是复杂的缘故。他感到恐惧，因为他害怕因此而招惹那些男孩（更何况，这些男孩才是他心中的真正的偶像与英雄）更大更激烈的嘲笑和捉弄，他受不了这些。但同时，他又渴求理解、渴求关怀、渴求爱，他与其他的孩子最大的不同是：他没有母亲。

这便是晓海坐在锈冷的铁轨上望着残阳落下时心中翻腾着的矛盾极了的思绪。四十年后，他很坦然地向我承认了这一点。因为从回观的角度来看，他可能已不再将当年的那个坐在铁轨上的小男孩看作他自己了，他已把他当作另一个个体，一个遥远了时空的观察物和研究对象了。他很有耐性地分析着当时自己的内心活动：曲折、丰富、多层次。他显得饶有滋味，而且兴致勃勃。那一个晚上，公司提早收工，我与他一同从琴行里走出来，边走边聊。我们穿过维多利亚公园里的那条长长的、路灯幽暗的林荫大道，去到灯红酒绿的铜锣湾闹市区的一家食肆晚餐。在这 21 世纪的繁华无比灯光如灿星的香港的晚上，我俩谈着 20 世纪 50 年代的上海，谈着少年时代的他和他的家庭，谈着冰凉的铁轨和旷野上的落日，这样的谈话很会让人产生出许多幻觉来，一种强烈的隔世感令我感觉到眼下存在的一切都有些不真实起来了。

那天，是我约定晓海，还有他的太太与他十多岁的儿子一同出来聚一次餐的。我说，认识了你这么久，又听你描述过你的儿子怎么怎么的不知有多少遍了，但到现在，我还没见过他一眼呢。他笑了，他说，人家都说孩子是父母的命根子，说得哲学点：孩子是父母生命的延续。哪，我的儿子不就成了我的生命的延续了吗？但不然，毕竟离开死，我还有相当的一段时日，我还不太习惯把他当作我生命的延续，我更把他看作我此一刻生命的本身啊！他说，连他自己都觉得有点儿过分、有点儿不可理喻，只要儿子欢喜的，想要的，而又只要他力所能及的，他都会尽力地去满足他。准确来说，不是为了满足儿子，而是为了满足他自己，满足他自己心中的那个莫名其妙的永不能填满的欲望的渊壑。

我说，你如此做的原因不就是因为了你童年时代的一些失落了的记忆在作祟吗？

他不语，他明显地默认了这一点——事实上，我是明白他的意思的：他不想说出来，他就希望别人能代他说出这句话来。他只想听，希望听罢之后再将这个结论在他心中慢慢地咀嚼。

后来，我更了解到，他不仅全身心地爱他的儿子，他也同样全身心地关心关怀和"爱"着与他儿子处于相似年龄段的所有的男孩或者女孩。他会不由自主地望着他们笑，笑得那么亲切，那么投入，那么情意绵绵，那么如入无人之境。他将自己渴望过的然而又是绝望了的童年的感受都一股脑儿地套用到他们的身上去了。然后，他便踏实了，他觉得他能够理解所有这些孩子的内心世界了。

乐曲中常有二重奏、三重奏、四重奏、五重奏的作品。唯六重奏这种曲式似乎很少见，而晓海——我们小说的主人公——拥有的恰恰就是这种罕见的六重奏人格。男性的三重人格是先天的，与生俱来的；而女性的三重人格却是虚幻的，是后天渗入进来的。刻画如此一个复杂人格的小说人物，于我，无非是自己给自己出难题，以我写小说的功力，我基本上是无此奢望可以很出色地完成此一任务的。唯，这样的一个小说人物对我的吸引力实在太大了，大到我无法抗拒去对他的极富诱惑力的内心世界进行一番探险。至于我能将他的形象写到一个什么样的程度，那还要看本小说完成之际，我能"远征"到一个什么样的位置而定。

更何况，我们的这位小说人物还有他的后续故事。这是一件曾经令整个香港的世俗以及道德社会都产生过一次不大不小震动的事件。而事件的主角竟然是我的这家小小琴行里的一位普通的提琴教师。

当我们抵达餐馆时，晓海的太太与儿子已先我们到达。晓海的太太并不出众，也不算漂亮。她是一位十分母性化的、胖乎乎的中年妇人。她和颜悦色地站起身来同我们打招呼。但就在这时，我的全部注意力已经被坐在她一边的晓海的儿子吸引过去了：俊秀的脸庞，细嫩白皙的肤色，精灵闪亮的乌黑黑的大眼睛。我差点儿就惊叫了起来，我笑着向晓海道：这不是一个活脱脱的"咪咪照"上的你自己吗？晓海笑道：是吗？我幽默地说道，那还用说？假如你早点儿带他来让我给瞧了，还用得着把你珍藏在皮夹内层里的"咪咪照"掏出来这多此一举吗？于是，大家也都笑开了。

一直就说得好好的，气氛也都相当融洽。但后来，不知怎么一来，形势便骤然阴沉了。事缘他太太说到了他们的儿子，说到了晓海与儿子间的那种关系。她说，儿子不像是他儿子，倒像是他的小情人。他俩经常在床上嘻嘻哈哈地扭作一团，而晓海吻起他儿子来的那股亲热劲儿啊，你真没见着了，连我，都自愧不如了。她说罢便兀自"嘿嘿嘿"地笑了起来。最后，她还陡然加多了一句：假如儿子不是儿子，而是个女儿，那才有意思咧！

晓海闻言，脸色蓦然就涨红了，而且还有了些愠怒的阴影。他的太太又独自笑了一阵，就停止了。她不语，他不语，我也不语。而孩子，当然更不会有语。只有碗筷勺碟的"叮当"作响，一顿饭的功夫，个个都吃得情绪沉重，各怀心思。自此之后，一直到那个非常时刻来到之前，我就再没见到过晓海的那位胖太太。原因无非是：一、晓海不愿；二、我也有点儿胆怯。

应该说，这件小事之中就已包含了某种原委，至少来说，也有些异样的感觉了。但又怎么呢？我真也说不出具体的什么来。事实上，我也不想太认真地去探究点儿什么，至少在小说的这个写作阶段上，即使是面对我的读者，我也一样抱着这一种态度。

晓海生平创造的第一次带点儿轰动效应的事件发生在他当年就读的那所学校里，在他初中毕业的前一年。当然是有关男女间的那种事。在几十年前的中国的世俗社会里，这类事件的群众效应之所以会特别强烈的直接原因是：那个年代的人们太缺乏娱乐了——哪怕是最起码的，能宣泄一些最基本人性的娱乐。于是，事件便经一人传一人的加工后错觉成了一部电影或者是小说的情节版本了，并以此来作为对于当时那个社会娱乐生活严重匮乏的一种坊间补偿。

事件的主角除了晓海之外，就是他们学校的那位教音乐的女教师。他们被说成是"师生恋"，而且"女大男小"，而且还"搞上了"。那时候，晓海的琴艺已练得相当有点儿水平了，他经常夹着琴盒，卷着一份手抄谱往音乐老师的家中去，他需要找她来当他的钢琴伴奏。在这件事上，少年晓海的心理究竟怎么样，我不好说。但我倒是相信音乐老师除了喜爱他的琴声外，很可能还有些其他想法的。因为女性通常在这方面比男性要多个心眼；再说，音乐老师虽然未婚，但却是个要比他大出七八岁的女性。无论在生理、心理以及人生阅历上，她都要比当年的晓海来得成熟得多。

但后来，据晓海告诉我说，这事其实根本就谈不上有点儿什么。完全子虚乌有不能说嘛，至少离开"搞上了"还差十万八千里的路。他俩不就是在伴完钢琴后走出家门来，在校园里，后来又去到附近的公园里散了几回步吗？接着，就被人瞧见了。于是，谣言开始四起，一说是他俩在公园的小树林里拥抱在一块儿，接吻；二说是在学校放学后空无一人的课堂里，两人在课桌上扭成了一团。第三种说法更加离谱：说是在晓海的家中（那时，晓海家的房屋还没遭紧缩，他与父亲两个人还占用着一幢带花园的小洋楼），被前来检查卫生的居委会干部将一丝不挂的他俩在床上成双个儿地逮个正着。

晓海说着就笑了起来。他说，你看，这不"三人成虎"了？其实，他连音乐老师的手都没摸过一摸呢。他说，他真正的第一次"搞上了"那是要在十年以后的事了。那会儿他已去了黑龙江的军垦农场务农了。虽然阶级成分不好，但他琴艺出众，最终仍被吸收进了场部的"毛泽东思想文艺宣传队"，且还当上了乐队的骨干。"文宣队"常年在外，四处演出，排演"样板戏"片段和"宣传毛主席的革命路线"。那年月，别瞧名称好听，往舞台上一站，也都是正儿八经的，其实，"文宣队"恰恰是个最乌七八糟的"三不管"单位。你想，都是壮男妙女，又都是搞文艺的，男女间的苟且之事能不多吗？这类事在队里已成了家常便饭，司空见惯的了。那一次，演出刚结束，是在后台的道具房里。当时，队员们都不是在前台忙碌着拆卸布景，就是在化妆间里嬉笑打闹。道具房里没什么人。与晓海"搞上了"的对方是文宣队舞蹈团的一名演员，而且还是最漂亮的一个。也就是眼神间的几个来回，她便向他走了过来。看来，她是个老手了，干此等事至少也不下十回八回，而且对象也不止一个。她熟门熟路地走到他的跟前，将他轻轻按坐在道具箱上。她一边与他亲吻，一边便扯下了他裤裆间的拉链，然后，便坐了上去。

只是那次山崩海啸的快乐，来得也懵懵懂懂，去得也稀里糊涂。他血脉贲张，那颗心紧张得都快从喉咙里跳出来了。一切细节，他只是在事后，靠了回忆与幻想的双重努力才在一次又一次深夜的失眠里将它们冲洗出来，重经那种极乐的享受。但在当时，他只感觉有一股浓浓的类似牛乳和野花混合着的女人的体香将他重重围困，而他，从里到外，从上到下，都感觉是脱胎换骨，在重新成为另一个人。也就是那么十来分钟的工夫，走廊里便响起了队员们的嬉笑声和脚步声。最先走进道具房来的那个队员见到的那一幕是：他们俩正并肩坐在道具箱上（当然，那时晓海裤裆里的拉链已经拉上了，但他已根本记不起，这是他自己拉上的呢，还是她替他拉的？）。那家伙便张大了嘴，吐了吐舌头，说："是你们俩哪，不是想成其好事而让我给搅了吧？——行行行，我这就退出去！"说着，便做出一副嬉皮笑脸的模样，佯作离去状。只见那位舞蹈女演员不慌不忙地站起身来，走到他的面前，她"啪！"地在他的后脑勺打了一个巴掌，说道："烂你的舌头！"说完，便径自出门，离去了。

这，才是晓海此生中真正的"第一次"。从此以后，自然便有了第二次、第三次、第四次、第五次，乃至连他自己都数不清有过多少次了。但他说，后来的多少次已经愈变愈无所谓了，他可以记住也可以记不住，可以张冠李戴，当然也可以推陈出新来个技术层面上的精益求精。但他永远不能忘记的正是这第一次。因为，作为一个男人的人生，他是从这一刻真正开始的。

还有一点，就是有关他的那位"第一次"的性对手在短短十来分钟内的人生表演，他目睹了这一幕人生话剧演出的全过程，这令他惊愕，也让他联想起了很多，比方说，自己的身世，比方说，父亲的身世，又比方说，十年前学校里的那次风波事件，等等。他觉得对于整个女性群体的一种独特而又边缘朦胧的印象雏形开始在他的心中形成。对于爱以及性，他常爱说的一个立论是：女人是只猫，是只天生就懂得循腥而去的猫。她（它）一日还能留在你这个当主人的家中，是因为在相比之下，你仍比他人拥有了更多能令她满足的食物的缘故。

真是这样吗？听着他发表类似言论的我，常常望着他疑疑惑惑地笑了。

再说回学校的那件事上去。后来，谣传管谣传，绘声绘色管绘声绘色，最后，仍然还是无疾而终了。但少年的晓海却发现自己一下子长大了许多，尤其在男女问题上。其实，给人撞见了，也就给人撞见了。最多也就是不太地道罢了（这还是以当年的社会道德标准来衡量的结果），又哪至于搞得满城风雨，最后还非要校方出面，正儿八经作出一番调查，写成报告，定了结论，才算平息了事件？而令晓海困惑的是：这场风波的始作俑者以及之后的推波助澜人都是平时对他最显露出关心和暧昧好感的女同学们。一旦出事，她们竟都不约而同地毅然转过身去，来个反戈一击。她们上蹿下跳奔走相告，一副唯恐天下不乱的样子；好像只有她们，才是在这件事上最具有发言资格，也是最能揭下晓海画皮的人。当然，在她们的集体参与下，小说情节和电影镜头便也愈演愈逼真起来了。

倒是那些平时调皮捣蛋的男同学远不像他担心的那样急风骤雨地来一通。他们变了，他们只是远远地站着，望着他，好像对此是有点儿事不关己不予置评的样子。他们望着他的目光中包含着一些说不清的感觉，有怀疑，有困惑，但更有同情——至少，他们谁也没有再在他的背上插多一刀。

但最令晓海意外的还是那位音乐教师本人对于事件的反应。她一直就回避着他，仿佛他俩之间真有过那么回事似的。那次，据说她被叫到校长室去。她当着校长的面痛哭得涕泪俱下。涕泪还了一个清白，当然也还了晓海的清白。后来又有一回，晓海在街上遇见她。见周围没什么熟人，他便向她走了过去。他只想与她交流几句。但她却恶狠狠地丢下了一句话："你害我害得还不够吗?!"说完，扭头便走，让晓海一个人呆如木鸡地站在了原地。

再见回她那是在三十多年后的事了。那时，晓海已去到香港定居好多年了。那年春节，晓海回上海探亲，有一天晚上，他不知去了哪里，反正回来的时候他途经音乐老师的旧宅的门口，而恰好他的手中又拎着一把提琴。于是他便来了灵感。他试着敲了敲门，他完全不能肯定音乐老师是不是还住在原址。就是音乐老师本人来开的门，她已经是一位头发全都花白了的老妇人了。见到是他，音乐老师当然十分诧异。但她还是将他引进了屋去。他俩再度合作了一回，伴奏的就是当年晓海练习得最多的 B 小调学生协奏曲。伴完琴，两人在客厅中相对无言地坐了好久，最后，她只说了一句："这就是那么个时代啊……"仿佛，时代是个什么人，"他"将一切带来了，现在又将一切都带走了。

四

后来，当晓海的人生阅历愈累积愈丰富时，他应该能明白到（当然，说不说出来，或愿不愿意说出来，那又是另一回事）：女人其实也不全都是这个样的。问题在于：他遇见的偏偏都是这样的女人。于是，他便对异性的某类共性产生了一种以偏概全的印象。

或者，是否能将问题换个位来理解呢? 对于女人而言，脸皮是一件很重要的生命道具，脸皮与其内心世界互为表里。有时一致，有时光毛之间恰好来一个反向。——这主要要看她们面对的对象是谁。能挂得住这么一张总是采取主动进攻型脸皮的女人一般来说绝不会是女人中的多数，为什么偏偏都让晓海给撞上了呢? 在这个两性相斥相吸的课题上，据说，每一个人（无论男女）都是拥有一种特定的气场的（心理学上称之为"意识辐射"），这是一种能量，就像宇宙间有各式各样的星球：恒星、行星、卫星、流星，而假如你是一只黑洞，那么，就连光也逃逸不出你的引力范围。

晓海，是女人的黑洞吗？

当接到那个意外的电话时，我正在上海。我正从成都路延安路交接口上的那一大块被称作为上海"城市绿肺"的中央草坪上穿行而过。这片巨大的绿化地很有意思，这是一种颠倒：海洋与陆地的颠倒，文明与原始的颠倒。绿地是一片大自然生态的孤岛，而在它四周繁华的都市景观则耸立成了一片波涛汹涌的现代文明的汪洋大海，一望无际。

我拿着手机，边走边讲。我从小松林里拨枝而出，走上了一条青砖小径，又从青砖小径登上了一座小桥。小桥是原木型的，很有点儿原始情味。我趴在它带树皮的桥栏上，望着桥下溪流中的红鲤群正鱼头挤拥，互相争食。我突然就觉得那只从遥远的一千多公里路之外的香港打来的长途都有点儿时空错位的感觉了。

近些年来，我老喜欢找时间和机会回上海来，为的就是要来寻找和体念那种朦胧而又飘忽的时空错位感。如今，上海的城市面貌发生了巨变，它像纽约了，也像巴黎了；像东京了，也像香港了，但就是不像原来的它自己了。这令我既兴奋又失落，既充实又虚无，总之，有点儿像是在做梦。而与此同时，回归之后的香港的变化轨迹恰好逆向。以前，从来就是政治性冷感的香港人，不知怎么地，自从回归之后，政治的荷尔蒙陡然猛增。对政治的诉求，民主的诉求，人权的诉求热情高涨，且经久不衰。当然，这与殖民主义的大石终于从港人头上移开了有关，也与全球民主一体化的思潮有关，但是最有关的还是97后的香港，经济与民生形势经历了"飞瀑直下三千尺"的可怕的大滑坡。人们将之迁怒于新生的特区政府，迁怒于特首，迁怒于政府的无能和无效率的管治。社会急剧分化，矛盾日愈尖锐；互相指责，互相攻击又互不容忍，都有点儿两个"凡是"（凡是敌人反对的我们就拥护；凡是敌人拥护的我们就反对）的味道了。这种似曾相识，但又感觉很遥远了的生存环境和氛围令我们这批曾经在大陆上经受了多次重大政治运动冲击，最终避难到香港这块自由土地上来的，患有政治惊恐症的移民群落感觉很奇特：既有不安，但更有一种莫明状的怀旧感：仿佛上海与香港这两座城市正处于一种悄悄的换位中。

比如说，当那个电话打到我手机上来的那一刻，我的错觉是：香港成了"阶级斗争"的旋涡中心；而上海，倒成了一处资本主义的世外桃源了。我正躲避在此，紧张地收听着发自于旋涡中心的"敌台"广播一般。打电话来的就是那位负责公司人事安排的小姐，她在电话里告诉我说，老板，公司出事了！出事了？出什么事？这时，她才修正道，应该说是杨晓海他出事了，至于出什么事嘛……她在电话线的那一头吞吞吐吐了起来。

但，我马上就明白是什么回事了。

我说，事情严重到什么程度？对公司的影响大吗？她说，昨天下午，公司里突然来了三个 CID（便衣警员）和三个军装警员，一副气势汹汹如临大敌的架势。军装警员负责各路口的把持，CID 则收集证据和盘问公司的其他同事。而杨老师他，则是在黄昏回家时，在家门口遭到了逮捕。

但我的回答是故作轻描淡写。我说，"作秀"罢了，又不是什么持枪劫案，犯得着这么大阵仗吗？——他们也不是不明白。

作秀？小姐显然对我的回答很感意外。但，她说，今天一大早各大报纸都在头版报道此事了呀。

怎么会不报道呢？报纸每天都要有新闻，要有头条，而这种事件最有卖点了。

但，老板……？她又一次地在电话中犹犹豫豫地停住了。但我明白她想说又没有说出来的那句话是："难道，你就不想知道这是怎么回事吗？"

我问，对方是谁？老师？学生？还是学生的家长？

电话之中一片无声的静默。我仿佛能远视到那位女同事的一脸惊愕的表情。最后，她才对着话筒轻轻地说了一声：是学生。是个十一岁的小女孩。

我说，我知道了。随即，便下了几点指示：第一，这是杨晓海个人行为，与公司无关。任何人都不能担保任何人不干坏事不犯法。第二，必须保持公司的人心与人事的稳定。在事件还没有法定结论前，少传谣，少谈论，一切工作照常。第三，我会立即赶回来处理这事的。

那好吧，她说。不知道怎么地，我分明能在电话里听出了她语气中含有的一种冷笑的意味来。这种冷笑至少包含以下两层意思：一、你们不愧是同乡兼好友哪，心灵都能相通；二、这事可怨不得谁，是你老板亲定的，尤其是：怨不了她。

案情的经过情况是在我回港之后才了解清楚的。受害者（姑且先借这个字眼来用一用）就是那个晓海在琴行大堂里与吉他老师一起合奏 Paganini 的两重奏之后随他进入琴房去上课的秀俏而又优雅的小女孩。而报案者正是小女孩的那位穿着入时的性感母亲。

众人都见到了小女孩上完课从琴房里蹦蹦跳跳欢欢喜喜出来时的模样。她告诉正在大堂里等她下课的母亲说，今天杨老师表扬我了，说我拉得有进步。而且，她说老师还奖励了她两粒巧克力糖，她说着，就取出了两颗用铂金纸包装的杏仁巧克力来，在母亲

莫奈《日本桥》(局部)

面前炫耀地晃了两晃。这时，晓海也从琴房里跟随了出来，他一脸笑容，摸着小女孩的头："回去根据老师的要求好好练习——啊？"他说。

一切都好好的，但到了晚上，那位母亲便带着她的女儿去差馆报了案。

我当然不可能知道她娘俩报案的内容详情，但这并不妨碍我回港后能在出事次日的媒体对此事的报道之中探知一二。因为记者（尤其是跑社会新闻，更尤其是在香港跑社会新闻的记者）绝对是无孔不入的。他们的话虽不能全信，但其中之一部分还不至于太空穴来风。报道是这样写的：咸湿（广东白话，意即下流，猥锁）琴教师于琴室中一享童女滋味。标题就用得很有新闻技巧，一下子便将人心中那种潜藏着的犯罪感和是非感同时给激活了。报道的标题虽大虽醒目，但报道的内容却很简单，说是，"咸湿"琴师自个儿先坐在琴凳上，然后又令女孩跨坐其大腿之上。而当警察进一步追问细节时，小女孩只说出了老师把他裤裆的拉链拉开了。那拉开了之后呢？小女孩说记不清了。记不清了？那你又见到了什么或感觉到了什么呢？小女孩的回答是：好像见到了什么，又好像没见到什么；好像感到了什么，又好像没感到什么。总之，她当时的记忆一片混乱，而被警察一追问，更令她惊骇得什么都也说不清楚了。但被告人杨晓海对此却全部否认。他明确地表示：这是诬告，他不会认罪的，他要上诉。

事实是怎么样的呢？事实只有他俩——晓海和那小女孩——自己知道。而事实也只有一个：要么有事，要么根本就没事。

在这个问题上，不知怎么地，我竟不由自主地站到了所有人——全公司的同事，我的家庭成员，乃至全社会的对立面上去了。别人都说，凡这种事啊，宁可信其有不可信其无。我的立场恰恰相反：宁可信其无不愿信其有（有时想想，连我自己对自己的偏颇都有点儿害怕了起来）。所谓"宁可"的含义是：凡事不都有个"万一"吗？既然如此，我为什么就不可以信这"万中之一"，而排斥那九千九百九十九种可能性呢？别人？别人当然不会认同。理由也是显见不过的，而且，除了那些显见的理由之外，至少还包括如下几种因素：一、一般来说，港人的人权意识都较强，性侵犯未成年儿童，那还了得？那还不构成一桩惹公愤犯众怒的案子？二、港人又很盲信传媒，凡报上说的都不会有错。他们说服别人的理由往往是：你还不知道啊？都登报啦；或者，昨晚的电视新闻都说啦，诸如此类。三、再说，从政府到个人，这都不失为一次表现政府之政格个人之人格的绝好机会，不下本钱，不冒风险，谁不想挤到那张已经现成搭好了的舞台上去义愤填膺地发表一通诸如"人渣""败类""千刀万剐"之类的人格宣言？而晓海，当然就成了这张舞台上的法定反角了。大家都称此为一起"悲剧",对悲剧一说,我倒还是有一部分认同感的,问题是"悲剧"的主角究竟是谁?谁是这命运悲剧的主角呢?是那位小女孩呢,还是晓海?

在这段期间,除了晓海本人之外,可以说,我是承受心理压力最大的一个人(这还不是自己找来的?但我又无法使自己解脱)。原因就因了我在暗中采取了与所有的人都相对立的立场。琴行里的那些本来是主动要跟晓海学提琴的女教师的旗帜最鲜明,姿态也最激烈。她们说:公司留用这样的教师会严重影响琴行的学风和声誉的,理应当即开除!而她们,在往后的日子里,当然也不耻于与这等"人渣"为伍,云云。她们话中有话,虽然含蓄暧昧,但明白人一听就能明白:正因为她们是他的学生,正因为在教琴与学琴这一来一回的过程之中的点点滴滴的感觉细节,她们因而便最具备了在此问题上发言的资格和身份。这不禁让我想起了晓海向我说起过的他在中学里读书时的那桩捕风捉影的"风流案"前前后后的情形来。我似有所悟,但应该说,我是更困惑了:女人(包括女孩)是不是都一个样?这是她们的人性基因吗?

除了女教师外,还有就是那些学生的家长,尤其是学生的母亲,更尤其是那些年轻的母亲。而那主管人事安排的小姐更是风言风语、含沙射影、指桑骂槐,她常常借题大发一通议论,让我不胜其烦。但最叫我头痛的还有来自家庭内部的压力:这偏偏又是个女性占多数的家庭。但我要说的是,虽然身为公司负责人的我的舆论压力不小,但我还是很技巧地挡住了。我的答复是"四两拨千斤"式的,这让大家都无话可说。我说,香港是个健全的法制社会——不是吗?因此,一切都应依法院的最终判词为准。杨晓海是我们公司的员工,这点不假,但并不表示:他有了什么,我们公司也就一块儿有了什么;更不表示,在法院有了正式的结论前,我们公司就必须抢先干点儿什么。"万一……?"我还想进一步将此立论发挥下去,突然就想起了匿藏于我心底的对于"万一"这个提法的诠释,便立即收住口,不再往下说了。

两星期后,晓海从羁留所里放出来,他脸色苍白,人也瘦了许多。但他若无其事地回到公司里来,仍旧是那件 POLO 的 T 恤衫和皱巴巴的休闲裤,态度不卑不亢。他向那位小姐说道:从明天起,你可以替我排课了,谢谢。好像他只是去了哪儿旅游,度了几天假似的。但最可笑的还是:几乎所有在背地里的态度激烈者当了他的面都不约而同地扮起了同一张不太自然的笑脸来,打招呼说,杨老师,你好啊。或,你好啊,杨老师。还有一位更莫名其妙,来公司上班时突然见到他,竟然脱口而出地说道:"杨老师,你……你辛苦了，辛苦了！"一言既出，不禁令所有在场者全都愣住了，而说话者当然更窘。晓海倒没什么，笑笑，眼望了别处去。

我将他拉到一边，急急地向他打探情况。我说，这究竟是怎么回事啊？他说，没怎么回事，我不认罪，等排期开庭再审。"那……？"好像我的焦急都有点儿胜于他本人了，我感觉不妥，于是就将自己的态度放平静了下来。但他看出了这一点，他说，谢谢你，老朋友。我说，那倒没什么。而接下来，他便很简略地说了一些他被关进羁留所后的情况。

他们找他谈话，规劝他。说，其实，这也算不上是什么大案，只要你肯认罪，签个字，当即便能走人。最大的后遗症也只是留个案底，而假如今后你不再犯事，留不留案底其实也无所谓。这样一来，你好做，我们也好做。但他说，他不干。你不干？要知道，对你案件的起诉人是律政司。你知道律政司吧，他们就是香港法律的制定者。但他说，大场面他见识多了，连大陆"文革"的"四人帮"时代他都经历了，还怕什么律政司？他们又说，你可知道与政府打官司要花费多少吗？他说，即使破产，他也要打这场官司。他要还自己一个清白。全港七百万人都可以不信我，我可不能不信我自己哪。于是，他们便无话可说了。

望着他坦然的说话神态，我自己的脸上可能也显露出了某种神情。而他，也注意到了这一点。

我说，那，裤裆的拉链又是怎么回事呢？他闻言，微微有点儿脸红。他说，其间，他上过一回洗手间。你知道，从洗手间里出来回课室忘了拉上拉链那是常有的事。小女孩注意到了，她未必是乱说。

我点点头。

日子就这么地流逝过去。香港每日都有大新闻：坠机、海啸、"9·11"、禽流感、人民币升值、灭门大惨案，等等。杨晓海这个名字马上就在人们的记忆中淡化得几乎没有任何痕迹了。而他，也若无其事地生活在大家的中间，好像什么也不曾发生过一般。公司的同事们起初还有些不自然，但渐渐地，也就没那回事了。该学琴的又跟他学起琴来，他的课程表又密密麻麻地排满了慕其艺名而来的学生们的名字。直到有一天，他的名字再度在报纸的头版出现。

五

　　晓海的第二个女人也是在黑龙江的岁月里走进他生命的。后来，她出卖了他，但在千钧一发之际，她又保护了他。当一切成为过去后，他约她在河边见面。他问她：这是为什么？她的回答只有一句话：假如你也是个女人，你自然就明白了。

　　当然，晓海不是女人，我也不是。我们都是男人。但，这世上除了女人，不就是男人？存在主义大师萨特说：他人是地狱。这里"地狱"一词的意义并不是指其存在的恐怖景象，而是指一个你永远也无法能真正了解的领域。以人称的意义而言，这世上除了"我"，统统都属于"他人"。那么，男人之于女人，或女人之于男人，又该是称作什么呢？如果萨特能在这一论题上进一步加以阐述的话，无疑将会有更多精辟的论断问世，但可惜没有。

　　晓海告诉我说，唯这个女人才是个真女人，是他一生之中遇到的一个最女人化了的女人。他说，他作为一个真男人（从灵魂到肉体）的一切性别对立面都是因了她而真正竖立起来的。他所指的除了性爱观（这点毫无疑问），还包括对于女人特殊的处世观和价值观的理解。或者可以这样说，在她之前，晓海关于女人的一切印象都是漫散的、浑浊的，尚留在了盘古之前。在她之后，浑浊才开始澄清，拉开，形成了天地：形成了男人的天和女人的地，或者说女人的天和男人的地。一切本来都是飘浮着的尘埃向着一个中心凝聚了，女人在他面前变成了一幅有纹有路的图画，一具能看得到、摸得着，有思想，有内涵，有体温，有质感，有明确的意愿在表达着的实体。他感谢这个黑龙江女人，尽管她陷害过他。但他说，这没什么，我这一生，陷害过我的女人多了，但她们谁也不能像她那样地在他的生命中占有一个特殊的位置。每一次与她在一起，睡或者不睡，都是给他上的一堂深刻的生命之课。

　　那黑龙江女人姓邢，当年是县文化馆的馆长兼支部书记，正好管着晓海工作的那个毛泽东思想宣传小分队。邢馆长三十多岁，一副北方妇女的长相：高大、粗壮、丰乳肥臀，说话大嗓门。但晓海描述说，与她外表形成强烈反差的是这个女人皮肤的质地和触感：虽然不白，但很饱满、细洁，极富弹性，光滑得像一匹绸缎，让人联想到：北方农村的那片一望无际，肥沃得几乎要流出油来的黑土地。邢馆长已婚，丈夫是某坦克兵部队的一名连级干部，长年在外，故，邢女是一位独居的军眷。

邢馆长第一次见到晓海是在晓海加入文宣队之后不久。那一回邢馆长来团里观摩舞剧《白毛女》片段的演出彩排，乐队方面的提琴首席当然是非晓海莫属的，而独奏部分也都由晓海来担任。彩排结束后，馆长就要大家留一留，说她有几句话要向全团同志们讲一讲。她说道，这次排演的水平高了；水平高了，是因为乐队好了；乐队好了，是因为小提琴拉好了；小提琴拉好了，是因为独奏的那一部分演奏得实在是太迷人了。她边说边用眼睛望准了晓海，窘得晓海的脸都涨得通红了。完了，她走到晓海的跟前，两个人面对面地站了一会儿。而如此两个人，性别与形象恰好颠倒：一个粗壮高大结实，像个男人；另一个白皙秀气腼腆，倒像个女人了。女馆长说，是从上海来的吧？上海来的知青就是不一般。

之后，邢馆长就经常借故到文宣队来走一走、问一问、看一看。而且，因为得益于领导的特别关心，文宣队的伙食以及其他福利条件也都得到了空前的改善。领导说了，首先要让那些搞文艺工作的同志吃饱穿好睡足了才能把毛泽东思想宣传嘛。政策和策略是党的生命，群众怎么才能了解党的政策和策略呢？还不是靠了这些文艺工作者的宣传吗？所以，让他们养足了精神去工作，这是革命形势发展的需要。

在暗地里，全队的人当然都知道这是怎么回事。队里管总务的也是个上海知青，他"拎得清"，在物质的分配上面，总是对晓海另眼相待，完全是"开小灶"式的特供。因为说到底，大伙儿能有今天这等生活条件，还不都是沾了晓海的光？不感谢他，感谢谁？但如此这般，倒弄得晓海有点儿如坐针毡不好意思起来了。有一次，全县文艺大会演，女馆长提早就对那位知青总务打了招呼，说她打算单独"犒劳犒劳"你们队里的那位拉提琴的小伙子，要他准备一桌饭菜，送她宿舍去。总务再次"拎清"，说他这就准备去。"噢，对了，再加多一瓶二锅头。"女馆长已经走出门了，再回转头来，关照多了一句。

就是那一次的那个晚上，晓海说，他才算真正尝到了做个真男人的滋味。

他是在演出结束之后去到邢馆长的宿舍的。馆长宿舍与县文化馆在同一幢楼里，女馆长白天在东屋办公，晚上便回到西屋去就寝。这是一间很典型的北方妇女的寝室：四边的墙壁都被石灰水粉刷得煞白，一尘不染的样子；几条"文革"标语，几张奖状，几幅宣传画。最豪华的还要算那方镶在仿红木镜框中的"光荣军属"的横匾了。室内的家具与陈设都极简单，一头热炕，一床花棉被，两只枕头，几口箱柜叠摆在了火炕的一边。炕上安放着一张短腿的四方桌，方桌上摆着满满的一席酒菜。炕下有两双棉拖鞋，小一点的那双应该是邢馆长的，那双大的呢，大的应该是她丈夫的吧？但是她的丈夫并不在家呀，晓海不明白为什么会有一双男人的拖鞋摆在了炕沿下。

就这么一副场景。从几十年后的回观中，缕缕细节竟都显得如此清晰可辨，就像是在人生的舞台上，为了要干那件事，特意布置出来的一种话剧布景一般——尤其是炕沿下整齐的摆放着的那两对棉拖鞋，这不是专为他，这么个细皮嫩肉的南方来客准备的演出道具，又是什么？在事后的回想中，晓海这才醒悟到说，北方人好像是从不用那玩意儿的。女馆长很高兴地将晓海引进门来，再用一把小扫帚把炕沿扫了扫，让他先坐下来。女馆长今晚表现得特别兴奋，兴奋得都有点儿手舞足蹈的意思了。她大着嗓门说道，怎么才来啊，小青年（其实她自己又能比晓海大几岁，有啥老可卖的？）——演出不结束好一会儿了？晓海说，演出结束后，他整理了一下琴谱，再跟大伙儿一起乘卡车回了宿舍，然后再从宿舍走到这儿来的。女馆长说，噢，是这样。但她并不再在这个问题上细问下去，她只是随便提一提罢了。很明显，那晚的她的眼中闪烁着的是某种异样的光彩，但她还不忘要扮一副领导的面孔。然而，在那张面孔的背后，怎么藏，也藏不住另一张面孔——一张拥有了女性的一切温柔特征的面孔。只是当时晓海的心情太紧张了，他已无法去顾及那些飘忽的、太细节化了的感觉。还有的就是室内的那种特有的气息：石灰水的、炕火的、木箱的、饭菜的，还混合了一丝女人的体味的，让长期住惯了男子集体宿舍的他感觉到了一种动人的家的温馨。

他俩面对面地在小方桌前盘腿坐了下来。她给他倒酒。他说，不不不，我不会喝酒。但她说，今晚你非喝不可——我陪你喝。他于是只能喝了。

一切都是在喝酒后不久发生的。他感觉头晕得厉害还不说，更要命的是：全身燥热难挡。尤其是下半身的某个部位，亢奋得好像全身的血液都往那儿涌了过去。有关这件事的真相，还是女馆长在事后主动向他透露的。原来在那天晚上，她是事先作了准备的。她在他喝的"二锅头"中放了一匙马骡交配期使用的催情素，她也只不过想试试，哪知道效果竟会如此强烈。这令她，也令他，都明白到：原来牲口的春药对人也是一样有功效的。于是她便说，从这种意义上来讲，人，其实不就是一头十足的动物吗？他说，是的。

他记得，喝着喝着他就不支而趴倒在了桌子上。晕晕乎乎之间，他感觉到女馆长先是在忙碌些什么；后来，她替他除下了所有的衣裤，让他在热炕上躺了下来，她再为他盖上了那床花棉被。但晓海的感觉是越来越受不了了，他从内到外地都快要炸开来了。

这种感觉将他折磨得全身酥滩如泥，唯那该死的一点竖挺着，一副说什么也不肯低下头来的样子。他感觉到了它的坚硬与蛮不讲理，像半截断裂了的钢缆，矗立在了那里。他嘴里哼哼呀呀地想说点什么，但始终没说出来也没能说得清。女馆长俯下脸来，她用她的脸蛋在他的脸颊上摩挲着，她将舌头伸进了他的口中，又在他的耳畔轻声地说道："我知道你想要干什么。"

在后来的回忆中，晓海曾不无感慨地多次向我表示说，这就是北方妇女的性格。北方的妇女与江南的妇女就是不同。前者喜欢采取主动，后者希望被动；前者注重行为，后者善于心机。在干这桩事上也没有什么两样。

那一回的经历令他，而且他相信也令她，都一块儿陷入了一种癫狂的、如入无人之境的境地中去了。他醉眼惺忪地望着一丝不挂的女领导如何骑在他的身上做出各种各样扭摆的动作。他说，咱俩一块儿私奔吧。她也跟着说，咱俩一块儿去私奔吧。她说，咱俩一块儿去死吧。他也跟着说，咱俩一块儿去死吧。

在这之后的一年多时间里，他俩之间的这种苟且事发生过不下几十回。每次都是邢馆长用给他或给他文宣队领导打电话的方式，或直接去到他们那儿找到他，并用领导向下属布置工作的口吻命令他这就到她的宿舍里来。

有好多次，他还主动向邢馆长讨了骒马的发情药来吃。因为不吃，他就会神经紧张，就会精神不集中。而吃了，他才会丧失理智，才会变得疯狂，变得不顾一切后果地去追求快活。但女馆长却说，那不好吧，毕竟是给牲口吃的，对人体会有影响的。他说，那就半匙吧。但她还是犹豫，他再说，那就四分之一匙吧。最后他还是如愿以偿了。

他与邢馆长的那种关系，其实在他们的文宣队，在农场，乃至在县文化馆里都已成了一项人人在传、个个皆知的公开秘密了。只是别人都不会冒着得罪领导的风险当面来说穿罢了。但后来，终于还是出事了。那天，晓海正在排练，就来了两个背"三八"大盖的民兵，不问青红皂白，将他五花大绑地给押走了。

之后，晓海才知道这是邢馆长的那位坦克连连长发的难。他不知道从哪里风闻有此事，便气急败坏地赶了回来。他没回家，而是直奔县人武部和公安机关去了。这么一来，便有了上述用三八枪押走人的那一幕了。

毕竟，这是件大事啊。破坏军婚，这还了得？再加上他的出身，加上那个极"左"的时代。晓海虽然年轻，但哪会不懂？晓海想：这下，他可全完了。综合各种因素，不判个无期，也少不了十年二十年的徒刑。而以他羸弱的南方体质，他能熬得过北方地区的劳改犯的生活码？这与当场就将他拉出去崩了也没啥两样。就像是两头牛，一头直接送往屠宰场，另一头还要背上二十年的苦役，然后才劳累而死。晓海想，假如他能选择的话，他还宁愿选择第一种。他在一间小黑屋里猫足了一个月，有一天，他突然被释放了。当他走出小黑屋，头晕眼花地望见明晃晃的太阳又在他的头顶上照耀时，他都有了一种仿佛隔了一世人生，而今又重新回到人世间来的错觉了。

这个离奇的经历始终是个谜。直到那位当总务主任的上海知青（他俩是好友）有一日来探望他，他才知道了事件的经过。当他被关押后，邢馆长开始是认错的，并还在县委扩大会议上做了"深刻检查"。当然，她将责任都一股脑儿地推在了晓海的身上。但后来，也不知是怎么一来，事情便峰回路转了——当然，在此之前，她必须做通的是她的那位坦克连连长丈夫的工作。最后，也就是现案的结论成了：晓海确实曾千方百计地引诱过她，但她坚拒腐化，顶住了。不错，她也对他有些好感，但她是革命干部，是军属哇，她不能让这种家庭出身的人给拖下水去，她头脑里的那根阶级斗争的弦线是从来没有一刻松懈过的。因此，其实一切也都没有真正发生过。至于杨晓海这个人么，思想和作风确都有严重的问题，资产阶级的腐朽的人生观也很根深蒂固，但这还不至于构成敌我矛盾。他需要去艰苦的基层改造世界观，不宜再留在文艺队伍中，其他也就没什么了。

再之后，便到了晓海与邢女在河堤坝上见面的那一幕了。这回，是他主动约她的。三一番五一次地，最后，她终于决定来了。而他的全部用意则是希望能从她那儿知道个究竟，如此而已。那是个大雪天，两个裹着军大衣的人影在雪中的河堤上迎面走来，互相走近。她除了对晓海说了在本章节开始时我写下的那句话之外，她还说了一句："你看我粗，但我毕竟是个女人；看你长得细细腻腻的，你毕竟是个男人。"这句话，也令晓海终生难忘。

没说上几句话，她便说道，好了，咱们分手吧。然而，就当晓海准备转身离去时，她又叫住了他。她告诉他，她已替他安排好了，先去基层农村落户。回避一段时间，以后再说。"是一户忠厚可靠的农家，两夫妻和一个十五岁的闺女……"再后来，他真的又调了上来，恢复了文宣队的职务（应该说，文宣队也少不了他那么个人才），一切正如邢馆长替他安排的那样。

就像演一场戏，一切情节都成为了过去。唯那个阴霾的大雪天就像木刻画一般地永存在了他的记忆中。并还通过他的叙述，转化成了我自己脑屏幕上的一幅电影场景，而且还仿佛是用俯瞰的视角拍摄下去的：河堤的雪地上踩出了一长串深陷下去的连绵不断的脚印，一半是女人的脚印，向东；另一半是男人的脚印，向西。从此分道扬镳，再无见面。

六

位处上海西北角上的那条极司菲尔路是一条华洋共处、贫富杂居的马路。那条马路的路名自从1953年改名为万航渡路后，就再也没人提起它过去的那个洋名了。而一代又一代的新上海人，大家都只知道在静安寺一带有一条叫万航渡路的马路，其他就不再知道多点儿什么了。直到80年代末，改革开放了，上海重新打开门户，不少从前居住于此的海外华洋人士及其后裔再度寻根寻了回来。他们说是要找一条叫作"极司菲尔"路的马路，上海人这才知道了万航渡路的前身。这种感觉很奇特，有点儿像是一个生活在今生今世的人突然有一日经高人指点而明白了原来自己的前世是谁是干什么的时候的感觉。不但唏嘘不已，而且还恍恍惚惚地产生了一种强烈的好奇，一种希望能将其中的细节来个刨根究底追寻一番的冲动。

假如以上海人的区域概念来划分，万航渡路属于"上只角"，那儿坐落着不少很有建筑和地域特色的花园洋房。其实，在那一条马路的大墙后面同样也存在着大片大片的棚户区，其破烂、丑陋和穷困程度绝不亚于杨树浦和闸北的同类地区。但人们往往就忽略了它们，而将关注的目光都投向了那些翠瓦红砖、绿树赭墙的洋房群落。这是人的潜意识中的某类扭曲的心理因子在起作用，尤其是在这物质主宰一切的尘世间，人们似乎都有一个共同的爱好，那就是义务地将某个讯息夸大其事地传来传去，说，谁谁谁现在发迹了，谁谁谁现在平步青云了，而谁谁谁又是一人做官连鸡犬都升天了，云云。好像这么说一说，连传言者本身也都能挤入"鸡犬"的行列，分到一杯羹似的。

曾经，晓海家就是人们传言中的那类令人羡慕和向往的家庭。而他家的住房更是上海人最喜欢投以关注目光的，带有客饭厅前后花园多间卧室和盥洗间的所谓"花园小洋房"。那段好光景说长不长，说短也不能算短，大概也有十年的时间吧，晓海至今还保留着幼年时代生活的某些记忆残片。他尤其记得他的年轻时髦的母亲每个星期都有好几晚，要挽着父亲的胳膊外出去参加各种社交宴会与派对。还有母亲的一家——她的一父二母（晓海的外公娶了一妻一妾）和那些晓海叫他们作舅舅阿姨的好大一堆人常来他们家，一吃一玩就是一整天。而有时，干脆就在他家住下不走了（反正空房间多的是），一住就是十天半月。那一天中午，晓海与我一同在太古城的一家茶楼饮茶，茶楼临海，从茶楼落地的巨大的玻璃幕墙望出去是波光鳞闪的宽阔的海面，与对岸的九龙半岛隔海相望。晓海呷了一口乌龙茶，又将一块虾糕塞进了嘴里，他抬起头来，笑道："现在回想起当年的情景，我母亲的一家人倒真是有点儿'鸡犬升天'的味道了。"

而我则告诉他说，他家当年居住的那幢花园洋房至今都保存完好，并没有在20世纪90年代中期城市的大拆迁运动中遭受被毁之厄运。这是一幢位于万航渡路武定西路口的洋房，在这一地区，花园连接花园，存在有一大片同级别的洋房群落。于是洋房们都互相沾了光，它们共同形成了一片市政府所谓的"特色建筑群"的受保护区域。房子也像人，一旦受到了明文保护，其珍贵性得到了官方认可后，便不同凡响起来，非但不拆，而且还整修一新，又焕发出了它们昔日的青春光彩。我很高兴地将此情形形容给晓海听，我知道，因为忙于生计，他已十多年没回上海了，而我相信，他是很希望能知道所有这一切的。听我说罢，晓海想了一想。他说，每次提到旧居，都是一件最易触动他心底痛处的事。事实上，旧居遥远的模样，他的记忆已有些模糊了，他对它最清晰的印象反而是在它最颓废的那些年中。

旧居最遭殃的岁月是在"文革"里。一幢二百来平方米的屋子竟然住进了二十多户人家。从前，沪式滑稽戏里有所谓"七十二家房客"之一说，这是形容旧上海社会众生相的一句常用语，形象而传神。晓海说，说是"七十二家房客"，可能是一种戏曲表演上的夸张手法，但他家住进了相当于三分之一个七十二家房客倒是一件千真万确的事。

这也是他见到的旧宅最残缺不全的一幕景象了。那时，他已去了黑龙江，父亲病危，打电报让他赶回来。他见到从前的五十来平方米和三十多平米的客饭厅都被打通了，再由房管所用胶合板分割出两排七八家人家的住房来。中间留出一条走道，而家家户户的门口都摆着一具煤气灶头，油盐酱醋之类的瓶瓶罐罐，高高低低地布满了视野。长年累月，这些煤气灶头上煎煮食物的油烟已将从前雪白的雕花房顶熏得乌黑乌黑。他从宽把手的柚木扶梯上登上楼去，发现扶梯光滑的把手上钉满了铁钉，扫帚、拖把、腌肉、腊肠、咸鸡、板鸭，无所不有。它们都被钩挂在钉子上。而电线像蛛网，从此端跨越到那端，纵横交错。二十多家住户就产生了二十多盏走廊灯头，各自为政，互不借光。花园里的情形更惨，树木花草都被砍割一清，光秃秃的泥地上又搭建了几间砖房，加上原来的汽车间和佣人屋，花园里也住上了三四户人家，他们将衣裤、被单、婴儿的尿布晾晒在花园的竹棚架上，一片狼藉。新住客中的不少人晓海都认识，有的是他小学的同学，还有的是他中学里的同学。从前，他们就住在离开他家一条横巷之外的苏州河岸边的棚户房里。

应该说，这是他家境遇的最低谷期了。以前老喜欢对他家的家境与住房投以羡慕与关注的目光现在都转向了、消失了。在这最灰暗的日子里，人们好像已经彻底将他们给忘了。人们不知道，也再没兴趣去知道，他家在干些什么，他家的那些日子是怎么熬过来的。这与他们无关。当人们兴致勃勃的注意力又开始转向那个时代的那些靠造反和夺权起家的新贵时，他们父子两人照样在那个疯狂人海的一隅过着应该是他们那种人过的日子。

晓海登上二楼，推门走了进去。这是二楼的那间朝南的主卧房（至少在这点上，政府还是宽容的，他们将他家的住房都没收和重新分配与了他人，但还是将这间二楼的主房留给了它的原主人）。晓海从小就生活起居于此，应该说这儿对他是十分熟悉的。然而，此一刻的房间对他却显得异常陌生。三番五次的抄家之后，能搬能毁的家具都搬了毁了，搬不了搬不动的都被贴上了封条，推移到了房间的一角。房间因而显得特别的大，大得都有些可怕了。在房间的另一个角落里，搁着一张单人的折叠床，之中，躺着他的气息奄奄的父亲。

父亲罹患了晚期肝癌。事实上，他是被造反派从医院里赶出来，赶回家中来等死的。因为一所无产阶级的医院是绝不允许留治这么个资产阶级分子的，再说，他还是个烙有"匪特"嫌疑的阶级敌人。晓海放下背囊，向父亲走过去。他来到了他的折床的边上。他望着父亲望着他的眼睛，这是一双无神而又混浊不堪的眼睛，但它们却对儿子的来到充满了热切的期盼。他回想起童年时代的那个惊恐的夜晚，以及后来父亲从拘留所里放出来带着他回家去的那一幕幕的情景，他蹲下身来，将嘴巴贴在了父亲的耳边，他说道："爸，我回来了。"

站在今天的年龄来回观，晓海感觉，老宅十年的黄金岁月对于父亲和他们的家庭来讲，就像是矗立在一片黑色怒海里的一座长满了奇树异卉的安全岛，父亲生命的航船从海里驶来，登上岸，在享受了短暂的阳光与美景的时光后，又重新下海，向着风浪汹涌的大海深处驶去。而从此，他便再没能回来，他就这样被怒海吞没了，无声无息。

然而对于晓海来讲，直到那个手电筒与斥骂声的夜晚突然降临之前，他的生活一直是童话式的、王子式的。所以他不理解——他当然无法理解——这些原都不是必然的，这是一种暂短和虚幻的假象，漫漫的黑浪、汹涌的岁月正在前方狰狞地等待着，等待着童年的晓海。

那个年纪的晓海几乎受到他身边每一个人的包围，领受着他们的笑脸和奉承。因为对他的奉承就意味着对这家男女主人的间接的奉承和尊重。人们争先恐后地表达着这么一种情绪，无论是虚假还是真实（虚假演出多了也变成了真实），无非都是想从这点入手，能为自己争到那个"鸡犬升天"利益中的一口羹。

晓海至今还清晰地记得他家里的那些男女佣人的名字和样貌：阿根和阿钟，他俩是专事花草树木的修剪和负责全幢房子的水电检修以及重物之搬运的。阿金是粗脚娘姨，阿秀是细脚娘姨。厨子是个叫老范的镇江人，高大肥胖，脸色红润，说一口刮辣松脆的苏北话。还有一个绰号叫"长脚"的阿罗，他是父亲的司机。但因为父亲老喜欢自己开车，故阿罗一般都很空闲。除了母亲要单独用车外出时他会忙碌一阵外，余下的时间，他老喜欢在劈柴房里"吱呀吱呀"地拉他的胡琴。他与做细脚的阿秀"姘上了"（这是小晓海有一回听到母亲告诉父亲的话），他俩老躲在那间劈柴房里鬼混。而天一擦黑，只要先生太太不在家，阿罗就会迫不及耐地往阿秀的工人房中钻。有时候，还会把小晓海引过来当个掩护什么的。而有时，阿秀乡下的丈夫来上海看望老婆，在上海住多了两天，阿罗就会焦躁得像头蛮牛，在花园里直打转。反过来也一样，阿罗回乡探亲，回来迟了点，阿秀也会嘟起个嘴，一撅屁股回房去，几天都不理睬阿罗，要阿罗好劝歹劝，说尽好话，才又重新言归于好。

最令幼年的晓海记忆深刻的是父亲在他们家的花园里举行的一个又一个的鸡尾酒会——父亲很喜欢这种洋派的社交玩意儿。每逢这种场合，他家的花园里便会挂灯结彩、喜色洋洋，亮丽极了。而父亲所邀之人无外乎是一些社会上的贾富、名流以及文艺和文化圈中的人士。那时候的父亲还很年轻，精力勃勃。他梳一个乌油光亮的中分式发型，雪白的衬衣、花领结、吊肩式的背带西裤。他手握一杯樱桃酒，屋里屋外地四处走，并站在那儿，与一堆又一堆的客人寒暄、交谈。母亲则穿着夜礼服、高跟鞋，满脸光彩地周旋于宾客之间。小小的晓海也来来回回地穿梭在人腿中间，好奇地东张西望。而几乎所有的人都会将这个经过自己身边的俊秀的小男孩抱起来，亲一亲，说上几句赞美之辞。

遇上这种时候，佣人们就都挤到了工人小楼里去了。他们从窗口探出头来，指指点点。说，这人是谁，那人又是谁。又七嘴八舌地评论着这个比那个还是那个比这个更漂亮，更有"卖相"，"噱头"更好，如此这般。

当然，不能排除的一点是：其中的不少内容可能是在我写小说时，当想象开始奔腾后添加进去的某种场景细节。但我想，这也无妨。当虚构与真实充分混合时，虚构也一样可以成为真实。

那些年，这一屋子的人们，尽管也时不时地会有搞些矛盾和闹些误会之类的生活插曲，但大家还都生活得像个融洽多彩的大家庭一般。当然，那是要有一根顶梁柱的，而晓海的父亲就是这么根顶梁柱。后来，顶梁柱倒了，也就树倒猢狲散了。刹时间，所有的人——甚至包括晓海的母亲以及母亲面上的，常常来他家白吃白喝白住的那一家子人——全都不见了踪影。再后来，晓海去黑龙江务农，常见到当地人用猎枪打鸟的情形：枪声一响，就一只鸟掉了下来，而其余的满林子的鸟都一哄而起四处飞散了去。他想，当年，他家的情形不就是如此吗？

往往，命运之蛇都是在你毫无察觉，甚至还是扬扬得意之时，向你无声地游近过来的。有关部门对晓海父亲的"特殊关注"其实从镇反期间已经开始。缘起还是他所学的专业。那个历史时期的人们的反特意识一般都很强，而"无线电"这三个不祥的字眼又很容易叫人联想非非。诸如：收发报机不也属于无线电的一种吗？还有，就是那个戴着双筒耳机，藏身在阁楼上"嘟嘟嘟"发谍报的狗特务的形象也已被宣传得深入了人心，更何况还是无线电"专家"？而且，早不来晚不来，为什么就在那么个节骨眼上回国来呢？联想，本应是属于从事虚构创作的作家们的一种特殊的天分和才能。但在那时代，这种天分的拥有者比例极高，也相当地普遍，很多所谓"重大敌情"往往都是依靠了广大革命群众的某种大胆的假设、推断以及联想才得以侦破的。

在之后的一段很长的时期内，童年的晓海都一直无法让自己从 1957 年年底的那个寒冬之夜的那场始终也没能让他做完的梦中醒过来。他不知道，这世界到底发生了什么？后来，他终于醒过来了，终于相信了这便是他要面对的现实时，他发现满林子的鸟全都飞得个精光，只剩下了他与他那可怜的父亲孤守着这座大宅，过着一种不像是个家的凄凉的家庭生活。其间，只有阿钟和阿金还来上海探望过他们爷俩几回，并且还给他们捎来了一些乡下的土产，让他们感到了这人世间还有温情。

其实，一直到"文革"爆发的这么许多年间，父亲也不是没有过相对宽松一点的日子的。那是在 1960 年至 1963 年，刘少奇路线主政期，他被指派到科委的资料室搞技术翻译工作；有时，还会借调到大学里去讲几堂课。这令晓海家的政治待遇与经济待遇都得到了空前的改善。然而，恰恰就在这段期间，晓海一个人坐在铁轨上望落日的孤僻性格变得愈发固执，愈发不可收拾了。他不想回家也不敢回家，一个个深浓的少年情结在晓海的心中渐渐形成。

七

晓海的第一次（是不是唯一的一次）真诚而纯正的爱情的来到同样也发生在他的黑龙江岁月里，是在他被放逐到了一个偏远的农村之后。其实，这还得谢谢那位女馆长，真的，要谢谢她。

一个十五岁的女孩，情窦初开，又生活在一个远离城市的北方农村里。她第一眼见到晓海时，脸就腾地涨红了。这是一张像是一只毫无瑕疵的红苹果一样朴质、光滑、健康的女孩的脸。她迅速地扭转头过去，人也奔到灶头后面躲藏了起来。四十年后，当晓海又回忆起这一幕情景时，他说，可能又是他那对可恶的眼神造的孽。

女孩的父母——一对忠厚、纯朴、老实巴交的农民——早已接到了上头的通知，说有一位上海的知青要来他们家落户，接受再教育。但他们并没有"再教育"他，而是让他接受了贵宾式的接待。他们一家都曾在公社里看过他的演出，能迎来这么个大音乐家，不是他们家的无上光荣还是什么。他们不让他下田，叫他留在家中，让他们的女儿来照顾他的吃喝。他们说，那些粗重的农活儿哪是你干的？你要保护好你的那些灵巧的手指才是啊。他们如此待晓海并无所求，除了在晚上，他们一家三口能坐在热腾腾的炕上，听他拉一曲京剧《红灯记》里的"临行喝妈一碗酒"或者《林海雪原》里的"打虎上山"就心满意足了。

就这样，晓海在一个意想不到的时间和地点，过上了半年意想不到的美妙无比的生活。本来极可能是一场人生悲剧的剧情突然峰回路转，演出了一个喜剧式的结尾。但世事就是如此奇特，一个人喜剧的构成往往是以他人的悲剧为代价的。半年前邢馆长之于他恰如半年后他之于那个十五岁的东北女孩。

那一天，当晓海的上调令通过公社、大队部、生产小队长一直下达到那个村里的那家农户时，大家还去实地替他高兴了好大一阵子。当天晚上，一家三口加上晓海畅饮饱食了一餐，算是替他饯行。第二天一清早，穿着军棉大衣、背着提琴的晓海便由那对农民夫妇送到了村口的井边，他们的闺女没来，她将自己反锁在了房里。她痛哭了一夜，说她不愿她的"海哥"离开她家。

其实，那两口子又何尝舍得晓海离开。但，他们又真诚地盼望他的"问题"能早日搞清和得以解决（他们从来就相信晓海是清白的，是无辜的，是革命的"好苗苗"。因为，对党和毛主席没有深厚的感情的人不可能将革命"样板戏"演奏得如此美妙动听）。他们在村口依依不舍，互相挥泪作别，还千叮万嘱晓海"一定不要忘了再回来看望他们"。而晓海呢，已经走出老远了，还忍不住地回头，不停地向他们挥手。但这一对老实巴交的农民夫妻哪里知道，一块属于晓海的骨肉已经植进了他们闺女的腹中，并正以每秒钟多少几何级数的速度在裂变，形成了一个新的生命。

其实在当时，晓海对此也一无所知。他还年轻，他根本不知道（或者说，他根本就没想过）男女之爱，除了快活，原来还会带来其他后果的。

他很快便将这户在他生命最艰难的时候为他带来温暖、希望和慰藉的农家给忘记了。有太多的事情要他去分心了：工作、练琴、男女纠葛、加薪、提级，等等。再后来，形势又变了，林彪坠机了，伟大领袖去世了，"四人帮"成了反党集团了，党的十一届三中全会召开了。社论又一次宣传着"春风吹拂着古老的大地"，说中国从此"进入了一个全新的历史时期"。

时期新不新，人们可能因为听得太多。所以未免都有些麻木了。但"毛选"不用再学了，"批林批孔"不用再批了，会也少开了很多，"备战备荒为人民"也不提了，这些都是事实。现在，晓海以及广大知青所关心的事情成了上调、回城、高考、升学。当然也有一些没什么出息的人，他们关心的问题是婚恋、成家、打家具、做沙发，还要向农场方面争取配给一间半室来做新婚之夜的容身之所，等等。总之，每人都有每人为之忙碌、为之奋斗的人生计划。只是比起他们来，晓海的打算与想法要来得复杂、深远，难度也要大得多。他毫无疑问要回上海去，他还想进音乐学院深造。当年，父亲去世，他回到黑龙江农场的时候，他的想法是，这辈子他可能再也回不了上海了。所以，他什么也没留，而且什么也没带，除了父亲留下的那把1870年制作的捷克提琴以及一本他自己的童年和青少年时代的照相集之外。但才过了几年，如今，他又要回去了。

首先，他必须去房管所办交涉。他要讨回个公道不说，至少，也要为自己在上海找个栖身处。还有一点，也是最重要的一点，他一定得去办一件事。尽管，这件事在当时看来，似乎毫无可能，但他是在父亲临终的床前承诺过的，他必须做到。

后来，所有这些事情还果真让他一件件地给做成了。但这耗费了他许多时间、精力以及青春的年华。他哪还会有什么思想空间来容纳下对于黑龙江岁月里的那些记忆呢？连那具曾经陪伴他度过了无数个失眠之夜做性幻想的女馆长的形象也开始变得遥远、苍白和不再有吸引力，更何况是那一对农民夫妇和他们的闺女？

待他再想起当年的那户曾在他患难和绝望的岁月里拯救过他的农户时，时光已经流逝过去整整十二年了。他先是拜托那几个还留在场里，已在那里成家落户了的旧同事代他找一找。但结果说是：找不到。怎么会找不到呢？有公社有大队有地址，怎么会找不到？他觉得有点儿纳闷。看来，他不得不亲自走一趟了。他从上海带了很多新奇新鲜的工商业产品给他们。他想象着他们见到这些玩意儿时的兴奋的神情。还有当年的那个小闺女，她也该嫁人了，该做母亲了吧？这一层意思他倒是在火车上才想到的，他后悔自己怎么就没有买一点小孩需要的用品来让他们一家有个更意外的惊喜呢？

但事实上，连他自己也找不到他们。

那个他只住过半年的北方农村如同梦境一般地再现在了他的生命里。他走过似曾相识又好像是完全陌生的泥地和田埂，他又穿过了一片小小的椴木林，绕过草垛，来到了那扇熟悉的门前。但现在，他发现在他面前只是一派颓墙败垣，屋顶已经陷下去。大门虽然上了锁，但由于门框腐烂的缘故，有半扇门完全倒了下去。他从倒下去了的半扇门中走进屋里去，灶头还在，但已塌下，有一只野狗听见有动静从灶肚里窜了出来。火炕也在，但长满了野草。当年的情景再现在了他的眼前：他们一家三口正坐在炕沿上听他拉《红灯记》中的曲调。还有那个小闺女，在见到他的那一刻，倏然一闪，就躲到了灶头后面去了。这些场面就像是电影里人物的回忆镜头：正片是彩色的，但当回忆的片段切入时，变成了黑白色，而且还是那种带点儿泛黄的黑白色。他想，现在的他的一切境遇都已改善，而他们，他们却不见了踪影，他的眼泪不禁夺眶而出了。

他重新走出屋来，屋外秋阳灿烂。一位老人正在打麦场上用木耙翻干草。他感觉这位老人有点儿眼熟，而老人看他也有点儿眼熟。老人停下了手中的活儿，困困惑惑地打量着这位不速的来访者。他走上前去，问：老大爷，能否请问一下，这家人去哪儿了？搬走了。搬走了？那……那……那位女孩呢？他说了他们闺女的名字，她也一同搬走了吗？她死了——死了都已经有好多年了。应该说，晓海立即便已经意识到些什么了。他觉得自己连站都站不住了，他向前跟跄出了好几步。明晃晃的秋阳在他的头顶上突然变得旋晕起来，远远的群山都在向他这边奔腾过来，它们发出了千军万马将至的嘶喊声。那喊声是如此洪亮，如此振聋发聩，当它们撞击在了他的耳膜上时，一律变成了一片"嗡嗡"的耳鸣声。

老汉应该还说过些什么——照推理也应该有。但在当时，晓海什么也没能听清楚。也许那片所谓的"嗡嗡"声就是老汉的话音演变而来的一种幻听？反正，当他混乱的思想开始尘埃落定时，他发觉自己正坐在一家县级招待所房间里的一张方桌前。桌上搁着几只白光的玻璃杯以及一座高头大马的，图案设计与色彩都十分香气的马口铁暖水壶。他从暖水壶中倒出了一杯滚烫的白开水来，他凝视着从玻璃杯中升腾起来的白色水雾，他想——他认为——他觉得——他也这样相信：老汉对事情叙述的大致意思应该如下：

很久以前——大概有十年了吧，曾经有个从上海来的知青到他们家中寄居过一段不太长的时间。村里人都不太晓得那个知青的全名，只知道他叫"海哥"。海哥把那家闺女的肚子睡大了，而从此就一去不复返了。于是，那家的闺女便疯了，成天"海哥""海哥"地念叨个不停。她还常常一个人站在村口的水井边，望着那条入村来的道路，一站便是一整天。后来，她将孩子生了下来，病却更重了。她相信，她的"海哥"已把她给忘了，他不会再回来了。而她，也不想留在这世上了。一个月黑之夜，她喝下了一瓶剧毒的农药。第二天，当太阳再次升起时，她的父母发现她早已气绝了。

那……那个生下来的孩子呢？即使在再混乱的思绪的冲激之下，晓海都不忘追问了那么一句话。

老俩口带走啦——嗨，这个可怜的没爹没娘的孩子啊。

这些情形晓海非但相信，而且也很合乎逻辑（毕竟，现在的他已经比当年的自己长多有十二个年头了）。虽然解放这么些年了，但在他们的那个闭塞的北方农村，女不从二的习俗仍然相当顽固。不仅仅是女孩本人这么想，就连她的父母与舍坊邻居也都会如此认为。玻璃杯中，那白色的雾气还在一缕一缕地上升，然后散开去，晓海相信，这是她的灵魂正在向他昭示些什么。

就在那天的下午近晚时分，晓海独自一个人离开了旅社，他背着一架琴上路了。

他翻过了一个小土岗，循着老人告诉他的方位找到了那座墓茔。这是一座孤零零的墓茔，四周围是一片一望无际的北方的原野。原野上开满了各种各样不知名的小朵的野花，在夕阳的光照里，显得五彩缤纷，美丽得都带点童话的意味了。

晓海不是不熟悉这一片地方，十二年前，他与她常到这里来。晓海的思路又一次地倏然闪回，唯这一次的记忆幻觉不再是黑白的了，它也是彩色的，而且还比真实中的色彩更加鲜艳、更加亮丽。也是这同一种野花盛开的季节，他和她两人躺在野花丛中。他抱住了她，吻她。而她，则紧紧地搂住了他的脖子，哥呀哥地唤个不停。于是，他们便干了那件事。那时候，晓海已在女馆长的调教下有点儿驾轻就熟的味道了。但女孩却哭了，她说，海哥，你可千万不能不要了咱呀。他便随口应道，那咋会呢，妹子？

现在，野花又开了，在野花丛中兀立着的却是这座孤坟。晓海打开琴盒，取出琴来。他对着坟堆拉奏了一曲，这回，他拉的是托赛里的《小夜曲》。奏完之后，他便对着坟堆说起了话来。他说，妹子，这曲好听，这曲可比《红灯记》要好听多了。又说他这一世永远真爱的人只有她一个，真的，永远。但现在，他接着说道，海哥要走了，真正地走了。这一次，海哥可不是回上海去，那里很繁华也很自由；那里的繁华与自由不是你，非但不是你，就连海哥我也无法想象的。

就这样，他走了。背挎着一架琴，在夕阳的余晖里走了。周围没有一个人影，只有风声，只有夕阳，只有野花和孤坟。还有那座矮矮的小土岗，一直望着他，直到他消失在了地平线的那一端。这是他最后一次回到那片黑土地。从此之后，他再没去过。就是那片土地，他曾在那儿播种下了青春的种子，又在那儿收割过苦涩和甜蜜的果实。那一片土地哟，那一片土地！

晓海很投入地向我叙述了这些细节。当时，我俩正面对面地坐在九龙尖沙咀的一处傍海的露天咖啡座里。这是一个盛夏的响午，猛烈的阳光照射下来，整个世界都躺在一片明亮得令人几乎都有点儿眩晕的光海中。我俩置身在一把巨大的遮阳伞下，凝望着湛蓝的海面出神。他讲完了他的故事，我们俩谁也不望谁一眼，谁也不说一句话。过了好长一会儿，他才又说道，在他的有生之年，他至少还要回那里一次——他一定要去的。哪怕是老了，哪怕拄着拐杖，他也要回去。他要再去探望一回那座孤坟，他甚至希望有一日还会有奇迹出现，他能寻回那一半遗失在那片土地上的属于他的染色体。

八

那件最令少年时代的晓海感到困惑、迷惘，甚至带点儿惊恐的事情就是父亲的感情生活。父亲没有再婚，晓海的母亲离家出走后，他甚至连她的名字也没再提起过，似乎在他的生活中压根儿就没出现过这么个女人似的。父亲没再婚，这是指后来他再未正式娶过亲。事实上，经常进出他们那幢花园住宅的各种女人非但有，而且还有不少。尤其在那段他家经济条件相对宽松的期间。有时，晓海也会遇见她们，他很紧张，也很过敏。他不知道如何称呼她们，他一律叫她们"阿姨"。

一般来说，她们从不在他家过夜，她们总是在晓海上学之后和放学回家之前这段时间到他家来。父亲在这一点上还是很注意影响的，尤其是注意对孩子可能造成的心理影响。然而，这种事是绝对不可能瞒得住的。对于一个正处在成长中的孩子来说，其中的每一个细节的存在和每一点气息的改变，其实都能被他敏锐的第六感察觉出来，更何况晓海还是个天生就聪慧过人的孩子呢。

还有一点。因为对晓海而言，他总觉得自己是有一个母亲的。而她们，全不是他的母亲。是某种做儿子的本能使他为他的那个已经抛弃了他的母亲在鸣不平。这是一种情结，一种对一个孩子来说，很难克服得了的情结。这种情结折磨着他，令他困惑，令他痛苦，令他产生了某种程度连他自己都未必能察觉出来的心理扭曲。

他正处在一个特定的生理阶段，对这类事情的猜测、想象和推论令他的头脑中淤塞着多种好奇而又紧张的念头。而另一面，他又怎么都无法在他的想象中排除其中的一个人就是他父亲这一桩事实。

他觉得他很难承受这种生理以及心理的压力。

与父亲所有有来往的女人之中，他记得最清楚的是一个高大肥胖的白皮肤的女人，她看上去比瘦小的父亲差不多要高出半个头来。到他家来的时候，她老骑一辆高身的蓝翎牌的女式车，往花园的草地上那么啪地一打上撑脚，就堂而皇之地进屋来了，俨然是这家的女主人一般。他对她的印象深刻是因为来他家的女人中，数她最肆无忌惮，经常会当着他人的面与父亲做出某种越轨的亲昵动作。她的举止常常会叫父亲尴尬，却又避之不及。但看得出，出于某种暧昧的原因，父亲还是很迁就她和很喜欢她的，这从父亲待她的许多细节上晓海都能观察出来。

20世纪60年代初，仲春的一个近晚时分，晓海在那一天突然放弃了坐铁轨看落日的习惯，提早回家。一进花园，他就见到了那辆停在草坪上的蓝翎车。他蹑手蹑脚地推门进屋去（他自己也不知道为什么要这样做），心脏怦怦地乱跳。他甚至没在客饭厅中停留就径自上楼去了。离二楼还有两三步梯级时他就不由自主地趴下身来，因为他见到父亲的身影了。他从梯级上小心翼翼地探出半个脑袋，朝着二楼的主卧房里张望。他望见他的父亲跪在地上，他不知道他在干吗。他见不到那女人，却见到她的一条肥白的大腿从床沿的边上垂落了下来。这一回，他看清楚了，原来父亲正跪在地上吮吸她的脚趾呢。她的五个脚趾都张开着，肥白的脚掌几乎遮没了父亲的半个面孔。而父亲干这事似乎干得很投入，连儿子上楼来的脚步声都没能察觉。晓海听到那个女人的嬉笑声从半开着的房门里传出来："侬老坏咯喔……喔哟，喔哟，侬……侬老坏咯……"

似乎，她被父亲的那个动作给整痒痒了。

后来，事隔多年，当晓海在与他的女友做爱前，他也曾经尝试着模仿过父亲的那个古怪的举动，但他感觉不到有任何乐趣。他觉得那脚趾含在嘴里的味道是咸咸的，还有一股怪味。而让他给吮吸脚趾的女人也毫无兴奋和性快感可言，她有点儿莫名其妙，这让晓海感觉悻悻然。这究竟是怎么回事，严格来说，他至今还未弄清。事实上，他也不需要去弄清。这世间这人生有太多的事情是永远也弄不清、解不明的。尤其在性偏好这个人性的最复杂的课题上，尽管他们是两父子，也不会一样。

这种弄不清就有点儿像他对他自己。都到了这种年龄段了，他都没能弄明白为什么自己老会对十来岁的男孩和女孩特别喜爱，对他们的行为与表情反应也特别敏感，特别能激起他的一种情感与心理冲动。这是一种溺爱与自怜的感情混合体，含有对某个遥远记忆情结的补偿性质。而令他弄不明白的更是：有时，这种感觉会泛滥，会失控，会从纯喜爱的层面稀里糊涂地就走进了另类的心理境界中去。他问他自己：你有这种情形吗？答案似乎是肯定的。他又进而问自己：这是为什么？但他答不上来。他听见自己在对自己说：不，我也不清楚这是怎么回事。

另一次被他窥见的父亲的苟且事也是与那女人在一起干的。

他从小便有那种天分，一旦他想做想看什么，他总能找到这么个机会，找到一个他能看见对方，而对方绝不可能发觉他的角度的。这一次他见到的情景是：那个高头大马的胖妇人叉开了双腿骑在了父亲的身上。从侧后方向望过去，她那两半肥而白的屁股一颠一颠的，两只奶子也上下乱晃。她似乎很享受，闭着眼睛仰着头，嘴里还哼哼呀呀的。而骨瘦如柴的父亲则被垫在了她的身子底下，显得格外可怜。他也紧闭着双眼，紧抿着嘴唇，一副难以忍受的样子。当然在后来，自从晓海与女馆长干过了那事后，他已完全能体会到父亲那一刻的感受了。但在当时，他真怕父亲会被那胖女人压散了骨架。他恨死那女人了，他恨不得能宰了她。一层理由是为他父亲——她怎么老想方设法地寻找一些残酷的方法来折磨他呢？而另一层原因是为了他那个只有童年记忆影子的母亲。他总觉得那女人这么做也同样在伤害他的母亲。具体是些什么，他又说不上来。

但这女人却能煮很好吃的罗宋汤和西餐，而且那些食料佐料甚至午餐肉罐头都由她亲自带来。每次，只要她在这里的那个晚上，他们爷俩便能享受到一顿正宗"红房子"式的美餐。从这点上来说，晓海又产生了一种希望她能常到他家来的企盼。在一段相当长的时期里，这种矛盾的心态经常折磨着他。四十年后，晓海因犯事被拘押进"差馆"，就是算命人所谓的他的名字第一次见诸报端的那一次，当然也是我在成都路延安路口的那片绿化带接到那个意外电话的那次，他居然见到那女人了——当然不是原来的那一个，而是一个极像那女人的另一个女人。

别以为警察抓捕人的时候是那副剑出鞘弩满张的架势，一旦人进了差馆，一切便顿时松弛了下来，恢复原态了。警察们解领带的解领带，除外套的除外套，倒茶来喝的倒茶来喝，嘻嘻哈哈说笑的嘻嘻哈哈说笑，根本就不再把他们花了九牛二虎之力抓来的对象当回事了。而那些对象呢，也都被驱赶到一间巨大的房间中，等候处理和发落。

那段时期正值香港警方规模性的扫黄期。原因是持双程证和自由行签证来港的大陆流莺在九龙旺角一带严重泛滥。她们以超低价位拉客，又打一枪换一个地方。如此一来，非但抢了本地同类从业人员的饭碗，破坏了当地的行规，而且还令那一带的治安也出现了严重问题。社会舆论对此反应强烈，于是，警方便不得不有所举措了。另外，这段期间从大陆输入的流莺还有一个特色，那便是四十多乃至近五十岁的老妓占了一个相当大的比例。据报纸有关专栏剖析：四五十岁的老女人富有性经验富有沧桑感，故她们更能比十多二十几岁的妙龄少女对年届花甲的"阿伯"们构成某种特殊的带怀旧感的诱惑力。旺角的"阿伯"们虽然钱不多，但因已到了退休的年龄，子女也都自立，负担相对减轻。他们有此时间，有此闲情，也不乏一定的经济能力（用不着太多，每次交易也就两三百港元而已），来一尝他们中青年时代由于繁重的生活压力而无法品尝到的那种滋味。无形中，他们更形成了此类行当中最具发掘潜质的一族人群了。消息传出，这种年龄段的"性工作者"（台湾报纸用语）便蜂拥而至了。三百六十行，行行出状元，每一个行当都有其发财的秘诀。这与搞金融买股票炒房地产也差不多，关键在于对资讯的了解，对时间的把握，对出货还是进货信号的正确理解以及判断。

我可能扯开了去，还得回到我们小说的主线上来。差馆的大房里嘈嘈杂杂，不像警局倒像个麻雀馆了。这令那些犯事人刚给抓进来时的那种战战兢兢的情绪迅速得到了平抚。就像是被诊断患了癌症的病人，起初可能很害怕，但当他去到肿瘤医院，见到周围尽是这种人的时候，自然也就觉得无所谓了。生命，不也就是那么回事吗？世界本来就是如此的嘛！房间里人满为患，品流复杂：小偷，嫖客，盗窃犯，抢劫犯，露宿者（根据英伦留下来的殖民地法律，露宿街头也算是犯法），游荡者（英国法律的又一则奇文是，无故在外游荡而又无法提供适当理由者也是触犯法律的），还有什么"阻差办公"的，"携械而又企图不明"的，各式人等。还有就是那一茬一茬衣着暴露的流莺们也夹杂于其中，让那些男人的眼光都望直了去。就在这时候，晓海见到了那个女人。

女人四十上下，晓海想，她应该就是属于报纸专栏剖析的那种人物。而她也立即注意到他了。她向他抛来了一个媚眼：这应该是她的职业敏感和习惯所使然。事关当年晓海遇见她时，他还是个少年；时至今日，当他再见到了这个极像她的她时，他自己也都成了个十足的"阿伯"级的人物。那女人打开手提袋，取出了一张碎纸和一支原子笔来。她将纸片垫在手提袋上写了些什么，然后瞅瞅四周乱糟糟的也没人注意她，便偷偷地移游了过来，她坐到了晓海的身边。她将一张纸片塞过来，她胖乎乎、白嫩嫩的手指酷似当年父亲的那个女人的。她轻声说道（她说一口带东北口音的普通话，这点，在黑龙江生活过十年的晓海一听便能辨别出来）：这是我在香港和内地的地址以及电话号码，你拿着。我很快便能自签担保外出了；你如也出来，而又有需要的话，可打这个手机找我……从前的人都说，男怕入错行，女怕嫁错郎。如今时代变了，男女平等了，女怕的不再是什么"嫁错郎"，而也是怕"入错行"了。像这样的人才，这样的胆魄和办事风格，假如从事金融业或进入了政界去发展的话，不又整出个举世闻名的女强人来才怪。

在他故事的叙述中，晓海陡然插入了这么的一段情节，让我也说不上他的用意和心态究竟何在。我无法知道的事情还包括：他出来后是否真的去找过她？还是没有？以及，他去找她又是为了什么目的？仅仅是为了去干一回那事，还是要用这一种特殊的方式去重温一次他的那个童年和少年之梦呢？

没人能说清，我说不清，晓海本人说不清，心理学的专家们也未必就能说清。

九

但到了 1971 年，当晓海从黑龙江回上海来探望病危的老父之际，这一切的人与事都像烟云一般地消散了。这个所谓消散不但是指 20 世纪 50 年代的那个家、那些人和那种生活，同时还包括了 60 年代初期常到他们家来的那些女人和她们带来的那种神秘而又刺激的生活场景，还有"蓝翎"车，还有罗宋汤和午餐肉罐头。

现在，这间空荡荡的大房间里只剩下了他们父子两人。晓海将房门关上了，重新回到父亲的病榻边上坐下来。他感觉这个家就像是一座孤岛，而外面的世界，从街上一直到这幢大屋的花园，它的客饭厅，它的扶梯，它的走廊，它的其他房间，它的浴室，它的阳台露台和晒台，都是属于那片狂怒的大海的一部分，而一旦当门关上，晓海就把那惊涛骇浪的世界全都挡在门外了。他凝望着父亲的那张似乎是刚从蜡像模具里剥离出来的面孔：瘦削、蜡黄，每一块肌肉都已经失去或正在失去它们昔日的表情的表达功能。还有就是父亲的那一双眼睛，似乎变得异乎寻常的大——至少比他小时候的记忆中要大多了。它们深陷在高高凸起的眉骨的中间，就像是在山壁的窟窿里安装的两只灯泡，正散发出一种昏黄而又迷糊的光芒。然而，此一刻的父亲却显得十分的安详，他一动也不动地躺在被窝里，平静地回望着他的儿子。初冬的阳光从木窗宽阔的窗棂间照射进来，温暖而又明亮。这里就是他熟悉的所谓"家"吗？艰难、恐怖与温馨的岁月他都曾在这里度过。一切虚幻得像是一场梦境：他明白，这一场梦的最终结局是父亲将在这间房间里耗尽他生命的最后一秒钟。他的悲情一下子潮涌了上来，他扑倒在了父亲的裹在被窝里的身体上，哭了。

但父亲并没显出任何悲伤的样子来，他只是伸出一只颤抖的手来抚摸着他儿子的头颅，一遍又一遍。他用无言代替了说话。

一直到他死，父亲从来就没曾知道原来晓海已窥探到了他的某些最隐秘的生活细节了。他对儿子的教育仍然是采用了最正规、最刻板、最严谨的那一种模式。其中既包含了中国儒教式的传统，同时又带上了强烈的西方文化色彩。那些年，晓海在学校里所接受的绝大数都是一些革命化的和口号式的教育，但一回到家里，父亲便给他开"小灶"了。他教他英语和数学，又让他背诵唐诗宋词和论语中的一些片段。他给晓海讲解莎士比亚、孟德斯鸠、黑格尔、康德、叔本华、尼采和孔子。所讲的内容虽然都不太深，但文化的涉及面极广。在大学里，父亲是读过"材料学"的，他希望他的儿子能成功为一块他心目之中的社会材料。父亲教小提琴尤其教得一丝不苟。他常说，小提琴这门乐器，如果初学时的基础打不扎实的话，必将受累终生。他还承诺儿子说，假如有一天，晓海的琴艺能达到他理想之中的那个标准的话，他将把自己的那把 1870 年制作的捷克琴送给他用。于是，这便成为晓海的少年之梦了。他经常做这样的梦。在梦中他正在拉琴，拉着拉着就发觉怎么琴声会如此美妙如此仙乐飘飘了呢？他仔细地端详了一番自己手中握着的那把琴，才发现，原来他的金钟练习琴早已换成了那把捷克古琴了。

但父亲在教诲儿子时的一脸道学家和教育家的正儿八经以及道貌岸然给晓海留下的印象并不全是正面的。儿子感到的还有一种隐匿了的痛苦和猜疑。他望着父亲的那一截藏在宽大中山装里的瘦削的身体，他想起了当它一旦裸露时的样子。他弄不明白在当时它为什么是那样，而现在，为什么又变成了这样了呢？他强烈地思索着，以他那心智还未完全发育成熟的少年的头脑思索着。他想起这是叔本华还是康德还是另外的一位哲学家说过的一句话（这不也是父亲教他的？），说人格原是由很多不同的切面所组成的一块立方体。那父亲的人格呢？组成它的切面又有多少个呢？他始终没有能想通这个问题，直到此一刻。

此一刻，他其实已经是一个十足的成年人了，性与情的经验也不会在当年的他的父亲之下了。但是，这个少年时代遗留下来的困结仍然在缠绕着他，这是因为他的思索对象不是别人，而是自己的父亲。而此一刻的父亲的身躯已不再是遮盖在袖口宽大的中山装里的身躯了，它被掩埋在一条厚厚的棉被之下。晓海知道，在这躯体的内部，象征着死亡的黑色的癌细胞正在疯狂地扩散，它们贪婪地吞噬着已经所剩无几了的代表生命的鲜红之色。

父亲说话了。他说，你回来了，就好。他说，是的，爸爸。现在您可以放心了，我会一直陪在您的身边，直到您的病情好转为止。父亲摇摇头，他没说什么。因为父子两人谁的心中都明白：这是一句说了等于没说，但还是不得不说一说的假话。

父亲说，到了此一刻，有一句话，我一定得说。晓海抬起头来，望着父亲，他很少听到父亲会用这样的语气来说话。出去，父亲突然说道，今后你一定要出去！离开这个城市，离开这个国家，离开这片土地！你要去得越远越好。他希望他的儿子能重新回到他的老父当年从那里出发而后再来到了这片灾难之地的地方去。

晓海呆呆地望着他的父亲。他知道，这才是那句最关键、最重要，在父亲的心中埋藏了长久长久想要说出来的话。在那个年代，晓海根本就不知道如何来做到这一点，但他还是点了头。他只记得，这时候房间里和窗户外的阳光都很灿烂，这是上海的一个难得一见的暖和的冬日，碧蓝的天空上没有一丝云朵。从窗口望出去，能见到七叉八丫的深褐色的树枝像带钩的铁丝网，割据这片蔚蓝的天空。

　　父亲继续说下去。他说，这是他一生人圈上句号的时刻了，但儿子是父亲生命的延续。当年他的一念之差，他盼望他的儿子能替他弥补回来。他说，他有冤，他也有仇。他希望他的儿子能替他申冤能替他报仇。但，这是什么冤？这是什么仇？什么人是他的冤家？什么人是他的仇人？他知道，这是个空泛庞大得摸不着边际的概念。谁也不会对此负责，谁也不能对此负责。但只要有一天晓海走了——而假如晓海成家了，就带着家眷和孩子一同走——离开这里了，离开这里的一切了，而且从此永远也不再回来了，他就算是了结了他老父的遗愿了，也就算是替他老父报了仇和申了冤了。

　　父亲说这些话的时候，出现了难以相信的亢奋和激动，他蜡黄的脸颊上都有些泛红晕的意思了。他仿佛又看到了希望，看到了加利福尼亚州，看到了伯克利大学的校园，看到了加州的阳光与海滩。在那个最阴暗的年代里，他仿佛见到了这一切的一切。

　　但晓海知道，这是一种回光返照。第二天清晨时分，父亲便咽气了。

　　现在，这世界上只剩下晓海一个人了。在一间空荡荡的房间里，他依旧坐在冬日的阳光里。父亲的后事已经料理完毕，但，哪里才是他的家——他的家究竟在哪里呢？或许那个远在几千里之外的黑龙江军垦农场，那个"文宣队"，那排男生寝室就是他的家。他想到了他的母亲，想到过要去找他的那个只有童年记忆的母亲，但，他去哪儿找她呢？

　　晓海当然是无法找到她的。中国这么大，人海茫茫，没有方向，也没有目标地，他去哪儿找？再说，母亲早已不在上海了，她搬去了北京。后来，当晓海再次讲到他当时心情的时候，他所下的结论是，即使当年真让他找到了他的生母，以她的个性而言，母亲也未必会接纳他。所以与其两次感情受创，还不如当年没能找到她好。因为就当晓海渴望着能找到母亲重拾天伦温暖之时，他并不知道，那年代他母亲自己的日子其实也不好过。她正背着黑五类家属的身份，每天早晚都要将胡同从头到尾扫上两遍。

　　当年离家后的母亲又找了个高干把自己嫁了出去。高干高就北京，她也跟了过去。在之后的那些年中，她又为晓海添了同母异父的一弟一妹——而这些，都是当晓海在香港见到了她之后才了解的事。

　　然而，即使是地位再高的高干，到了"文革"，也一样劫数难逃。高干被关进了秦城监狱。待到拨云见日的时代来临时，高干已在监狱中死去了。母亲将他的骨灰盒从监狱中领了回来。这一回，不是她抛弃了谁，而是命运抛弃了她。这不得不令她有所思考，有所幡悟。尽管后来形势的变化是令人鼓舞的，但不可改变的事实是，人已经死了，再也活不过来了。像所有在"文革"中枉死的高干一样，组织上替她的后夫高调地平了反，而且还举行了隆重的追悼会。

当然还有，还有遗孀理应获得善后照顾。组织上为她在上海做了安置，并分配了一套位于康平路地段的四居室的住房给她（这已是市级干部的待遇了）。但是这一回她的表态不仅令从前常来晓海家白吃白喝的那些舅舅和小姨想不通，就连替她家解决善后问题的有关方面也都感到了某种程度的惊讶。她拒绝了所有这些优厚的待遇，而提出了一条很简单的交换条件，让她的一子一女都出国留学。组织上经过考虑，同意了她的请求。而她找的大学就是她前夫当年就读的那所伯克利大学。她找到了前夫的一位仍留在该校当教授的同窗兼好友。她说，她是某某人的太太，而某某人已在"文革"的岁月中被迫害致死了。现在，她想把她的子女送出来读书，他是否愿意代为照看照看？当然，她如愿以偿了。而且，出于同情以及怀念，从经济担保到学费生活费的首期支付以及后来的奖学金申请等等都由对方一并给包办了。

这是 20 世纪 70 年代末 80 年代初的事情了。当时，政府改革开放的南风窗还只洞开了一线缝隙，当人们还都在忙于找人脉搞平反或准备高考试题或设法能搞一套四喇叭音响大蹦迪士高之际，她就想到了明天，想到了后天。她在这方面从来就有着毋庸置疑的天分，总能不失时机地先行于时代一步到两步。

四十年后，当她皮肉松惫、眼袋下垂地出现在晓海的面前时，其实晓海的心中已经消失了希望能找到生母的一切冲动了。而她，偏偏就在这个时候来了，让晓海意外得都有点儿失落感了。但她在她为前夫所生的儿子的家中没住足一个月就回去了。她将原因都归咎于香港的气候。她说，这鬼天气，又潮湿又闷热，简直就让人无法忍受。不像上海那样，要么冷要么热，冷也冷得干脆，热也热得过瘾。她住不惯这里，她还是回去。当然，自从那回之后，两母子又恢复了一定限度的往来，也就是每月一至两次用长途电话互问安好互道平安罢了。事实上，如此一对母子，也只有如此了。

然而，正是因为有了这种稀疏的联系，才让晓海了解到：她后来也去到她在美国的儿子和女儿处各住过一段时间。但最后，也都一样说是"住不惯"而打道归府，回到上海去了。老年了的母亲宁愿一个人住在上海的一套公寓里（后来，组织上还是分了一套住房给她，只是面积小了点，地段也不在康平路了），她与一个安徽小保姆为伴，孤单地打发着日子。半个世纪前，她的前夫从旧金山回上海来的一幕，半个世纪后，又由她亲自登场来演出了一回。差别除了时代背景已经完全改变了以外，还有交通工具。一个搭乘的是"美利坚"邮轮，要在海上漂流个把月；另一个乘坐的则是波音 747 飞机，花不了十多个小时便可以到家了。

十

故事七拉八扯地讲到了这个份上，我想，现在应该是到了要对晓海一生中所遇到的各种女性作出一个比较系统化清理的时候了。一为我自己的创作思路，二也为读者的理解思路。

但一旦当自己面对这么个任务时，我又顿感彷徨和束手无策了起来。女人？晓海一生中所遇见的，又能在他的记忆里留下刻痕的女人我不已在前文的叙述中都一一提及和交代过了吗？音乐老师、舞蹈演员、女馆长、小闺女、还有，就是他的那位胖老婆。当然还有，还有他的母亲，他父亲的情人，那位酷似他父亲情人的老妓女，那个至今为止我相信包括法官在内的谁都无法能真正弄清楚她与晓海之间究竟发生了些什么的十一岁的小女孩以及她的那位穿着入时的性感母亲，等等，等等。

正如术师们所说的那样：一是他的眼神（？），二是他的琴（手）艺，令女性都会怀着一种复杂的心情向他靠拢，始终犹豫不决却又始终无法抗拒。然而，就当她们的心理气场受到某种电波干扰的同时，他自己的正常男性的心理波段也同样承受着来自不同女性人格干扰波的冲击。他或者已经心理失衡了，或者还没有。那个铜锣湾餐厅吃饭的晚上，他打发他的胖太太和孩子先走一步之后，他还与我在一起多喝了两个小时的啤酒。后来，大家都喝得晕乎乎了，觉得世界都已飘了起来。就在这时，他说道，结果呢？结果不是她们中的任何一个人。注定要陪伴我过一世的是你老兄刚才见到的那位胖夫人。他说，他俩之间根本就不存在什么共同的话题，当然也谈不上什么深刻的爱情之类（"彼此太深爱对方又有什么益处？"我听见他轻轻地咕哝了一句，但又不能算是一句他正式说出口来的话，故我只能用括弧来示之）；至于性嘛，他说，深不深刻从何谈起？男女之间的欲火一旦被点燃，总也差不了是那回事。他之所以要娶她，而她，之所以也会嫁他，这都是因为有一种叫作潜意识的东西在起作用。物化了的潜意识告诉他说，她更适合做他的妻子；而同时又告诉她说，他更适合做她的丈夫。于是心化了的潜意识便只能靠边站，无从发言了。而一切便也水到渠成。这，就是缘分。轮着你与她了，就是你与她。只有因果，没有缘故。但我与你老兄就不同，他醉眼迷茫地举起了大口的啤酒杯来望着我，说道，我们是同性的朋友，我们可以选择。这个立场是任何异性都无法替代的。有些话，我能告诉你，如实地、不折不扣地告诉你；但，我能告诉我的太太吗？我能告诉她们中的任何一个人吗？不能。他兀自冷笑了一阵，把大半杯啤酒凑近嘴边，咕咚咕咚地一口气喝了下去。

他的这个论点我倒是颇为认同的。由此可见，我对他那桩事件的独特取态也不是没有理论依据的。我与他的关系是同性、同代兼同乡，我对他的了解（从某一方面来说）可能已经太多。性是人类生存活动中的一个重要课题；而性别，则是小说创作中的一个重要课题。同一个社会命题的不同结论往往是荷尔蒙代你下的。克林顿当了八年美国总统，女性选民对他的青睐与支持是一块重要基石；后来，白宫见习生莱温斯基介入，遂令这块基石动摇，克先生黯然下台，怀着对荷尔蒙这一种生命物质的深深喜爱与恐惧。生物学和心理学的内在联系就是靠了这种神奇的物质，我相信现代科学和未来科学都可能在不久的将来对此作出令人恍然大悟的结论。

我又将题目扯远了去，其实我想要说的是：还有一个曾经出现在晓海生命中的女性，我也不能漏提。

就是那个他吮她的拇趾，她毫无感觉，从而令他怏怏然的女人。那女人姓龚，他与龚女做过好多次爱，听晓海的口吻，自从女馆长替他开了窍之后，这种事他已老马识途驾轻就熟了（即使是在当时的那么个清教徒时代，他也总能找到最安全最合适的地点、时间与机会来干好这件事。我一早说了，他在这方面有天分）。这些都还在其次，重要的问题在于：他相信，龚女是他生命中的唯一一位能与他产生心灵共振的女人。在这一点上，谁也不能像她那样在晓海与异性的交往经验中占一席特殊的地位。就像是演绎一首两重奏作品；一问一答、亦步亦趋的乐式是一种演绎方式，互为主题以及背景之交替的是另一种。然而，最深奥最富内涵也是最不易为的演绎方式是：两把乐器各自按照各自的音乐逻辑与声部通道各说各话、各走各路，有时重叠，有时分野；有时融合，有时冲突。单独听来，自成其趣，合成之后，则又演变为了完全另一种风格和内涵一首新乐曲。新乐曲非但音乐效果别致，而且在创意手法上也往往出人意表。晓海相信他与她的心灵沟通就属于那第三种。

自然，这是站在晓海纯个人立点上的一种介说。他认为，男女之好分为三种：一种是纯肉体的，比如他与那位女馆长；第二种是纯爱情的，比如他和那个小闺女；第三种是纯心灵的，比如他与龚女。而且，他还继续将此立论推演出了一个更哲理、更精辟的结论性的东西来。他说，即使你的一生中只爱过一个女人，其实，你与这个女人的关系之中也同样和同时存在着上述三种感情状态。它们互相独立、互相制约，也互相影响。然而，就算在哪一天，其中的一种已不复存在，其他的两种还会继续存在，继续运作，继续发挥相互间的影响力。即使到了其中的两项都不再存在时，留下的那一项仍然还会单独而又顽固地存在下去，而且还可能长久长久乃至永远地存在下去。从而使你与她成为了一对另类意义上的夫妻（或同居者，或情人或只是个知己知彼的异性朋友而已）。而他，杨晓海，只不过是同时拥有了三个独立的异性个体来为他共同构筑了其两性关系上的一个多切面体。而这，恰恰能让他更有机会与可能来辨认清某个问题的实质。他的"理论"把我说得一愣一愣的，但我还得承认：他说得不是没有点道理。那，那位舞蹈演员呢？我忽然就记起了那个曾与青年时代的晓海坐在道具箱上有过那么一回云雨之好的女人。我说，她，又属于你那三种两性关系中的哪一种呢？

他不置可否。我偷忖：就算是一位再资深的性与性别问题的专家，有时也未必就做得到能将所有的两性交往个案都逐一归档。他回避了我的问题，但他却很简扼地向我讲述了他与那位舞蹈演员的一段关系后文。（原来他俩的交往还有后文！）

他说，自从那回道具箱事件后，他倒真有些梦牵魂绕上她了。他很想与她发展一种纯感情的关系（也许，他所指的就是他那三种分类关系中的第二种？），但她却总是回避着他，他无法了解她的真实想法。后来，回城大潮来临的前夕，她突然与一位齐齐哈尔市的知青闪电式地结了婚。原因是后来才传出来的：那位男青年的父亲是该市结合进领导班子去的一位老干部。老干部及时向真理投降，向毛主席的革命路线靠拢，赶上了那最后一班车。他一上任，就立马为他的儿子在齐市的一家机修厂找了个当技工的差使而将他上调了（当年的所谓"开后门"，最大的门缝也就如此了）。农转工？吃户籍粮？那还了得！这在当时，对于一辈子都可能要生活在一纸农村户口阴影下的知青们来说，可谓是一件足以改变其命运的大事。单凭了这个优势，男青年就有条件带着一位漂亮、风流而且又是搞文艺的上海女孩回城定居去了。

但又有谁能料到呢？后来的社会与经济的发展形态都出现了大逆转，而以如此理由作为结合基础的婚姻注定是不可能持久的。再过了几年，晓海已经回沪并考入了上音攻读提琴演奏专业了。有一天，那位舞蹈演员突然出现在了晓海的寝室的门前，脸上还带着几分东北水土滋养出来的那种国光苹果式的红扑扑的色彩，衣着也具备了北方城镇妇女的那种香里香气的艳丽和莫明其妙性感的一切特征。她告诉晓海说，她已与那齐齐哈尔人离异了，她想与他一同生活（同居还是结婚她没说清楚）。这叫晓海着着实实地吓了一跳，他连忙将她拉到一旁以避开上音同学们向他俩投来的异样的目光。他问清了她的情况后告诉她说，他俩之间再也没有这种可能了。（这一回，他指的是不是他的那套两性关系中的第三类别？）于是，她只能悻悻而去。后来，当她回忆起她当时的心情时说，她的确有点儿失望，但她想：她不还是原来的她吗？这是件预料之中的事。就像是下一笔不需要押上本钱的赌博，成功了当然好，不成，也没啥损失——除了倒贴了一回女人的脸面和自尊外。而这一点，其实也只是一件纯个人情绪上的问题。记住，可能记它一辈子；忘掉，也就是个把时辰，不就将之都弃置于脑后了？

二十年后，他又见到了她。

她是利用到香港来旅游的机会找到他的。那时候的她已完全换了个人。国光苹果式的红扑扑的脸色已完全被资生堂化妆品的粉底和青紫色的眼晕膏所代替，还有闪闪发亮的甲油，点在十只指尖和趾尖上，总共二十处的人肢端点，都有银色的光芒放射出来。当年见到她时的那种北方妇女的土气和艳俗自然都一扫而光了。她穿一件 BURBERRY 的米色风衣，手挽一只最新款的 LV 手袋。她告诉他，自从那次他俩在上海见面之后不久，她便利用学生签证去了日本。她当然不会到日本去留什么学读什么书，她找了个男人，又跳了个男人，然后又换了另一个男人。如此几个来回，她便像蛇蜕皮似的一次又一次地长大长粗而且脱胎换骨了。如今，她的身份是东京某株式会社的老板夫人。在物质上，她说，她什么也不缺，她只是感到空虚，她想……而晓海便明白她的来意了。

他找了个机会，安排他那胖妻和十岁的儿子去别处待了半天，而他与她又扎扎实实地干了一回。（此次，他在向我暗示的是否就是他那套所谓"三类性关系理论"中的第一类呢？）这一次，他成熟了，而她，则更成熟。说到底，性爱也是一门艺术，就像从事其他艺术的钻研一样，是学无止境的。他俩干得时而如鱼得水、时而地动山摇，他们在各自修炼了三十年后又比试了一回武功，他们既重温了一次旧梦，又做多了一回新梦。临走，她说，她还会来找他的，但始终也没再来。一则可能是双方在武功的修炼上还都没能达到一个再度比试的新境界；二则，根据晓海的"猫理论"，至少证明对方在吃穿住用的问题上直到现在也还都不错才对。

不要再说别人了，让故事再回到龚女的那条情节线上去。

龚女在当年已经是上音附中的学生了。钢琴与提琴的基础训练都十分扎实。当晓海第一次带着父亲留给他的那把捷克古琴出现在她的位于华山路枕流公寓的家中时，她一下子便觉察出了这位与她同龄的业余拉琴者与众不同的音乐天赋。她对他另眼相看，并萌生了一种朦胧的爱慕之意。

当时全国的学校都处于一种停课闹革命的瘫痪状态，流连在社会上的青年学子无所事事，但又精力过剩，无处发泄。他们自动地分聚成若干部族：搞打砸抢的，逍遥在家的，打家具玩电视机和落地音响的，集邮买卖古玩古董的，拆卸装配自行车的，什么都有。但也有那么一小批人，他们酷爱艺术、酷爱文学、酷爱音乐，总之，他们酷爱学习、酷爱汲取知识，他们认为，没有学习与长进的生活不是生活。他们将一本本"扫四旧"漏网的 18、19 世纪的西洋名著在暗地里互传互阅又互诉心得体会读后感。他们又抄谱又晒谱，又聚合在一块搞室内乐的演奏与欣赏，互相切磋琴艺、画艺和诗艺。这批人之中的不少个在"文革"刚结束，人才的断层期脱颖而出，成了一个方面军的顶梁柱和领袖人物，从此便步入了人生的辉煌期。当然，打家具和装自行车的也都各有出路，他们可以去厂里干活儿。只是适逢政策转型期，又到了规定的年龄，故而纷纷下岗，提前进入了清苦的老年生活阶段。至于搞打砸抢的，"文革"结束后多数都成了所谓的"三种人"了，有的甚至还被选中，成为"四人帮"的殉葬品，被关进了大狱。待到可以重见天日，非但眉毛胡须都已花白，世界也全变了样。流放到社会上来与蹲在大狱里对他们来说其实也没啥两样（待在大牢里还能混顿免费的饭吃，然而当今社会，流行的一句告诫语是：天底下从来就没有免费的午餐）。由此可见，再怎么样的时代，再怎么样的生存环境，上帝还是会将人生道路一部分的选择权交还给你自己来掌控，因为如此一来，好让你一旦等到人生有了某个结论时也不至于太去责怪你的造物主不公平了。

晓海用他的五十五岁的皱纹与笑容圈拢了他那最后一句结束语的句号。我说，当年，我俩不都属于那一小批人之中的一分子吗？只是当时大家互不认识，命运非要安排我们在过了天命年后的异乡见面，结为知己。于是，他感慨地笑了，我也感慨地笑了。我又说道，你还没有说下去呢，你的那位龚姓的女友后来怎么了？我很想知道这一对所谓"纯心灵"之爱的情人的最终结局，我想，不仅是我，我的读者们也一样想知道。他说，你还记得 1971 年吧？你对 1971 年的上海还有印象吗？

于是 1971 年，那个遥远年代的一个模模糊糊的印象轮廓便在我的脑海里再现了。那一年林彪出逃，坠机身亡。事件令长达十年的"文革"噩梦有过一次半夜时分偶而醒来的机会。但中国社会在一个巨大的翻身动作之后，在梦与醒之旋涡里打了个转，便再一次昏昏沉沉地睡去了，它继续去做它的那一场漫无边际的历史的噩梦。

我说，是的，我还有点儿印象。

1971 年一个雪冬的深夜。枕流公寓大门口的那盏铸铁的六角形门廊灯还在，它并没随着其他象征资产阶级腐朽生活方式的残渣余孽和"四旧"物件一起被无产阶级革命的铁扫帚从这地球上清除出去。近半个世纪了，寒冬酷暑，每一个夜晚它都坚守在那里，以它那幽淡的灯光照亮那一方属于它的小小的领地。与此同时，它也从它的角度见证着上海当代史的演进过程。那个深夜，它见到一位少女与一位背着提琴的少男从公寓的大门口走了出来。他们俩在它的下方站定了，他们各自紧了紧棉大衣的裹扣，又将长绒围巾往内里塞了塞，他们将大衣的领子都翻竖了起来。有雪花顺着风势飘进门廊里来，街上的路灯稀少而昏暗。在路灯幽黄的灯光里，他们见到几个人影正在凛冽的北风里作业。他们先将贴在公寓对面花园围墙上的已经不合时宜的口号与标语撕下来，再换上了新的"批林批孔"的大标语。

这次是晓海离开上海三年后再度踏足故乡的土地，而今晚又是他在这里度过的最后一个夜晚。他已将父亲的后事料理完毕，并把家中所剩无几的几件家具与物件都分送给了亲友，剩下的二楼的那间正房，他也去房管所办了上缴的手续。他只为自己留了一口樟木箱，内装一些衣衫物件，几本相簿，再有就是父亲遗留下来的一些有纪念价值、能令他睹物思人的物品。这些东西未必值什么钱，但他却舍不得将它们一并处理掉，再则，他也要将父亲精神的一部分的象征物带在身边。当然，最重要的就是那把捷克琴和一大叠的曲谱，这是他赖以生存的精神食粮。他买好了一张第二天傍晚去三棵树的火车票，而这天晚上，他便背着那架琴来到了枕流公寓，他想同她讲点儿什么。

其实，龚女远不是个漂亮的女孩。她的长相很一般——还不说一般，简直是有点儿难看了。至少说，也是个缺乏十八九岁青春少女的那种诱人光彩的女孩。她身材瘦小，有点儿发育不良的样子，皮肤则略显病态的焦黄。与当年唇红面白的美少年晓海两个处在一块儿，反差很大。然而，晓海对她却是十分敬重和器重的，并由器重而滑入了一往情深的那张爱之网中去了。另外，晓海还有一种感觉，那就是：只有她，才与他是门当户对的一对。龚女的父亲是教授，母亲是医生，而她自幼便受到良好的教育和艺术熏陶，她是当年那些同龄女孩中的一个异数。而在晓海的一生中，这也是他在爱情问题上的唯一的一次带上了理性色彩的选择。

那他之于她呢？她自然会被他的外貌所吸引（是不是还有他的眼神？），他当年的那点琴艺于她是算不上什么的，但她能感觉到他心灵深处储存着的艺术潜能。这是天生的，并不是每个从事专业艺术工作的人一定会具备的素质。于是，他俩的情爱关系便自然而然地朝着丛林的深处走去了。他俩有了男女之间的一切可能会有的行为和动作，之后，便有了那第一回。在这方面，他堪称是老手了，他让她享受到了一个女人应该享受到的一切快乐与疯狂；同时，他也让他自己享受了一个男人等值的疯狂与快乐。那个寒冬的雪夜，当他背着一架提琴去到她家时，他俩间的男欢与女爱，就某个层面而言，已经达到了那种如胶似漆、难分难舍的地步了。

他在她家里待了有个把时辰。他用提琴而她用钢琴，他们一遍又一遍地合奏的是柴可夫斯基的那首"忧郁小夜曲"。乐曲是降 D 大调的，因此曲调中渗透着的是一股浓浓的缠绵而又伤感的情绪。这令他俩都很动情，也很合乎他们两人那一刻的心情。后来他们一同走出公寓来，走进了刺骨的寒风里。迎面打来的雪花掉在了他们年轻的脸膛上，随即便融化了。夜已很深，路上不见有一个行人，只有他俩的毛靴鞋底踩在雪地上的沙沙声追随着他们一路而去。谁也不说一句话，但谁都清楚谁的心中在想些什么。远远的，他们看见了新乐路东湖路交界口上的那座东正教堂的圆拱形的穹顶了，往日呈湖绿色的拱顶此刻都披上了一层厚绒绒的雪装，但雪，还在一个劲儿地下，昏黄的路灯下，它们飘落的姿态显得是那么的柔弱、无助而又迷惘。他站住了，他觉得这里应该是他与她分手的地方了。他说，这回我一去，可就归无期了。她望着他，无言。他再说道，上海已不再有我的家了：亲人，房子，什么都没了。如今，在这世界上，真正只剩下我一个人了。黑龙江再遥远，农场的生活再艰苦，文宣队里的人事关系再复杂、再险恶，但我觉得那里才是我的家。他说这些话的时候的语气是无奈的、心酸的，但一字一句，他的吐音特别清楚。尤其在这寂静的雪夜里，那声波一圈一圈地散开去，似乎产生出了一种无限度扩张的效果。

他只是想传达某个意思。

他看见她望着他的眼睛终于垂了下去，它们望在了雪地上。松软的雪地上延伸着一排长长的双人行的脚印，脚印一直从华山路枕流公寓的大门口通过来，到这里才停顿了下来。

她说话了，但文不对题。她说，噢，是吗？而他，便立即明白了一切。

十一

这是晓海与龚女的最后一次见面。在那个寒冬的雪夜里，在 1971 年，这是他俩的最后一次见面。不像他与其他女友的交往，尽管事隔多年，他们的故事各自还都会有一个下文和结局。而他与龚女的故事不一样，就像是一条人生的情节伏笔，自从那个雪夜里潜入了地下后，便再没有露面。他愿它就一直隐伏到他俩都老了，都在这世界上消失了，而它仍未重新暴露出来，还没有一个结论性的东西出现。不知怎么地，我感觉到这是一种晓海精心营造的心情规划。心灵之爱，告诉你的往往是另一个人生故事。

其实，他是很容易再次找到她的，她仍住在枕流公寓。而且，有关他俩分手后她的人生下文他也一直都保持着一种比较清晰的了解：学校复课闹革命后，她被编入了《海港》剧组，四处登台演出。她于 1975 年年底结婚，嫁了一个当年在交响乐团负责政工和人事的头头。头头的权力很大，是个人人见了都得点头哈腰、面带三分笑、说一番恭维之话的那一类人。故，当年龚女的婚礼也办得十分风光。夫妻俩还在交响乐团所属的湖南街道分配到了一套二居室带一过道小厅的公寓楼。这是上海西区的钻石地段，这一切都令生活在那个时代的人们羡慕不已。

但到了第二年十月之后，形势便恰好来了个颠倒：以前吃香的现在突然臭了，而以前臭的现在又逐渐开始吃香起来。而且，其因果关系仔细说来还真有点儿离奇和荒唐：现在为什么"香"了呢？没什么特别原因，只是因为以前他是"臭"的；而为什么现在又"臭"了呢？因为他以前曾经"香"过。香与臭，大家轮着挨挨嘛。这就是中国。但有人说，中国几千年的历史从来就是如此写成的。这很正常，觉得反常的人反而是缺乏历史常识，是少见多怪。

自然，政工头头也不能例外。

亏得此人在"文革"期间并没干什么坏事，故审查之后也没受牢狱之苦，只是被剥夺了权力，撤职为民（那当然），退回原厂去当他的工人罢了。再之后便是待业、下岗、国企解体潮的澎湃而至，不学无术的丈夫只能自谋出路，他找的出路是转行去开出租车。

于是，晓海的"猫理论"又派上用场了。根据此一理论，龚女弃他而去便又成了个迟早的问题。离了婚的龚女又嫁了个文艺界的三四流的人物。唯人物是个"花心大少"，名气不大，赚钱也不多，但沾花惹草之事却不少。而且，还不谙掩饰之术，常常东窗事发，两口子吵得不可开交，还流传成了坊间笑谈。龚女忍受不了这一切，遂又以分手告终。但这一回，"猫"老了，再说，猫在年轻时已无姿色可言，更何况还是老了呢？龚女仍搬回了枕流公寓去与其老父老母同住，整天以音乐自娱，消磨时光。在吃穿都不愁的前提下，其实，这倒也不失为一种游离于当今物质社会之外的悠然自得的生活方式——当然，这要看是相对于谁而言了。

凡故事，都有两种讲法：一种是简单的，一种是复杂的。一个可能需要一部长篇才能讲得完的故事，一个极短篇也同样可以将其包罗无遗。我问晓海：故事讲完了？他说，完了。他"完了"，我也只能"完了"。但，他倒是对故事之外的龚女做过一番评述和描绘的，既然他说了，我自然也不能将它"私藏"了。

他说，其实最叫龚女恼火的就是她的那副并不出众的容貌。从这种意义上来说，她说，音乐、琴艺对她又有何用？她说她宁愿用她一手好钢琴、好提琴去换一张女人的漂亮诱人的脸蛋回来。她的话当然令晓海十分吃惊，因为，晓海的愿望恰恰相反。如果有可能，他是绝对愿意将他的那张帅小伙子的脸去换一手优佳的琴艺回来的——哪怕只换一半，也值。当时他想，这大概是因为性别的关系？后来他又想，或者事情也可以反过来理解：一个女人，正因其平庸的外貌才使她发奋，使她不易分心，从而才有可能将她毕生的精力与才华（是不是还有怨恨？）都燃烧在了事业和对艺术追求的火把上？这是另一种补偿，另一种与众不同，另一种引人注目，另一种对于虚荣的追求方式？他记起了有一次她向他表达过的一段意思。她说，凡女人，没有一个是不爱虚荣不爱美不爱被人赞赏被人仰慕被人宠爱着的。没有这种感觉和祈愿的女人不是女人。而再丑再蠢再无能再出身低贱的女人也一样。她又说，每次登台，当舞台聚光灯亮起的时刻才是她生命中最辉煌的时刻。她是万目聚焦的中心，她要成为这样的中心，她渴望成为这样的中心。但一等到落幕卸妆，观众星散而去时，无尽的空虚——甚至那种比登台之前更大的空虚——又重新回到了她的心中。她平庸的相貌让她淹没在人海之中，再不会有人向她投来留意的一瞥。而她，最忍受不了的就是这种遭人忽视的生存状态。当然，还有一点至今都令晓海百思不得其解：既然是如此，那么，现在的这种独自待在枕流公寓，终日与钢琴、提琴和琴谱为伴的日子她又是如何来打发的呢？

还有一次，她在他的面前突然就失了态。本来，她是在好好地弹奏一首肖邦练习曲的。弹着弹着，就停了下来。她攥起拳头来，竭尽全力向钢琴的键盘捶了下去，让钢琴发出了一连串痛苦的巨响。接着，她似乎还不解恨，她举起了搁在钢琴盖上那架名贵的"瓜那尼"提琴，连琴带盒地一起摔在了地板上。这时候，她才大声地哭了出来。她哭着叫着喊着，她说：我吃了这么多苦来练习这些没有用的东西，这是干吗，这是干吗噢！……刹那之间，晓海被她的举动给整懵了。他站在那儿呆呆地望着她，他想跑上前去安慰她，但他更心疼的还是那把被摔在了地上的小提琴。也不知怎么地，他蹦跑过去的方向不是朝着她，而是朝着那把小提琴。他打开了琴盒，检视提琴有没有被摔坏了。幸亏还好，只是琴头与琴颈的接缝处脱了点儿胶。他心疼极了，他反复地抚摸着那个脱胶的部位，仿佛是在抚摸自己的一条受伤的臂膀。

晓海对这件事的叙述倒让我记起了他自己的那一次。那一次，他神情带点儿兴奋地从外面走进公司里来，他将我拉到一边，脸色神秘。他说他找到了一个新的情人，一个真正可以令他痴迷一世的情人。他问我：你信吗？我说：我不信。不信？为什么？我说，道理很简单，因为你不是那种人。那种人？那种什么样的人？你不是那种直话直说的人——尤其在这个问题上。他想了想我说的话，神态暧昧地笑了。果然，他的那位所谓"情人"不是指人，而是一把1795年制作的"瓜那尼"提琴。他说，在他见到这把琴的第一刻，他所想到的人便是她。但，他继续说道，他的这把琴是绝对不会比她当年拥有的那把"瓜那尼"差的。瞧那琴背上的虎皮纹和那琴面板上的丝缕清晰无比的纵条纹，还有那金红色的漆质，含蓄而有深度。他倾其辞汇将那把琴的美丽的外表及其音色的内涵形容了一通。"高贵如黛安娜王妃"，他使用了这么个比喻来作为他全篇形容的结束语。

但我却脱口而出地说了一句话。我说，拥有像黛安娜这么个女人是要付出代价的。而且有时，代价还会很大，大到可能是生命。他又想了想，说，即使是如此，他也愿意。因为他实在太爱她了，太爱这把琴了。

这是一句咒语呢还是预言？一个月后，他的那件轰动全港的风化案便首度曝光了。

晓海的大名二度上报是在半年之后：提琴教师杨××猥亵女童案开庭再审。下面一行小字：涉嫌人仍拒不认罪。

这一回，我人在香港，并不是在成都路延安路的绿化带溜达。因此，我便可以在第一时间就将当天的报纸从头至尾细细地阅读上好多遍。似乎，我总想证明点儿什么，不是向任何人，而是向我自己。这个你引以为知己的朋友到底是个什么样的人？是我错了呢，还是全香港的人都一齐错了？不是说有时真理（还是"真相"？）是掌握在少数人的手里的吗？但这世上的很多事是永远不能用"真理"两字来定义的，这事可能便是其中之一。然而，单凭报纸这么寥寥几笔的字里行间，我又能琢磨到些什么出来呢？晓海的事，于不知不觉中已变成插在我心头的一根刺了。

但我注意到了报纸这回的报道中增加了一些新的内容。这是关乎于受害人的证词上的变化以及前后矛盾之处的。我想这应该是晓海的那五十万律师费起的作用。在辩方律师的反复盘诘下，女孩小小的年纪如何能招架得住？她一会儿说是她自个儿坐在琴凳上的，老师只是弯下身去，让她撩开了自己的校裙给他窥探了些什么；一会儿又说，其实老师什么也没做，他只是叫她平躺在琴凳上，之后，又让她将一条腿从凳沿边上搁下来，垂荡在那儿；而老师则跪在一旁望着她。就这些了？就这些。没有什么别的要补充了？没有了。但，如果真是这样，这又能说明什么呢？他连触摸都没有触摸过她一下啊。而根据香港的法律，任何不曾触及对方身体部位的行为和举止都构不成非礼罪。正待律师要进一步询问小女孩时，代表受害人利益的律政司人员便前来挡驾了。他们以女孩太幼小，其身心都无法接受正常成人被盘问时的精神压力为由而将其带走了。于是，案件便从区域裁判司署交由高等法院来审理了。

我决定追踪高院审理此案的全部经过。

我不知道报纸上说的是不是事实，但有一点，我是知道的。不仅我知道，就连公司的其他同事也都知道。晓海与其他教师的最大不同就是他对待学生的宽松和耐性，以及他那出了名的好脾气。小提琴这门乐器难学，对于初学者尤其如此。左右手的姿势要配合正确，又要兼顾音准、节奏、视谱。假如没点儿天分，而回家练习时间又不足够的话（香港学校的功课压力都很沉重，学生们连应付学校的功课都已力不从心，又哪来太多的练琴时间？），下一堂回课时搞得驴唇不对马嘴错误百出的事情多的是。老师纠正了这一头，那一头又走了样；而顾了那一头，这一头又立马变了形。一堂课下来，不仅老师筋疲力尽，恼火不已，连学生自己也会感觉很沮丧。但晓海教琴从不这样。他的脾气好极了，态度也十分和蔼。他从不责骂学生，也不强迫他们。你不拉，那我来拉；你拉不好，没兴趣学了，不要紧，就让你听一听我拉出来的声音好不好听。人们经常听到琴房里传出来的门德尔松的辉煌的乐段，这都是晓海自己在奏琴。他先让他的学生听得入了迷，听得目瞪口呆，然后便戛然而至。他会摸着他们的头（就像当年他的父亲摸着他的那般），说，好听吗？好听。你也能拉得这么好听的，只要你肯跟我学。当年老师不也是跟老师的老师这么学出来的吗？咱们现在就开始上课了，好吗？好。由于这些缘故，所以他的学生，尤其是十来岁的男孩女孩都特别地喜欢他，而他，也特别地喜欢他们。不论琴拉得好还是不好，他都一样喜欢。他说，音乐的天分不是每个人都有的。而对音乐的兴趣却是每个人都可以培养的。这话说得很中肯，也很通情达理，但后来不知怎么一来，就发生了那个小女孩事件，这就是个谁都说不清的问题了。

不过，还有一桩我亲眼看见的细节，我想，我也应该在这里交代一下。我交代此细节，因为我感觉我目前面对的对象是我的读者而不是那些控辩双方的律师。我希望那些律师是不喜欢读小说的，至少，他们永远也不要成为我的小说的读者。

那是在一年多之前的有一次。我在办公室里边读谱边聆听一位钢琴大师弹奏的 CD片。我突然被大师对某一乐句别致的演绎手法所感动了。我很想找个人谈谈感受，而第一个想到的人自然就是晓海。我也不管他是不是正在上课，就拿着那份乐谱，扭开门把手进入到了琴室中去，连门也没敲一敲。

我见晓海在琴房的另一端，背朝门站着。他正趴在钢琴盖上，在一份学生的乐谱上注写点儿什么。他的学生是个十四五岁的少女，此刻正紧贴他的背后站着，她也背朝门口。她一只手握着提琴的琴颈，另一只手臂张开了去。她来来回回地搓动着身体，两只发育良好的乳房在晓海的肩胛处磨蹭。一瞬间，我发觉晓海的书写动作以及侧面的表情都有些僵硬，但他却没回过脸来。几秒钟的功夫，他似乎反应过来了，他将左手腾了出来，绕过腋下伸出去。他把左手的手掌垫在了他自己的身体与少女的乳房之间，而少女的磨蹭动作仍然在继续。

我一下子怔住了，想立即挪腿离去不行，想上前去招呼更觉得不妥。就在这时，他俩一起转过了脸来。我则匆匆将目光避开了去，装出要到琴房里来找一件什么东西似的，东一拨西一撂地翻寻了起来。

事后，他走到了我面前。见周围没有人，他用眼睛望着我，轻声说道："这类情形经常发生——真的，经常。这次还亏得你老兄及时出现，才将我从困境中解救了出来。"我则说："晓海老弟，我可什么也没有看见。"——当然，这句话的本身已在向他传达某种意思了。

高院开庭是在一个星期六的上午。那天，香港天气晴朗，阳光普照。我一早就去了位于港岛金钟正义道一号的高院大门口等候。本来以为，一宗高院审理案一定会很有点儿气势，也会惊动不少社会人士。但我失望了。就在这同一个上午，开庭审理的盗窃案、强奸案、贪污案、商业犯罪案的涉案人数庞大。各方人士，驾车的，徒步的，搭乘巴士或的士的，当然也有在保镖护送下、御用大律师陪同下的显赫人物，都从香港各处汇集到这里来。我见不到晓海，只好独自一个人走进大厦里去，然后再一间审判庭一间审判庭地找去。我见到几个挎着相机的记者也在那儿徘徊，他们正鹤起头，在审判庭门前的柚木标牌中辨认着今天上午该庭审理的案件的编号与人名，然后再在本子上记录点儿什么。我终于发现了晓海的名字，便推门走了进去。

时间还没到，高高的法官席和与其面对面的书记官的座位都还空缺着。旁听席间也没什么人，最前排三三两两地坐着两拨人，想来应该是控辩双方的法律人员了，此刻正各自翻阅着各自的宗卷。那模样有点儿与学校考试前，考生趁监考官还未来到，考卷也还没派发下来之际抓紧时间再背多一遍复习提纲的情形相类似。

晓海的太太来了，她坐在最后一排的一个角落里，同一排的另一角落里坐着的是两个拿相机的报馆记者。我走到她的边上，坐下。她抬起头来望了望我，眼神有点儿涣散。自从上次火锅店相遇之后我俩还未见过面。想不到的是：竟然会在这样的场合下再遇。她说，你好。我也说，你好。

离开庭还有一些时间，我俩开始说话了。我说，孩子呢？她说，上学去了。其实，这两句话都是多余的，是明知故问的。我总得问点儿什么，但又不知道从何问起；她也觉得总该说点儿什么，但也不知道该从何说起。后来，她终于说话了。她说，她是相信晓海的，相信他的清白，相信他的无辜。我说，我也一样。她又说，晓海他错就错在当差人（警察）找到他的第一时间，他没有保持沉默。他应该找一位相熟的律师将自己先保释出来，余下的事慢慢儿再说。但，有谁经历过这种事呢？人的第一保护反应当然是先为自己辩解——就像有异物在你眼前骤然飞过时，你会忍不住眨眼一样。然而，恰恰因为了这一点，在对方看来这是个新手无疑了。于是，事件便马上立案，进而上交到了律政司。而一旦到了律政司这一层面，一切便几乎没有什么挽回的余地了。所以说，他们第一次告诉晓海的话是对的：与政府打官司（律政司代表政府），你有多大能耐？但他是初生牛犊不怕虎哪，他说，他相信法律的公正。他说了许许多多蔑视律政司的话，现在想来，他错就错在这里，而我们错也就错在这里。你想，哪有法官和法庭会去与律政司这个法律的制定部门唱对台戏的？这种情形全世界都一样。而这些情况，她说，都是后来他们找的那位大律师告诉他们的。大律师说，这也怪不得你们，你们没经验。下一次，你们便知道了。但，哪还会有下一次呢？谁还能经历多一回这种事情呢？我说，不知道今天判决的结果会如何？她摇摇头，说，不知道。我见到她的眼圈红了。

9点整，戴着假发的法官和夹着宗卷的书记官鱼贯而入，坐定。与此同时，晓海也从另一扇门中进入了法庭的被告栏中。他神色漠然。我见他着的那件T恤衫和米黄的休闲裤恰恰就是他第一天来我们公司应聘时穿的那一套。他欲在其中暗示点儿什么、隐含点儿什么还是预示点什么？我弄不清。

审案正式开始，而辩控双方冗长的陈述也随之展开。陈述完全用英语进行，其中又充满了许多拗读的法律辞汇。并没有电影电视上常见的那种激辩的场面出现，双方都在例行公事，你一段我一段，照本宣读。似乎结论是一早已经预设好了的，这只是个程序问题，一个走过场的问题，并不碍大局。

我见到那两个记者提早离了场。后来，当我再次在高院的大门口见到他们时，我才知道，他们才是这类案件的采访老手：提早等在该等的地方，那儿不仅空气新鲜，顺便还能吸上几口烟（法庭内严禁吸烟）。过了不一会儿，我发觉我自己也都有点儿昏昏欲睡起来，唯晓海的太太自始至终都瞪大着一对惊惶的眼睛，轮流地凝视着控辩双方的律师在发言时的姿态与说话的模样，似乎她正努力地想要从那些她丝毫都不谙其义的英语陈述词中捕捉出什么蛛丝马迹来。

宣判的时刻到了。判决是：罪名成立，即时入狱六个月。两个法警走上前来，给站立在被告席上的晓海戴上了手铐，由边门将他带出了法庭。而我们也随即站起身来，跟了出去。我见到控辩双方的律师开始整理起桌面上的文件和卷宗来，他们神态轻松，开始互相寒暄、交谈，仿佛是听见了下课铃响起的小学生一般。

在高院的大门口，我与晓海的胖太太站一排。而夹着公文包的律师们不久也都从门廊里走出来，他们有说有笑，见到杨太太便与她点个头打个招呼——好歹她也是他们的客户。然后他们便互相挥手作别，各自回车库取车去了。又过了一会儿，晓海在左右各一法警的陪同下从另一扇门中走出来，他们向停在高院广场上的那潭喷水池边的一辆灰白色的囚车走去。我见到晓海的太太远远地望着她的丈夫，不停地抽泣；而那几个提前守候于门外的记者则提起相机来"咔嚓咔嚓"了一番，也都准备收工走人了。一切都没有什么特别，高院门口照常人来人往、车停车开、阳光普照。有若干行人驻足，观摩着恰好在他们身边上演的那一幕犯人被押上囚车去的真实场景。但没人了解，也没人打算要去了解，那人犯的是什么事，他们只是看看而已。

就在晓海要被推进囚车去的前一刻，突然，他站住了。他身后的两个警察也同时站住了，他们不知道他想干吗。

他不想干吗，戴着手铐的他只想转过头来望一望。他的目光在人群中搜索着、寻找着。它们越过了在场的记者以及旁观者，望到了他的那位站在了台阶上的正在抹泪的胖太太。但那目光只停留了一瞬间，便转向了站在她一边的我的脸上。它们望准了我。这时候，我见到他笑了笑，笑容苍白。他将去面对一百八十天的铁窗生涯，这是一个谁——当然也包括晓海在内——都无法预知的可怕的世界。但他仍是怀着一种别样的信心和勇气去面对的。这是因为他自有他的精神支柱：他的那位美丽高贵如黛安娜的情人正静静地躺在琴盒里在家中等待着他的归来呢。只要一想到她，再一切的一切，于他，都变得可以忍受了。当然还有那笔枉付了的五十万元的律师费和堂费，这可是他用一分钟一分钟努力教学生的辛劳换来的。他会觉得可惜、觉得被骗、觉得枉然吗？我想他不会。至少，他已经心甘情愿地用那笔宝贵的五十万来证明了点什么，证明了"罪名成立"之外的另些什么。这便是他苍白一笑的全部含义。隔着远远的一段距离，他无法再向我说点儿什么，但我仿佛能听到他在向我说：你才是个明白一切的人。不是吗？那就好，在这世界上，只要还有一个人能明白我，就好。

十二

香港的管治形势和管治班底是在晓海入狱一个月后发生巨变的。白发的董特首因"健康理由"下台，而戴花领结的曾特首则意气风发，粉墨登场。说起曾特首，他有一个外号，叫"波呔曾"。事缘他从不戴领带，而老喜欢系一条花领结（波呔）在公共场合亮相。日长年久，他便为自己制造了一种别具一格的公众形象，让人们的记忆突出而又鲜明。

从前，"波呔曾"和"陈四万"是一对颇为默契、投合的政治拍档。"陈四万"是一位女性，陈是她丈夫的姓氏，她本人则姓方。故，对她的标准称谓应该是"陈方女士"。但为什么又"四万"了呢？原来，在港式粤语中，"万"字是做量词使用的：数量的量，质量的量；而"四"则为定向词，表示"四面八方"之意。就像"波呔曾"老爱打领结，陈方女士露面于公众的形象就是她那招牌式的笑容：灿烂，动人，而且明媚如春日的阳光。那种笑容始终挂在她的脸上，无论是在台上、街上、餐厅、剧院，她都坚守这同一种笑姿，且频频向四周围的市民点头示意。于是，"陈四万"的称呼便自然而然地流传了开来。由此，港人对于公众人物起诨名的市井幽默也可见一斑。

港英政府时代，除了象征性的港督之位由英人"肥彭"出任外，日常的具体事务都由"陈四万"和"波呔曾"配合来处理。他俩一个任政务司，一个任财务司，撑起了港府的几乎大半壁江山。进入特区时代了，根据中央关于香港事务也要坚决贯彻"稳定压倒一切"的既定方针，这种行政主导的管治模式仍然保存和延续了下来。唯一不同的是：象征人物由"肥彭"换成了"白头董"。那年，九七回归大典的情形人们仍然记忆犹新。港府的公务员队伍就是由"陈四万"带领，"波呔曾"紧随其后而登上台去的。他们一行人在众目睽睽和千百只电视摄像镜头的对准下，用生硬的粤式国语逐字逐句地念完了全篇的效忠辞。之后，"陈四万"仍做她的政务司，而"波呔曾"则做他的财政司，一切也都相安无事。

然而，假如你以为"陈四万"老是挂着这么一张笑脸，她便是个一团和气、专门掺和稀泥的老好人的话，你便大错特错了。别瞧她是个女流之辈，但自幼便接受正统英式教育的她骨子里是个格性坚强、作风硬朗，观念以及理念都坚定得几乎不可能被同化的政治人物。她是个颇有点儿英国首相撒切尔夫人式的"铁娘子"办事风格的女性。

这便注定了当年能与"肥彭"合作无隙的她不可能不与"白头董"在特区管治的理念上产生分歧。她因而提出了请辞：这是发生在2001年年底的事。但"波呔曾"的处世风格不同，他耐得住，他是个识时务的俊杰。他波呔照打，英式管治理念尽管坚持，但也收敛了不少。他韬光养晦，留了下来，且一肩双挑，担当起了"陈四万"和他自己的两副重任。他的忍耐终于有了回报，2005年年初，当中央的领导班子也刚完成了第三代向第四代过渡的程序之后，他也媳妇熬成婆了。他当上了特首，且被新的中央领导人明确告知说，你完全可以放手去干，可以按照你的管治理念来治理香港，中央信任你，也毫无保留地支持你。其实，一直到那关键的一刻来到之前，他都刻意保持姿态低调，政治中立。而在这之前，不少西方传媒都将"陈四万"比喻作"香港的良心"。如今"波呔曾"上台了，幽默的西方杂志刊登了这样的一幅漫画在它的封面上：画的中央放着一张餐桌，桌子上摆着一盘"香港良心"。而于其一左一右的桌之两端各坐着"陈四万"和"波呔曾"的一幅剪贴相，他俩手执刀叉，望着盘中餐，眼光碌碌，垂涎三尺，时刻准备进食。

说说，我似乎又有些说跑题了。但这一次，我想，我没有。在重新进入我们小说的正题前，对于香港的社会背景及其变迁细节的某种交代，我想，还是有其必要的。

再继续往下说。一旦大权在握，"波呔曾"果断的处事作风便立即显山露水了。特区政府与特首的个人民望评分迅猛上升，这是香港回归后的首次。他重新任命政务司、行政会议成员，提升行政会议与区议会的参政功能，并以此来削减"白头董"时代问责官员的实权。如此操作平稳而且水到渠成，令反对派与赞同派都说不了什么。又过了几个星期，突然就传出了律政司也因"健康理由"打算请辞的风声。风声还说，新的律政司长的人选其实曾特首的心中一早就有腹稿：这是一位来自草根阶层的某大法官。某大法官长期留学欧美，具有很强的现代资本社会的律政意识云云。虽然此事在我结束这部小说的写作前好像仍没见有一个尘埃落定的结果，但坊间传言似乎已将其弄了个甚嚣尘上、言之凿凿的样子。于是，这段香港政坛的风风云云便接上了我的这篇小说人物的主线了。那一天，我正坐在公司的属于我个人天地的小小办公室里纳闷和犯愁呢，就听得公司的营业大堂里好像有些异样的动静传来。其实，我的纳闷发愁已有一段不短的时日了。自从晓海罪成入狱，"盖棺"且又有了定论后，我的精神压力就日重一日起来。这压力不仅来自公司的女性同事，也来自我的家庭和妻女。将这么个有性心理变态的人继续留在公司为人师表，这无论从哪个方面来讲，都有点儿说不过去。再说，你不是自己也表过态吗？说当时是因为事件还悬而未决，谁也不能肯定谁一定干过了些什么或没干过什么；又说，等到事情有了个结论后再作处理也为时不晚。那现在呢？现在应该是时候了吧？尤其是那位管人事的小姐，望着我的目光非但古怪，还常常带着一种芒刺感（不知道是不是我太过敏了？），仿佛那件不光彩的事件我也是其中的一个合谋者似的。

我在我小小的办公室里来来回回地踱步，外间营业厅里的异动声变得越来越明显了。但我懒得去理它，我连自己还烦不过来呢。我终于下了决心了，我准备找那位管人事的小姐先谈一谈，看看还有没有转圜的余地。假如实在不行了，也就是怎么来的怎么去。而假如被人说成对朋友"落井下石"怎么办？那，那我也只能认了。

我推开了办公室的门走出去，走出去来到了琴行的营业大堂里。我见到晓海就站在那儿。他穿的那件 POLO 的 T 恤衫和米黄色的休闲裤就是他第一次来我们公司应聘时，也是他站在法庭的被告栏中穿的那同一套。唯一不同的是：他的肩上背着一架琴。他的神态有点儿憔悴，脸色也清白消瘦了许多。但他笑眯眯的，一朵笑容开放得十分灿烂。我一下子呆住了，我揉了揉自己的眼睛，再看。不错，是晓海。他当然明白我见到他时的惊讶，事实上，在场的所有人：同事、家长、学生，当然还有那位管人事的小姐，都用一种惊讶不已的目光望着他。他向我这边走来，并卸下了挎在肩膀上的提琴的琴盒。他将它摆在了三角钢琴的琴盖上。他说他现在已经没事了，已经一切恢复原状了。

因此，他又可以来琴行教琴了。他一边说还一边将琴盒的盒盖打了开来。我的那位黛安娜王妃，他笑而说道，你还没有见到过她呢。所以，我专门把她也一块儿带了来。

琴盒深蓝色的天鹅绒的内衬间躺着一把提琴，琴的通身都发出了一种暗红色的光泽，给人以一种光而不耀的古典的神秘感。我更加惊讶了，我伸出双手来握住了他的双手。我说，这些都是真的吗？他说，当然是真的啦。于是，他笑了，我笑了，而周围的人，有人略显尴尬，而有人也说不上尴不尴尬地，也都跟着一块儿笑了起来。

尾声

导致晓海这次事件发生戏剧性变化的内里乾坤，我是在之后的一段时间内才逐渐了解清楚的。

新律政司的筹备班子在对各类案件进行司法复合时，注意到了这桩案子（这是不是还应该感谢？其新闻价值观带来的不仅是报纸的头条，而且还将晓海这么个普通的小人物塑造成了一个全社会都关注的新闻人物）。新班子认为此案证据不足，予以否定。结论是在晓海白坐了一个多月监狱后的某一天突然通知他的。并让他立即收拾衣什物件，回家去。从此，当然就没事了。再没人来找他了，没有警察，没有原告，也没有记者。倒是那位当时没为他打赢官司的律师又找上门来了。他先是恭喜他，然后便告诉他说，这下，你真正的机会来到了！什么机会？律师便随后解释说，事情既然已经到了这个地步，你便可以借机杀他个回马枪。你可以反告政府，要求它作出相应的赔偿。经济、时间、家庭关系、社会影响以及白坐了一个多月监对于你的精神、健康和心理所造成的损害等等，而所有这些，都理应得到合理的赔偿。律师还说，这一回，他是很有把握能打赢这场官司的了；而假如能做到，非但你那枉花了的五十万可以拿回来，而且还可以获得一笔数目不菲的赔偿金——要知道，那可是一笔如果靠教琴你一世也甭想累积起来的大数目哇。至于律师费嘛，他表示他可以不先收受任何预缴款，等到官司打完了再说。如果胜了，他完全可以用获益之总额拆账或分成的方式来处理这事。如此一来，客户方面不是就完全不存在任何钱财上的风险了吗？但晓海并没按照律师教他的办法去做。他婉言谢拒了对方的一片诚意和好意。理由他没说清楚，但私下里，他向我表示说：这不是一笔他该得的钱。他在这个问题上的暧昧表态又让我开始想入非非了起来。但我努力地自控着，不让自己想得太远、太离谱。同时，他还表达了一个意愿，这令我更加吃惊。他说，那位小女孩还是挺可爱的，他很喜欢她，真的，很喜欢。过去的也就过去了，如果她还是愿意来跟他学琴的话，他还愿意教，当然，那位小女孩和她的那位性感的母亲是肯定不会再在我们的琴行里露面了。唯当我将晓海的意思转达给那位人事小姐时，我见到她神情惊讶得连话都快说不出来了。

还有一条细节，我想，我也应该提一提。那是有关算命人的预言的。晓海的大名还硬是三次见了报的。不过，那最后一次的声势明显不能与前两次相提并论。这是报纸第八版，本港社会新闻版上的一条版尾消息。上曰：提琴教师杨 ×× 猥亵女童一案因证据不足，被告获无罪释放。唯当事人拒绝上诉向政府索偿，原因不详，云云。

2005 年 12 月 31 日
定稿于上海西康公寓寓所

姐　妹

一

　　海民第一次见到翠珍其实是五十多年前的事了，在那条叫"梅白克路"的街上。那时候，上海大多数的马路还沿用解放以前，甚至还有租界时代遗留下来的旧路名。梅白克路如今叫凤阳路，是毗邻南京西路的一条后街。不过那时的南京西路也不叫南京西路，而是叫静安寺路。静安寺路是当年上海的一条高尚的商住马路，有优雅的公寓、连片的欧式洋房。其间，有品有味地点缀着布置洋化、格调高雅的各式名店。然而，与它仅是一街之隔的梅白克路就完全不同了。虽然也有几幢高头大马的公馆式的府第鹤立于鸡群之中，但沿街两侧的大多数建筑都是些东歪西倒的砖木结构的陋屋，高矮错落，鳞次栉比。路的沿街面开辟着一开间或半开间门面的各色小店铺，有杂货铺、烟纸店、五金批发行，还有就是汽车、摩托车和脚踏车的修理行。事实上，这条街在上海还算略有薄名，是与车辆修理行业能在那儿成行成市分不开的。那时代，住在静安寺路一带的高等人家一般都拥有自备车，大人开汽车，小孩玩脚踏车。故此，梅白克路上的生意是不愁做的。

　　海民那次去梅白克路就是因为他的那辆1947年流线型的"雪佛兰"车的油缸出了点毛病，他才把车驾了来，停上了梅白克路141号的门前。这是一爿叫"华福记"的车行，老板是位粗黑的壮汉。说是老板，但干活儿基本都由他亲自操刀。他的修车技术极棒，他只雇用几个年轻的下手兼学徒帮他端这递那地做些下手活儿，便已能绰绰有余地应付日常业务了。别瞧老板那副粗人样，老板娘倒是个活脱脱的美人胚子，非但肤质白皙细嫩，而且五官也长得十分标致。她整天就坐在店堂里，虽然不会干什么活儿，但她招呼客人的本事一流。华福记长年都能保持一班有钱有身价的捧场客，生意因而也算火红。海民想：这是老板的修车术和老板娘的容貌及其交际手腕相结合的成果，缺一不可。

海民至今还能清楚地记得那一天。不是 1949 年便是 1950 年冬天的事。反正，那时的上海刚解放不久，市面也在开始恢复生气，但仍显得有些萧条。隆冬时节的街上空荡荡的，仅见到不多几个穿着臃肿的路人沿着高墙的墙根顶风而行。而街墙的墙身上还留着不少迎接上海解放的大红标语的残片，在这强劲的寒风里瑟瑟地飘动。海民钻出车来，蓦地进入这片滴水成冰的严寒气候中（那年代上海的冬天一般都很冷，很少有"暖冬"一说）。他见到漂亮的老板娘马上迎了上来。她边走边说道："常远勿见了喔，李先生，最近又在哪里发财啊？"她的身后跟随着满脸堆笑的华老板，他在自己帆布的围腰兜上不停地搓擦着油污的双手。

其实，说李海民在哪里发什么财，倒也谈不上。他二十刚出头，正是当龄的年纪。两年前他从圣约翰大学的经济系毕业，先是在一家美商的石油公司找了份事来做。后来解放了，政治气候骤变。石油公司的业务虽然还在照常运作，但当局说石油是战略物资，因而派了个军代表进驻，就连公司的大门口也都增添了两名持枪站岗的卫兵。海民是个机警人，再说胆子也很小。他隐隐约约地感觉到：往昔洋人们（尤其是美国人）在上海的风光日子很可能从此便告结束了，他犯不着挤这末班车，去跟他们搅和在一块儿。于是，他便辞职出来，又在一家华资的银行里找了一份信贷部门主管的差使来干。其实，他做不做事本也无所谓，那点儿薪水于他算不上什么，仅可供他零花用。他算是个富家子弟（但还不至于"纨绔"），父亲是湖州的丝织商人，发迹后在上海的英租界置业，又娶了一房二妾，在 20 世纪初的上海社交场上也算是个有点儿名气的人物。海民是庶出，家庭地位本来不怎么样，但因是独子，又是个幺子，深受父宠，故也就矜贵了起来。他有两个姐姐，都嫁了不错的人家。其中，他的二姐夫还与荣家有点儿亲姻上的关连。后来解放了，二姐夫举家迁移去了香港，在静安寺路留下的那幢花园住宅以及若干店铺产业都委托给了他的妻弟来负责照看和打理出租、收租业务。平时的海民老是一身名店西装，金欧米茄腕表，闪闪发亮的玛瑙衬袖扣，中分头路的发型，油水十足。他整天就开着一辆"雪佛兰"的香槟车，女朋友换了一茬又一打，而上海滩上的舞厅、餐厅、咖啡馆、影戏院、夜总会，哪里都不乏他的身影。

此回他听得华老板娘如此说，便笑了笑，回敬道："发财？发财当然想啦，但最想的事情还是能找个漂亮的女朋友——嘻嘻！"

"啊哟哟！侬李小开讲笑啦，以侬的条件还怕找不到女朋友？上海滩上的美女任君挑——侬就勿要来戏弄我老娘家了。"

她称自己为"老娘家"，其实，她比李海民也长不了几岁。那时代干粗活儿的人家一般都早婚，祈求个"早生贵子""多子多福"什么的。女人刚踏进三十的门槛，就已膝下子女成群了。而华太太之所以以"老娘家"自称，一半有自谦之意，另一半也有风骚之嫌。

"是吗？是这样吗？那我只好谢谢老板娘的恭维之言了——我可老实不客气，真把它当作补药吃了啊？"海民笑了，笑得连眼睛都眯成了一道缝，而眯眼而笑正是李海民的表情特色之一。"就是不知道你华老板娘能不能代我物色一个像你一样漂亮的女朋友呢？"

海民将豆腐又吃了回去。在这一来一回之间，两人便眉目传意地都笑开了，而且连带着跟在老板娘身后那位粗壮黝黑的老板也一同笑了起来。

华老板娘三十上下，但她没像那时代的很多女人一样，生养众多。她没养成儿子（这是件她一生都以其为憾的事），倒生了三个千金。不过，在那个海民驾车去到华福记门口的冬日的上午，她与华老板两个还只生育有一个女儿，这便是他俩的大女儿翠珍。至于她的两个妹妹翠华与翠媚，那时还没来到这人世间。她们分别出生在 20 世纪50 年代初期和中期。

说是车行的老板，但在那年代，这类手工业者兼自雇人士的生活水准也不见得就比普通市民高出多少。他们自然三餐不忧，除此之外，假如还能积攒些余钱来完成一些"基础工程项目"投资的话，例如翻新个房子，添补几件像模像样的出客行头，撑若干件贵重的、能具有传宗传代价值的"家当"：手表、洋机、台钟、红木大橱之类，也就算是一件很心满意足的事了。

海民在这冬天的寒风里站着，他摸出了一只扁扁的马口铁的香烟盒，从中抽出了一支烟来。还没来得及等他将烟卷叼上嘴唇，烫了长波浪发型的老板娘已婷婷袅袅地走了过来。她擦亮了一根火柴，然后再用一只白白嫩嫩的手掌做遮风状，替海民把烟点上了。

"怎么样，生意还不差吧？"

"唉——"老板娘叹了口气出来，"倒是清淡了不少。你想，这么多大亨和有铜钱的人家都搬走了，我们的生意能好吗？如今共产党来了，他们开的军车和干部用车是不会到我们这种车行里来修的。"

"这倒也是……"

海民听着听着老板娘的话就走了神，他开始注意起他的那辆"雪佛兰"来。此刻，

莫奈《日出·印象》(局部)

"雪佛兰"已被高高地托起在了一台叫作"千斤鼎"（也称"千斤顶"）的检测机器上，穿着厚厚工作棉服的华老板半蹲半立在巨大的车盘底下，他正仰着头检查和拨弄些什么。时而又伸出手来，让他的学徒们给他递送些检测工具进去。

华福记车行的那台"千斤鼎"是华老板最引以为傲的一样"吃饭家生（伙）"了。只要一讲到它，华老板就会兴奋得满脸放红光。他说它是件正宗的德国货，是他从一家德国洋行亲手买下的二手货。他说，此"鼎"的好处就在于它的伸缩功能是双向的：既能将车托起，也可以让修车人沉降下去，目的都是方便操作。所以，他说道，人家德国货就是不同，产品质量高不说，工艺设计也考虑十分周详。他还说，现在上海滩上，除了"积逊""邓禄普""得利""祥生"那些大车行外，就轮到他的华福记才能拥有这么件值钱的大家伙了。

"侬勿要小看了它啊，干我们这行的，打开门面做生意，只要有这台'千斤鼎'当堂一放，这家车行就算是很有脸面的了。实力摆在那里，谁还敢小看你？"

虽然，海民听华老板描述那台"千斤鼎"不知有多少回了，但真正站在一边看着它正常操作就这一回：是第一回也是最后一回。当他再度望着这同一台机器被启动运作那是在十六七年后的事了。那时他看见的不是机臂如何将车辆升上去，而是看着机器中间的那块凹型钢板如何慢慢地升到地面上来，钢板上躺着的是僵直了的华老板的尸体。而海民的心情就像缓缓上升着的机盘一样沉重。那时的华福记车行其实早已不复存在。1956年公私合营，所有的私营企业都归入了国企。华福记与其他几家同类同规模的私营车行实行合并，成立了一家叫作"上海第×汽车修配厂"的单位。华老板随华福记一起并入新单位，而随华老板一块儿加入公营单位的还有他的那台"吃饭家生"——千斤鼎。鉴于华师傅（进新厂后，再没人叫他华老板了，而是以"师傅"相称——而他也乐意闻之）精湛的修车技术，虽是资方身份，但还是受到相当的重用。至于那台机器，正如华老板当年所形容的那般，也变成了新厂汽检汽修设备中的"主力军"。整个50年代一直承担着重任，直到60年代中期，"文革"都已经开始了，厂里的技术设备也更新好几代了，但那台30年代德国制造的"千斤鼎"仍坚守在它的工作岗位上，兢兢业业地发挥着它的余热。而海民最后见到它的那次就是在"文革"抄家与批斗的高潮中。

海民吸进了一口烟去，又将烟圈朝着寒冷的空气中徐徐地吐了出来。他向华老板询问道："怎么样？问题严重吗？"

"是引擎的启电器出了点儿毛病。"

"那就换一个吧——有原配的吗？"

"有倒是有，但现在的原配件很贵。物资进口已开始限量了，存货又有限，故此价格飞涨……"

但海民没太去留意华老板的解释，这些他都知道。贵就贵点儿吧，华老板不是不明白：他李海民的车换部件，不是原配，他是不用的。

华老板明白了海民的意思，他会照办的。海民又吐出一口烟来，此时，他注意到有个穿着臃肿的小女孩，六七岁的年纪，一副邋邋遢遢的模样。她突然出现在海民的视野中，这是因为她从店堂阁楼的一把木扶梯上一溜烟地爬了下来。她迅速地穿过店堂，准备跑上街去，但她被她的母亲给叫住了："翠珍，你又要去哪里？"

小女孩飞跑的脚步一下子顿住了："阿六头她们在后窗口叫我过去玩'造房子'。"

"不准去！又是阿六头——侬晓勿晓得伊阿爸老头被政府抓了去？说他是反革命。以后不准你同她玩！"

"哇——！"小女孩闻言，一屁股就坐在肮脏的人行道上耍起了无赖来。

老板娘见状只得走过去，企图将她从地上拖起来，但没能成功。老板娘的表情告诉海民：她也很怕烦。

"好好好，你去吧，去吧。"——她不得不答应她。

小女孩这才从地上一骨碌爬了起来，她趁热打铁："姆妈，给我二百块钱（注：是指人民币旧币，相当于新币的二分钱），我想买包盐津枣来吃。"

老板娘从她搭扣大襟的外罩里掏出了一张纸币来塞给小女孩。她挥一挥手："去，去，去！"

车修好了。但就当海民准备登上那辆停泊在人行道边的"雪佛兰"驾车离开时，他又见到那小女孩了。她从一条斜弄的弄堂口中蹦跑出来，跑到了海民的面前，突然就蹲了下来。海民不知道她要干吗，她没干吗，她只是又叉开了两条腿做半蹲状，并抬起了她的那一张稚气十足的面孔来。面对着与她相隔只有咫尺之遥的海民的脸，她的神情里含着一种莫名的专注。而就此一瞬间，海民与翠珍完成了此生的第一回面面相对。海民留意到小女孩的眉目倒很清秀，翘起的眉梢端处还有一颗滚圆的小黑痣。海民寻思道：想不到这么个脏兮兮的小丫头的脸上还长有一粒"美人痣"呢。

然而就在下一刻，海民见到的那副情景与"美人痣"和清秀的眉目便大相径庭了：一泡冒着腾腾热气的尿液从小女孩叉开了的双腿间喷射了出来。走笔至此，首先要说明一个情况：如今的中国社会，尤其在上海，已经很少再能见到未成年的孩子（更别说女孩了）穿开裆裤那回事了。但这种情形在当时的社会是十分普遍的。原因是那个时代物质匮乏，生活艰难。大人们日日都得为生计而奔波，孩子又生养了一大群，往弄堂里像鸡鸭之类的那么一放养。一天之中只有到了吃饭和睡觉的时间，站在家门口，拔长了喉咙，扯高了嗓音地那么一吆喝，鸡鸭以及孩子们都统统回窝来了。等办完了该办的事情后，再重新放回到弄堂里去——那年代的上海弄堂，是上海人家家户户小孩群落的"公共放养场"。鉴于上述情形，让孩子穿开裆裤——尤其是开裆棉裤——显然是家长们最适当的选择了。如此就地一蹲，无论大小便都能做到随时随地便解决了，既不会溺污了裤子（那个时代离洗衣机这种现代玩意儿的出现还相差几十年的时间），又节约了草纸（卫生纸）。就像此时海民见到翠珍的那样，一泡长尿之后就立马站起身来，连头也不回一回地又奔回弄堂里，急着找"阿六头"去玩"造房子"的游戏了。

海民怔怔地望着那一滩黄蜡蜡的尿液沿着人行道石块的隙缝枝枝丫丫地流淌开去，他不禁皱起了眉头。他忖思道：这么个邋遢又粗野的女孩家，将来谁要是娶了她来做老婆，那才算是倒了八辈子的霉了！但想不到的是：十五年之后，正是当年的这么个邋遢而又粗野的女孩家变成了李海民的老婆。

二

十五年后，让李海民第一眼就能认出翠珍来的脸部特征正是她眉梢端的那颗"美人痣"。

那是 1965 年初夏的一个午后，海民经人介绍在南京西路大光明电影院隔壁的一家叫"奇司令"的咖啡馆约见一位新女友。海民已年近不惑，女友谈了不少，但总是东来西去如流水，竟然没有一个可以久留越年的。开始时，他视交结女友为一种"收藏癖好"，讲性讲情就是不讲心。他不愿让任何一个经过他生命视野里的漂亮女人漏网：他要设法将她先追到手，之后再慢慢冷淡下去，另结新欢。在此阶段，应该说，交不到知心知底女朋友的责任全在于海民。但渐渐地，情况就发生变化了。情况变成了：不是海民不想结束这段只开恋爱之花不结恋爱之果的人生季节，他也想能早日成个家，去过另一种稳定一点的生活。但问题是：他是否就能如愿以偿呢？世上之事，再优越的客观条件都不是永久的。大到一个政权的建立与维持，小到一个人婚姻问题的解决，正如伟大领袖毛主席在其名著《矛盾论》中指出的那样：事物总是在向它的反面发展。那年代，毛主席著作的学习热潮已在各单位开展和盛行起来了。不管你愿不愿听、愿不愿读，每星期一次的政治学习会上，总少不了要在会前先郑重其事地念上一段毛语录。而海民他就是在单位的某次学习会上，在近乎于打瞌睡的情势下，猛然听闻了这段语录的。他一下就感觉自己清醒了不少。他想：毛主席的话倒真是有点儿道理啊，怎么连我的婚姻问题也能适用呢？打自那回起，他便以一种认真的态度来对待恋爱这桩事了。所以，从某种意义而言，海民与翠珍婚姻成功的撮合剂还是毛泽东思想。

应该说，海民的择偶条件仍然是相当优越的，与当年华太太说的"上海滩上美女仍君挑"也差不太远：优质大学毕业，一表人材，花园住宅（私人汽车那时已不允许拥有了，故"雪佛兰"也已出卖好多年了），舒适的银行职业，丰裕的收入（相对于当时人们的工资而言），等等。但……但怎么呢？但至少年龄的优势在逐年失去（准确一点来说，是年龄的劣势在逐年增大）。与他年龄相仿的淑女都已名花有主，然而，年近四十的他的心态却没随他的年龄同步上升。好像已经习惯了：他的目光老喜欢投向二十来岁的女性群落，并在其中寻觅。于是，问题自然就有了。那个时代有个大龄男的问题，到了现代又转变成了大龄女的问题了。但其实质是一致的：世界上除了男人不就是女人？而男人需要女人就如女人需要男人。这本来是件两性相悦的事儿，只要情投意合便行。但世俗的眼光和价值观老喜欢把它弄成一架实用主义的天平，让人举棋不定，考虑着该往这只吊盘中加多一克砝码呢？还是在那一只？当年的海民便是以这样的心态来判断他与女人之间的关系的，到了现在，可轮到女人使用同样的心态来看待他这么个自以为是的男人了。

于是，历史的时光便流逝到那个1965年初夏的下午了。1965年的上海，1965年的上海南京西路正处在一场大风暴来临的前夕。当年在这条马路上挽着手臂作闲庭信步的人们的心态究竟是怎么样的？他们在想些什么？期盼些什么？预期些什么？从今日的回首里，你或者已无法想象出那些缕缕的心理细节来了。你能预感到一团浓黑的政治乌云由远而近地传递来了某种暴风雨的恫吓（这与今日里天文台已反复播报了今年第几号超级台风正在逼近上海，但风暴的明显迹象还未及时出现时的感觉有点儿相像），但同时，人们也都各自怀着一种暗暗的侥幸：这么大的上海，这么多的上海人，为什么偏偏会选中我？大家都在这么过，我又有什么必要去杞人忧天呢？然而，这是一张巨大的恢恢的天网，还不说疏而不漏呢，简直就是"一网打尽"。假如能让时光突然朝前推移二十年

（二十年之于人的一生是个很长的时段，但之于历史的进程只属一瞬间），到了1985年的上海南京西路上。而假如你又能将当年的那个初夏的下午行走于此的人们逐个逐对地再找回来的话，你能设想他各自都会用一张如何惊愕而又夸张了表情的面孔来向你讲述一段怎么样的人生故事吗？当然，其中的很大一部分人，你就是再有本事，也是永远甭想再找得回了。因为，从肉体到灵魂，他们都已从这人世间永久地消失了。但此一刻，他们都悠闲自得地散步在上海的这条优雅而又高尚的马路上，他们不可能知道什么将在他们命运的前方等待着他们——时光创造的故事就是那么的残忍，那么的不可思议，那么的具有戏剧元素。

再回到我们小说的场景之中来。海民站在"奇司令"咖啡馆的玻璃立柜前，他已在收银柜前付了钱，然后再捏着一张发票来到取货柜台前取货。"奇司令"咖啡馆大堂的高背卡位座仍在，还有那种细条的柚木拼花地板，以及高高的、悬挂在雕花天花板上悠转悠转的四翼扇也与50年代海民常来这里时没什么两样，唯店员的服装和服务方式都变了。现在再不见有人端着银托盘前来为就座的顾客提供服务那回事了，他们都穿着日常便服，三三两两地站在柜台后面闲聊兼等人来取货。如此服务方式的改变，实际上也是出自某种政治理念，那种理念在那个时代十分流行和时髦：职业不分贵贱，出身不论贫富，人与人之间都是平等的。应该说，这种理念没错，是社会文明与先进的体现。但渐渐地，事情就又开始"向它的反面发展了"，它变成了"富贵者最愚蠢，贫贱者最聪明"了。再说了，从前到南京西路这种咖啡店里来的人，都以所谓的"富贵者"居多，而店员又属"贫贱者"，而哪有让"最聪明的"来服侍"最愚蠢的"之理？因此，服务员站在柜台后等待顾客自行前来取货就显得是件顺理顺章的事了。

海民满脸堆笑，而他一笑起来，眼睛又眯成了一道缝。他隔着柜台向一名正在拨弄自己的指甲的女服务员说道："麻烦您了，同志。蛋糕请帮我切一切，再给多三副刀叉……奶咖共三杯，一杯多糖，一杯少糖，另一杯不用加糖……"

就听到柜台后面传来一把女声，说道："侬这个人怎么这样烦的啦，要求多多！"

"是。是。是。实在是不好意思，同志。麻烦您了，也辛苦您了，谢谢，谢谢。"

接着，就听到"嘭！嘭！嘭！"三声响，被切好了的奶油栗子蛋糕的盘子搁到了柜台的玻璃上来。还有三杯"奶咖"也煮好了，它们被端上来的时候，摇摇晃晃的，其中一杯里的液体，倒有一小半已经泼溅到咖啡杯的托盘中去了。但海民却始终将笑容保持在脸上，他是个能将笑容保持多久就能保持多久的人。之后，海民又来来回回跑了三趟，才将蛋糕与咖啡运输到了它们应该被摆放的桌面上来。这是一张靠店堂内里的高背卡座，已有两位女士坐在那儿等他了，一位是介绍人，而另一位则是要给海民介绍的对象——翠珍。海民用手帕抹着额头上微微渗出来的汗珠：天气毕竟热了。那会儿，他早已不穿西装了，他将自己的那件藏青色的"的卡"中山装的上沿纽扣解开了一粒，露出了两片雪白的衬衫的硬领来。

直到那一刻为止，海民还没来得及收敛去他那招牌式的笑容。他已将一切准备就绪：柚木横台面上摆着三套点心。横台面的对面坐着两位淑女。她们一律穿小尖领窄包袖的的确良衬衫，一件亮白，一件嫩粉红。透过的确凉良半透明的质料，能隐隐瞥见两条纤细的胸围的吊带越肩胛而过。

海民搓着手准备就座。开始时，海民还有点儿不太好意思，再说也不太礼貌就向那位预备介绍给他的女性直面打量太多。怎么样，他还得保持一种绅士风度才对嘛。他只感觉那位女孩的动作很矜持，脸上一直保持着一种适度的笑容——不过分也不会不足够。四翼吊扇的微风掠过时，她的那件白的确凉衬衫的花边也随风飘动了起来。海民目光的余光还告诉他一个感觉，那便是：女孩的肤质白皙而细嫩——白皙细嫩得几乎与白的确凉衬衣的色泽都有点儿经纬不分了。就此一点就叫海民怦然心动了：他最喜欢肤色白嫩细腻的女人了。他已经与不少这样的女人有过床第之好，干完那事后，将头躺在那片雪白的胸脯上，让鼻孔之中充满一种浓浓的女性的体香。他最享受这种感觉了，其享受度甚至超过了做爱的本身。它让疲乏的你更疲乏，酥软的你更酥软，几近于融化的你终于彻彻底底地融化了。如此记忆太诱人了，他不由得转过脸去，定睛在了姑娘的那张白嫩的脸上。这是一张鹅蛋脸，艳丽惊人谈不上，但五官十分清秀，还涵有一股子妩媚的气质。他突然就发现了姑娘眉端的那颗圆豆大的"美人痣"。他的招牌式的笑容一下子收敛了去，他凝视着她，他的记忆搜索着。他说，你是华福记华老板的女儿吧？而此刻的翠珍也顾不上保不保持那份矜持了，她抬起脸来，用微微涨红了的脸蛋望着眼前的这位陌生男子，呆住了。

三

翠珍的二妹翠华属于我的同代人。唯这个结论我是能下的，再多的我也不敢说。社会的裂变在加快、加深、加剧。这种裂变的直接后果是：辈分与代沟上的传统划分概念被彻底颠覆了。按理说，华老板华老板娘算一代，翠珍翠华还有她们的一个叫翠媚的妹妹总共算一代。但不，翠珍与翠华、翠媚之间已产生了明显的代沟。翠珍出生在解放前，她的童年乃至少女时代都是在某种社会氛围中度过的。这种氛围离我们已经很遥远很遥远了，反而离张爱玲小说中的那种氛围更近些：人与人之间也有争斗也有猜忌也有恩怨也有这也有那的，但总之没那么尖锐，没那么是非绝对，没那么你死我活，没那么无所不用其极，更没那么非置人于死地而后快。与人之斗遇事之争都会有作"退一步海阔天空"之想，不会、不想、不肯、也不敢把事情做得太绝。

到我们这一代了。有人说，我们是喝狼奶长大的一代。在这点上，我似乎就没太大的发言权了。其一：我不识庐山真面目，只缘我生在了此山中。其二：我根本无法分辨人奶与狼奶的差别，因为我自己是喝牛奶长大的。但有一条，我所讲述的这个故事中的种种或者能为读者提供些什么，让他们自个儿作出联想，作出判断。

轮到翠媚了。严格来说，她还差我们"半代"。也就是说：就价值观及人生观而言，其一半还留在我们这代中，另一半则已经能与当代的那些经常出入"星巴克"的白领女性，或在手指间夹一支纤细的烟卷，呼吐一口；遇上哪个看得上眼的男人也不妨与他搞次"一夜情"，从此各不相干也互不负责的那些前卫女性接上轨了。

我是在"文革"之初认识翠华的，那时她家正遭难。华师傅也不再是什么华师傅了，大家都说他是个"混入工人阶级队伍的异己分子"，一个吸血鬼，一个寄生虫，一条"披着羊皮的狼"！他被揪了出来，批斗、陪斗、写检查。唯一的好处是人还没有被关起来，他仍是自由的，至少每天晚上还能回家。回到家里，在华太太的精心照料下，在天伦之乐暖融融的氛围中，再补充些炖鸡汤或哈士蟆之类的滋补品；另一方面也让他能面对自己的老婆和孩子发发牢骚，骂骂娘，精神上充一下电，第二日再去单位熬他个白天。如此周而复始。

还有就是凤阳路 141 号的那幢房屋，其底层当然仍是上海第 × 汽车修配厂的一个车间。虽然华师傅本人早已调去了别处工作，但那台已"合营"到了国企来的"千斤鼎"仍留原处。一遇有什么紧急的修车任务，待修之车就会被运来 141 号这里，让这台 30年代德国制造的千斤鼎一显身手，继续为建设"红彤彤的社会主义新中国"作出贡献。141 号的二楼以前是华家的住宅，但现在遭到了紧缩。这是一幢二层式的横向里打通的钢骨水泥建筑。说是 141 号，其实，它所占用的门牌号至少不下五个。只是当年的路牌与门牌的管理都比较混乱和马虎，故只用一个号码代用罢了。如此一幢建筑，虽不怎么样，但比起陋屋遍见的梅白克路上的其他建筑群落，也算得上是一种景观了。让人一瞧上去，就觉得这是一户有点儿家底的人家。至于说，为什么此屋会采用钢骨水泥结构，而不是那个时代最流行的廉价的砖木结构呢？其实，这正是华老板当年好不容易才作出的一项决定。他的主要考虑还是为了那台"千斤鼎"。原来，这台从德国进口来"过埠新娘"的安装与使用是必须与钢骨水泥这类洋建筑底子相匹配的。土木式结构远不能胜任其在操作时所发出的震动与噪声波的强度。于是，华家全家在二楼的住房条件便也一同沾了光。遭紧缩前的141号二楼，横打通的厢房就有二三间；经过一方晒台后，野视豁然开阔，又有三四间房间被间隔了出来，其中包括了一间用马赛克瓷面砖铺砌而成的带浴缸的卫生间和装置有煤气灶头与电焗炉烘箱的厨房。地板是柚木方块的，窗户是带黄铜把手的钢窗。这些在砖木结构的平房上毫无用武之地的现代化的建筑材料与设备都在141号的二楼粉墨登场了，让生活在那个时代的人们都感觉眼前一亮。

然而，这幢在20世纪40年代日伪时期建筑的楼宇，无论如何都是廉价和粗糙的。在李海民驾着他的那辆香槟"雪佛兰"去时，它或者还新，还有点儿看头。但当我认识翠华时，这幢被上海人称作"混水洋房"的水泥建筑已像是一个上了点儿年岁的妇人，开始掩盖不了她那日愈在加深着的皱痕，呈现出一种疲态毕露的形象来了。再后来，敷上外墙上的厚厚的水泥表层也开始脱落，楼宇的多处龟裂；在一个巨大的外墙隙缝之中，不知哪只飞鸟衔来了一颗树种，树种正巧掉在了隙缝里，便长出了一棵幼小的树苗来。幼树逐渐长大，弯曲着，挣扎着，冠朝青天。几十年过去了，小树竟然长成了一棵似模似样的杨木科类的大树，它变成了凤阳路上的一道类似于"黄山迎客松"的奇特景观了。

当然，在我后半截里描述的那番景象的时代背景已经是到了20世纪90年代末期了，那时的中国已改革开放多年，那幢"混水"旧楼及其周围的一大片陋屋平房都面临着被拆迁和彻底铲平的命运。据说已有一位具有相当实力的香港房地产商在洽谈收购上海闹市区的这片黄金地块。假如交易成功，两幢玻璃幕墙身的智能型办公大楼将会在原地头上矗立起来，成为了21世纪梅白克路——凤阳路上的新地标。而我，就是在那时候去那里溜达了一圈，多少还带点儿凭吊之意。因为，那时的华家三姐妹以及她们父母的命运都已有了归宿。站在那条路上，仰头看来，那幢旧楼连带那棵"迎客松"，一切的一切都不禁让人发出一种"人生无常"的唏嘘来。

但即使是这么一幢照现时眼光看来并不怎么样的廉质水泥住宅，在1966年的凤阳路上还是免不了成为房管所、居委会和街坊邻居的聚目中心和垂涎目标。首先，它的面积够大，再说，结构设备也好。在华家被抄后没几天，房管所和居委会的人员便接踵而至，趁火打劫来了。于是，141号的多数房间都被贴上了封条，等候处理。他们一家五口（翠珍虽已结婚，但也常要回娘家来住住）都被压缩到了一大间里去。后来那些被封之房陆续启封，分配给了一家又一家拖儿带女的住房困难户。房管所更挖空心思，连盥洗间墙身上的马赛克也被敲剥了下来，粪管和下水道封死，然后粉刷一白，分配给了一位造反队的小头目作新婚之用。从此，141号的全部住户都改用马桶来方便、木盆来洗澡了。晌午天，晒台上衣衫被单尿布挂得满目琳琅，而清晨已被洗刷干净了的马桶，像一只只朝天鼓，打斜晾搁在晒台的栏杆上。

　　这些，才是我第一次去华家时所见到的景象。但翠华向我介绍说，"文革"之前，她家的生活还是颇惬意的。三姐妹一人一间房，两个保姆共占一间，还有一箱子间，用来堆放家里的箱柜杂物，以能保持房间里的整洁与宽畅。每逢节庆，他们都用自家的烘箱焙烤蛋糕面包，香松无比。而每季度一次的资方定息发放日最是他家欢天喜地的日子。父亲总会去福州路上的一家京菜馆买一只挂炉烤鸭回来，外配葱饼与甜酱，让家人围在那张八仙桌前美美地饱餐上一顿。但现在，翠华叹了一口气说道，什么都没了。全家人都挤缩到这一间大房中来，家具没收的没收，丢弃的丢弃。就剩下这些床架了，搁成了横一张竖一张的，像个难民收容所。我环顾了房间一周，觉得也挺像。我还记得在房间的一角立着一扇屏风，屏风的背后放了一只如厕用的马桶。

　　其实在那一个时期，我差点儿就爱上了翠华。翠华长得不能算漂亮。但她忠厚、老实，也很懂得忍让和体谅人。说她不漂亮，其实也有点儿不客观。无论如何，她多少也具备了华家姐妹某些共同的、诱人的女性特质。比方说，水汪眸、白肤质、纤细的十指和撩人心动的身材。还有那些带上了明显的华氏特色的表情动作：初遇陌生男子时，她们都会含羞俯首，然后，又会在你意想不到的一刻，突然抬眸扬眉，嫣然一笑。那情那景，怎么不会叫每一个遇见她们姐妹的男孩着迷？

　　我相信，这些美妙的特质都源自她们的母亲——华太太。听海民说，年轻时代的华太太就是个人见人迷的美人儿。对于此事，或许只有海民有发言权了。当年的他也只是个二十岁上下的年轻人，常去华福记车行保养检修他的那辆"雪佛兰"。那时，他们便已熟识，言语之间，还会互传一些暧昧的调情动作。但当我见到华太太（我习惯叫她"华伯母"）时，她已有一把年纪了，虽说仍留有些风韵，然而那些传说之中的风采都已荡然无存了。但华伯母就喜欢我，每次见了我去，都会添多一两只菜，硬要留我在她家吃了饭，才肯放我走。个中原委其实我心中也是有几分明白的：一是她已察觉到我正与翠华在推进着某种暧昧的情侣关系；二是我的父母都在国外，平时生活靠外汇，这可是一条活泉，源源不断。而上海家中的一套大公寓都由我一人占用。精明的华伯母自然有她独特的眼光与打算的。当然还有，在华太太的眼中，我应该是个各方面素质都还算不差的男孩，正直、诚恳，会不会还带有几分帅气呢？她心中究竟是怎么想的，我不可能准确地说出来，反正离这些也不会太远。

但不知何故，我与翠华的交往就始终无法再向深入之处迈进一步了。

翠华是这么个女孩：带点儿木讷与沉闷。她寡言不说，也寡于表情。反正，她缺乏的是某些女性天生便能悟出来的，在两性交往方面的手法与姿态。而我俩的交往，感觉总有那么一些生涩和不自然。当然，事情也不能全推在翠华的身上。都说男性才应该是主动的一方，但，我又如何来"主动"法呢？有一"动"也要有一"应"啊，在她面前，我怎么找，也找不到那把能"主动"起来的钥匙。

但她还是经常来我家（会不会是因为她母亲在背后的催督？这点我就不得而知了）；而我，也会每隔上一周半月地上她家去一回。于外人于我俩本人，都感觉我俩间的关系似乎就是那么回事了。但事实上呢？事实上，是那么回事，又有点儿不像是那么回事。

翠华来我家时的记忆细节似乎没有可供描述的内容。无非是两人正襟危坐，面面相对，说些不着边际，也不可能太着边际的话题。到煮饭时分了，我发现，这才是翠华最兴奋，也是最能显露她一手的时刻了。她主动请缨，为我入厨。不一会儿，就烧出了一桌可口入味的上海家常菜来，让我吃得赞不绝口，忘乎所以。而她呢，吃得不多，说话也不多。她只是在一旁，面带微笑地看着我吃，一脸满足感。然后便晚了，我送她回家。我们总走那么多路，总经过那么几条街，总是在那盏路灯下停步，然后分手。而且总不忘说上那么几句差不多意思的话———一切似乎都有了某种设定的程式。

至于我去她家的记忆，那可要丰富多了。首先，华太太的热情接待让我印象深刻。其次就是翠华的姐姐翠珍和她的姐夫李海民。至少，这都是些生气勃勃的人物，谁也不会让你像面对翠华那般地感觉冷淡与难堪。那时海民与翠珍新婚不久，常常携同一位保姆，抱着两个不满周岁的孩子回娘家来。吃了午饭再连多一顿晚餐。反正，那一两年间，人都很空闲、逍遥，各单位都处于半停工状态。当然也有大忙人，那都是些靠投机起家，争权、夺权，组织什么司令部和什么革委会的造反派。他们兴奋，他们激动，他们感觉生正逢时，似乎过不了多久，这共产党打下的江山真会拱手让与他们似的。海民与翠珍当然不是那种人。但他们也很享受这一段好时光，至少在单位里毫无压力可言，两口子又处在新婚甜蜜期，翠珍的娘家虽遭受冲击，但一家人夜夜面对、日日相聚的，倒也其乐融融。

其实，那时的海民哥也只是个中年人，但在我们的这些不满二十的小青年的眼中，他已经是有老态了。见了人，不管你是谁，认不认识，熟不熟悉，谈不谈得拢，更谈不上有无好感，他总是又点头又哈腰的，堆一脸的笑，而且连眼睛都笑成了两条缝。因此，我便很难从华太太向我的描述中想象出年轻时代开香槟雪佛兰车的他来。华太太说，那时候你海民哥的那股潇洒劲儿哪，是女孩见了都迷。

但海民哥告诉我的却完全是另一套人生理论。

我从来便知道海民哥是个精明人，其出身与经历也养成了他的这么一种做人处世的个性。更别说之后的年代，他还是在"阶级斗争要年年讲月月讲天天讲"的严酷岁月里度过的。他说，在国营单位里工作，像他这么个从旧社会过来的，怎么说都带点儿异类色彩的人，不向领导，不向同事，不向革命群众整天扮一张笑脸能行吗？而笑多了，笑就成了一种习惯。让我们这些还未在人生历练上淬过火和退过火的小青年很难想象也无法理解。但他告诉我，他的那种"微笑外交"真还管用，真还让他避过了不少本来很可能会落在了他头上的灾祸。

"笑是一桩无本钱生意。笑多了，除了脸部肌肉有些酸痛外，是不用付出其他代价的。这一点，你们小青年假如要在今天这么个社会环境中继续生存下去的话，也该好好学着点儿——真的。"

但翠华的姐姐翠珍给我的印象却是个十分庄重、体面而又有着相当气质的女性。她见了我——就是那位据说父母都在国外，又独自占有一套大公寓的她的二妹的男朋友时，一般都是很得体地笑笑，打个招呼，便一头扎进厨房帮她的母亲忙这忙那去了。有时，听到海民与我在大房里说话说得很来劲儿，她便会从厨房里走出来，边用毛巾擦手，边说，都在说些什么呀？海民哪，你可别把人家小青年教得太势利、太功利了啊。

正是翠珍的这些言行举止让我对她产生出一种敬重来。我想，翠华怎么一点儿也不像她的姐姐呢？

但一直到那时，我还没有见到过翠华的妹妹翠媚。

见不到翠媚一则是因为我去她家的机会本来就不多，二则是翠媚平时也很少在家。我只知道在她家大房里的那些横七竖八的床中有两张是属于翠华和翠媚姐妹的。这是两张三尺半的钢丝折叠床，并列而搁在离放马桶的房间角落的远一端。

我去华家的时候一般都是与翠华两个面对面地坐着床沿边上聊天。她坐在她自己的床上，而让我坐在她妹妹的床上。这是一张惹人遐想的少女的单人床。床单的手感是滑爽爽的，不禁让人联想到某种肌肤的质感。两个洁白的木棉大枕头叠放在一块，中间还隐隐地残留着晚眠人的睡痕。枕头底下经常会压放着一些书籍。有时，我还能见到暴露在外的书封面的一角。我忍不住好奇心，将书抽出来看一眼，发现多是一些十八九世纪的西洋小说；还有一些当年地下流行的手抄本，诸如:《第二次握手》《梅花党》《少女的心》之类。别瞧今天谈起此事来轻松得很，但在那年代，这类手抄本所包含的危险与一包没拉响雷管的炸药所包含的危险不相上下。

有时，还会有一些画册和素描写生之类的画稿零乱地叠铺在翠媚的床单上。我问过翠华，说，你妹妹是学画的吗? 她说，不是，这些都是她的男朋友画的。但你妹妹只有十五六岁吧? 已经有男朋友了? 翠华笑笑说，非但有，而且还有好几个呢。她的话让我吃了一惊。

话于是又要说回到那个年代去了。在当时的道德观念中，十五六岁的女孩子"轧"男朋友，而且还"轧"了好几个的，多半不会是什么好货色。在弄堂侦稽老太太们的眼中，这叫"小拉三"。所谓"拉三"或"小拉三"，其实是一回事，"小拉三"就是年龄小一点的"拉三"，没什么本质上的区别。这与不够年龄当红卫兵的小顽皮们只能另谋一个"红小兵"的名堂来过把瘾的道理是一致的。"拉三"指的是作风不正派的女孩，男孩则称作为"木壳子"（我真不知道当年的上海人是如何能想出这些极富形象色彩的词汇来的! ）这是上海的那个特殊年代里的特色产物和品名。它们的出现叫人联想起那些穿着劳动布长裤和穿着"迷你裙"的男女青年三五成堆地聚集在弄堂进口的拱门处，互相眉来眼去地说笑、抽烟、弹吉他、一直到深更半夜仍不肯散去的社会边缘人群。他们模仿着阿尔巴尼亚或罗马尼亚电影里的某个反面角色的动作与表情，抖抖腿、耸耸肩什么的，又讲些在当时听来已经是十分出格了的"色情笑话"。凡此种种，在当代叫"酷"的，在那时叫作"轧台型"。那些喜欢"轧台型"的青年，就是社会上刨去公认的"地富反坏右走资派"外的问题族群了。他们置伟大领袖毛主席的号召于脑后，既不去"复课"，也不去"闹革命"，整天混在社会上想干什么? 故此，每当节日前夕或有重大事件发生之际，就会有所谓的"刮台风"的社会整肃运动，到时，那些问题青年要就向地富反坏右的命运看齐，成为群众专政的靶标之一了。

而所谓"靶标",就是当"台风"季节来临时,把他们"刮"进专政机关去坐几天牢,以能及时纯洁一下社会上的道德风气和阶级队伍。但翠媚倒是从没让"台风"给刮进去过,尽管每逢"风季"来临时,华家上下免不了都要为她忐忑不安好一阵子,因为他们的那个家,再也不能承受多点儿什么了。然而,她的那位画家男朋友就没她那么好运了,逢"风"必肃。他常被"请"进"庙"(当时的人们将拘留所称作为"庙")里去当几天"和尚"(凡被关入拘留所的男人一律都被剃成了一颗光头)。他在他的伙伴之中是个出了名的"几进宫"式的人物。

那画家姓薛,叫薛强。我后来在华家见过他好几回,留着长发(当然,那不是刚从"庙"里释放出来的他),老喜欢用斜眼打量人,一副傲视众生的模样。除了斜眼打量人外,还猛抽烟,抽的都是那些最廉价劣质的"劳动牌"或"大联珠",一根接一根,抽得连手指与牙齿都给染黄了。我想:这种人不进"庙",谁进"庙"?然而,他傲视人也有他傲视人的资本:他的艺术天赋相当不赖,我就见过他画的几幅油画作品,都十分传神。其中有一幅是翠媚的肖像画,调子晦涩,但韵味十足。人物与背景之间隐隐约约着一种神秘感,不由得让人联想到一种宿命的含义来。这是我在见到翠媚真人前率先见到的她的形象。日后,我见到了她,与画中人一作对比,我发觉:一、真她比画中的她更漂亮更有媚感。二、画中的她又比真人的她更含蓄更有韵味。

薛强与我差不多年纪,比翠媚大上六七岁。除了翠媚之外,他还有不少女伴,一会儿与这个,一会儿又与那个搞些名堂。那年代,男人要与女人搞事,必事先赠些衣衫裙子尼裤袜之类的礼品作为代价的。但薛强他不,他很牛。他从不送女孩子东西,好像女孩们能与他这么个大艺术家在一起搞一搞已是件很有面子的事儿了。要在别人千句好话、万句溢美之词的诱哄下,他才肯送出一两幅画来,算是作为补偿了。

但他同翠媚的关系有些不一般。他是真迷她。而她,也迷他。她是他画写生的"模特儿"。想要作画时,他通常会向他的一位朋友借他的那间亭子间来用一用。上海的亭子间冬寒暑烤,但他俩不在乎。冬日里设法弄一只炭炉来生火取暖,暑天里则放下一卷竹帘,挡驾一下直射进屋里来的阳光。之后,他在墙上遮一幅白色的被单布,又搬来一张椅子。他让她坐在椅子中或撑在椅背上,摆出各种姿势来,让他构思画面。

但薛强说,每一回,只要他让翠媚来当他的模特儿,他都感觉自己会变得心猿意马,精神说什么也无法集中。她那天使般的面容和魔鬼般的身材常把画家搅得血脉贲奋,心动过速。画着画着,他就索性甩了画笔,跑过去,一把就将全身赤裸的她拥入了怀中。故，那亭子间又变成了他俩的作画兼做爱房。但他说，这又有什么呢？刘海粟不在几十年前就已经这样做了吗？——当然，他指的是前半部分，至于席地做爱，刘大师的那个年代还不至于开放到如此程度。

之上所述的那些亭子间情节都是后来薛强亲口告诉我的。那时候，中国社会已全方位开放。再无所谓"拉"不"拉三"，"木"不"木壳子"了。漂亮一点的女孩子有哪个不沾点这种事情的边的？社会舆论已不再以此为耻，而是以此为荣，以此作为当事人可在她的朋友面前作一番炫耀的资本了。薛强后来吃过二十年官司，劳改农场释放后，正好遇上改革开放的大好形势。以他的智商与才艺下海去干一番，斩获自然不会小，但这些都是后话了，现在不提也罢。

然而在当年，虽然我也忍气吞声了他斜眼打量人的羞耻与屈辱，我还是有过几次，鼓足了勇气，企图能得到与他攀谈上几句话的机会。但每次，他都哼哼呀呀，爱理不理的，仿佛像我这么个一无才艺二无见解之人，他是不屑一顾的，自然也就无法与他一般论高低了。我心生气闷，只能在暗中骂道：摆什么臭架子？"庙"里几进几出的人，别以为人人都要巴结你！

但毕竟，当年的我还是没能巴结上他。

四

到了 20 世纪 80 年代末 90 年代初，年老了的华太太经常伙同一班人聚在一块儿搓麻将，一为消遣，二有些不大不小的钱财上的输赢也能刺激一下生活的乐趣。

那时华家的家境已经大变样：华老板早已去世，连华家二女儿翠华——也就是二十年前我曾与她谈过对象的那一个——也是重病缠身，住进了医院，且看来此生已很难再离开那里了。这些都可能对一个母亲构成巨大的精神负担。但华太太不是，她是个拿得起、放得下的人，她麻将照搓，生活照过。她说，急有什么用？我急死了，翠华往后的日子不更惨？大女儿翠珍的情况还不错，生了一对龙凤双胞胎，如今都已大学毕业。最近正忙于准备 TOFEL 考题，希望能出国一试机会。这些当然都令华太太感到欣慰。

但最能叫华太太扬眉吐气，而且还可以让她在她的那些老年的麻友中间炫耀一番的是她的小女儿翠媚。

刚开始改革开放的 70 年代末 80 年代初，翠媚就常常出入涉外宾馆和酒店。她在上海大厦的咖啡吧里搭上了一名老外，老外是跨国公司派来上海的工程技术人员。老外迷上了她，他将她带去了美国，并一不做二不休地与自己的结发妻子离了婚，正式娶了翠媚。而翠媚呢，当然也就顺利地解决了自己的身份问题。但之后，便轮到那老外来倒霉了。因为翠媚人虽长得漂亮，但绝不是个好服侍的女人。她的忍耐是要有先决条件的，一旦目标达到，就像是一个越过了最后冲刺线的短跑运动员，再继续作出奋斗还有什么必要？再说，她人也到了美国，眼界也开了，她当然不再是当年站在弄堂口收些衬衫尼龙袜子就可以满足的翠媚了，她怎么觉得她曾将一生梦想都系于其身上的那个与众不同的、风度翩翩的老外全变了呢？变得寒酸，变得猥琐，变得自私，变得莫名其妙，变得完全不像她理想之中的那种男人了呢？她绝不甘心自己的一生从此就在这么个窝囊废的身边度过。于是，她便借故发泄，瞅东打西，指桑骂槐，让那老外饱尝了一位貌似温柔的"东方女权主义者"的厉害。老外没法，只好"忍痛割爱"。如此一来，翠媚便重获自由。而如今的翠媚已今非昔比了：有了美国护照，又能拉三扯四地讲几句英语，她的前途似锦。

她先在美国的几大洲兜了一圈，接着就去了欧洲。她在欧洲的几处城市也都做过短暂的逗留，其间，也与多个男人同居过，有华人也有洋人，但就始终没有落槌敲定——这次，她可不会再那么傻了，不会随随便便地再让一张婚姻纸来束缚死了她的前途和选择自由了。

谁也没有想到是：她人生的终极泊锚地竟然是台北。

她在三十五岁的年纪上决定再将自己嫁一回出去。只是拣来拣去拣了半天，对方既不是什么风流倜傥的白马王子，也不是个喝足了洋墨水的饱学之士，而是个年近花甲的糟老头。糟老头姓王，小学文化程度。其貌不扬不说，还染有一身臊烘烘的狐臭。然而，糟老头自有糟老头的吸引处。这个台籍土财主的身价据说超过百亿台币，他虽从没出过洋，很可能连英文二十六个字母都未必能背全，却能在这洋博士满布的台北股市场上兴风作浪、翻云覆雨，搞得洋博士们一个个都看傻了眼。土财主的另一社会知名度便是他不断有传言的绯闻。他常说，他的人生有两大爱好：一是钱财，二是女人。只要他还活着一天，这两样中的一样他都不能缺。其实，事情也可以反过来理解：以其狐臭之躯，竟有不下一个连队的女人（其中还不乏明星、歌星和社会名媛）同他上过床这一项事实就证明了糟老头绝非一普通人，他在某一方面的巨大吸引力是足以掩盖其一切丑陋之处的。

王财主第一次见到翠媚是在一次社交场合上。当时他的两眼就勾直了。那时的翠媚刚来台北不久，经人介绍出席过几回名人派对。她三十四五岁，正值女人的蜜桃多汁期。刚从海外归来的她有一副明星相，又有一股风尘味。而这，正是最勾王老头魂之处。他一展故技，立即向翠媚发起进攻。但翠媚又哪是一盏省油的灯？她使用了一个浸淫过洋水的上海女人的特有的手腕与性别技巧，软硬兼施，阴阳合谋。几个回合下来，王财主便告败北，并且就范了。他不得不认同了翠媚的要么明媒正娶她、要么休想动她一根毫毛的决心。

王财主选择了前者。那天，他包下了整座"来来"大酒店，举行了一次盛大的婚宴。出席者冠盖云集，商界、演艺界的精英不说，政坛上混的重要人物也都大驾光临了。而翠媚这样做，她也有她的考虑：一是能迅速出名（管他出的是什么名！）——谁不想来见识一下一个能让王财主这么个以情场玩家著称于台湾的亿万富豪屈身迎娶的女人究竟是个什么样的女人？二是能即场成为富婆，不费一枪一弹，就能分他个几十亿身价（台湾地区"法律"规定：正式夫妻离异，财产一人一半）。管他狐臭不狐臭呢，就是这笔账，怎么算，也都是算得过来的。再说，翠媚从来就是个自信心爆棚的女人，这世界上只有她甩了别人的，哪有人敢在她眼皮底下干些招三惹四之事？她坚信，她一定能收复他。她具有一个女人用以来对付男人的一切天分、素质以及手段。

但这一次，她是棋逢对手了。

我是在几年后的台湾又见到翠媚的，同时见到的还有她的那位财主丈夫。那时，我自己也去了香港，并在香港落地生根，还建起了一盘小小的，属于自己的生意。生意与台湾地区有些往来，故时不时地会往台北飞上一次半回的。在这之前，我早已知道翠媚如今变成名女人了，台北的传媒经常会提到她的名字以及社交动向。我的考虑只是：我要不要去与她见一面呢——好歹大家都是青年时代的朋友。后来，我作出了决定。我通过人向住在上海的华太太要了她女儿在台北的住址和电话，找了去。

她住在台北仁爱路三段的一幢叫"双子星"的大厦里。这是一套宽敞而又气派的复式公寓，她在那里接待了我。那时翠媚四十刚出头，但保养犹佳，除了身段稍微有点儿发胖外，细嫩的肤质看上去只有三十零点。

我在客厅的沙发上坐定，而她则拨了一个室内电话出去，她朝着话筒里说了一句："来客人了"，便收了线。

不一会儿，就从公寓螺旋形的木扶梯上走下一个人来，这是一个五短身材、肥胖的矮老头。老头穿了件过长的睡袍，睡袍的下摆都快垂到扶梯的踏级上了。他一脸棕褐色的横肉，几缕稀少的白发象征性地覆盖在他那光光的秃脑壳上。但矮老头很客气，一下扶梯就伸出双手，热情洋溢地迎上前来与我相握。他自我介绍道："敝人姓王，王志雄，王志雄。"

我偷偷地瞥了翠媚一眼，只见她表情冷淡地坐在沙发上，并无起身来作介绍的意思。这令我很尴尬，我望望她，又望望他，这时，翠媚才坐在那边开了腔。她说："王志雄，我老公。"

王志雄？这两天台湾的报纸与电视新闻天天都在追踪报道的三十亿台币的假票据舞弊案件中的主角就是眼前的这位王志雄么？但他一脸若无其事的模样，与我握手之后又礼貌地请我重新入座。进而吩咐道：快，慧妈，快沏茶。翠媚道，喊什么喊，茶不早已沏好了，你见不到吗？他说，哦。那好，那好。于是，便坐下来与我闲聊。我们一聊聊了有个把两个时辰，只是不知道互相都在聊些什么。究其因，首先是在这段时间里，始终没见翠媚吭过一声气。她只是坐在一边冷眼旁观。我既然是她的客人，我没有理由在她一言不发的形势下去与一个素无谋面的谁聊得热火朝天的。如此顾虑缠身，叫我又怎能心思集中得起来？而就在这时，我听见大门口的门铃响了。我见到一个被他们夫妻俩唤作"慧妈"的女佣向大门口走去。

公寓的大门一打开，就见火烧火撩地冲入来一位装扮艳丽入时的年轻女郎。她扭肢摆腰地直跑到王志雄的面前，指着他的鼻子："你放我飞机啊？让我白白等了你一个多小时！"

说罢，她便熟门熟路地登上螺旋扶梯，径直往楼上的房间里去了。她的高跟鞋将柚木地板敲得"咚咚"直响。王老板似乎也忘了还有客人在场，慌忙起身，尾随她而去。其间，我观察过翠媚的脸部表情，她自始至终没发一言，有一丝隐隐的冷笑浮动在她的嘴角边。

又过了一会儿，王老板已梳洗打扮完毕，他挽着女郎裸白的臂膀从扶梯上悠悠缓缓地走了下来。他着一身三件套的隐条西服，斜纹领带，卡夫宝石袖扣，几缕稀发被发蜡抹得贼亮贼亮。他经过我面前时，不自然地笑了笑，说道："凑巧有点儿事，恕敝人失陪。你再玩多一会儿，慧妈，再切多盘水果上来——"

他一脸棕褐色的横肉始终埋藏在一团亲热无比的笑容里。但当他经过他的那位坐在一张沙发中的太太的身边时，他连望都没有望她一眼，就与女郎两个双双离去了。

就留下我与翠媚两个了。我们面对面地坐在那里，无言。（事实上，也不可能有言）突然，翠媚拎起了电话，她1—2—3—4—5—6—7—8地按了个电话号码出去。

"小宝，"她在电话里喊了一个不知是谁的名字。"你这就来。对，对，就来。而且要快，越快越好！"

打完电话，她微微有点儿气喘。然后，她便站起身来，一言不发地上楼去了。当她再次在扶梯上出现时，她已完全换成了另一副打扮。她将头发高高盘起，露出一截长长的玉颈。耳环、手镯、项链、模样十分纤细的一对高跟鞋。她精心地将自己化了一番妆，又穿了一袭银闪闪的露背高开叉的吊肩裙，一副名贵的"明克"皮草披搭在她裸露的肩膀上，显得华贵而又性感。

门铃恰好在她踏下扶梯的最后一级时响起。进门来的是一名二十来岁的青年小伙，一身黑西装，身材笔挺而削瘦。他留着一头细软而飘逸的长发，白皙细嫩的脸颊像个姑娘家。长发垂下，遮盖了他的小半个脸庞。

他见了翠媚就主动地走向前去。他搂住了她的腰肢，并且左一边右一边地在她的双颊之上分别印上了两个适度的吻。但翠媚的目光却越过了小伙的黑西装的肩膊望着我，她说："这个家我是连一分钟也待不下去了，我要出去了——"

我于是也站起了身来，说道："那我也走了。"

其实，除了离开，我别无选择。

翠媚望着我的表情有些内疚，说，这次不好意思了，我们下回再聚吧。又说，你再坐多一会儿，我让司机送你。正当我想开口拒绝时，她已大声地将她的吩咐通过慧妈传言了出去。安排停当，她便由那后生搂着腰肢向大门口走去。

快到门口了，她突然就收住了脚步。她转回身来望着我，露出了一种痴迷而诡秘的笑容（这令我相当的吃惊），她用上海话向我问道："侬有听说过'鸭子'和'鸭店'伐？"

我糊里糊涂地点了下头。我好像听说过，又好像没有。我只是朦朦胧胧地知道些它的含义。"鸭"的名称、概念以及实践起始于日本，但就在台北得到了空前的发展和改良。再后来，鸭店在上海也开始繁荣昌盛起来。并呈现出了一种大有赶超前辈们的趋势。所不同的是：语言的使用上有了更大的进化：鸭子不再叫鸭子，而是叫作"狼狗"了。至于"鸭店"，自然也就变成"狼穴"或"狗窝"了。为此一则动人魂魄的讯息，台湾的富婆们一个耳传一个，她们心旌摇荡，闻风而动，乘着波音747、空客300地赶往上海，而且还一个比一个打扮得更珠光宝气、更华贵袭人，她们来上海领养她们的

"小狼狗"。

当然，这又是另一个十年后的情景了。

但当年在王家上演的那一幕典型的台式活剧真叫我看得目瞪口呆，大有恍若梦境之感。我离开"双子星"大厦后再没有回去与翠媚"再聚"过——我当然不会再去找那份尴尬与没趣来受的。唯之后传来的有关翠媚命运的下文倒常常让我听闻得一惊一咋的。我一方面抗拒与她再见面，但另一方面，我也不是不想这么做的。而且有时，这种想法还颇强烈。只是当我还处在犹豫不决中时，我已永久地失去了这个机会了，因为后来，翠媚死了。

然而，在20世纪80年代末90年代初的上海麻将台上，有关翠媚的一切新闻仍十分鲜活十分传奇，仍是翠媚的母亲华太太最喜欢用来镇压她的那些老年牌友嚣张气焰的最佳法宝。

华太太仍住在凤阳路141号的旧宅里。"文革"结束后，旧宅的二楼已全部归还了原屋主。旧宅很大，从前，华太太一家五口连同两个佣人都能住得很宽绰。现在就剩下华太太一个人了，她单身只影地住在里边，而大宅的空寂便可想可知了。她拒绝搬出去与女儿女婿同住，也拒绝任何他人搬来与她共处。她说，她打年轻时代就住在这里，她在这里住惯了，旧宅就是她生命的一部分，就是龙宫皇殿她也不去！她一生都要在这里度过，她不怕孤单。

只是这幢当年有过一番风光年华的屋子也开始步入它的迟暮之年了。其情形有点儿像它的女主人，如今的华太太非但满头的青丝都已换成了灰白，而且皱纹粗细交错，爬满了她的那张曾经是细嫩光滑的面孔，遂使之变成为一块此生再也无法烫平的布帕。而平时上街，连走路的样子她都有点儿蹒跚之态毕露了。然而，到了麻将桌上的华太太仍然显得中气贯通、劲道十足。她每天都要找人来玩上几圈，好像白天不玩一玩，晚上她就无法入眠了似的。我差点儿忘记提了：在她家常聚的麻将拍挡中有一位就是她的大女婿——李海民。

海民现在也老了，既不是1965年"奇司令"咖啡室里的海民，更不是1949年开"雪佛兰"车的海民了。他在前几年退了休，经常一个人在五光十色的南京路和淮海路上盲目溜达。他想：从前三四十年代的南京路淮海路就是这样的，后来到了六七十年代变成了那样。现在世纪之末了，它们又变回了这样——而且还更"这样"了（到底是什么样，连海民自己也说不清）。这不像是场梦又像什么？

有时，他会从南京西路新昌路口拐弯进去，到他的老丈母娘的家中去坐一坐。正好遇上她家麻将开台的话，他也会坐定下来搓上几圈。搓着搓着，丈母娘就会同他开玩笑了，她说："当年，我们的海民小开也算是个出过风头的人物了。一部香槟'雪佛兰'，带上个漂亮的女朋友满上海兜风。又是名牌大学毕业，又是满口洋文的，就是想勿到——"

华太太把一只正欲打出手的牌捏在两指间，高高举在了半空中，停住，她望着海民笑。

"想勿到什么？"

"想勿到侬会变成我的女婿！"

"啪——！"华太太将一只带索子花式的牌打了出去。和啦，大家一同叫了起来。接着，又将各自的牌城推倒，重新哗啦啦地洗起牌来，边洗，边又互相嗑唠起来。海民说："当年你不老喜欢在我面前'老娘''老娘'地自称吗——我这不成全了你？"

"哈，你这个滑头海民啊。当年我是不让你有机可乘，来吃我这块老豆腐！"

"哪有这等事情……"不知道怎么地，海民变得有些嗳嚅起来了。

"真是让你小子交好运啰，把我的这么个漂亮贤惠的女儿像钓鱼一样地给钓了去——她还差你十多岁呢。"

言语之间，华太太倒真还有点儿感觉吃了亏的味道。

"如果让翠珍也嫁到台湾或者香港去的话，你们华家再出多个翠媚式的人物也说不定。"

"不同，不同。她俩的个性完全不同。"华太太连连摇头。"不过——"

"不过"是一语气转折词，转折之后，华太太本来的打算是很明确的：她又想将谈话引回那个她最感兴趣的主题上去。但就有麻友及时察觉到了这一点。此人也让翠媚长翠媚短的话题给搞烦了。再说，老吹嘘自家如何如何的风光史，在别人听来总不是件太舒服的事，那人迅速地接过话茬，插上嘴来："台巴子有什么好的？我们的海民又有哪点差了？他给你们华家生了一对龙凤胎的孙儿孙女——差吗？"

"他给我家生？这是我们家的翠珍替他生的——侬这个人真叫是拎不清！"

华太太的满腔兴致被人堵住，正在气头上，抓住机会正好向对方作出反击。

"话又是要说了，"这次开腔的又换成了那个假设"翠珍也能嫁到香港或者台湾去"的牌友了，"海民与翠珍不还有一个儿子吗？年龄与双胞胎也差不太多。这究竟是他俩的孩子呢，还是……"

感觉周围没有任何反应，说话者便从她刚砌好了的麻将方城上抬起头来。她突然发觉气氛全变了，各人都低着头，假装都在整理自己的牌阵。而母婿两人也都不约而同地刹住了谈话的制动阀。一片阴云从天外飘来，覆盖了整张麻将台，也飘进了母婿两人的脸部表情里。

五

说老实话，我最终决定不再与翠华保持那种暧昧的恋人关系是在我终于见到了翠媚的真人之后。

那是个深秋下午的近晚时分，我和翠华两人仍然是面对面地坐在床沿上瞎聊。光线已变得十分幽暗了，街上的路灯亮了，隔着紧闭的窗户，可以听见卡车的喇叭声和自行车的车铃声传进屋里来，突然，房门被打开了，翠媚风一般地旋进屋来。她一副仓促匆忙的模样，想必她是赶回家里来取一件什么东西后准备马上离开的。

她径直走到了我的身边（这是因为我就坐在了她的床沿上的缘故）望着我笑了笑，露出了一排贝齿。仅此一瞥，但一瞥已经足够。在这晦暗、深色的光线背景上，她的那排贝齿显得如此洁白！还有那张模糊的脸蛋的轮廓，让我马上联想到油画肖像上的她来。一下子，我的心就被提了起来，然后放松，它开始狂跳。好在幽暗的光线里，谁也看不清楚谁的神情。她开始在自己的枕头底下翻腾了起来，一双白皙纤细的少女的手是这幽暗背景上的两个最醒目的亮点。我看着它们灵巧地舞动着，停下，又舞动了起来。不一会儿，就见到有一件东西从枕头底下取了出来。她再一次地向我笑笑，说："要赶着去还人书呢。"

于是，我也向她回敬了一个同等程度的微笑（此时此刻的我必须压制住的是我那狂跳不已的心脏。）表示说，是的，是要还书。其意暧昧——暧昧如薄暮中的光线，也暧昧如当时的那种我自己也无法向自己形容的心情。唯有一点是明确的：我绝无可能也拥有一排同样美妙的贝齿来向她展示。我无法确定——至今无法确定——可能一世也都无法确定的了：我这么一个年轻男子在她记忆中的第一印象究竟是怎样的？

相互笑过了之后，我估计着她便要离开了。但不，她稍作犹豫，便将脸朝她的姐姐翠华（翠华自始至终都坐在她自己的床沿上，面带微笑地瞧着我俩）转了过去。她用手指着房间幽暗处的某个角落，说道："你们能不能去房门口站一站，回避一下。我……我想用一下马桶。"

如此下文着实让我吃了一惊。然而，意外之外更夹杂了些莫名的紧张和兴奋。我觉得自己会不会也太"那个"了？但没错，这正是我当时真实的感觉。

当我与翠华站在房门口作短暂的等待时，其实我已开始变得心不在焉了，之后，更完全走了神。我听不到翠华在说些什么——她应该是在说点儿什么的，因为，我一直望着她的眼睛告诉我说，她的嘴唇在动。我的听觉只是在作下意识的搜索，一种仔细的、地毯式的搜索，搜索房间内可能产生的一切动静。但我什么也辨听不出来，塞满了我耳朵的只是凤阳路 141 号扶梯上、走廊里、晒台以及各家人家的屋里传出来的嘈杂声。正是放学和下班的时间，大喊小叫交响成了一片。

当然，后来翠媚必定是从那扇房门里走了出来，然后离去。而我与翠华两个则又回到房里去，重新坐到床沿上继续我们的那些沉闷不堪的谈话，但所有这些都是我自己替自己推理出来的情景上的延续。事实上，在此之后的我的记忆已经完全被漂白，我的头脑中只保鲜了如此一个断幕式的场景记忆，并从此开始了我那漫长的想入非非的岁月。这种想象一直延续到那次我在仁爱路"双子星"大厦再次见到中年的翠媚时才戛然而止。

后来，不仅仅是我与翠华，就连翠媚与薛强间那种关系也都扯断了线头。在我们的那个时代，这种事件的发生频率是远远不能与现代的青年人相比的。一对青年男女，一旦确立了人们认为的那种关系之后，是不兴由单方面胡乱作出改变的。否则，这将会被视作某种"不忠"与"不正派"，是要遭到社会人群的共同谴责的。但偏偏，这事就同时发生在了华家的一对姐妹身上。所不同的是：我与翠华是男方主动，而翠媚与薛强则刚好相反。还有：我与翠华的了断是渐渐的悄悄的，而翠媚与薛强则是急风暴雨式的，说了断就了断的。

这事首先告诉我的还是翠华。那天，她气喘吁吁地跑到我家中来。其实在那时，我与她之间的往来已经变得十分稀少了。是我在刻意回避着她，但我还会找机会去凤阳路 141 号坐一坐。我还是坐在翠媚睡的那张床的床沿上，心不在焉，瞑想兼等待，一直等到暮色降临。毫无疑问，我是怀着能再见一回翠媚面的希望而去的，有几次，我如愿以偿了。但多数，还是白搭。

翠华或许也看出了这一点。她将她与我之间的话题尽量往她妹妹翠媚的身上靠。她想，这么一来，我兴许就会有些谈兴了。但事实是：翠华的如此举措与心态只能让我与她越行越远。是的，有一点我是不得不在内心暗暗认同的。那就是：翠华的确是个心地善良、胸无城府的女孩。但，单凭了这点我就能爱了她吗？不行。爱，尤其是在那个年岁上的男女之爱是绝不可能靠了这么一种理性上的对人格的认同和赞美而发生的。现代社会，人们已经对如下两种情爱观形成了共识，并还用语言大胆地表达了出来。其实，生活在那个时代的我们不也有着相同的人性本质吗？这两条情爱原则是：一、男人不坏，女人不爱。在这方面，薛强便是一个好例证。二、宁要荡妇，不沾淑女。于是，翠媚便成了包括我在内的一班青年男子的梦中情人了。

这里，我还想作为补充，交代一点：翠华似乎总喜欢以翠媚的骄傲作为她自己的骄傲，又以翠媚的出众作为她也能在他人面前炫耀一番的资本。在她的心目中，或者说，翠媚是她的亲妹妹，她们始终是一家人，翠媚的漂亮与出众是她们这个家庭的公用资源。当然，这也许无可厚非。但于我就不同了，我不是她家的什么人。我的感觉是：为什么我的女朋友是翠华而不是翠媚呢？事实上，翠华在翠媚面前情不自禁流露出来的自贬感让我反胃。应该说，翠媚倒是从未摆出过任何欺凌或企图欺凌她二姐的姿态。她对她的二姐很好，很友善也很亲热。她只是在理所当然地接受着某种敬仰与奉承，似乎在这个家庭里，她早已习惯了这一切。但它却让我感到了压力：作为一个自愿认低三尺的姐姐翠华的男朋友，我，又如何能自高三尺起来？这种情绪甚至还影响了我与薛强间的关系。对翠媚的仰慕乃至追求（如真有的话）那都是很正常的：一男一女，四目交投的那瞬间哪能不产生点儿放电效应？甚至形成为一种吸引力的磁场，也不足以为怪。别说人，就算是动物也如此。故，暗恋翠媚不会给我带来任何心理上的压力。但我之于薛强又算什么呢？我怎么可以在这么个"几进宫"式的人物面前也表现出一副战战兢兢、唯唯喏喏的样子来呢？难道就因为我是翠华的谁，又他，又是翠媚的谁的缘故？这，未免太荒唐了！我将此一切的后果都迁怒于翠华，而迁怒的结局当然是我再不能与她保持那一层关系上的往来了。我感觉这是一种屈辱，一种我再也无法忍受下去的屈辱。

但那一天，翠华跑来我家告诉我的这一个消息倒真是让我感到有些意外。应该说，翠华本人也有点儿情不自禁就这么做了的意思，她连自己都弄不明白，她专程跑到我这么个与她的关系已经变得相当冷淡与疏远了的（前）男友的家中来，转告这么个与我俩都毫不相干的消息的隐性含意究竟何在？而且更令我吃惊的是：在她的叙述中，她还将薛强称作为"薛强哥"（她在以前的谈话中也曾说到过他，她如何称呼他，我已没什么印象了，反正不会是"薛强哥"）。翠华平时的谈吐就有点儿木讷，那次谈话更是结结巴巴，说了半天才将事情的原委说清楚。但说清楚了又怎么呢？我望着她，意思是说，我知道了，我知道他俩断了，但断了之后呢？翠华给我这么一望就给望慌了，她不仅语无伦次，而且连手足也无措起来。我于是便有一股内疚感从心底升起。这么些年了，我毕竟是了解翠华的，我不应该这么做。我搬了张椅子来，让她坐下，又端来了一杯热茶给她，于是，一切才稍事平静。

老实说，这桩事也不怪翠华跑来报告我。我自己对它也是具有相当的关切度的。就是说，我也是很有兴趣听闻此事发生的。只不过我更善于掩饰内心的想法，不会轻易作流露罢了。至少在翠华面前，我能做到这一点。我说："这事你是怎么知道的？"

她说："薛强哥一连到我家来过好多次——他以前也来过，但从没有如此频密过。而且一等，就等到深更半夜还不肯离去。"

"那翠媚呢？他见到翠媚了吗？"

"没有。他始终没能见着她。翠媚在外面躲避了好几天。后来，先托人回来问清薛强哥真走了，她才回家来。"

但我说："即使如此，那也无法表明从今往后，他俩就永远不再来往了——旧情不可能复萌吗？"

她沉默不语。在我的征询的目光下，她或者觉得我所说的也不无道理。

我又说："这事怎么会发生的？"

她说："翠媚最近又交结了一个新的男朋友，听说是北京那个总参谋长黄什么胜的什么人。"

我说："黄永胜。"

她说："对，对。黄永胜，就是黄永胜。"又停顿了一会儿，她才望着我，小心翼翼地说道："你说，有了这层关系，他们还可能和好吗？我妹妹不是那种人。"

我心想：这倒是真的，翠媚不是那种人。但我还在口中说道："那可不一定。"

那天翠华是怎么离开我家的，我已经没有了记忆。我只记得在我们临别前，我曾嘱咐她道："别告诉翠媚你来过这里，也别告诉薛强。"

翠华莫名其妙地回望着我，她不明白我意欲何指。

之后，就有了很多事情的发生。我不是指我与翠华间有什么事，也不是指薛强与翠媚间的什么事，而是有很多灾难性的事情都一块儿降临到了翠华一个人的身上，遂让她变成了那个特定时代的一件悲惨的献祭品。

　　事实上，自从那次之后，我与翠华的关系几乎陷入了完全的停顿状态。我突然有了这么一种感觉：在我情欲的天边终于裂现了一道玫瑰色的希望的曙光。曙光似有似无，但我宁可信其有不愿信其无。而那道彩光的出现又与翠华无关。相反，只要我还藕断丝连地保持着与翠华之间的那种关系的话，那片曙光迟早会消散，而那颗希望的太阳永远也不可能会真正升起。于是，我更主动了，我断绝了一切与她的联系，盼望着将事情先作一段时期的冷却后再谋打算。

　　但我忽略了很重要的一条细节：为什么翠华从那时开始，也突然从我的生命之中消失了呢？在当时，我根本没太去留意这个问题。我只是在隔了相当一段时期后才会偶然想起来说，好像已经有很久没见到翠华了，我要不要去她家像探望一位好朋友那样地去探望她一回呢？说是说去看望她，其实我更希望能见到翠媚。

　　但事实上，也用不到我去看她了。一个深秋的下午，翠华的母亲华太太找上我的门来了。

　　她是沿着我住的那幢大楼的柚木把手的扶梯，一边查看门牌一边挨层挨户地摸上来的。当时，我正锁了房间准备外出。见是华太太亲自来访，不禁有点儿慌了手脚，同时也有一种莫名的激动从心中升起来。这两者兼而有之的感觉的产生是因为华太太既是翠华的母亲也是翠媚的母亲。我将她引进正房，又让她坐定。我见她的脸色阴沉沉的，一言不发。她伸手接过了我替她泡上的茶，突然劈面问道：“你究竟打算怎么办？”

　　怎么怎么办？

　　“哼！——”但她停下话头，想了想。她或者感到此话的如此问法毕竟有点儿不近情理。遂又改用了一种相对温和的语调：“你不想与翠华再来往下去了吗？——还是想？”

　　“我们不还是好朋友吗？”

　　她愕然地望着我，一时不知说什么才好。后来，我见到阴沉又重新回到了她的脸上。她说：“年纪轻轻，想不到你还这般老奸巨猾！”

　　她用了这个四字来形容我，叫我啼笑皆非。我想解释说，这世上什么事都可以勉强，都有个人情可讲，唯这事是不行的。但最终，我还是没说什么，我选择沉默。

　　华太太终于还是走了。在她感觉一切都已不会再有结果时，她终于选择走了。她连我诚心诚意泡给她喝的那杯清香扑鼻的雨前龙井茶也没喝一口就走了。我将她送到房门口，她仍心有不甘地回过脸来望定我。但不知怎么地，我给她这么一望，就望得有点儿神慌意乱了。我说：“翠媚她……她好吗？”

华太太继续望定我。她说:"你说的是谁? 翠媚——还是翠华? "

我自觉说错了点儿什么,不禁红着脸,低下了头去。

"呸——! "我听见她朝我响亮地啐上了一口。就"噔噔噔"地跑下楼去了。这是她第一次也是最后一次上我家来。事实上,从此之后我再没见到过她,直到翠华的追悼会上。但那已是在二三十年之后的事了,那时的华太太已是个满头灰发的老人了。她当着众人的面,走到我的跟前。她用双手握住了我的手,说谢谢我来参加她女儿的追悼会。她又提起了那回她上我家来一事。她说,她当时的所说所为实有不妥之处。不管怎么说,我都是个心地善良的好人。她为此事向我真诚地道歉。而我也因为老人的那么一声道歉,感动了一段很长的时期。

六

我在之前讲的,大多是关于我们年轻一代人在情感世界里的纠缠与冲突。通常,当年轻人自身都陷入在感情旋涡中不可自拔时,他们是很少会去关心大人们的忧虑与生存压力的。在这一节里,我想改换一条情节线来讲述我的故事。这在影视手法上称作为"蒙太奇";用说书人的话来说则是:话分两头。

华师傅——也就是我在故事的第一节中将他称作为"华老板"的那位华家的一家之主——终于在几经沉浮后出事了。这个近似于喜剧式的悲剧事件可能只是"文革"大潮中的一朵小小浪花,但对于华家,这个单一的社会细胞而言,这条主藤的突然折断,令华家的一切人、事、景、物都纷纷坠地,从此改变了它们命运的轨迹。

本来,华师傅顶多也算是个剥削阶级分子,用无产阶级革命派的话来说,是个"混入工人队伍的阶级异己分子"而已。这么个结论在正常的社会环境中听来,其实,已够吓人的了。但在那个帽子满天飞、罪名林立的特殊年代,如此"罪状"是算不了什么的,是介于敌我矛盾与人民内部矛盾之间的某种灰色定义。这表明:你的审查者还没有足够时间与精力来关注你的问题,但他们又不情愿让你轻易开溜,怎么办呢?那就随便先替你搞顶"便帽"来戴戴吧,让你感觉到一种持续的压力,因而也就不敢"乱说乱动"了。然而,随着运动的不断深入,对所谓"敌对阶级"的打击面也在无限扩大。而华师傅的个人问题便一步一步地被推向火线,推到悬崖的边缘上去了。

新当权的造反派认为:华师傅的问题绝不单单是个阶级成分的问题,他还有着重大的历史嫌疑。其理据是：来华福记修车的众多客户社会成分极其复杂，其中有上海滩上的大老板、大流氓，也有国民党政府的高官、中统军统特务头目。甚至还说查出了某些国民党匪特在临逃离大陆前还去过华福记车行，很可能是由华老板提供了盘缠而让他们登船去了台湾的。

事情越说越像，事情也越闹越大。他们抓他去审讯。说，×××，你认识吗？他有来你店里修过车吗？你可知道他是国民党上海党部书记？又说1948年年底的某一天，×××是否曾在南京路新雅饭店的包房里请你吃过一餐饭？你们在饭局上都说了些什么？他向你布置什么任务了吗？他给了你多少活动经费？他是否让你长期潜伏下来成了台湾特务？他在之后还与你联系过多少回？……诸如此类。这些类似于《羊城暗哨》与《五十一号兵站》里的电影情节当然都属子虚乌有，是造反派们蓬勃的想象力与太敏感了的对敌斗争嗅觉相结合后的产出物。但当这些代表了当时官方的业余"侦察员"一旦隔着审讯桌向其"犯罪嫌疑人"正式而严肃地提出质询时，什么听来好像就真有了那么回事似的。

华老板感觉到：他就是浑身是嘴也甭想将这一切的一切都说清楚。

后来，华老板灵机一动，说了个×××的名字。他说此人如今是人人都知晓其名的我党的高级干部了——难道不是吗？

造反派们闻言甚惊。但他们说："什么'我党'，你也配叫'我党'吗？"

华师傅便立即改口说："那就叫'你党'吧。"

"什么？'你党'？"

"不、不、不。是我们的伟大光荣正确的中国共产党！"

造反派们想了想，觉得似乎也没啥可说了，于是便默认。

"当年的×××是一位地下工作者，被国民党军警追捕而逃到——不，不是'逃到'，应该说是暂避到——我们的小店里来，当时，不就靠我搭救了他？"

华师傅如此一招式倒真叫造反派们看花了眼。他们之间互相望了一眼，说道："你倒是如何搭救他的——说来听听。"

或许，他们想为《沙家浜》中阿庆嫂救胡司令一命的那幕戏增添一些情节上的联想？

华师傅道："你们该知道敝店的那台'千斤鼎'吧？"

"知道啊，那又怎么啦？"

"千斤鼎除了能将车辆抬起外，还有一种沉降的功能。就是可以将修车人沉降到地底下去，然后再来从事车辆底盘的修理工作。"

"原来还有此等功用！"一个造反派队员听罢有些惊讶，也有些茅塞顿开之感。

"是啊，这架千斤鼎是德国名牌货，上海滩上只有两台……"

"不准宣扬资本主义！不准放毒！"

"是，不宣扬资本主义，不放毒。"

"毛主席教导我们说：凡是敌人拥护的我们就要反对，凡是敌人反对的我们就要拥护——继续往下说！"

"是，继续往下说。但……我都说到哪里了？"

"说到千斤鼎的沉降功能。"

"噢，对了。我就让那位同志，不是，是那位领导躺在了机盘上，然后沉降到地下去。地面上再停上一辆有待检修的车辆，这不就逃过了特务们的搜捕了？"

"……"

对于这段无从考稽的陈年逸事，造反队员们显然觉得无话可说了。

而华师傅一"轧苗头"，便来了个乘风扬帆。他说，我也曾经掩护过我们党的地下工作者啊，这些事，你们为什么就不讲啦？我还为革命的胜利立过功呢……

"不许翘尾巴！"

"是，不翘尾巴。"

但，但怎么办呢？华师傅想了想，就索性十足十地学起"阿庆嫂"来了。说什么，我们当年的生意也很难做哇，对谁都要笑脸相迎；又说，来的都是客，人一走茶就凉之类。意思是说，到他店里来的有好人也有坏人，而他是无从识别的，再说也从没将他们的来去放在过心上。

造反派不想听他那些啰唆话，他们对此没有兴趣。于是他们挥挥手，把他给叫停了。他们说，算了吧，就这样。以后要注意点儿，要老老实实接受工人阶级对你的监督和改造——听明白了吗？明白了。这，就算结了。

其实，这事说是华师傅灵机一动，还不如说是海民动的灵机。这是海民替他老丈人想出来的主意。那时，海民与翠珍结婚已有两年，还生了一对双胞胎的孩子。每逢星期天，夫妻俩总会带着孩子去凤阳路141号的丈人丈母娘家待上一天半日。而海民见到的情景是，老丈人老是愁眉不展、唉声叹气的，并常常为了要在星期一交差的那份坦白交代书搞得心神不宁，魂不守舍。

于是，海民便虚构出了这个故事来。其实故事中的×××并不是全无此人，他当年是海民大学里的同学。此人一早已是地下党，负责煽动大学生们的反政府情绪以及组织学生运动一类的工作。他与海民有点儿交情，还向他借过几次车，以便能够掩护着去干些联系工作。海民当然不会知晓事情之真相的。那是在解放了好多年之后，海民才在报上见到了他的那位老同学的名字以及经历介绍，之后恍然大悟。这回见老丈人有难，他便张冠李戴地将×××的名字搬出来，献计于华老爹的跟前。

华师傅呢？乍一听，还是相当有顾虑的。他说，这能行吗？但后来，他给造反派逼急了，逼急了也就索性破釜沉舟，急中生智地使出了这么一招来了。谁知此招还真管用，非但让华师傅即场蒙混过了关，而且还叫造反派对随心所欲整人这一做法产生了某些顾忌。说，这上海滩的水真深啊，说不定什么时候在哪里就冒出了个谁来。你看，一个黑不溜秋、毫不起眼的华某人，国民党党部书记没查到，反倒抛出了张×××大干部的王牌来，杀你个措手不及！不对，瞧这华某人那副沉着应对的模样，非但有"胡司令"撑腰，说不定还有新四军做靠山咧。于是，"刁德一"们还是不能不对"阿庆嫂"刮目相看。是假是真，也都要扮出几分和悦的脸色来了。

造反派的这些态度上的微妙变化，也让华师傅察觉到了。他拿回家来一说，海民就来劲儿了。他主张运用政治学习会上学到的毛主席的军事思想，"乘胜追击，扩大胜利成果"这一战略方针。

乘胜追击？"乘"什么胜？还"追击"呢。人家不追过来已是一天之喜了——别忘了咱们家是"资字头"！华师傅直摇头。

但海民说，"资字头"又怎么了？我自己的家庭还不是更大号的"资字头"？但我在单位里边一样是混得好好的。这主要看你如何来应付，来操作，来做人，来不失时机地把握机会。再说了，资产阶级属人民内部矛盾——这是有明文规定的。

从来胆小如鼠的海民，为什么一下子变得如此激进起来了呢？是有如下几层原因的：一、他教老丈人的第一招式，一出手，便获得了意料外的成功。此事毫无疑问增强了他的自信——他觉得自己还行啊，竟然还有如此能耐？二、他也很想在他的老婆、丈人、丈母以及他的两个小姨子面前逞逞强，表现一下自己。翠华和翠媚的存在，经常会触动他，这么一个有过无数次与异性接触经验的男人内心的某个最隐秘最易躁动的部分。新婚的热烈期已经过去，又有些惯性了的感觉在他的心中开始抬头。三、他真还觉得像华家那种历史清白、履历简单的家庭遭受如此冲击似乎有点儿过了，他理应帮助他们争取点儿什么回来。否则，他家有了像他那么个女婿还不是白有了？

因为有了第一次，这回听到女婿的表态，华老爹便不再作声了。他说："那依你看呢？"

"这样吧。"海民想了想之后，开始发挥，"索性就开口向他们要还间房来。反正现在还留有两间小房没有启封。一旦哪天真有了分房的对象，再想要回来就难了。你看噢，我们这一家老小地挤一间房，孩子都已长大，而且还是女孩。假如日后还要生活下去的话，这方便吗？——我们自个都快成特困户了。"

海民的提议得到了除了华师傅之外的全家人的喝彩，尤其是翠华和翠媚。毕竟住房面积大了，一切都会方便好多的。

第二天一早，华师傅就揣着一颗惶惶不安的心，冒着可能再次遭人训斥"翘尾巴"的风险，走进了造反队的办公室。

谁知，竟成功了！造反队的答复是：将那两间已经上封，但仍未分配出去的小间中的一间"借你家暂时先用一用"——正式手续当然不宜在现在就办了。

又下一城！小房间启封的那一天，华师傅专程又去了福州路的那家京菜馆，买了只挂炉烤鸭回来。虽都说味质比起"文革"前的有所下降，但全家人还是欢天喜地地围桌美食了一餐，重温了一回昔日的美好时光。华师傅和他的全家哪里知道：他们获得了短暂的欢乐和宽松，却埋下了永久的悔恨和祸根。

自从这两件事之后，华师傅，不仅华师傅，就连华太太也对这女婿刮目相看了。他俩私底下说，翠珍找了这么个丈夫，看来还是找对了啊。又说，大十多岁也就大十多岁吧，一般大点儿年岁的男人才能给女人带来安全感。从此之后，他家遇事，都要找海民来商量。似乎有了海民的保驾护航，"文革"这片黑海洋就是再深、再险恶，他家也可以安全渡过。他们全家都把海民当作"智多星"了。

然而这一回，连"智多星"也都黔驴技穷了。

那一天傍晚时分，华师傅急急忙忙跑回家来，说："快！快！快把海民叫来………"

但还没等海民他们赶到，华师傅已被随后追到的、气势汹汹的造反派队员给押走，带回厂里隔离审查去了。而从此，华师傅再没能回到他的141号的家。（其实说他没回过家也不太准确：他回来过，不过，他是以另一种方式回来的。）

是怎么回事呢？原来那天上海报纸的通篇头条都是关于华东局的革命群众揪出走资

派 ×××的特大消息。而那位 ×××恰恰就是华师傅说他当年救了他一命的 ×××。消息说，原来 ×××当年在上海圣约翰大学搞学生运动时就与美国的中央情报局勾结上了，他是美蒋特务机关在我们社会主义新中国埋下的一颗很深很深的定时炸弹！事件当然就非同小可了。你华某人不是自己说认识他，而且关系还非同寻常吗？——这与刁德一从阿庆嫂能不慌不忙地自日本人的眼皮底下救出胡司令的推理逻辑是一致的。既然如此，那就请你华某人把事情好好儿地说个清楚吧。

你叫华某人说什么呢？他压根儿就没见着过 ×××。连他那晚匆匆赶回家，希望能从海民那里大概了解一下 ×××的外貌特征以及性格爱好的机会都没得着。他又能说点儿什么呢？

华师傅于是只得支吾以对，问东答西。造反派们问不出个名堂来，就让单位开了介绍信去外调 ×××本人。但问来问去也一个样：牛头不对马嘴。×××说，他根本就没去修过车，当然也就不可能会认识什么华老板、李老板之类了。

于是，事件的嫌疑性就愈发大了起来（别忘了：那是个好生嫌疑的时代），好像这回总算让造反派们摸到了一条又粗又长的黑线了，而假如不顺藤摸它两只大西瓜出来，他们怎肯善罢甘休？他们一级级地往上报，最后，上报到了中央文革小组（毕竟，×××还算是个能够上级别的大人物）。

再说回华师傅。这次的华师傅真是被搞惨了。他从来就是个奉公守法之人，不与政治沾边。他历经敌伪时期、金银卷风潮、三反五反，最多么也就是生意场上的涨落与亏蚀，而这些事毕竟不可能深心入肺得太久太深的。再说了，坐大牢总不可能挨到他华某人吧？但这次，他挨着了（在他看来，所谓"隔离审查"不等同于坐牢？）。故此，这种人生经验对他说来是全新的。以前在单位里挨批斗，回到家里至少可以让你缓过口气来。喝上个一盅半杯的，又有华太太和孩子陪在身边给他开解几句，再大的冤屈也有倾吐之处。但现在的情况完全不同了，非但没有了太太熬的乌骨鸡汤和蛤士蟆汁来增补体力，连个对话的人都没了。白天弯腰遭批斗，晚上将你往阴暗霉潮的防空洞里一塞，连灯都没有一盏——这种日子可怎么熬下去啊？

华师傅被批斗了有多少回，别说造反派们，就连华师傅本人也都记不清了。但他记得有一回，那一回最荒唐。他被押去了华东局的办公大楼，站在台上，充当 ×××的陪斗。两个素无谋面的陌生人互相望了一眼，然后一齐低下了头去。谁也不知道谁的闷葫芦里究竟卖的是什么药？而台下的革命群众，口号声此起彼伏，他们喊道："谁不老实就叫他灭亡！"

又说，誓要将他俩都打翻在地，再踏上一只脚，叫他们永世不得翻身。云云。

但真正要了华师傅命的还是那次在上海杂技场的批斗大会。杂技场那时刚造好不久，也算是上海在文革中的一座带点"异化"味的建筑了：蒙古包式的圆拱棚顶，内座是梯阶式兼环圈型的，有点儿罗马竞技场的意思。如此设计形式除了适合表演那些午棍弄棒、飞车叠罗汉等杂技杂耍外，还适合开批斗会：批斗对象往那中心点上一站，不顺理顺章地成了所有看台上观斗者的"万夫所指"了？那天傍晚时分，当华师傅再度被送回防空洞的隔离室时，他的决心就已下定了。

他找了个理由，向看守防空洞的造反派队员说，他因肚疼需要如厕。就这么，他便从隔离室出逃了。他用他身上仅有的几毛钱（隔离对象允许带有少量的零花钱）去一家杂货小铺买了一瓶二两半庄的"七宝大曲"和几瓶"敌敌畏"药水（"文革"时期的种种都得不到历史的肯定，唯有一样除外：那便是稳定而便宜的物价）。他携带着这些"作案工具"，熟门熟路地从后窗潜入了凤阳路141号底层的修理车间。或许，他也曾悄悄地上过楼去，到他家的房门口站着，屏神听了一会儿。但他是绝不忍心去打搅他妻女们的睡梦的。后来，他又蹑步离开了，没人察觉他来过。也或许，他曾单独地在那间堆放了许多机械和工具，充满着机油味的车间里坐了很久、很久。回想着他的一生，他是如何创造这一切，又如何失去了这一切。他曾在这里辉煌过，得意过，如今，他也要在这里作出他人生的最痛苦的抉择。这里是他的天堂与地狱！应该这样来说，这一切很可能都发生过，但这只能是我们事后的猜想与臆测。所有这些不再会有意义，其真相已随着华师傅，这么一个老实、本分而又勤奋的生意人也是劳动者的离世而永远消失了。

后来人们见到的现场是：一只空酒瓶和四只空药瓶东倒西歪地丢弃在地上。人们只知道：他应该是在下半夜里的某个时辰一口气喝下了这几瓶液体。然后，然后他去了哪里了呢？活不见人，死不见尸。

当然，再后来，一切也都真相大白了。但在当时，为了华某人的失踪，造反派内部也曾发生过激烈的争辩。有人认为：要犯潜逃，这是重大事件，是阶级斗争的新动向。主张立即在全市乃至全国范围内张贴捉拿通缉令，捕其归案。但也有人觉得暂不须为此劳师动众；在情况还未明朗前，应当先与专政机关取得联系，同时还可以在本单位内部悄悄地进行排摸侦查，以免打草惊蛇，云云。但还是那位当时曾警告华某人不许"翘尾巴！""不许放毒！"的造反队头头的政策水平高，他一挥手就平息了争论。他说，此事不是应该通知政府机关，而是应该立即通知华某人的家属，先让家属明白事态的严重性，以能有个思想准备。因为毕竟，人是在我们这里失踪的，而其问题至今还没有一个明确的结论，这种做法可进可退，我们单位不宜承担太大的责任风险。

先通知家属的决定看来还是对头的。至少，此事第一丝线索的察觉还是靠了华太太。那天晚上，已经丧魂落魄了好几天的华太太突然发现 141 号底层的那扇后窗有被撬的痕迹。而且，窗台厚厚的积尘上还留有几只明显的鞋印。这是她熟悉不过的鞋印，立即，她整个人就瘫软了下去。邻居们见状都不知发生了何事，急忙跑去她家，把带病在身的翠华叫来（翠媚不在家：她还是很少着家的）。

华太太在床上苏醒了过来。她虚弱地叫道："快，快去叫海民来。"

于是，海民与翠珍便赶了来。华太太又说："快，快去通知老华的单位………"

单位里来人了，他们打开了车间的大门，便发现了我先前交代过的那一幕场景。但人呢？躺在床上的华太太再一次将虚弱万分的手举了起来，她说道："那台千……千斤鼎……！"

那台 20 世纪 30 年代德国制造的"千斤鼎""叽叽"地叫唤着，将华师傅的躯体从地底下抬升了上来。人们发现：尸体已经全身发黑，且已肿胀不堪。当时，作为家属的华太太已经虚脱到根本无法再站立起来了，而翠华则说她害怕，也躲在了家中的一个角落里瑟瑟发抖，不愿露面。翠媚仍没回家，我与薛强当然更是名不正、言不顺，不可能到场。在场者于是只剩下了海民与翠珍两个。据说，当时的翠珍的脸色转成了死灰白，她用冰冷的手指死命地抓住了海民的手，她的指甲差不多都要掐进她丈夫的皮肉里去了。但他俩谁也没哭没叫，他们保持镇定，保持冷漠。因为尽管父亲死了，但他的那顶阶级敌人的帽子仍是戴在头上的，他们必须明白一点：他们与他之间存在着一条无形的界线，这是一条他们无论如何都不能踩过去的界线。

华师傅死早了半个月。半个月之后，专案组的结论便正式下达了：华某人与那个×××的大干部根本没有任何关系与瓜葛。但又能怎么呢？"敌敌畏"已经喝了，人已经死了；而单位负责人更强调说，他们还是很讲究革命人道主义精神的嘛，在华失踪的第二天，他们不就已经通知他的家属了？一切无话可说。

但说是这么说，单位方面还算讲点儿人情味。经研究，提出了两条弥补方案：一、取消华某人"畏罪自杀，自绝于人民"的结论，改为"自然死亡"（此点属"政治平反"）。二、考虑到华家因住房遭紧缩而造成的实际居住困难，决定将一间现已暂借与华家使用的房间办理正式的归还手续，并再启封多一间小房作增配之用。而这，不正体现了我党一往以贯之的给出路的政策吗？"当然！当然！"代表了华家前去单位聆听组织上有关决定的海民又将他那招牌式的笑容挂在脸上了，他的双眼眯了一条缝。他说："感谢政府！感谢党！感谢毛主席的革命路线！"

他极尽溢美之辞，代表华家上下对此决定感激涕零了一番。

华师傅的枉死至少给华家今后的生活形势带来了如下几点变化：一是华家的住房条件得到了稳定的改善。二是在一个没有了男人的家庭中，海民理所当然确立起了他的一家之主的地位。三是可怜的翠华的病情愈发严重了。她本来就罹患一种精神类的疾病，而那次事件对她精神系统造成的打击无疑是巨大的。她已开始变得有些无法自理了。

七

那是我在过了半年之后才知道的事。原来，那天下午华太太亲临寒舍，屈身来访的最直接原因是：翠华已经开始发病了。或者可以这么来说，假如不是情况紧急，华太太是绝不肯亲身出马的。事情已经到了万不得已的"临界状态"了，据华太太判析，我才是这世界上唯一有可能救到她女儿的那个人。

但华太太来是来了，却没能把事情说明白。或者她认为，即使说明了也无济于事——说不定还更糟。

事情还是出在薛强的身上。

薛强去华家找翠媚一直没有找着后，双方的关系的确也有过一段冷却期。其间，常有人见到翠媚挽着黄什么总长侄亲的胳膊招摇过市的情景。事情传到了薛强的耳朵里，他又有点儿按耐不住了，尤其是在那些月光浩洁而他又失眠的夜里；或者是，他又想在朋友的亭子间画人体写真，但又找不到一个体态动人的模特儿时。

他又恢复了常常去华家死缠不休的做法。

有一两次，他见到翠媚了，但没说上几句话，就让她借机给溜走了。而从此之后，翠媚便有了戒心，再也没被他逮着过。但他老这么来也不是个办法啊。于是，翠媚想到了翠华。她想叫翠华来对付他一下，顺便也代她做做薛强的思想工作，说这事勉强是勉强不来的，大家没有了感觉，就是硬凑在一块儿也没啥味道，等等。

当时究竟是翠媚央求翠华，还是翠华带点儿自告奋勇的意思，主动请缨帮助她妹妹去解决这桩烦心事的，到了今天，这已成了一桩无从查证之事了。反正那时的华家，居住条件已经得到了部分改善，翠华翠媚两姐妹已拥有一间单独的房间了。两张钢丝摺床也已换成两张正规的单人床，并排放，中间还搁了只床头柜。床头柜的对面是一张写字台，有一盏带纱罩的台灯，边上砌着一叠书。《少女的心》《梅花党》之类现在已不用再往枕头底下塞了。

"薛强哥"来时，只要翠华在家（她一般很少外出），他总是先到她们姐妹俩的房中去坐。看书、闲聊兼等人。只有到了吃饭的时候，他才去大房间用一下餐。接着，又重新回到翠华的房里来。就这么个架势，没人会想到再多的什么了。再说，那个时代，除了政治上的警觉外，对于生活上的问题，一般的人都不会太在意。

但事情出就出在了这里。

可能是一等二等等烦了，等厌了，等火了；也可能是时辰至半夜，"薛强哥"对自身体内荷尔蒙的分泌浓度渐渐有些失控了。他走过去，一把就将翠华搂抱住了。他把他的嘴唇按在了她的唇上，热吻她。但他的口中还在含含糊糊地呼唤着翠媚的名字。这件事情在我后来的臆测中，翠华对"薛强哥"突袭举动的反应，与其说是惊恐还不如说是有点儿慌乱。因为，当一对男女第一回有体肤接触时，女性的所谓"慌乱"心态包含的除了此词的本意之外，还隐匿了某种欢乐、紧张，甚至是迎合。

但后来的形势就大不同了。薛强三下五除二地就将她剥光了，他干了她。非但干了她，而且还是在接近于癫狂的状态下干了她。非但是在接近于癫狂的状态下干了她，而且还前干、后干、平干、侧干、躺干、坐干、曲干、挂干，一夜之间竟干了她六七次之多。他边干边叫喊道："我要操死你！我要操死翠媚！我要操死你们华家所有的姐妹！"

第二天早晨，华太太所见到的现场情景是：薛强已经走了，翠华半裸地躺在那儿，脸色苍白，手脚震颤，气若游丝。而印花的床单上，东一摊西一摊地涂鸦着白色与红色的人的体液。华太太见状就惊叫了起来。而事实上，那一刻的翠华，精神已经崩溃，并从此开始了她那漫长而痛苦的精神病史的生涯。精神病患者的病理可能相同，但表现状症却各异。翠华的表现症状是不停地洗，拼了命地洗：洗手，洗澡，洗床单，洗内衣裤。这种症状一直到她后来住进了精神病院，被注射了大剂量的抗强迫症的药品后才得以缓解。

华太太当下就去找薛强算账，但她找不到他。于是就去他的那位亭子间朋友以及朋友的朋友处找他，但他们都说不知道他去了哪儿。

但过了不几天，薛强自己打来传呼电话了。他先是找翠媚听电话，翠媚不在家。他又找翠华听电话，但翠华连床都起不来。没法，还是华太太来接听的电话。在电话中，他告诉翠媚和翠华的母亲说，他做了件错事，一件大错事。他是因为当时控制不了他自己的情绪而将错事做了出来，但他不会因此而感到后悔（应该说，他一辈子也没为做错什么事而感到后悔过）。又说，他已报了名，而且过两天就要走人。他决定去云南的军垦农场务农去——他要离上海远远的！而且，越远越好！（薛强主动报名上山下乡马上传谈为了一桩不大不小的新闻：以其不羁的性格，假如非其自愿，你休想将他撵出上海去）他很骄傲也很痛苦地向华太太宣布了他这一人生决定。他没说，但他等于说了，他之所以肯付出如此高昂的人生代价，皆因他做了一桩他"并不感到后悔"的人生错事的缘故。他替自己选择了这种自我流放的惩罚形式。同时，他还在电话里提到了弗洛伊德，这位伟大的奥地利心理学家（弗氏是薛强最推崇的西方人文学者之一）。他说，你知道吗？弗氏的潜意识论认为：牙齿咬破舌头，便是一种自我惩罚的表现。

当然，华太太是绝对听不懂他在胡言乱语些什么的。她只能对着电话筒，一个劲儿地咒骂："你这个流氓！你这个畜生！你这个神经病！你这个千刀万剐的家伙！你这个不得好死的孽种！……"

但薛强丝毫不去理会那些咒骂。他等华太太骂够骂透骂累了，并再也找不出什么新的恶毒词汇来继续她的漫骂时，他又不急不缓地在电话线的彼端开了腔。他撂下一句话来，他要华太太转告翠媚。他说："总有一天，我还会回来找她的——再久再久的将来，都会有这么一天。即使到了那一天，她已经去了另一个世界，我也会追过去。我不会放弃她的，绝不放弃！……"

华太太闻言，又开始在电话筒中骂开了。她骂道："你这个精神病患者！你这个恶魔！你这个进提兰桥（提兰桥为上海监狱所在地）的胚子！你这个吃枪毙鬼！你……"

但她听到了对方的电话线"咯"的一声挂断了。

骂管骂，但华家是绝不会去政府部门告发薛强的。原因又有若干点：首先是家丑不可外扬。这从来就是华家夫妇一贯的持家宗旨。但何谓"家丑"？薛强不是翠媚的男朋友吗？虽未必成其眷属，但在华太太的理念中，这仍属"家丑"之范畴的。再说了，如果一旦声张，今后翠华怎么个做人法？她还没嫁人呢。最后还有一点：这是有关华家本身的。这些日子来，她家已让人给折腾得够惨够走投无路的了，她因此不想——绝不想——再去害多另一个别人了，她觉得还是要积点儿阴德的为好。

　　而薛强，就这样稀里糊涂地逃过了一劫。

　　以上，便是华太太于那天下午突然上我家来的背景事件，也是在许多年后的翠华的追悼会上，她为什么会握着我的双手，真诚道歉的原因。

　　然而，薛强逃过了这一劫，并不意味着他也能逃过那一劫——而且还是更大的一劫。

　　有关薛强的另外一次劫难我是在他离开上海半年后，才从他的那位亭子间朋友（我们也有往来）处听说的。当时，我真惊呆了。其实，当年他为什么一定要去到云南那么远，我始终就没弄明白。是西双版纳的迷人景致吸引了他的画魂？还是传说中的白族彝族少女的飘逸之美让他心生向往？当然，后来他亲口告诉我的事实都不是这些，也不是他告诉华太太的，希望能离上海愈远愈好。他去云南边境是希望有一天能找机会偷越国境。他要去到缅甸那边的山里去参加一支什么部队（据说是当年窜逃出境的国民党军队的残余），那支部队既打仗又种鸦片，他说，他渴望去过一种带点儿刺激情味的人生——真不知道，他是从哪里听说了那些乌七八糟的东西的。

　　他当然没能如愿以偿。说是边境，其实离真正的边境线还差好几百公里的路程，其间群岭叠峰，原始森林连绵，徒步是休想穿越的。除非交钱给马帮，让他们带你出去。但人生地疏的，他又能去哪里找到这种路数呢？再说，他也出不起那份"买路钱"。他死了这条心，改为整天在农场里吊儿郎当，我行我素地做人处世。他的那种不羁的性格，令上海里弄干部们头痛的，同样也叫农场干部们对他毫无办法。但他的人缘很好——尤其是女人缘。他的那股子玩世不恭的气质让女孩子们对他产生了一种莫明的向往。

　　于是，又出了事。

　　他看中了一个女孩，也是上海来的知青。因为人长得漂亮，被留在了场部当宣传干事。薛强是在被叫到场部画宣传画时认识她的。他从来就是个拥有了一片太肥沃了的情欲心理和生理土壤的男人，没说上几句话呢，他便陷入了情网。唯苦于那女孩不常下来，尤其到他所在的那个连队的机会更少，所以总是无从入手。但那天她来了，是来下面布置宣传工作细则的。而他，也得知了这一"情报"。天一擦黑，他就守候在了黑森森的稻田的边上了。他等到了她，而且毫无顾忌地上前就抱住了她。他吻她，摸她，最后将她按倒在田埂上，强奸了她。

　　我说："啊唷，那咋行呢？薛强的胆子也太大了！那还不出事——你以为个个人都是华太太吗？"

亭子间画家答道："还别以为，本来倒完全是可以平安无事的。他们俩谁都不吭一声地就把事情干完了。之后，薛强提起裤子，走人。而那女的，也从田埂上爬起身来，拉整衣衫，理理头发，正准备离开；而真正的事就出在那一刻。"

我望着他："……？"——我既困惑又惊讶。

但他说兴勃勃，继续往下说去。他说："薛强已走出很远了，突然又折了回来。那女的以为他没过足瘾，还想与她再干多一回呢。但不，他要抢她腕上那块上海牌手表。这回，她不干了，她反抗了。虽然，她远不是薛强体力上的对手，但她还是义无反顾地反抗了。"

这里需要附带着说明一点：我们今天的读者可能对一块上海牌手表在那个时代所代表的价值概念不甚理解。一块表，一辆自行车，一套家具，一架收音机，外加一座三五牌台钟，很可能就是一个人（而且还是一个在大城市里生活的人）为之奋斗为之贡献一生的人生目标。这与今日里一套二房一厅或三房一厅的商品房对一位打工仔的价值相若。女孩想：她给了他他的身体，这无所谓；之后，她不还是个好端端的她吗？但失去了手表后的她还是原来的她吗？不再是了。于是，她便与他纠缠了起来，她大声地叫喊起来："救命哪！抓坏人哪！……"

出乎那女孩（很可能也出乎薛强本人的）意料之外，他不由自主地就罢手了。而且他不逃，他站在原地听她叫，任她叫，直到端着步枪的场部民兵赶来，将他给五花大绑地押走。

之后？

之后的情形当然就由想可知了。他被批被斗被"游街"（准确地说，应该算是"游场"：那鬼地方是无"街"可游的）。最后召开了公审大会，宣判死刑。

那薛强就真的死了吗？

还能不死？画家朋友瞪大眼睛望着我，仿佛我说的是一句火星语。一粒枪子崩进脑壳，脑壳都开了花，还能不死？军垦单位缺什么，也不会缺枪子。

"……太可怕了！实在太可怕了！那，翠媚知道吗？还有翠华？"

我不知道自己为什么会说出个"翠华"来。

"能有谁会说给她们听呢？——但不知道也好。"

三十年之后，薛强亲口讲给我听的却是那同一个故事的另一半，这是一只月亮背面的故事。它与三十年前，我听到的那前一半之间的关系恰好互补。

那时的薛强已当上老板了，拥有和主持着上海的一家颇有名气的饭店。他已发福，一副脑满肠肥的样子。连走起路来也一摇一摆的。他穿一件"寿"字设计的织锦缎对襟衫，他不再留什么长发了，而是剃了一颗新纳粹式的亮晃晃的光头——他看上来，已完全变成了另外一个人。我想，不是他变成了另一个人，准确来说，这已完全是另一个时代了。

他请我喝酒，喝很贵牌子的日本"如水"牌的清酒。和服打扮的日式女侍应双膝跪地给我们倒酒。他一仰头，将"如水"一饮而尽。他从怀里摸出烟卷来，点上。当然，再不是什么"大联珠"或"劳动牌"了，而是优质的古巴雪茄。他吐出一口雪茄的烟雾来，开始叙述他的故事。

八

就当华太太仍在麻将台上吹嘘着她的那位在台湾的女儿如何如何时，台北那边的形势已发生了翻天覆地的变化。王志雄突然身亡，这则消息我是在香港的 TVBS 有关台湾社会新闻的节目播放中首先见到的。他死在他的一个"亲密女友"的香闺中。电视报道说，是他女友报的案，被救到医院时，证实已经死亡。电视镜头上甚至还出现了戴白口罩蓝帽子的救护人员抬着担架从某别墅的大铁门间蹦跑出来的情景，紧随其后的是王的"亲密女友"，她用手袋遮住脸，躲避着追拍的镜头，匆匆钻入救护车，随车而去。之后的几乎整个星期内，港台报纸与电视台都有相关的追踪报道。一般来说，对于这类八卦新闻我是没什么兴趣的。但这回不同，事关翠媚，我自然也就分外地留意了。

普遍的说法都认定：王志雄的死因是所谓的"马上风"，乐极生悲。但也有认为其死因存疑的。为此，那位手袋遮脸的女友还屡次被请去警局"协助调查"。女友当然不可能每回出镜都遮额遮眉，后来，她改戴了一副宽边大框的"瓦萨奇"墨镜，还是让人无法识其庐山真貌。但女友很年轻，身材也很窈窕，这些都是墨镜所无法遮盖住的。而我的唯一肯定则是：此女绝非当年的那个在"双子星"大厦的单元里闯进屋来，闹完事又"噔噔噔"上楼去的女人。她应该是王志雄近年来结识的另一名新欢。

再下去，便见到翠媚了。翠媚之前，当然先是那幢"双子星"大厦的外貌，然后是复式单元中的家具和陈设（与我当年所见的变化不大，只是在客厅中央添多了一方白幔黑纱的灵堂），然后又是那位叫慧妈的女佣。然后——然后就轮到翠媚登场了。她着了一身黑色的丧服，戴一顶阔边的黑色细麻质的草帽，一朵巨大的黑丝结系于帽檐的一侧。她用一块白色的丝帕不停地擦拭着眼泪，以示悲伤。她说，她丈夫王志雄是个勤奋、有抱负，而且又顾家的好男人。她绝不相信外界的带中伤性的流言蜚语。她相信她丈夫的忠诚就像她丈夫相信她对他的忠诚一样。

那，该晚在那位女士的房中一事……？

偶然。翠媚坚定地表示，此事纯属偶然。那天的事她是知道的，志雄因商务事宜去见一位有关人士，但不幸，竟在她家出了事。说罢，她又用白丝绢擦泪，似乎，任何有关她丈夫去世一事的提及都会触及她的伤心处。

当然，翠媚在擦完眼泪后继续说道，她也不是不觉得事件有蹊跷和可疑之处。毕竟，商场似战场嘛，为了利益，有什么事有谁不敢干的？为此，她已去警局报了案，而警局方面也已经接受了她的报案，并已立案开始侦查程序了。至于其他，她则无可奉告。

她又擦了一回泪。

她接着往下说。她说，现在最令她日不思食、夜不成眠的事情是：在她的那位能干、敬爱的丈夫离她而去之后，以她这么个弱女子之肩将如何能担当起她丈夫生前经营的那个庞大生意王国的运作重担？她觉得自己的压力太大了！但她告诉自己说：华翠媚，为了让你亲爱的丈夫能安心于九泉之下，怎么孤独的日子你也要过下去！怎么艰难的道路你也要走下去！而她坚信，她是能做到这一切，也能干好这一切的……

她又开始抹眼泪了，并看上去还有准备要号啕一番的意思。好在此时的电视采访到此中止，才没让我看到她真正失态的一刻。

有关王志雄事件的下一个场景，我还是在 TVBS 的热点新闻专题片上看到的。场景是王志雄大殓那天的祭堂。翠媚一身黑色地站在一边，准备接受来自政界与商界大亨们前来吊唁时的握手、拥抱与抚慰。而且，这也不失为一种机会，看看下一个的人生目标人物会不会就在此时此刻现身？然而，这一回台北殡仪馆的殓堂不是当年"来来宾馆"的宴会大厅了。翠媚希望等的人一个也没等到，等到的反倒是一大堆不知从哪块地底下冒出来的哭丧团。台北报纸戏称他们足足有一个"企管 TEAM（团队）"的规模。其组成成分包括了王的列年列届的外室与情妇（那位"双子星"的"嗯嗯嗯"是否也在其列？只因电视镜头摇得太快，让我无法分辨清楚）以及一大群自称与王有血缘关系（不信？不信你们可以去做亲子鉴定嘛！）的子女们。他们一人接一人，有时索性统统都扑倒于灵位前，捶胸顿足，干号一番。唯王志雄的那幅巨型彩照仍镇定地挂于大堂的中央，一副我自岿然不动的模样。彩照上的他还是那一脸正处于微笑波浪中的棕褐色的横肉，栩栩如生，恍若生前。

如上所述，不过是王志雄事件在场景上的高潮戏，并不是情节上的。其情节高潮是在一个月后的某一天突然之间爆发的。

那时的王事件已渐趋冷却，预备收场了。社会注意力又有了新的聚焦目标：张××，李××，赵××，八卦新闻永远不愁没有后继之料。但就在此时，王志雄事件突然来了个"咸鱼翻身"，一条7.8级地震式的新闻以雷霆不及掩耳之势裂开了台北股市的地壳。

事件的起因是有几个证监部门的官员出现在电视光屏上，他们开的是一次记者招待会。他们论证了关于王氏企业千疮百孔的财务现状，而在那同一天，王氏股价跳水式暴跌。（真看不出，王志雄其人确有法术：生前操控股市；就是死了，还能向它扔上一枚深水炸弹！）刹时间，各方债权人纷纷登门。不出一星期，所谓王氏的"生意王国"，有价值的全拍卖了，没价值的全捣烂了。往日里，口红的小姐、革履的男士进进出出的王氏大厦被交叉上了两条大封条，人去楼空，鬼影也不见一个。"换帽子"的戏法一旦叫停，人们才发现：十颗光头之中至少有五颗原来是没帽戴的。

王氏企业终于真相败露：资不抵债，而且债台高筑。亏欠银行、钱庄、保险公司、政府税务部门、员工薪水等等合共四十八亿三千余万新台币！这不是大地震，是什么？

血本无归的股民愤怒了，他们拥去王氏大厦，砸窗砸门砸家具——外墙是砸不动的。他们做不了什么，他们只是出出气而已。下一步怎么办？注意力的焦点自然而然就集中到了那一天在大殓祭堂上出现过的那些人的身上。至少，他们还都活着，这是第一点。还有，他们怎可能也没钱了呢？王志雄活着的时候，难道就不可能将其一部分资产转移去了他的某个情妇的名下？如此理据只要在法律层面上成立，这些资产的所有权问题便有了争议；而这些资产的所有权问题有了争议，那些债主与股民眼看已走到了尽头的穷巷便就有了延伸之可能性了。如此推理，对于那班曾前往哭堂的女人来讲当然十分危险。于是，她们便一个接一个地出面来否定与澄清他们与王的经济关联：是的，她们仍是有钱的。但有钱又怎么呢？有钱就一定是王志雄给的吗？要知道，天下除了王志雄还有张志雄、刘志雄、赵志雄呢，难道他们给的钱也属非法？到了这个时刻，只要能保住钱，面子什么的都属次要层面上的问题了。再说，那些女人，本来就属于那种不要脸皮之一族，就算说穿了故事的情节，你又能拿我奈何？还有那些本来打算去医院做亲子鉴定的，钱都交了，日期也约好了，有的还向媒体作了有意无意的透露，现在也都一一作罢。那几天的台北传媒，好不热闹！一个王志雄，拖出了一班女人，一班女人又供出了更多的张、李、赵、刘姓的"志雄"来。事件波扩开去，搞得家家户户大骂小哭，鸡犬不宁。

热闹归热闹，追溯资产来源毕竟不是件易为之事，故一般的案例都只能不了了之。而别人都可以逃之天天，唯一个人，那就是翠媚，是绝对脱不了干系的。于是，电视光屏上又出现了那座"双子星"大厦了，这是王志雄死后的唯一一座孤岛，而翠媚被困于孤岛上，水断粮绝。

当我在电视上再度见到翠媚时，她也学会了那副挡眉遮额、鼠窜而逃的模样了。应该说，起初，她还算镇静，还能对着镜头说上一些不着边际的搪塞之辞。或，不论你信还是不信地强辩上几句。但渐渐地，就有些招架不住了。她开始又哭又骂。她咒骂王志雄那老王八不是个东西，她将自己最美丽的青春都给了他，而他……她说，他如此死法是死得活该，死有余辜。还有那些不要脸的狐狸精，她也咒她们不得好死。

那一个时期的港台电视节目中还有一档令我印象十分深刻，我也想在此一提。这是一位素以其刻薄辛辣的言辞著称的台湾某文化名人，他同时亮相于台湾东森和香港凤凰两家电视台的清谈节目上。一把折扇一壶清茶一件仿绸对襟衫，来对此事件加以评论。他一上场就称王志雄为"志雄哥"，又称其为"王大侠"。他说："'志雄哥'好嘢（广东话）！——好势（闽南话）！——好样的（国语）！我向你三鞠躬，我向你致敬！"

他的观点让观众听得都有点儿丈二和尚摸不着头脑了，但他接着解释道，假如不靠"王大侠"来收拾，来玩残那些"臭娘们"，那班"烂婆娘"，我们这些当男人的还有什么指盼？他的言语引来了一阵笑声（笑声可能是预先录制好的）。

他又说，他倒真是很想出面来筹募一笔钱的，他想为"王大侠"也修一座"雷峰塔"。至于选址么，可以选在台湾阿里山什么湖的湖畔。也让它来个朝彩夕照什么的，成为一处旅游景点（他认为台湾地区的旅游局对此不会有异议）。唯塔的地下室的设计与用途有些特殊：这是专为另类女人开辟的一处骨灰存放处。但存放处的把关条件必须严格，其资格是：假如那些女人在生前缺乏这样那样的经历与头衔的话，是绝对不允许进入该处安顿的，并以此来保证塔性及其功能的纯正度。至于什么才所谓是"这样那样"，观众自然心知肚明啦（又是预先录制好了的笑声）！

当然，如此言辞，读者只宜故妄听之，不可认真也不必认真。只是既然有如此精彩的细节，小说作者是不应该遗漏的。但我仍要学着电视台在最后一行告诫辞所说的那样：上述观点仅代表嘉宾本人，与本台（本作者）无关。

再说回我们的小说人物翠媚。

骂管骂，哭管哭，暗底里，她还是在做她的工夫的。半年之后，当王氏企业的破产风波已彻底告一段落时，人们才发现：原来王志雄夫人——也就是翠媚——已有效地利用了私产保护令等一系列法律手段成功地保住了她的那幢"双子星"单元和一批价值不菲的存款、股票和私人的珠宝手饰。从此之后，她虽不再能过像从前那样的奢豪的生活了，但精神上的枷锁也同时打开了。她重获自由，她可以随心所欲了。而这条好处也并不见得比做个名存实亡的王志雄夫人更差。所谓"烂船三吨铁"，她是不怕今后的自己会缺钱用的。她也加入了那批阔太太的航空团，常飞到世界各地走走看看玩玩。其间，也常常会到上海来。在上海，她大明大方地领养了几条"小狼狗"，而他们对她都很"添贴"。因为在"鸭店"经营者的眼中，她怎么样都还是昔日的王夫人么，她还是一名相当阔绰的台湾富婆。除了翠媚的母亲华太太（她并不满意翠媚今日的社会处境）之外，应该说，其余的人都还得对翠媚礼让三分，刮目相看。

于是，一切便又归于了另一个层面上的平静与平衡了。人生就是这样：风风雨雨，潮起潮落，生命不可能永远辉煌或者黑暗。而翠媚目前的生活处于的正是两个峰值间的相对的平稳区间之中。

在翠媚留在上海的日子里（渐渐地，她留在上海的时间越变越长了。一方面是今日上海的色彩与生活方式令她着迷；另一方面，她童年与少女时代的生活记忆也开始被激活；再一方面，当然也不能否认那几头"小狼狗"对她生理与心理造成的某种无法抗拒的吸引力），她也常常会去 141 号走一走。有遇到那班打牌客，她也会挤在边上坐坐、看看，指指点点地出些主意。这时，便是最叫华太太不高兴的时候了。她会一直虎着个脸，有时，连麻将都会出错牌。

但她的那些八卦麻友对翠媚的来到还是挺感兴趣的。那位老喜欢将台湾人唤作"台巴子"的麻友话最多。这会儿她说道：听你娘说你这说你那的耳朵都快听出老茧来了。总算这些天来才有机会能让我们见识到你的庐山真貌，果然名不虚传啊。四五十岁的人了，有近五十了吧？阿姨没搞错吧？——

是的。没错，没错。过了今年的生日都四十八足岁了。

……四五十岁的人，看上去只有三十出点头。外面人的保养就是不同。唉，翠媚啊，说要说了，以你现在的这副卖相，口袋里又有铜细，又能讲几句洋文，在上海傍上几个"倩仔"应该不成问题吧？——上海滩"倩仔"的质素可是全世界都出了名的噢。

女人说的前半截话正中翠媚的下怀，但后半截呢？翠媚想了想，觉得还是不答为妙。而所有的在场者也都听出了其中的敏感成分，全场叽叽喳喳的声浪一下子静寂了下来。

过了一会儿，又有人说话了。主题仍是有关翠媚的。那人说："台湾我们是没去过——我们能去吗？在我们那个时代，台湾两个字都没人敢提一提。搞不好会杀头！就想不到变来变去，后来就变到了今天这步田地……嗨，对了，刚才我想说什么来着？"

"自己想说什么都不知道，还问别人——侬这个人有勿有搞错啊？"

"……噢，记起来了，记起来了。我是想说，台湾是个啥样子我们不知道，但据说，你老公拥有了半个台湾的产业？"

"那也没有这么夸张。"翠媚眯眯地笑开了：这正是她想进入的话题。但一旁的华太太的脸色却绷得更紧了。"可以这么来说，台北市中心最黄金段的房产有一半曾经都是我家的。"

"哇！那也了不得了啊！但后来为什么就——"说话者从麻将桌上抬起脸来，望着翠媚，她的双手在半空中做出了一个大幅度的滑坡动作。意思是说：后来怎么就全败落了呢？

"唉，"翠媚叹了口气，道，"这事说来话长，说来话长啊——不提也罢。"

"不提也罢？噢，噢，不提也罢。"

又过了一会儿。

"翠媚，你没孩子吧？"

"没有。"

"那怎么也不生他几个呢？至少，也要有一个吧。你这么漂亮又有本事，不留个种，岂不可惜？再说了……"

但另一个麻友马上将话头接了过去——

"孩子有什么好的？没听说过：夫妻是姻缘，儿女是债务吗？没债才一身轻呢。谁说没有债，一定要往自己的肩上弄一笔债务来扛一扛的？在这事上，老实说，你、我，还有华太太，都不懂做人应该怎么个做法，都应该算是'憨大'（傻瓜）！你看人家翠媚，活得多自在、多潇洒！找了这么个富豪老公，一世吃穿不愁。这不是缘分，不是福分，又是什么？——这样的老公你我怎么就找不到呢？"

又一个敏感话题。全场再度鸦喑雀哑。突然，华太太将手中的一只"九洞""啪！"地摔在了台面上，让大家都吓了一跳。她说："翠媚，你都回来这么多日子了，也应该抽时间到医院去看望一下翠华了吧？一场姐妹，她待你还不够好吗?！——"

华太太突然发难，且声色俱厉，令所有的在场者悚然。众人抬起头来，看了看"山势"，心中自然都明白有一二分了。有人用嘴角撇了撇，撇出了几皱冷笑，便又重新埋头理牌去了。而翠媚却望着她的母亲说道："是的，妈。我明天就去。"

华太太朝房门口挥了挥手："那你今天就早点儿回饭店去休息。休息好了，明朝早点儿去。我在医院的大门口等你。"

翠媚说："噢。"

九

翠华被送进精神病院已经有好些年头了。在这之前，翠华还是住在家里的。其实，华家住房最紧张的岁月也就是我常去他们家的那段日子：全家人挤在一间房里，吃喝拉撒都在那里。后来，华师傅死于非命，他等于是用了他的那条性命给他的家人争回了两小间的住房来。可别小看了那两小间，在那年月，两间小房令华家全家的生活场所顿时就扩增了一倍。而且还能相互隔离，杂物也有了堆放的空间，让许多生活上的细节和隐私都有了个藏匿和转寰的余地。

再后来，形势当然更不同了。"四人帮"一倒台，在平反冤案错案的大潮席卷全国的日子里，141号二楼因属私产（底层则作为生产资料早已合并国有了），而全部归还了房主。那时，华师傅早已不在人世，翠珍出嫁了，翠媚去了外国，只剩下华太太与翠华两个居住这么大面积的住房。而且，华家的经济条件也大大改善了。华师傅身前所属的上海第×汽车修配厂彻底且高调地替华师傅平了反。单位同事敲锣打鼓给他家送来平反通知书的那一天，华太太拒绝亲自下楼去迎接和认领证书。她是让海民去干那事的。她说，人都死了，敲锣打鼓就能活过来？别猫哭老鼠假慈悲了！说是这样说，但她还是将那份市政府颁发给她家的平反证书藏得好好的。她将它卷成一卷，塞进了一只花梨木的手饰箱里，然后又将小箱藏在了大樟木箱的箱底。这些都是海民后来告诉我的。海民笑道，华太太始终有一种强烈的不安全感。她认定：这国家里的事不好办，谁也说不出个准来。弄不好哪天风向一变，又来个抄斗整肃什么的，这张证书或者还能充当护身符，拿来挡一挡煞气。她说，当年老华缺少的就是这么一纸护身符啊。但单位的同事们说，华师傅其实是个一等一的好人，恪尽职守，任劳任怨。华师傅悲剧的这笔账假如真要算，也要算在那个祸国殃民的"四人帮"的头上！说此话的正是当年的那位负责审查华师傅案的造反队头目。如今，再由他带领庆贺队伍一路敲锣打鼓地将平反通知书送到华家的门上来，仿佛，这是桩类似于"范进中举"的大红喜事。

尽管如此，单位方面还是将欠付华师傅这么多年的工资加利息都一起结算给了他的遗孀。这是一笔以当时的眼光看来相当可观的财产了（华师傅的工资很高，除了他八级的技工待遇外，他还拥有一份作为私方代表的保留工资）。除去这笔固定的钱财外，翠媚也经常通过香港的汇丰银行汇钱给她的母亲，以尽孝意。这样，又有了房子，又有了经济基础，表面上看来华家的厄运期就算是过去了。但并不是，翠华的病给这个只有两母女的家庭生活带来了沉重、深浓、挥之不去的阴影。

说到翠华的病，起因当然是薛强那件事，但加深，还是在之后的一段长长的时日里。

事情还要从"文革"中期，华家又增配到了两间房说起。当然，父亲的惨死于翠华又是一次不小的打击，令刚从薛强事件阴影中开始走出来的她的精神系统又面临过一次新的崩溃的考验。但毕竟，这是件没法的事儿，全国全民都在经历，都在忍受折腾与煎熬。这对于翠华也是一种有益的精神暗示。因为，凡精神系统的疾病都有一种双相特征：既会相互传染，更能相互慰藉。她家失去亲人的痛苦虽然大，但比起全中国千千万万更不幸的家庭来说，也算是一件平常事。在这点上，时间是最好的治疗剂了。时间久了，这类精神上的创伤都是可以抚平的（那时的翠华毕竟年轻，机体的康复能力还很强）。但就在翠华从这一场梦魇的阴影中一步步走出来之际，她发现自己又掉进了另一场更大的梦魇中。

我记得在我小说的某段中曾提及过那两间先后启封归还于华家的小房：一间后来让翠华翠媚做了姐妹房，而另一间则一直空着，直到有一天。其实，这两间所谓的"房间"，是141号二层楼上最小、居住条件也是最差的两个独立间。各约四平方米。它们之所以长时间未能分配出去的直接原因就是它们的面积：连新婚户最起码的要求都不达标，更甭提那些拖老带小，拥有七八口人的特困户了。两间房中的一间——就是那间先作"暂借"用的房间——相对要正规些，有窗有户的，从前是给佣人们睡的。如今，它成了华家两个女儿的姐妹房。而一旦经历过艰难的岁月再入住其中，怎么感觉就大不同了呢？小房间变得如此宽敞、如此舒适，今日的主人怎么还不如昔日的佣人了呢？

另外那间空置的原因则还多了一层，那便是此房根本就不适宜住人。严格来说，这不能算是一间"房"，只能算是一个"间"——箱子间。箱子间没有窗户，只有通往走廊去的一方透气框。后来此房退还给了华家，在相当长的一段时期内仍没住人，只是堆放些家杂、箱柜和被袱包裹之类的东西。再后来，那里搁多了一张钢丝床——就是华家姐妹撂下不用的那两张之中的一张，这是海民的睡床。他自告奋勇地准备每星期要抽出两晚的时间住到华家去，他说，这样的一个没有了男人做支柱的家庭是很悲凉的，作为女婿，他理应担当起这个去关心和照顾她们母女三人的责任的。他的表态和他的仗义行为令华太太和翠珍都十分感动。尤其是翠珍，她觉得丈夫真是待她太好了，他是如此主动地关心自己的娘家，况且还是在娘家最艰困的日子里。想到这里，不禁令她都有点儿热泪盈眶的感觉了。

但母女俩都忽视了一个细节，那就是：海民入住华家的那些夜晚往往都是翠媚不回家来睡觉的那同一些夜晚。她们从没想到过其中会不会有些什么必然的联系。

海民第一次进入翠华的房间是在他第三或第四回住进那间没有窗户的箱子间后的有一夜。他借了个上夜厕的机会（那时，房管所已应华师傅单位的要求，在晒台上搭了个临时的茅厕，专供那两小间的居住者使用），溜进了翠华的房中。

在此前，他是作了相当仔细的勘测工夫的。首先，他要确定翠华的房门没有上保险。其次，万一被人撞见，他该如何办？他会解释说，翠媚不在家，他这个当姐夫的是不放心有病在身的翠华，所以才借上夜厕的机会去探视一下她。诸如此类的借口，合不合理，叫不叫人信服，暂放一边，反正，你半夜三更偷偷摸去一个女人的房中，对人对己都要有个说法。

但一切似乎都很顺利。没人瞧见不说，就连翠华，似乎都很接纳他。

他先是站了翠华的床边，将熟睡中的翠华凝视了好长一会儿。之后，他才俯下身去，亲吻了她的嘴唇。翠华醒来了，她望着海民。洁白的月光从窗户里照射进来，翠华的眸子在月光中一闪一闪的，幻若传说中的睡梦仙子。海民卸下了身上的睡袍，钻进了她的被窝里。

他拥抱着她的时候，他听见翠华叫他"薛强哥"。他说，不，我是海民。但她仍坚持叫唤他"薛强哥"。薛强哥就薛强哥吧，反正能干那事就好。于是海民不再说什么了，他开始了动作。应该说，海民在干这事上的老练、体贴、温柔和技巧比起薛强的粗鲁与暴力来讲，那要强了不知多少倍。他非但没让翠华感到惊恐和抗拒，反倒让翠华在她不长的一生中体念了真正的性爱究竟是怎么回事：性爱不是可怕的，性爱是美妙的。

事情就这样地延续着。其间，也不是没发生过什么意外的情况。比如说有一次，华太太起身上夜厕，她好像见到有一条黑影在翠华的房门口一晃，便消失了。之后，她就听得翠华的房门"咔嗒"一声上了锁。华太太起先也有些疑惑，但她想，会不会是她自己睡意惺忪地看花了眼？再说，翠华为什么就没有可能在她之前也出房来如厕呢？华太太算是个精明人了，但她也竟然会让这么重要的一条线索在她的眼皮底下溜滑过去。其实，我在这之前就已经说过：在那个年代里，人们对政治的过度敏感是以对任何所谓生活细节掉以轻心的代价换来的。

还有一次，翠华竟然神秘兮兮地分别告诉了翠珍与翠媚，说她很幸福，因为每当有月光的夜晚，天上就有人下来与她约会、相好。她把"聊斋"故事里的情节都搬到了现实生活中来了。根本不会有人去理会她说的话，因为，她早已被诊断是个精神病患者了。

然而，终于又出事：翠华怀孕了。

翠华的脸色不对已经有两三个月了。但家人对从来就是个病人的她始终就没去太留意过。后来，她开始呕吐，有时能吐出些东西来，有时没有。华太太带她去看肠胃科医生——她压根儿也想不到这里边还会有另一个故事。在医院回家的路上，华太太惊呆了：这是谁干的呢？

翠珍和翠媚都被母亲叫到了大房里去，当然还有翠华本人。她向她的三个女儿宣布了这个骇人听闻的消息，并同时开始了对翠华的盘问。但翠华还是说：那是天上来人和她相好。无稽之谈！什么天上地上的，再追问下去，她才吞吞吐吐地说：这是"薛强哥"干的。薛强？那怎么可能？他不在云南吗？他已去了好多年了，而且从未回来过。

到了此时，华太太才猛然想起了那个有月光的夜晚在翠华的房门口一晃而逝的人影。她的脸色立即转成了煞白。她一把握住了翠珍的胳膊，将她拖到房门外面，随手将门掩上了。

其实，翠华怀孕一事海民早已知道了——他毕竟是个过来人。他当然十分焦虑，但又苦于找不到一个既安全又不会招人耳目的堕胎方法。那天，也就是华家三母女在大房中商讨此事的同一天，他认为他已做成了他想要做的事。他去拜访了一位已隐居多年的老中医，说明来意，并让他开出了一帖万无一失的堕胎秘方。接着，他又马不停蹄地去

"雷允上"中药房抓了药。他想，只需今天的一个晚上再加上明天的一个白天，万事便告大吉了。他兴冲冲地赶去华家，而他遇上的恰好是华太太与他的妻子翠珍在走廊里神色凝重、密密商斟的一幕。

他一看翠珍的脸色就知道：沙煲穿底了。

他战战兢兢地走了过去，也忘了手中提着的正是那三帖堕胎药。翠珍问他："这是什么？"

他望了望自己手中的药包："这……"他说不出个名堂来。

但翠珍很镇静，对他说："我们去小房里谈一谈。"——她指的就是海民平时睡的那间箱子间。

但不一会儿，箱子间里就传出了"乒乒乓乓"的一阵摔打声，摔打声中还夹杂着骂声和哭声，十分响亮，坐在华太太的大房里也能听得一清二楚。翠华惊骇了，她望望母亲又望望妹妹，浑身上下开始瑟瑟地发起抖来。而翠媚则站起了身来，她想去箱子间里探个究竟。

唯华太太显得十分镇定，她一把抓住了小女儿的手，让她坐下。接着，便扶着翠华离开了大房，她陪她回到了她自己的房里。她告诉翠华说："没什么事。是你大姐和大姐夫两口子在吵架，吵一会儿就好了——这不关你事。"

当华太太安顿好翠华，从小房里走出来准备回去大房时，正逢海民也狼狈不堪地从箱子间里鼠窜而出。他的嘴角流着血，平时梳得油光整齐的发缕也散开了，有一绺头发垂留下来，遮挡住了他的一只眼睛。他的一只手捂在脸上，当他将他捂着的手掌移开时，华太太看见他的脸颊上有五条明显的血红色的掌印。

海民随华太太一同回到了大房间里。翠媚见到姐夫就站起身来，她用眼光睨着他，久久，才从齿缝间挤出了一声卑蔑的"哼！"字来。说罢，她便拎着手袋独自外出了——本来，这些就不关她的事。

海民与华太太在大房的沙发上面对面地坐下来。海民说："妈，我错了。我做了我不该做的事。"

华太太并不作声。

海民又说："翠珍她打了我，还说要和我离婚，我……"

华太太仍不作声。

半晌，海民再一次地开了口。他说："我已经替翠华配来了几服堕胎的中药。现在也只有这样了，您看呢——咦，药呢？"他突然发现药已经不知何时不见了踪影。

这时候华太太才焦急起来："什么？你配了堕胎药了？"

"啊——"

"药呢？"

"刚才还在的，大概是留弃在箱子间里了吧？"

华太太急忙从沙发上站起身来，直奔门口。海民也跟随了上去。但她转过了脸来，表情却显得有些和颜悦色的意思了。她说："海民，你别急，也别紧张。自家屋里的事，再大，总可以找到解决的办法的。我同翠珍谈去，你就在这儿待着吧，别跟过来了——噢？"

海民用感激的目光望着他的丈母娘。他的意念中莫名其妙地再现了二十多年前的一幕场景：他摸出了一只扁扁的马口铁的烟盒来，取了一支叼在唇上。而少妇时代的华太太正婷婷袅袅地走上前，擦亮了一根火柴，替他把烟点上。她白嫩的手掌张开在寒风里，以防火柴给吹灭了。他不知道这事与那事有什么关系？但他还是在大房的房门口站住了。

后来，华太太居然真还说服了翠珍。其实，她说服她女儿的理由很简单也很朴素——简单朴素得来都有点儿原始味了。在"家丑不可外扬"的大原则下，她还摆出了其他的理据：首先，海民是不像话，居然干出此等事来。但木已成舟，再说，海民也已知错认错。你还想拿他怎么？即使你休了他，阉了他，甚至杀了他，结果也是无法改变的。再说了（这也是最重要的一点），翠华是你的亲妹妹，而今后她完婚嫁人的可能性已经很低了。好在她与海民的这个孩子怎么说都还是我们华家的血脉、华家的骨肉、华家的种。看在你可怜的妹妹的面上，也看在你可怜的父亲的面上，还有，看在恳求你的母亲的面上，翠珍啊，你就忍了吧！让孩子生下来，将孩子扯大成人。孩子既是翠华的也是你的。妈知道你的委屈、你的痛苦，但这是唯一的一条，也是最好的一条问题的解决之道。你就听一回妈，好吗，翠珍？

这套在现代年轻人听来简直是荒谬不堪的伦理和道德经所诠释的正是老一代妇女压抑和忍受了几千年后形成的一种人生观。而翠珍，所处的生存时代恰恰是在老一代与新一代的交接层上。她也一样地不可忍受，她也一样地怒不可遏，但最后，她还是想通了，她默默地接受了母亲的意思，也默默地接受了这个孩子。

孩子生下来了（堕胎药在当天已被华太太扔进了垃圾箱里去），想不到还是个儿子——从理论上来说，华家的薪火终于有了个传承。在孩子父亲的一栏里填写的姓名是：薛强。工作单位：云南某军垦农场。而孩子取名华海强。他跟了华家的姓，再说，取用翠华名字中的那个"华"字，也算是对他生母的一种纪念。至于"海"以及"强"的含义，当然不言也自明了。

十

不幸的是：翠华终于还是无可救药地疯了，她被送入了精神病医院。

在这之前，其实，她已生下了她的孩子，但她与她的孩子连一个夜晚的时间都没能处满，孩子在襁褓里就被抱走了。理由是：父亲远在边疆，而一个精神病患的母亲是没有能力来照顾自己的孩子的。当然，后来在孩子成长的各阶段中，她都一直有见到过他。但她只是目光呆滞地望着他，她并不知道这就是她的亲生的孩子。而孩子呢？孩子只知道翠珍才是他的母亲，他唤她作"华阿姨"。没人会去告诉她真相：她听不明白不说，反倒可能影响了孩子今后的身心成长和生活取态。不是因为他们母子两人的亲人们不爱他们——当然不是，而是因为越爱他们，就要忍住，不能作半点透露。其实，要长年累月地忍受一个痛苦的真相不作透露的本身就构成了一种残仁：对于忍受者，而不是对于不知者。

但让翠华彻底崩溃的原因还不是这人世间最大的悲哀：母子分离。事实上她已失去了能体念这种悲哀的能力。她甚至都不太清楚自己怀过孕，产过子，已做了一个真正的母亲。尽管有时，她也会有母性本能流露的一刻。比如说，她会在华太太带她去街心公园晒太阳，散步时，表露出她对蹦跑和嘻笑中的稚童的喜爱。她步履迟钝地走上前去，但孩子们一见到她，就会大声地叫喊道："女疯子抓人来了——快逃啊！"便一哄而散了。让她一个人站在阳光灿烂的公园空地上，东望望、西瞧瞧，目光一片惘然。

有时，她不知从家中的哪里找出了一件她少女时代穿过的旧毛衣来。她很有耐性地将毛衣一根线头一根线头地拆散了，再一针一针地打出了一套新的毛衣衫裤来（她从小就喜欢打毛衣，且以手工精湛受到她父母、姐妹和亲友们的夸赞）。这是一套精致可爱的啤啤衫裤，她把它们对称地叠摆在床上，横看看，竖看看，露出了痴迷的傻笑。每遇这种情形，在一旁的华太太和翠珍都会偷偷地掉过头去，暗自淌泪。除了淌泪，她们还能做什么呢？

　　令翠华终于崩溃的那"最后一根稻草"是：不知从何时起的圆月之夜，天上再没有人来与她相会相好了。她整夜整夜地醒在床上，隔着玻璃望着窗外：窗外的夜色，窗外的月光。华太太是知道女儿的心思的。她叫翠媚去大房睡，由她自己来陪翠华。

　　母亲的陪伴并不能减轻翠华的病症。半夜，她起身，一身白纱飘飘的睡袍，一肩披散的长发，她兀自站立在房间的中央，活像个女鬼。华太太也害怕了，她也坐起了身来，叫唤道："翠华！翠华！听妈的话，到床上睡去——噢？到床上……"

　　但女鬼却指着窗外的某个方向叫了起来。她说："来了！他来了呀！——"

　　她一头向窗户扑了过去，撞在了玻璃上。玻璃碎了，而她，也头破血流地倒在地上，昏厥了过去。

　　翠华被送进了那间住于上海西南角龙华区的上海市精神病防治院，而从此，她再也没能离开那里。

　　到了翠媚被坐在麻将台上的母亲唤去医院探望她时，时间已经又流淌过去十多二十年了。现在的龙华区已不再是当年幽静的、富有田园风情的龙华区了。精神病院四周围的农田农舍都已被征用和拆迁了，林立的高楼和环线公路网取而代之。整座医院深陷在楼厦的丛林里，宛若一片都市里的沼泽盆地。

　　不仅是环境变，人也变了。那时候的翠华已完全不是当年的翠华了：她满头的青丝都被一种灰白色覆盖，人也瘦弱得几乎连风都能将她吹动起来。她目光滞钝，基本上已不认任何前来探望她的亲人了。她与翠媚两个处在一起，完全成了两代人。不经介绍和解释，几乎无人相信她们是姐妹，而且还是当年曾睡在一间房里的、年龄也差不了几岁的姐妹。

　　其实，在翠媚之前，我们——我是指我与海民——都先后去探望过她。据说，她在见到我们这两个男性访客时的反应要比见到常来探望她的母亲、姐姐、外甥和外甥女时强烈些。人的有些记忆，即使是精神病患者的记忆，也是不可能完全和真正消失的。在一个特定环境的上下文中，它们仍会穿越厚厚的岁月以及失忆的冰层显现出来。

　　就说我去的那一回吧。这是个阳光灿烂的日子，当时明亮的阳光正透过一长排的玻璃窗照射进病房里来，翠华正逆光坐在病床的床沿上。她的灰发蓬散如鸟巢，映在这逆光的背景上有一种光晕的效果。我慢慢地走近过去，望着她那副憔悴如七八十岁老人的模样，不由得悲从中来，心痛得几乎掉下泪来。

　　我呼她的名字，她缓缓地抬起了头来，望定我——我不知道当时的那个年龄上的我的脸在阳光的直接照射下，会在她的脑屏幕上显现一种什么样的印象。还会有几十年前的我的影子吗？反正，我见到她呆滞而涣散的眼神有了点儿聚焦的意思了。我分明能感觉到这对曾经是忠厚、善良、真诚的眸子背后仍然隐藏着点儿什么，但我说不清。她叫我了，她说："薛强哥。"

我告诉她，我不是薛强，我是谁。但她不点头也不摇头，仍是固执地叫唤我："薛强哥。"

我的如此经历，海民也同样遇到。这是海民亲口告诉我的。海民说，当时，他就忍不住哭了，痛苦混合着内疚地哭了。他与她肩并肩地坐在床沿上，在过了二十多年之后的那一天，他再一次紧紧地搂抱住了她。他将他的脸伏在了她的穿着蓝白条形病号衫的肩上，十分放肆地大哭了一场。其间，他只听得她在他的耳边，用一种缥缈如流失于太空中的声音，不断重复地呼唤着："薛强哥。薛强哥。薛强哥。"

好像在翠华的整部人生语汇辞典中，什么都已漂白，留下的只有这三个字。三个字组成了一个人的名字，但更组成了要进入她那生命丛林之深处的一个难以解读的密码。

后来，薛强真的还是去看望了她。那是在翠媚被其麻将台上的母亲斥责后去医院探望过翠华一年之后的事了。那时候，我的那些青少年时代的朋友基本上又都接上了头，并开始了再一轮的中年人生后的重新往来：翠媚、薛强、我、翠珍、海民，甚至还包括了薛强的那位亭子间的画家朋友。那位朋友早已从国企单位退了下来，如今在薛强开的那家饭店里帮手搞些设计、布置与管理一类的杂活儿。一方面解个闷儿，另一方面也能为拮据的老年生活增添些收入。

薛强是在华太太的要求之下去医院探望翠华的。那一次，翠华已病得相当严重了。她先是流感，后又转成了肺炎，高烧不退，而以其虚弱非常的体质，能扛过这一次病患的希望似乎很微。医院方面已有好几次发出过病危通知了。于是，华太太又亲自出面。她来到薛强的饭店里，找到了他。她说，到了今天这一步，你还不该去看望她一下？薛强说，好吧，我去。

但，怎么知道，又出事了。

其实，所谓"出事"，或者也是个迟早问题。只是因了某种因素的缘故，令到本来就要发生的事提前以及突然来到了。

其实在那一天，翠华已经退了烧。吊滴管与氧气管都已拔掉。虚弱之极的她躺在病床上，医院的印着浅红色编号的白色宽大的被子覆盖着她的那一截小小的身躯，她已瘦成为一把柴骨了。冬日的阳光照进病房里来，照在她那张苍白如纸的脸上。还有窗外高楼的巨影也投射在白色的床单上，波波褶褶的，看上去像是赵无极画的一幅画意玄奥的非具象画作。

此刻的翠华显得很安静——十分安静。她呆滞的目光一动也不动地凝视着天花板上的某个方位，对周围的一切动静她都毫无反应。薛强向她走了过去，他的身后跟着华太太、翠珍和海民。华太太说，而翠珍与海民也都跟着一块儿说道："你看谁来了，翠华？是薛强啊。薛强哥看你来了，翠华。"他们都盼望着：在他俩见面的那一刻或者会有奇迹发生。

而"奇迹"，终于发生了。

薛强轻轻地坐到了床沿上去。当薛强唤她"翠华！翠华！"时，她的脸循声而转动了过来。她望着他，涣散的眼神渐渐聚焦了，似乎，她在开始认人了。眼神间也同时出现了某种东西，但这不是欣喜，而是恐惧！恐惧一分一分地变深变浓。它们甚至都影响到了她的脸部表情了：她脸部的肌肉开始痛苦地扭曲、抽搐。

连坐在床沿边上的薛强也感到有些恐惶了。他将一只手伸进被窝里去，他在被窝的黑暗中搜索着，希望能找到她的那双手，然后再将它们紧紧握住。他希望能给她一些精神力量。

但就在这时，翠华"呼！"的一下，从被窝中抽身坐了起来，动作敏捷得像是一只受了惊的兔子。唯她的那对惊恐万状的眼睛一刻也没离开过薛强的面孔。她开始说话了，但只有一个字："不！不！！不！！！"

这是她语汇辞典中，除了"薛强哥"之外，仅存的另一个单字。

她掀开被下床。这时的她完全变成了一个正常人了，非但正常，而且还是个体力异常充沛的正常人。她迅速地将床单卷起，又将毛毯与被罩拆开。大家都不知道她要干啥。在这期间，华太太企图上前去阻止过她，但没成功。仅是眨下眼的功夫，她已将床单和被罩都卷成了一大捆。大冬天，她披头散发，打着赤脚。她只穿了一套单薄的病号衫，她骨瘦如柴小小的身躯极不相称地捧着一大捆床单去了病房的公共洗涤处。她将那一大堆的被单都浸入水斗中，又去找肥皂。肥皂找到了，便开始了奋力的洗刷。

所有在场的人都慌了手脚，但谁也不敢去拦她。而事实上，谁也拦不住她。他们只能通知院方。不一会儿，医生便带着护士长一起赶到了。他们的手中拿着一枚粗大的针筒和电休克震荡仪。他们从后腰处将她一把抱住，一针扎进了她手臂的肌肉里。

　　翠华抽搐了几下，栽倒了。但在她倒下之前，据说，她的那对又开始涣散了的目光曾经在周围的人群之中做过飞快的搜索。它们分别在两个人的脸上做过停留：一个是她的母亲，而另一个则是薛强。

　　翠华被重新抬回到病床上躺下。她双目紧闭，而这一回，她再也没有能让它们重新睁开。医生经过了二十多分钟的抢救，然后，他们又用电筒光束观察了她的瞳孔，之后，便宣布了她的死讯。这是件意料之外也是件意料之中的事。对于她的亲人们来说，虽然悲伤但也无奈。

　　我是在几天之后才得知这一消息的。我听闻后的第一反应是：假如真有前世的话，薛强与她之间在那遥远的另一世人生中究竟有过什么样的遭遇、过节和冤孽呢？——或许只有天知道了。

十一

　　既然翠媚常来还常住上海，那么，最终遇上薛强就是件迟早会发生的事了。因为，如今薛强开了家经营本邦特色菜的饭店，闻名上海滩。那儿也是台湾名人和富婆们的常聚处，天时地理人和都决定了：他俩将在那生命的尾章中再遇，重续前缘。在翠媚与薛强正式恢复关系的好多年前，其实，我与薛强间的来往已有很长一段时间了。之所以一直没涉及翠媚这个主题，一是我不想说，二是薛强也回避问——尽管他明白，我完全有可能是知晓相当多有关翠媚的生活近况的。

　　还有一点。那就是：比起翠媚来，我要早了好多年回归改革开放后的上海。当翠媚还在台北被王志雄的情妇和私生子们搞得焦头烂额时，我已常回到上海来悠转悠转了。

　　那是在 20 世纪 90 年代中期的事了。上海比起我在"文革"刚结束不久离开的那会儿改变了许多许多，变得几乎就让我这个生于斯长于斯的"老上海"都无法认出它的面貌来了。我像着了魔似的，一有机会就往上海跑。在这块我曾丢失了无数青春记忆的土地上，那些几十年前的生活细节突然之间就会在高楼与高楼的挤压间，或在那一块块还没来得及完成旧城区改造的人行道的街砖的缝隙间说冒出来就冒了出来。它们就像是高速电影摄技中的绿藤植物，"嗞嗞嚓嚓"就长大长粗长成了，并很快地将你全身缠了个满枝满叶，还开出了一朵又一朵的记忆之花，让你一个人站在今日的车水马龙的上海大街上看着想着就愣了傻了，不知道自己是生活在来世呢还是今生？

能唤醒年轻时代记忆的另一妙法就是品尝正宗的老上海菜肴。唯这一条，在今日的上海似乎已经不太容易做到了。如今流行的新派海菜菜谱已综合了粤、川、闽、淮、京，乃至西菜的各种口味，搞得有点儿不伦不类。至少，让我们这些专程回上海来打算怀旧一番的"土（洋）包子"感觉失望。

正是为了满足我的这种病态式的缅怀情绪，有朋友才向我介绍了一家叫作"上海爷叔"的纯正沪式传菜馆。我一听店名，就来了兴趣：这种店名不是个老上海休想能起出来。

于是，我便去"上海爷叔"。饭店位于富民路长乐路口的一条弄堂里。一幢三上三下的新里住宅，被改造修缮得有品有味，小小的屋院满植金丝草皮。我从精致铺砌的碎石小径上一路踩过去，进入了一间在设计艺术上极有构思的店堂里。我所谓的艺术构思是指其现代中带怀旧，抽象中蕴古典；西洋的文化细节碰撞在中华文化的大背景上，显得别致而协调。

我在店堂中一站，环顾，就感觉这不会是一般商家的手笔。我说："原来上海还有此等世外桃园啊。"

带我来的朋友便笑我少见多怪。他说，今日的上海，你没有去过，甚至连想都想象不到的地方多的是呢。当然，在它们之中，"上海爷叔"也算得上是一家佼佼者，其名气已远扬海外。你老兄是孤陋寡闻哪。我说："是的，是的。我孤陋寡闻，我孤陋寡闻。"

就在心中好奇：这家饭店的设计者和老板是谁呢？一定不是个平庸之辈——只是直到此一刻，我仍毫不知情原来它的拥有者就是谁。

其实，在我踏进饭店的第一刻，薛强已经见到我了。后来，他很自信地向我宣布说："我知道你总有一天会到这里来的。"

我问：为什么？他没正面回答我，反而还进一步发挥道："我知道，我们青年时代的朋友，只要劫后余生，现在还能活在这个世界上的，总有一天都会到这里来——包括翠媚。"

他没解释他有此立论的理据是什么，但我相信：这不是什么理据，这只是一种预感。

薛强从开放式包厢的帷帘后走出来。帷帘是厚天鹅绒的，华贵的紫红色，金穗的流苏将它们像舞台幕布一样掠向两边。他径直向我走来。当我留意到有一位肥头胖耳、穿中式唐装的家伙正笑吟吟地向我走来时，他已几乎快走到我跟前了。我凝望着他，感觉其脸型与五官好像在哪里见过，而他，已经向我伸出手来了，并唤了一声我的名字。他说道："你还不是那个模样？只不过什么都老了一圈——你不认识我了？"

我说："………"

我说不出什么来。

他于是便笑了，说道："我知道你在想什么。恍若隔世，恍若隔世哪！——是吗？但有一点，你可以肯定："他笑得更凶更猛更放肆了，"我不是鬼，我是人。我还活着，我还是以前的我，我的名字叫薛强。"

经他这么一说，大家反倒很轻松了，并互相望着对方，笑开了怀。他说，这顿饭理应由他来请我吃，而我也没推。我俩双双在临窗的一个双人雅座里坐了下来。于是，便接上了我在前几章里曾经提到过的喝"如水"牌清酒那一幕情景了。

薛强告诉我，当年在上海的有关他的一切传闻都是正确的，都没错。错误只有一条。那就是：他们谁都不知道，也不可能知道，其后发生在他身上的一切。这是一个离奇的故事。

那个冬日的清晨，冷风飕飕。他从监房中被押解了出来，绑赴刑场，执行枪决。同时被绑赴刑场的还有其他六七个人。大家都面朝土堆，跪成了一排，等待处决的枪声响起。

（他说到此，我真想插嘴问他，你当时的真实感受是什么？这是踏入地狱前的人生的最后一站，列车启动了，你在想些什么？但我见他一脸对此事毫不感兴趣，也毫不在乎的样子，他只是想将他的故事继续说下去。于是，我便收住口，不问了。）

枪声响了，他闭上了眼睛。他只是寻思着，待他重新睁开眼来的世界会是个什么样的世界？过了很长一会儿，他才将自己的眼睛慢慢地睁了开来。但他见到的还是那座与他面面相对的黄土堆，而冬日的晨阳仍在头顶之上明晃晃地照耀着。他想伸出手来揉一揉眼睛，他想看真一点，或，狠狠地掐自己一把，看看自己还有没有痛苦的反应。但他做不到，他发觉自己仍然是跪着的，而且双手被铐在了背后，根本无法动弹。

他转过脸去望了望，才见到与他一同受刑的那六七个人都已倒成了一排，做嘴啃泥状。唯他一个人还直挺挺地跪在那儿。一个军人走上前来。他将他的头发一把向后揪去，他要查看一下挂在薛强胸前的那块死刑犯的编号牌。

后来，他又重新被从刑场带回，回到了他的监房里。唯一的改变是：他胸前的刑牌被换掉了，换成印有另一个编号的另一块行刑牌。当新的刑牌从他的颈脖上串褂下来的时候，他见到牌面上沾满了泥土和鲜血。他被告知：从此之后，你不再姓薛了，你改姓熊了。

"叫熊志新。记清楚了吗？熊——志——新！一头熊的'熊'，志气的'志'，新旧的'新'！"那军人在囚车里声严色厉地向他宣布道，"从今往后，你再够胆说自己是薛强的话，就立即将你带来此地，就地正法！"

就这样，他变成了"熊志新"。待他重新做回薛强时，时光已流去了整整十五年了，中国社会也从一个时代进入了另一个时代，而他，也从云南回到了上海。

这个故事当然离奇。但说穿了，也就无所谓离不离奇了，剩下的只有对那个荒唐时代的哀鸣与感慨。

原来，在那天被处决的人的名单中，薛强毫无疑问是名列其中的。唯有一个叫熊志新的，是法场的陪绑者。熊志新是个政治犯，他们决定押他到刑场去"见识见识场面"，"尿一尿裤子"的目的是为能让他迅速老实地交代自己的问题。但想不到就点乱了鸳鸯谱，将人直接从监狱送往了地狱。其实，这种事发生在一个天高皇帝远的偏远地区，又是在"文革"的混乱年代里，要盖要瞒的话，是完全不会有人来过问的。但毕竟，这是件人命关天的大事，故而出此下策，令薛强顶替熊某，一顶就顶了十五年。

"就这么神差鬼使地，他们错杀了一头熊，却保住了我的这条'狗命'（薛强语。他戏称自己是属狗的，狗能活成命，不是"狗命"是什么？）。"

薛强边笑边讲，边将古巴雪茄玩成了一小环一小环的烟圈，吐向空中。

"能活着就好办。今后的一切不都'事在人为'了吗？"

那一回，我与薛强虽然谈了很久，但毕竟是久别后的重逢，不可能谈得太深入。后来，我又有好几回去了"上海爷叔"（自从第一回去过后，我就迷上了那里。当然，后来都由我自己掏钱了，我不可能老让薛强来请客，他开门不也是为了做生意？），与薛强见面的机会因而就增多，而我心中的那些陈年疑问也在与他的多次谈话中逐步逐步被解开了。

比方说，他的强奸以及抢劫未遂案总归是事实吧。当然，被判处死刑是重了些，这是那个年代发生的事，什么都可以理解。然而，像完全没了那回事，逍遥法外，毕竟还是有点儿不可思议。但他告诉我说，现在已无所谓思不思议了，他已完全没事了，他已获彻底平反。在那次全国性的平反大潮中，司法机关还了他一个清白之身。不信？不信他可以出示那张云南省中级人民法院的平反书来给我过目。我笑道，不必了，不必了。我哪有不信之理？

　　事情的经过是这样的：为他清白做证的与当年指证他犯罪的是同一个人。因为只有如此，司法机关才有撤诉的可能——解铃还需系铃人嘛。

　　所谓同一个人，就是当年的那位在场部宣传处工作的漂亮的女孩。女孩现在已变成了一个失业兼失婚的中年妇女了。她挺身而出，彻底否定了她当年自己提供的所有指控细节。她说，她是因为这般如此才说了谎的——那是个荒唐的年代，这点谁都明白。什么人什么事都可能干出来，什么人什么话也都可能说出来，这没啥奇怪，这是时代逼你去做的。法官要她对着庄严的国徽与宪法宣誓，她也都一一照做。当然，在这事的背后，薛强的花费也是不少的（但对于今日的他来说，这只是小菜一碟），包括：金钱、时间、关系、精力，还有"精子"。他笑着告诉我说，后来那女人成了经常光顾他睡房与睡床的多名女性中的一位了。而且每一回，他都让她收益颇丰。

　　有一回，他俩在干完了那事后，女人闪着不解的眼神问他：当年，他在田埂上占有了她之后，为什么还要回头来抢她的手表呢？他是个好色之徒，这是件明摆的事；但他也是个贪财的人吗？她看他不像。（那女人的疑问其实也是我的）他说，他是为了缴付那马帮的钱，他想去缅甸打游击。那女人又问，当时周围根本就没人，她叫喊是为保住那只手表不被抢，她并不想加害于他。他反问她有没有读过英国大文豪迪更斯的《双城记》？她说没有。他说，书中的那位男主角为了他所爱的那个女人，竟然甘愿代那女人所爱的另一个男人去受刑而死：你知道，这是一种什么样的心理吗？与那男主角相比，他又算得了什么？再说，事情确实也是他干的。他停了停，也想了想。他说，在上海，他还干过一桩更荒唐的事，这事更令他甘愿去受罚。如此种种，长年累月地形成了他的一种精神重轭。从某种意义上来说，他渴望的是一种解脱。

　　但女人说，她听不懂他的解释。他说，不懂就不懂吧，不必去弄懂它（其实，他的解释也没能让我释疑。但我不敢吱声，我怕他笑话我——他既然会笑话那女人浅薄，他也一样会笑话我浅薄的）。他一把将她搂了过来，又压了上去。他说，当年是田埂与野风，如今变成了席梦思与空调，难道你还不满足？那女人笑得"咯咯咯"地响，她在他的身子底下颠簸得一浪一浪的。她撒娇道："不满足，不满足，就是不满足！——人家还想再要多一回嘛……"

　　他问我："你想，要这样一个女人去对着庄严的国徽作什么样的宣誓她会不肯？"

　　薛强的话让我无话可说。

　　还有一次，他不知怎么地又来了兴致，再次请我去喝清酒。他不无感慨地对我说，现在他什么都有了：金钱、女人、事业、名气、地位。但，这样的活着还叫活着吗？这样的活着还有什么意思呢？我瞪大了一双惊异的眼睛望着他，我用眼神来告诉他：你叫我如何来作答？

其实，他无须我作答——可能，他知道，我也无法作答。他说此话的原因是希望能引出另一个主题来。他说："我常常自己问自己：比起过往的岁月，你该满足了吧，薛强？但我想来想去，总感觉缺乏了点儿什么。是什么呢？"

他望定我，希望我接口。但我没有。我知道他想说什么，但他想说的正是我不想谈的。而他坚持了一会儿，终于还是放弃了。

又过了若干月，他又将我请去。当然又是雅座，又是"如水"牌的清酒，又是跪地倒酒的女侍应。这次他单刀直入，说，他已见到翠媚了。

"我不说过，我迟早都要见到你们所有的人的？"

我说："是吗，那好哇。"

他见我望着他的脸并不显现出什么太大的反应——至少，那种反应比他预料中的要小得多。这让他多少有点儿诧异。他说，不老，不老，翠媚一点儿也不老。事实上，翠媚还是那么漂亮，而且漂亮得来比从前更有一种韵味，一种美不可言的沧桑感。这很令人陶醉。他又问我：想不想大家再聚一聚呢——他、我以及翠媚？但我的回答是："不必了吧。"

尽管我在这个谈题上显示出了出奇的冷淡，但他还是耐不住地要将他的那份"热情"输送给我。因为如此"热情"除了向我——这么一个她与他青年时代的共同朋友——透露之外，他似乎也找不到第二个人。于是，我的免费清酒又喝多了几回。

这儿，我还想提出的一个人，就是薛强的那位画家朋友。也就是当年告诉我"一颗子弹崩进了薛强的脑壳，他还能不死？"的那个人。他常用给我打电话，或当我到"上海爷叔"吃饭时，拉我去到厅房一角的方式，向我传递了不少所谓的"路透社"消息。其中的一则是：薛强又去向他要那把亭子间的钥匙了。他说，其实，那地方已破烂不堪，长年上锁，已无法再住人啦。而且最近，正等待迁拆呢。但薛强说："那没关系的。我只想问你一句：里面有床没有？"

"床倒是有一张，只是长年不用……"

"山不在高，有龙则灵；房不在破，有床就行。"

薛强说了声"谢谢"，便取走了钥匙。

　　在此之前，其实，我已风声雨声地听闻：他俩又各自搬出了那套老花样，玩上了。薛强故意让翠媚见识了他的一个又一个年轻漂亮的女友；她也不示弱，每回去到"上海爷叔"吃饭，都不忘牵多一条不同型类的"小狼狗"来亮一亮相。如此几个心理战的会合下来，双方都有些吃不消了。人到了这个年龄，是你先提还是我先提，都已无关重要了。反正，没过多久，就有了向亭子间画家朋友借钥匙的那一幕戏了。而一场国际级数的对抗赛（翠媚代表"八国联军"，而薛强则是土生土长的"本地军团"）也随之展开。那一回，他俩楼板"矶嘎"床板"矶嘎"地战斗了一夜。一夜下来，双方都有点儿英雄重识英雄之感了。薛强对她的评价是，翠媚毕竟是翠媚，其魅力和热力不把你在床上给熔化掉了才怪。而翠媚对男选手的评价更直接也更感性。归纳起来有二。一、强哥了不得，强哥之勇毫不减当年。他，也只有他，才让她又重温了青年时代的所谓"欲死欲仙"是个啥滋味。二、姜，说什么还是老的辣，老的有味。

　　（当然，有关此事的结论之中难免会掺和了一些其他的感情与感受因素。这是一种让记忆给放大了的虚幻成分。这有点像我等老希望来上海尝一尝所谓"正宗沪菜"的味道的理儿是一致的：味在其次，想怀旧一番倒是真的。）

　　当然，有了如此共识就好办了，也有了双边会谈的基础了。薛强接下来说服翠媚的步骤是渐进式的：由浅到深，由表及里，由情达意。而且，也是由微见宏的。他说，如果我俩真能长厢厮守的话，我们不又重圆了我俩青年时代的那个梦了？人生不就是一场梦吗？你想，你经历了这么多，我也经历了那么多，我们各自分道扬镳，去行两个不同方向上的人生半圆，到头来，想不到这两个半圆又能准确准时准点地交合，这不是圆满是什么？又说，人生的最高界是什么？首尾呼应才是人生的最高境界啊！

　　但薛强说，要达此境界的路径只有一条。翠媚问：什么途径？薛强答曰：那只有翠媚愿意彻底放弃了在台北的一切而搬回上海来住。他想用她从台北带回来的钱再开多几家"上海爷叔"：同样的设计，同样的色调，同样的风格，同样的规模，同样的菜谱。他俩可以合作来搞他个人人都羡慕、个个都眼红的"夫妻档"，把连锁店开到香港的铜锣湾去，开到台北的忠孝东路四段去，开到东京的银座去，开到纽约曼哈顿的第五大道上去！——唯去得再远，他们都还得回来，回到上海来。因为，他们是离不开上海的，上海非但是他们公司的总部，也是他俩的故乡、他俩的根。

　　当然还有，还有他计划要在浦东陆家嘴的"世茂滨江花园"买下一层复式的巨宅。每晚，他俩可以俯瞰着彩光迷幻的黄浦江，以及对岸整片的外滩全景疯狂地做爱！他们要如此来享受完他们的一生！而这一切的一切，岂不美哉？

这，便是薛强向翠媚勾勒出来的一幅他俩的未来蓝图。蓝图当然很美妙很童话很一千零一夜，而狐狸般的翠媚，即使再狡猾，这回也不知不觉地落入了好猎手薛强的那杆猎枪的准星之中去了。

十二

翠媚是在他俩谈完话的第二天一大早就赶回台北去了。她那迫不及待的神情与态度告诉薛强：他的那篇言情并茂的演说辞终于奏效了。

两个月后的一个晚上，薛强接到了她用全球通手机打来的电话（他一看手机的显示屏，就知道这是她的电话了——而他等这个电话已等了长长的六十天了。他坚信，事情不会有变卦）。果然，她在电话里兴奋地告诉薛强说，她已办妥了一切：台北的产业以及股票已全部卖出，现金已换成了香港汇丰银行的本票，本票由她随身带着。她将搭乘×月×日的华航412号班机从台北起飞，经香港飞抵上海。通话结束前，她还对着手机的发话端"啧啧啧"地亲吻个不停，好像电波也能将她嘴唇上的那股气息传到上海来似的。她说，她好想他哦，两个月了，她快熬不住快憋不住了。但不要紧，再过几天后的现在，他们不又在一起了吗？她要薛强去把那间亭子间的钥匙拿来。她说，她并不稀罕什么"世茂滨江"之类的豪宅，她就留恋那亭子间的岁月！她要求薛强再去搞一幅白被单布来遮盖在墙上，恰似他俩画人体素描的那会儿。

薛强一一答应。但人算不如天算。

×月×日，薛强的"别克"车在浦东新机场的出口处等了差不多有一整天了，然而，他就始终没能见到翠媚的身影在那一长排玻璃自动门的任何一扇间出现。他有些耐不住了，只能让司机看着车，自己则挺着个发了福的大肚腩去到机场大堂里去转转。他在"到达航班"的液晶显示板上找华航412号班机，但找不着。去询问处一问才知道：原来沪台两地是不能直航的。所谓"华航412号班机"的香港转驳机是港龙303号班机。机场职员指点他说，你只要找到港龙303，就对了。华航机上所有的赴大陆乘客都在那架机上。

他于是又信心十足地回到了液晶显示牌前。港龙303找到了。但在"入港状态"一栏中打着的字样是：班机延误。他呆呆地在那块显示板前站了一会儿，他发现显示板开始翻动了。而他的心脏也随之一阵紧跳，就希望能见到他希望见到的字样。但不是，这会儿的显示板只是全换成英文的了，而"班机延误"也变为 DELAY。他左右环顾着，他也不知道他想找谁或想做些什么。接机大堂里人进人出。银灰的色调，高耸的拱顶，柔和的光线，令这座上海的标志性建筑充满了现代气息。而舒缓甜美的广播女声不断地响起，播报着航机抵达的状况：一会儿说中文，一会儿又说英文，反复、反复、又反复。但所有这一切只是令他心烦不已，他不知道自己今天怎么了？他的思维在哪儿卡轴了？

他没法，只得重新回到"别克"车中去等。等了一会儿再来，还是"延误"，还是 DELAY；再等，再"延误"，再 DELAY；再再等，再再"延误"，再再 DELAY。时间已近半夜了，他心中突然就升起了一片不祥的预感的阴云。在他的迄今为止的一生中，这还是从没发生过的现象。甚至在那个冬日的清晨，当他跪对着那排土堆时，他的心中也不曾如此慌张过。现在，当他用一种怨恨交加的目光注视着新机场的那排灯光辉煌的玻璃趟门时，他感觉自己不叫薛强了，他又变回了那个叫"熊志新"的冒名顶替者了。他觉得有一股寒流从他的脊梁上淌下来。整个人就像是一把散了架的椅子，别说坐人上来了，就是没人坐上来，自个儿也会崩塌下去。

看来，再等也不会有什么意义了，他决定先回家去。

他回到了家中，但精神恍惚得可怕。他打开了电视机，是香港凤凰台的午夜新闻播报：从台北中正机场起飞的华航 412 号班机，起飞二十分钟后即从雷达光屏中消失。现已查明：飞机已坠入台海水域，机上二百四十二位乘客以及机组人员估计全部罹难……

薛强先是不信自己的眼睛，揉一揉，再看（别忘了：每当感觉不真实时，他就有揉眼睛的习惯）：是凤凰台，是新闻播报，是空难事件，是华航 412 号班机——全是！

然而就在下一刻，薛强全信了。因为他那与空难事件几乎同步的预感早已告诉了他：这是真的。他一下子瘫软在了沙发中，自言自语道："命哪，这是命！——"

我是在两天后才听说这一消息的。其实，华航空难，这对全球华人来说，都不能不算是一桩惊天大新闻。我自然对此也就十二分地留意起来。再说了，接踵事件而来的还有不少谣传：一说是恐怖袭击，惹得美国的反恐部门也派了人员前来介入调查。二说是中共特工所为，这点上的无稽与荒唐是不言而喻的：再笨的一个大国政府也不会干出此等傻事——你以为时代还停留在火烧国会大厦那会儿？当然，最后证明是波音机的机件断裂而起的祸。那些天的电视新闻都让对这一事件的追踪报道给占满了。画面上反复地出现了台湾地区的搜救直升机在失事现场打捞失事飞机残骸的画面。方圆几十平方公里的海面上漂浮着一些零零碎碎的遗物。但播报人员说，黑匣还是没能找到。黑匣当然是很难找到的，在水深几千米的海底，找一只小小的黑匣，谈何容易！

但黑匣终于还是给找到了。这也是打开机轴金属疲劳断裂之谜的理据。当那根断成了两截的引擎主轴被打捞上来时，电视说，在半截机舱里同时发现了几十具完整的乘客尸体！只是打捞成本太高，只能暂缓打捞进程，云云。

我万万想不到的是：这桩惊天惨剧竟然会与我的两位朋友，薛强和翠媚扯上关系！而那几十具还留存在机舱里的尸体的其中一具完全有可能是翠媚的！但我的那位画家朋友却在电话线的那端告诉我说："真的，这是真的！"

我立马赶去了"上海爷叔"。但我没见着薛强。他把自己锁在房里，拒见一切人，也拒听一切电话。

其实，就在这段期间内，又发生了一段令人费解的离奇的情节。这是后来薛强亲口告诉我的——尽管至今为止，我对此事的真实过程仍深表怀疑。我认为，这很可能是薛强在遭受了一次巨大的心理冲击后产生的某种精神幻觉。那是在一个礼拜后的事了。薛强终于完成了他的自我禁闭，在他的房中接见了我。他虚弱地半躺半坐在沙发里，脸色苍白，人也明显地瘦了一大圈。他按开了手机的来电显示屏让我验证。他说："那最上面的一条不就是翠媚的全球通手机号码？我太熟悉这个号码了，熟悉到它的每一个数字排列我都能像哼一段旋律般地将它唱出来。"

华航事件发生后的第二天的午夜时分，他的那只早已关闭了电源的手机突然唱起曲调来了。他拿起手机来一看，电源已自动打开，而显示的来电正是这个号码！他说，他当时的感觉不是惊恐也不是害怕，而是有点儿像是在做梦——从前的梦，现在的梦，未来的梦。

他按下了通话键，对方是一把模糊不清的、沙沙的女声。女声有点儿语焉不详，但其话意的大概是说：她感觉冷——很冷，很冷。这里是一个太冷太冷的世界了。他对着话筒拼命地喊叫："翠媚！翠媚！你是翠媚吗？！你现在在哪里啊？你……"

但女声并不回答他，而是径自往下说去。她说，她渴望温暖，渴望那种在被窝里被人紧紧拥抱着的温暖……

躺在沙发里的薛强在叙述此事时，显得异常的虚弱。他的眼光渐渐地暗淡下去，再暗淡下去，最后，他完全闭上了眼睛，喃喃地说道："女人心，海底针。此是也……"

就在我去探访了他几天之后，薛强便死了。这回，又是那位画家朋友打来电话报的丧。他说，是心肌梗死。救去医院时已没气了。

我闻讯惊讶得都快说不出话来了。我说，哪能呢？我在前两天还见过他。你不会又……但这次，我不得不信了。因为，我亲自去龙华火葬场参加了他的追悼会。

灵堂中央并排挂着薛强的两幅放大照（这种情形在追悼仪式上一般很少见）。据说是根据了他生前的某条遗愿来办理的。一张是黑白照，20 世纪 70 年代初的他，就是那个削瘦留长发的薛强，眼光目空一切。另一幅是彩色的，是当老板时的他，肥头胖耳笑眯眯的，穿着那件"寿"字唐装的他，目光则是通达世事的。

两个完全不同的人，但他们的名字都叫"薛强"。

我去他的灵前鞠了三鞠躬，再绕躺在有机玻璃盖盒中的他走了一圈。他人是瘦了许多，发根须根也都没有能修剪得很干净。唯他留在了这人世间的最后的表情还算平静，这多少给予了我，他的一位多个人生阶段中的朋友，某种暧昧的宽慰感。

十三（尾声）

一个晴朗的星期日的下午，海民、翠珍一家三口上街去。我之所以说他们"一家三口"，是因为海民和翠珍生的那对双胞胎兄妹都已成功出国了。前几年，他们夫妻俩为此事还真忙乎了好大一阵子。后来，还是通过了海民的同父异母的姐姐的关系，搞了张经济担保以及加州某大学的奖学金名额去了美国念硕博学位。到如今，已都快要毕业了。孩子一离开身边，便有了他们自己关心的世界，平时除了打几个长途回来问候一下在上海的父母和外婆还都好否之外，要叫呼是不可能随时有应答的。倒是翠华生的那个海强，长年陪伴在父母的身边，让海民夫妇的老年生活还不至于感到那么孤寂。

海强如今已二十出头了。正是 1948、1949 年底开香槟"雪佛兰"车的海民的年纪。他身材高瘦，体魄也强健，柔软而光滑的长发披盖在头上，他的五官长得像海民，肤质则承传了华家姐妹的特色：细白而光滑。夏天穿短袖，假如不是他臂膀上凹凸的粟块肌肉，乍一看，他都有点儿女性化了。他在一家专科学院毕业，之后，就去了一家外资的电脑软件开发公司工作。假日及业余的时间，他则喜爱运动：游泳、乒乓、网球、单车越野，都是他喜爱的项目，而且样样他都玩得似模似样。

他是个任何人见了都会心生欢喜的、朝气蓬勃的年轻人。

海强性格之中的一个最大好处就是脾气温和，孝顺父母。还不仅对父母，对外婆，他都一样很孝顺。或许他感觉到些什么了，他感觉到外婆对他的溺爱之中还隐隐地包含着某种别样的东西。平日下了班，他从不到那些如今市面上得到处都是的娱乐场所去疯进疯出，他就到外婆家去。外婆的家务事都有佣人包干，用不到他帮手。他只是去到那里，坐在沙发上陪外婆聊聊天。他知道，能与他面对面地坐着聊天便是进入了暮年的外婆最喜欢做的一件事，也是最能为她带来欣慰的一件事。（当然还有打麻将，外婆也很喜爱。但打麻将毕竟是娱乐，这是不能与和她外孙间的那种隔代的爱之沟通相提并论的。）

还有，每年的清明和重阳，他都不会忘记到他"华姨妈"的坟上去上香、供果、献花兼扫墓。因为这是他父母，也是他的外婆千叮万嘱他的事，他一定会去做的。

海强的这种性格在年轻一代中已是个异数。其实，也没人教他一定要如何如何做，他只是在心中长出了某种感觉来。他渴望与他家人亲近的感情之中带着一股小小的病态式的冲动：仿佛他想抓住些什么，又想能弥补些什么。他表达不清这种感觉（他也从没想过要去表达），这种感觉是：他是这世界上最幸福，也是最可怜的孩子。

那个星期天的下午，他们一家三口就是从外婆家出来，走在了凤阳路上。又是一个满地飘落着黄叶的深秋季了。但因为是在晌午，阳光又很好，所以空气之中毫无寒意，反倒能呼吸到一种初秋时节天高气爽的气息。翠珍让海强去对街的一家小小的私人照相馆翻拍一幅黑白照片。黑白照片是 20 世纪 50 年代中，用老式的"蔡司"相机拍摄的。华家全家人都站在了"华福记"车行的门口：高大粗壮的父亲站在最靠边，他似乎刚在店里干完活儿被人叫出来的。他的身上还围着那件油迹斑乌的工作兜，但他以一脸和蔼可亲的笑容望着镜头。苗条白皙的母亲居中，她的怀中抱着正处于哺乳期的翠媚。她的边上站着亭亭玉立、已显现出少女样的翠珍。翠珍的一条臂膀搭在她的妹妹翠华的肩上。那时候的翠华五六岁。照片的背景是黑洞洞的店堂，但在黑暗之中，又有一斑亮点在闪烁，翠珍知道：这是"千斤鼎"操作台上的那只不锈钢摇手柄的反光。

翠珍最喜欢这张老照片了，她已将它珍藏了半个多世纪。她不喜欢现在的这些色彩艳丽的彩照，她觉得它们看多了没啥韵味。然而，这张 120 的方框实在又是太小了，而且相纸也已变黄变脆。她想叫海强去把它整修一下，再放张大号的，以方便戴上了老花镜的她，在有兴致的时候，可以仔细地辨味辨味照片之中的人物与场景中的许多细节。这是张她永远也看不厌、琢磨不完的相片。

海强年轻矫健的身影越街而去了。翠珍向海民说："真想不到我们还闹了个这么听话的儿子。"

从某种方面来说，她甚至比海民还喜欢海强。

海民贼脱嘻嘻地望着他的太太，不语。翠珍说："干啥？"

海民道："你不是想谢谢我吧？"

这一下子，翠珍的脸就板了起来，并起了些愤怒的红晕。海民立刻慌了手脚，忙连声不迭地致歉，说他自己不是人，是畜生。多亏了老婆大人和丈母娘的宽宏大量，他才有了今天。他又讨好地拉着妻子的臂膀说："我们走那边，走那边。那边的路好走。"

翠珍任他拖着臂膀朝前走去。来到了一条窄窄的弄堂口前，他俩站住了。这一带的凤阳路，是旧式房屋保存最多最密的地段，连人行道上的大方块的水门汀街板也是大半个世纪之前留下的。水泥板宽大的隙缝间留存着黑色的泥尘，泥尘枝枝丫丫地叉开了去，仿佛是大地的脉管。海民说："不就在这儿么？"

"什么就在这儿？"

翠珍的面孔还板在那里。

"五十多年前的一个冬日的上午，有一个邋邋遢遢的穿开裆棉裤的小女孩就是从这条弄堂里奔出来，然后就在这里随地一蹲，撒了一泡长尿之后，连屁股也不擦一擦，就迫不及待地跑回弄堂里去找'阿六头'玩'造房子'的游戏去了。"

翠珍闻言，先是惊奇地站在那儿望着她的丈夫，完全怔住了。但就一会儿工夫，她便"扑哧"一声地笑了出来。她捏起了一个拳头来，佯装愤怒地朝海民的臂膀上打去。说道："侬这个坏蛋！我当初是瞎了眼，错嫁你了！"

这时，海强已办完事，从马路对面走了过来。他平时很少见到父母两人会用这样的动作表情与方式来开玩笑，他问："爸、妈，这是怎么啦？"

"没什么。"父母两人几乎同时回答道。

随后，母亲又加多了一句："那我们就走吧。"

于是，他们便一同朝前走去。让这 21 世纪初的上海的秋阳以及满地枯黄的落叶望着这个三口之家有说有笑的背影消失在了凤阳路新昌路的拐角处。

2006 年 7 月 31 日

完成于上海西康公寓

胎 记

一

苏梓峰搬去武西公寓401单元住的时候，对门的402室已经住着一个女人了。后来，他从自家雇用的安徽小保姆的口中得知：这个大家都客客气气地称她作"杨老师"的女人原来是个单身住户。平时，除了有两个二十岁上下的青年（后来，梓峰才知道，这两位青年一个是她的儿子，一个则是她的侄子，即她哥哥的孩子）会经常上门来看望看望她之外，并不见有任何正常的家庭生活规律。小保姆说，对门那女人倒真的有点儿怪啊，分居的？离婚的？孩子是领养的还是亲生的？——反正，这种人只有上海有，我们安徽乡下是绝对不会有的。梓峰叫她说，别人家的闲事不要去管！但自己的心中却也在暗暗好奇了起来。杨老师？是哪间学校教什么书的老师呢？后来，从楼下门卫室老张处于不经意间的打探中才了解到：这位四十多岁的女人是在浦东新区的一家中日合办的私人学校里做事的。私校的薪金自然会高些，这不错。但也不至于在没有任何外援的情势下，在这浦西市中心的黄金地段独居一大套公寓的。况且还是个女人，况且还是个要供养两个念大学的孩子的单身女人。

这事好像有点儿说不太过去——至少说，有点儿不太符合中国国情。

此话怎说？假如情形是这样的话，或者就会比较符合人们的思维和推理逻辑了：对门住的女人是个身材窈窕、姿色撩人的年轻女郎，而且隔三差五来造访的不是什么念大学的儿子或侄子，而是个油发革履开房车的中年男子，哪怕是个丑陋的老年男子，并还会与此迷人的女郎共赋一夜半日的同居生活的话，此事便有了个合理的解释。

但不是这样的。这让人们始终有些不甘心，因为人们的思维惯性总希望这是一个能说得通的故事。当然，这所谓的"人们"中也包括了苏梓峰在内。

首先，那对门的女人是个毫无姿色可言的半老徐娘——除了肤质还算白净之外。她已发胖，松垮的线条已将她臀部腰部和腿部统一成了一块版图上的三个面积相若而形状不同的省份。其次，她也不施脂粉，穿着朴素，平时还有点儿深居简出的意思。单元里也经常是门窗紧闭，没任何动静传出来。既不见同性朋友，更没有异性朋友登门拜访。而在这城市里到处可以听闻到的麻将搓牌声和卡拉 OK 的歌声更是与对门无缘了。

　　当然，现代都市生活与都市人彼此都非常隔离，每个人都生活在自己的精神孤岛上，谁也不知道谁究竟在干些什么。因此，日而久之，梓峰也就停止了对对门那个女人的各种猜测与想象。我这样一说，很可能会给我的读者造成一个错觉，说，我的这篇小说的男主角苏梓峰会不会是个专爱打听他人闲事的八卦之人呢？其实不是——绝对不是。苏梓峰是个作家，观察人观察生活、思考人思考生活、探究人探究生活是他这些年来养成了的职业习惯。他是绝不会，也绝不肯放过任何一个他认为有记录价值的人生细节的。当然，也包括了对门那个女人的不太符合正常生活情理的某种情节悬念——在当时，他不会联想到再多的什么了。

　　梓峰还是那样的一位作家：中英两种文字都能使唤，所以他既搞创作又搞翻译。故，他对西方人文内涵的了解与理解并不会比对中国古典文化和传统的更差。相反，对前者他的兴趣还更大，故而，对其研究考证也比后者来得更有心得和见解。在创作方面，他写流行小说写得很棒，有相当的卖座能力；而在纯文学创作领域里的探索他也一样搞得有声有色，十分有建树。前者为了谋生，后者才是他真正的生命追求。不错，这种人在今天的这个时代已经是十分稀少的了：非但坚持文学创作，还谈什么"追求"！人生追求什么？不就追求多些钱吗？有了钱，什么不行？什么不可？什么不能？什么样的磨怕找不到鬼来帮你推？但，偏偏梓峰不是这样的人。他认为没有追求的人生等于是掏空了灵魂的躯壳，活着，等于没活。

　　梓峰的这种人生观有好也有坏。好处是让他在文学事业的耕耘上获得了成就，坏处是导致了他婚姻的失败——他与他前妻的离婚就起因于此。他的前妻嫉恨他的文学创作（她将之称作为"那破玩意儿"），好像"文学"也是个什么人似的，爱上了"她"之后就会冷落了她。有一次他俩在床上干那事。她感觉玩得很不过瘾，很不是那么回事。于是，气不打一处来，**她一把就将趴在她身上正汗流浃背努力耕作的梓峰推倒去了一边**，说："别干了！别干了！你看你自己还像个男人不是？——还是干你那破玩意儿去吧！"

　　他的前妻是个非常**跋扈**的女人，非但跋扈而且还固执。只要是她认定的事情，不管是黑是白是对是错，她都是一认到底的。就是全世界人都说是"白"了，她还是一路

"黑"下去。不因为什么，只因为她在一开始就说过它是黑的缘故。比如说，在梓峰文学创作这一问题上，她就从来没看好过。尽管她丈夫作品的社会认可度越来越高了，文名也日隆，但她还是视而不见，同时也拒绝去正视。她从鼻孔中哼出一股冷气来，说："想做雨果、巴尔扎克，还是托尔斯泰啊？也不看看现在是什么时势了，还蒙着被子做18世纪的梦呢。"

或者，她才是对的，是与时俱进的——谁知道呢？然而，没法的事儿是：这世界总有那么一些滞后者，他们老喜欢生活在自己童年和少年的梦里，不管这梦是美梦还是噩梦。他们做梦造梦享受梦，他们分不清也不想去分清什么是现实什么是梦。梓峰便是这种人，而对门那女人，后来当梓峰与其熟识了之后，知道她也是在某种意义上的同一类人。

梓峰与前妻在香港生活过二十年。之前梓峰是在美国的，再之前，当然也是在上海的啦。他是个生在上海、长在上海的地地道道的上海人。

事实上，梓峰也是在上海认识他前妻的。80年代初，刚去美国生活了不几年的梓峰又回到上海来了。当时，他的心中充满了乡愁。不过那时的梓峰还不是个作家，也没人知道他后来会成为个作家，包括了梓峰本人在内。但作不作家、艺不艺术家的人是有点天生就长在那里的。那股子气味就是与平常人不太一样。说是"气味"，可能在用词方面俗语化了点，讲玄乎些，那是一种精神气场。凭借着这股子气场，他能准确地敏感到他周围的人群、环境、季节、乃至那种无形无踪的人物的心理流变；同样，接受到了他的那种气场辐射波的别人，也会产生出一种说不清、道不明的异觉来：这人是咋回事嘛，该笑的时候他不笑，不该笑的时候他又笑了；大家都认定他会这么说的时候，他偏偏又说了别样的话——这人究竟是咋回事嘛？

咋回事？其实人们的所见都是他外化了的举止与表现，假如能让你进入他那太丰富多彩了的内心世界去的话，你更不会知道他是咋回事了。

80年代初的上海变化还不大。已经有近半个世纪了，旧政府撤退时遗留下来的那一切基本上都原封不动地保存了下来，并仍在继续使用着。历经三面红旗和"大跃进"，十年"文革"，如今又进入了改革开放的初期年代，上海还是梓峰童年记忆中的上海。而这点恰恰是最令他心醉的。反而到了今天，高楼大厦林立了，歌厅夜总会三步一哨、五步一岗的，他倒失落了。他觉得自己是个新时代的陌路人。经过了那么几年在美利坚摩天大厦阴影压迫之下的生活后的梓峰又回到上海来了，他觉得天地开阔，空气自由，他那曾被打断了的人生故事又续上了后文。这令他兴奋莫名。父母从纽约那边打来长途，催促他快点儿回去，说已替他找了个 ABC（American Born Chinese），这是个很不错的姑娘，既有唐女的美德，又接受过西方的教育，可谓中西合璧。他们要梓峰回来，先互相见个面谈谈，如合缘，两老倒是很希望他能将自己的婚事给办了。但梓峰一听就烦了心，连纽约他都不想回，更别提什么 ABC 了。而就在这时，他认识了他的那位姓薛的前妻。他立马给父母回电话，说，他在上海已经有女朋友了，他不想要 ABC。他还表示：如果有可能的话，他是否可以搬去香港住？他说，这次回国他途经香港，并在那里住了几天。他发觉自己很喜欢那个地方：中西融合，自由开放。再说，气候也好，又在英国人的管治下。故，当年大陆上的那种政治风险是绝对不可能发生的。其实，那最后一条理由是他专门摆出来去打消他父母的顾虑的，他明白在美国生活了几十年的父母亲真正担忧的是什么，就是前述的那几点所谓"好处"吧，其实也是所有到香港来过的华人的共识，没什么新的见解，然而一旦提出来，你又不能说它错。梓峰的真正意图其实是隐藏在这些理由的背后的：他希望能住到香港去是因为那里离大陆近，两个小时的飞机路程，还没让你来得及打个盹呢，你就又能回到上海的土地上来了，并马上又可以与女友相拥在一块儿了，而这又该是一件多么叫人向往的事呢？

当年，梓峰的那位薛女友——也就是后来的薛前妻——是在杨树浦底的一家纺织厂里做挡纱工的。挡纱工的活儿很苦，每天要在机器跟前跑长跑。一年三百六十五天，除去星期日，跑掉的里程数加在一块儿都够完成一次红军长征的了。当然，这些话都是在今天讲讲的。在当年的那个上山下乡一片红的年代里，应届毕业生能留在城里进纺织厂工作已是一桩叫人羡慕不已的事啰，工种是什么，根本就由不得你挑选。然而一旦进了厂子就又不同了，见活儿是那么苦，又你比我、我比你的，不久之后就不满足起来了。

再说了，纺织厂的女工们还有一件恼心事：都到了适婚的年纪了，但一天到黑，除了机器就是纱锭，除了纱锭就是同性的工友。有几个油嘴滑舌的机修青工，就像蜜蜂跌进了花丛中，整天"嗡嗡嗡"地东飞西采，但仍是闹了个僧多粥少，女工们普遍情绪压抑。就在这么个人生当口上，薛女遇上了从美国回上海来一解乡愁之苦的梓峰，这么两块磁铁吸到了一块儿去，你说，什么样的理性力量能将他们掰开呢？

倒是不要说，这位顶替其老父进了国棉十七厂的薛女还真比她的那些整天疯疯癫癫的女工友在各方面都要高出一截来。首先是外貌。说她很漂亮也不见得，但姿色是有的。最重要的是她拥有了女人的那股子妖气和骚劲。别看这两个都是贬义词，但如要叫没有这种天分的女人去学，即使付再多的学费、花再多的时间也是学不来的。而凡是男人又都吃这一套，这正是最能让男人屈兵自降的好东西。二是她对于他人（尤其是异性）的心理揣摩能力以及恰到好处地使力使在刀口上的那那儿小聪明。后来，她在香港做了保险经纪，能将一个又一个难以对付的男人的堡垒攻克，就与此两点特长（如今的专业词汇叫作 EQ 和 IQ，即"情商"和"智商"）不无关系。

而当年，让梓峰对她的迷恋一下子便陷入了一种不可自拔的境地的，也因为她身上弥漫着的这些女人的特质。

她知道梓峰喜爱写作，就先扮出也是个文学爱好者的模样。常谈巴（金）茅（盾）郭（沫若）老（舍）。有一次竟然还提到苏联作家高尔基和保尔·柯察金，这叫梓峰吃惊不浅。她当然是不懂文学的，而且压根儿就不喜欢文学。但她却能捧着梓峰当年写的那些习作稿，煞有其事地读个不停，一副投入到了忘我的境界的样子。读完之后，还能提出他故事中的人物（尤其是女性人物——她说，她在这方面比他更有发言权）的心理与行为来与作者的他进行一番商榷和探讨。不管抓不抓得到点上，就此一点，便当即让梓峰对她刮目相看，且感动不已了。他感觉自己真是幸运，让他撞上了这么个内外皆秀的美女兼"才女"。

但后来，你知道，那"才女"又是如何来向她的一位相好的保险客户形容她与他的那段关系的吗？她说，我那个傻瓜蛋男人一天到晚就扑在他的稿纸上，搞什么文学创作。就是一年半载能让你熬出本破书来，印它个三五千册，又能赚几个钱的稿费？还不及我做成一笔像样一点的保险生意呢。当然，话也要说回来：当年，假如没有了文学做媒介，我也勾不上他；勾不上他，我也来不了香港；来不了香港，也就识不了你；识不了你，又如何能让你在这床上享此艳福呢？因此，还别说我，就连你，也应该谢谢文学这破玩意儿。她这一说，逗得那秃顶男人笑得哈哈的。而他一笑上来，油光光的秃脑袋便显得更加发光发亮了。他边笑边压着薛女，急风骤雨地又干了她一场。那势头那力度，仿佛要把那个已经被勾引出来了的"文学"的幽灵重新打回十八层地狱里去似的。

说到薛女任保险经纪一职是在她来港两年后的事。她是先和梓峰在上海办妥了结婚手续，然后再来香港的（后来，梓峰终于做通了父母的思想工作，让他在香港住了下来。非但他住下了，就连两老后来也搬来与儿子同住了）。薛女先是学会了流利的广东话，接着，又跟着梓峰弄通了几句英文常用语，再接着就参加了香港某大保险集团主办的一届"保险从业人员训练班"。结业时，还像模像样地获得了一份印着花体英文字母，凹凸着钢印和有关人士签署的"资格证书"。就这么上了一级台阶。而后，便上场去干了起来。其实，在上海那些年代里成长起来的一个纺厂女工，一旦融入香港社会又能干些什么呢？当保险经纪应该算是个蛮不错的出路。不但头衔好听（港地的经纪职务一般都以"客务主任""业务经理"之名相称），而且也不需要什么正式的学历和资质。说穿了保险经纪其实是个人人都可以干的活儿，只要你有伶俐的口才和圆滑的手段便行。当然还要善于"轧苗头"，会死缠烂打，要具有一种不达目的誓不罢休的强势个性——而所有这些，正好，又都是薛女的强项。

因为站在公司的立场上，它才不管你那么多事了。它只要求你不违法，不做有损公司形象的事，而又能做到生意之人它一概都认。非但认，而且还升你职，加你薪，还允你一份优厚的年终花红。当然，假如你老是无所作为，管你博士硕士皇亲国戚的，也不管你其实花费过多少心血与努力，公司说，它可不是什么施善机构，故，你的收入与福利轨迹也只能反向了。

但薛女的事业发展遵循的却是第一种轨迹。这令她春风得意。得意之余，也开始变得野心勃勃和胆大妄为了起来。个中原委还要补充如下数点：

一、苏梓峰的双亲给他们的儿子儿媳留下了一份产业。产业不大，但还是有那么个数额。渐渐地，这份遗产的支配权便置于了苏妻的掌控之下。所谓经济地位决定家庭地位，此乃缘故之一。

二、她当然盼望自己的男人也能出去闯荡社会，干出一番类似于李嘉诚的大事业来。到时，再由她出头露面来掌管其生意王国，岂不威风哉？但偏偏，梓峰是烂铁不成钢，整天闷在家里，搞什么文学创作，还说，这叫"精神追求"！难道要让她推销保险来养活他不成？这毫无疑问令她的心态严重失衡。

三、再说，在香港干保险这行当的从业人员，平时脑满肠肥的阔客豪客见识多了，见识多了，眼界自然也就开了；女人一旦开了眼界，心气也就高了；而心气高了，欲壑自然也就难填了。女人暗自埋怨了起来，她给自己定下了个指标：这辈子不在她众多的客户中挖个不叫李嘉诚的李嘉诚来，她誓不罢休！

性情懦弱内向的梓峰是有自知自明的，他知道自己的弱势。他处处让着她，能伺候好她，就尽量伺候好她。让她高兴了，自己心情的港湾自然也就平静。而心情生态良好了，创作也能有丰收了。但靠这，就行了吗？尤其是与他前妻这样的女人打交道，有时越礼让越迁就，事情越糟。

终于，就出事了。

那天下午，外出的梓峰突然折回家，就将谜底毫不留转圜余地地给捅破了。事出是有因的：平时，老待在家中写东西的他，那天下午是说好了要去位于铜锣湾的香港图书馆借几本参考书，并准备在那里阅读整个下午，晚上则在外面随便吃些什么再回家的。他跟妻子说，今晚不需要等我吃饭了，而妻子也和颜悦色地答应了。

但他临时改变了主意。

改变主意是因为他从康怡花园的家中乘电梯下来抵达大堂时，他瞥见了那颗光秃秃的肥脑袋在他住的那幢大厦的落地玻璃窗外一晃，就不见了。他推开大门走了出去，就见到不远处道路的花丛旁停着那辆黑色的平治房车。梓峰是认得那颗秃脑袋和那辆平治车的。有好几次，他都从他家二十多层楼的窗口俯视到那颗秃脑袋开着这同一辆车将他老婆送回家来。房车在他家住的那幢大厦的入口处一个圆兜地停了下来，然后，便下车来一对男女，做依依不舍状：男人在女人的一边颊上吻了吻后又转到另一边去再吻。而薛女则一动也不动地站在那里，引昂着她的颈脖，扮成了一只高傲的白天鹅。后来，平治车开走了，她仍站在大门口，望着车驶离，还远远地向房车送去了一个飞吻。这些情景梓峰都是亲眼所见，虽然看不太真切，因为是俯视，而角度与方位又有诸多限制，人物看上去难免有些变形，有点儿从门缝里看人将人看扁了的意思。但他真还是看见了的。他回到自己的房中去。一会儿薛女便上楼来了，她换了鞋，脱了外套，他见她望着他的脸色冷如冰霜。

现在不就是这同一颗脑袋和平治车吗？梓峰已在鲗鱼涌站搭上了去铜锣湾的 8 号车，但他想了想，遂决定在北角就下站，再渡到对街同一路线的巴士站头上，搭上了一辆回程的巴士，又回到了鲗鱼涌来。

当梓峰出其不意地出现在他家的那间卧室的那张大床跟前时，一切都是戏剧性的。那一对躺在了被窝中男女不约而同地撑起身来望着站在了床边的梓峰。薛女将自己撑得高些，而秃脑壳则矮了几分，有点儿要躲在了女人背后去的意思。三个人，六只眼睛，互相对视着，无言。后来，还是薛女首先镇定了下来。她说："你先去客厅里坐着，等会儿吧——你总该让人家穿好衣服吧？"

梓峰觉得这倒也是。于是，他回到了客厅，坐在了沙发上面。他们两人从卧房中出来了——一对狗男女，梓峰心想。但他又立即纠正自己说，是否应该唤他们作奸夫淫妇更恰当呢？或者旷夫怨妇什么的——中国古典章回小说中都是这么写的。但他明确地感到这种莫明其妙的称呼与用词是与他作为一个男人的内心深处的某一点强烈抵触的。他挥停了自己的那种胡思乱想，看着他俩。

薛女挡在了前面，梓峰见到那半个秃脑袋在妻子套装的肩胛处一闪而过，大门与铁闸便相继响起了关闭之声。薛女回到沙发中来，她说："都这样了，你说咋办？"

梓峰想了想，用一种近乎于嗫嚅的音调说道："那……那我们就离了吧。"

就这样解决的问题。

后来，找了个机会，前妻居然还找梓峰做过一次正式的谈话。她说了通"理由"出来。她说，我们做保险这行的不干点儿这种事，能行吗？能做成大生意吗？——老实告诉你吧，几乎所有的女保险经理（纪）都干！而且不止一个两个的（好像只找秃顶一人的她还够资格立一块贞节碑坊似的）。说着说着，她突然话锋一转，将矛头对准了梓峰本人（这是她对付梓峰的惯技）："谁叫你这男人这么窝囊啦？养不活养不好自己的老婆，还要让她自己到社会上混，去受那份气（她将干那种事说成是"受气"）的呢？你难道还不应该好好反省一下你自己？还不应该感到惭愧和内疚吗？——你这窝囊废！"

什么逻辑？但世上逻辑千万条，条条道路通罗马。至少从薛女的立场出发，这条道路是可以想通和走通的。别忘了，她是做保险出身的，她的工作性质就是去说服那些本不想买保险的人非买保险不可。故，她常用这种逻辑来引导她的客户。她说，别瞧你现在健康得很，年轻得很，家庭也美满得很，但愿这一切都能永恒下去。但……，"但"字之后，一切不讲最好，她说，讲了反而让你不寒而栗，夜不成眠了。你说，薛女的逻辑推演技巧高不高呢？这，便是她的专业，她的特长，此刻，她正好派上用场。

但毕竟，薛女知道这是她自己的错。她让梓峰从那份已被她全控了的存款中提取了一笔相当数目的现金，然后，离家滚蛋。

（梓峰和薛女没有孩子——还幸亏没有孩子。至于没有第二代究竟是谁的过错？薛女倒是从来也没有认真追究过。有可能是因为他，但更有可能是因为她自己。）

前妻说他窝囊，这回他真是窝囊到家了。他计算了一下他所有的钱财数目，假如就凭这笔钱要在香港维持一个在水平线之上的生活的可能性不大。于是，他又想到了上海。他搬回了上海来住，住到了武西公寓 402 室那个女人的对门去，那一年他五十岁。

二

  武西公寓位于武定路西康路口。公寓属上海早期的优质商品房，但与今日耸立在那一带的豪宅相比，各种设施和房形，自然都已落伍，但它所占的地段优越，小区内的绿化比率也高，故环境相当幽静。高层单位更能眺望波特曼大酒店的主楼和上海展览馆塔尖上的那颗闪闪的红星，颇有大上海的繁华就在你身边波涛起伏的雄壮感。公寓共分两栋，互成 L 型。也就是说，站在 1 室的阳台上恰好能望到 2 室的主卧房。而其他 3 室与 4 室，5 室与 6 室也成同样格局。

  其实，苏梓峰之所以选择在那里住是有他的理由的。他从小就生活在那个地区，在他的记忆里，现在武西公寓的地块，当年是一所学校的操场。那里也是他童年的天堂。每天一放学，等到学生和老师都走光了之后，他便伙同一班弄堂小子偷偷潜入到那片操场上去了。他们在那里疯耍疯玩，踢小洋皮球、挖沙坑、攀篮球架，或用弹弓互相"射击"。直到被那个酒糟鼻的看门老头一个个逮住，然后轰出校门去为止。

  但梓峰的家并不住那儿，他的旧居比起今日的武西公寓，离主干道南京西路还要近两个街口，在一条叫铜仁路的街上。铜仁路是上海市中心的一条高尚的住宅马路，20 世纪 50 年代初、中期，这条马路上除了自行车和稀少的行人外，平时很少有机动车驶过；而街道两边粗大的法国梧桐树枝叶茂盛，它们将整条街道都置于了拱形树冠的覆盖中。有尖顶的洋房群落和优雅的小公寓躲在了梧桐树的背后。洋房的砖墙是赭红色的，砖墙上镶着弯拱形的深咖啡色的原木装饰条。洋房有排屋也有独立屋，一般都拥有一个十分宽敞的花园。花园内的树木与街上的连接在了一起。一个长长的暑天，蝉声喧哗，猛烈的阳光透过层层叠叠的树丛投射到路面上来，斑斓而又朦胧，像莫奈的画，又像德彪西的意象旋律——当然，那后面的两个比喻是今日的梓峰在回忆童年生活的场景时加上去的。当年的他，根本就不知道莫奈和德彪西为何许人氏。

  梓峰的家就住在其中的一栋花园洋房里。洋房与现在的武西公寓楼排的格局有点儿相似，只是什么都大了一号。此话怎说？是这样的：与梓峰家花园一墙之隔的是一栋四层高的小型公寓。而公寓二楼某一单元的露台正面对着梓峰家的阳台。露台的位置恰好高越过花园的围墙，乍一望去，露台仿佛都成为围墙伸向空中去的一个部分了。这是一个环形的宽阔的露台，有乌黑的铸铁的栏河，栏河后面是一片红方砖的平台，平台连着两扇灰漆的落地钢窗。整栋公寓都映掩在花园连接花园的树叶从中，唯那座露台，从梓峰家阳台的方位望出去，正好处于一个巨大的树木的缺口之中。于是，它便渐渐地变成了少年时代的梓峰独自站在自家阳台向外眺望时的最佳也是最直接的观景点了。

十五六岁的梓峰是个脆弱、敏感的少年，正处于朦胧的性觉醒的生理期。他酷爱沉思，酷爱冥想，酷爱沉浸在一种淡淡的忧郁的情绪中不可，也不想，自拔。他喜爱让一个遥远的情感目标顽固地存在着，可望但不可即。

他经常看见一位少妇，约莫三十。她从那扇落地钢窗中走出来，来到了那方露台上。她将两只袖管高高捋起，露出了两只雪白的小臂。她的左手兜一只铝质的脸盆，脸盆里盛满了刚洗净的衣物，脸盆的一边抵在了她的腰间，而她的右手却用来整理那些晒杆和衣架，显出了一副婷婷袅袅的模样。

在树木的映掩之中，这是一幅画面，它让站在了阳台上的梓峰望得着了迷。由于常见到这同一幅生活画面的反复出现，它于是便渐渐地演变成了他的一个复杂的少年情节：这不仅仅是因为对方是个女性，而且还是个成熟的女性，一个他在留意着她，而她却毫无知觉的女性。他觉得这才过瘾，蕴含了一种莫名的私隐所辐射出来的情趣。

他还感觉这是一个永远也填不饱的黑洞，他可以放肆地将他的一切少年的幻想、联想、错觉、意象、宣泄以及快感都往其中塞进去而从不怕会遭拒绝的。

少妇回屋去了，现在的整片露台上只留下了迎风招展的衣物。那些白色和彩色的衣物和着翠绿墨绿的树叶共舞着，煞是好看。然而梓峰的目光所关注的倒不是大件的什么，而是夹杂在那些大件衣衫间的细小的物品。这都是些女人的内裤、胸围和卡普龙丝袜之类的东西——他感觉，这些物品更容易引发他的遐想，而沉浸于少年的性遐想中，正是最能令生活在那个时代的那个年岁上的梓峰最感觉陶醉的事。

其实，那时候的梓峰已经迷上文学了。以他十五六岁的年纪，他已啃下了一厚部一厚部的西洋小说。回想当年，最令他印象深刻的应该是苏联作家高尔基的《人生三部曲》以及普希金的那些抒情诗。然而在这会儿，在他的性幻想中出现的却是《红与黑》中于连和伯爵夫人调情时的那一幕情景。那情景是如此的逼真，甚至连于连钻到桌子底下，用手掌抚摸了伯爵夫人脚背上的那种质感，他都能真切地感受到。

他不明白当年的自己为什么会作出如此联想的。

后来，他在街上遇见那少妇了。暑天的午后，梓峰从斑斓的梧桐叶影下走过，回家。经阳光烤晒后的柏油马路反射出了一种逼人的热气，路上几乎见不到有行人。只有弄堂进口处的树荫里三三两两地坐着、躺着或半坐半躺着一些闲人，他们各自慢悠悠地打着蒲扇，聊聊、停停、打打瞌睡。整条马路，除了蝉声，安静得连空气似乎也都化作热量蒸发掉了。

梓峰突然就见到她了。她正从通往公寓去的那条边弄里拐出弯来，她牵着一个五六岁小女孩的手，走在前面。而此刻的梓峰，就在距离她五六步的身后。可能是为了凉快，她将发髻高高盘起，露出了一截长长的玉颈，梓峰马上联想到的是白天鹅的那段优美的曲颈。她穿了一条洋红细布的高腰睡裤，跛一双半高跟的烘漆闽式木屐。一件蝉翼薄质的上衣是无袖的，两条雪白光洁的手臂赤裸在这盛夏的空气里，而阳光忽然之间就变成液体了，正顺着她那两条一晃一悠的臂膀流淌下来。

梓峰一眼便认出她来了——尽管是背影。他能认不出她来吗？这么多回的偷窥，与他这么多少年的性幻想紧紧相连的一具女体，他能认不出来吗？如此迷人的身段，如此动人的摆摆扭扭，漫溢着诱惑。梓峰感觉自己正行走在一团晕晕乎乎的迷雾中，并还向着迷雾的更深处走去。梓峰还是第一次如此正面、如此短距离之外地面对她的臀部：那两只被洋红细方格图案的睡裤紧紧包裹着的半球。肥硕是肥硕了点，一牵一扭的，让十六岁的梓峰看得心动过速，全身都膨胀出了一股外爆的能量。

他估计着她一定是打算到前面街角处的那家烟纸店为她的女儿去买些消暑食品的。他便赶紧了几步，绕道拐了过去。他渴望能与那少妇面面相对一次。

他从烟纸店的另一个方向走了过去，他见到少妇和她的女儿果然在店门口站定了。而那位正躲在树荫里打蒲扇的老板娘见有生意，就赶紧立起身来，站回到了柜台的后面去。少妇为她的女儿买了一块紫雪糕和一瓶冰镇的柠檬汽水。正当她付钱的当口，梓峰便一个箭步跨到了柜台的跟前。他向老板娘说道："给我一根棒冰——"

付钱的少妇和取棒冰的梓峰同时向对方转过了脸去，而这个生命的一瞬间让梓峰牢记了大半个人生。少妇苍白的脸颊上，分布着几粒雀斑，说美，当然没什么美的；但说不美，梓峰感觉这人世间还能有什么比这几粒雀斑更生动、更迷人的了呢？少妇的那张脸庞之所以会在梓峰的梦境中反复而又反复地重现，而且永远是那么真实、那么新鲜、那么热切，不就因为有了这几粒雀斑存在的缘故？

少妇向梓峰很随意地笑了笑（她笑的时候，雀斑也跟着一块儿笑了起来），意思是说，你就是住对屋的那个男孩吧？

梓峰很想答她说，是的，我就是。但他没有勇气。他的目光避开了她，朝下望去，望在了那双高跟的木屐上。一条宽阔的皮带，一排白嫩晶亮的脚趾，像一排贝齿伸探在皮带的前沿。

然后，他的目光再一寸寸地往上爬。都爬到她的胸口了，透过那件蝉翼质的无袖上衣，他见到了那对湖蓝色的胸围。就是这同一对胸围，他经常见到，在她家的露台上，当她将它晾晒出来时。那时的它随风招展，飞舞得那么欢乐。然而此刻，它正紧贴着那片雪白的胸脯，显得如此稳妥、沉静而又驯服。

三十多年后，他又见到它了。那是当他站在武西公寓的阳台上向对窗望过去的时候。他见到402室的窗帘拉开了一小半，铝合金的窗户也打开了一条缝隙。有一只女人的胸围和一条女人内裤什么的晾在了窗缝间。它们正以一种优美的姿态在风中飘扬，而偏偏，那胸围就是他记忆中的湖蓝色。他再一次地感到自己的呼吸变得急促起来。他感觉他的少年时代正与他肩并肩地站在了武西公寓401室的阳台上，同时朝着402室的那扇铝合金窗观望。

三

杨老师的名字叫杨涵。在搬来武西公寓402室居住前，她在日本待了十多年。梓峰后来知道了对门的那个女人的来历后，忖思道：我说呢，一个没家庭没男人，还要供养两个念大学的孩子，而又能独居武西公寓一大单元的中年女人，肯定不会是个下岗女工。

当然不是。而且，杨涵事实上也是有家庭的：她有个丈夫，丈夫还是个画家。以前，他们一家三口住在东京五反田区的一幢旧式公寓里。这是个三十来平方米的小单元，整天整晚俯瞰着在他们窗户底下川流而过的高速公路，汽车引擎声和喇叭声，即使关上了双层隔音窗，还会"嗡嗡"地钻进屋里来。

杨涵是在白天睡觉，晚上才上班。别一提上夜班的青年女人就以为都是干那行的。其实，杨涵干的是一家按摩院账台收银员的职业，按摩院夜晚营业，故杨涵也就上夜班了。当然，东京的按摩院属色情，至少也是准色情场所。但这不关杨涵的事，她只负责收钱。坐在账台的后面，望着那些穿着单薄的女孩如何撩起门帘，让那些已享受完了按摩乐趣的男人红光满面地走出房门来，一副心满意足的样子。他们来到杨涵的柜台前付钱，而女孩子们则站立于一旁，双手垂放在膝盖上，不停地躬身弯腰，表示谦恭，也表示感谢。而后，在一片"啊里啊独，个晒依玛斯！"的叫唤声中将客人送走，欢迎他们再度光临。

假如将时间推前五年，如此情景也是杨涵天天要经历的事。那时，她在新宿区的一家酒吧当陪酒女，陪伴那些在白日里工作压力过大，而到了晚上又不愿过早回家的日本男人喝酒兼聊天，并在客人有需要时，让他们能放开怀抱宣泄一下积压在心中的冲动以及郁闷。从事这种职业的女性要善于应对各种性麻烦、性侵犯乃至性暴力，因为如此情形的发生频率很高。好处就只有一条：那就是干此行能赚到钱。

这之后不久，她就不再干那种活儿了。她回上海去结了婚，回日本后，经熟人介绍去按摩院找了份收银员的差事来干。收入毫无疑问是少了很多，但内心却是平静的。再后来，她丈夫也申请来东京与她同住，五反田区的公寓就是在那会儿租下的。

为了让丈夫能够在家中安心创作，有一段时期，她甚至还去打两份工。小孩出生了，她白天要在家中带孩子，料理家务，晚上则外出打工，她也算是尽了个做妻子和母亲的职责了。然而，她的那位矮小、谢顶的丈夫似乎对她总是不满意。原因有点儿不耻于口：性欲旺盛的丈夫每晚两次有时还嫌不过瘾。他说，艺术家的灵感从哪里来？做爱是个很重要的创作源泉。他又举了罗丹、凡·高、毕加索这些大师的成功个例来佐证他的立论。但妻子就是提不起劲来。他说她是性冷淡。她说，也许吧。他说，会不会是她前几年从事的职业让她视性为洪水猛兽，有了心理麻烦了？她说，她也不知道。于是，他便提议她去看心理医生。但她不肯，说，有那必要吗？再说，东京的心理医生，就诊一次就值你个把月薪金的，这是我们这种家庭所能负担得起的吗？谢顶的丈夫于是便点头称是，说，那就等他发了达再说吧。到时，他的一幅画就能卖它个一二百万日元，去看心理医生，还不易如反掌？她说，就到那时再说吧。

丈夫的画后来倒真是画出了点名堂，虽不能与他常在性生活上与之看齐的罗丹和毕加索相比肩，但也是有了长进和成绩，至少，也算是有些眉目了吧。他的画参加过一两次画展，并在绘画的专门杂志上有了介绍和评论。银座的画廊里也开始有他的画出售了。其实，这些画都是画家自己拿过去寄售的，价格不高也不低：太高了卖不出去，太低了又会令画家掉身价。画家在成名的起步阶段通常都是这样来操作的。

梓峰后来在杨涵的家中看见过她的那位分居丈夫的画：大抵都是些看不太明的东西：手臂画得像树枝丫，人脑袋长在了屁股之上之类。但梓峰知道，这叫立体画派，属众多画派类别之中的一种。至于画得好不好，他则无从评论。他想：现在的艺术家都很相似，作家、诗人、画家、音乐家，凡希望能找到捷径出名的，自立一种他人看不懂读不通的派别，似乎左右前后都能说通。

然而，他们夫妻两人在性生活上的不协调就始终无法解决。而且，心理医生也从没去看过。原因是丈夫画的画没有一幅能在百万日元之上的价格卖出手的。但他却有点儿受不住了。有一次，他大发雷霆。他发怒的时候，将一只凉水壶在厨房的瓷砖地上摔得粉碎。似乎，那只万恶不赦的凉水壶就是阻碍他享受性乐趣的罪魁祸首。他说，这还不窒息了他艺术天分的发挥？你有听说哪个大画家——不管是当代近代还是历史上的——没有女人与他夜夜相伴相拥相温存这回事吗？这，简直是性虐待！

其实，在这一方面，杨涵也是尽力而为了的。每天凌晨，一下班回到家中，天还黑蒙蒙的呢，她便扒光了衣服，钻进被窝中去。她将他轻轻推醒，接着，便让那个还是睡梦惺忪的画家在她身上一泄他那过于膨胀了的情欲（还是寻找创作灵感？说实话，杨涵在这个问题上实在有点儿外行）。

然而，有一点，杨涵始终做不到。她只能像个木偶般的躺在那里，望着那只圆圆的秃顶在她的乳房间吻了又吻、舔了又舔。之后，又"呼哧呼哧"地直喘气，又上上下下地忙个不亦乐乎，自己的心中就是牵不起丝毫的欲念来。有一回，是夏天，屋里没开空调，窗户又打开着，夜风夹杂着高速公路上的车鸣声灌进屋里来。丈夫干得太来劲，周身上下都已汗溜溜黏糊糊的了。他的光体贴在她的光体上，让她产生了一种恶心的联想。她想象着这是一条周身都在分泌着黏液的巨大的软体动物，扭动着，弯曲着，丑陋又肮脏。

她轻轻地推了他一把，在他的耳畔说道，先歇会儿好吗？不知怎么地，我这会儿有点儿不舒服。

丈夫停止了动作，抬起脸来望着她。他扫兴地说道："那好吧。"就翻滚到了床的一边去。

杨涵坐起身来，神情有点儿沮丧，也有点儿呆滞。她先在床沿边上坐了会儿，然后才披上了一件丝质的睡袍站下地来。她先去将窗户关上——那种一刻也不息的强大的"嗡嗡"声叫她心力交瘁。继而，她又打开了房中的空调。秃顶的丈夫仍然躺在床上。他将两只手交叉地垫在了脑后，一丝不漏地望着杨涵的身影在这光线黝暗的房间中移动，干着每一件她想干的事。

后来，她绕过床的后端，打算上回洗手间。她从后方望见了丈夫的那两条叉开了的毛茸茸的大腿，两只青筋突暴的脚掌碑竖在那儿，像两只怪兽的耳朵。她的目光再一次地聚焦在了他右脚脚踝上的那块胎记上：这是一摊不规则的病青色的胎记，高出正常的皮肤平面约莫半毫米，而胎记的周围呈弧圆状。即使在如此黝暗的光线条件下，仍然能清晰地见到那撮生长在胎记上的毛发，像一扎河滩上的芦苇丛，在那空调的风流之中颤颤悠悠。

其实，这块病青色的胎记就是影响杨涵与她丈夫过协调性生活的一个远期因素。每次一有那种事情，她的注意力就会不由自主地往那块胎记上集中过去。她敏感到了它在她皮肤上搓磨时的毛茸茸的触觉。这令她分心，令她对男女间的鱼水之欢不再有兴趣。当然，之后，她也逐渐地开始适应，而一旦适应了，也就感觉不到什么了。现在，当她在这样的一种环境的上下文中又来面对它时，一种强烈得无法抑制的呕吐感从她的胃部冒涌了上来。这种感觉来得如此之快、如此之突然，让她来不及捂住嘴巴，就飞快地跑进了盥洗间去。

当她从盥洗间里走出来时，她见到她的丈夫已经从床上坐直了起来。他说："你厌恶我？是吗？——厌恶我？！"

他望着她，希望她答他，但她什么也没说。她只是步履缓慢地走到了梳妆台前的那只小圆凳前，坐了下去。

"你倒是说呀，你是不是很讨厌，很厌恶我？"

她还是不吭声。她摆弄着睡袍的那根飘带，梳妆台的那块椭圆形的梳妆镜照出了她的一个五官不清的脸部轮廓。而镜子的边上竖立着一幅黑白的相片。相片中的那个人是个脸庞瘦削的年轻人。相片拍摄于20世纪70年代初期的上海，相片中的人叫杨峰，他是杨涵的哥哥。

除了哥哥之外，杨涵还有一个叫杨萍的姐姐。哥哥老大，杨萍老二，杨涵最小，是老三。80年代初中期，在上海人蜂拥扶桑的大潮里，他们兄妹三人也都先后来到了日本打工赚钱。十多年过去了，如今，手足已经残废，三个人只剩下了两个。哥哥死于几年前，他是从一幢大厦的后扶梯上摔下来而至死的。当时，杨涵两姐妹还在做陪酒女郎。杨涵接到医院的紧急电话，与姐姐两个便立即赶去了现场。她们见到的情景是：哥哥躺在扶梯转角处的平地上，嘴角有白色的涎沫流出来。他的眼睛是睁着的，凝视着天花板，但已完全没有了反应。他的身边，还直挺挺地躺着穿着十分整齐和讲究的另一个人。几个日本女人神色慌乱，比手画脚地在一旁向她们两姐妹解释说，杨峰今晚上是应约去她们家将她们刚死去的父亲背下楼去的。但谁也想不到，扶梯刚走到一半，他就……就……不信？不信你们可以问警察。不信？不信你们可以去看，殡仪馆的运尸车还停在楼下呢。日本女人说着，就摸出了一张十万日元的纸币来递给杨涵。她说，这是付给你哥哥的运尸费。

正趴在哥哥身上号啕大哭的杨涵抬起脸来，她分明知道对方也是无辜的，但不知道怎么地，她怒不可遏。她将钱取了来，撕碎了，朝那女人的脸上掷去。然而，日本女人并不生气，她由她发作，且不断地在一旁鞠躬道歉。完了，又拿出了另一张十万来给杨涵。又撕，又扔，但又给。她们表示说，她们也一样觉得难过觉得内疚。要是她们的哥哥真有什么事的话，她家愿意承担一切责任和赔偿的费用，云云。你说，这让杨涵姐妹还能说什么呢？

但就从那一晚开始，她们就永久地失去了她们的哥哥了。

也是从那一晚开始，杨峰的相片就站立在了他小妹的梳妆台上了。永远年轻的哥哥就这样地望着他的妹妹度过每一个白天和夜晚，望着她如何渐渐地流失了青春，步入中年。

其实，对于这幅日夜都注视着他家生活之中一举一动的削瘦男子的相片，画家的丈夫是很有意见的，岂止意见，简直都有点儿心里发毛的感觉了。他对杨涵说：

"把这幅死人相放在家里，整天对着我们，我家能吉利吗？我的画能卖出高价吗？又不是你父亲，他只是你的哥哥嘛，何必呢？"

听完此话的杨涵倒真想对她丈夫说：父亲？假如真是父亲的相片，我就不放了。正因为他是我的哥哥，我才这么做。当然，她并没有，也不会将此话说出口来的。

此刻，见到妻子坐在梳妆凳上，凝视着这幅相片一声不吭，画家的丈夫再次勃然大怒，他吼道："你就和这相片在一起过吧！你就让这死人来做你的老公吧！这家我是待不下去了——我走！我这就走！"

他迅速穿好了衣服，背起画盒，提起画架，就冲了出去。但不一会儿，他又回来了。他见到屋内的情景与他离去时几乎没有丝毫的改变，杨涵仍然坐在梳妆凳上，仍在凝视着那幅相片，发呆。他说："五斗橱的钥匙呢？给我！"

杨涵伸出手去，在梳妆台的一只玻璃首饰杯中取出了一把钥匙给他。他打开五斗柜，从柜底的某一处，他取出了一叠一万和十万元的钞票来，塞在了口袋里。然后他锁上了柜门，将钥匙"啪！"地往梳妆台面上一摆。"哼！——"他说。

这一次，他再没有回来。

一星期之后，是杨涵自己出门去找他的。她去了新宿的那家歌舞伎厅。她走进去时，在那里工作的上海姑娘都认识她，她们唤她作"涵姐"，她熟门熟路地走到一间包房前，推门走了进去。幽暗的光线里，她见到有两个人头对头脚对脚地趴合在一张沙发上。这是一对男女。男在上，女在下。男人是她的丈夫，而女的，就是她的姐姐杨萍。她走上前去，站到了沙发的边上，她看着他俩干事。她望着那只曾经趴倒在她胸脯上的油光光的脑壳现在又如何在杨萍的身上"呼哧呼哧"地忙活儿。

蓦地，杨萍发现了她，发现了正站在一旁观摩这场好戏的她的妹妹杨涵。她想爬起来，想把压在她身上的那个男人推开。但她怎么也推不开，而杨涵的目光却向下移游了过去，她将她的注意力又集中在了她丈夫右脚踝上的那块青色的胎记上。脚一上一下地蹬着，那块胎记也跟着一上一下地在杨涵的眼前晃动。

下一个五分钟之后，丈夫和杨萍都已并肩坐在沙发上了，四只惊恐未定的眼睛望准了站在沙发对面的杨涵。杨萍已用一条毛毯将自己裹上了，画家还在急吼吼地套上衣。他心急慌忙，将一条胳膊从领口间与脖子一块儿伸了出来。说，咦，这是怎么啦？便又缩了回去，再伸多一回。

杨涵说："我来这里是想告诉你，我带着儿子回上海住去了。票已定好，是后天下午的飞机。所以后天之后，你便可以住回家中去了。"

谢了顶的丈夫惊愕地望着他的妻子。他想说："这……？"但他终究没说出什么来。

四

20世纪六七十年代，杨涵一家五口：三兄妹和他们的父母同住在上海东区的一条叫"唐山路"的街上。我之所以要将小说的叙述时空倒流回去四五十年前的杨涵童年时代的上海，这是因为我必须向读者交代清楚一些故事发展的由来以及细节，比如说，那块胎记。

其实，那块胎记杨涵是在她与画家新婚之夜便已发觉了的。当时，她抓到的是被人当胸击了一重拳的感觉。从前，她也见到过类似的另一块胎记，也是那种病青色的，上面稀稀疏疏长着一滩毛发。虽然，两块胎记的形状大小不尽相同，但胎记就是胎记。它们打从娘胎里出来，就已隐含了的某种宿命的密码，杨涵相信在这点上它们没什么两样。

唐山路如今还叫唐山路，只是当年的这条马路与今日的它之间存在着的是一种令人无法相信的差别和变化。然而事实是：它们就是那同一条街。这种差别有点儿像一个平日里老见到她在弄堂里跳橡皮筋玩跳毽子的邋遢又面黄肌瘦的黄毛丫头不知道在哪一天出了国、留了学，还嫁了个假洋鬼子的老公。然后，有一天突然穿着一身名牌，搽着这涂着那地又回到她从前住的那条弄堂里来了，并还与她的老邻居们挨门逐户地打招呼，说："阿伯，阿婶，阿姨，爷叔——侬还好伐？"时的人们的感受相类似。

　　唐山路的这种地貌的改观是在 20 世纪 90 年代中来到的。当上海的市政建设再度腾飞时，该马路之所以会受到当局的特殊关注是因为它位于黄浦江的东岸，与江边码头仅两街之隔，又与对岸崭新锃亮的浦东金融心脏区遥江相望。于是，一水相隔，东西两岸便理应你呼我应了。闪闪发亮的玻璃幕巨厦一幢接一幢地拔地而起，它们设计现代，形态各异，它们就这样悄悄地占领改变着唐山路的面貌。久而久之，唐山路的那种已经维持了近百年的原貌开始在人们的记忆中褪色、消失。人们觉得，唐山路么，不一直就是如此的吗？反而在那一天，当他们突然见到一幅唐山路的历史档案照片时，反倒会惊愕地发问，说，这真是唐山路的前身吗？

　　不错，这正是唐山路的前身。其实，唐山路今日的新貌正是用拆迁了唐山路和它邻近的几条街道地块上的原民居的代价换来的。

　　当年，这几条街上东倒西歪，乌黑丑陋的民居以一整片一整片的态势展开去。其间，弯弯曲曲的窄弄小巷恰似生长在这块已坏死了的赘肉上的分布密集的毛细血管，蚁蝼般的居民在其间蠕动，他们在这些陋居中钻进又钻出，煮饭、睡觉、嬉笑、打闹、吵架、做爱。他们在这条叫唐山路的街上，生活了一代又一代。而杨涵家，就是其中的一份子。

　　但假如要说杨家的住房太陋太烂太棚户那还不至于。至少比起那些"正宗"的棚户房，它还算是有鼻子有眼的，能保持个正气的模样。他们家的房子，其实应该是属于上海人所说的比石库门还要差一档级的旧式里弄住宅。其"正气"至少表现在如下几个方面：一、没有随时倒塌的险情和险样。二、还有正规的"厢房"，也有"灶披间"（专用的厨房）、自来水龙头、阴沟水斗等等一类的准"现代化"设施。三、门廊也是有的，而且还是铆是铆、钉是钉地拥有了一道厚厚的能供你安装"司拨灵"锁的大门。从而，让你可以在晚上锁罢门后睡他一忽安稳觉，诸如此类。

　　在唐山路的那个地段，一家人能拥有如此一幢住宅这件事的本身在当地人的眼中已是一桩相当令人羡慕的事了。邻居中有蹬三轮的，有做纺纱工的，还常常以杨家作为榜样来教导他们的那些不肯好好读书的子女。说："你们看看杨家阿伯、杨家姆妈，假如他们当年没念好书，能有这样的房子住？能有这样的生活过？还不同我家活成一个样了？"

其实，从中年回首里，杨涵倒也是蛮留恋她的童年岁月的，尤其是那些"文革"爆发前的日子。母亲每天一放班就早早赶回家来煮晚饭。等到父亲下班回到家里时，晚饭的菜肴都已香气四溢地在桌上等着他们全家来享用了。而父亲通常也会顺路买些熟食回来：酱汁肉，红肠，五香豆腐干。还有就是杨涵最爱吃的回教清真铺里买的那种牛肉汤包，一口咬下去，肥美的汤汁马上充满了你的口腔，让你想叫绝还嫌有张口之不便。而一旦晚餐桌上增添了这些内容，欢乐的气氛自然也就更浓了。

再有就是那种温馨的邻居间的社交生活。张家长李家短的，那年代有谁家不串谁家的门？而谁的门能不被他家来串？它让你不想热闹时也热闹得静不下神来。此举意味着：你家的一切欢乐与福利也就是你家一切痛苦与烦恼的根源。你家所有的欢乐与福利都有人不叫自来地与你共享；而你家的痛苦与烦恼，同样，也会有人主动来为你来分担，为你见证，为你挺身而出。

这与眼下的这个 21 世纪的上海的都会生活形态可不大相同了。在这看似高楼林立、繁华似锦的大都市里，人的内心其实都有一种莫名状的惶恐感，一种说不清、道不明的不安，一种可怕的挥之不去的孤独。它笼罩着每一个人。当他们各自在一方属于他们自己的小天地上经营着自己独立的精神王国时，都有一种孤帆漂荡在无涯海面上的虚空感。个人私隐自由的获得原是以丧失人的社会群居特征之代价换来的。

但即使是那个年代，有件事仍然是属于杨家的绝对隐私。别说是外人了，就是杨家的家庭内部，每个家庭成员对此的知晓度也都不一样。

杨家住宅的正门其实是朝唐山路而开的，后门则开在某一条弯曲的窄弄里。故，杨家的门牌号码既可以用唐山路 ××× 号来示之，也可以用唐山路 × 弄 × 号来标注。当然，他家的那些所谓"邻居"的绝大多数都是 × 弄中的居民。而他们通常都是使用后门出入杨家的。其实，杨家的正门也是从来不打开的，只有两扇装有木栅的窗户可以望见唐山路，唐山路上的十轮货卡以及脚踏车、黄鱼车之类的各种交通工具都从杨家的窗前门前驶过。年长日久，从马路上扬起的尘土蒙垢了杨家的窗户玻璃，而平时擦拭的机会又很少。所以杨家的堂屋里永远光线昏暗，即使是个晴朗的大白天，整条唐山路上都铺满了阳光，唯他们家中的光线依然阴暗。

　　与正厢房（堂屋）一板相隔的有一间后厢房，五六平方米见方。后厢房没窗，只有两扇通往正厢房去的小气窗。紧毗后厢房的是一把弯把手的窄木扶梯，沿着木扶梯再经过两处很陡的转弯，便能到达该屋宇的阁楼。此屋，其实是幢一层的单室户，阁楼充当的也只是正房与斜顶之间的那段夹层，将冬寒与暑烤挡在了屋外。另一方面，由于正房的楼底很高（当年的造楼设计方案，正房很可能是以商用的铺面来作规划的。唯 1949 年后，商业环境转趋萧条，门面因而也就充作住家来使用了），在正房的偏后部分，便搭出了一方小阁层来，阁层上站不直人，却可以睡人。与正房之间的通道是靠一把可移动的直梯；晚上要睡人，直梯往阁板上一搁，便爬上睡去。白天的时候，直梯则摆放于一旁，堂屋也因此可以显得宽敞和正气了。所以，从平面的方位上来看，小阁层与斜顶阁楼是属于只有半层之差的屋宇的两个互不相连的部分。

　　正厢房、后厢房和夹层阁都各有用途：正房当然是杨家主要的生活场所，全家人的吃喝拉撒都在那里解决外，还充当杨涵父母的睡房。正房里除了父母睡的那张大床外，还有大橱、五斗柜、棉被柜、樟木箱、马桶、浴盆、脚桶、八仙桌什么的，也都一一占据了正房的各个角落。

　　后厢房是杨涵哥哥杨峰的睡房，同时也是少女时代的杨涵最向往的一个地方。哥哥大她们姐妹俩好几岁，因此他读的年级也要高出她们好几届。他读的书多，懂的事自然也多；懂的事多，见解也就不同；见解不同，平日里说出来的话也常常让她们姐妹俩听得一愣愣的。觉得：这世界上，除了老师之外，就数她们的哥哥是最有学问的人了。哥哥经常伙同他的那些爱文学爱艺术爱摄影（不知他的哪位同学从家中弄了架破相机来，几个同学常常凑在一块儿，将那玩意儿摆弄个不停）的同学回家来。他们将自己关进杨峰的那间后厢房里去，高谈阔论，纵横天下事：政治、经济、军事、社会、人生的各类主题，他们似乎无一不通晓，无一不可作一通发挥的。有时，正听得出神来劲儿，门突然就打开了。杨峰站在了门口。他将两个躲在门外偷听的妹妹轰走，说："去！去！去！做你们的功课去，这里没你们的事！"

　　说是这样说，但杨峰还是挺疼惜他的两个妹妹的，尤其疼惜小妹妹杨涵。他非但关心她的学业，还关心她的生活。一旦遭人欺负，他就会义不容辞地替她出头。他很能做成个大哥的样子。有时，他还会将他十分有限的零用钱节省下来，买几粒奶糖或零嘴什么的，出其不意地偷偷塞到小妹的手中，说："哥给你带回来的——吃吧。"让杨涵既惊喜又感动。后来正因他们这种特殊的兄妹感情，才让杨涵够胆在某一天将那桩恐怖事件的全部经过向哥哥说了出来。杨峰听罢便愣在了那儿。杨涵记得，当时的他的脸色转成了铁青色，他问："你看清了？"

杨涵答道："看清了。"

"没看错？"

"没看错。"

"真不会看错？"

"不会……"

哥哥突然就一把捂住了小妹的嘴巴，他不想让她再说下去。他将小妹抱住了，紧紧地，似乎怕泄漏点儿什么，有似乎怕溜走点儿什么。她感到哥哥的周身上下都在颤抖，就像一个处于极度寒冷之中的人的生理反应那般。

事情发生在"文革"爆发那一年的夏秋之交。

1966年的溽暑，天热得特别早，也热得特别长。杨家姐妹睡的那方站不直人的夹层阁上更是闷热如蒸笼。尽管是一人一把纸扇地扇个不停，但人刚一躺下，贴地而铺的草席上便马上印出了个汗津津的人形来。那时的杨涵只有十一二岁，姐姐大她两岁，也就十三四岁的光景。在这块空间和面积都极有限的阁楼上，姐妹俩只能头脚相倒而睡。而姐姐的脚后跟处还放着一只带木盖的高脚搪瓷痰盂，充当"夜壶"。别看那地方简陋，假如不发生那事，杨涵想，她一生都会很留恋那地方的。尤其是在寒冷的冬夜，外面大雪纷飞，北风呼啸，那阁楼便更显得又私隐又温暖，睡在那里就像睡在母亲怀里一样有安全感。后来她去了日本打工，生活艰难，居室挤迫，唯有一样东西叫她最喜爱，那便是日式的"榻榻米"睡床。白天工作再辛苦，夜里一倒上贴地的榻榻米，她便能安然入睡。这与她潜意识深处埋藏的某种童年记忆是有关联的。

然而，即使在几十年后的日本，她都会做同一个噩梦，会从"榻榻米"上突然惊醒过来，她想：我现在在哪里？那一切都是真的吗？还是仅是几十年前她做过的一场噩梦呢？1966年夏天的记忆也不知怎么地就露面了，它偷偷地溜进了她的异国的梦里来了，让她吓出了一身冷汗。就像当年的那个溽暑之夜，她会在自己的枕下乱翻，她要找出那把纸扇来给自己扇风凉。其实，在那时候，暑热已在渐渐退去，唯杨家一家人的惊恐仍在继续。事缘孩子们的那个当教师的母亲已被她的学生当作"牛鬼蛇神"给揪了出来。说她给学生们灌输了很多"封资修"的反动意识，是"资反路线的忠实执行者"。她被剪了个阴阳头，胸前背后都吊了一块马粪纸做的"牛鬼蛇神×××"的硬牌，她像个幽灵一般地出没在学校的走廊与操场上，不吭一声，也没有人敢与她搭讪一句。她被勒令停教、写检查、扫厕所、陪斗，诸如此类。有时，甚至连晚上也不让她回家。

当然，从几十年后的今天来回观，每个人都会感觉那些事情是如此的不可思议，如此的荒唐；感觉当年的那场"运动"绝对是一场荒诞闹剧无疑。然而在当时，人们的精神投入度也是空前的。他们毫无疑问地相信所有这些举措都是非常必要、非常及时的。咱们中国是世界革命的中心，而我们一定要在，也一定能在，伟大领袖毛主席的领导下彻底砸烂一个旧世界，建造出另一个红彤彤的无产阶级掌权的新世界来。这，便是真实的人，真实的人性。人性对同一是非的判断在不同环境的上下文中可以得出截然相反的结论。

再没有酱汁肉和五香豆干之类的温馨的晚餐了。很晚了，全家人都干坐在大房里等，等着母亲回家来。后来，两姐妹实在给等困了，一个趴在桌上睡着了，另一个坐在椅子上，也不断地垂下脑袋来打瞌睡，然后再惊醒过来，坐直了身子继续等下去。父亲吩咐杨峰道："叫你两个妹妹睡去吧。这样等又有什么意思呢？妈要回来，总归会回来的；不回来的，等也是白等。快，快把直梯搁上了，叫醒她俩，睡去！"

于是，昏昏沉沉、蒙蒙眬眬的杨萍和杨涵便在父亲的催促与哥哥的协助下，攀着扶梯，爬到阁层睡去了。之后的事，杨涵就记不清什么了。她只记得阁层之下大房里的那盏电灯一晃一悠的，后来就熄灭了。哥哥应该是回他的后厢房里去了；父亲可能再等多了一会儿，也上床就寝了。那一夜，母亲没回家。

天已秋凉，尤其是在夜晚。她与姐姐都各自裹着一条毛毯，躺在爽滑的草席上。那一晚，杨涵感觉自己一直处在一种似睡未睡、似醒未醒的状态中。她听见老鼠在斜顶的阁楼上蹦跑的声音以及它们发出的"吱吱"叫声。半夜里，下起了淅淅沥沥的秋雨，她又听见雨点打在了老虎天窗上的响声以及唐山路上的梧桐树叶在秋风秋雨里发出的"沙沙"的抖动声。这些富有节奏感的响声给杨涵带来了双向的意识反应：既催她入眠，又不断将她惊醒。下半夜的某个时辰，她突然被一种异样的声音给惊醒了：这不是风声雨声和树叶的"沙沙"声，而是姐姐脚跟后搁着的那只"夜壶"所发出的叮当之声。不知怎么地，她一下子便清醒了过来。她感觉到与她睡在同一张草席上的姐姐的那一侧有剧烈的翻动感传递过来，并还伴有人的粗重的呼吸声。在黑暗中，她的目光突然变得雪亮雪亮的。她见到姐姐毛毯的后端被蹬开了，有四只人的脚丫暴露了出来。脚丫与脚丫互相纠成了一团。她能分辨出来，那两只被夹在中间的细小而又白嫩的脚丫是属于姐姐的。那另外两只呢？她借着屋顶天窗上反射进来的唐山路上的高压水银灯的苍白的残光见到：那两只紧紧地夹住了姐姐的脚的是一双青筋突暴的大脚，与脚掌相连接的那一截小腿上还长有浓黑的汗毛。

更令她惊讶不已的是：在那小腿尽端的脚踝处有一摊病青色的胎记。尽管朦胧，但她还能清楚地分辨出来生长在那摊胎记上的一撮毛发，像一束湖塘中的芦苇，兀自触立。

她的第一反应是惊叫。但不知道是从哪里来的一股意志将她的那种叫喊的欲望压制住了。因为直觉告诉她：那两只不属于她姐姐的大脚是属于某个人的，某个与她的这个家庭有着十分密切关联的人的。这是两只她既熟悉又陌生的男人的脚：熟悉是因为她经常会在一定的距离之外见到它们，陌生又因为她从没像现在这般近距离地面对过。这种感受令她既焦虑又恐惧。当她的喊叫的欲望在唇上死寂后，它们却在内心转化成了另一种十倍的扩音效果：不会！不会！！不会！！！不是！不是！！不是！！！不要！不要！！不要！！！不能！不能！！不能！！！……

她连自己都不明白，她究竟想表达点什么。

她忘了后来她做了些什么。可能，她从头到脚将自己窝进了毛毯中去。待她重新将头从毯端偷偷探出来时，她见到有一条黑影从搁着的直梯上攀爬了下去。她还听到姐姐睡的那一头有断断续续的抽泣声传来。姐姐的双脚已龟缩回毛毯里去了，但她能清楚地感觉到在抽泣的间隙中姐姐的全身都在颤抖。

属于同一性质的恐怖事件，十一岁的杨涵还有过两次直接或间接的遭遇。一次是在某个她放学回家的傍晚。那回，她因为与同学逛街，晚了点儿回去。一踏进家门，她就见到了那把木扶梯搁在了阁板上。猛地，她的心跳顿住了，然后便又开始剧烈地跳动起来。在阁楼那种晦明晦暗的光线里，她见到似乎有什么东西在那儿蠕动。她慌忙丢下书包，又重新奔出家门去了。另一次同样是在半夜，突然被惊醒了的杨涵发现自己正屏神凝听（她抗拒如此做，但她又抗拒不了不如此做），她感觉到从她侧位上传过来的振动波开始变得不再那么慌乱和那么不协调了，其中似乎有了某种默契和配合了。还是那同一种粗重的男人的喘息声，但其间还夹杂着些低低的叫唤声。她分辨得出，这是她姐姐的叫声，细柔委婉如鸟鸣。

紧接着的下一幕仍然是有一条黑影，蹑手蹑足地从扶梯上爬下去。再之后？再之后便一切归入了寂静。姐姐不再抽泣，她用毛毯裹住的身躯就那么的蜷缩着，背朝杨涵，安详而又平静地睡了。但杨涵并不因为姐姐痛苦的减低或者消失而变得心情平静。她不明白事情为什么会演变成这样了呢？她感觉在这不可理喻中隐藏着的是一种更大的可怕。她不由得浑身都战栗了起来。

天凉了，冻了，又渐渐回暖了。仲春的一个黄昏天，父亲下班回家后，就很罕见地将面朝唐山路的那扇屋门打开了，他想让屋外的温润的春的气息流进屋里来，置换去那种常年留驻在这间堂屋里的阴晦的气味。他搬来了一张藤椅，又取了一只朱红光漆的箍木脚盆来，然后便面朝唐山路端坐了下来。他说，在外面忙了走了整整一天，一双脚又酸又累，黏糊糊，臭烘烘的。他想用热水先泡泡脚，放松放松。他吩咐刚放学回家的小女儿杨涵替他打盆洗脚水来，自己则脱鞋除袜，将两只光脚丫搁在了光漆脚盆的两侧，等着。

杨涵从灶披间里打了盆热水来，远远地朝着她爹坐着的方向走过去。她望见了坐在夕晖中的父亲的剪影。尤其是他的那两只搁在了盆沿上的、骨瘦嶙嶙青筋突暴的光脚丫，还有那半截从挀卷起了的裤腿中伸出来的黑毛茸茸的小腿，在这橙黄色的阳光中，呈现出了一种奇特的浮雕感。

端着水盆的她步履机械地走到她父亲的跟前，然后弯下腰，将水倾倒进了那只空脚盆中去。马上，就有一股升腾而起的水蒸气将这眼前的一切都笼罩进了一片虚幻的白色中。当白色的水雾退去时，她发觉自己仍弯着腰，手做倾水状。她仿佛凝固在了那个倾水的瞬间。父亲问道："你这是干啥？"

她不语。她的目光死死盯住了父亲的右脚踝上的那块青色的胎记。她望着这双脚如何小心翼翼地伸探进冒着蒸汽的热水中去，然后又迅速地弹跳回来，搁回到盆沿边上去。如此几个来回，父亲的口中发出"咝咝咝"的嘘气声，仿佛这是件很舒服、很刺激的事。父亲再一次地问她："你这是怎么啦？为什么不走？"

她这才直起腰来，准备离开。但她的目光并没有随她那开始挺直了的身体而移开，它们仍然死死地咬住了那块胎记，她要用她那狠狠的目光将它望穿，望融化。她甚至想象自己的目光化作了一把利刀，利刀轻而易举地将那块丑恶的胎记像削果皮一样地于手移刀过间给削去了！

第二天，放学回家的杨涵在唐山路口上就遇见了提早下班并站在那儿等着她的父亲。父亲说，咱们今晚吃馆子去。她说，那他们呢？她指的是她的母亲、哥哥和姐姐。但父亲告诉她说，这回就他与她两人——他是专门来请她到清真馆去吃牛肉汤包和咖喱牛肉粉丝汤的。

"难道这不是你最喜爱吃的东西吗？"他说。

十一岁的杨涵点了点头，随即又摇了摇头。她不知道她到底想表达些什么，但父亲还是带她去吃了清真馆。席间无语。父亲自己并不吃汤包或牛肉汤，他只是看着她吃，他似乎想找个话题切入，他想同她说点儿什么。

杨涵嚼着包子，又喝了一口汤。她抬起头来，望到了父亲的那张油晃晃、笑眯眯的脸，它正回望着她。突然，她感到了一阵眩晕，随即就有一种强烈的呕吐感将胃中的食物往上推。

"呕，呕——！"她站起了身来。

父亲问，你这是怎么了？

但她没答他。她用手掌捂住了自己的嘴巴，飞快地奔进了厕所里去。那感觉，那模样，那动作，那情势，与三十年后，她在五反田家中的那一回一模一样。

五

多少年后，当回忆起那公寓少妇时，梓峰就始终无法建立起一种真实的感觉。她很像是个幻影，他甚至怀疑：在他的少年时代的那些岁月里是否真的存在过这么个形象、这么个人？而仅仅只是处在他心理与生理骚动期中的某个心象？之后又在他反复而又反复的性幻想中渐渐地变得立体起来、真实起来、丰满起来了的呢？因为，这类情形在他后来的小说创作中经常发生。由于太投入的缘故，一部作品写下来，他经常会将生活中的某个真实个体与故事里的另一个虚拟人物互相错乱和混淆。这道鸡与蛋、蛋与鸡的逻辑题把他自己也搞糊涂了：到底他是把生活中的谁当作某个小说人物来写了呢，还是他将他小说中的某个人物当作生活之中的谁来看待、来作联想了呢？

但后来，他可以很确定地告诉自己说：那位公寓少妇是一个真真实实存在过的人，并不是他虚构出来的某个小说人物——至少在他还没打算将她作为原型来写一篇小说之前，应该是如此的。因为，除了那个盛夏晌午的面对面的相遇外，至少还有两回很重要的生活场景永不会在他的记忆中褪色。

一回也是在夏天。不过，那是个满天星斗的夏夜。那时，"文革"的风暴还没到来。从梓峰家的窗口望出去，透过幽暗黑森的树木的挡枝，能望见对面公寓露台上亮着的那盏带奶白灯罩的棚顶灯。在橙黄色的光罩里，梓峰望见那位少妇正一个人半躺半坐在一张篾竹的靠椅上，乘凉。她不停地用一把蒲扇给自己扇着凉风；时而，又拿起身边茶几上的一杯饮料来啜上一口。她穿了一件粉红的纱睡袍，两条雪白的小腿跷起，摆放在了一张丝绒质的小方凳上。夏夜的空气里弥漫着一股叶绿素的青葱和某种不知名的花的香气，而她让自己整个儿地暴露在了这夏夜的半醒半醉的空气里，一副若入无人之境的舒坦样。

她当然不知道有谁在窥视着她。事实上，这露台恰似一方光明的舞台，而那片黑暗的花园领地正是台下黑压压一片的观众席。席间只有一位观众，他便是少年时代的梓峰。

梓峰从花园的枝丛间偷偷地潜行了过去，来到了那副最贴近公寓围墙的墙跟边。他不知道自己为什么要这样做，他只知道，他无法控制自己不要这么做。而且，他也不知道他这么做的目的是什么。一个十六岁的他，像一粒小小的铁屑，被对面舞台上的一块具备了强大磁场的磁铁吸引着，身不由己地，便向那儿游移了过去。

梦境一般的记忆又来作祟他了。他记得这是他家花园里的那棵树冠葱郁的香樟树。他无声无息地伫立在树下，有明亮的星斗从树叶丛间向他眨眼，也有蚊子在他的耳边"嗡嗡"作鸣。不一会儿，他的两条腿肚上就布满了蚊咬的疙瘩。但他毫不在意，他只感觉渴望，感觉冲动，感觉无法抗拒，他将身体尽量地贴近墙身，向上望去。

其实，如此仰视角度并不能见到太多的什么，再说还隔了露台铸铁的栏杆。梓峰见到一把蒲扇以及几条握着扇柄的纤纤玉指一晃一悠的，在他眼前出现了又消失，消失后再出现。倒是从篾竹榻上伸展出来的那两条小腿在光流里显得特别的亮白。它们稳定地摆放在那儿，像一座白玉雕筑成的跨桥，一端是睡裤宽大飘动的边缘，另一端则是那张天鹅绒的搁脚凳。而两只白嫩的脚掌搁在脚凳上，五个脚趾姿意地张开着，尽情地享受着那熏热的夏夜的空气对它们的抚摸。于是，在梓峰的感觉中，除叶绿素味和花芳外，还渗入了一种由视觉转变而来的气息：那是一种异性的体香，时隐时现，乍浓乍淡，飘忽而又动人。梓峰发现自己的双腿就像是两根打进了泥地里的木桩，站在那里，都不会动弹了。

他听到房中传出来一把中年男人的叫喊声，说，阿芬啊，阿芬，回屋里来吧！——西瓜已经切好了，快来吃。那少妇闻声立马坐直了起来，她将双腿从搁脚凳上抽了回来。从梓峰站立的角度望出去，他能见到的只是一只白嫩的脚掌与若干闪亮的趾甲往那烘漆木屐中一阵猛塞。有几回失败，但终于成功了。于是木屐便被她那白净的脚后跟拖着，走了。边走，她边朝屋里头回应道："唉，来了，我这就来了！——"

梓峰突然感觉到一阵美妙极了的心悸。这是一种忘我——不，还不仅是"忘我"，简直就是忘你忘他忘却了整个世界的极乐感。极乐感像一道电流，由下而上，直冲脑门，再由上而下，直达身体的那个部位。这种熟悉的感觉在青少年时代的梓峰的梦中经常神出鬼没，但现在，现在他又怎么了？他是在梦中吗？连他自己也弄不清楚了。他只是感到自己被一种神奇的光环所笼罩了，他全身僵立，本能地等待着那个山崩海啸一刻的到来。

第三回，也是最后一回，他是从一个远远的方位见到她的。1966 年的夏秋之交，"文革"的狂潮正在上海的版图上全面地、汹涌地澎湃开去。尤其是在梓峰居住的那个地方，抄家、批斗、游街，一浪连接一浪的红色恐怖几乎吞噬了人们的包括想象力在内的一切本能的意识和行为。

那是个无月的深夜。

其实，在那深夜到来之前，梓峰对在对面那座露台后的公寓里已经或正在发生的一切已多多少少地有所知晓了。少妇的丈夫是个资本家，年纪也有一把了，而少妇是他的续弦。资本家在单位里挨了批斗后，又被拖回街道来续斗。他们夫妻俩被同一根粗麻绳牵着，一前一后，彼此间相隔三五步之遥。而几个戴红袖章的造反派握着绳端走在头里。肥胖的资本家的头上戴着尖顶的高帽，而娇小的资本家的老婆的头上也戴着高帽。资本家的帽壁上写着：打到反动资本家×××！老婆的帽壁上则是：打倒资本家的臭婆娘×××！两人的名字都被打上了血红的交叉杠。资本家的手中握着一面破镗锣和一根敲柄；他老婆的手中也握着一面镗锣和一根敲柄。资本家边敲镗锣，边喊道：

"当！当！当！我是反动资本家×××！我是寄生虫吸血鬼×××！当！当！当！……"音调雄浑而又响亮。

那女人也是边敲镗锣边喊道：

"当！当！当！我是资本家的小老婆×××！我是破鞋烂鞋×××！当！当！当！……"音量却是细微而颤抖。

就这样，他叫一回，她叫一回；她叫一回，他再叫一回。一唱一和，一粗一细，一浑一颤。几十年后，当梓峰偶尔被人拉去卡拉 OK 包房唱歌娱乐，听到那些鸡嗓音的男声和雀叫声的女声在合唱那首"夫妻双双把家回"的歌曲时，他就会立即联想起当年的那幅场景来。他的心脏一阵紧揪，不知道怎么地，他感觉有两行热泪止不住地扑簌而下了。梓峰对这首歌曲的反应令他几十年后的歌友大为吃惊。他们问他，你这是干吗啦？而他却抹了抹眼泪，又变成了一张微笑的面孔。他说，没什么，没什么。你们继续吧。其实，这一切，又让他从何说起呢？

用"夫妻双双把家回"来形容当年的这对资本家夫妇游斗的场面还是颇为恰当的。因为他俩被人像耍猴一样地牵着，在铜仁路上敲完锣游完了街之后，又被双双拖到他们家居住的那条弄堂里去了。这一次他们是站到了台上去，接受广大革命居民群众对他们的批斗。而此刻，弄堂口的那些摇扇乘凉的闲人，烟纸店的老板娘，还有从外区外弄来的各式人等都拥去弄堂里看热闹了。但梓峰再也看不下去了，他回到了自己的屋里去。他站立在自家的阳台上向对面的露台望去。他知道，那露台上再也不会出现少妇的身影了。因为此时的露台以及从露台通往房间去的那扇落地钢窗都已被层层叠叠的大字报给封死了。大字报一直从露台的铁铸栏杆上垂直吊下来，几乎都要触及梓峰家的花园围墙了。

于是，便接上那个无月的深夜了。半夜里，熟睡中的梓峰被一阵猛烈的"咚！咚！咚！"的敲门声给惊醒了。声音朦胧而又紧迫地传来，这是他家花园的那扇大铁门被人挥拳敲击时发出的沉闷的响声。

他家的女佣跑去开了门。马上，就有一群戴红袖章的人拥进花园里来。当梓峰披衣下床走到阳台上去时，他见到人群正闹哄哄地朝着那堵围墙和那棵香樟树的方向走去。他听到有人大声嚷嚷，说："在这里——就在这里！"于是，人们一哄而上。在乱窜的电筒光柱里，梓峰见到几个人影从地上抬起了一件什么或一个谁来。梓峰幻觉他似乎见到有半截嫩红色睡袍的裤腿和某种模糊的肉白色的东西一闪而过——其实，梓峰完全有可能什么也没见着，什么也没有看清，这些仅都是他的幻觉而已。

第二天的早晨，太阳刚升起不久，梓峰便站到了那棵香樟树和那堵围墙的方位上去了。

香樟树被压断了一大截枝丫，枝丫靠倒在墙身上，一副沮丧的表情。而花园稀疏的草皮上则印着一摊模模糊糊的人体的印记，还有些殷红的血迹这儿那儿地沾在了草叶上，有的已经凝固，有的仍然鲜艳欲滴。

他就一个人不停地在那一片花园的领地上游荡，仔细查看，像是个公安局的刑侦科人员在勘查案发现场，在搜集罪证。他发现目标了，跑过去拨开了墙角的草丛。他从草丛中取出了一只高跟拱背的烘漆木屐来。这是一只女式木屐，几朵金红色的牡丹描绘在深墨色的鞋肚上。他将它揣在了怀里。又见到什么了。是一条狭长的女人的胸罩，湖蓝色的，吊挂在香樟树枝上，像只断了线的风筝。他不知道这东西怎么会跑到那儿去的？但他想得到它。他几回跳跃，终于将它摘到了手。他又把它揣进了怀里去。

但她呢？此刻的她去了哪里了呢？梓峰还想寻找点儿什么。他抬起头来，对着初阳金芒般的光刺努力地睁开了他的双眼来。他见到了一些黑色的斑点在光海中旋转，仿佛是荡漾在她笑意中的那几粒动人的雀斑。突然，他听到了一声尖利的鸟叫，"啾！"的一声，就有一只不知名的、羽毛呈黄白相间的雀儿从香樟树端冲天飞去，瞬刻之间，便隐没在了初秋时节的高远的兰空中。梓峰确信：这一定是她灵魂的化身无疑。

后来，那只金红牡丹的闽式木屐和那条湖蓝色的胸围他一直珍藏了许多年。直到认识了那位国棉十七厂的前妻，并已开始了谈婚论嫁时，他才将它们偷偷地处理掉，他生怕被她瞧见。

但想不到的是：在几十年之后武西公寓的阳台上，他又见到了从对面窗户里晾晒出来的那一类同一种颜色的胸围了。这不禁令他心往神驰。那一天傍晚，他从街上回家来，经过门卫室时，门卫老张叫住了他。他交给了他几家出版社和杂志社寄给他的一叠印刷品和若干函件。完了，又递给他一份晚报，说："402 杨老师家的报纸，麻烦你也一起给带一带上去。要是她不在家，插在她家的门栅里便可以了——谢谢噢。"

梓峰闻言不由得起了个激灵，他感觉自己脸红了。但他连忙掩饰，装出一副漫不经心的样子来，应道："谢什么谢呐，大家左邻右舍的，这是应该的。"然而，他的心脏却"怦怦"地跳个不停。他急急地踏上扶梯，蹬楼而去。

当他来到 402 室的门前时，他惊奇地发现：防盗用的铁闸是敞开着的，大门也虚掩着，却不见有任何动静。他在虚掩的门上象征地"笃笃"了两下，接着便推门而入了。他的第一反应是嗅觉的，然后才是视觉的。他感觉到一股扑鼻而来的女性居室的芬香，温软、湿润，富有挑逗性。尤其是对于他那么个独居了多年的男人来说，更是如此。

他环顾了一下客厅，客厅中没人。通往露台去的落地趟门敞开着，有风流从趟门中灌进室内来，把白纱的窗帘轻轻地吹舞起。他站在那儿，目光迅速地穿过客厅，进入了与客厅只有一门之隔的卧房里去。从他站着的角度望过去，他能见到半张床的床面，床的背景是两扇铝合金的窗户，窗户紧闭，透过窗户的玻璃，他能望见自家阳台的某个侧面。

莫奈《威尼斯大运河》(局部)

怎么没人呢？他感觉这地方有些儿奇特。但除了奇特，还有一种说不清、道不明的诱惑力。作家的敏感告诉他：这块对他而言应该是完全的陌生之地中必定存在了点什么，这可能是一种场效应，令他产生了一种曾似梦中相识之感。这种好奇感驱使着他身不由己地往内房走去。他见到床罩上散乱着一堆洗净后晾干了的衣物。立马，他为自己的那种好奇感找到了理据：有一条胸罩耷拉在床沿的边上，湖蓝色的，相当醒目。胸罩球形的四周镶着简约的花边，一条狭长的延伸部分，一边缝着两粒小小的白色的纽扣，另一边则开着两只唇形的纽洞。几十年前的一件物品为什么会在几十年后的这里出现呢？他是在做梦吗？但他知道他是清醒的。

他凝望着那条湖蓝色的物件，真想干点儿什么。但他克制住了自己。在一个陌生人，而且是个陌生女人的房中妄自环顾，还说想进一步干点儿什么，他突然感到了一阵止不住的慌乱，他开始向外退去。然而，就在这一刻，他眼角的余光抓到了一样东西，他不胜惊异地站定了。这是一幅站立在女主人梳妆台面上的黑白相片。从几尺外的距离望过去，他能清晰地辨认出相片中人物的面部特征：一个二十来岁的青年人，削瘦的脸庞，灵性的眼神——这不是三十年前的梓峰自己又是谁？当然，这不会是他，那又会是谁？谁又会如此像他？而他的照片怎么会到这里来站立着的呢？他顾不上思考，便满腹狐疑地拖着腿，退到了402的门外去。

自从那回之后，他便一直有了点儿隐隐约约的后悔。他想，那天，他假如能再干多点儿和再看多点儿什么就好了。但他没有。于是，下次再经过门卫室上楼去的时候，他都会主动地向门卫老张请缨，说："402有晚报要带吗？——我这正好要上楼去。"

老张当然不明白为什么平时讷言慎行的苏梓峰苏先生会变得如此主动和热情起来了？但他还是一脸感谢地说："有。有。每回都让你劳神，不好意思噢。"

"顺便嘛——顺便。"

梓峰口中说着，脚步已急急地踏上扶梯了。心中则盼着：这回他会不会再有多一次机会呢？

一直没有。每次，他都快快地将晚报插进402防盗门的铁栅中去，心中弥漫了一片失落感。然而，与此同时，对门的那个叫杨涵的女人的形象也因此在他想象之中一次更比一次地变得立体起来、亮堂起来。连她的那张中年的面孔似乎也不再平庸。人的想象力，尤其是作家的想象力本身就是一种光彩，当他将这种光彩移植到他想象的人物身上去的时候，他便为自己制造了一个迷恋的对象。

后来，机会终于有了。那次，他来到 402 的门前时，一切境况与那前一次竟然毫无两样：铁闸敞开着，大门虚掩，客厅中没人；而房门也开着，窗户闭着，睡床上也有一堆洗净晾干了的衣物。当然还有那幅相片仍在原位上站着，仿佛时间只是玩弄了一次剪辑的游戏。

唯一一样细节有了点儿变动：就是那只湖蓝色的胸围。它已脱离了那堆衣物，单独地摆搁在了已罩上了床罩的睡床的那两只并排而放的枕位上。而且，胸围还是扯开了放的，一端搁一边。因而令它显得特别惹眼，也特别地有了长度。像是一座桥梁，将两只枕头连接在了一起。

梓峰站在那儿，凝视着它。他想：这回，他一定要把想干的事干了。他伸手将蓝胸罩拎了起来，转动着，观赏着它。他感到心中有一股久违的欲望又搅动了起来。仿佛他又回到了那个夏日的晌午，那个满空星斗的夏夜，那棵香樟树下。

他将他的嘴唇向蓝胸罩靠贴了上去。他吻它。从白纽扣的端处吻上去，先是吻它双峰的正面；然后，他深深地吸了口气，再吻进了它深凹的内里去。他觉得有一股皂香混合着阳光的清醒一直沁入他的肺尖。突然，他感觉到了些什么，转过身去。他见到杨涵就站在了他的身后。他一脸惊呆地望直了她，手中仍然拎着那条湖蓝色的胸围。胸围静止在半空，像一件魔术师使用的道具。

六

杨涵见到对门住的苏梓峰时，当下里就吓了一跳。世上怎么可能有如此相像的两个人的？他俩是在扶梯上各自上下时遇见的。她当然不好意思去朝一个陌生的男子作太正面的打量，她还保持了一贯的矜持与平静的表情，与他擦肩而过。但她眼角的余光告诉她：与三十年前的她的哥哥相比，他只不过什么都老了一圈。或者也可以这样来说：假如哥哥能活到现在的话，他不就是他？

杨涵是怀着一种忐忑疑惑的心情经过门卫室上街去的。就听得门卫老张在唤她："杨老师。杨老师。"

她收住了脚步。

"这里有你的两封信和昨天的一份晚报，你是带去呢，还是……？"

"我这是去上班，带着不方便。而且……"她吟哦了一下，"而且今晚有事，回来也早不了。如果方便的话，能不能请谁替我捎一捎上去，插在我家的门栅里就可以了。反正也不会是什么太重要的东西。"

"那好吧。那就麻烦你家对门的苏梓峰先生带一带吧——他倒是刚巧上楼去。"

"谁？——你说谁？"

老张有点儿愕然地回望着她，他不知道她为什么会对"谁？"如此感兴趣。他说："苏先生哪。就是住在你家对门的那位先生。"

"噢……"停了停，她再说道："苏什么峰——你说的？"

"苏梓峰。苏是苏联的苏，峰是山峰的峰。梓字怎么写，我就搞不清楚了。只知道别人都叫他苏梓峰苏梓峰的，我也因此记住了这个名字。"

文化程度不高的老张只能如此作答。但他不知道：杨老师对梓字怎么写其实根本就不感兴趣，他感兴趣的是"峰"字——山峰的"峰"——怎么连名字也有一半是相同的呢？他是他哥哥的再世？自从哥哥死后，杨涵就一直无法能真正确立起哥哥事实上已永久离开了她们的信念。她老幻觉他还在这人间的哪里活着，现在不？他不就又住到她的对门来了？……

时光于是又回到了唐山路的那幢旧宅的那间幽暗的后厢房里去了。少女的杨涵伏在哥哥的肩头伤心地哭了。她一抽一泣的，感觉到哥哥的双臂搂着她的腰肢。他的两只手掌轮流地在她的背上轻轻地抚摸，轻轻地拍打，他希望能用如此动作来安慰他妹妹的那颗破碎而又惊恐的心。

"这事只限于你和我知道，千万别告诉妈，千万！答应我，小妹，好吗？答应哥哥，噢？"

但孤独无援的杨涵此时感觉到的却是哥哥的那块已带上了些男子汉气息的强健的肩头肌。她紧紧地刨住了它，生怕一放手，自己便会掉进一个无底的深渊里去似的。

"但……？"她说。

"妈每一天的日子已经够难熬的了。她能坚持下去的全部动力都是这个家给她的。你想想，小妹，你好好想一想，如果她知道这个家也散了，也没了的时候，她会怎么样？"

杨涵觉得哥哥毕竟是哥哥。他的见识，他的冷静，他思考问题的深度都让她敬佩，让她折服，让她更爱戴她的哥哥了。但她说："这样将妈蒙在了鼓里，我们能对得起她吗？我们能心安吗？"

"正是为了要对得起妈，我们才这样做。我俩承受了不安，不就让妈她心安了？"

"是的……"她少女纤纤的双手将哥哥的肩头肌抓得更紧更实了。

但杨峰说了,只是一点他弄不明白,这是关于他的二妹杨萍的。她完全能用她的方式来反抗啊,至少也可以拒绝。为什么她会一而再、再而三地顺从呢?更为什么她之后还会有如此奇特的反应呢?

其实,这个疑问在当初也曾是杨涵最感困惑的一件事。但现在不了。她感觉她好像有点儿进入她二姐的心理世界中去了。尽管她抗拒,但她还是身不由己地、一步步地走了进去。她感到在这光线十分幽暗的内室,仿佛出现了一片飘忽不定的彩色幻象,让她的目光(至少说是她的心理目光)无法定焦。透过外室的堂屋,唐山路上人来人往的嘈杂声都能清楚地进入这间内室里来。一辆十九路无轨电车驰近,靠站了(电车在她家的门前停靠有一站),这一切她都听得很真切,然而又朦胧遥远得像是星际彼端传来的电波,时续时断。

她感觉自己与哥哥拥抱之中的身体战栗了起来。她的脸蛋滚烫,指尖却冰凉冰凉的。她不可自控地将杨峰的身体搂抱得更紧了,她将她少女胸口的某个最敏感的部位紧紧地贴在了哥哥坚实的肩头肌上,她感到这才舒坦。她的心中充满了渴望,起先只是一种对安全感的渴望,但后来它变形了,变成了某种对宣泄的渴求。

突然,她感到哥哥的那双搂着她的腰肢的臂膀开始松懈,而他那两只轮流拍打着她的手掌的节奏也开始缓慢了下去,最后完全停顿了。他将正开始进入某种状态中去的杨涵一把推开了,他说:"小妹,别,别……"他的话音有点儿慌乱,而且还有点儿颤抖。

如梦初醒的杨涵望着几尺距离之外的哥哥的那双惊恐的眼睛,他乌黑的瞳仁在幽暗的光线中闪闪发亮。他大口大口地喘着气,转身离去。他走出房去,房门在他的身后"砰!"地关上了,只留下那把"虎头牌"黄铜质的"司拨灵"门锁在幽暗中闪烁着微光。杨涵一屁股坐在了哥哥的单人床上,想:刚才我都干了些什么了呀?她听见屋外的唐山路上又有一辆十九路无轨电车靠站了,女售票员用手掌不停地敲打着车门边的白铁皮,使劲儿地叫喊着:"勿要再往上挤啦,等下一辆车!马上就到,下一辆车!……"

还有一次有关哥哥杨峰的记忆是在杨涵杨萍两姐妹和杨峰都到了日本之后。

那次,杨涵一个人来到位于东京近郊的哥哥的住所。说是住所,其实只是一方"塌塌米"的床位。只有十来平方米见方的室内睡了六七个中国留学生。还要举炊,还要堆放箱柜,其挤迫程度由想可知。唯一的好处是:留学生们每日的时间都是塞满了内容的，要读书还要打工——有的在白天，有的则在晚间。故，每人每日的睡觉都能错开了时间进行。每人每月交付一万多日元的租金，十平米的一间小屋，月租收入就有十多万元。尽管如此，日本业主也未必情愿将屋子出租给中国留学生。原因是中国人不爱清洁——至少与日人的清洁习惯大相径庭。因此，为了能在日本租到一间容身之地，中国留学生们除了要缴付高昂的租金外，还要挨人脸色，你说，这种心情怎么会叫人好受？

好在赴日的所谓"留学"者中的绝大多数人的人生目标都是打工赚钱。他们忍着熬着，盼望总有一天，口袋里赚够了日币。回到故里，荣光耀祖一番不说，再买它层商品房，最好是开家小餐馆、小酒吧什么的，从此脱离苦海，潇洒人生走一回。他们是想用在日本的人下人的今天换来在中国的人上人的明天。虽然心照不宣，但每个人都怀着相同的人生规划和目标。杨峰当然也不能例外。

那天杨涵去哥哥宿舍看望他的一大目的就是要她哥哥千万不要太搏命了，人的精力与体力都是有限的，无限制地透支的结果是很危险的。这是个大白天，她去他宿舍的时候，同宿舍的中国学生一个都不在。那天，杨峰是因为患了点儿感冒，发烧，然后在家休息。杨涵一去到那里，就将这间杂乱无章、邋遢不堪的男生宿舍收拾了收拾，然后，兄妹两个便在杨峰的铺位上面对面地盘腿坐了下来。杨峰向妹妹诉说，发烧倒不要紧，反正过两天就能退。倒是近来他经常感到胸闷，而且心跳也加剧，这令他很难受。杨涵说，她来正为此事。你这样日拼夜拼的，一天好几份工，你还要命不要？杨峰说，趁年轻，搏他一搏，最多也是八年十年的工夫，现在不已熬过近半岁月了？但杨涵说："就你这想法害了你。你不看到自己现时的健康状况比起你在上海时差了有多少？"

杨峰说："这是的。但你就见不到我口袋里养家糊口的本钱也在不断增加吗？这是一种补偿。它能让我感到宽慰和有安全感。"

杨涵还想说什么，但她被哥哥的一个举手动作给制止了。他继续说道："小妹，哥知道你担心我，关心我。但……但怎么说呢？至少，我们都能有到日本来赚钱的机会，有多少中国人多少上海人想来还来不了呢。"

这倒也是。但，杨涵想了想，还是坚持她自己的观点。她说："即使让你赚够了钱，将来的日子，你也要有一个好的健康的身体去消受它啊。你带钱回到上海去了，但你的健康却垮了，那又有什么意义呢？

"还有……"杨峰欲言而止。但杨涵望定了他，她希望他说下去。

"还有，你也不是不了解你嫂子这个人的。她天天都在盼望我发达，盼望我能出人头地啊。"

杨涵说，你为什么一定要在乎她的感受呢？

杨峰说，因为他爱她。但一语既出，他便马上意识到了些什么。他说，当然，还有他的那个十岁的儿子。他要让他受最好的教育。但受好的教育是需要钱的呀。故，他只能，也只有如此。除此之外，别无他法。

杨涵便不再言语了。此话令她心理失衡。这当然与哥哥的儿子无关，哥哥的儿子就是她的侄子，她也很爱他。但……但怎么啦？但她不喜欢她的嫂子，一点儿也不喜欢。非但不喜欢，而且还常怀有一种敌意。她留意过她的二姐杨萍。杨萍也不喜欢她，但她对她没有敌意。然而，哥哥与她毕竟是夫妻，哥哥爱她有错吗？没有。

就这次谈话，再没有第二回了。后来就到了她与二姐在上班，突然就接到了那个可怕的电话。当她俩匆匆赶去时，一切都已无从挽回的那一次了。只是在杨涵的记忆里，那时光那场景似乎始终停留在了那个秋阳灿烂的下午，她与哥哥两个面对面地盘腿而坐在哥哥的"塌塌米"上。哥哥的表情忧郁，他发烧的脸颊微微有点儿发红。但他的眼中却有光彩放射出来。这是一种憧憬的光彩，他在想象他的未来，想象在若干年后，他带够了日元回上海去，妻子与儿子都来机场接他时的那幕情景。他将告诉他们说：现在一切都已过去，一切都好了，我们将有我们自己的公寓、自己的轿车，甚至还可能拥有属于自己的一番小小的事业！再后来，儿子也从名牌大学毕了业，一家人的生活富裕而满足，乐也融融——人生在世，还有什么再可求的了呢？但杨涵后悔啊，她后悔！她后悔她为什么没在哥哥说他胸闷心跳时引起足够的警惕呢？为什么没强拉他去医院做一次全面的检查呢？如果她这么做了的话，哥哥他至于吗？但现在，现在嫂子又重新嫁人了，侄子的抚养权她倒是代她哥哥争了回来（事实上，嫂子再婚时也未必希望拖多一个孩子在身边），而且，真还将他送进了名牌大学去深造。他哥哥的在天之灵能知道这一切吗？他已化作了一幅站立在杨涵梳妆台上的表情恒一的相片了。

后来，她将这一切都向梓峰无所顾忌地全盘倾诉了出来。那次，他俩躺在杨涵的那张双人床上，她偎依在他的臂弯间，她的嘴唇已完全埋在了梓峰的胸脯上，而她的手指却不停地抚摸着梓峰的那块坚硬的肩头肌。她说话的音调含糊、朦胧而遥远。她说说停停，停停又说说。当她说完了这个故事后，她抬起了头来，望着梓峰的脸，说道："现在你来了。你，不就是他吗？"

梓峰表示理解地点了点头。他是个作家，他能不理解吗？他俯下脸去吻她。自从那次在杨涵房中突遇后，他俩干此事已不下五六回了。但每次，在互相的协调间，总有些别扭之感。是年纪的关系吗？还是各自不同的人生经历和阅历对此事的干扰呢？梓峰想都可能是，但也不全是。在他听完了杨涵的叙述后，现在他相信了：原来，这是种情结。他有他的，而她，当然也有她的。她那隐秘的情结躲藏在她意识的极深处，像一只无形的手，操控着人的最原始也是最灵性的生存细节，比如说：性爱。

梓峰掀开了毛毯，让杨涵一丝不挂地完全暴露在了自己的眼底下。而她，则像一头懒散的母兽，就那么张腿摊手地躺在那儿，不动作，也不想有动作。但不知道怎么搞的，他感到的是一种隐匿了的性兴奋。他怕就怕那些撩火的女郎，过度的热情与放荡反而令他望而生畏，闻风而遁。

在他婚姻失败后的一年之中，他也不是没去做过某种尝试的。那一回他去东京——这是因为他相信了香港杂志和报纸上的宣传，说日本的色情事业为全亚之冠——他先到一家居酒屋去喝了几盅，然后，仗着几分酒意，他走进了新宿区的一家夜场所。他撩起了一片用两半蓝白遮布组成的短短的门帘，就立即听到有"侬勒山—麦斯（欢迎光临）"的喊声传来。喊声很温柔，也很女性化，令他的心脏有了一种久违的惝动感。但待坐定下来，便上来了一张脸蛋。这是一张被太厚的粉底熬成了雪白，白得都有点儿面具化了的脸蛋，他一下子便没有了感觉。非但没有了感觉，而且还心慌意乱的，不知说什么才好了。他只是想快点离去。但那张脸蛋却用一口国语说话了："中国人啊——噢，还是上海人！"

她突然将语言转成了标准的沪话。她说，她也是从上海到这里来打工赚钱的呀。今晚上真是要靠你这位老板兼老乡的帮衬啦。而梓峰便有了一种回上海去嫖娼的感觉了。这令他感到更不是一种滋味。

那晚，梓峰便同那女的糊里糊涂地睡了一觉（进到了那种地方，不睡是不行的）。干过还是没干过，假如干了，又是如何干的种种细节，他都忘得一干二净了。他只觉得那张脸在他的眼前晃呀晃的。他想：这种地方是不适合他来的。下回？——当然也就没下回了。

然而此刻，当他面对这具并不能算太美妙的中年女性的裸体时，他感觉积压了多年的欲望的岩浆在体内又有点儿蠢蠢欲动的意思了。

此为何故？

他的手掌撑在洁白的床单上，凝视着眼底下的这具裸体：肤质雪白但已有些粗糙，它肥厚圆滚，而且赘肉四起。但它却散发出了一股浓浓的肉的气息。正是这股气息诱惑着他，令他欲火焚身。他将目光盯住了那只已变得有些下垂了的乳房下的一颗朱红色的痣。他记起了张爱玲的小说中的一句话来："……娶了白玫瑰，白的便是衣衫上的一粒白饭粒，而红的却是变成了心口上的一颗朱砂痣……"他俯下了身去，开始用舌尖在那粒朱砂痣上轻轻柔柔地舔了起来——他觉得只有这样做他才过瘾，才满足。

女人敏感了。她不想动，但她已不得不有所动作了。她先是叹息，后是呻吟。再后来，便有一种轻轻的叫唤声自她喉部的深处传了上来。她伸出了双手来，搂住了梓峰的颈脖，而整个人也随即弯拱了起来。这么多青春的岁月都过来了，如今她老了。但她不明白，为什么老了反而会这样了呢？

七

杨涵的情结在逐渐打开——这点，至少梓峰是没有异议的：他可以从她一次更比一次强烈的性反应上察觉出来。但他自己的呢？当然不是乳房下的那颗朱砂痣，更不是赘肉累累的一具女体可以解决问题的。那又是什么呢？他总感觉欠缺了点儿什么。

他去城隍庙的小商品市场逛了一圈。他在出售民间工艺品的摊位前驻足良久。他拣了一双黑漆拱背的女式木屐，付钱，买了下来。

即使在售货员的摊位前，他已忍不住地将木屐放在手中把玩了起来。这是一对小巧的木屐，做工也相当的精致。金闪闪的两排铜钉将一条软皮质的趾带桥垮在鞋的两侧。而粗厚的高蹬后跟将木屐的鞋肚高高拱起成一度弧形的曲线。木屐的鞋肚上用金红色的粉漆描勒着几朵菊花。虽然与那几朵开放在遥远记忆里的牡丹还有多少出入，但至少也有点儿大同小异的意思了。

他站在那里，试着将合并着的五条手指从皮带的一边伸了进去，然后再让它们在鞋的端处露了出来。他的手指在鞋肚中轻松自如地弹动着（毕竟是手指，其粗细与厚度都是不能与脚趾相比的——他想），他的手掌能感受到光漆面上的那种细腻爽滑的触觉。他的心中于是便有了一股说不出来的快感。他将木屐拿了起来，放在嘴边上吻了吻。那位年轻的女售货员见状就笑了，说："那又有什么好闻的？还不是一股木屑和油漆味？还没人着过呢，将来，等你老婆或者情人着了，再闻也不迟啊。"

梓峰闻言不禁红了脸。他想，他也太失态了，他说："是的。是也没啥好闻的。一股油漆味罢了。"但他想了想，再加多了一句，"我只是想闻一闻木质的质地如何，假如是檀香木质的话，这双鞋可就值钱啰。"

"檀香木？你想啦——几十块钱就想买一双檀香木拖鞋？檀香木是用来做扇子的，不是用来做木拖板的！"

女售货员乘机推销她的生意。她从货架上取下了一把檀香木的折扇来，"唰！"地将它闪了开来。然后再用鼻子凑上去闻了闻，说道："这才香哩——不信你闻闻。"她将折扇给梓峰递了过去。

梓峰当然不想买什么檀香扇，但他还是装模作样地将折扇闻了闻。至少，他还得谢谢她：因为她真还与他讨论起了有关檀香木究竟香不香的问题来，如此这般，便让他下了一级尴尬的台阶。他说："那可不一定哦。这年头，淘便宜货淘旧货的，有时也会遇上意想不到的收获的——不过，扇子我不想买。谢谢。"说罢，他便将折扇交还给了售货员，匆匆离开了。无论如何，他已买到了一件他想买的东西。几十年了，想不到如今它又回到他的手中来了。

这次，梓峰似乎有点儿把握了。最重要的是：有了一种信心和决心了。杨涵的表白给他壮了胆。始终，在他的内心是隐藏着某个他不敢正视，也无法正视，且因年代太远久而严重变形了的情结。它折磨他，也诱惑他。他感觉这是时候了，他也应该为自己作一次心理"解结"的努力了，无论是言语上的还是行为上的。

下一次去402杨涵的睡房前，他便带上了这对闽式木屐。就当他俩在床上缠绵了不久之后，他便向杨涵表示说：他想给她看一件东西。这是一件既是他给她买的，也是他给他自己买的东西。说罢，他便将那双烘漆高跟的闽式木屐拿了出来。他说，来，你试试。

他亲自捉住了杨涵的那只娇嫩的白脚，将拖鞋套了上去。正好——木屐就好像是量了她的脚寸后才去买的。

他复将木屐除了下来。他说："你有剪甲钳吗？"

杨涵答曰：有。并说在房间的哪里哪里放着，让他自己取去。而她自己则仍然躺在床上。她的一只脚叉开地搁放在雪白的床单上，边上斜躺着那只全新的闽式木屐。她不知道梓峰想干啥。

梓峰取来了甲剪，再去盥洗间取了一块软海绵和一只盛了些温水的脸盆来。他将水面上飘了一块海绵的水盆端到了床的边上，然后便蹲了下来。

他向杨涵说："让我来替你剪一剪趾甲吧。"他说这话的时候，是用眼睛直视着杨涵的眼睛的。他的眼中没有慌乱，没有难堪，也没有任何不知所措的神情。总之，除了真诚，他的眼光中一无所有。

不知怎么地，她马上理解他了：凭直觉。

她将一只脚从床沿边上挂了下来，任由他跪在地上替她剪趾甲。剪罢一只趾头，就用海绵蘸着温水将趾甲连同脚趾都小心翼翼地擦洗上一番。就这样，完成了一只脚，再换另一只脚。他此时此刻的联想已不再是张爱玲的什么小说了，而是高尔基的《在人间》中的一段情节描写：一位骠骑兵军官正跪在房间的波斯地毯上为其情人洗足、剪甲，然后再用海绵擦拭一番。事实上，他之所以会选择用如此方式来干此事的缘故就是因为他想到了这个小说中的这幕场景。他感觉，这样做或者更有情趣。

两只脚都洗完、剪好和擦干了，他便将它们抬起来，重新放回到床单上去。然后，他又从口袋里掏出了一支"资生堂"的无色甲油来。他是一早作了准备的。他虽不太懂女人的化妆品牌，但他了解日本的"资生堂"是最适合东方女性使用的化妆品牌，无论是色泽、润度以及香味都堪称一流。他替她的十只脚趾都一一搽上了"资生堂"甲油，让它们润泽得来都有一种微光反射出来了，而且还飘香，飘出了一种若有若无的夏兰般的幽香。他看着，一切都满意了，然后再将那双烘漆木屐套到了杨涵的脚上去。

他做这一切都做得极其有耐性，极其细致、专注、一丝不苟。现在，他欣赏着这双脚就像在欣赏一件绝美的工艺品一样的陶醉：十只白嫩晶亮的脚趾在木屐的皮带前端整齐地排列着，而乌漆的木鞋底拱起，将脚掌勾勒出一个精美的弧度来。他觉得一切记忆又都回来了：夏夜、树林、星空；露台、铁栅、搁脚凳。还有那个盛夏的午后，热闹的蝉鸣声中，弄堂口坐着的那些慵懒打蒲扇的人影都在他的眼前影影绰绰地晃动了起来。

他抬起眼来望准了杨涵，他看见杨涵也正回望着他。她的脸上浮动着一种微微的笑意，仿佛她也很欣赏他为她所做的一切。他向她询问道："你能告诉我你那条湖蓝色的胸围在哪里吗？——就是那回我在你床上见到的那一条？"

杨涵微笑，但她并没作出即时的回答。过了一会儿，她才软绵绵地举起了一条胳膊来，她向五斗柜的方向指了指："在箱柜的第二层抽屉里搁着呢，打开就能见到。"

于是，梓峰又去将它取了来。这回，杨涵知道他想干什么了。当他向她走近时，她也很配合地将赤裸了的身子拱了起来，以方便梓峰能将胸围替她戴上。戴上了胸围的杨涵看上去更像一位少妇，而不再像个中年妇女了。原因是：胸围将杨涵的那双本已显得有点儿下垂了的乳房很有效地垫托了上去。

一切干完了。梓峰让自己站离大床一步，从一个相对远一些的距离之外来观察来判断来想象此时此刻正躺在床上的那个女人究竟是谁？谁又能合乎他少年时代的一切记忆细节？当然，总有些不尽如人意之处：诸如那桶粗腰、那两截皮肉松弛的臂膀以及粗糙的带些斑点的肌肤。但？但他自己也不再是那个少年了。等到他老了，老到已愈天命年后还能遇上这么一具能令他血脉澎湃的女体，他还应该要求太多点儿什么呢？

梓峰趋向前去，他跪在了地上。他先是亲吻杨涵的脚趾——就是那十只从拱背木屐的皮带中伸出来的脚趾。他一只一只地吻过去，又一只一只地吻回来。如此几遍之后，他才稍稍有了点儿"过把瘾"的感觉。他停了下来，喘了口气。然后，他又在她白嫩的脚背上狂吻了一阵，便开始爬上床，爬到了她的身体上。

他用嘴唇一路吻上去，吻到那条湖蓝色的胸围了。但他并不去解开它，而是隔着布罩亲吻那乳房。累了，他又趴在了那片戴着胸罩的乳房上小憩了一会儿。这是一段动作的真空期，却是想象力的高度活跃期。他让自己的想象力飞跃过几十年的时空，回到了那个盛夏的晌午。他幻想着那件轻纱质的无袖上衣，两只玉臂一前一后，舞姿般地摆动，而那条湖蓝色的胸围乍隐乍现。这情这景，从来就是梓峰少年梦中的高潮期。多少个深夜，他从梦中醒来，享受着一种极乐过后的美妙的疲乏感。他仿佛感觉那只玉臂那条胸围那件无袖上衣就在他伸手可及的黑暗之中的某处隐藏着，它们在与他捉迷藏，它们藏着、躲着、笑着、逗着他说，你来啊，你为什么不来？我们都在呢，我们都在这里……

然而此刻，此刻他不已将它们全都逮住了吗？它们正被他那火热的脸庞紧贴着，一个也别想溜掉！难道这些也都是虚构的吗？不，这回可是真的啦！他复将自己撑起身来。他的手指顺着胸罩镶花边的上沿缓缓地移动着，然后，在一个最合适的位置上，他将胸罩扯开了一线缝隙。他的两只手指深入了进去，他将杨涵的那颗躲藏在了胸罩深处的乳头捏住，钳了出来。他一口就含住了它，开始张弛有致地吮吸着它，完了，换一边再干。他轮流地吮、轮流地捏，之后，更是又捏又吮，双管齐下，左右开弓，都干完了，他又将它们都塞了回去，他希望一切都能恢复他想象之中的原样。

但那女人可受不住了。她用两只手臂箍紧了梓峰的颈脖，她整个人都拱了起来，她要他干她想干的事。而这回梓峰真也干出些名堂来了，他非但干得投入，而且还充满了一种青春的激情。这令杨涵非常受用，她又是喘息又是叫唤，欢乐得像头配种时的奶牛。

从此之后，着木屐戴胸围便成了梓峰和杨涵间做爱的定式了。于梓峰，令他最享受的倒不是进入她身体的那一刻，而是在之前，当他抚摸她，吻她，舔她，将她翻过来又翻回去，上上下下地忙个不停时。他喜欢将那股子火山喷岩般的欲望和激情都压抑在胸中，而压抑的时间越长，压抑的耐度越高，他越来劲。他感到自己的青年时代就在他伸手可及的边上站着，观望他。他渴望体念一种箭在弦上又引而不发的滋味，这种滋味让他感觉年轻，感觉身强力壮。于杨涵，当然，她也很享受这段美妙的做爱过程与时光，这是她此生第一回体验到的男女之间的那种真正的鱼水之欢。她暗自庆幸，说，想不到到了这把年纪，她还能遇上这么个美辰良时。虽然胸围以及木屐会令她感觉不自然、不舒坦，甚至还有点儿不能完全尽兴的味道。但她理解这一切。她明白，这种奇特的做爱方式所折射出来的正是能为她带来如此乐趣的那个性伴侣的某个少年或者青年情结。她必须配合他，也应该配合他。假如你接受的是一件礼物，你必须同时接受它的正面与反面；假如你接受了一个人，那你也应该同时接受他的阳面与阴面。而且还因为在这世界上，除了她，他或许再也找不出第二个能如此配合他来完成这桩心理解结工程的人了。

401室的梓峰和402室的杨涵就成了这么样的一对露水夫妻。有一次，杨涵将一把钥匙交到了梓峰的手中，她说："这里就是你的家——难道不是吗？"

她的意思是指：梓峰可以在任何他想到她家来的时候到她家来，当然除了她的儿子和侄子要来探望她的那段时间内。而这事，她则会事先通知他的。当她这样做的时候，其实，梓峰也不是没有过也要把自家大门钥匙交给她的冲动的，因为这样才公平嘛。但他毕竟与她不同，至少，他家还长年雇有一个安徽的小保姆。他说："其实，你也可以上我家来的，只是……"

但杨涵马上制止了他。她说她明白他想说什么。她还表示说，去谁家其实不都一样？只要他俩能单独在一起相处就是了。梓峰感激地望着她，这是个初秋的傍晚时分，远处，刺目的火球般的落日正在掉进波特曼酒店主楼的阴影中去。有一抹橘红色的夕晖从公寓的大玻璃窗中照射进屋里来，将站在了窗前向窗外凝望的剪影式的杨涵的侧面镀上了一层金红的色彩。就在那个刹那间，梓峰马上就抓到了那个久违的感觉。他的全部幻觉一下子复活了：他觉得那个窗前的她不就是三十多年前的那方露台上手挽一桶衣物的她吗？他激动地跑过去，吻她，并一把将她拥入怀中。这回，梓峰又十分出彩地与她干了一场，调动起了一切想象力的细胞的活力。当然，他也令她再快活多了一回。

事情就这样地延续着，直到有一天。那一天，梓峰从公寓的扶梯走下楼去，见到杨涵正挽着一个秃顶男人的臂膀上楼来。他们在扶梯上面面相对了。杨涵表现得相当镇定也很大方。她首先作出介绍的方向是朝着那位秃顶男人的，她说："这是我家对门的邻居苏先生——苏梓峰先生。"

然后，她才将脸朝向了梓峰。她脸上的表情告诉梓峰：他就是她的邻居，其他什么也不是（这令梓峰吃惊不浅）。她再一次地作了介绍："我丈夫，刚从日本回来。"

她微微地向梓峰笑了笑，便一上一下地擦肩而过了。但她立即又转过了脸来。她说："过门来玩嘛。我丈夫是个画家。"

梓峰惊讶不已地望着她，他发现她怎么变得如此陌生了呢？而他同时发觉：杨涵的那位丈夫也正用同样惊愕的眼光打量着他。他说："他，他？他！他……"他"他"不出个名堂来。

但杨涵说："我不是同你介绍过了吗？他是我家对门的邻居，叫苏梓峰。他是从香港回上海来定居的，已经有好些年了。"

是的，杨涵介绍的情况没错——一个字也没错。但，梓峰的思路却卡轴了。他不知道该说什么该表示点儿什么好了。甚至，他连应该怎么来思想这件事也都不知道了。但有一点，他是很清楚的：这是关于她的那位秃顶丈夫为什么见了他时会有如此惊恐反应的原因。绝不是因为他已预感到了梓峰与其妻间的那种关系，而是因为他记起了在他们五反田家中的那幅长年搁摆在梳妆台上的相片。

八

那天，是杨涵亲自去浦东新机场接她丈夫机的。在这之前的一个多月，她已经知道她丈夫打算亲自到上海来接她回东京住去了。他又打电话又来信，对前事深表歉疚。又说，他很想念她，也很想念他的儿子。他尤其怀念他俩一同在那些幽暗的夜间度过的美好时光。他当然说得很隐晦，很有点儿画面感什么的。但杨涵读后就笑了，这令她想起了他画的那些有两张面孔的人物，生着四只乳房的女人（再多加一倍，不成了老母猪了？）而男人则长出了一对生殖器来，且还双双挺立像二门小钢炮，诸多此类的他称作为"立体画派"的东西。她不知道他现在是不是还在画那类玩意儿？是不是还在那家银座的画廊里出售他的画作？但怎么来说，这仍不失为一段很有意思的回忆。画家在电话里说此事时可谓声情并茂，而且也很真诚。他说，我们毕竟是夫妻一场嚜。这么下去总也不是个办法吧？而杨涵说，好吧，那你就来吧。其实在那段时期内，她还在与梓峰继续干着那种事。然而在暗中，她已做了某些准备。包括：一、有意无意地透露给孩子听，说他父亲现在已向她表示忏悔之意了，愿意和好如初，愿意重拾旧欢，重新生活在一块，云云。而他们母子俩也总有一日要回日本去的。因为他（指她的儿子）是在日本出生的；而她与他的父亲也都是拥有了日本长期居住证的准日籍居民，长期居住在外也不是回事。二、她已买好了一把新的大门锁，以取代原来的那把旧锁。至于何时动工换锁，那又是另一回事。三、她去到南京路的"张小泉"老字号里挑了一把钢质优等、刀刃寒光凛凛的水果刀。水果刀是插在了一只皮质的鞘套里的，她将果刀从套中抽了出来，再用手指轻轻地试了试其刃面上的锋利度，之后，便又将果刀塞了回去。之后，她暗暗地将它收藏在了自己睡枕下垫褥的夹层间，其用意不明。

再说梓峰。自从那回在扶梯上见了杨涵的丈夫以及杨涵本人的那种暧昧的举态之后，便心生狐疑。他想，即使杨涵故意要在她丈夫面前表现某种姿态的话，她也不至于做得如此过分呀。再说了，她丈夫要来上海，她应该是一早就已经知道了的，但为什么就从没听她说起过呢？还有，她今后究竟作何打算？怎么说，她也应该向他这位露水丈夫透露一声吧？但没有。

梓峰将那把 402 的钥匙拿在手掌中反复掂量了好多回。那个秋雨淅淅的黄昏，他决定再作多一次尝试。

这是在杨涵的那位画家丈夫回来的一星期后。他站立在自家的露台上，假装看风景那般地先将 402 室内的动静打探了一番。深秋的阴雨天，天色暗得特别早。不一会儿，家家户户的窗洞里便亮起了朵朵灯花。再远一点的波特曼大酒店的主楼更是气势巍峨，一派灯火辉煌的景象。唯 402 的屋内毫无动静，仍是一片漆黑。种种迹象表明：家中没人。

梓峰回到房中来，又从自家的大门中走了出来。面对着那扇 402 的大门与铁闸，他想了想，也犹豫了一会儿，终于掏出了那把钥匙来。

他将钥匙插入锁孔，一拧，门开了——就像以往那么多次一样。在当时，他倒真还没有思想的空间来反问自己：为什么锁还会是那旧的一把呢？杨涵她不怕事情会有败露的可能吗？

现在，他又重新站在那间熟悉的房间内了。他发现屋内的情形没有任何变化（当然不会有什么变化啦——才一个礼拜嘛！）只是在五斗柜的一边放多了两只拉杆箱：想必是那秃顶男人从日本带回来的行李。

他的目光下意识地朝床上扫去：床上罩着床罩，床罩拉扯得一丝不苟。靠近床头板的位置上并排摆着一对枕头，因而让一丝不苟的床罩来到了这个位置上就有了一种圆滑的隆起。梓峰心想：是左边还是右边呢？对了，是左边，这是他常睡的那只枕头。但如今，又是谁的头颅夜夜睡在上边呢？是那圆秃顶囖？他不想沿着这条思路继续往下想。突然，在这暮霭的光线中，他发现了点儿什么。

这是两件并排摆放在床罩上的物品。

他蹑手蹑脚地走过去，像是怕惊醒了暗藏在这间房中的谁的幽灵似的。他站到了大床的跟前，他发现就是那对闽式木屐和那条湖蓝色的胸围。有两小页纸片分别覆盖在这两件物品上。盖在木屐上的写道：这是你的，还给你。胸围上的则是：这是我的，送给你。因为光线的缘故，梓峰当时并不能太读清上面的字。他是就着从房间的排窗中射入来的幽暗的天空光来读的。这回，他看清了，也读清了。他只感觉到那几个字体仿佛飘浮到了半空中去了，伸手可触，但又永远不能让你真正抓到手。他想，杨涵啊，杨涵，你不写诗，不去当女诗人，真可惜了！这不是两行最朴素、最深刻的诗句吗？

这一切当然都是杨涵精心设计的。就这么些日子的接触，她，其实已经相当地了解梓峰了——她几乎可以算准何时他会再上她家去。于是，在隔了一个星期之后，又拣了个这么个秋雨霏霏的黄昏天，她便导演了这场她本人缺席的独幕剧。而一切都在她的预料和预排之中。这就叫女人。那男人呢？等到一个在战场上九死一生、商场上九败一胜的男人蜕变成了女人们导演的一幕活剧中的一件会说话的道具时，他们还都懵懵懂懂，甚至沾沾自喜，自鸣得意呢——这种个例在生活之中随处可见。

那件事情后，梓峰便对对门的那个402单元产生了一种奇特的心理错觉：它既像自己的家，又像是个完全陌生的场所。在那里发生过的一切，现在回想起来，很像是一场梦境。他常问自己：那些都是真实的吗？究竟在他的生命中有没有出现过一个叫"杨涵"的女人？而他与她之间是否真干过那事？还有那对木屐和胸围，是他从哪里买来的呢？还是捡来的？甚至是偷来后藏在了自己的家中，然后——然后便凭空想象出了那一连串的故事情节的？它们到底与那个叫杨涵的女人有没有关联？有时，为了能证实点儿什么，他拿出这两件物品来凑到嘴边吻了又吻。但，他已闻不出任何可供回忆可供追寻的气味了。胸围是洗干净了的，上面除了一股洗衣粉味外，一无其他。而木屐呢？由于穿的机会实在太少，时间也太短，故又恢复了它原本的那种木质与油漆味了。而这些，又能告诉他点儿什么呢？他越来越怀疑起事件的真实性来了，他感觉自己正在走进某部自己写的小说情节中去，或者说，他已深陷在某个小说情节之中无法自拔了——这种情形与他在遇见杨涵之前，每每想象那位公寓少妇时的情形很相似。

但过了几天，当他再次站在402门前时，他想，他已确定了某些事实：他见到了大门已换上了一把崭新的门锁。这是一把他以前从未见过的门锁，而新锁被安装的四周还都留有明显的被斧凿过的新木的痕迹。然而，不知道怎么地，他还是有点儿不甘心。他再次从衣兜里掏出了那把大门的钥匙，希望一试。甭说开门了，这次，他连塞都无法将旧钥匙塞进新锁孔中去。

又过了几天。当他经过门卫室，打算上街去买份晚报的时候，他被门卫老张唤住了。他说："苏先生！苏先生！"

苏梓峰回过头来望着他，他见老张脸上的表情神秘而古怪，还有一点惶恐的意思。他继续他的话题。

"你知道吗？"他说，"你们家对门的402室出命案啦！"

"什么？命案？！——"

"不不不，其实，也不能说是什么真正的命案。因为人，毕竟还没死么。"老张一激动就自觉话有点儿说过了头，尴尬地笑了笑，加补了一句。他说："杨涵已被公安局拘捕了，这可是件千真万确的事。罪名是'杀人未遂'。刚才户籍片警还来我这里问过话呢。"

"她杀人？她杀谁了？"

"杀她男人。就是那个秃顶的矮老头呢。不知你见过没？前些天刚从日本回来，想不到就出事了！……"

梓峰不想再听老张说下去了，他飞快地蹦跑出小区的铁门，跑过街道，跑进了警署。他满头大汗，慌慌乱乱地四处张望。他见到一位穿警服的人员正迎面向他走来，就赶紧迎了上去："请问，同志（如此称呼长期不用，说起上来，舌头都有些不听使唤了），杨涵她是关押在你们这里吗？"

"杨涵？是武西公寓的那个杨涵吗？"

"是啊，就是她。"

"你是她的谁？"

"我？我……我是她邻居。噢，不不，我是她的一个朋友。"

"她已被释放了。刚走。是她丈夫替她办的保释手续——唉，对了，你究竟同她是什么关系啊？"

但梓峰已顾不上其他任何了，他冲出警署的大门，冲到了大街上。他拔腿就向武西公寓的方向奔跑了起来，只听到在他身后的那位警服人员已追到了警署的大门口，他高声地向他喊道："喂！你停停！你停停！你到底是她的什么人？……"

临近武西公寓的地方，梓峰追上了他们——他们是指杨涵和她的丈夫。他俩就在他面前的不远处走着。望准了一个交通灯位开始转成"行人准行"的绿灯时，他们从斑马线上蹒蹒跚跚地渡过马路去。他们行动滞缓，杨涵扶着她的丈夫，一副精心呵护的样子。而她的丈夫走起路来一瘸一拐的，他的右脚的脚踝连带小腿上都包扎着厚厚的白色的纱布。

事情的真相后来梓峰还是从门卫老张那里得知的。当然，老张也是从片警那儿打探到的。

那天晚上，刚从日本回来不久的秃顶男人又要想与杨涵干点儿什么。但就当事情进展到一半时，杨涵突然从枕头底下抽出了一把预先就暗藏在了那里的明晃晃的水果刀来。那男人以为她想杀他，当场吓得瘫软如泥，魂不附体。但不，她并不想杀他。她只是将她男人的一只脚给抓住了，提起来，然后，就像削果皮一样地把那男人脚踝上的一摊青色的胎记连毛带皮沾肉地给削去了。其行动之迅速，让那男人还没来得及感到痛，就已血流满床了。

之后？

之后当然就有人打电话报110了。这事能不报吗？怎么说，也都动刀子的事啊。再说当时，那男人根本就弄不清楚杨涵到底是疯了呢还是癫了？万一来个当胸一刀呢？——要知道，疯子杀人是不偿命的。

是的，是的——那倒也是。

但后来的调查结果是：杨涵既不疯也不癫。她被行政拘留后就坦然地承认了自己所做的一切，并表示愿意承担一切后果。但她说，她是因为实在受不了那块胎记所给她带来的精神刺激——尤其是在干那种事情的时候。所以才动了刀子的。你们不是说我疯了癫了吗？好吧，那就让我来告诉你们吧，正因为我不想疯不想癫，我才这么干的。你说，门卫老张这样问梓峰，这也算是"理由"？这是什么理由！但她，就是这么说也是这么干的。幸亏她丈夫还是很爱她，也很喜欢她——那秃子男人倒真是看不出，还有这份雅量——不同她计较，主动撤销起诉，将她给保释了出来。假如不是她那男人啊，保不准判她个三五年的——杨涵原来是如此一个女人，人不可貌相。真是不可貌相啊。

是啊，人不可貌相，不可貌相。

别人——包括了警察们——都可能莫名奇妙。但梓峰是明白也理解内在就里的：在她心底里埋藏了多少年的情结就在那个刹那间被彻底打开了。梓峰想：她就是付出要蹲它两天黑牢的代价也都是值得的。问题是：如此一来，梓峰便会永远失去她了。因为，她与她丈夫的关系将从此走向正常。

果然，在这之后，梓峰就再没见到杨涵了。对面402的窗户白天也拉着纱帘，晚上不见有灯光。而只要他在家，他的耳朵都会不由自主地去留意对门的动静。有一天，他听见有点儿动静了。先是有一串脚步声从扶梯上传来，来到了他们的那一层便停了下来，不再往上去了。接着，他便听见402的那扇防盗铁门被打开时的铿锵声。他从自家大门的猫眼内窥视到一位高高瘦瘦的年轻人，他不是杨涵的侄子吗？他立即预感到了某种可能，但他说不上这种可能是什么。

他打开了自家的大门。"唉哼！——"他故意干咳了一声。

高瘦的年轻人回过头来，见到是他，便脸露笑容地唤了他一声"苏伯伯"。他是认识他的，他姑妈向他说起过对门的那位"苏伯伯"，说他还是位作家呢。

苏伯伯说，过来看望你姑妈啊？

青年人答曰，其实也不是。姑妈和姑夫两个早已回日本去了，而且他的表哥也跟随其父母同去了，表哥是去那边的大学继续他的学业的。而他这次到武西公寓来是姑妈来电话说要他来这里取几件东西。

噢，是这样……停了一会儿，梓峰感觉他似乎还有一种想与那年轻人继续说多几句话的欲望。他说，你姑妈姑夫在那边一切都好吗？代我问候问候他们。

一定，一定。年轻人说着就有了点儿兴奋的情绪了。他说，我姑夫现在可了不得了。他已变成了一位著名画家了。一幅画少说也可以卖它个一二百万日元。他已答应让我在国内的大学毕业后也去日本的早稻田大学继续攻读硕博学位——就如我表哥那样。姑夫对我真好。再说，姑夫对姑妈也好。我们这一家人真还不知道应该如何感激他才好呢……

但梓峰听着听着就开始走神了。早稻田还是早麦田大学与他无关，但无论如何，他还是应该替他们一家人感到高兴。人生总会有低潮，低潮过后一切自然就会慢慢好起来的。他向青年说，那就要恭喜你啦——我也替你们高兴。

青年说，谢谢。

但梓峰心头却浮升起了一片阴云：他想念杨涵。尽管只有不到一年的时间，但她的一切已深入了他的骨髓，深入到他的精神岩层的很深很深的地方去了，他忘不了她，也永不可能将她的种种从他作为一个男人的记忆里漂白了去。更重要的是：只有她，才是那个最能理解他并可以与他作出绝佳配合的女人。这样一个女人，梓峰想，在这世间恐怕再也找不出第二个来了。

打这以后，他经常会一个人在武西公寓的弯柄扶梯上上下下地走动，步履缓慢，神情恍惚。他希望在哪一天的哪一刻，他又会在这条扶梯上遇到她——哪怕是个挽着那个秃顶男人的臂膀的她，也好。但始终，没有。倒是有一天，也是在那条扶梯上，他遇见了一个他连做梦也不可能梦见会遇上的人。

那人是谁呢？

尾声

那人就是苏梓峰的薛前妻。

那天，当梓峰若有所失地从公寓的扶梯上走下去时，就感觉有人正从扶梯上东张西望地走上来。上楼来的应该是个女人，这是直觉告诉他的，但她绝不是杨涵。既然不是杨涵，与他又有何相干？他继续往下走去，而那人向上。但就在他俩擦肩而过的一瞬间，那个女人突然开口说话了。她说："梓峰！——"

梓峰转过身去望着她：这张脸怎么如此熟悉啊？是在哪里见过吗？但同时又感觉极其陌生，感觉陌生是因为时空的距离已相隔太遥远了的关系，而且在那遥遥不可知的远处还隐藏了点儿什么。是什么呢？是惊慌，是恐惧。此时，一连串的感觉以一种类光速的效应在他的大脑中一闪而过。但当他再定睛一看一想时，他便记起她是谁来了。

前妻穿着一袭翠绿色的套装，一对细高跟的红漆皮鞋。高盘起的头发刚做过、染过，乌黑光亮的。她说："梓峰，咱们回家去吧。"

但梓峰想，我们不是已经离婚了吗？他这样想，但又没有说出口来。梓峰还记得他俩离婚的那一年，那一年他刚好五十岁。但今年，他已五十五了。可见在这五年中，也就是说，在这一千八百天中，前妻并没能如愿以偿地找到一位李嘉诚——是啊，李嘉诚哪有这么给你好找的呢？梓峰想，这也真难为你啰。他边想边将手在扶梯光滑的梯杆上来来回回地胡乱抚摸一通——他真不知道他该，他能，说些什么？做些什么？

他愣在了那里。

薛女见状，便说：我们不还是夫妻吗？

梓峰说：是吗？

薛女又说：至少曾经是。

梓峰说：嗯。

那，那我们就回家去吧。薛女又将前言重复了一遍。

回家去？回哪个家？

当然是回你现在住的那个家啦——不就在楼上吗？

梓峰突然就有了一种大梦初醒的感觉。他领在头里，而薛女随后，双双往楼上去了。到四楼了，但梓峰却选择在 402 的门前停下了脚步。他急吼吼地从衣袋里掏出了一把钥匙来，打算开门。

门当然是无法打开的。别说开门了，事实上，他连钥匙都不能塞进锁孔里去。薛女说：“你是走错地方了吧？不是说你住 401 的？怎么换成 402 了呢？是我记错了呢，还是……？”

但梓峰对其前妻的话只是充耳不闻。他还在一个劲儿地往锁孔里塞钥匙。似乎，他已下了一个暗暗的决心了：他非要将一扇永远也无法打开的大门打开。

2007 年 6 月完稿于香港太古城

深　渊

一

　　文宇老做同一个噩梦。梦中的天色昏暗昏暗的，而且还不是那种普通的昏暗，这是一种狰狞的昏暗，叵测的昏暗，深不见底的昏暗，一种含有重量的昏暗，负荷在他的肩上，让他寸步难行。

　　但文宇还是艰步往前。事实上，他是在攀登一座悬崖。悬崖高不见顶的端处隐藏在黑暗的深处，但不知怎么地，他感觉那个神秘的顶端对他有一种说不出来的诱惑力。他攀登，一步一挣扎地攀登；他有个目标，目标是明确的，目标又是朦胧的，目标就藏在那黑暗的深处。

　　每次，他总是在这么一种艰苦沉重的跋涉中惊醒过来——应该这样来形容比较确切：在他惊醒的一刻，他才突然意识到自己又回来了人间。他浑身上下大汗淋漓，几股冷汗自他的颈脖处流淌下来，痒痒的，就像是无数条多足类的爬虫正沿着他的脊梁往他的腹股部位移动。他一骨碌便坐起了身来，他将穿在了自己身上的睡衣裤三下五除二地脱了个精光。睡衣裤已被汗水浸透，湿漉得用手都能绞出水来了。除了冒汗，还有心悸，他感觉有一种沉甸甸的窒息感自胸口漫延上来，似乎要将他的喉管都给堵塞了。每当这时，他都会下意识地扭亮床头灯，对着搁放在了枕边的那块手表的秒针为自己把一回脉：每次都差不太多：心率每分钟不下一百二十跳。

　　他脸色苍白——他能从面对他睡床的镜子中见到自己的模样——他的双手颤抖不已。他从他就寝的那张双迭铺的竖梯上攀爬下来，他的目光在桌面上慌乱地扫荡过去，像个濒临渴死的求生者在搜寻某处可能存在的水源一般。他找到了，他的目光聚焦在了那几樽高低不一的药瓶上。他一把将它们抢到手，迅速地拧开了药瓶的瓶盖，他倒出了若干药粒来。现在，在他摊开了的手掌中躺着一把五颜六色、形状各异的药丸。他凝视着它们，仿佛它们是一个谁的化身。他仇恨它们，但又离不开它们。他对它们的感受奇妙而复杂。他一闭眼，将它们全都拍入了口中，接着，便和着一口冰凉的茶水，把它们一口吞下肚去。然后——然后，他才稍事安静。因为他知道，药效将在二十分钟后发挥作用。

他独自坐在了一张老式写字台的转椅上，他突然就感觉有些冷了，而那种寒冷的感觉说潮涨就潮涨了上来，因为，他从镜面中望见了那个被剥得一丝不挂的自己。他用双手紧紧地环抱住了自己的肩膀，竟瑟瑟地全身都颤抖了起来。他急忙去找一套干净的粗绒布的睡衣裤来穿上。睡衣裤很容易找到，因为它们就叠放在了他的睡枕的边上。常常经历如此病痛的折磨，他已习惯了发病的流程，对一切必要的物件都会在预先做好准备。"八年了！——整整八年了哇！"他突然大声地向自己喊出了一句话来。他想去问谁，但，谁也不在他身边。事实上，这世上根本就没有"谁"的存在，他既是"谁"，又是他自己。那就权当作他向他自己发问吧。他说："你倒是告诉我——告诉我啊！这日子何时是个尽头？这一分一秒都在煎熬中度过的生命究竟还有没有活下去的意义？"他觉得自己就快撑不住了，他要疯了。但马上，他自己安慰自己说，不，他还是有希望的——应该说，永远有希望。因为，他是有个终极目标的：人们可以夺走他的一切，唯夺不走他的那个选择生与死的权利！他可以在任何一天的任何一刻到达它，它离他仅一步之遥。而只要他一跨入那度境界，那个紧紧地扼住了他喉咙的痛苦便会立刻烟消云散。

他打开了窗户，让夜风灌入室内来。他深深呼吸了一口冰凉而又清洁的夜的空气。他觉得那夜的气息实在是太诱人了。正是香港的三更天，从他家位于港岛半山坡上的公寓望出去，港岛和九龙半岛已有些灯火阑珊的意思了。山坡之下是公路，路面被橙黄色的高压水银灯打得通明。公路盘旋山坡而下，仍有为数不少的车辆唰唰地自路面上飞驰而过。他将整个上半身都从窗户中伸了出去。他想：总有一天，就是这个姿势——这是一种预演吗？但他知道，这类预演他经历过无数回了，唯那一步就始终没有迈出。他要忍住。即使这世界上的所有通道都对他关闭之后，那扇闸门也是永远向他敞开的。故，他用不到太急，他还有时间。他觉得自己的耐力还没到完全消耗殆尽了的地步，他已忍受了长长的八年，忍受了两千九百二十天，忍受了七万二千多个小时，四千二百万分钟，两亿五千五百万秒，他还怕再忍多一秒，忍多一分，忍多一小时，忍多一天吗？——或者，希望就在下一刻出现呢？

他经常用如此方式来完成一次又一次的自我"心理治疗"。一旦当他的思维触及这一思点时，他便获得了一种慰藉。是的，这是一种深度病态的慰藉，但毕竟，这也算是一种慰藉。他将上半身连同自己的脑袋一块儿从窗外缩了回来。在他关上窗户前，他向距离他家窗户百呎[①]之下的公路丢去了最后一瞥：有雪亮的车头灯和红色的车尾灯在路面上闪闪烁烁；车辆的轮胎在摩擦路面时发出的"沙沙"声通过夜的空气传递上来，听上去像是一种湍急的水流声。

二

莉云站在了酒店客房的窗前，她将窗帘掀开了一线缝隙向外望去。她只戴了一条胸围，着了一条比基尼式的三角内裤。她打着赤脚，酒店松软的地毯在她脚底下的感觉十分舒贴，毛茸茸的，让她忍不住地要把脚掌在这毯面上来来回回地搓动，她很享受这种感觉。

这是一家位于悉尼黄金海岸的五星级酒店。晨曦初露，从莉云站立的落地大窗望出去，她能望见宽大的露台上搁放的两把彩色的沙滩椅和一张白塑质的太阳伞桌。椅子搁摆的位置以及角度就是昨晚上它们被留下时的那个模样。桌面上的那两只插着吸管的磨沙玻璃杯里还留着昨夜她和 Peter 两个喝剩下来的樱汁鸡尾酒。露台之外便是悉尼的港湾了，白日里湛蓝的海水此刻显得黝黑黝黑的，唯港内停泊着的那些船只上，灯光还在闪闪烁烁。然而最显眼的还是那座全球闻名的悉尼歌剧院。莉云相信，它那通明的灯火一夜也不曾熄灭过。此刻，当它那银白色的拱顶已对第一缕晨光作出了反映时，歌剧院仍然沉浸在一片灯光的海洋中，似乎昨晚的那场精彩的歌剧演出至今仍未散场。

莉云站立在那里，心灵却迷失在了一个惘然不知所循的荒野里。假如说这荒野里还有什么通道的话，那便是一条叫作"仇恨"的通道。乱石嶙峋，狭隘而又崎岖。那么些年来，她就是从这条小道上一路走过来的。到如今，她也只能一路再走下去，她不知道此路的前方通往何处，但她已不识归途了。

她恨，首先就是恨文字。文字是她的丈夫。其实，文字真是没有什么可招她嫉恨之

---

① 1 呎等于 0.3048 米。

事——当然，这都是按正常的判断而言——但恰恰，她就是恨，且恨之入骨。说到恨，其实她是个会对所有存在于她周围的美好事物都产生一种不由分说的仇恨的人。只是有些人和事与她的关联不大，故恨的程度也就产生了轻重浅深之分。这里要说明一点：她的恨并不针对"美好"的本身。其实，她自己也很欣赏美好，渴望能得到美好。她恨是因为这"美"这"好"不属于她而属于了别人。对于这类情绪，当然，人们是很容易在他们的人生辞典里找出那个对应的词汇来的，这个词汇就叫"妒嫉"。但如此词汇于莉云并不完全适用。因为在这其中还包含了一种复杂的病态人格与心理：她渴望摧毁那些她无法得到的美好，哪怕要她付出本属于她利益范畴内的某些代价，她也在所不惜。损人有三类：损人利己、损人不利己、损人同时也损己。人一旦进入那个极端的"境界"时，他（或她）其实也变成了某个负面领域内的"天才"级人物了。

　　说起来，她与文字之间也曾有过几十年轰轰烈烈的爱情生活。在这几十年中，他当然是真心真情地投入。而她呢？也不能说不真心。只是在这真情的隙缝之间经常会有些丝丝缕缕的什么长出来，就像一场雨季过后，色泽艳丽的毒蘑菇会从那些朽木上长出来那样。毒蘑菇是吃不得的，吃了会死。而那种情绪也是琢磨不得的，琢磨透了也会扼杀你所有的真情。好在文字是从没较真过，他得过且过，总认为她是个任性的女孩，让着她点就是了——假如你爱一个人，也包括了爱他（她）的缺点（陷）在内——他已记不起这是哪位伟人说过的一句话了。反正，文字是照做了。直到八年前，就像一只本来就充满了氢气的气球，一旦遭一粒火星沫子的入侵，便在刹那之间，无可挽救地引爆了。

　　再回到故事的场景中来。莉云站在了五星级酒店的窗前，凝视着晨曦初露时分的悉尼港湾。她突然就计算起了此时此刻应该是香港的什么时间？凌晨3点。对了，凌晨3点。正是那个文字夜夜都会惊醒过来的时分。之后？之后他会感觉绝望，感觉痛不欲生、感觉万念俱灰。再之后？再之后他会不可忍受，他会去吃那些该死的药丸，那些能令他暂时镇定下来、让他恢复部分理智的药丸——那些该死的药丸！但这里还存在着另外一个假如。假如他对那些药丸已产生了一种彻底的绝望了的话（她相信，他总有一天会的），他将飞快地奔跑过他们家的那个宽敞的大客厅，然后拉开了通往露台去的落地趟门。他站在露台上朝下望去，下面是一条盘山公路，橙黄色的高压水银灯将路面打成一片通亮。这应该是一幅对他很有诱惑力的场景。因为，他渴望解脱，渴望自由，渴望能从黑暗的地狱回到光明的世界中去。他因此会将一条腿跨出露台的栏河，千钧一发的时刻哪——千钧一发！她不打算再往下想象了。她将她望着海港的涣散了的目光收了回来，它们开始集中，集中在了那架摆放了她床头柜上的电话座机上。她盼望电话铃就在这一刻响了起来，她将跑过去接听。电话线彼端传来的是她的大女儿颖姿的声音，她说："妈咪，家里出事啦！爹地他……他……"

她对着电话机凝望久久，但电话铃并没有响起。于是，雨后毒蘑菇一样的色泽斑斓的仇恨又开始在她的心中冒出了头来。它们吐出了猩红色的舌尖，"嘶嘶啦啦"地疯长着，它们长成了一片漫无边际的攀藤植物了。她试图这里那里地掐断它们生长的势头，但它们生长的速度远远地超出了她的那种机械式的掐死的企图。在这世界上，最了解她的人莫过于她自己了，她感觉万分恐怖！总有一天，她那面具式的正常行径与思维会被这歹毒之物彻底淹没！

电话没响，睡在另一个半床上的 Peter 倒醒了。他的一条手臂本来是朝着床的另一边搂抱出去的。当莉云起身时，她轻轻地将他的那条手臂挪开，然后再披衣起床，站到了窗前来。现在，他刚醒，刚恢复了意识，他发觉，他并没搂住了谁，而是搂住了毛毯的另一半。他撑起身来，说，你怎么了，站在那儿？他说，快，快过来，小鸽子，我的小鸽子！他老用这个昵称来称呼她，他知道她对此很欣赏，她说了，如此称呼很有创意。小鸽子，既指她的乳房，又蕴含了某种怀旧的感觉，他知道她最喜爱的歌曲就是当年刘淑芳演唱的古巴民歌《鸽子》。他睡眼惺忪地望着她：想香港了？想他了？

她说——她怎么说呢？她真是在想他，但不是 Peter 那种意思上的"想他"。但她能告诉他吗？她说，是的，是在想他，我想他死——立即去死！她能这样说吗？这不把他吓一大跳才怪呢。她莞儿一笑，说："想你，想死你了！"

无论如何，她还是表达了。她巧妙地将"想"以及"死"这两个字都用进了句法的结构中去。

他说："想死了还不赶快过来？"

于是，她便向他走去，她丝质的睡袍飘飘然然的，很能给予观赏她的对方一个幻想的空间。

在她还没真正到达床沿边上时，她已被男人一把给拽了过去。不一会儿工夫，两人便又扭作一团了。她说："你做管做，但你不能忘了昨夜你答应给我办的那件事啊。"

他说："答应什么呀，不就答应让你快活个够？"

三

　　文宇从英皇道上一路游荡过去，孤独而又思念。时间是 1978 年的年尾。时近圣诞和元旦，家家商户都已提前将白色圣诞的气氛渲染了出来。宽阔的橱窗里布置着双鹿拉雪橇的寒冬场景，与眼下香港的那种气候温润、树木葱翠的真实生活景象形成了一种奇异的对比。三十多年后，当中国大陆上假烟假酒假药大肆泛滥时，文宇想：港人才是作假的始作俑者呢，连季节都可以作假，且每年如此，乐此不疲。那时的文宇还没尝到过抑郁症的苦果，虽然某种莫名的焦虑情绪也会经常光顾他的那颗多愁善感的心灵。但他想象力蓬勃，幽默的哲思和美妙的意象在他心中此起彼伏，让他感觉精力充沛，前程充满了诱惑。他见到两位衣着性感的女郎站立在餐厅的大门口向行人派发圣诞大餐的价目单。她们向每一个路人都扮出了迷人的笑容，如此情景立即叫他联想起了仍留在了上海的莉云。那时的他三十刚出头，一个人先来香港生活已有好几个年头了。每每见到那些面容姣好、身材惹火的女郎，他都会产生一种按耐不住的焦虑和渴求的生理反应，但他向自己说，她们算个啥，我的莉云那才是……他以她为傲，而她，也以她自己为傲。在这个问题上，他俩的枪口从来便是一致对外的。路上见到漂亮点的女孩，莉云都会嘟起嘴巴，说道："装腔作势罢了——恶心！"而他则会立即附和道："现在的女孩家都不知怎么搞的噢，个个打扮得像站在街上拉客的婊子！"他有意无意地将她想表达的意思扩音了一倍再说回给她听，因为他知道，这会令她高兴，令她感觉过瘾。在今日的返观中，他明白了一个道理：这种无缘无故糟折他人的言辞其实一句也没漏，它们都记录在案于他个人的道德账册上。时机一到，便一股脑儿地给他来个总算账，让他招架不住——当然那是在数十年后的事了。

　　尽管如此，但有些事就是对于当年的文宇而言，也都是不可忍受的。

　　莉云弹得一手漂亮的钢琴，还有一副迷人的歌喉。琴技是因为她从小就从师一位出名的钢琴演奏家学琴的缘故，歌喉则是天生的。"文革"开始时，家被抄，钢琴因为属于"资产阶级的反动乐器"而被造反派们搬走，搬去了淮海路的"国旧"商店给拍卖了。文宇就是在那个时候认识莉云的。那时的他俩都是十八九岁的年轻人，莉云因没有了钢琴做伴，心情郁闷。正巧，文宇家就拥有一架钢琴。倒不是文宇没遭抄家厄运的冲击，而是因为文宇比起莉云以及他的同龄人来说，多了一份幸运。他的父母都在海外，他是个靠外汇来过活的人。你们将钢琴抄走就抄走呗，我不还可以去"国旧"买一架回来？所以说，钢琴在当年曾充当过他俩爱情的媒介物。

他第一次听她弹奏的是肖邦的波兰舞曲。他被她那华丽的技巧震慑了，又为她细腻的处理手法而叫绝！他非但听她弹琴，而且还欣赏到了她的歌声。她是边弹边唱的，先唱了一首歌剧"卡门"里的咏叹调。完了又应文宇的请求，唱了《鸽子》《宝贝》和《星星索》什么的。以前，文宇听到的都是刘淑芳从 78 转粗纹唱片上转出来的歌声。如今换成了一副真实的歌喉，而且如此歌喉还出自一位十八岁的美丽动人的少女。文宇的爱情之火一下子被点燃了，他陷入了一个不顾一切的疯狂的境地。

其实，文宇自己也能弹一手很不错的钢琴。莉云弹波兰舞曲的那一次，文宇也拿出了他最拿手的肖邦降 E 大调夜曲来与之对应。但莉云不屑一顾，说这错那错的；还说，连整体风格都不对路，这是你基础乐感上出的问题，三日两头是改不过来的。弦外之音似乎已对文宇的钢琴演奏前途判了死刑一般。

但除了弹琴，文宇还有一样绝活儿，那是莉云万万想不到的。文宇能写诗，能写出一行行美轮绝妙的诗句来。一般来说，文宇是从不愿将他的诗稿示人的，尤其在那个年代。但这次没法了。既然我在琴艺上比不上你，遭你轻视，而我又非要得到你的爱情不可，我还能何为呢？他腼腆而又小心翼翼地向她递上了一册他的自选短诗的手抄本。这些几能与泰戈尔和冰心作品乱真的诗句难道真是你，这么个站在我面前的十九岁的青年男子所写的吗？答案当然是无可非议的。他见她面颊的肌肉绷紧了一会儿又松开，松开了一会儿又绷紧。如此几个来回，让她那张漂亮光洁的少女的脸蛋都有些政治家和阴谋家的面具感了，但她说："嗯。不错——相当不错……"

文宇松了口气。唯一令他担忧的是：在她说"不错"两字时的声响轻若蚊鸣。

其实，就在那一刻，她的决心已经下定。她要拥有他，拥有他即拥有了他的钢琴（硬件）和他的诗才（软件）。而放弃他，则意味着第二个女人会在将来的某一天拥有这一切。她无法忍受这一点。如果说，直到那一刻，他俩关系的土壤结构还属基本正常的话，但那些毒蘑菇的孢子其实已经植入进来了。

在往后的日子里，文宇的文才诗情激烈进发，一泻千里。一方面得益于爱情这份养料的滋润，另一方面也是他那压抑不住的天分的必然渲泄。那首"苦难还没流尽"是文宇写于 1977 年 3 月的作品。他甫一完成，就约莉云在公园见面，并迫不及待地将诗稿从口袋里取了出来。他对着她轻轻地朗读了起来：苦难还没流尽 / 春天却已来临 / 像黎明前联翩的噩梦／还紧压住沉甸的心灵。／笨重的冬夜之牛车呵／请你缓行：／到了远方，别忘了／给我捎来一丝息信，就说／漫夜里，我们曾是苦难的知心／当那木轮在幽暗的寒路上滚过／响着单调、沉重的声音……他念得抑扬顿挫，全情投入。但等他从稿纸上抬起眼来时，他发现，铺满了阳光的公园长椅上早已空无一人了。原来他刚才是面对着长椅、长椅旁的垂柳、垂柳后的湖面在朗诵呢。

文宇急了。他慌乱的目光四下里乱扫一通。最后他发现：莉云正一个人站在一株傍水的柳树下伤心地抽泣呢。他跑过去，战战兢兢（因为在他俩的爱情生活中，诸如此类的不着上文又不接下文的事件发生过许多回，而每此都让文宇丈二和尚摸不着头脑），他小心翼翼地问道，你……你怎么啦？她不语，只是一个劲儿地流泪、抽泣。后来，她停止了。她毅然地将手帕往口袋里一塞，径直朝前走了去。她说："我回去了——我不想和你在一块儿！"文宇追赶了上去，央求道："莉云！莉云！你别走哇，你有什么不高兴的事就告诉我。还是我有什么做错了，你……"他试图去拉她。但她突然就转过了身来，一脸逼人的寒气。让面对她的文宇不由得自心底里打了个寒战。她将一条臂膀侧了过去，再将一只手按在了自己的膀袖上。她说："你别碰我——别碰！听到了吗？"她用手指掸了掸自己的膀袖，仿佛要掸去一种病菌似的，"只要你斗胆敢碰我一碰，看我扇你个大耳光！"这下可把文宇给镇住了，他站在了原地，呆若木鸡。他望着她的背影朝着公园的大门口走去，连头也没回一回。

说起扇大耳光，数十年后的香港，她真还是做了出来。当然，这回是事出有因的。并不是他"斗胆碰了她一碰"那么简单。

那次是文宇的大女儿颖姿打来的电话，说，爹地，家中出事啦！

出事了？出什么事了？

外婆死了。女儿说完就在电话线的那头"呜呜呜"地哭了起来。那时的女儿还小，还不到上学的年龄。她生在香港，长在香港，根本就没见过从来就生活在了上海的外婆是个啥模样。文宇说，你哭成这样，不把爹地给吓坏了？她的话音还带着些奶声奶气，她说，她哭是因为她见到妈咪在哭。而她的母亲听到女儿哭便哭得更号啕更死去活来了。文宇听到的只是话筒里面的一片哭喊之声。他撂下了公司的活儿，火急火燎地赶回了家中。他见到妻子正趴在床上哭得上气不接下气。他知道——应该说是他的直觉告诉了他——他是不适宜在此时上前去劝慰莉云的，她憋着一肚子的怨气正东撞西突地要找个发泄口呢，你凑上去，不正好撞在了枪口上？他只好将女儿拉到了一边，问：这是怎么回事？女儿抽抽泣泣地告诉父亲：外婆是跳楼摔死的。她从上海家中十七楼的窗口跳了下去。后来，后来就……"呜……呜！"女儿继续陪着她的母亲哭泣。

要说莉云的母亲跳楼自杀，文宇虽然也很难过，但并不感觉太意外。他当然是见过他的岳母的，非但见过岳母，而且还见过他的岳父。那时的岳父还没死，中了风，瘫痪在床。他裹着一条破棉絮睡在一张硬板床上。床板下挖一空洞，对准了患者的屁股，拉屎拉尿平日里从无人过问。事实上，包括老婆包括子女，谁也不愿走近他，谁也不敢走近他。后来他死了，人都缩成了一小截了，裹在那条棉毯里，像一抄谁在出远门时随时准备提拎离去的包袱。当火葬场的运尸车来到之时，莉云的母亲哭着喊着——并不是悲伤——而是有点儿指桑骂槐的意思。她说，你这死老头，你也会有今朝啊！她双眼发出绿茸茸的光芒来，她响亮地揪了一把鼻涕之后，突然又哈哈哈哈地狂笑了起来，说：这不成了？这不解脱了？这不我终于熬过你了？这话语这举动令在场的当时还是个"毛脚女婿"的文宇大为惊慌，他实在不明白那老太太在咕哝些什么。但莉云告诉他说，没事。没事。她母亲就是这样一个人。又说，倒是她的父亲，做得不像个好父亲：自私、刻薄，不关心家庭。所以，她说，你看我的这么些兄弟姐妹有谁来理他了？落到这么个下场，也算是他活该！但文宇还是朝他那未来的岳母打量个不停，他感觉在这个表面古怪的家庭伦理故事的背后莫非隐藏了点什么？他哪里知道，这种所谓的"什么"，正是三十多年后他要亲身来历练一遍的情节。

他呆立在那里，望望女儿又望望老婆。那时节，他的焦虑病症还处于一种萌芽状态，故，表面看来，他一切如常。但在他的内心，总存在有一团挥之不去的淡淡的阴影。阴影有个内核，是谁？是什么？他说不清，他也不敢去深挖。有一次，他想，这是莉云。但他马上撇开不想了。他自己对自己说，这怎么可能呢？我们是夫妻，她能不要我好？不要我成功？不要我健康？然而，那团阴影都像个作祟在古堡里的幽灵，这儿那儿，时出时没。就此一刻，预感告诉他：眼下正是这个古堡幽灵出现的时刻与地点了。他刚准备开溜，脚步还没来得及移动呢，就见趴倒在了床上号啕的莉云突然"嚯！"地站起了身来。她蓦然刹住了哭喊声，她的那双哭得通红的眼睛像两团被怒火烧红了的火球，望准了他。她用一条手指指着他的鼻子："你妈为什么不死？为什么要轮到我妈？姆妈啊，姆妈！我可怜的姆妈！——"

文宇说："你妈这样了，我也很难过。但，但你怎么能这样说话呢？"

她二话不说，腾地冲上前来，左右开弓就给了文宇两个大耳光。当时一切都很混乱，文字只见到莉云的那张闪着泪光的面孔在他眼前一晃，接着，耳腔中便留下了"嗡"的一片空鸣声。至于为什么说她真的是打了他呢？那是在事后，他先是觉得左脸颊上有点儿麻，他伸手摸了摸；接着，右脸颊上的麻的感觉也上来了，而且还热辣辣的，有一股热气在他的鼻腔中上蹿下跳。这时，他才确信：他挨揍了。就这些了，接下来发生了些什么，他的记忆一片漂白。仿佛，那个时段，那若干分钟，在他生命的进程之中永久地消失了，他没有存在于这个世界中，他去了另一个世界。

就是从挨那两下耳光开始的，他感觉长期隐蔽在他心角中的那团阴影被驱赶了出来。它们扩散了，无限大地扩散开了去。而那只古堡幽灵在魔瓶的瓶盖拔去的刹那间，逃逸了出来！一下子，他被推入了一个漫无边际的黑暗世界中去了。

这是他抑郁症的首度发作。从此他便告别了阳光灿烂的日子。情绪时晴时雨，而八年前的那回发病则一直延续至今，他感觉自己正往丛林的深处走去，这是一片你永远也甭想找到出路的原始森林。他想，总有一天，他将饿死渴死冻死累死在其中。

然而在此一刻，他还是好好的，他正游荡在繁华的英皇道上，他的心中充满了向往的阳光。他盼望着他的莉云能早日到香港来与他团聚，他想象着日后他俩生活的美景。以莉云的美貌、聪明和一手漂亮的钢琴奏技，她会在这块自由的土地上很有发展前途的。她会成功，她会出名，她会让大家都来羡慕她：非但羡慕她的成就，而且还羡慕她有一个美满的家庭，一个深爱她的才华出众的作家丈夫。他想，他要让她得到这世界上所有的女人都渴望能得到但又无法得到的东西。他要让她成为世上最幸福、最幸运的女人！他如此想着，便自己给自己扮出了一个傻乎乎的微笑来。他信步跨进了一家西餐店里去。他望着穿黑西服的女领班大声地喊道："请给我上一份最贵最豪华级的圣诞大餐！"

但对方却愣在了那里。她笑而答道："先生，圣诞临近了，但圣诞节还没来到呢。敝店欢迎您在圣诞之夜大驾光临！我们一定为您准备一份丰盛的晚餐。"

四

凌晨3点，在香港。

文字像一头困兽，在他居所的大厅里不停地来来回回地兜着圆圈走。每回的半夜时分，当他的惊恐症发作时，他都会采用同样的"作战"程序：先冲上露台向下张望，然后思想斗争，然后自我说服，然后寻找慰藉，然后——然后便回到客厅中来，用狂行疾走的方式来麻醉自己、疲劳自己、体罚自己，来狠狠地将那个在危险边缘地带徘徊不决的自己无情地击倒，然后，那个神志健全的自己便会将那个病态的自己拖回到安全的地域里来。

这么久了，他已琢磨出了一套自我解救的方法，而且行之有效。但，你一定会问，难道他家中没人吗？有人。当然，这一回他的妻子不在家，她到悉尼度假去了。然而即使在家，她也不会搭理他的。她在她的房中佯装睡着——这着最要命，假如她真是睡着，那倒反而好了，反而会让文宇的情绪容易趋于平静。但她是个易警醒之人，只要一听得文宇房中的叠架床上有动静传来，她便马上会清醒过来。她躺在自己的床上屏神细听，听着他如何从房中出来，如何走到厅里，如何拉开落地趟门走上露台去，然后过了一会儿，又如何从露台上回到客厅里来。没事，始终没事。文宇还是原先的文宇。他毛发无损地在客厅里兜圈走动，不时地将这里那里弄出些声响来。但他削瘦如柴，气色也极差，黄中带灰，灰中泛黑。尤其是他的那对惶恐的眼神，莉云望一眼，便能从中读出他的那种万念俱灰的绝望感来。

莉云不是不懂这种病的后果。自从文宇患病后，她便偷偷地买了不少有关心理和精神类的书籍来阅读。她读后得出的结论是：不是他死便是我亡。如此结论让结论的得出者都吓出了一身冷汗。但不管怎么说，除了这个结局之外的第二种可能性是不存在的。难怪文宇要说她是个聪明绝顶的女人了，如此深奥的心理课题，她仅凭了几册科普读物便能悟出其中的奥秘来。

除了太太之外，文宇还有两个女儿。小女儿颖怡在国外念书，故在家的时间有限。但大女儿颖姿是与父母同住的。凌晨3点，尤其是周末的深夜，颖姿通常还没睡。以前，她老喜欢一个人坐在客厅的沙发里放录像带看。这几年来，自从父亲的病情愈趋严重后，她便将看带的阵地转移到了自己的睡房里去。每次，当文宇在床上翻滚折腾无法入眠时，他都能清晰地听见从女儿房中传出来的音乐声和电影里的对白，以及女儿看到入戏时所发出的"咯咯咯"的笑声。然而，就当文宇从自己的房中走出来，走向通往露台的落地趟门时，女儿房中的电视机录像机以及电灯都会同时熄灭，本来还闪开了一线的门缝也会被轻轻关上。继而，便传出房门保险锁的"咯嗒"一声响。文宇实在不明白他的家人为什么对他的病痛会如此麻木不仁，甚至还有了点视若洪水猛兽的味道。有一次——也就是当他的焦虑感稍微减轻，还能有一小片思想空间留出来时——他就此疑问与颖姿有过一次谈话。他说，爸爸现在的身体与精神状态都非常差，我也说不上点什么，但总有一种惶恐感和焦虑感藏在了身体的某个角落里。你知道吗？颖姿，这种感觉实在是件痛苦不堪的事。当你每分每秒都不得不面对它时，人想到的只有一个字，那便是：死。因为只有死，才能让你彻底了断这一切！

但颖姿的那双大眼睛毫无表情地望着他，似乎她面对的是个素无谋面的陌生人。再说了，就是说了这种话的陌生人也会引起他人的恻隐之心啊。但她没有。她欲言而至。文宇说，你想要说什么尽管说，爹地都可以理解。她想了想，道：爹地，我们能不能换个思路来谈谈呢？文宇说，换个思路？那就换个思路吧。她突兀地问他道："你说你有病，整天装神弄鬼的。究竟你的病是真的呢？还是假的？"

"什么？——你说什么？"文宇简直不敢相信自己的耳朵：他纵然会想到一千种可能，也不会是这一种。

"这个疑问不仅是妈咪的，而且也是我和颖怡的——关于你的病我们三人交流过看法。"

文宇感觉自己的焦虑感像一团原爆时的蘑菇云直冲天庭，一下子将他思想的空间全部给遮黑了。他说道："你你你，你们你们你们……"，但他既"你"不出个头绪，也"你们"不出个名堂来。而那种死亡的感觉又急速地潮涨上来，瞬刻间淹没了他一切正常的思维和意识。它们迅速地演变成了一种狂躁的冲动，他想飞奔出去露台，跨过栏杆，当着女儿的面一跳了之！但他克制住了自己，他克制的方法是用自己的指甲掐进自己的肉里去，他让它痛，让它流血，他知道，这样肉体折磨会减低他危险的冲动感。他的双手在剧烈地颤抖，他相信，他的脸色也已变得苍白如纸了。他感觉有块沉重的什么压在了他的胸区位上，透过他的胸壁，他的手掌能感觉到自己的心脏的快而细的悸动。他头晕得想呕吐，意识也开始变得蒙蒙眬眬的了。蒙眬之间，他听得女儿还在说些什么。她说："你说你病得不轻，但你又能把一本一本的书写出来？"

文宇望着颖姿，他不想说什么，事实上，他也说不出什么来。他只想听她再说下去。

颖姿停顿了一会儿，继续道："你和妈咪财产一人一半。这不错，这很公平。但你的书呢？你的名声呢？你作家的地位呢？妈她不只是想当个作家的妻子，她也想成为一个名符其实的作家。"

文宇的心跳加速到120以上了。除了心跳，还有呼吸困难，他感觉有一只无形的强而有力的手正卡死在了他的喉咙处，他将很快会窒息而亡。但他努力使自己保持镇定：

一种战栗的镇定。他只想听下去，他的意识的一部分还是清醒的，他知道事情只差一线就要踩入门槛了。

颖姿的眼神在她父亲的脸上游移着。她突然说道："……So I have a suggestion.（我因此有个提议）"她突然说了一句英语——此举意味着：她以下的说话会含有相当的私密成分——但马上，她又将话语改成了中文，"你已写了不少本书了，难道你就没有想过将其中的一本或两本以妈的名义发表、出版吗？假如你肯这样做的话，我想，形势便会完全改观。妈的心态平衡了，而你，也不再需要装疯卖傻了，家庭间的关系不就可以相安无事了。"

就这个话题，其实，直到很久之后，文宇才与颖姿间有过一次正式的意见交换。他告诉女儿说：你不是个作家，你也许不知道，也不理解。财产可以平分，但作品不行。因为，这里也有个血缘关系的问题。这和母亲与子女的关系相般若。再穷再生养众多的母亲也都不会肯割舍她任何一个孩子出去。每个孩子，是丑是美，是聪明是笨拙，都是母亲的心头肉。假如有一天，走来一个人贩子，他劝那位母亲说，你生了这么多孩子，就卖一个给我吧！你这不既可以减轻负担又可以将卖得的钱银让其他的孩子生活得更好更宽裕些吗？你说，那当母亲的能肯吗？她宁愿大家苦在一块，饿在一块，哪怕死，也都死在一块！这个道理，你懂吗？女儿很冷淡地听完父亲说了这一席话，道，既然如此，那你就当我没说过罢了。

但怎么能当她没说过呢？她当时不就明明白白地向她父亲提出了那么个所谓的suggestion 的吗？只不过在当时，文宇听了女儿的这番话后，精神再也支撑不住了。他头痛欲裂，心慌与窒息感都快将他趋于疯狂了。他只能对颖姿摆摆手说："你……你快别说了！"但颖姿说，她本来就不打算说的，这不是你叫我说的吗？还说"你尽管说吧，我能理解"的吗？

她哪里知道，此刻的她那可怜的父亲离精神的彻底崩溃只差一步之遥了。

五

文宇又做梦了。不过这一次，他的梦境有了新的进展。他艰难的跋涉终于让他攀缘到那座峰顶上去了。他发现：这只是一小块平台，小到容他一个人在此站立后，几乎就不留下什么回旋的余地了。平台有两条出路，一条是他从那儿攀登上来的通道；另一条则是一根独木的树杆，一端桥架在平台岩石的隙缝间，另一端则伸向虚空黑暗的深处。在文字的潜意识里，树杆的另一端也应该是搭放在对面的另一座山峰之上才对，只不过是夜雾太浓，将它遮蔽了，让人无法看清。树杆是原木型的，褐色粗糙的树皮间包附着厚厚的青苔层，仿佛是那个明清年间的深山采药人，斧凿下了一棵大树的巨株，然后再桥架而成为一条罕有人知的山间通道。

文字举头望望天色，天色依然十分昏暗。昏暗沉重的乌云从四面八方穹拱着地向他压迫下来，让他感觉呼吸困难。远方黑沉沉的天边还时不时地裂开一两道可怕的闪电，至于雷声，他倒是没听到。他向四周环视了一圈，他发现：原来这山顶上并不是光秃秃一片的，在他的四周布满了矮矮的灌木丛。灌木丛密不可行，黑森森地衬托在昏暗的天空的背景上，显得非常可怕。他感觉自己已被全人类遗弃了，遗弃在了一个外星球上。

突然，他见到了在那树丛之中还闪动着点点绿茸茸的发光的眼睛。狼！是狼！一旦当他心中肯定了这是一种什么样的野兽时，他便立即听到狼嗥声了。其实，在他的一生中，他根本就没见到过一头野狼，因而也就无从分辨真正的狼嗥究竟应该是怎么样的了。这或者只能算是一种界乎于狗吠和狼嗥之间的叫声，但叫声十分凶恶，让他惊恐不已。其实，嗥声的目的是十分清楚的：它们要逼迫他走上那根树杆桥，这条能让他逃避这么个恐怖世界的唯一通道。而他呢？他其实已经临崖而立了，他从崖端朝下望去，那是个无底的深渊。一桥悬架，之下是一片漆黑而又虚空的世界。在梦里，他产生了一种莫名的坚信：此刻，他正站立在地球的最高点上，而深渊通往的又是地壳的最底层。天堂与地狱就这么地靠一道峭壁联系在了一起！他感觉到有一股阴风从渊壑深处拂面吹来。和着阴风，他居然听到了一阵阵湍急的流水声。他想，莫非这便是所谓的"九泉"之下了？

梦的逻辑是混乱的，但气氛却始终贯一。多少年之后，当文字重新回想起那个陪伴了他多少个恐怖之夜的怪梦，他想说，这简直就是一幅动漫片中的场景，一种类似于"哈利·波特"的特技制作。他是从不写那些科幻式的怪异小说的，假如哪一天真要让他去尝试一下的话，他相信：其效果也不见得会差"哈利·波特"到哪里去：有梦为证。

其实，文字的梦境之所以会陡然向前迈出一大步的直接原因是和他白日里的生活经历分不开的。

他知道莉云老是想方设法用语言、动作乃至表情来对他进行挑衅，向他施压。但他遵循医嘱，极力回避与其作正面的冲突。甚至与她有任何单独相处的可能性他都尽量避开：惹不起躲得起嘛，人人都这么说。但这于夫妻，尤其是像文宇和莉云这对夫妻，还是颇有难度的。有一次，不知是在怎么样的一种上下文的境遇中，他没能按耐住自己。他说了一句类似于她母亲去世的那一回，他反诘她的话，于是，便驳上火了。而他再想避当然也就避不了了，一切变得不可收拾。他感觉自己的灵魂被一头叫"惊恐"的魔鬼所劫持了。他的喉管被人越来越紧地卡住，卡住，更卡住。他快窒息了。他痛苦地揪着自己的头发，他像一头发了狂的野兽，在客厅的地毯上打起了滚来。

　　他记得那次大女儿颖姿也在场。她们娘俩站一边，观看着他如何"表演"。而他则一人独自在一种有口难辩的焦虑中煎熬，焦虑渐渐演变为了一种狂躁型的冲动，他渴望去做出一些可怕的、惊天动地的事件来报复他自己而不是别人。莉云突然就开口了。她向女儿说，去，去把露台的落地趟门拉开，看他还有点儿什么更"厉害"的新招使出来，也好给我们开开眼界！但女儿并没照她母亲的话去做，她只是睥睨了她父亲一眼，又从鼻子中哼出了一声冷笑来，便转身回到了自己的房中去。房门在她的身后被重重地"砰"上了——本来么，这一切又关她个屁事！

　　莉云于是只能亲自走过去把趟门拉开了。她伸出一只手来，向躺在地毯上的丈夫做出了一个"请"的动作。她说，你就不要着地驴打滚了，行不？也不必又喊又叫的——这又何苦来哉？告诉你，没人吃你这一套！假如你有种，你还有一点儿男人的刚烈和血性的话，你就从这楼上跳下去，一跳了之！你敢吗——你这个无赖！这个窝囊废！

　　文宇躺在地上，他已筋疲力尽。他迷惘的目光自下而上地望去，他感觉她老婆的身影显得异常的高大。他还觉得这眼前的一切：天花板、吊灯、墙角线、家具都像是从一个在水中载浮载沉的、即将溺毙的人的眼睛中看出来的世界，扭曲而形变了。一跳了之？难道莉云有说错吗？她说得对哇，对极了！这不正是那个老在他思想滩岸上潮涨了又潮退，潮退了又潮涨过多少回的念头吗？他曾手扶露台的栏杆，向下俯瞰不知有多少回了，但他必须坦诚：他缺乏勇气——他真是个胆小鬼，一个窝囊废！尤其是腾空的一刹那，他没胆量去作尝试。除此之外，他还想象过各式各样的自杀方式：吃大剂量的安眠药，不，他马上就否定了自己的想法：万一被送去医院洗胃，那不还是白搭？跳入水流湍急的河水中去淹死？但也不成，他不是会游泳吗？他一定会本能地挣扎着将自己浮出水面来，然后叫救命的……还有电殛、氰化钾、上吊，他一样样地想过来，再一样样地想回去，但他就始终作不出一个决定来。其实，也没什么太根本的原因。他老觉得虽然痛苦，但他还能坚持，他还有时间，他还想再拖一拖。不管用什么方式，这事说干不就干了？那还不容易？他望着站在他面前的那个高大的黑影，晕乎了过去。

打那次之后，他便在自己的梦境中朝前跨出了一步。他攀缘到山顶崖端去了。此刻，他的一只脚正踩在了那根青苔溜滑的树杆上。他发现，围困着他的，那阵阵的狼嗥声突然都憋息了，阴风也停吹了，空气里凝固着的是一种绝然的静。他犹豫了片刻，梦的残余意识告诉他：这是关键的一步，也是最可怕的一步。但这一步，应该说这座木桥的本身，就对他构成了一种极大的诱惑力。因为他既渴望摆脱，又渴望到达。而那个隐藏在黑暗深处的桥的彼端恰恰就为他提供了这种种可能，让他充满着幻想。但不知怎么地，他还是将腿收了回来。这是一种非梦时的意识惯性：他打算再等一等，他想他还有时间。然而，就在他缩回脚的那个瞬间，狼嗥声再度此起彼伏起来，像是一种不耐烦了的催促。

树丛里的发绿的目光又闪闪烁烁起来。但奇怪的是：在所有这些吓人的绿色瞳仁中，有两对，他感觉并没那么令他恐慌，反而还能在他的心头唤醒一种莫名的亲近感。这是两对一直在追随着他的眼睛，虽然也躲在了丛林的深处，但它们离他始终是最接近的。他蹲下了身来，让自己面对着这四只眼睛。这是两只幼兽的眼睛，当它们从丛林里钻出来时，他发现，原来它们并不是狼，而是一大一小的两只猫咪。他感觉它们很可爱，毛茸茸、暖烘烘的，他很想逗它们玩玩。在这片阴冷黑暗的天地里，在这个温情丧失殆尽的世间，他觉得这两头温暖的小动物或者可以成为他寄托爱与情感的港湾。但它们并不敢亲近他，它们只是远远地站着，望着他，保持着一种警戒，仿佛有一只无形的手正在丛林的深处牵控着它们。在梦的深处，不知何故，他突然挂念起颖姿和颖怡两姐妹来了，他的两个鼻泡变得酸溜溜的——他想哭，放肆地大哭一场！由此，他又蒙蒙眬眬地记起好像他得了一种病，一种痛不欲生的病。而且，而且他还常做一个怪梦，一个噩梦——他突然意识到了，此刻的自己会不会就是在梦中呢？他"噔"的一踢脚，便惊醒了过来。

凌晨3点，哈利·波特的世界于瞬刻间消失得无影无踪。他的现实世界仍是一个被无穷尽的痛苦重重围困了的世界。冷汗如注、惊悸、窒息感，全身的肌肉几乎没一处是好的，它们都在酸痛，在溃烂……他再也睡不住了，他坐起了身来。他的下一步就是要去到客厅中兜它几百个圆圈，疯走一通。他开启房门跨到了客厅里去，他听到颖姿的房门暗锁"嗒"地上了揲，房内的灯光也随之熄灭了。他一个人站在了黑咕隆冬的客厅中，他双膝一软就跪了下来。他泪流满面地向上苍呼救：仁慈的上帝啊，究竟何时你才能让我摆脱这片无边无际的苦海呢——上帝啊，上帝！

六

应该说，年过半百的莉云仍是个很有风韵的女人。她少女时代的那种锋刃般的亮丽在她年过四十后开始变得浑圆，浑圆不单是指她的身段，还有她的那股从里往外透的不可言达的气质。她变成了一块体积庞大的磁铁，内敛着无穷的女性魅力的磁铁。

现在，她已是个十分富有的女人了。从某种意义上来说，正是富裕，这一种社会定位，日积月累地打磨着她的气质，它将她打磨成了今天的这般模样。就在那个圣诞前夕，文宇游荡在英皇道后的不几年，莉云便利用会夫的名义也申请到香港来定居了。应该说，之后他俩的事业一路很风顺。除了主观因素外还有客观的因素。那本来就是个中国历史上千载难逢的打造富翁的时代。尤其是对于能一早就已站立在香港，这么个各方面都成熟了的市场经济的制高点上的人们来说，形势更是如此。那些年头，你只要在那儿占据一个有利的商业地形，金币就会滚滚地自你的脚边流过。你当然不能太贪心，但也不要太不贪心。你要做的只是不失时机地弯下腰去捞上它几把，再几把，便已足够了，足够能让你那个小家庭富足得流油了。而文宇与莉云都成功地做到了这一点。等到全中国的大中城市都开始苏醒过来时，他俩已能高居临下地笑傲江湖了。

这当然让莉云的自我感觉十分良好。这种发自内心的优越感是她外部举止形态上的那种藏不了也挟不住的贵气的精神内核。别人说不清它是什么，它在哪里，但它无时不在无孔不入。人们仰视她，而她则理所当然地享受着这种仰视。当她目不斜视地从簇簇人群之中穿行而过时，她感觉她像一位女王。这种优越感还弥补了她的很多曾经拥有，但现已失去了的东西。它让她达到了某种自我调整意义上的心理平衡。比方说，迎面走过来一位妙龄少女，她就会对自己说：我胖点老点皱点又算什么？我也有过你十八岁的身材啊！但现在，你柳腰，就柳腰你的去，你可有我这么丰厚的财富积累吗？没有。就算退一步来讲，等到你也到了我这腰粗臀圆的年纪，你就能积累到我今日的财富了？不见得——或者说，根本就不可能。那，也就免谈了。

什么都跟上了，都与时俱进了，都能令她心满意足了，除了一样。那便是她的琴技。她觉得：她将永远地被越来越多的后来者无情地抛到了身后去。当年令她的美貌更加锦上添花的那样东西，到了今天反成了她的一块心病了。不是说她弹不了肖邦的"波兰乃兹"，只是她那套陈旧的琴技和乐曲理解早已框死了她可以在钢琴演奏上更上一层楼的所有的可能性。如今，一个十一二岁的小女孩往琴凳上一坐，就能轻松自若地奏出强过她美妙过她十倍的肖邦来。形势摆在那里，她再也不可能在这一点上理直气壮，傲视众生了。一碰上艺术，一碰上音乐这个话题，她就矮人三分，都有些灰头土脸的感觉了。这让她心存焦虑和郁忿。

但最要了她命的还是文宇。文宇这些年来在文学上取得的越来越高的成就让她相形见拙，让她心理失衡。别人或者离她都远了点，文宇可是她最现成的，也是最无从躲避的人生参照物。当年的那个被她判决为在琴艺上绝无前途可言的青年文宇，如今竟然成了个作家，而且还是个文名日隆的大作家！不错，他老了，但她不也一样老了？不错，她富了，但他不也一样富了？为什么他就一定要在某一方面高出她一截来呢？她已屡次作出暗示，但她知道，丈夫即使在什么方面都可以忍让她，唯在这一点上是不行的。而她却越来越承受不住了：她不想当个作家的妻子，因为她不想做月亮，专事反射太阳光辉的月亮。要知道，她自己就是一颗永远不落的太阳！故，最令她恼火的事情是：谁在公众场合称赞文宇，称赞文宇的作品。而且说说又说到了她的头上来，说你真是好福气哦，嫁了个这么个有财运又有才华的作家丈夫，做女人的还有什么可再图的了？她恨，恨不得将那已快要冒升到她嗓子眼里来的所有的怨恨都化作一口臭痰，"呸"地唾到那个说话者的脸上去！

于是，一种无形的对立便形成了。这还不是个一般性质意义上的对立，这是一种你死我活的对立：莉云走向了极端。她将文宇创作出来的每一部作品都看作对她自尊的一次无形的伤害和挑衅。而偏偏，文宇病管病，作品的产出量却十分惊人，且绝不因为疾病的干扰而受到任何影响。创作反倒变成了他那痛苦的精神软体得以寄生的一枚生命的硬壳。他思若泉涌，且创作的手法与思维都更新迭替，常常异峰突起，读来教人忍不住地拍案叫绝。因而，他的每部作品，一经发表，都相当成功。当然，这对莉云的伤害也就更大，事实上，这种伤害正以其平方乃至立方幂的积数在递增着。这是件很可怕的事，这叫莉云如何受得了？直觉告诉她，她必须毁了"他"，否则"他"将把她给毁了。这里的所谓"他"是指他精神、肉体、创作能力以及成就的综合称谓。事实上，事情也可以反过来理解：假如有一日，文宇的创作时空遭到了彻底的封杀和剥夺，他的精神不日也将崩溃，而精神崩溃的直接后果便将导致他肉体的消灭。这三者原为一体。

她检视了一遍自己仍存的全部优势，便以一个女人的姿态，义无反顾地踏上了一条不归之途。

她接触男人，首先以述其苦衷为开场白的。其后再谈及她婚姻的不幸，以及由此而引致的性苦闷、性压抑，如此这般。最后总结说，假如我老公能像你就好啰——可惜不是。于是，于是便大事告成了。女人要在这方面攻克一座男人的堡垒还不易若反掌？再说了，她至今仍不乏性的诱惑力，尤其对中老年的男人而言。其实，在所有这些性伴侣中，能真正让她作出倾心倾情者并不很多。在她内心包藏着的是某种畸形而又可怕的报复心理：哪怕一切都是隐性的，她至少要让她自己明白，她已做出了，或正在做出某些行为来伤害他。她渴望的是一种心理杀戮，且越血腥越残忍便越过瘾。从这点上来说，她事实上已变成了一具心理意义上的吸血僵尸了，她每日要靠汲取被杀戮了的他人的心理血液来维持她的生存。今天汲得多，情绪就阳光，精神也就昂然。明天汲少了，或汲不到，她便会变得焦躁不安，阴郁怨恨，整张脸的线条都垂挂了下去，像是谁欠她多而又还她少了的样子。

Peter 就是其中的一位从性到情都令她迷恋的男人。Peter 绝不是什么洋人或华侨，他姓张，其实也是个地道的上海人。只是他们那代人在离开校门踏上社会之际正值中国的改革开放浪潮开始澎湃之时。Peter 就是为了迎应潮流的需要而起的一个洋名。后来，他索性连中文的原名都省却了，让人们改叫他"张彼得"了。张彼得在上海的一家报社的国际部任职记者兼编辑。

张彼得长得英俊高大，一表人才。他的最大好处是他的性格优势。他体贴温柔，甜言蜜语。尽管女人们都知道他在说假话，但凡女人都吃这一套。再说了，他还小莉云十来岁，如此年龄的男人正是莉云最向往的：性的成熟与技巧恰好都在人生的那点坐标上相交。与他在一起，莉云产生的错觉是：她比他小了十来岁。他对她肉体的赞美令莉云听了一回还想再听多一回。

她说："我真像个三十岁的少妇？"

他说："你要听真话呢还是假话？……"

还没等张彼得说完，莉云就抢白了上来："假话——我只要听假话！"

"假话是：你不像。"

"那真话呢？"

"真话是：你非但像，而且还不到三十！"

她奔过去，一把搂实了他的脖子，她拼命地亲吻他。另一次，他俩在床上缠绵够了，他刚腾身而起，准备进入实战状态。她却突然发难了，说，且慢。她非常了解这一刻的男人的"猴急"心态。她问："文字的事你到底打算怎么来办？"

"什么怎么来办？"

"封杀他，搞臭他啊。"

"……有那必要吗？"

"什么?！"

"是。是。是。"张彼得一连说了三个"是"。

"遵命。一定遵命。"其实，以当时的张彼得的身份、地位与能耐，他根本就无法来"封杀"或"搞臭"一个像文字这样的作家的。他只是信口胡应一番罢了。他只想赶紧吃到那口他想吃的。等到事情办完了，两人都赤裸而又疲惫地躺在了床上，眼望天花板出神。Peter 吸了一支烟，他说，你怎么不去找孙麻皮想想办法呢？

"孙麻皮？这人我一见就恶心！"

"恶心是一码事。但你要办事又是另一码事啊。"

"他能行？"

"为什么不？他在电视台工作，影响的覆盖率要比我们这种平面传媒高出何止十倍？"张彼得终于用一招太极法将那桩棘手的"任务"推挡了出去，且不露声色。"以你的这套招式，他会很受用的。"他向她狡黠地眨了眨眼，言罢便"嘿嘿嘿"地兀自笑开了。他知道莉云是很喜爱听这一类话的。

七

找孙麻皮，应该说是找对人了。孙麻是上海一家电视台的文艺部副主任，自己也算是个三四流的作家。没写过什么像样的东西，却老喜欢拿着那张中国作家协会的会员证到处让人过目。当然，最重要的还是他的工作性质：电视台文艺部，那还了得？况且还是在上海。故，就是全国一流的作家艺术家见了他，也都得礼让三分。这让他的自我感觉很不错。然而，孙麻也有孙麻的恼心事。没像样的、拿得出手的作品，这是其一。其二是：眼看快要到退下的年龄了，头衔前的那个"副"字总没见能有被甩掉的希望，这让他心有不甘。其实，几年前，他是有过一次机会的。当时，那位主任因收受贿赂一事让他给抓住了把柄。他毫不含糊，立马采取了行动。他组织了一批人马对其行为以及

"流毒"进行了狠揭猛批，并及时将结果呈报上级领导。事情的进展一直十分顺利，一切都在他的预料之中：那位倒霉的主任被撤了职不算，还落了个"双规"的下场。形势的突变是在最后关头产生的：孙麻仍任他的副职（尽管他立场鲜明地与腐败分子作斗争的精神得到了有关领导的肯定和口头表扬），上头从外单位调了个人来当主任。任命宣布的当日，孙麻像被人当头淋了盆冷水下来，凉了身子也凉了心。好不容易搞掉一个主任原来是为了让另一个主任重新坐在他的头上指手画脚，拉屎拉尿！这自然令他很不自在，不自在不说，新领导因为孙麻整人一事反倒对他产生了防备之心，说，十麻九刁，这话不假。他当年搞得了李某，下回就搞不了我王某？如此工作环境让孙麻如何能提得起干劲儿来？他不无感慨，说，中国的事难办哪，说怎么就怎么了。北京中央都如此，更别说我们这些芝麻绿豆官了。

说起张彼得和孙麻，其实，也都先是文宇的朋友。是文宇的朋友，当然也就是莉云的了。应该说，他们见到莉云的第一眼就已被她的姿色和风度所迷倒。只是在当年，因为种种原因，不便也不敢有非分之想。如今形势有变，现成的空子哪有不钻之理？今天的社会不都提倡个性解放吗？但什么叫"个性"呢？孙麻有一次在席间如此解释。他说，这就是要让每"个"人的"性"都能得到解放。他的俏皮话逗得一桌男女都哈哈地笑开了怀。

但必须说明的一点是：在莉云这件事上，张彼得与孙麻皮所怀的心胎却是各异的。张彼得纯粹是为了个"玩"字。他是个这方面的"玩家"。十八二十的他要，四五十岁的他也要。他说，就像红烧肉与土鸡煲，各有各滋味。老女人，尤其是带点儿性饥渴的老女人的风情又那是十几二十的少女所能比拟的？她们在干事时眼中所放射出来的那种带兽性的光芒，让他心旌摇荡、性欲蓬勃。

然而，与他相比，孙麻的内心世界则要显得复杂和阴暗多了。

表面上来看，孙麻与文宇是一对好朋友。但背地里，孙麻妒嫉文宇都快要妒嫉到骨子里去了。有了此"财"，还有那"才"；有了这财那才的居然还能功成名就，让人仰慕。有了所有这一切还不算，还能晚晚都拥着一个漂亮迷人的老婆一觉睡到大天亮，世上的好处这不都让你一个人给占了去？然而，又有谁会想到呢？如此般配的一对夫妻会反目成仇。人最怕的是什么？是后院失火。如今文宇面对的正是失了火的后院！而且，这还是场救不灭的大火！虽然文宇和莉云对此事都有点儿讳莫如深，但他能感觉出来。他预感到文宇正面临着他人生的"滑铁卢"之役，而他与莉云的婚姻关系很可能最终演变成了他人生长链中的一个溃击点。一想到这里，他不由得就得意了起来，心道，看来，这老天爷还是很公平的啊。

因此，当莉云那次打电话约他出来喝咖啡时，他一点儿都不觉得意外。他甚至是一路哼着小调去到那家住于陕西路上的咖啡馆。他已胸有成竹。他坐在了莉云的对面，隔着桌面上跳跃的烛光，他一脸的麻洞都隐匿在了一团暧昧的笑意里。他说："你是知道那种病的后果的——是吧？"

"你说的是谁的什么病？"

"你说呢？"

"你……你是指文字？……"

"除了他，还能有谁？"

"他是在装疯卖傻！他……"

"唉，"孙麻伸出一只手来，搁在了烛光的跟前，莉云能清晰地见到他手背上黑茸茸的汗毛，"你既然约了我来谈，我可不想听假话。"

莉云感觉血液一下子就冲上了她的脑门，她想发作。但她凝望着他，在摇曳不定的烛光里，她努力地捕捉着他脸上的神情。终于，她的头慢慢地垂了下去："嗯。"她的声音轻若蚊鸣。

"你非但了解他有病，而且已病入膏肓。"

"嗯。"

"还有，根据我的判断，你是一早对他所患的那种古怪的精神类疾病做过研究的。你非常清楚这种病的起因以及后果。"莉云的眼前出现了在她床底下放着的那一厚叠一厚叠的有关抑郁症的参考书籍和科普读物。她从她喉咙的深处第三次发出了"嗯"的声息。

"那不就行了？那我们不就想到一块儿去了？莉云，其实，我是很同情你的。我和你一样，十分厌恶文字……"

她朝着他抬起了脸来，她看见他那一脸的麻孔都扩张开了，它们形变了，变成了一粒粒可爱的椭圆体了。"你以为杀一个人就非用刀用枪用氰化钾不可吗？扯淡！对于当今的科技手段而言，再周详再缜密的杀人计划都是漏洞百出的。驱赶一群羊——或者只是一只——至悬崖的边沿，让他前无进途、后无退路。他最终跳崖那是他的事，与你我与任何人都无关。"

对方说这段话的时候，莉云一直望着他的眼睛他的脸。她发现，说话者脸上的麻粒又开始收缩了，而且是急遽地收缩。很可能是跳耀着的烛光制造出来的某种幻觉，她感觉那张脸上的麻洞都填平了，反而正常的皮肤凸了出来，形成了一脸肉麻兮兮的疙瘩。莉云突然感到有一种阴阴冷冷的恐怖在她的心中不露声色地蔓延开来，它们开始沁入她的灵魂了，它们彻底地控制了它。她不由自主地由内到外打了个寒战。

但孙麻的感觉却不一样。他觉得他说的每一句话不都打到点上了？他已将莉云彻底给俘获了。他从桌的对面站起了身来，他绕过桌子，坐到了莉云的身边来。他那双多毛的手将莉云的一只手捏在了中间，他的两只手在她的手心与手背上来来回回地搓摸着。莉云惊恐地望着他，她说："不！"但孙麻不以为然，他将身子靠近了过去。她再说："不！不！"但她越不，他越来劲。他说："我俩拥抱一下吧——黑漆漆的，反正没人见着。"她说："不！不！不！"但他还是不由分说地将她搂在了怀中，说："你又不是什么黄花闺女，别人抱得，我就……"突然，莉云伸出了一只手掌来，她"啪！"的一下，清脆而响亮地巴在了那张麻脸上。

孙麻一下子就呆在那儿了，他用手摸着自己挨揍的脸颊，不知所措。周围桌上的人听见声响都齐齐转过了脸来。他们都无言地注视着这对不知是夫妻、恋人，还是偷情者的争执和互殴的场面。

莉云抢起了她放在沙发上的手袋，夺门而出。外面的街上已下起了毛毛细雨，她没带伞，她纤细的高跟鞋敲打在水汪汪的街面上，一路飞奔而过。在她的身后，那幅闪烁着"上岛咖啡"的霓虹光牌在雨色迷蒙的夜的背景上渐渐远去了，模糊了。

八

文宇常做那同一噩梦的某个远因是源于他在数年前看过的一套港台制作的时论节目。该节目的主旨是针砭时弊，论政谈经，纵横天下事。无论是大陆的香港的台湾的乃至全世界每个角落里发生的大小事件，只要与民生民权民主民风有关的，它都会拿来发一通议论。在貌似公正与中立的观点的背后，往往隐含了这家香港的官办电视台的某种鲜明的政经立场。在那次的节目中，有一段是摄制组在内地的某个市镇上拍摄到的一次真实的自杀场面。短片的开头是一个男人站在了一幢六层高的公房的房顶上，嚷嚷着要自杀，要一死了之。他说他下岗了，又欠了一屁股永远也还不清的阎王债。老婆跟人跑了，小孩只有五岁，而他养不活他。这人活在世上还有什么意思？

自杀者的叫嚷引来了一大群的围观者，他们迅速地聚集到了那座公房的四周围，抬头望去。那时110的公安车还没赶到，而围观者的神情都显得有点儿既紧张又兴奋。他们对着那个高空目标指指点点，仿佛在欣赏一场空中飞人的"蹦极"表演。有几个年轻人用手做围圈状向他喊道："要跳就赶快跳，一会儿公安来了，你要跳也跳不成啦！"（在真实场景里，镇民们说的都是地方的方言，只是在港视片的片末处都注有一行文字的说明）或者："喂，你老兄别老嚷嚷啊，你究竟是有胆量跳呢还是没用？"另一个则在一旁搭腔，道："我看他未必有，你看他那缩头缩脑的乌龟样，一看就是个胆小鬼！——他站在那房顶又喊又叫是吓唬他老婆的，他盼望她早点儿回家去。"

人们七嘴八舌，又喊又议，只是那人始终站在了房顶的边沿处，犹豫不决。不一会儿，警车便呼啸而至了。一个戴大盖帽的公安人员拿出话筒来向他喊话："喂，你那位同志，不要想不开，不要做傻事。有话可以下来慢慢说……"他边喊，边就他的同事们从警车里取出了救生气囊袋来，打算铺上。然而，就在那个刹那间，那位可怜者便跳楼了。他的身影在明媚的春光里划出了一道弧线，随即便从摄影机的镜头中消失了。接下来的那个场面是人们里三层外三层地围观现场，挤不进去看的人只能爬到树杆上去，而周围所有的六层式公房的窗户全都打开了，每扇窗户里都有一颗东张西望的人头探伸出来。如此情景，连港台的摄制组也无计可施了，他们只能将摄影镜头对着围观人群的外圈来来回回地扫了一通，然后便关机走人。因而，香港的观众并没能见到那个堕楼者肝脑涂地的惨样。

文宇记得在他看完这则短片时，他也曾对片中的人物情状感慨了好长一段时间。但此事已经过去好多年了，文宇满以为他已把它完全给遗忘了。但想不到的是：它又在他的梦中变了形地再现了。又过了很久，那时文宇的疾病期已完全结束了，当他再次回想起那位堕楼者和那个怪梦时，他还有了另外一个联想。那是他在青年时代读过的鲁迅先生早年创作的一个叫"复仇"的短篇。文篇中的那种诡异乖张的氛围令他感觉震撼，但他却不甚明白鲁大师究竟想要表达点什么。现在，他老了，连他自己也成了一位著作等身的作家了，他当然已彻底领会了鲁文的精神内涵了。

就当莉云与孙麻间的交易发生卡壳，有待进一步协调时，文宇的梦境就突然产生了一个戏剧性的改变。我早就说了：梦境就是做梦者白日生活的心理投射，而焦虑抑郁症病人做的梦更是如此。持续的惊恐感弥散成了梦的阴郁氛围，而肉体上难以承受的痛苦所演绎出来的则是梦的扭曲了的荒唐的情节。如此原理适用于文宇之梦的从前以及往后。

梦境开始改变的那个白天，文宇去就诊了一位新的心理治疗师。那是位英国人，他说话时，语调轻柔而温和，给人以一种美妙的心灵抚慰感。他问了文宇若干问题后便用眼睛望准了文宇的眼睛，不语。文宇有些不自在了，他望去了别处。但医生说："Look at me, please."文宇又望了回去。

"If——"他开始说话了，但他只说了一个字便顿住了。文宇的目光再度跑神，它们垂望了下去。他凝视着透过百叶窗帘射入医务所来的秋日的阳光，有尘粒在这明亮的光束中飘浮不定。但这次，医生并没将文宇的目光唤回。

"If you are going to commit a suicide——（假如你打算自戕话——）"他将每一个字的每一个音节都咬得特别清晰、特别缓慢——可能是为了加深听者的印象？文宇不由得抬起了脸来，他望着心理治疗师的那圈花白的蓬松的络腮胡和一双正一眨也不眨地凝视着他的浅蓝色的眸子。他联想到了温暖的大西洋的海水。"I could possibly tell you what is untold in her mind（我或许可以告诉你她不曾说出口来的那句潜台词）"

"Who do you mean?（您指的是谁？）"

"Your wife.（你的妻子。）"

"Well……of course.（那……好吧。）"

"She will tell herself : at last, I have got HIM defeated!（她将告诉她自己说：我终于将他给打败了！）"

"……Isthis thetruth?（真是这样吗？）"

"Yes, it is.（是的，是这样。）"

"So Why?（那又是为了什么？）"

"No reason.（不为了什么。）"

"Ok……"他长长地吁出了一口气来，一口似乎已经积压了大半辈子的长气来。他觉得那大胡子更温暖，蓝眼眸更大西洋了。也是在那一次，医生还告诉了他有关他两个女儿对待这件可怕事件的心态：她们当然会因为永远失去了她们的亲生父亲而痛苦，但她们更会因为从此甩弃了一只麻烦的精神包袱而感觉轻松。故，你的死，对于你自己以及仍将活下去的人们来说都是无意义的——毫无意义。"Look at me."他再次发出指令。当文宇的目光与他的蓝瞳再次相遇时，他感到的不仅是大西洋的温情，还有大西洋的深邃。他信任了他。他因为他能捅破说穿那个长期隐蔽在了他心底的欲望的郁结而如释重负。

"Worthless！（毫无价值！）"医生说。

"Worthless！（毫无价值！）"文字说。

"Meaningless！（毫无意义！）"医生说。

"Meaningless.（毫无意义。）"文字说。

那天，文字已记不清自己是怀着一种怎么样的心情回到家中的。他感觉那一大片围困了他多少年的惊恐正开始退潮，而一寸寸有依托感的陆岸在他的眼前显露了出来。这种情绪在当晚便折射到他的梦境中去了：他仍然站立在那座峰顶之上，远方有无声的闪电和昏暗的云层，近处黝黑的灌木丛中有绿光闪闪的眼睛，当然还有类似于狗吠的狼嗥声。但他觉得他突然被赐予了某种能力了，某种能驾驭事情的能力。他将他的那只已踩在青苔原木桥上的脚缩了回来，他才不管你狼嗥不嗥的了：他的决心已定。他要从他来的那条道上撤回去。在他眼前是一长串的环索，而且前一环比后一环更紧、更小；在他的脑后也有一长串环索，只是后一圈比前一圈更宽大、更松懈。他要做的是将自己的脖子从圈套中一环环地套出来，而不是钻进去。

九

莉云一离开上岛咖啡店的门口就已经后悔了。但她还是一路奔跑着地离去，她让那细雨没头没脑地将自己打了个湿透。因为，这是另一种平衡，平衡她内心的虚怯以及悔恨交加。

但两天之后，她又主动给孙麻打电话了。孙麻倒没有太生气，只是语调上冷淡了些。她说，很对不起哦，这是她一时的冲动所至。她向他真诚地道歉。孙麻在电话线的那头"嘿嘿"地干笑了两声。他说，道歉也就不用啦，以后知道该怎么办就是了。于是，她又约他见面。"不会又是'上岛'吧？那地方我可是没面子再去了"。

"那就去'两岸'吧，愚园路北京西路口上，整天整晚都亮着柠檬黄灯光的那一家呢？"

"好吧——就去那儿。"

两岸咖啡店里不点烛光，每张桌面上都摆放着一座青铜台灯，台灯戴着一顶色彩斑烂的玻璃拼花伞罩。光线因此也相对要明亮多了。莉云隔着桌子将一迭纸包着的什么向孙麻坐着的方向推了过去。"小小一点儿意思，望笑纳。"孙麻打开纸包，发现里面装的是两叠厚厚的人民币，便立即喜笑颜开了。他说，还弄这一套啊。你说吧，你打算怎么办？莉云道，这还用问我？你才是这方面的高手哩。孙麻想了想，道："那炮弹呢？"

"炮弹？什么炮弹？"

"我这里的炮筒和炮座都是现成的——这点不假，但炮弹却一定是要你来提供的啊。"

莉云听罢便笑了，她明白了"炮弹"的含义了。她东拉西扯地说了一些，但她以及他的心中都明白：这些所谓的"炮弹"不是哑弹，就是即使发射了，也不可能造成有杀伤力的那一种。

孙麻说：就这些了？巧媳妇难煮无米之炊哪。我问你，文宇的作品有抄袭的成分没有？或者找个"枪手"，写完后再做些润色之类的？要知道，如此情形，在当今文坛上都是很流行的。

莉云道，即使有，我也是被蒙在鼓里的那个人。

孙麻又道：文宇他外文好，难道他就不可能搞点儿"拿来主义"的花样？当年连曹禺写"雷雨"时也搞那一套。

莉云道，你这个人怎么老朝这方面去琢磨呢？我不是作家，我可以告诉你，我在这方面缺心眼。

孙麻笑道，什么叫"重磅炸弹"？这就叫"重磅炸弹"！一炮轰出去，不夷他成一片平地，我不姓孙！

孙麻说的那最后一句话着实令莉云眼睛一亮。但，但让她到哪儿去收集这些"罪证"呢？她说，如今的世界已变成啥样了，搞它个谣言满天飞还不是件容易的事？没有出典也没有终处。待到澄清，问题不就已经解决了？你以为他文宇能扛过这一关？

孙麻笑了，笑得十分阴冷：不是这样的，我的美丽的夫人。你无所谓，我可有所谓啊。文坛就这么个巴掌大的圈子，凡事都要想好一条退路……

莉云向他扮出了一个甜美的笑容，她想起了张彼得对她的忠告。她半撒娇半耍赖地说道：我可不管，反正这事都指靠你老孙了。彼得说了，你是个最讲义气和信用的人……

"彼得说……哼！"他再次冷笑了一回，便站起了身来。看他的架势，他又想坐到莉云的身边来了。但这一次，莉云没有退缩，也没有拒绝。她用一张笑吟吟的面孔迎着他。她说，你坐过来不怕再挨多我一巴掌？孙麻道，只要你不想再赔多我两万元钱就可以了。于是，他俩便都笑了起来。

十

　　孙麻找到文宇想和他作一番"推心置腹"的摸底交谈是在过了两个星期后。孙麻的兵法书学得不错，每回在整人前，他都会来个"热身运动"：主动出马与被整人将互相间的关系搞得像亲兄弟似的。此举一方面可以麻痹对方的警觉性；另一方面，即使日后挨整人风闻了点儿什么，也让他摸不出个头绪来。好坏各打五十大板，事情则落了个不了了之。更甚者，还有感激孙麻挺讲哥儿们义气的，说是朋友遭难时对他们不离不弃；还经常"关心"他们，替他们出"主意"。

　　但孙麻不知道，也不可能知道的那桩事实是：在接触他之前，文宇已去拜访过那位英国医生了，而每时每刻都在折磨他的惊恐和混乱的情绪已开始逆转，开始澄清，开始走向平伏。他明显地感觉到以前吃下去效用不大的药物如今变得有效多了，而从前持久力很差的药效也在逐渐地延长。在这期间，他还去过那位心理治疗师的医务所若干次。情形则一次比一次更好。他告诉了大胡子医生有关他的那个奇异之梦，以及梦中情节的延宕起伏。医生不语，他那对蓝眸望着他，温和而又含蓄地笑了。医生叫他不必希冀太多，同时还要学会宽恕和容忍。因为，就长远而言，只有宽容这一种品格才是根治你病的永久的心理良药。他问医生："那假如他真是愿意肯为她放弃一切：创作、健康甚至生命的话，她是否就会满足，就能获得某种心理救赎了呢？"但医生说："No."因为，他说，这是一种人格障碍，与生俱来。你离她的生活最近，你就理所当然地成了她的目标。哪一天你离她而去了，她还会寻找第二个宣泄的对象和攻击的目标。如此循环，永无止境。而这种病人的最大麻烦就是她根本不认为自己有（心理）麻烦。她讳疾忌医，她感觉自己很正常，甚至比正常人更正常、更聪明、更有智慧。她仇恨别人来挑战她的智慧——而这，才是最Fatal（致命）的一件事！那一天，当文宇从医务所出来时，他感觉自己又从心理圈套中退了一环出来。

　　孙麻约定文宇了。他还是选在了两岸咖啡馆见面。还是那张桌子，还是那座戴彩色玻璃罩的台灯。因为在这里，孙麻自有他美好的记忆和成功的经验。他俩隔着桌子面面对坐。孙麻说，老朋友啦，也好久没同你两人单独地谈谈心了。文宇说："嗯。"孙麻又说，台里事情忙啊，一个人恨不得将他六块来用！不过，没意思，没意思。替共产党打工，说退就退，而一退下来便是一无是处啦。

莫奈《音乐氛围下的花园》(局部)

文宇还是说：嗯。但他警觉的本能让他的全身都绷紧着一种病态式的惶恐。

"听说老朋友健康欠佳？万事要想开想通点嘛。人家说了，天塌下来有泰山顶着；人给砍了脑袋，不也只留它个碗口大的疤？"

文宇再说了声"嗯"。但他想了想，追加一句："我的病老兄你不是今朝才刚刚得知吧？"

"是啊，听说是早就听说了。只是……只是不方便多问嘛——是吧？因为这病是属于……嗯！——"他用右手的食指在自己的太阳穴位上转了个圈，表示说：这不是脑子出毛病了吗？"不过"，"不过"之后，他的语调就出现了个急转弯。本来是一脸都"稍息"了的麻孔突然就来了个"立正——向右看齐！"。他说："最近在社会上流传的有关你老兄的一些谣言，听了倒是很令人担忧啊。"他又是叹息又是摇头，仿佛被谣传的人不是文宇而是他自己，又仿佛他为他的老朋友的所作所为感到痛心疾首，隐含了一种：这么一来你不就全完了吗？的意思。他迅速地瞥了文宇一眼，见文宇没太大的反应，于是便继续往下说了去："听说如此谣传的不止我一个人，还包括了你其他的朋友，诸如：彼得兄子鸿兄关平兄等等等等。大家听了都大吃一惊哪，想不到你老兄还有这一手！——"他的那对骨碌碌转动的小眼珠聚焦起了所有的精神能量，捕捉着一切可能在文宇脸上游移而过的神情或神色。

他想：他应该是有所斩获了。文宇被他那挺歪把子机枪的一阵胡射乱扫，终于"暴露"了目标！因为，文宇的脸上明显地出现了惊恐的表情。而孙麻更是敏锐地意识到，所有这些表情变化的产生都是因了他的那双目光犀利的小眼睛。但他绝不放松，让目光更集中，更具透视功能。他无言地凝视着文宇。

应该说，孙麻的估计没错。他那望着他的眼神的确对文宇的精神系统造成了很大很不寻常的冲击。不过，这不是所谓社会上的什么谣传之类让文宇心虚了；而是因为文宇记起了自己的梦境，梦境中的那片灌木丛，灌木丛中的那一只只荧光闪烁的绿眼睛。孙麻将一种得意的微笑挂在了唇边，他决意再逼视文宇一段相当的时间，而后，再开口盘问。他感觉这样的做法效果一定会更佳。（他对电影《列宁在1918》中的那句捷尔任斯基与叛徒中尉之间的对白印象深刻。捷氏朝着叛逆者说道："看着我的眼睛！"于是，叛徒便双膝发软地跪倒在地，他承认了他所干的一切勾当。）

一段静默。孙麻VS文宇。目光—绿光。绿光—目光。文宇都不知道自己身于何处了。他在做梦吗？他要赶快醒来。他掐了自己一把，但无效。绿光依然，麻脸依旧。他甚至隐隐约约地幻听到狼嗥声了。但就在这个关键时刻，就在这绿光与麻脸的旋转之中，另外一对如同大西洋海蓝般的眸子出现了。他开始安静下来。他告诉自己说：要撤，要赶紧后撤！你绝不能再将已退出的圈套重新套回到自己的脖子上去了！

孙麻也观察到了文宇脸部表情的变化。他想：他不正设法来使自己镇定下来吗？不行，我绝不能给他以喘息的时间！他当机立断，决心不失时机地发起攻击。他说："你的那部叫《深渊》的小说是部抄袭之作。是抄袭北欧地区——好像是芬兰还是冰岛还是哪里的一位作家的作品的。有人读过他的原著。"他故意将被抄的作家置于一个遥远而又陌生的世界角落里，就算是说错了，也让人无从考稽。他决定双管齐下，一方面用他的小眼睛继续望准了文宇；一方面再将问题往深里挖："至于阁下你是否真有病，老实讲，阿拉也搞勿清——阿拉勿是医生。但就抄袭作品一事，足以证明你的智商不成问题啊。一个精神病患者是绝无可能来完成如此一桩天衣无缝的工程的——是吧？"

"狼——是狼！"文宇突兀地叫喊了一声。

"什么？狼？噢，对。对。原作的书名就叫《狼》！"

"是狼的目光，狼的那种绿色的、贪婪的、在树丛中忽隐忽现的目光！"

"对对对。其中有一段描写非常精彩，写的就是有关狼的那种恐怖而又贪婪的目光的……"

文宇"忽"地从座位上站立了起来。他的脸色异常恐怖。苍白的脸部肌肉在痛苦中抽搐。一种强大得令他对之已失控了的躁郁情绪在他的心底像火山岩浆般的撞击、翻滚，它们要喷薄而出。他隔着餐桌，一把揪住了孙麻的衣领，他说："你！你！你！……"但他终究没有"你"出个名堂来。他松开了手，一把将惊呆了表情的孙麻推坐回了沙发中去。

就在那天傍晚，莉云接到了孙麻从上海打来的一个长途手提。他在电话线的那头用一种掩饰不住的兴奋的口吻告诉她说："找到了！我终于找到他的秘密了！"莉云问他是什么，他坚持不肯透露半个字，只是说："你就想好如何来慰劳我老孙就是了。"

莉云当即决定搭乘末班的东航班机飞来上海。一下机便马不停蹄：悬浮磁列车接出租车，直奔两岸咖啡馆而来。当她赶到目的地时，已近半夜，好在"两岸"的营业时间长，从下午2点始直至凌晨4点才打烊。

她一头冲进店堂里，一眼就见到正笑吟吟、乐呵呵地坐在了那张咖啡桌前等候她多时的孙麻。他告诉他说，是一本叫作《狼》的外国名著。她一脸惊奇地回望着他：狼的名著？什么狼？她没感觉到自己在作反问时，将狼这个字特别地抽离了出来。他说，狼么就是狼啰，还有什么狼与不什么狼之分呢？狼是一种动物，一种凶残嗜血的动物。狼也是一种图腾，你没听说过近来市面上就有一本叫《狼图腾》的书卖得很火爆吗？孙麻故意将话题扯开了去，他想在莉云面前卖弄一下学识和见识。但莉云的情绪突然一落千丈了，她根本就听不清孙麻在说些什么了，同时，她也想不出什么来同孙麻对话。她只听得孙麻还在那里滔滔不绝。他说，这本《狼》的作品是一个北欧作家的警世之作（他真好像是有了那么回事似的），文宇却仗了他在外文上的优势将它给剽窃了过来。书中还有一段关于深夜躲藏在树丛中的狼的那种绿光茸茸的眼神的描写，这是该作品的神来之笔，描写得特别精彩。文宇更是将它原封不动地当作自己的创作拿来国内发表和出版。此事一经披露，你说，我不叫他吃不了兜着走？……

但莉云感觉自己越来越不行了。她惊恐万般地感到一只邪恶的精灵正在她的心中迅速地复活——狼以及黑暗中的狼的目光？不知怎么地，在这个主题上，她与文宇的心灵似乎存在一条暗联的通道。

孙麻越说越来劲。他仿佛已经读到了第二天报纸的文化新闻版上的一大段有关此事的揭露文字了。他说，著名作家文宇？做你的梦去吧，老子叫你一夜之间身—败—名—裂！！

他站起身来，又坐到莉云的身边去了。午夜12点过后，咖啡店里的光线都给调得十分幽暗了。每个卡位座上，都有情侣们搂抱在一起，充分地享受着这幽暗的光线条件所带给他们行事上的方便。孙麻一把就将莉云搂在了怀里，幽暗之中，他根本就看不清莉云可怕的脸部表情。他的一只多毛的手在莉云的胸脯上乱摸乱捏——他觉得，今晚的他完全有权这样做。

莉云突然就反过了脸来，一张口，咬在了孙麻的手臂上。只听得孙麻"啊！"的一声惨叫，急忙将他的手缩了回去。而莉云的撕咬来得如此突然、如此猛烈、如此狠毒，以至当她将她的齿尖从其深陷的皮肉中松离时，她那排雪白的门齿上已留有了明显的血淋淋的痕迹了。她朝着孙麻喝道：你不是说狼是一头嗜血的动物吗？那就让我来嗜回血给你瞧瞧！她因此而感到了一种前所未有的满足，一种发泄后的快感。她哈哈哈地一阵狂笑，便离去了。

第二天，认定莉云一定又会给他电话的孙麻这回失望了。第三天还是失望。第四、第五、第六天都过去了，莉云仍没有电话来。事实上，自从那次之后，孙麻就再也没见过莉云。很多年之后，孙麻早已从他那电视台文艺部副主任的岗位上退下来了，甚至连单位方面为安抚老同志们的退休情绪病而采取的一年返聘期也都完结了，他仍没收到过关于莉云的任何讯息。退休后回家的孙麻整天无所事事，早晨与老伴两个跑跑小菜场，下午逛逛公园，晚上吃吃小饭馆。如能找到搭子，搓他一场小麻将什么的，如此来打发日子。现在他最有兴致的事就是走到公园里的那些三五一聚六四一堆的闲人中间，吹嘘吹嘘他昔日的"辉煌史"；并看着听众敬畏的神色如何渐渐地浮现到他们的脸上去。但，即使沦落到了这等田地的孙麻，只要一听到有人提起莉云这个名字，他便气不打一处来。骂道："那个不识好歹的女疯子——我咒她不得好死！"

十一

　　莉云就是在两岸咖啡馆会完了孙麻后的第二天，搭早班机回去香港的。她一路上精神就恍惚得厉害，有一片不祥的预感笼罩在她的心头，挥之不去。她好像感觉自己的灵魂被一种莫名的能量给掌控了，让她总想去干点儿什么——不管是什么——反正要干点儿什么。比如狠狠地咬孙麻一口，或者让自己狠狠地被人咬一口；而假如无人可让她去咬，也无人来咬她的话，她甚至宁愿自己咬自己一口来泄恨。

　　她晚间的睡眠也越变越差了，常常在梦中惊呼着地醒来。有时，她在梦中呼喊，却回不转醒来。她的呼喊声惊醒了睡在隔壁房中的颖姿，她冲进了母亲的房中，将她推醒。女儿见母亲日渐形骸消瘦，心中十分担忧。她提出让母亲去医院看看病。"看病？"母亲的眼中立即透露出了一丝警惕、一丝愠怒来，"看什么病？""去看一回精神科医生吧。"女儿话一出口，便立即觉察到了点儿什么，她改口道："或者先去内科做一次全身检查也行。""不去！我没病！"母亲说完后，想了想，再补充道："告诉你，下次不许你再提什么精神科医生一类的话了，你当你妈发神经了不成？"颖姿无奈地望着母亲，不再言语了。

　　日子就这么地流水而过，莉云的精神与体质都每况愈下。她渴望能重新振作起来，"重拾雌风"。她于是又去找 Peter 以及她从前的那几个相好，但不知怎么搞的，他们见了她别扭，她见了他们也一样别扭。别说碰撞时能发出什么火花与激情，如今两块磁铁的磁性仿佛都被消解了，它们变成了两坨黑漆漆的生铁块了，搁在那里，谁都不知说什么才好了。后来有一回，莉云给 Peter 打了个电话。她对着话筒用尽量柔美的音调说道："听不出我的声音来了？我是你的小鸽子啊！"对方顿了一下，答曰："小葛？哪位小葛？——噢，是晚报的小葛吧？……"莉云飞快地将话筒扔回电话机座上去，仿佛这不是一柄话筒，而是一块烧红了的烙铁。就在那个晚上，她做梦了，她做了个稀奇古怪的梦。

梦中的她站立在一座山峰的峰顶上，远远眺望过去，幽暗昏黑的云层从四面八方向她压迫下来。浓厚的云层中还时不时地裂开一两条闪电，怪吓人的，但又听不到有雷声传来。这是一片空间与面积都十分有限的峰顶领地，四周密密的灌木林将她围困在其中。地块只有两条出路，一条是她从那里攀缘至此的来道（梦的潜意识如此提醒她），而另一条则是由一根树杆原木搭建而成的独木桥。独木桥的一端搁在她所站立的那座山峰的岩石间，另一端则探进了空洞洞的黑暗的深处。这简直就是一幅场景，一幅她在哪部日本动漫片中见过的场景。她临崖而立，低头望去。在她的脚下展开去的是一座巨大的深渊。深渊两旁的崖壁如同刀刃一般的陡峭而下。有阵阵阴风从渊底吹拂上来，和着阴风，她还能听见一种湍急的流水声。事实上，那根树杆桥才是横跨于深渊之上唯一的可视之物，深渊巨大的空间中包含的除了虚空就是黑暗，除了黑暗就是虚空，除了虚空和黑暗，便什么都没有了。

突然，她发现了那些隐蔽在了灌木丛间的绿莹莹的目光，闪闪烁烁，乍隐乍现。它们正注视着她，密切地注视着她。这令她惊恐万分！然而，就在此刹那间，她突然发现了那种箍死她灵魂的能量的实质原来是什么了：那是狼！是狼的目光啊！她本能地朝着笼罩着她的昏暗的天空发出呼救，但天空还以她的只是几条重新裂开了的闪电。她渴望能在这片绝望之地抓住一条谁的臂膀来作依托：这不是张彼得的，不是孙麻皮的，甚至也不是颖姿和颖怡的，他们都化作了那些闪烁着的绿光，躲藏到丛林深处去了。但那又是谁的呢？她想：这应该是文宇的。

十二

文宇已经离开了她。事实上，文宇已离开了这个家。他在一年前通过律师办妥了与莉云的离婚手续，搬回上海来住了。随着文宇病情的逐步好转与受控，他的常人的思觉也恢复了功能。他仍在服药；同时，每星期还需接受一次心理治疗。当然，早已不是那位大胡子的英国医生了。既然已回来上海了，他因而也改在上海就医了。还有就是那个作祟了他多年的怪梦，也离开他有好长一段时期了。他感觉心宽体轻，回想起那些梦魇般的日子和与那些日子相关联的种种情节和式式人物，如今的他已成了个局外者。站在了河的彼岸，他望着盛载着这些可怕记忆的冰山如何漂浮着，远离他而去。

但突然，有一个晚上，他又回到那个可怕的梦境之中去了。梦中的他又在重复那个艰苦的攀登动作，而高耸的峰顶一样是隐没在了重重瘴雾的黑暗中。但他驾轻就熟，很快就攀缘到峰顶了。他感觉这是一条他熟悉不过了的地形路线图，连哪一处地方有哪一块形状的岩石，他都了如指掌。他将自己的脑袋支撑着地从峰顶的那方小小的领地上探了出来。就发现，在那块从来就是片无人的地带上，出现了一个不是他的别人身影。而且，那身影已行走了那座危险的独木桥上了！这令他惊奇无比。他望着身影朝独木桥的中央走去，他的第一反应是想大声地叫喊道："别过去！快，快回来！！"但他发现他的声带振动不出任何音息来。他焦虑万分，他艰难地登上了山顶，他渴望赶快跑过去。然而，他腿部的肌肉完全不听使唤。每一步的拔腿、提起以及跨前都需他使出浑身的能量来才能得以完成。只是现在，他已能看清那个身影了：这是个女人，一个身形削瘦而又单薄的老女人。从幽谷之中刮上来的阴风，将她那头花白了的长发都吹散开了去，让她看上去像一朵临空飞翔的魂魄。突然，他明白他见到谁了。

莉云从噩梦中惊醒过来，她"腾"地从床上坐直了身，惊恐万状地环望着四周的墙壁。她感觉自己仍留在了那个梦里。有一股柱形般的悔恨的巨烟从她的心中升了起来，然后弥漫开去：她不该让自己醒来，她希望仍然回到那场梦境中去，回去，回去去干完一件她一直渴望能干完的事情。

莉云披上睡袍，走下床来。她脸色苍白，神情恍惚，而行动飘忽得像一个游魂。她推房门走到了客厅中去。深夜2点。山坡之下几百米处，港岛以及九龙仍处在一派灯红酒绿、火树银花的不夜城的醺态中。莉云站在被幻变着的霓虹灯光打亮成了青一阵、红一阵、紫一阵的偌大的客厅里，惘然不知所措。颖姿还没睡，她听见了母亲从她的房中走出来时的一切动静——就像过去的那么些年，她老会在这同一时刻听到父亲从他的房中走出来，然后走到客厅中去时的情形一模一样。她打开房门来看了看，但她立即又龟缩了回去。她看清了母亲的举止和神情了，她认定：她对她的规劝一定不会奏效，弄不好还会遭她一顿训斥。她的判断或对或错，事实上，这已没有多大的意义了。反正，女儿对父母的惯性思维令她永久地错失了一次可能还是机会的机会。

莉云在大客厅中兜了个圈，便拉开落地趟门走到了露台上去。她扶着栏杆向下望去，距离她视平线近百米的盘山公路上，夜归的车辆还很多，它们飞速地驶过，急旋的车胎摩擦在沥青的路面上发出了一种类似于水流的潺潺声。莉云狂笑了，这是一种极乐与极恐怖兼而有之的笑。她突然明白了她渴望着要去干的那件事是什么了。她用她的双手将自己的身体从露台的栏杆上支撑了起来，她将她的一条腿跨越栏河而出了。在她的另一条腿也跨出去之前，她的丝质睡袍的高开叉下摆被扯开了一个角度很大的缝隙，山间的夜风很大，也很阴冷，阵阵吹来，将她睡袍的下摆吹得飞舞了起来。而她两只白晳的小腿的腿肚也全暴露了出来：一只搁在了栏杆上；另一只则因趾尖踮地的缘故，腿肌圆滑地拱了起来，拱出了一种美妙动人的曲线效果。这是她在离开生命的时空时，留在了这人世间的最后一个迷人而又性感的造型——尽管没人看见。

　　与此同时，大女儿颖姿房中的灯光熄灭了。她将房门的暗掣"的"地按上，准备上床就寝。

　　上海的文宇仍滞留在他的梦境中，他已艰辛非常地跋涉到了悬崖的边沿上。那个瞬间，他亲眼看见。先是那株承载着老女人全部体重的古代朽木像一根装有弹簧的平衡木似的上下振动，振动的频率越来越高，振动的幅度也越来越大。然后，在那突然的一刻，木桥断裂，老女人，连同她那一身宽大的睡袍以及一头飘散了的花白的长发一起掉进了深渊中去。而文宇的惊叫则像一个还没来得及打上最后一点墨点的惊叹号，从声带传递到唇边，然后便死寂在了那里。然而，奇怪的是：他的目光却变得异常的明亮，明亮如一柄利刀。他俯首向下望去，随着老女人身体的不断的下坠，渊底的情景竟然像科幻片中的特技摄影那般，由窄变宽、由远及近、由小渐大、由模糊变清晰地呈现到他的眼前来了：这是一条盘山公路，橙黄色的高压水银灯将路面打得一片通明。时处深夜时分，但夜归的车辆仍有不少，它们高速旋转的车胎在与路面的摩擦中发出了一种类似于九泉流动于阴谷中的潺潺声。老女人"啪！"地就趴倒在了一辆疾驰中的轿车的五六米的前方。文宇只听得车辆"嗞——"的一声长拖音的急刹车，画面便急遽地收卷而去，他惊醒了过来。他发现，他还躺在自己上海家中的睡床上。

　　两天后的上午9点。秋阳灿烂，整片大上海都躺卧在了金色的晨光中。文宇起身已有很长一段时间了，但他仍一个人坐在沙发中发呆，他回想着两天前的那个晚上的那场情节诡异的怪梦。唯有一点他可以自我告慰的，那就是：旧病并无复发的迹象。他感觉自己内心的深处并不存在任何惊恐的"硬块"。有一种浅灰色的平静像一层薄薄的暮霭笼罩着他的心头。他努力让自己回忆起英国医生的那圈温暖的大胡子和他那大西洋海蓝般的眸子，他希望能用此方式来平衡他那又有点儿失衡了的心态。电话铃就在此刻响了起来。他拎起了电话，他听到了已有一年多没听到的大女儿颖姿的声音。声音说："爹地，我打电话来是因为有一件事要告诉你……"

"有件事要告诉我？什么事？"

电话那头的声音沉哦了一息，说道："颖怡也从加拿大赶回来了，还是让她来对你说吧。"

"不用说了。"

"为什么？"

"因为我已经知道了。"

"知道了？"

"知道了。不就是你外婆堕楼身亡的那件事吗？"

电话线的彼端突然就静默了。"喂！喂！颖姿，你还在线上吗？"

"在。"

"那你为什么不出声了？——是这件事吗？"

"是……"

"都过去那么些年了，不提也罢，你说呢？"

"好吧。"颖姿将电话"咔"地就搁断了，让听筒里只留了一段长长的"嘟，嘟，嘟"的盲音。文宇握着话筒发了一阵呆，终于将它搁了回去。

一切都结束了。文宇重新坐进沙发中去，他感觉全身乏力不堪，仿佛是个经历了数十年沙场搏斗后的回归人。他坐在那儿，凝视着空中，空中什么也没有。但他分明能见到有一层看不见的神秘的面纱正在缓缓地拉拢，就像是演完了一台戏后的帷幕渐渐合拢时的那样。

2007 年 10 月 15 日于上海寓所

刺背蝎的女人

一

陆育杭一跨进设有饭局的包厢，就拱拳向早已就座的诸位做出致歉之态，说，兄弟来晚了，让大家久等，抱歉！抱歉！陆育杭老迟到，应该说，他爱在这种众人翘首以盼的场合下迟到，是有道理的。除了显示出他身份的特殊外，还会叫人产生出一种"千呼万唤始出来"的神秘感。除此之外，如下两点原因也不得不一提：一、表示他外界交际面广，应酬频密；应付了那一头，还得赶来应付这一头。二、当下里就能吸引在场的女宾们的眼球：这个人不同一般哪，有什么来头没有？否则，他会在大伙面前摆这谱？要知道，能上得了这张台面的，非富则贵啊。而育杭呢？他怕就怕女人不在私底里打探他的背景。一个人的背景，假如是靠自己吹嘘出来的，往往就亏了半截；而让他人一人一口地传播扩散开去，那才有分量，才是上策——陆育杭深谙此道。

陆育杭确实有点儿来头：四十刚出头的他是一家美资跨国公司中国分公司的市场部副主管。与他的那位外籍主管一起，负责中国市场业务的拓展工作。要拓展业务，当然就要与人交际；与人交际，吃喝玩乐非但免不了，而且还是件最基本的事。外国人不懂中文，而中国人中能说通英文者也寥寥。任凭他叽里咕噜地这头接话那头传话，让各方面都感觉少了他还真不行。他怕别人了解？他只怕别人不了解——尤其是女人们，年轻貌美的女人们。他太了解当今中国女人的心态了；他陆育杭的出现，不仅代表了一种知识技能，还是一种社会优势。而这种优势，从某种意义上来说，是国内的那些土干部，即使是具有再高的商场与官场斗争 IQ 的好手都无法企及的。这样的人不黏住他，黏住谁去？这世道，权、钱、地位以及知识其实是同一样东西，它们已同流合污了，它们都能用同一杆标尺丈量出来。当然，这些都是指男人们而言的东西，女人又以什么来与之平衡、对应和匹敌呢？色——不是色即空空即色的"色"，而是美色的"色"——不就这一样了?

　　既然男人女人都有了如此意向,交易往往在眉目传情之间一拍即合了。这些年,陆育杭玩过的女人不胜枚举。有时,某女让他给睡了,竟然连对方的姓名和脸蛋长相都给忘了。之后,又在某社交场合上见着了,心道,这女人好哇:性感、有品位,我得设法将她搞到手。但想不到那女人却主动向他走了过来,一脸的笑容中还含了点羞涩,说,育杭啊,最近一定很忙了不是?还是又找了新的女朋友了?怎么电话也不给我一个?他这才恍然大悟说,原来他与她是有过一腿的。至于何时何地,他当然已毫无记忆了。但他说,为什么一定要在电话里说呢?面谈不更好?我早就知道今晚上我们能见面,这不,我们又见着了?——今晚上有空吗?我带你出去,如何?对方嫣然一笑,道,侬这个坏蛋,就知道侬在撒谎——侬倒把我的名字叫出来,还有电话号码?育杭笑道,你姓美,名女,叫美女。电话号码是八位数:12345678——对哦?但美女对他一点儿也不生气,也不计较。她翩然前来,挽住了育杭的手臂。唯有点儿出轨的动作是:她用手指戳了戳他的脑门,说,你呀,你!我叫菱菱——下回可记住了啊!于是,就在当晚,他俩又重温了一回鸳鸯颠倒梦。

　　育杭喜欢的就是这种“拎得清”的女人。其实,那些山珍海味、油鸡肥鸭什么的,他早就吃腻,吃倒胃口了。说白了,每次赴宴他都不是去吃的,他是猎艳去的。他坐上桌来的第一件事,就是用眼光环桌扫一遍,任何有点儿姿色有点儿光彩的青年女人,他都能在一瞥之间锁定目标,且过目不忘。女人美,当然好,当然锦上添花;但,女人美如天仙又怎样啦,气质高贵又怎样啦?女人玩多了,他也经常会在这个问题上陷入困惑。

　　当然,人是各有其命的。他有他的洋福,而皇上,当然更有其一跺脚大地也要抖三抖的威福。故,人是不能互比的。你落在哪里,哪里就有你生根开花结果的特定水土,只有适应,甭想互调。唯女人对于男人的感受都是一致的。而在女人之中,像菱菱那样的女人又太少了。他陆育杭每年都要调换好几打性伴侣,在此过程中,最令他费思量的倒不是如何钓鱼上钩——这方面他有足够的自信、经验以及手段。难题是:如何将已尝过了滋味的女人不露声色地甩掉?等到哪天有兴致了,又能将她们及时再找回来。道理也是对的:他陆育杭总不能把持着一大堆的女人,一个都不放吧?所谓吐故纳新,新欢的空间必须是由旧爱给腾出来的。但往往是:新欢好纳旧难除。喜新厌旧,这是男人这种动物的本性;而拒新黏旧,这又是女人这种动物的天性。所以说,甩,才是勾女这门学问的真正精要所在。在这方面,他陆育杭遇到过的麻烦真还不能算少:大哭大闹的有之，威胁要向他老婆去摊牌的也有之；说怀了身孕，非要他娶她才肯罢休的有之；甚至说他犯了重婚罪，要将他告进官府也都有。但他身经百战，练就了一尊金刚不坏身。他兵来将挡，水来土掩，他不慌不忙，看准了机会择路而遁。这么些年了，他在外面日日花天酒地，夜夜鸾颠凤倒，他还不照样将在美国生活的太太蒙在了鼓里？在这一点上，他从来是很有自信的，直到那一次。

那一次就是他拱拳致歉于诸位的一次。那次的饭局是设在沪西茂名路上的一家叫作"苏浙汇"的饭店里。陆育杭带领着洋鬼子从电梯里一踏出来，就见到服务台上的那位着黑西服的柜台经理正在接待一位女性顾客。女顾客背对着他俩，她穿一袭黑丝绒的连衣裙，发髻高高盘起，连衣裙的后领处碗开了一个巨大的弧形弯口，有一截雪白的颈脖裸露在外。沿着领口，镶着一排晶晶亮的贝珠花边，在接待柜上方的那盏水晶灯的照耀下，镶边的贝珠与女人耳垂上的闪亮的挂件互相辉映，遂令那截鹅白色的脖子更显颀长、更惹人注目了。

就此背影，当下里便让陆育杭这位情场老手抓到了一个怦然心动的紧迫感。

女顾客应该是在查询包厢定客姓名的。待查明后，她便由一位高挑的旗袍小姐引路，径直往里去了，陆育杭怔怔地望着她离去的背影，竟然呆住了。直到那位西服经理向他说话时才缓过神来。

"请问这位先生是……？"

"噢噢，328 包房，"他说，"李总定的。"

但他的心中却在说，什么328不328的，能跟随那女人一路来到她的包房中才好哩。但柜面经理一听说是328房和李总，便满脸堆起了笑来。她说，是陆先生吧。李总让我在此恭候您多时了。请随我来吧。于是，育杭和洋鬼子便由经理亲自带路前往328包房。之后？之后便有了小说的开头，陆育杭拱拳作歉的那一幕了。但真正情节的产生却是在育杭高调表演后才开始推进的。他满脸春风的表情突然就僵化在了那里，因为他发现：那位乌丝绒女郎就坐在圆桌的对面。

这么些年来，这还是第一回。他入座后就变得有些心不在焉了：不是女人来打听他了，这回轮到他打听女人了。他问邻座上的朋友，对面那女人是谁呀？怎么以前没见过？朋友也不认识。但朋友是明白他心思的，笑而反问道：陆兄又嘴馋了？又想吃肉了？继而更挥手招呼服务员道，快，快给我们陆兄先上一份东坡肉来，要肥要嫩要流油的才好啊！朋友的呼唤无疑让一桌的食客都大感诧异。但那位洋鬼子是知道内里的，他暗地里指了指对桌的那位女郎，说道："Attractive？（很有诱惑力，是吧？）"完了，仍感觉意犹未尽，"Very beautiful，indeed！（的确很漂亮！）"事实上，直至此时，育杭才有了一回能正面端详她的机会。那女郎真是迷人：白皙润泽的皮肤在这片明亮的光海里显示出一种玉质的反光，浮浮沉沉的，让人产生出一种不确定感来。还有她的笑容，甜蜜里带着点儿神秘。她一直将那笑容保持在脸上，望望这，瞧瞧那，一言不发，仿佛始终在扮演一位低调的聆听者。但有时，她也会插个嘴，内容一般都是对他人的某一机敏的观点或诙谐的谈吐表示赞同和赞赏之类。让人感觉，与这样一位笑意盎然的美人儿相处一堂，非但是一种视觉上的享受，还能为你空虚的情绪空间提供一种愉悦的填充。女郎望这望那的，唯不瞧一瞧坐在她对桌的育杭。有时，他俩的目光也有一瞥而过的接触，但她都很自然地将目光移去了别处。似乎她根本就没留意到他和坐在了他身边的那个洋人。她的笑容依然开放在脸上。这令育杭吃惊不浅，他对自己说，这么些年了，这回，他算是遇上对手了。他积累了许许多多关于女人的记忆和经验，他竟然就感觉一片空白，哪一条都派不上用场了。他不假思索地作出了一项决定，决定将眼前的这个女郎一提，就提到了他那一长串女人名单的最前列。

而且，这一回，连那位从来就不敢越雷池一步的老外，似乎也动了心。因为育杭注意到他也不停地将目光飘向桌对面去。"Are you interesting in her？（你对她感兴趣？）"洋鬼子望了望他，没有立即作答。一会儿的迟疑后，终于还是说了个"NO"字。他说："She is your woman，isn't she？It is nothing to do with me…（她是你的女人，不是吗？她与我无关……）"育杭望着他的老板，笑了，他说："OK…"，心道，你还是有贼心没贼胆。那，那我就老实不客气啰。

他正在那儿沉思呢，就听得李总在那一头放话了，说，你俩老在那里"哈啰""喔开"的叽咕些什么呀？已经来迟了，还没问罪你呢，来来来，罚酒——先罚酒！

于是，一桌的人都加入了进来。罚酒！罚酒！罚酒！起哄之声此起彼伏。大家都让服务员给斟满了酒，齐齐站起了身来，准备干杯。那女郎也笑盈盈地站了起来。她像是一朵拔尖的荷蕾，高出她四下的女客们都有半个脑袋。现在，育杭瞧见的，除了脸蛋，还有她的身体的正面。半截子丰腴的胸脯裸露在她的那件大碗形的领口间，白嫩的肤质在黑丝绒与晶贝拷边的衬托下，显得十分抢眼。育杭突然就发现，在这片肉白色的皮肤上描有两条纤细的墨黑色的弧线。弧线呈喇叭形，分别向左右上方卷伸了出去。他想，他会不会是看花眼了？定睛再看一看：还是。这两条弧线既不是丝绒套衫的一个部分，也不像是项链的颈挂。那它们又是什么呢？它们既像是画上去的，更像是长出来的，因为它们的另一端是朝着这片胸脯的内里深入进去的。在这一片白花花的灯光里，育杭蓦地感觉到自己堕入了五里雾中。

二

陆育杭从前的名字不叫陆育杭，而是叫陆杭育。他是浙江杭州人，生在杭州，长在杭州。父母亲希望他不要忘了故乡的养育之恩，所以就给他起了这么个显而见意的名字。陆杭育读书很聪明，从小学起成绩就名列前茅的他，后来以浙江全省考生的首名分数线跨进了上海复旦大学的校门。那是在 20 世纪 80 年代初的事情了。他选择了攻读英国文学专业。如此选择，并不意味着他真是如何喜爱文学这门行当，而是因为他预感到：在关闭了三十年后的国门现在刚打开，精通外语的人才必将会在今后相当的一段长时期内十分抢手。事实证明了他判断的准确。在他求学的那个时期，从国内名牌大学培养出来的外语（尤其是英语）人才的职业出路都非常优佳：有在外交外贸部门工作的，有在电视或电台当外语主播的，有自己办公司做进出口生意的，最差的也能招收他一两个班的学生做外语培训。即便是这条最差的出路，收入其实也不菲，至少要比学其他专业的人强出许多倍来。然而，陆杭育更与众不同，他认定：最佳的人生前途还是出国深造，"拉出去，打进来"，至于理由嘛，他如此解释给他当年的女友，如今已成为他太太的苗子听：这是因为这个国家自上而下都是崇洋的。批判管批判、仇恨管仇恨、妒忌管妒忌、诅咒管诅咒，但中国人的这副奴性和德性是深入骨髓的，总认为外国的花儿更香、外国的月亮更圆。这种心态，至少在几百年里甭想改变。批判、仇恨、妒忌、诅咒，这都是崇拜的另一个名称。

想不到在这点上，又让他陆杭育给看准了。他是在大二那个学年成功申请到了奖学金去美国的。十年后，当他学业有成，以一个跨国公司高级雇员的身份回国时，他的那些同学——无论地位有多高、待遇有多好、职业有多体面——也都只能用一种自下而上的目光来仰视他了。要知道，如今在他头上戴着的不仅仅是美国某大学学位的博士帽，更有那家跨国公司商誉的光环！他当然不再是从前的陆杭育了，他于是便改名。他将名字颠了个倒：不是杭州养育了他，而是今后要看他如何来养育（活）杭州和杭州人民了！他从来就是个理想远大、气吞山河之人。生活之途这一路走来，他所尝到的永远是将人生目标订高订远订宏伟的好处。他想：今后，他还会沿袭这条路子继续走下去的。但有一点儿小小的误差，那就是现公司的中国总部设在了上海，而他自然不能"育沪"或"育申"啦，上海这么个国际大都会要靠他来"育"？他再气盛也气盛不到这个份上。好在上海离杭州也不远，不是说杭州是上海人的后花园吗？如此一想，育杭又感到了某种逻辑上的合理性。于是，他便决心一路"育杭"下去。

掐指算来，育杭回国来工作也有十来个年头了。其间，中国社会经历的是一场前所未有的深刻演变。育杭以及育杭这代人童年时代被灌输的那套价值观体系早已分崩离析。即使还有点儿记忆，也都变成了几段倒映在人生河塘里的漂白了的虹带，正等待着理想的夕阳完全落山后，将其彻底融入到夜的黝暗中去。但育杭却暗自庆幸，他感觉自己生正逢时，遇上了这么个中国历史上千载难逢的大好年代。生活让他享受到了连做梦也梦想不到的一切物质上的奢华。什么都玩过了，什么也都玩尽了，总结来总结去，只有一样东西是永远玩不厌也玩不腻的，那便是玩人——玩女人。原因很简单：因为这是一场上帝应诺人的，而不是人应诺人的游戏。再说了，对方也是一头与自己一样有思维、有情感，而且那思维那情感也是在千变万化之中的动物。这样的交锋，这样的互补，这样的互动与互相扑杀，能不刺激？能不好玩？如此感受，上自皇上，下至贱民，都一样。当然，所谓"玩女人"的终极乐趣所在就是与其做爱，而男人，一旦陷入其中，一般都很难自拔。一个两个三个，一打二打三打，这样无限制地叠加上去，直到那一刻。那一刻，一条剧毒的眼镜蛇突然就昂起了头来，它吐出了可怕的蛇芯子，说时迟那时快的，"唰！"地啄了你一口。而你，知悔已晚矣！

陆育杭在"苏浙汇"包房里遇见的那位乌丝绒女郎姓姚，叫姚娜。后来，育杭终于将她搞上床了。当然，那是在几个月后的事了。将她搞上床去的过程并不像想象中那么复杂、那么费神思。姚娜也不年轻了，都四十出头了。弄不好，还可能大出育杭一二岁呢。事实上，姚娜自见到育杭的第一眼起，也同样产生了要将对方搞到手的盼求。这样的相向而行，彼此间的距离自然就感觉缩短了。起初，此事的成功着实让育杭喜出望外了好长一段日子，他再一次对自己征服女人的能力表示了自许和确认。但后来就有了些变化，他也不清楚是在哪里卡的轴，反正他感觉他与她那只关系的轮子并不依据他一贯熟悉的那套思维惯性来转动。

还有便是有关姚娜胸前的那两条描迹的谜底。这是在育杭第一次与她上床时才揭开的。在这之前，他俩当然也经历过烛光晚餐、暗处拥吻那一类的男欢女爱的前奏。育杭多次提出了他的疑问，他甚至还用手指触摸过那两条描迹：它们给他的触感是光滑平整中略带一种精致的凹凸感。然而，姚娜告诉他说，她迟早会让他知道的，但不是现在。那晚，在锦沧文华二十五楼的双人套间里，育杭坐在床沿边上，带点儿战栗地经历了谜底被揭开的那一幕。姚娜是个很善于控制气氛与办事节奏的女人。她站在了他的面前，像个老练的脱衣舞娘，一件件地，充满了悬念地，脱她的衣裙。在她的背后是一扇巨型的落地墙窗。窗口俯瞰着整条南京西路。南京西路从静安寺方向一直通过来，绕出了一个巨大的弧弯形。华灯初上，不一会儿，整条马路便变成了一条灯光的巨龙：路灯、车灯、霓虹灯交织成一片，而缓缓流动的车流，就像巨龙背上闪闪的鳞片。

脱剩一件胸围了，她向他招招手，说，最后那一步，她想让他亲自来跨出。他欣喜若狂地趋向前去，然而，在那种气氛下，在面对姚娜这么一个女人时，他突然感到他惯拥的那种自信在流失；那种见猎心起，尤其是当女人准备毫无遮掩地暴露到自己的眼皮底下来时的那种野性的本能和冲动在急剧的减弱中。他像一个被心理师催眠了的就诊者，按照姚娜的吩咐，一点点地向前移动过去。他任由她搂紧了他的颈脖，热烈地吻他，然后命令他替她解开胸罩的纽扣。胸罩解开了，他俩都由它自动地滑落，掉到了酒店的地毯上去，却毫无动作。育杭感觉对方的搂力在渐渐地松弛下来，她将他稍稍朝前推开了一个距离，说道："现在，你可以看了。"

此一刻的育杭简直就不敢相信自己的眼睛：一只五彩的，比真品还要大出若干倍的蝴蝶刺青在那个女人雪白的胸乳间。纤细的蝶身埋藏在了她的乳沟里，两瓣蝶翼展开，一左一右，各自覆盖了她的大半个乳球。而蝶翅前端的那两只小小的翼柄恰到好处地点触到她的乳头上，便戛然而止了。蝴蝶的刺工是如此的逼真、精美，毕毫分明，栩栩如生。仿佛真是有一只大蝴蝶停歇在了她的胸脯上，在你一伸手的触摸间，它便会扑簌簌地飞走了似的。

蝴蝶的前额上刺有一对触须。触须的弯度与长度显然都被夸张了，它们对称地从女人的胸沟间出发，自两个不同的方向上伸展开去。在经过了一次高不可攀的远征后，直达她的两块凹凸的锁骨处。当姚娜穿低胸装时，这对外露的触须便构成了一个美妙的悬念。

育杭一下子傻在那里了。他想吻那对乳房，但又害怕那只蝴蝶——害怕它飞走，还是害怕被它咬一口？连他自己也答不上来。

此头暂按下不表，再来说一说姚娜这个女人的身世与经历。因为这既与那只蝴蝶有关，更与这部小说有关。

姚娜出生在被上海人称作"正宗下只角"的地区：杨浦区许昌路那一带。那里的棚户房东倒西歪，拥挤不堪。酷似于大肠、小肠、盲肠般的道路弯弯曲曲，而蚁蝼般的人群蠕动其中，就像无数蠕动在肠胃道中的寄生虫类。这都是这个城市中最贫困的族群：蹬三轮的，收破烂的，卖烧饼的，扛大包的。当然还有那些专供男人泄欲的，最廉价的妓女。这是一块"城中之镇"，在这块特定的地区版图中，上海方言变得不再流通，人们都"这块""那块"地说着流利的苏北话，仿佛这是一块从长江北岸某处突然起飞，然后降落到了大上海版图中来的"飞地"。上海人普遍瞧不起苏北人，这往往是与他们所从事的职业和生活境遇有关。而这块"飞地"中的人们，当他们生活在其中时，他们感觉很自在，很如鱼得水。但是当他们一旦离开他们的"故乡"，企图融入上海其他地区的生活时，他们便会有一种明显的压迫和压抑感。上海人以"江北人"将他们统而称之，含着一种明显的鄙夷口吻与神态，让他们心生愤懑，但又无可奈何。为了生存，他们不得不将这口恶气吞咽下肚去。

但事情的演变结局往往是走向了反面的：这种持续了百多年的上海市民文化所制造的并不是一个被彻底压垮了的部族，而是从这个部族中不断冒升出来的一颗又一颗闪亮的明星级人物：有成功的企业家、学者、艺术家，有歌星、明星和娱乐圈中的大哥大大姐大人物。还有，还有就是姚娜。至于姚娜究竟算是哪门子的成功人士？我想，就连作为小说作者的我也说不清。反正，她不同于一般女人——一般的上海女人。或者可以这么说，她最终达到了，甚至还是超额达到了，她悲苦童年时代立志要达到的最远端的人生目标。

姚娜从小便没有父亲。在她遥远的记忆里，她便已同她母亲两个在一起过活了。她母亲便是干那种廉价活儿的女人。姚娜渐渐地长大，她每天见到的情景都是那些蹬完了一天三轮车的汉子，一身臭汗地冲进屋来。他们掀开了通往内屋去的门帘，径直往里去了。不一会儿，他们便提着裤子又出来了，换另一个已在门口等候的男人再进去。他们将几张皱巴巴的钞票朝着姚娜坐着的桌面上扔了过来，脸上还残留着些许淫笑的余波。每日的这个时段，母亲很少起身，她一直都待在内屋里。而姚娜是从不敢进内屋去看一看的，仿佛里边躲藏着一头可怕的恶魔。有一次，她刚巧站在了门口，在门帘一掀的工夫，她瞥见母亲正直挺挺地躺在一张木板床上，有一幅白色的床单覆盖着她的全身，只有一颗脑袋露在了外面。其模样就像是一具等待殓葬的死尸。她吓坏了，从此之后，她连站都不敢再在那门口边上站一站了。母亲就是用这样换来的钱养活了她的女儿，也养活了她自己。读小学的时候，姚娜的绰号很难听，叫"婊子啦吾子"（"吾子"在上海方言里作"儿子"或"女儿"解）。那些调皮捣蛋的男同学一见她从操场上走来，便齐声协力地朝着她叫喊了起来。这自然对处于成长期的姚娜造成了巨大的，且永生都难以愈合的心理创口。唯对"婊子"这个字眼，她所怀的感受却是复杂而奇特的。她当然知道这是指什么，她也害怕听到它，但她又想去亲近它。她也说不清，究竟这个字眼中还蕴含了它显性词义之外的隐性的什么。至少，就某种意义上来说，它是她母亲的化身。她爱她的母亲，无论她母亲干了些什么，她都不恨她，不怨她，更不可能看不起她。她明白母亲的痛楚和艰辛。但她也有恨，强烈的恨。她将她的仇恨转移去了别处：她恨那些男人，也恨那个社会、那个将她们娘俩踩在了底层且无情地加以糟蹋、蹂躏的社会！她发誓有一天她要改变她的人生，她的决心之中含有了相当大的复仇的成分。

她后来真的如愿以偿了。她是一只从那片"江北窝"里飞出来的金凤凰。十五六岁的她已出落成了一朵粉嫩的白雪莲。在她居住的那个环境中，那些粗黑的男人几乎没有一个不渴望能染指于她的。他们说，他们愿意出一倍、二倍、三倍、五倍乃至十倍的价钱来成功这笔交易。但她的母亲只要一听到有人有如此暗示，便立马翻脸。她的双眼睁得彪圆，把压在她身上的男人一把就推倒在了木板床的下面去。她骂道："你这个杀千刀的！怎么不去撒泡尿照照自己的模样，滚！你给我滚！我不做你的生意！"那个大雪纷飞的寒冬夜，母亲将她藏压在了米缸下面的一叠钞票全取了出来，她将钱塞到了女儿的手中，叫她离开——离得越远越好。而且，她说，永远也别再回来了！这鬼地方，这不是个能让人活下去的地方！

姚娜后来真的再没回去过。甚至到了多少年之后，当她打算去把她的母亲从那里接出来与她同住时，她也是叫了她手下的人，开了她的那辆红色的宝马车去办的。那时的棚户区已被一家港资的地产商收购，正面临着全片夷平的命运。再过十年后，这里将矗立起一片鸟语花香、广厦千万间的人间天堂——这是竖立在那片地块的广告牌上说的。但那里的居民都已等不及那一天了，他们各自拿了各自的赔偿金，流散到了大上海的各个角落里去了。这是一片占地面积很广阔的拆迁区：南起平凉路，北及杨树浦路；东临双阳路，西至许昌路。拆迁工程已近尾声，区内一片残墙败瓦。到了夜晚，更是一片黑漆漆的狼藉，只留下几盏暗淡的残灯，闪烁其中，像坟地里的点点鬼火。姚娜的母亲就是少数坚持不肯离开那片土地的人。人的记忆与情感有时会背道而驰，越是有太深太痛记忆沉淀的地方，有时越让人在回眸时不忍离去。姚娜用手提电话指挥她的司机先开着车绕荒芜的地块兜了一圈，然后再沿着通往其腹地去的一条羊肠泥道驶了进去。见那轿车一路开来的架势，大家还以为是香港老板前来视察地盘了呢。待红宝马在姚家门口停下，姚娜的母亲被人接出屋来时，人们才明白了是怎么回事。但传说又循着另一条途径不胫而走了。说，那地块的收购者不是别人，正是当年从这里出去的那个叫作姚娜的小娘们的香港老公。

其实人们的猜想，从某种意义来讲，距离事实相差也不太远。要说有差距，只有过之而无不及。此话怎说？这段情节构成的是本小说的另一个故事切面，现在不提也罢。此刻，我们见到的小说场景只是育杭在锦沧文华25层楼的双人房中，面对着姚娜胸乳间的那只彩蝶，傻了——他对眼前这个女人的背景一无所知，正如眼下的小说读者们对她毫不知情一样。但女人望着他的那副傻样，却"咯咯咯"地笑开了，那笑声之失态仿佛是谁挠了她的痒痒一般。她说，怎么啦？怕啊？他说，不是怕，而是觉得有点儿……有点儿……她于是便收敛起了她的那种放肆的大笑，而让脸上挂起了一种神秘而又甜蜜的微笑。她的一只手向下游动着，一扯，就将他的那条BYFORD的松紧三角裤给扯了下来。在解除了束缚后，育杭感觉自己的那只不文之物突然就弹入了一个自由的空间。它直愣愣地挺立在那里，正以四十五度的角度，斜刺里对准了房间天花板上的某个目标，像是一枚安装上了发射架的"爱国者"导弹。

不知怎么地，面对女人，育杭第一次感到了自己男性裸体的丑陋与尴尬。他站立在了那儿，有点儿不知所措。但女人却说，状态不错嘛。她用指尖轻轻地点住了"导弹"的弹头，向下按去。力量不大不小，恰到好处。压够了，她一松手，那活儿便猛地反弹了上来，像一杆装上了弹簧的秤砣，上上下下来回摆动，刚准备停下，她指尖的压力又上来了。此招令育杭欲火中烧，身不由己。他一把抱住了眼前的这个刺有胸蝶的尤物，双双滚到了酒店的地毯上去。他疯狂了，不可救药地疯狂了。

三

在后来多少年的回想中，育杭明白了：他被她征服就发生在他俩第一回的交手间。他不得不承认她是个非同凡响的女人，还不单是指外貌——漂亮的女人他育杭见多了。而是指一种奇特的魅力与能量，当你与她短兵相接时，你便被那种能量重重围困了。她那一身本领究竟是何时何地练就的？竟然能在第一时间就将陆育杭这个情场老手像丢进了太上老君的炼丹炉中一般给熔化了？但仔细一想，其实，她也没干什么特别之事。那些挑逗性的动作是大胆了些、放荡了些，也出格了些，但又怎么呢？在男女干此事时，什么样的话什么样的动作可谓"出格"？这是没有的。她的那股子带妖术般的魅力是在她一举手一投足之间散发出来的，它们无所不在，它们弥满了整张床、整间房、整段时空。还有，还有就是那只彩蝶，刺青在她身体的那个部位上，让第一次见识她胴体的异性既兴奋又新奇，还带上了一点儿毛骨悚然的惊恐。这一切都可能刺激男人的性欲：一种既渴望得到又害怕得到的性欲；一种不是征服者的，而是自甘沦落为被征服者的性欲。而那两条纤细的蝶须则像两条高灵敏度的天线，外露在它们该外露的身体部位上，时刻在对她感兴趣的异性发射或接受着某种生理与心理的信息。在多少年后的回想中，育杭弄明白了，所有这一切原都是刻意为之的。

还有一些事情也令第一次与姚娜做爱的育杭感觉困惑不解：首先是那女人在进入状态前，先要去把酒店落地大玻璃窗前的遮光窗帘全拉上了，从而让整间房都变成了漆黑一片。之后，她再摸索着地走过去，把那盏位于墙角处的夜灯打开。夜灯幽暗的光线自下而上地照射过来，将酒店房间中的柜、台、床架以及自助酒吧上的各式摆件都投影在了房间白色的天花和墙壁上，显示出一种意蕴暧昧的神秘感。

她是当他俩在地毯上滚作一团时，将他一把推开，起身去干这些事的。完了，她向育杭说道，上床来吧，地毯太脏。对此，育杭没有异议。但不一会儿异议又来了。在这幽暗的光线里，育杭望着她的那张标致的脸蛋、那片雪白的胸脯以及刺青在了那片胸脯上的彩蝶，他那雄性的征服力又上来了。他骑在了她的身上，打算让她见识一回西班牙斗牛士的勇猛。他自信她一定会在他的胯下欲死欲仙的。但事与愿违。正当他激情勃发，企图用双手去搂住她的脖子时，她拒绝了——而且拒绝得相当冷静。她将他的两只手一左一右地分别从她的颈底处抽了出来，说道，你可以将手掌按在床单上来干，别搂我脖子，因为我怕痒痒。说完，便兀自"咯咯咯"地笑了起来，似乎一说到个"痒"字，她便真感觉痒了一般。在这种时候，说这话，做这事，显现这么一种表情，让育杭感觉十分沮丧也很泄气。还说要他把手撑在床单上将"革命进行到底"，这又该如何是好？他的一双手一会儿撑在床单上，一会儿又撑到枕头上，但感觉都不是个地方。而假如撑到她的肩胛上去，又觉得不妥。就算她不说痒痒，他也担心自己会用力过猛而整痛甚至整伤了她。他便这样东蹭蹭西蹭蹭地将事情干完了，滚到了床的一边去。他长长地吁出一口气来，心想，还西班牙斗牛士呢，这不快成放牛娃了？

但刚当育杭准备休生养息，恢复一下疲惫的体力时，他见到姚娜一头就靠了过来，她将她的头颅埋在了他赤裸的胸膛上，撒娇道，你怎么只顾你自己啊？我呢？我还没过够瘾呢。育杭俯下脸来亲吻她，他见她那对乌瞳在黝暗的光线里一闪一烁的，一副楚楚可怜的动人相。视觉上的刺激效果令他刚平伏了下去的欲潮又高涨了上来。他正准备再度爬上她的身体时，她阻止了他。她用目光与下巴向他示意，要他吻她和舔她：并自上而下地一路吻下去舔下去。他照着她的意思去干了。应该说，干得还挺不错，挺能叫她满意的。因为，他听到了她粗细不迭的呻吟声。

他移动着的嘴唇与鼻泡终于抵达了她的那片水草茂密的丘原地带。他抬起了脸来，意思是说，怎么样？该收工了吧。但他见到她的眼神中闪耀着一种坚定的光芒。这是一种炯炬样的目光，像两道含有高能量的射线，刺破那昏暗光线的屏障，直达育杭灵魂的深处。他感觉他无法也无力抗拒。第一次，他在面对一个女人时，产生了一种卑微感。他明白姚娜的意图是什么了。

他于是重新埋下头去，继续干他没干完的活儿。他与她口交，他令她亢奋非常。她的两只雪白的大腿将他的头颅夹紧了又松开，松开了又夹紧，她令他呼吸困难。这还不够，后来，她的手也加入了战围：她用一只手掌按住了他的脑袋，她要他完全按照她的节奏来行事，绝不允许他有一点儿松懈和怠工。她要让一场海啸在这家五星级酒店的这张双人床上掀起。而他呢？他只感觉眼前一片漆黑，他的鼻腔中充满了一股臊腥味，这是她体液的气味，还有就是他自己的。就在这股气息的重围中，他不明白自己是在享受呢，还是在受罪？但他再度兴奋，且很快失控。最后竟然泉涌双股、梅开两度了。这是一件育杭与其他女人的性爱游戏中从未经历和发生过的事情。

一切都完成了。风暴过后，情绪的葱郁的林木被吹摧成了一片狼藉。而他整个人像一部散了架的机器，趴伏在她大腿的根部，呼哧呼哧地直喘牛气，连动弹都不能，也不想动弹一下。她也停止了扭曲和折腾，两只大腿叉开，搁在了床单上；还有两条肩膀，散落在身体的两侧，一动也不动。她变成了一条搁浅在了沙滩上的江白豚。

她伸出手去，扭亮了床头柜上的台灯，她只是想为这幽暗的房间增添一道明亮的光彩。而他也从她的身体上抬起了头来，他不知道此时此刻他该对她说些什么才好才合时宜。因为他觉得，以他男人的身份与位置，他是应该说点儿什么的。突然，他望着他眼底下的呈现物，"啊！"地惊呼了一声出来。这惊呼来得如此突兀，如此尖利，尖利到了将那片笼罩着房间的静寂都给划破了一道流血的口子。但姚娜并未对此突如其来的惊呼产生太大的反应。她依旧平躺着，唇角带着微笑地望着房间天花板的某一处，一副"且听下回分解"的神态。

这回，育杭真是给吓着了。因为他见到女人下体的毛丛中探出头来的是一条昂首吐舌的眼镜蛇！蛇头呈三角状，蛇眼与蛇鳞都被刻画得极其精细与逼真。在这适度明亮的光线里，闪烁着一种冷冷的寒光，一副冷眼旁观的模样。而女人的双腿张开时，蛇头也由中线一劈成了两瓣。还包括它的那条又长又细的蛇舌，也一半平分在了各一边。

"这……这……这……？"跨国公司市场部的经理对这眼前的一切简直难以置信。

但这女人说话了。她说，这又有什么大惊小怪的？蛇不躲在草丛里，又躲到哪儿去？还有一句话，她没有说出来：对于一个好色的男人而言，女人身体的那个部位意味着什么？而那个部位又与自然界里的哪种动物最能对上号？蛇，毒蛇！

育杭一下子便愣在那里了。他终于瘫软在了床上。

四

表面上，姚娜和她的那位叫"强疤"的老公在黄河路的美食街上开一家"小娜炖品"的食肆店，故，姚娜的社会身份是一个个体饭店的老板娘。但实际上，她隐性的生意网络十分庞大。非但庞大，而且一旦运作起来，其效率与效益也都十分惊人。"小娜炖品店"只是她的门面活儿。她说了，假如你想在上海滩做成桩像模像样生意的话，不拥有一个可以自己摆布的吃喝玩乐的据点是不行的。"小娜炖品店"就是基于这么样一种思路的产物。

别瞧炖品店的门面不大，内里乾坤却深不可测。这可以从每个周末停在炖品店外的车辆的款式、型号和车牌的号码上看出个端倪来。本来，去到像黄河路这种地段的饭店里来的客人一般都不怎么样，上海滩上有点儿档次的阶层是不耻与其为伍的。而反过来也可以这样来理解：黄河路之所以能有今日的这番气象，这与"小娜炖品店"的存在不无关系。

但在这些车辆之中，最姗姗来迟的总是姚娜的那辆红色"宝马"。她将车在路中央一停，管它阻不阻塞交通，就婷婷袅袅地从车中走了出来。她随手将车钥匙丢给了迎上前来的交管人员，便自顾自地往店中去了。她的身后拖着一长串驻足观望的路人的惊羡的目光。

这个漂亮女人呼风唤雨的能量由此可见一斑。

很少有人了解姚娜真实的出身背景，而她对此事也有点儿讳莫如深的意思。如此姿态，让人产生的错觉是：她不是从徐汇区那幢花园洋房里出来的名门闺秀，便是来自北京中央高层的某位知名首长的千金。但你猜管你猜，她管她不予置评。

当然，她也不是一蹴而就便达到这么个社会地位的。从许昌路棚户区"出道"以来，她也经历过一段相当漫长的人生征途。但总的来说，她的前半生还是很顺当的。她的文化程度算高不高，算低不低：勉强混了个高中毕业文凭后便成功地一步踏入了大学的门槛。唯这所"大学"谁都能进，也谁都必须进，然而要以优异成绩自其中毕业的人却为数甚少。这所大学叫"社会大学"。这所大学的冠名权不归作者，也不归姚娜，它的发明者是伟大的苏俄作家高尔基。他的人生三部曲中的最后一卷便是用"社会"这个标题来命名的，叫"我的大学"。后来高尔基举世闻名，就是在这所大学里千锤百炼的结果。当然，姚娜不同于高尔基，姚娜有姚娜的特质，这便是她的美貌。十六七岁，正处于花季年岁上的她，身材婀娜，肤质白皙，浑身上下都流溢着一股子淮扬美女的冶艳。再佐以其表情与动作的诱惑力，一举一动一频一笑都已经蕴含了一个成熟女人的全部磁性。而女人的这种天生丽质，恰恰又是能在社会这所大学里培养成才的一项必要条件，就像文科学生要对老庄哲学和文心雕龙有悟性，数理学生要对爱因斯坦和霍金理论有特别的敏感度的道理。

切不可低估"小娜炖品店"的原因：除了上述那些因素外，这家店还是姚娜人生第一桶金的挖掘和累积之地。那时的姚娜刚从学校毕业出来不久，但骨子里就有了一个三十岁女人的那种见惯市面经够风雨的"老吃老做"相了。应该说，每个女人都有过少女的纯情期，但姚娜似乎没有。或者说是太短促了，短促得几乎可以忽略不计。姚娜结婚很早，不到二十就嫁人了。她当年的丈夫并不是那个叫"强疤"的人。她的前夫姓郭名正义。别瞧名字这般动听，唯此人的作为恰好是与其名背道而驰的。郭也是个出生于双阳许昌路一带的道上人物。青年时代，便十分"兜得转""吃得开"，更以其"帅哥"之貌闻名于江湖。我在此提及这个人和这个名字，这是因为在我们的小说里，也就是说在姚娜往后的岁月里，还有他作为一个特定角色的出现与参与。尽管此刻，也就是当姚娜正在"小娜炖品店"的饭桌上张罗着她的社交应酬，专注于编织一张商业关系的巨网时，他不在上海。他正在东瀛国的某地从事另一种人生。郭姚的婚姻关系持续了五年，当他俩在炖品店里掘到了第一桶金时，他们便分道扬镳了。他俩的分手分得相当理智，相当友好，因而也具有了相当的经典含量。他们甚至还互相对对方说了这样的话：来日方长嘛，假如今后还有什么机会的话——包括重建婚姻关系在内——咱们还是可以从头来过，合作一把。所以说，他们从黄河路那家小店里掘到的应该有两桶金：一桶分给了郭正义，他带着它去了日本；另一桶则留给了姚娜，留下的还包括了这家炖品店本身。

姚娜的这段人生经历，育杭后来都是在与她的交往之中从她自己的口中或他人的口中，东一点西一点地积腋成裘听来的。包括姚娜让手下人驾车去到那片荒芜之地，将母亲接出来的一幕。是的，就是那同一辆红色的"宝马"房车。当时的姚娜刚启动她的那桩"世纪工程"：苏州河北沿岸的那一大片俗称为"东六"的地块。市府的拆迁批文已经搞到手，银贷方面，门路也都已疏通好，甚至连香港的房产合作商也已敲定。万事俱备，只欠她姚娜在起跑线上的一声枪响了。就在这时，姚娜决定让她的宝马车开去了杨浦区许昌路。姚娜这个女人，纵然有一百个不是，有一点仍是值得肯定的。那便是她对她母亲的孝顺和感情。她很明白，母亲以她一生的忍辱受屈才换来了今日的一个光鲜耀眼的她。她感激她的母亲，更可怜她。都走到今天这一步了，她决定将自己的身世公布于众，公布的方式不是用语言而是用行动：开车到那片棚户区去将母亲接出来与她同住。唯一切已为时过晚了。五十来岁的母亲如今已满头白发，满脸皱痕，苍老得像个八十高龄的老妪了。而她年轻时代因职业缘故而落下的肾盂肾炎如今也已恶化成了肾功能衰竭症。每星期不做两回透析是活不成命的。母亲已病入膏肓了。再后来，母亲便去世了。姚娜站在母亲咽气的床榻前，她很想问她一件事：她的生父是谁？又在哪里？她不明白究竟自己是想去复仇呢，还是要与他父女相认，抱头痛哭一场？但她终究还是没将问题问出口来。她见到母亲临终前的痛苦样，她实在不想让这么个残酷的提问再在母亲的心头扎多一刀了。于是，母亲便带着这么个秘密，永久地离开了她。而她呢？她则将这笔欠账平摊到了这世间的所有的男人的头上——尤其是好色的男人。比如说：育杭。

育杭当然不可能了解她的那种隐密的心态。打锦沧文华那回后，他就一直没敢给她打电话。而她呢？她也没来电话。这种情形于育杭，以前是很少发生的。一般都是女人与他有了第一次之后，便不断地给他去电话，生怕她们会被他忘了。而育杭那一头，他又总是在尝过了第一口之后，便失去了新鲜感。他了解这些女人的心思，她们不想吃亏：她们不已让他给睡了吗？但她们还没从他那里捞到些什么实质性的好处呢。他对那些女人感到厌烦，所以他便会喜欢像菱菱这样的女人，随叫随到，又不缠人。假如他真有什么"好处"可以提供的话，他宁愿给后者。

但这一次有点儿不太对头，情势似乎颠倒了过来。在他的眼前老幻现那件碗口形的低胸衫和那两条蝶须。低胸衫慢慢地卸去了，露出了一对胸罩；胸罩又慢慢地除下了，一只油彩逼真的蝴蝶出现在了他的眼前！张翅的彩蝶就那么悠悠然地停歇在那片雪白的乳胸上，带着一股子邪气。但这是一种引人入胜的邪气，它让所有见到过它的男人过目不忘，深陷而不能自拔。就像一方红泥古印，一旦它在谁的记忆里打上印记后，你就休想再将它抹去了。

然而，最要命的还是对于那么个非常时刻的性幻想。如此幻想常常发生在他失眠的夜间。那一团漆黑的眩晕，那股浓郁的腥臊味，让育杭莫名其妙地便性亢奋了起来。他拼命地回想着和玩味着那股气味。究竟，这是股什么样的气味？他只是越回味越糊涂，而越糊涂又越想去回味。就是这么个美妙无比的旋涡，将他越拉越深，越深越不可自拔。后来，他将气味的组成成分界定在了麝香与干奶酪的混合层面上。这种漫无边际的性幻想甚至还让他付出了多回手淫的代价。

他终于忍不住了，主动给她打电话。一开始，他还装出一副若无其事的口吻。他说："听不出我是谁了吧？——"

"又想了，是吗？"

"想？想什么？"

"你心知肚明。"

育杭握着话筒愣了愣，决定还是回过神来。"想你了，想和你……嘻嘻。"但他极力回避着，尽量让自己的思路与话题不去涉及那个最黑暗的核心部分。

"不怕那条蛇了？"

"……"

但无论如何，她还是约他见了面。只是这回不在锦沧文华，改去了静安希尔顿。他说，我来订房吧。但她说，不用了，我订。

当他按时按地赴约时，他向着希尔顿酒店的 Reception 柜台走了过去，他说，请问姚娜小姐住哪间房？

接待小姐搜索了一会儿电脑："姚娜小姐？能讲一讲姚小姐的英文名吗？"

答曰："不知道。"

"哪国籍呢？"

"国籍？我想应该是中国人吧。不过……"

"我们这儿登记的只有 Linda YAO（姚），澳洲来的。刚入住。不知道她是否就是您要找的那位姚小姐呢？只是……"接待员面露难色，"您必须先与她通一通话，才能上去。"

他说："行。"

电话接通了。不错，正是姚娜。她说，上来吧，815 房。在此候你多时了。

这次与育杭幽会的已不是"姚娜"了，而是 Linda YAO 了（多美多能令人产生遐想的名字啊！）而且还是澳洲籍的 Linda YAO。这不是与他自己总感觉高人一等的美籍华人也半斤八两了？但，育杭的内心反倒因此而感觉踏实了许多，他觉得自己"拜倒在这么个女人的石榴裙下"也没什么不可。

在静安希尔顿 815 房间的双人床边，两人很快便进入了正题。就好比写一篇文章：甚少铺垫，直奔主题。在这点上，姚娜倒是很有点儿当年遮白被单睡在内房床上的她妈的风格。只是两人的目标大相径庭：一个为了赚取生存权，而另一个呢？另一个为了什么，谁也说不清——可能包括她自己。

姚娜海啸般的翻腾与呼喊结束了，一切沉入寂静。育杭从她的蛇窝里抬起了脸来，他抹了一把还粘在胡须上的亮晶晶的体液，就想往她的身上爬。他嬉笑着，说，Darling，我这头的事还没干完呢。但姚娜却侧过了身去，他见不着她的表情，他只听到她面对着大床里侧的衣帽柜在说话。她说，你自己的事，你就自个儿去解决吧。我想睡觉了，我很累。育杭半撑着身子望着她，没有动静。待了一会儿，他不得不睡到了自己的床位上去。那副悻悻然的模样，就像是一只染上了瘟疫的大公鸡。没法，他只能想象着刚才发生的那一幕幕的真情实景，自慰了一次。这种古怪的做爱方式一直延续着，在陆育杭与姚娜之间延续着：每回都遵循着那同一套的程序，采用同一种配方，自然也就有了同一个结局。渐渐地，育杭连找其他女人也兴趣索然了。他隔三差五地给姚娜去电话，约她幽会。他像是中了魔咒般的，干那事干得勤快而努力，尽管在他内心的某一点上是遭受了伤害的，而且，这种伤害还一次严重过一次。但他还是不肯放弃，他变成了两个自己：那个理性的自己总拗不过那个病态的自己，他不明白这是何故。

五

姚娜的那一身美妙而又神奇的文身图案是在香港做的。事实上，在这世界上，能拥有人体肌肤最高级文身加工艺术的地方也就数香港莫属了。那是她第三回去香港。她发现自己太喜欢那地方了，气候温润（这能让她少着衣衫，尽情地展露其迷人的胴体），满目葱翠（这又令她赏心悦目）不说，城市里的各种各样、花花绿绿的商品以及广告有若一片浩涛无垠的海面，让她的那只酷爱虚荣的小舟在其中载浮载沉的，其乐无穷。她很享受这种沉浸于物质世界中的乐趣。她绝不是一个不聪明的女人，但她从来都拒绝去理解那些空对空的有关精神哲学的理论。她记得有过这么一句话，好像是某个西方哲人或诗人说的。唯有这句话，她最听得入耳：假如灵魂不算是一种物质的话，那灵魂又是什么？是啊，那灵魂又是什么呢？这个世界，除了物质还是物质，除了钱还是钱。

她在九龙尖沙咀一带的弯肠小道上独自踟蹰。20世纪60年代建筑的老式的鸽子笼式的低密度住宅群占据了街道两旁大部分的地盘。在这片寸土尺金的商业黄金地段，偶尔也能见到一两幢铮亮崭新的玻璃幕墙身的新型建筑矗立其间，就像是一两只身材颀瘦的鹤禽类动物单腿独立于一大片鸡鸭鹅群中。鸽笼住宅如今也都被粉刷一新，开成了各种商铺。底层通常是食肆，人流量少一点的商户，诸如美容院、发廊、歌舞厅什么的一般都开楼上。有五颜六色的招牌店牌和广告牌从窗框窗架和窗台上烧焊出街中央来，大小不一，形状各异，色彩缤纷，让人一眼去，仿佛是置身于一片商业的原始丛林中。

她途经一幢叫作"重庆大厦"的商场。那时，她正从一条她也叫不出街名来的边道上穿行而出，来到了一条人熙人攘的大马路上。她见到有一方黑漆边框的街牌，几个繁体中文文字写着："弥敦道。"有几个皮肤棕褐色的巴基斯坦籍的大汉用半只屁股垫坐在人行道边的白铁栏杆上喝可乐。他们的身后是如流的车辆，他们的面前是如鲫的行人。在这亚热带的炽阳之下，姚娜裸露在外的皮肤显得格外的白皙耀眼。他们一个个都凝视着自人流之中走过的她，微笑，笑意中包藏着几分淫荡和猥琐。但奇怪的是：这种可能令其他女性避之而无不及的表情并不令她觉得反感。她的目光勇敢地、饶有兴趣地向他们迎去，之后更停留在了那些巴人的棕栗色的肩肌块上。她抬起头来，也望着他们，笑了。

她在"重庆大厦"的进口处驻足，朝里张望了起来。这幢位于尖沙咀傍海段的旧式大楼的大堂，其实早已不成其为大堂了。它的每个角落都让大小不一的商铺给占据了，各种色彩与内容的中英文广告牌此长彼短、横七竖八。夹杂着大堂里原有的惨白色的日光照明灯，以及在这光线之中进进出出的黄白棕黑各种肤色的人流，形成的是一幅畸形都市的畸形繁荣图。她猛然记起来她在上海看过的一出由香港导演王家卫执导的，叫作"重庆森林"的影片。女星林青霞扮演的那个女毒枭没完没了地神出鬼没在那片色彩与人群的污泥浊水间，干着她那些罪恶勾当。她当时便生纳闷：如此人物和情节又与"重庆"这个地名，以及"森林"这个地貌有什么关系？此刻，她茅塞顿开：她喜欢香港、喜欢尖沙咀、喜欢"重庆森林"、喜欢林青霞扮演的那个角色！她信步朝大厦里走了进去，在招牌与招牌、人群与人群的隙缝间东张西望。她发现了一块小小的、刻有英文字母"TATTO"的黑白橙边的灯光招牌，不知什么缘故，她感觉心头一震！

事后证明，她的直觉是有道理的，她的直觉从来也没有欺骗过她。她不认识那个英文单字，但她能敏感到：这个英文单字与她灵魂深处隐藏着的某种生命基因是相吻合的。

就当她在那家"TATTO"的店堂里站定，她便见到那个原先坐在街道白铁杆上喝可乐的巴人也尾随她而入了。原来，他是这家刺青店其中的一名技师。他始终望着她笑，一排雪白的牙齿镶在了他的那张棕肤色的脸庞上，显得分外醒目。他向她说英语，她听不懂；但她向他说国语，而他反倒能听懂个大概。非但能听懂，有时还能说上一两个中文字。他告诉她说，他是专门跟人学过的——尽管中文十分难学——目的是能做台湾、新加坡以及这些年来越来越多了的大陆游客的生意。他又取来了一份样品册，让她过目和挑选。而她，当下便选中了那幅胸蝶照。巴人技师再次向她露出了一排贝齿，笑了。他向她跷起了拇指，称赞她有眼光：这是在我们那个地区的土著部落里流行的某种男女间的关系的巫术，他结结巴巴地用手势来配合他的语音。他说，难道你，也明白？

她当然是不明白的。她只知道，她喜爱那只大胸蝶，它合她的意。

接着，她便做了文身手术。在一个光线半明半晦的单人间里，她赤裸着上半身，躺卧在那张皮质阴冷的靠椅上。一只"嗡嗡"叫唤的手提刺青机在她那白嫩的皮肤上一刺一扎地运行着。她感觉有点儿痛，但很刺激，也很舒服。渐渐地，这种持续的、带点儿发麻的刺痛感令她产生了一种无法抑制的生理上的欲望，尤其是当那纤细的刺针在她乳房的四周移动时。她记起了她的第一次：那种快活与痛苦兼而有之的混合感让人感觉像是徘徊在天堂与地狱之间。她迷迷蒙蒙地睁开了眼来。她见到那只肌块垒垒的棕色手臂贴得她很近，她闻到了一股从男人躯体上散发出来的脂腥味。她将眼缝再睁大了一些，这回她看清楚了那张棕肤色的脸蛋和那排雪白的牙齿了，它们之间有着一种各就各位的和谐，它们正俯视着她。而那种浮荡在男人眉宇间的淫笑，在此刻的她的眼中，竟显得如此的不可抗拒。那人说话了。他说，他知道她现在在想什么。他于是便关闭了刺青机的马达，将整个儿身体都俯趴了下来。

他干了她。在陌生的香港，在一座陌生的"重庆森林"里，在一间半明半晦的屋子中，在一张皮质阴冷的手术椅上，她让他给干了。

后来，待刺青活儿全部完成时，那汉子说，就改收你半价吧。但她坚持说，这是她自愿的，再说了，他也令她十分享受啊。她非但不打算省钱，还出手阔绰地给了对方双倍的报酬，这自然令那男人喜出望外。

几个月后，她又回去了，回到那座"重庆森林"里去了——她硬是摆脱不了那次性经历给她造成的一种牵梦萦魂的想象力。她忍不住就订了张机票，又飞回去找他。谁知那人一见到她就笑，说，他知道她一定会再来的。这回，他替她做了下身。待工序完成后，他与她口交了：这是她的第一次。事实上，对她而言，口交的全部启蒙经验与快感都是从那男人处获取的。

后来，她第三次再去。这是因为那位棕肤色的巴汉曾告诫过她：如此一道中东巫术的全过程是必须分开三个步骤来完成的。你已完成了其中的两项，还缺少最后那一步，而那最后的一步才是最关键的一步，才是此术的点睛之作。这是一道绝活儿，一招杀手锏。与其相比，之前的两道步骤充其量也只能算是一种铺垫。就好比吃饭，要吃三碗才能饱的，单吃两碗够吗？只有当第三碗也下了肚，一切才踏实了。

那回，当她完成了手术，从"重庆森林"里走出来的时候，她顿时感觉弥敦道上阳光特别耀眼、特别灿烂，也特别明亮。与那棕肤色的男人干不干，以及干了几回都已不再重要。重要的是：此刻的她终于修成正果啦！

不知怎么地，这么件玄事儿，她居然相信。这是因为后来那男人同她讲了几句半夹中文半夹英文还半夹了些当地土语的话。意思是说：心诚则灵。他说：这是一种灵，灵能助人也能杀人；灵能助你也能杀你——因为你，也是人。但，是吗？她想，她不是人，是妖。

六

姚娜的老公叫"强疤"。之所以起了这么个难听的绰号，这是因为在他的前额上确确实实留有一道明显的肉疤。但他的妻子却从不如此来称呼他。她叫他"阿强"或"强哥"。她甚至听到别人在唤他绰号时，会皱起眉头来，她说："你们懂得尊重点人，好不？他是有名字的。"

阿强是个沉默寡言之人。他沉默得有些怪癖，经常低垂着眼睑，不爱正面瞅人。他的两瓣厚厚的嘴唇时不时地在那里嘟嘟囔囔着，仿佛是憋了一肚子的委屈一般。

尽管在名义上，他是她的丈夫，但人们见到他俩同宿共栖的日子少之又少。原因是她总是在外应酬，总是在忙。而忙乎了一整天的她，又总喜欢选择在某家五星酒店的房中过夜，说，这样方便些，明天一早，不又有一大堆繁忙的公务事要等着她去处理吗？

但有过两次例外——而且还都是两次惊天动地的例外。

第一回是在"小娜炖品店"三楼的一间专用的豪华包厢里。那晚，姚娜没去五星级酒店，她留在了那间包厢里与一位领导作一次私密性很强的"恳谈"。那包厢，除了可以用餐外，其实还做了很大的功能上的扩张改造工程：它拥有独立的厕所、浴室、红酒储藏柜不说，冰箱、电视、保险柜、卡拉 OK 音响系统，一应俱全。房内的装潢也极尽奢华之能事，除了餐台、吊灯、沙发和天鹅绒的幔帘外，还配备有一张六尺半宽的电动按摩水床，水床是从日本进口的，功效神奇。人在上面一躺，再按下电钮，便能让你享受到一种沉浮在波涛涌动的海面上的幻觉。添置此等设备的目的据说是给在饭店里吃饱喝足了的达官贵人提供一种能让身心彻底放松一番之可能性的。

那天已经很晚了，还不见老板娘和那位市府要员自房中露面。近半夜时分，饭店的服务员说要不要给他们送些夜宵和果盘进去？谈工作谈了这么久，也该谈饿谈渴了吧？强哥先是阻挡了一下，说再等一等吧，说不定也就快完了呢？但过多一会儿后，坐在大堂里百无聊赖的阿强也变得越来越焦躁不安了起来。他在堂里这一头到那一头地来回不停地走。后来，他停下脚步，吩咐厨子煮出了两大碗菜馄饨来，又让吧台里切出了一大盘西瓜，打算亲自送上楼去。当他决定这样做时，大伙儿都见到他的脸色开始变得苍白，厚厚的上下唇也颤抖个不停，他有点儿精涣神散的意思了。

他端着东西上楼去。两个侍应小姐走上前来，说，老板，还是让我们去送吧。但他惘然若失地摇了摇头，一级级地踏着梯板上去了。那两位服务小姐总感觉有点儿不放心，便紧随其后，也跟上了楼去。在二楼的转拐处，他转过了脸来，他挥停了她们的脚步，让她们双双站在了二层踏往三层去的扶梯平台上，望着她们的老板颤颤巍巍地托着一只盛有馄饨和水果的盘子独自往楼梯上去。他站停在了那扇包厢的房门前。

但他并没有按钟或敲门，而是俯下身来，隔着门缝，贴耳倾听了一会儿。继而，他又站直了身，原封不动地端着那托盘，往楼下走了回来。在梯廊间并不太亮的照明条件下，女服务生见到他步履不稳，整个人都有了一种向前的冲势。而他手中的托盘则更是先于他的身体向前滑去。还没等那两位姑娘喊出声来，炖品店的老板已连人带盘地从梯级上翻滚了下来。滚烫的馄饨汤与葱花末撒了他一脸一身。然而最要命还是那把搁放在托盘一边的，本来是准备着为了让客人能叉西瓜瓤出来享用的，尖锐的不锈钢的钢叉，此刻已深深地扎进了强哥的前额中去，他血流满面，其样吓人。

立即，整个饭店就像炸开了锅，人们七手八脚地将钢叉自阿强的额头上拔了出来，草草包扎了包扎，便拨通电话唤来了救护车，准备送他上医院去。本来，外面这么大的动静，包厢里的人是不可能听不到的。但包厢的房门始终没打开过。有人建议说，去敲敲门吧，兴许老板娘睡着了？但正被人扶着走出店门去的阿强却转回身来制止了。他说："别……别去打扰她……打扰他们……"

包厢的房门是在第二天早晨9点过后才打开的。身着睡衣的姚娜与那位大员齐齐现身在店堂里。大员很快便让"奥迪"车给接走了。送客后返回店里来的老板娘一脸无所谓的模样。她的脸上甚至还浮着一种暧昧的笑意。员工们都围了上去，向她叙述了昨夜发生在这店里的惊险的一幕。她说，其实在蒙眬间她也听到了些什么。"但这没啥大不了的事，打一针破伤风针，吊几天盐水，不就完事了？"但她说了，"待会儿，我会去医院看望强哥的，慰问他一下。"

她一边说，一边又笑了。只是谁也不清楚，后来她究竟是否真去医院看望过他。反正，阿强额头上的那道肉疤从此生成了，他变成了"强疤"。

还有一回更惊心动魄、更扑朔迷离，且疑团重重。

那晚，姚娜忽然吩咐手下人去干一件事。她要他们去她陆家嘴"滨江花园"的家中把她的寝具都取到店里来，然后再在那间厢房的那张大床上铺设齐备。她说，今晚她打算与强哥共度良宵，过一个温馨而又浪漫的夜晚。她还说，这些年来，因为太专注于工作的缘故而忽视了对丈夫的关爱，这事一想到，便叫她心生内疚。她决定在今晚上给予他一个补偿，给予他一个意外的惊喜，云云。她叫厨子今晚要献出他们最拿手的厨艺来，为他俩烧一桌丰盛的晚餐，好让他俩享用后，再一同快快活活地上床去就寝。

事情的一切都按老板娘的嘱咐去完成了。时过半夜，当时的店里还未打烊，还有几桌过夜生活的男男女女在那里啜酒吸烟、打情骂俏。突然，就有一声恐怖的尖叫从饭店顶层的那间豪华包厢中传了出来。叫声来得如此突然、如此惊恐，以至于那些个啜酒的男男女女也都一个个不由自主地站起了身来。立刻，便有两位侍堂小姐跑上了楼去。人们只听到包厢的门打开了，慌乱的脚步声和嘈杂的人声交响成一片。

斜歪着脑袋的阿强蜷缩在床上，浑身上下一丝不挂。两个姑娘见状就退了出来。她们重新跑回楼下去唤了两位男生上来。他们合力将老板翻过身来，只见他脸色苍白，气若游丝。老板娘站在了一边，她基本已经穿戴完毕，她在给自己披上一件丝质的睡袍的同时吩咐道："快，快送医院！"

阿强在医院里住了三日，最后还是死了。他死时，姚娜是站在他病床边上的。站在他床边的还有小娜炖品店的全体员工。员工们虽然感觉他们的这位老板性格有点儿内向有点窝囊，但都承认他是个好人。他的阴郁与寡言中自有他无法言达的苦衷。

他七孔流血，脸部肌肉因强烈抽搐的缘故也都僵固成了一坨坨奇特的丘陵与峡谷的地形分布图。其死状相当的恐怖。

姚娜朝着厨师们问话了。她说："你们做的那条味道鲜美的河豚鱼，可把毒肝去除干净了？否则，阿强怎么会这样了呢？昨晚上，他最爱吃的便是那条鱼，他边吃边赞许说，好吃！好吃！我见他如此贪吃，便全让给他吃了。想不到……唉，那条该死的河豚鱼、该死的河豚鱼啊！——"

她说着便抹泪了。她俯下身来，趴在她老公的身上号啕了一番。此情此景与一个中年丧夫的女人的哀痛也没有什么两样。

后来，阿强的死因报告便以"食物中毒"给处理了——也只能作出如此处理。事实上，院方在阿强的血液中验出的不是河豚鱼毒，而是一种类似于蝎子毒的毒素。但这是一种罕见的毒蝎，别说中国找不到，就是在这地球上的总存量也相当稀少。它们仅生活在非洲一带的沙漠里。但，它们的毒素又是如何进入阿强体内的呢？没人能为这个疑问作出个合理的解释来。再以后，再以后也就谁都不提这事了，好像这件颇不合乎逻辑的怪事压根儿就不曾发生过那般。

七

　　郭正义是在阿强死了一个月后的某一天才从日本回来上海的。

　　姚娜亲自去浦东机场接的机。红色宝马将老郭接了，便直接从机场驶来了"小娜炖品店"。在这之前，老板娘已做了预先的安排。她说，怎么样他都是你们的前老板。她让饭店的员工们两排一溜地站立在店门前，以示欢迎。车抵时，员工们都亲眼见证了他们的郭老板如何神采飞扬地从车门间拱身而出时的情景。还是那张棱角分明的海派小白脸，乌黑溜光的发际剃得老高。他穿一件 Boss 的黑色紧身 T 恤，富有弹性的面料将他肩膀和臂上的肌块都很夸张地凸显出来。一双美国"福来生"牌的尖头拷花绅士鞋擦得一尘不沾，其优质的皮革面闪着一种富有内涵与厚度的光泽。当它们从"宝马"车打开了的车门间率先跨出来，踩到地面上去的时候，让那些站立在店门口的、如花似玉的女侍应生都不由分说地看出了一阵阵的心跳来。

　　身材高大、脸庞英俊的郭正义就这样挽着他前妻的玉臂从两排欢迎的人群中穿过，进入炖品店里去。如此场面，连姚娜的那位司机似乎也沾了光，感觉高人一等起来。他昂颈抬头，拖着那只拉杆行李箱，亦步亦趋地跟随在他的两位主人的身后，走进了店门。

　　他们曾经是夫妻。现在一个丧夫，另一个未娶，当然毋庸置疑还是夫妻。这事之存在名正言顺，合理合法。既然社会都这么认为了，还有谁会去质疑呢？一直到了多少年的后来，姚娜在香港出了事，遭逮捕。法庭要她出示她与郭正义夫妻关系的那份官方文件时，她才自我辩解说：其实，郭所做的一切与她都无关。他俩除了那份最后的离婚协议书外，并不存在另一份再婚类的证明。社会上的许多说法，因而都是出于误解。因此，她的财产是她的，而郭正义的是郭正义的，债务也一样。他俩的权利义务，法律责任都是分开的。她的话一度令香港法庭对她奈何不得。

　　然而在那些最风光的日子里，郭正义完全是以她合法丈夫的身份入住到黄河路炖品店的那间豪华包厢中去的（事实上，他在上海也无另址可住）。他俩在包厢中重温旧梦，"长相厮守"了两周的时间。其后，姚娜还是姚娜，她又开始夜夜不归，过起了她的那种不是在希尔顿就是在波特曼的颠凤倒龙的夜生活来。但郭正义不是"强疤"，对此，他毫不示弱。他说，她不在场不更好？应该来作如是观：她是故意让出了时间和空间来让我有所作为的。年富力壮的郭老板没让任何一个"独守空房"的夜晚白白浪费掉。每次，只要他来了兴趣，他都会在店里挑一个女服务员来陪他过夜：能忽视他老板身份的，抵挡不了他的那股成熟的男性魅力；能抵御其魅力的，又无法不屈就于他那老板的权威。他是恩威并施，软硬两手都出招，此事又哪有不成之理？而且还不需要他掏一个子，什么都是现成的：对象，场景，甚至消夜食品。出东洋出了这些年头，老郭已今非昔比，从来就善于察言观色的他，其精明之程度与手段的腕力如今都已更上一层楼了。

有一天，那位市委大领导突然思念起姚娜来了。他一整天都坐在他的那张大班台前批阅文件，在一片黑字与红字的汪洋大海里浮现出来的老是她的那张面孔和那具刺青着胸蝶的躯体，还有就是躯体如何在床上翻腾扭曲时的诱态。这种性想象令那位领导魂不守舍，神游天外。他几次三番地从大班椅上站起身来，在房中焦躁地踱步：他拥有不少个情妇，但为什么当他的思路一旦触电到姚娜这个名字和她的那只神秘兮兮的胸蝶时，他便无法自控？他想不通个中的玄妙。

那天，他提前离开了市府办公大楼。他不叫司机也不带秘书，连手机也都关了。他讨厌那些个一刻都不会有停断的打进来的电话：奉承，拍马，假正经，还有那些"嘀嘀嘀"的假笑声以及大段大段对他的赞美之辞，赞美之辞后面，他知道，必有事相求。他独自打了辆的（幸好的士司机没认出他来），告诉司机说：去黄河路，黄河路的小娜炖品店。

当他在炖品店的餐桌前坐下来时，侍应小姐们都惊讶了，心想，这么个大人物，怎么不带任何随从，就一个人闯到店里来了呢？还说，只要给他一碗葱油拌面就可以了。这不成了这些天来每晚都在播放的电视连续剧"康熙微服私访记"里的情节了？但市领导说，他就喜欢这里的面，喜欢一个人出来清静清静。他将食指封在了嘴唇的中央，做出了一个"嘘！"的动作。他要那些女招待千万别张声。

他于是便一个人细嚼慢咽起那盘葱油面条来，还时不时地啜上一口大麦红枣茶，润润口。他想着他的心事。后来，他瞅准了一个没人注意的当口，起身离座，做出了一副要上洗手间去方便一下的模样。他当然不是去洗手间，而是三步并作两步地登上三楼，站到了那间豪华包厢的门前。他轻轻地叩门，寻思道，这会儿的姚娜该正躺在房内休息吧？见是他一个人的突然造访，说不定能有多么意外、多么高兴呢。于是他，不，不单是他，应该是他们——他们便可以……他听见他自己向自己发出了两声"嘿嘿"的笑声。

然而，一切出乎意料。来应门的并不是睡态倦慵、媚姿撩人的姚娜，而是上身打赤膊，下身着了一条比基尼三角内裤的郭正义，郭老板。再望进去，床上还躺着一个年轻姑娘。姑娘的双手紧抓毛毯，把自己的身子裹得严严实实的。她只露了张脸在外边。她的一对惶恐的眼睛正朝门口这边张望过来。领导呆住了，他说："我，我没事儿。你们……你们慢慢干吧。"想想不妥，又说："你们好好睡吧。"仍不妥，再说，"你们——你们再多休息一会儿吧……"好家伙，两个从杨浦区许昌路棚户段出道来的"小江北"竟然能在某一天令从来就习惯高居临下来看人察物的领导大人也都结结巴巴了起来，单凭此点，这对江北籍的凡胎俗类便应该感到心满意足了。即使日后他们遭受大的挫折和不测，那又怎么呢？他们也算是没在这人世间白活一遭，如此"功德圆满"的境界全上海两千万人口之中能有几个可以达到？

然而，当郭正义认清房门口站着的是谁的时候，他立马便慌了手脚。他本想发作骂娘，说哪个混蛋偏偏在这个时候来搅了老子的好事！他的那副凶巴巴的姿势与表情当下里便崩塌、酥软了下来，它们化作了一副讨好的嘴脸，说，"啊哟喂，是……——我这就穿衣，穿衣！"但领导说："别啦，别啦，我也是随便走上楼来瞧瞧的。我还有会要开，我……""不不不！您既然来了，怎么可以不坐一会儿就走呢？"郭老板再一次地重复了他的决心："我这就穿衣，穿衣！"

他飞快地跑进房去，胡乱地套上裤子、衬衣和外套，连领带也没系一系，就赶紧跑了出来。但他发现：领导还是走人了。

郭正义懊恼万分。他不正想要找他吗？应该说，姚娜不正要找他吗？或者说，他和姚娜不都想要找他吗？就怕不好找或找不到时，他倒自动现身了。然而……

无论如何，姚娜后来还是将事情作了弥补——她在这方面技巧的娴熟度从来就是毋庸置疑的。她找到了那位领导，她对他说，你说怪也不怪？其实就是在那当儿，在他想她的那个当儿，她也正想着他。

他想，也对，这时候他的手提不是关了机的？他是怕那些烦人的电话打进来。假如知道她要来找他的话，他当然就不至于……他说："你也在想我——想我什么啦？"

"想您的那个宝贝疙瘩呀！"她纤细的手指朝着他的裤裆里戳了戳，于是领导便"哈哈哈"地释怀了。

实际的情形当然不是这样的。那一回，她约会的还是她的老情人陆育杭。是她主动约的他，她约他是因为她有事要托他办。

这次的约会地点她安排在了四季酒店，这家位于茂名路威海路拐弯角上的，刚落成不久的超五星酒店里。酒店大堂里人造棕榈高耸，溪流汨汨。大弯位的吧柜内外都充满了浓浓的欧陆情调。他俩就打斜坐在了那排吧柜位上，互相望着对方。她望着他的眼睛以及隐藏在眼睛背后的眼神。而他则怔怔地望着她胸前的那两条蝶须，一副深陷其中不可自拔的表情。她笑了，说，她知道他现在在想些什么。但且慢，这一次她约他出来是有正事要谈。

她要同他谈的正事是：她拥有一家目前已在上海证券交易所上市的公司，公司打算扩展海外业务。除了会在香港联交所挂牌（此举已完成）外，还准备去纽约上市。而她相信，育杭目前任职的那家跨国投资公司在这件事上是能帮上她忙的。

育杭听罢，望着眼前的这个女人惊呆了（此刻的他再也无法去留意她的那对胸蝶的触须了）。他从来便知道她有些背景和来头，但就绝不可能想到，到头来，故事的情节发展竟然会是这么样的。联交所？纽交所？这还了得？你这不是与李嘉诚和比尔·盖茨坐到同一张桌子上来了？

"公司是由我的丈夫郭正义当法人代表的。"

"噢——是吗？"他不明白她在此刻说此话的用意，他对法人代表一事兴趣不大。

"这种出头露面的事，我从来就是喜欢让位给你们男人去做的。不是有句话吗？每一个成功的男人的背后都站着一个成功的女人——我就愿意做那个站在背后的女人。"

"还有一句话：每一个成功的女人的身上都压着一个成功的男人。你愿做那个女人吗？"

但她并不接他的话茬，对他嘻嘻的坏笑也罔若无视。她说了，一旦跨出国门，就是市长、市委书记也都作用有限了。而她呢？她尽管拥有一个发音美妙的Linda的英文名，但这又有何用？当你面对那些密密麻麻的英文专业文件时，别说英文名字，就是她的那张成绩单甲优等的社会大学的毕业文凭也一样不管用。但，她说，她并不担心，她不是还有他吗？

育杭笑了，道：敝人愿效犬马之力！

后来，他们终于回房去了。整套程序都走得差不多了。就当育杭嘴脸朝下，趴在那堆黑草丛中呼吸着那股屡令他亢奋不已的甜丝丝、腥烘烘的气息时，大领导也正闻到了一股扑鼻的葱香味，这是从那盘服务员刚端到他面前来的葱油拌面上散发出来的。

八

姚娜与郭正义合股的那家地产公司取名"上海置地"。从前有家名气响当当的"香港置地"公司，这是一家从属于英资怡和集团的老牌上市公司。20世纪七八十年代，曾是香港地产界叱咤风云的龙头大哥，香港房地产业的综合指数随其股价的涨而涨、落而落。后来，不知出于何种原因，公司私有化了，她从香港联交所的挂牌榜上除了名。这是20世纪80年代末的事了，想不到二十多年后，这只旧皮囊又被人捡了起来，灌入了一种叫"上海"牌的新酒。灌酒者在这只已报废了的旧皮囊袋上贴了一幅全新的标签。标签下方印有三行小字，制造商：小娜炖品店。厂址：上海黄河路×××号，电话多少多少，而e-mail又是如此这般等等。看上去一切都像模像样的像回事。

此事能成气候至少证明了两点：一是策划者的商业智慧、眼力和嗅觉的超常、超前和超人。二是"上海"这个地域名称的含金量在此二十年间的迅增猛长。姚郭两人只是巧妙地玩弄了一场"上海"牌的概念游戏。他俩从这个概念的阶梯上一级级地攀登上来，他们站到香港这块跳板的最前沿了，然后便纵身跃入了波涛浩渺的国际商海中去，他俩玩大了。

两个四十年前从杨浦棚户段出道的"小江北"要玩大，玩到国际舞台上去，单凭某些个人的"智商"和"手法"当然是无法成事的。就像演话剧，在他俩的背后竖立着的除了抽象的上海概念外，还有具体的上海实质——在那期间，整个上海市政府都做了他们模糊的背衬。在这个模模糊糊的舞台背景之上，此局长那局长此秘书那秘书……像一个个星闪星烁的亮点，此起彼伏，一闪而灭，叫人始终无法定睛。

人间正道非沧桑，而只是利害与共的同路之行：有人愿意站到台前的聚光灯下来舞枪弄棒地表演一番，也有人只能藏身在幕后的某个角落里控制灯光的亮度，提供道服具。所得的票房收入是三七是四六还是五五分账？外人自然不得而知。反正各在其位，各施其法，各尽其职，也就各得其所了。坐在观众席间的广大的看戏人见到的只是打扮光鲜的演员郭男和姚女，他们假戏真做，他们有恃无恐，他们是"冒险家乐园"里新一代的探险家。

这一段时期正是姚娜最春风得意的日子。第一笔注入"上海置地"的有形资产到位，那便是北苏州河畔的"东六"地块。于是，概念不再抽象，置地置地，如今可真有"地"

可"置"啦。公司的腰杆子硬了，姚娜的腰杆子也就硬了。她频频地往来于上海、北京、香港、纽约和悉尼。她钻出了"劳斯莱斯"又钻入了"林肯"，钻出了"林肯"又钻入了"奔驰"，钻出了"奔驰"又钻入了四个圈的"奥迪"。只有当她回到上海时，在浦东机场门口等候她的总还是那辆红色的宝马车和那位拖拉杆箱时昂头挺胸的小伙子司机。她在宝马后座的皮椅位上整个人都松垮了下来。她终于有了到家的感觉了，她说："累啊——真累！"

即使是在这样的疲顿与劳累中，她都不忘忙中偷闲地约下育杭出来幽会，做些放松身心的"充氧运动"。当然，要育杭主动约她，如今已变得很困难了。她满世界地飞，他到哪里抓她去？所以他只有等她来电。好在育杭要在这方面解决问题还是容易的。他的"存货"不少，饥渴了，随便扯上一听易拉罐，再泡上一盒方便面，拿来喝了吃了便能完事。完事之后，继续再等。

育杭还是中午晚上地带着他的那位外国主管到处转，出席各种场合与人物的宴会、饭局。还是"苏浙汇""美林阁"和"小南国"；还是故意迟到半个一个时辰；还是企图吸引异性的眼球；还是踏进包厢时做抱拳状，说："兄弟来晚了，让诸位久等"之类。然而，在他的一个男人的心灵深处已于不知不觉中沉淀了些什么——算是记忆呢还是情结？连他自己也说不清。或者，这两样东西本来就是同一回事？

那一次，当他的手机歌唱起"献给爱丽丝"的来电提示时，是中午时分，他正在"新天地"的一家饭馆里与人应酬。他握着手提，跑出包厢，站到了走廊里来接听。他听见耳机里一片"咝咝"的太空音，但却听不到有人的说话声。他说："是你吗？——我知道是你。你现在在哪里？"

"香港，"她说道，"这不，我又想你啦。……"

"该不是又要让我去看那些该死的英文文件吧？"一听到果然是她时，他又变得嬉皮赖脸起来了，"想你想多了，连那些英文单词也给想忘了许多。"

"这不就妥了？难道这不正是我所希望你能保持的那种状态吗？快去订张下午的机票，晚上，我在这儿等你吃饭。"

傍晚时分，载育杭的士从赤鱲角机场出来，一路飞奔，最后停在了位于香港金钟区的那座由著名美籍华裔建筑师贝聿铭设计的、举世闻名的中银大厦的门前。他手提一件简便行李，急吼吼地便从古铜色的大门间旋转进了大堂里。他放眼望去，就见到姚娜与一位中年男人正坐在一张沙发上边谈话边等他。见他来到，便双双站起了身来。姚娜着一身乌黑闪光面料的晚礼服，雪白的颈脖被衬托得更加雪白。之上，挂了一串珍珠项链，项链的蚌珠在中银大厅明亮的灯光里闪烁着一种润泽的光华，将她那两条最易引人注目的蝶须也给遮蔽了去。她向中年男人介绍的是育杭的英文名。

"Charles。"她说，"美国 × × 投资公司中国区的副总裁。"

立刻，育杭的脸上便有些麻辣感了。这 Linda 也真是的，他想，待会儿交换名片时，你又叫我如何是好？

但他发现 Linda 神态自若，语速流利。于是，他也跟着自然了起来。他想，既然有 Linda 挡驾在前，又要我紧张尴尬个啥？

脸蛋有些烈辣，双睛便有了些眼花；而双睛有了些眼花，当然也就没去注意那位中年男人的长相以及他可能是谁了。但他分明听到 Linda 在那里介绍该位男子："Billy Chao，香港中银的仇行长……"

他一下子便呆在那儿了。他细细地打量起眼前的这张油头粉面的脸来：不就是育杭前两天在香港凤凰台的电视光屏上见到的那同一张吗？当时的他正主持召开香港银行公会的例行月会。会后，由他代表公会向着伸上前来的各式各款的话筒，宣布说：本港利率维持不变。

不错，就是这张面孔！他记得当时的他还很感到骄傲。他朝着坐在他边上的那位外国主管说："Look！如今在香港的金融界，咱们中国人也占有半壁江山了！"仿佛仇行长的出镜也能为他这么个在外企打工的中国人带来点什么似的。

正发呆呢，就见对方向他阔步走了过来。育杭慌忙将双手一齐伸了出来说："您好！您好！——Nice to meet you！"

仇行长很大方地挂着一张和蔼可亲的笑脸，他说："Linda 的朋友也是我的！"

这话颇令育杭感动，他握着仇行长的那双大手，感觉又软又暖。

再见回这张面孔和这双大手是在五年之后了。不在凤凰台也不在任何香港电视台的光屏上，而是在央视一套案件聚焦的节目时段里。仇行长站在了犯人栏里（与他并立而站的还有另外几颗光头），那双白皙而又壮实的大手紧紧地握住了栏栅前方的木档。这令育杭不由自主地记起了第一次握着它们时的那种暖而软的质感。那张曾是挂着大方而自信的笑脸现刻也已变得扭曲而惶恐：它正注视着高坐在主审台上的法官的脸。育杭听见法官在那里宣读判决辞：仇××一审判处死刑，缓期两年执行……

然而，就在此一刻的灯光辉煌的中银大厅里，仇行长笑意灿烂。他那宽厚多肉的手掌被握在了育杭的双手之间，感觉十分良好。他并不知道命运之途的前方将会有些什么正在等着他——他当然不会知道的，他甚至连想都没有去想过这个问题。也正因为这样，此刻的他还能如此投入地扮演着他的那个人生舞台上的特定的角色。这算是上帝对人类的慈仁呢还是残酷？这是一道任何哲学家都无法解答清楚的难题。

仇行长在笑。不单是仇行长在笑，Linda 也在笑。不单是仇行长、Linda 在笑，育杭一样在笑。他们彼此互望着，露齿而笑。似乎在这人生中，再也没比现在更快乐、更幸福的一刻了。除了笑，他们还都互相说着对方，或对对方，或对对对方的恭维话：Linda 是如此的漂亮、迷人，就像登台领奖的某位好莱坞明星；Charles 则是学识渊博，青年有为；仇行长更是福大命大——这点仅凭其长相便能判断出来——将来不当总理，也至少可以弄他个财政部长来当当，诸如此类。

后来，仇行长又请他俩去了他的那间位于中银大厦顶层的宴会厅用餐。偌大的餐厅中只坐着他们三位宾客，服务小姐与着黑西服的领班倒站了一长排。落地排窗外是壮丽的维多利亚港的夜景。正是暮霭降临的时分，湛蓝的海水也变得黝黯了起来，而港岛及九龙半岛的摩天大厦的森林里，朵朵灯花醒来，一闪一烁地预示着一个新的繁华都市之夜的开始。站在这世界的峰顶向外眺望，气势壮观，慑人心魂。育杭想：一座银行大厦不建成这样又应该建成啥样？这样的俯瞰，这样的高居临下，再财富再繁华再显赫再五光十色，不都一样匍匐在了它的脚下？这餐饭局中的一切细节，当然不是什么"苏浙汇"和"美林阁"所能比拟的。这种富豪级的宴会只有在香港这座世界最奢华的国际都会里的最奢华的一个阶层才能享用到。如此场面，叫平日里老喜欢抱拳作拱的"海派老江湖"陆育杭也不得不正襟危坐、目不斜视了。

仇行长请他们吃的是最上等的神户牛排，还开了两支珍藏的，出产于 20 世纪 60 年代初的法国古堡红酒来招待他们。育杭与行长隔着长长的宴会桌面对面地坐着，抽着烟味醇厚芳香的哈瓦那雪茄，他俩聊着、笑着，仿佛是一对已经相识了多年的老友。后来，仇行长酒喝多了，起身上洗手间时的步履都有些不稳了。育杭忙起身去扶他，但行长笑着摆了摆手，说：没醉！没醉！离醉还远呢。他说，如此应酬场面他几乎天天都有，天天有也就产生耐酒力了，产生耐酒力也就慢慢地习惯了。别的倒是不怕，怕就怕日长月久地这么下去，对肝脏和心脏会有什么影响没有？……

晚饭结束之后，仇行长便用他的车子将他俩一同送去了万豪酒店。万豪酒店离中银大厦不远，就坐落在金钟的后半山上，而酒店的套房也是行长一早叫人替 Linda 预订好了的。进入酒店房间后，稍事休息和排洗，两人便又开始玩起了那套惯常的游戏来。此回喝足了红酒，育杭感觉自己充满的是法兰西古堡式的激情。但姚娜说，慢。她不要激情，要浪漫。于是，育杭只好先克制止住了自己。他放了一支施特劳斯的圆舞曲，搂着她的脖子跳了一圈舞。一圈舞后，姚娜又发话了，她说她现在又要激情不要浪漫了。育杭于是马上调整情绪，让自己再度进入状态。唯这一次，当他从那片蛇窝里抬起头来时，姚娜并没有立即转过身去睡她的觉。她向他说了一件正事。她说，那份让他转交给纽交所预托上市的文件中有相当一批数据是存在误差的，这是因为大陆的会计计算方法与西方的不尽相同的缘故。她问育杭："你有看出来没有？"

育杭答，他倒是没有，但他们公司美国方面的财务顾问看出来了。他们已打了好多个电话来，也电传了一批文本过来。他们要他赶快把事情询问清楚，之后再作处理。

询问清楚？要询问清楚，那还要你干吗？

但，面露难色的育杭如此说道，美国和香港地区的证监部门厉害得很，精明得很，严格得很，他们都是些训练有素的的专业人才。万一……

"不会有万一的，Darling。我出手这么多回了，都有过哪次万一？"接着，她便问育杭道，难道你就没有注意到这两天香港联交所的"上海置地"的股价天天都在暴涨的形势吗？这是她通过多家经纪行在市场上不间断地、大规模地吸纳收购自己公司的股票的效应所致。买我股票的股民如今都赚到钱了，他们口口相传，他们召回了更多的股民来投资我们公司的股票。都有钱赚了，你说，还有谁会不高兴？所以说，冒涨的股价有时是能掩盖很多麻烦和漏洞的。这条经验不也值得你们美国的经纪行拿去借鉴借鉴么？

这倒也是……但？

但什么？

但如果总是以高于市场价来回购你们自己发行的股票的话，这笔账又如何能算得过来？育杭仍然是一副疑云密布不得其解的模样。

买入的最终目的是为了卖出。买少卖多，低买高卖。这就叫"炒"——股票这样东西，不靠炒是不行的。

炒股票这件事我倒是明白……

你又明白什么了？

　　明白……他真还是不明白。但他说，炒来炒去，资产仍然是这些，盈利也就是那点，如此这般，还不得个"空"字？再说了，假如真要按照你们的意愿去炒热炒熟一只股票的话，需要动用的资金量可不是个小数目啊。

　　"所以说啦，认识仇行长难道是白认识的？"她这才展开了一脸舒心的笑容，唯这笑容第一次让育杭望而生畏、望而生寒。"仇行长能做到很多人做不到的事，而我在上海政府方面的背景又能做到很多仇行长做不到的事——懂吗？"

　　育杭只能说："懂。"

九

　　郭正义和姚娜要找领导谈的也是这同一桩事。

　　表面上看来，那时郭正义夫妇正处于事业的巅峰期。法人代表郭正义拿日本护照，其妻（？）姚娜则是澳洲籍的 Linda yao 女士。如此婚姻搭配组成的社会亮相对于这个被崇洋情节作祟了百多年的国度与民族来说，再薄也算是涂了一层保护色。大领导早在许多年之前已经指出：目前本市经济工作的中心任务就是利用好外资。此话怎讲？就是说：凡从国外来的投资者的利益理应得到政府方面的特殊照看和保护。外来的和尚好念经哪，连大领导都曾经作出过类似的感慨。其实，姚娜就是在领导大人的暗示和直接关怀下去搞了本澳籍护照兼取了个 Linda 的洋名的。当然，郭正义不是。他当年跟随了大批的上海移民前往东瀛国去的目的纯粹是为了淘金，想不到这事在多少年后倒歪打正着了。一年前，他收到了前妻的一封寄自上海的来信。信中说到了那项所谓的"世纪工程"，她要他回国来与她配合作战。她说，这档子买卖，一不要资金，二不要学历，要的就是他与她的两个外籍身份。而一切，她都已安排停当。她与他可以再做回夫妻（真假当然无所谓），然后一同冲出上海，冲出中国，冲向世界去！郭正义在读信之时都有些梦境感了，但有一点他是绝对信赖的：那便是他前妻的折腾能力。知妻莫若夫嘛，他知道，不到有把握之时，她是不会给他去那封信的。其实，当时的老郭正在东京的新宿区推一辆小车，沿街叫卖人家的压库货。生活饥一顿饱一顿的，租也租的是新宿夜场所看更夫们住的一席"榻榻米"。想不到竟然有洪福自天而降，他边读信边掩着嘴偷笑了好几回，他还往自己的脸上狠狠地拧了一把，证实自己不会是在梦中吧？后来，他终于释怀地笑出声来了，他用江北粗话骂了一句："勒死你妈妈，这个小娘姚 × ！"他立马动工，自己替自己取了一个叫"福库达"（福田赴夫）的日本名字，再去日本出境厅办了本日籍护照。掉过头来，他提刀鞭马，重新杀回上海去。

是的，就那一回，在强哥死后的一个月。他与姚娜在那间"小娜炖品店"的包房里，除了重温夫妻生活外（当时，他还问了姚娜一个问题。他说，人家都说"小别胜新婚"。但我们这是"阔别"，又是"复婚"，你可知道这句成语又是如何说的吗？姚娜说，这……这……她不知道），还举行了一系列有关项目的谈判工作。姚娜说："再不会有第二人了，在这件事上，我俩永远是最佳拍档！"

她要他出任公司的法人代表。他很爽快地便答应了：他知道她一早已为自己留好了退路。但点子是她的，策划是她的，关系也都是她的；假如他不为她站到台前来挡一挡冷箭，又有谁来挡？姚娜闻言便笑了，说，就知道郭哥"拎得清"，也只有他才会有这份侠骨。而这点，正是这么多年来老叫她忘怀不了他的地方。那个夜晚，他俩又十分投入地做了次爱。姚娜让他见识了那只胸蝶，这自然令他惊讶不已，也兴奋莫名。但她却没让他见到那条蛇，因为蛇，是她专门为育杭而留着的。而即使是对育杭，她也还保留了一些更隐秘的什么。这是多少年前在香港，在那片"重庆森林"里，巴籍刺青师教附给她的第三道巫咒，只有在某个特定的场合，为了应付某种特定的形势，针对某个特定的对象她才可以偶尔为之，一试牛刀。之后便立马鸣金收兵，教人摸不清头脑。比如说那一晚，在那间包厢里，那个枉死的强哥。这是她的生存魔术，也是她之所以能迈向成功人生的一件重要的秘密武器。而她对个中分寸感的把握必须十分精准，才行。

后来，郭正义果真为她挡了冷箭。当冷箭一支接连一支射过来时，他就一个人站在了舞台的聚光灯下。他扒开了衣衫，露出了一块毛茸茸的裸胸。他拍一拍自己的胸脯，说，来吧！都朝我这里射过来吧！我是法人，我一人做事一人当！

他非但为她，还为许许多多躲藏在了她身后阴影里的面目模糊的背景人物都一一阻挡了明枪暗箭，他包揽了全责。

他的侠骨，他的大义凛然，他的说话算话同样也从有关人等处获得了应有的报答。那时的领导大人还在台上，他仍然端坐在他的那张背后竖立着一杆五星国旗的大办公桌前批阅文件。他在有关文件上批示说，"上海置地"是沪上公司走向国际商界的第一家，是上海这些年来改革开放所取得的可喜成果之一，意义重大。这样的企业理应支持、鼓励和好好地加以扶助。当然，在他审阅了有关部门转呈给他的一些其他文件时，他也作了另类批示：该公司有违境外证券操作法规一事必须严肃处理。其法人代表负有不可推卸的责任。至于公司本身则应另当别论。云云。

　　郭正义便是在这条批示的背景之下才遭拘捕的。那一次，他由外地返沪。当他走出舱门，正准备沿着舷梯下机时，他突然就望见了那辆远远地停在了机坪边上的印有蓝白色检察院标志的警车。他临危不惧，就像电影里拍出来的地下工作者那般，十分镇定地将手机掏了出来。他与远在香港万豪酒店里的姚娜通了话。他在电话线的这一头告诉她说，他已飞抵上海，但他病了。这一回看来病得还不轻。他要她好好保重自己。

　　后来，郭正义被判刑三年，关进了上海提篮桥监狱的一间单人房。但没过多久，他又被押送去了另一处。那是一间配置有沙发、冰箱、空调和液晶电视机的"特供牢房"。除了没有出入的自由外，平日里看看电视、喝喝饮料、与狱警搓搓麻将打打牌，生活过得悠闲惬意，颇有点儿离休干部养尊处优的待遇了。但物质条件是满足了，精神以及生理的呢？于是，他又想起了那个打碎啤酒杯的女服务员来了——他尽管骂她扫把星，但她姣好的面容和身材还是让她成为炖品店里这么多服务员小姐中最叫他心生向往的一个——他通过典狱长将那姑娘弄进监狱中来住了一晚。就在那张六尺宽的大床上，他搂着姑娘折腾了一宿，狠狠地过了把瘾。临走时，他往姑娘手中塞了一叠钞票。此举除了能保障那女孩今后可以随叫随到外，还有另一层基于人道主义的理由：怎么来说，每次"入狱"都会对一个无辜女孩造成身心上的伤害，郭老板毕竟是留过洋（"东洋"也算是"洋"）的，他明白，双重的劳动理应获得双重报酬。

　　说到底，凡此种种姚娜都是可以通过关系想到办法的。事实上，这一切也都是她在暗中操作的缘故。这对真假夫妻，真作假来假亦真。从某种意义上来说，他俩间的这种关系既传统又现代；而且，该现代时现代，该传统时传统；比现代更现代，比传统更传统。姚娜认为：自己在五星酒店里夜夜笙歌天天花天酒地的，她总不能让她的替身在那个暗无天日的囚牢里过得太不像话吧？这些道上的规矩姚娜是很清楚的。非但清楚，而且实行起来也步步到位。而郭正义呢？他对目下的安排还是很满意的。虽然失去了自由，但如果待在日本，他又会是个啥模样？他不还一样是在东京的街头叫卖人家的仓底货？当然，自由是有的，而且还很充分。但没钱。对于钱与自由间的关系问题，持有不同人生观的人会作出截然相反的诠释。有人说钱才是最重要的，钱能买到一切，包括自由。但有人的认定却恰好相反。只是老郭他是属于持第一种看法之人。他想，不也就是三年的工夫吗？怎么样，也总能熬出个头来。要知道，时辰一到，跨出了监狱的大门，阳光灿烂的日子还不是可以让你一直享受到老死？人生在世，哪一种选择更合算，这不是件明摆着的事吗？

但他忽视了一点：人算不如天算。

这次"上海置地"事件缘起于香港，但究其根由还是在上海。

虽然一个时期以来，"上海置地"的股价在香港股市上涨势凶猛，但想不到的是所有这一切都在一日之间，被一股突如其来的飓风给刮得枝折叶飞、刹时凋零了。

某日，香港某报的国内新闻版报道了一起事件："上海置地"的主要资产，该市北苏州河路的"东六"地块的地权起争执——"上海置地"未必就是这块土地资源的最终拥有者。报道续称，世代居住于该地块上的原居民，由于不满征地赔偿额的不足起而闹事，进而更上访京城，要求讨回公道。而更令上海市政府头痛的是：就在个火急火燎的当口，还冒出了一位姓郑的律师，声称：愿为受害群众打一场免费官司，以能维护法律的公正，云云。真是屋漏偏逢连夜雨，此事一经披露，舆论哗然。而政府的"救火"措施，则是鸡手鸭脚，越搞越乱。火没救熄，反倒还引发了多处意想不到的火头，火势越烧越旺了。

此事后来在大领导的直接干预下，终得以平息，那个搞是搞非的郑律师也以扰乱社会正常秩序，破坏安定团结罪，判刑三年（竟然也是三年！莫非他们将郭正义案的宗卷调了来，作为参考？）。但无论如何，事件已经被曝光，香港联交所管委会宣布："上海置地"公司股价大起大落，已导致投资人经济蒙受损失。本会决定对其进行独立的司法审核。结论是过了半个月后才予以公布的：内幕交易，操纵股价，业已构成对于有关证券条例法规的触犯。勒令该公司停牌整顿两周，交代事件原委。这事后经沪港两地政府方面的高层洽商，有所缓解，但有一条共识仍是达成了：替罪羊或不可缺。郭正义正是这种情势之下，才被推了出来，推上祭台，充当了那头献祭羔羊的。

十

当姚娜约育杭再度去"万豪酒店"会面时，事件其实早已平息。老郭早已开始了他的服刑生涯，而且连女服务生也已替他送进去好几回了。然而，就在此时，姚娜接到了来自上海方面育杭的消息：他们委托的那家美国证券行已决定中止为"上海置地"在纽交所上市所作的包销申请。究其因，固然与某报的报道有关，但更与该公司申请上市时的会计附表上的巨额数据出入有关。总之，肉想吃钱想赚，但带腥之肉有时硬吃比不吃更糟。在美式法制制度的模具里浇铸出来的商业机构的价值观，有时，固执得来连一点儿回旋的余地都没有。尽管育杭苦口婆心地向对方做了不少解说工作，也反复地强调了所谓的"中国国情"，但对方仍不领情，还说这是董事会的一致决定，不存在任何商榷之可能。育杭没法，只得硬着头皮向姚娜作了解释。他说："没能帮上你的忙，你可千万别责怪我噢！"

想不到姚娜在电话线的那一头却轻松地笑了，她说："没关系——没关系的！生意不在人情么。"又说，她正想给他打电话呢，不为生意不为什么。因为——因为她又想他了。她约他两天之后仍在金钟万豪酒店的吧廊里见面。临挂机前，她还对着话筒的那一端"啧啧啧"地亲吻了好几下，弄得育杭心神恍惚，一整天的工作都无法集中精神。

好不容易熬过了两天。那晚，他又来到了金钟半山万豪酒店的那间面海的大房里。大房俯瞰着整幅维多利亚海港的夜景，而他与她再度面面相对。其实，在这场游戏中，他俩是老搭档了。但不知何故，这一回，育杭望着那个面对自己站着的叫姚娜或者是Linda Yao的女人，心中突然就升起了一种陌生感。他有点儿怯场了，甚至还有点儿心悸。他无缘无故地记起了他俩的第一回：那是在上海，上海南京西路的一家叫锦沧文华的酒店里。他俩也是这样面对面地站着，一样是背景着一幅巨型的落地玻璃窗。所不同的只是窗外的景色：一个是水光掩映的海面，一个是车水马龙的路面。育杭不明白，在这两幅不同的场景间，究竟有些什么相似的因素令他神经过敏了？多少年后，他才明白。他将它们比拟成了一篇情欲的悼文，一篇首尾呼应的情欲悼文。

像以往一样，育杭遵循的还是那套相同的游戏规则，他完成了他那头应该完成的一切程序与劳作。但这一次有点儿不同了。完事之后，他见姚娜仍然全身赤裸地平躺在那儿，微笑。她颔首示意，要他骑上来。但育杭反应不过来，他呆呆地望着她，意思是说，你……你这是怎么啦？

上来呀。

上来？上到哪里来？他还以为自己这次的服务未能达标，她要他舐吮她上半身的某个部位。

上我身上来干啊——难道这不是你一直最想要做的那件事吗？

这下，他总算听明白了。他的两眼都放出光芒来了。瞬刻之间，他那西班牙斗牛士的血液又在他的血管里涌动、澎湃了起来。他已忘了他已有多久没有过这种感觉了——

即使是在其他女人身上，他也没有。

　　他一脸坏笑地跨了上去。而她呢？她就一直躺在那儿，保鲜着一种勾魂的媚笑。但立即，他再一次地犯愁了：他的双手应该安放在何处才好呢？安放在何处才能令他使出劲来，使出浑身的解数来呢？后来，他还是选择安在了白色的床单上，他有过这方面的记忆，他绝不敢越雷池半步。

　　"你这头蠢驴！哪有男人这样来干事的？"

　　她用她的手拉起了他的手，她将他的双手双臂一左一右地自她的肩胛处塞入，环抱住了她的身体。她叮嘱他一定要搂实她的颈脖，因为她喜欢他这样做。他问她：你不怕痒痒了？她说：不了。哈！这回才算是真正到位了呢。他口中不说，心里直叫唤。他很快便进入了状态，而她的身子也扭动了起来，开始配合。

　　一秒二秒三秒。一分二分三分。他血脉贲奋，他幻想着被他压在了身子底下的应该是杨贵妃呢还是玛丽莲·梦露？其间，有过那么一回，他希望将两只手从她的身背后抽出来。他渴望能像个真正的西部牛仔般的，双手脱离了缰绳地，颠簸在一匹烈性野马的马背上。就像从前的他与许许多多其他女人在干事时所采用的那种姿势。但她不愿意，她还是要他搂紧她，非但搂紧她，还要他整个人都俯下身来。她将舌尖探入他的口中，并在其中大刀阔斧地搅动。渐渐地，他的口腔和鼻腔中都弥漫了一股牛乳与野花的混合气息。气息越变越烈，越变越稠。富有性经验的育杭明白：这是一种性腺的分泌物，是某些女性在高潮来临时的特殊的生理反应。

　　如此察觉令他变得一发不可收拾。他一下子便抓到了那个再熟悉不过的感觉了。他决定松手，他要让自己自由落体般地坠下，坠入到那个疯狂的旋涡中去，然后再其中幸福地沉没，淹死！

　　但就在这千钧一发的时刻，他突然"啊！"地惨叫了一声，那声惨叫的恐怖与响亮度绝不下于当年"强疤"在炖品店三楼包厢里所发出的那一声。他猛然清醒了过来。他赶紧去抓牢那条他差点儿没松开了手的生命的缆绳。他感觉那股岩浆般的液体开始倒流，它们又重新缩回去了他的体内的某一处。

　　与此同时，他见到有一只全身赤火通红的蝎子从姚娜躺着的枕头底下现身，一个停顿之后，随即窜行而过，它消失在了白色的床单之下。他"啊啊啊"地，惊恐得连话都说不出来了。但他还是断断续续将他所见到的景象一一告诉了姚娜。她说，是吗？他说，是。她说，有吗？他说，有。她又说，真有吗？他吞吞吐吐了一会儿，还是说，应该……可能……好像……有。她再说，你能肯定吗？这回，他不言语了。他不敢肯定。他觉得是他看花了眼——而他越想，越感觉是自己看花了眼。五星级酒店雪白的、香喷喷的床单上，连蚂蚁都不可能找到一只地方，哪来什么全身赤红的蝎子？但他右手的食指与中指间有一种剧烈的、火辣辣的疼痛感，他明显地感觉到它们正在迅速地肿胀起来。

他翻身跳下床，全身一丝不挂。他不顾一切地飞跑进盥洗间，开启了水龙头，他让哗哗的凉水冲洗着那两根已开始在变色的手指。后来，他又取了一条洗面巾来，在手指根的部位上绕了几个圈，完了，他一边用左手，另一边则用齿尖，将毛巾扎了个死紧。

做了这番初步处理后，他才返身回到房中去打电话。他直接打去了大堂的经理处。他说："我这是×××号房间。这里出了点危急情况，请你们赶快派人来。要快！越快越好！……"

育杭不愧是个在美国念过博士学位的人，在处理同样的危急事件时，他与强哥采取的是绝然不同的方式。在往后的日子里，早已脱离了险境的育杭动不动就会向人总结起他的所谓"人生经验"来。他说他这一生有两桩事是做得最得体、最智慧、最果断也是最成功的。第一桩是他在中国改革开放之初选择了英语专业，并去了国外。第二桩就是这一桩。其实，这两桩事是绝不能相提并论的，第二桩远比第一桩要来得事关重大。一个最多是活得好不好的问题，而另一个则是能不能活下去的问题。

育杭放下话筒，见到姚娜就站在他的边上。她已穿戴整齐，望着只裹了一条下身浴巾、狼狈之相毕露的陆育杭，笑了。说道："何必呢？如此紧张，如此兴师动众的——事情真有那么严重吗？"

"……"

此刻的育杭还能向她说些什么呢？杨贵妃、玛丽莲·梦露，她们不早死了吗？他觉得站在他身边站着的会不会是她们的幽灵？他身不由主地从内到外打了个深度的寒战。

酒店人员马上便赶到了。他们见事态严重，一分钟都不敢有耽搁，就将育杭送去了位于香港旧山顶道的嘉勒撒医院的急症室。那晚之后的记忆，育杭感觉都是断断续续的。他只记得望着他的医生和护士个个神色凝重。他们一言不发地进进出出，行色匆匆。验血报告出来了。他们告诉他说：你感染的是一种蝎子毒。这种毒蝎十分稀少，除了在北非的沙漠里，地球上的别处都很难觅其踪迹。至于治疗的方案则更简捷、果断，且毫无商榷余地：立即切除受感染的那个肢体部分，以免毒素扩散全身，危及生命。育杭闻言先是发了发愣，但随即就坚决地点了头。只是鉴于签字的困难，平生第一次，他在医院的那份手术同意书上按下了一个红色的拇指印。

十一

　　大领导遭中纪委"双规"的真实过程根本就没人见到，但坊间的传闻版本却有多款。一说是中央通知他去北京出席一个重要的核心层会议，怕他生疑，还专门安排了若干副职人员与之同行，他任团长。甫一下机，他就单个儿被"请"进了一辆"奥迪"车里，从此再没露面。二说是他的宝贝儿子先在国外惹的祸（儿子出国留学和定居的种种事宜都是由姚娜替大领导一手包办了的）。儿子有个陋习，就喜欢赌钱，而且，要么不赌，一赌便是大手笔的豪赌。此事虽经领导夫妇多次的严厉训斥和好言规劝，均未能奏效。以前还好，不是去拉斯维加斯就是去大西洋城。因为是在美国，中国有关部门的线眼力够不着，所以还没闹出什么乱子来。这次不同了。他因听说今日的澳门赌业已实行公开招标制，澳城因而也一跃成为一座全新的、国际级的赌娱中心。他按耐不住心中的痒痒，遂带了女友一同前往，一试赌运。但结果是兵败澳城，带去的几十万美金全都输了个精光。输了精光不说，还让国安部的人给盯上了。说，这个国产青年是谁的谁呀？出手如此阔绰，肯定有来头。一查二查，当然就将大领导给牵连了出来。第三种说法就更富于小说色彩了。说是有一日，大领导在办公室里工作累了，很想放松放松。于是便在下班时直接去了他的那个家住闵行区的情人的家中。正干着呢，国安部人员便登门入室，逮个正着。当然，假如事情真是这样的话，人家其实是一早作了准备的。斧子是现成的，只欠安个木柄上去罢了。

　　只是在这么许多的传闻之中，暂时还没听说有一桩是与姚娜以及她的那家炖品店有瓜葛的。

　　按理说，如此情形姚娜应该感到宽心才对。但不是，在江湖上摸爬滚打了这么多年的她，这回也真正感觉到了西伯利亚强寒流在到来前的那股阴冷之气的逼近。从来做事镇定自若、深浅莫测的她也有些沉不住气了。那天，她一个人坐在店堂临窗的一个座位上，手指间夹着一支纤长的 Virginia 淡烟，边吸边吐，边朝着窗外凝望。窗外黄河路上人熙人攘，比肩擦踵。各式人等，男的女的老的少的穷的富的，都从那扇窗的窗边流动而过。她突然就感到了一种彻骨的孤独和无助。她多么希望自己只是他们之中的随便哪

莫奈《罂粟田》（局部）

一个啊。从前追求财富、追求名利、追求显赫，现在渴望平凡，因为平凡意味着安全。然而，显赫者希望重获平凡就如平凡者指望能在哪一天发达出名一样的困难，一样的遥不可及啊。她把烟头在烟灰缸里掐灭了，腾出了那根右手的食指来。她用指尖触摸到了位于她锁骨一侧的那条蝶须的须端。她的指尖沿着须迹慢慢地朝下滑去，这是她生平第一次用自己的触觉器官去感觉它的存在以及它那种奇特的质感：肉麻凹凸却又平整光滑。在她漆黑一片的思想的空间，她还在努力地追寻着一个问题的答案。究竟，它是什么？是蝶？是人？是灵？还是一句带能量的咒语？但她回答不了自己的提问。还有就是多少年前的那个阳光灿烂的下午，那条繁华的弥敦道，那位神秘的巴人技师，以及在"重庆森林"里经历的那一幕幕的情景。她一样样地回想着，不禁长长地叹出了一口气来。

一位身着黑西服的马仔——就是她叫他驾驶着她的那辆"宝马"去到许昌路棚户区将她母亲接出来的那一个——匆匆走进店里来。他径直朝她坐着的那个窗边座位走去，然后俯下身来。他在她的耳根边嘀咕了些什么。那天，凡留在店堂里当班的服务生和领班们都亲眼见到了他们的那位漂亮的老板娘的脸色骤然转成了煞白。她"忽！"地站起了身来，刚才还在吞云吐雾的嘴唇都显得有点儿颤抖了。她一言不发地离座而去，她的身后追随着那位黑西服的马仔。

自从那次离店后，她的下属中便再也没人见过她了——直到永远。

事实上，她当晚就搭机离开了上海。随身带了一只 LV 拷花图案的旅行箱，和她的那份印有 Linda Yao 的澳籍护照。她去了香港。

这事距离育杭在她的床上遭蝎螫已过去一年多了。那时的育杭已完全与她断绝了往来：她不给他打电话，他也不给她打。

育杭在此事件发生后不久回过一趟美国——他总是要回去的。太太苗子见他好端端的十根手指中突然就短缺了两根，大为惊恐。她说，这么严重的事情，这么大的手术，你怎么也不叫我一声去中国陪你呢？至少，我也能为你去端个汤水、签个手术同意书什么的，我，毕竟是你的妻子啊！育杭的答复是他一早就已经在返美的航机上想好了的。他说，事出突然，再说了，当时他也不在上海，他是到云贵高原的某处偏僻的山区办事去了。他被当地的一种不知名的含剧毒的蝎子给螫了。如不当机立马壮士断指的话，可能连性命都难保！他哪还有时间通知她来签字？苗子闻言，当然无话可说。但她还是忧心忡忡，她告诫他说，以后这种地方，这种长毒蝎的地方，可千万别去了！宁愿丢了工作，宁愿少了收入，也别去了！——她还想同他白头偕老呢。她说着说着便抱着她的丈夫哭了。她说，你为这个家付出太多了！我只要你，其他什么都不在乎！你听到了吗？你听明白了吗？育杭的嘴巴正好贴在了她的耳根边上，他轻声地对她说：我听到了，我听明白了。

苗子是说者无心，育杭却是听者有心。这事之后，他与姚娜断绝联系的决心便愈发坚定了。其实，在他俩之间压根儿就没发生过任何足以令他们断交的不愉快事。即使是在那一次，育杭全身麻醉截指后醒来见到的第一张面孔仍然是她的。她正站在他的病床边上，俯身望着他。蒙蒙眬眬之间，他听到她在喊："醒了！醒了！医生他醒了！——"那叫喊声遥远得就像是一道空谷回音。她望着他的那张醒过来的脸，快活地笑了。她问道："你感觉怎样？还疼吗？"

他疲乏不堪地摇了摇头，其意暧昧：是"不痛"呢？还是"感觉没怎么样"呢？还是索性暗示说，请你别问了，我不想说话。甚至，你，最好还是先回去吧！

或者，这三层意思都有。

终于，姚娜走了。她走时对他说，因为见到他醒了，没大碍了，所以她也安心了，安心了，也就可以离开了。育杭朝着一脸柔笑，正向他道"再见"的她眨了两眨眼，就算是代他挥手作别了。一则是因为虚弱，再则右手让绷纱布扎着，也不方便动弹。

这是他俩的最后一次见面——尽管在当时，可能谁也不会想到事情会发展成这样。

一年之后——也就是姚娜提着旅行箱最后一次从上海机场出发后的没几天——她又坐在万豪酒店房间的大窗台前了。一份当天出版的某报摊开在她大床的床罩上。报纸的首版上印有一条一号黑体字的大标题，写道："上海置地"董事会主席郭正义加刑十二年。之下一行小字：上海××领导事件余波未了。房中没有一丝声息，时间又渐近黄昏了。隔着双层消音玻璃窗，姚娜望着正在她脚下静静地燃烧着的维港夜景，她不由得想念起了育杭来——那种真正意义上的想念。甚至还有过要给他打一个手提的冲动，只是她很快便将这念头掐灭了。又过多了一年，还是在这同一间房中。当香港廉署行动处的人员破门而入时，她正著着一袭深紫色天鹅绒的连衣裙，打横端坐在酒店大床的床沿边上，她已整装待发。唯此一刻，第一个闪入她脑中的念头不是恐惧，也不是为她自己将要去面对一种怎么样的人生前景的担忧，而是他——育杭。她喃喃自语道：你知道吗？我真正爱过的男人其实只有你一个。

被廉署带走后，她很快便被起诉了。尽管控方无法找到证人和文件来证明她与郭正义间的合法的夫妻身份，但起诉她的司法程序丝毫没受影响：她是因操控股价，违反港地的证管条例而被定罪的。这与她是郭的合法妻子的量刑轻重也只是半斤八两之别。法庭一锤定音后的判决辞是：Linda Yao（中文名姚娜）哄抬股价，欺骗公众罪名成立，被判入狱四年零六个月。即时执行。

从此，姚娜便像其他犯人一样穿上了条形的囚衣。她日出而起，日落而息，过着那种最刻板、最规范、最死气沉沉的监狱生活。她很快便老去了，发间都开始显露出丝丝缕缕的花白来了。但她沉默寡言，很少与其他女囚做交流。人们不理解她心中在想些什么。见到她的那副老将自己束之高阁的模样，都起了反感，说，进了这地方，谁还是谁？想摆谱？等到哪天，跨出了这道门槛，看你还有没有那份造化！

但过了不久，姚娜果真让自己从那道门槛中跨了出去，而且再没回来。那天晚上，她先是躺在床上哼哼唧唧的，然后便大声叫喊了起来。管教的女警跑来一看，发现她脸色苍白，豆粒大的汗珠直往下淌。她说她腹痛，她们便诊断她得了急性腹膜炎。经有关狱方人员商量后，决定将她送往玛丽医院，住进了该院的羁留病房。

之后的两天中，她的病情稍趋稳定。躺在医院铺垫松软的病床上，她的脸色都有些泛红的意思了。然而就在第三天晚上的 9 点一刻左右，那时病房里刚熄灯不久，病人都已睡了，周围一片寂静。坐在医院走廊条凳上的两位看守女警突然就听到了一声惨叫，惨叫声是从姚娜的房中传出来的。叫声如此恐怖，即使令受过专业训练的女警们听了也都有了一种汗毛倒竖的感觉。唯在这件事上，作为读者的我们或者还有些听觉上的免疫力：因为它与三年前香港万豪酒店的一间面海房中以及五年前上海黄河路"小娜炖品店"包厢里传出来的那两声惨叫相类似。

女警们迅速跑入房中，他们见到女犯人姚娜的脑袋已侧向了枕头的一边。她的口角有白沫流出，鼻孔耳孔甚至眼睑处都有些紫红色的分泌物渗出来。女警们判断说，这应该是属于瘀血无疑。

抢救工作展开得很及时，但间隔却十分短暂。当验血报告送抵时，犯人已经身亡。十多分钟之后，一位皮肤白净、架着一副金属细腿镜的年轻值班医生在他的那张写字台前，就着一盏惨白色的台灯的灯光，填写病人的死亡报告。在死因栏里，他写道：蛇蝎类动物毒素中毒。这是一个很奇特的死亡结论。当白脸医生写完之后，连他自己都有点儿不太相信。他将所写的内容念多了一遍，再与验血报告上的参考指数一一核对了，然后才犹犹豫豫地签上了他的大名。他记起了多少年前在 TVB 影视频道上看过的一出好莱坞拍摄的，片名叫作"埃及妖后"的古装大片。妖后在得知其敌人兼情人的凯撒大帝被害的消息后，遂命令其手下人去到埃及的大沙漠中，捉了几十条毒蛇来。她将它们都盘放在一罐装绘精美的陶瓷盛器里。盛器被端到了她的面前，她平静地打开罐盖，将一双手伸了进去。至此，电影的摄影手法开始虚拟，彩色的画面转成了黑白；而"埃后"的那张艳丽的脸蛋也越变越模糊了起来。最后，她，连同她的那些精美的五官都一起融入了一片灰白色的背景里。打字机声响起，两行黑体字幕显现了出来：

一、罗马大帝凯撒于公元前某年某月某日战死于沙场；

二、埃及皇后则于同年同月同日因中蛇毒猝死于宫中。

青年医生觉得有一鞭寒冷的战栗感自他的脊梁上掠过。

由于姚娜是个服刑期的犯人，其死因又扑朔迷离，故报送惩教总署核准，须对其尸体进行尸检，以便进一步确定死因。一丝不挂的姚娜又躺在雪白的布单上了，不过这一回不是在五星级酒店的大床上，而是在玛丽医院的尸检台上。穿着蓝大褂、戴着蓝口罩的尸检医师围在了她的周围。他们当然都为她身上那只胸蝶和那条阴蛇动容。但当他们将她的躯体翻过来，准备检验其背部时，他们惊讶得连呼吸都快憋息了。在她右肩胛骨上分明刺青着一只栩栩如生的北非毒蝎，毒蝎全身赤火通红，它的尾部高高翘起：这正是当它在遭受攻击，准备喷射毒汁时的那个瞬间动作！尸检师们一个个地，不约而同地都将口罩摘了下来。他们面面相觑：莫非，这就是他们要寻找的谜底和答案？当然，没人可以来解答这个问题。

同一天晚上9点一刻，在上海。育杭刚好在那一刻步出电梯：也是那家位于茂名路上的"苏浙汇"，也是去出席一次朋友的宴请。

就那一次，育杭又见到姚娜了。

他一下子便呆住了。步出电梯时，抓住他目光的第一个场景就是在饭店接待大厅明亮的水晶灯光下，站着一位身材婀娜多姿的女郎。女郎着一件深紫色的天鹅绒连衣裙，一样是用背对着他。她只让他看见她的那一截长长的、雪白的脖子。那白色在水晶灯的光照下，显得十分耀眼。她似乎也是在向那位着黑西服的女领班询问宴请人的姓名以及包厢的方位。

在育杭身边站着的仍然是那位老外主管。这么些年了，主管其实早已升职，他已升任为总公司中国部的副总裁了。尽管如此，平时的娱乐与应酬活动，他还是喜欢与他的那个华人的旧下属为伍。在很多方面，他与他已拍档拍惯了。此刻，外国佬看了看育杭，并还用手扯了扯育杭的衣袖——他一定觉得此情此景与他记忆之中的某一回很相似。

育杭突然便有了一种冲动——一种带战栗的冲动。他很想走到她的正面去看一看，看一看她那外露的胸脯处是否有两条类似于项挂的蝶须存在？

但他克制住了自己。他故意将自己的脚步放缓，他只是领着他的那位外国老板远远地追随着那位女郎的背影，背影与带位小姐的背影并排在一起，走进了包厢的走廊里。她们在走廊的尽端拐了个弯，便不见了踪影。

而育杭他们终于也找到了他们要去的包厢。他走进屋去，目光迅速地绕桌兜了一个圈，他发现，那女郎并不在场，不知何故，他暗暗地松下了一口气来。

蝶须女郎没见着，倒见到另一美女，绕过桌面，向他曼步走来。他定睛一看：是菱菱。菱菱说，怎么啦，育杭？又有些年头了吧，你那12345678的电话号码还是没给我打过一次。育杭笑了。他说，你可别问我你叫啥名字了，好吗？我可以告诉你，你叫菱菱。菱菱很高兴，竟然当着大家的面，赏了他一个飞吻。女人的如此动作立即引来了一桌人的起哄。在嘈杂的起哄声中，育杭听到她飞快地说道："今晚上有安排吗？"但育杭却一反常态了。他说，我大病初愈……他伸出右手来，让她检验。菱菱见状大惊。连忙说，哦，我明白了！哦，我明白了！她要他好好保重自己。

奇怪的是：如今不但是他人，就连育杭自己都感觉自己变成另外一个人了：从前的他的那种老喜欢用目光去发现、去挑逗、去猎取美丽女人的习惯已有了根本上的改变。他也不想夜夜在外面泡妞了。对女人——尤其是对漂亮得来有点儿不知根不知底的女人——他怀着的是一种隐性的恐惧。唯这一回，他还是忍不住地抱起了拳来，他向着一桌宾客轮番作揖了一圈。说道："兄弟来迟了，让诸位久等，抱歉！抱歉！"然后他微笑着，点着头，拖位入座。神态友爱而中性，仿佛那桌男女都是他的兄弟姐妹一般。在他抱拢了的拳头中，大家发现似乎缺少了点什么，这是他右手的中指和食指。

十二

最后的交代：

▲郭正义目前在上海青浦县的某劳改农场服刑。他已完成了三年零七个月的刑期，仍剩下九年零五个月。

▲大领导据说被囚于北京的秦城狱中，唯详情与近况均不甚明了。

▲仇行长是被关押在远离香港的某北方监狱中。两年的时间早已过去，死缓也已成了一纸空文。老仇因而心情也稍微放松了些。再说，狱中生活惯了，也就惯了。以前中银大厦里的那种种浮华生活的细节，偶尔想起，影影绰绰的，都成了一种隔世记忆了。如今，对他的看管也放松了许多，他可以随意地与囚友们说说笑笑，聊聊家常，晒晒太阳，甚至还可以打打乒乓球、活动活动筋骨之类。但他有时也会感慨。感慨起来时，他老说的一句口头禅很简单，就五个字外加一个逗号的标点："人生哪，人生！"

▲姚娜死后被葬在了香港柴湾区的华人永久坟场。每逢清明，香港的上坟季节，家家的墓冢前都有孝子贤孙在那里磕头跪拜，香烛鼎盛，烟雾袅绕。唯她的坟前冷冷清清，不见一个扫墓人。倒是等过了清明，天气渐渐转热，墓地间已呈现一片寂静时，才会见到有一位衣着普通、年龄三十出头的青年男子，手捧一束白色马蹄花前来拜祭。他对着墓碑以及墓碑上的姚娜的相片凝视了一会儿，便开始说话了。他说："娜姐，我知道您不愿在此安息。不过您放心，哪天等到弟弟有钱也有机会了，我一定会将您的骨灰迁往上海，迁到您母亲的身边去。您虽然无言，但我明白，这才是您最大的心愿……"

这人是谁？不知道。有人说他是姚娜同父异母的弟弟。姚父后来也来了香港，因找不到正职，短工短打的，只能长期居住在九龙调景岭一带的木屋里，穷困度日。他姘居了个广东女人，后来便生下了这么个弟弟。据说，他们都是于姚娜多次赴港居港期内托人给找回来的。但姚娜本人对此却一直保持沉默：她不愿，她也不愿任何其他人，说及此事。

这事的真实度究竟有多大？真还无法肯定。因为这么个小说人物，直到在柴湾坟场里露面之前，谁也未曾见过他——包括作者本人。

2008 年 11 月 30 日完稿于沪寓

车 行

作品缘起

《姐妹》是我所写中篇中最长的一部。动工于十年前（2006年）的晚春，完工于同年的初夏，其间跨度也就两个来月的功夫。完全不同于许多作家的"十年磨一剑"之说，我从一开始就养成了的创作习惯是：无论是写小说、诗歌，还是散文，每当散乱的"印象稿"铺满一桌时，我就得尽快地将其捋顺成文；否则，它们都将会在几个星期内相续失血而亡，变成一堆废纸，让再写下去，写完成的冲动与努力都打了水漂。

《姐妹》的创作当然也不可能例外。这种创作习惯的长处在于：通篇读下来，作品的气场始终会保持在一种自然生存了的一气贯通中；短板是：相应时段内的工作与情绪压力都会很大，焦虑感与日俱增。

《姐妹》着字七万余，是部长中篇。叙事的时空则涵盖了大半个世纪。其间，中国社会的价值观经历了从一个极端滚向另一个的戏剧性的生态转型。这种外境上的基因突变，自然会在小说人物的心灵深处烙下了永不会磨损去的印记，而我要写的，正是这些印记的生成、发展与定型。有一位作家曾经说过：人类最痛苦的历史期正是作家们收获的黄金期。此说耐人寻味，颇有点儿嚼头。

应该说，这是部高密度的中篇，人物、场景、情节以及时空布局，兑兑水，搞它个二三十万字的长篇不是个问题。偏偏我的思维是反向的：如何压缩其叙述篇幅，才是作家们要干的活儿；兑入想象力的水分，让它重新融化开来，那是读者的事。我创作小说的偏好是：剥离情节，强化气氛。让很多本可能叫人引颈以盼的故事情节都故意隐没在了时代氛围的浓雾里。我觉得这样做这样写很有趣，也符合我的文学审美观——于作者，最忌的就是越俎代庖，替读者说出那些不一定是他们想说和要说的话来。

这部中篇后来被一家美资的影视公司相中，打算改编为一个三五十集的电视连续剧，个中缘由自然是因为小说中蕴含了诸多的故事胚芽，一经催发，抽枝展开了去，不怕它不长出个绿树成荫的局面来。但就没想到：在今日中国社会人心浮躁的大环境下，又有几个人能改、愿改像《姐妹》这类小说的呢？这是桩吃力不讨好的活儿，非得静下心来，不磨它个一年半载，是不会出成果的。改编它？那还不如自己去写多一部可看性更高的新剧来更省事省力，也更有利可图呢。

其实，小说读读还是蛮引人入胜的，然而一经解构，就会发现，一切故事的脉络终不是那么清晰易辨可靠，剩下几缕氛围的青烟，"散入五侯家"，终也无迹可循了。该影视公司的负责人找了几位"腕儿级"的改编人来探讨、商榷过此事。懂行的，一读完小说，遂予以婉拒。当然，总会有跃跃欲试的初出茅庐者。但努力是尽了，唯到头来仍闹了个一事无成万般休。

后来，负责人还是找回了我，说是你自己的东西仍由你自己来改吧。但我坚拒。原因有二。其一是：我从没写过剧本，估计自己也没有这种能力和兴趣。其二是：自己写的东西，再让自己来改，改改，复又掉入了原有思路的窠臼中，岂不一场空？她说，这样吧，你另做一个话剧剧本，"茶馆"式的。就一幕场景，贯穿几十个春秋，其间走过了不同时代背景下的各色人物不同的命运际遇。如何？至于现小说的内容，你可以借用一下，也可不用，悉随尊便。反正我们也有要将这部小说改成一个话剧的打算，这回做了，我们一并买下，行不？

买不买下其实并不是个问题。倒是她所说的"话剧"两字打动了我，而"茶馆式"三字更强化了这种打动。一旦动心，我说干就干：第一次，我尝试着地去设计、建筑一座话剧的大厦。而且，还是在我自己写的小说的地基之上！我觉得，我这样做是不是疯啦？

Anyway（无论如何），三个月后，"剧本"居然还真是写成了。剧名定为《车行》。如此命名，这是因为小说里写的三姐妹乃是旧上海一家车行老板的三千金，她们及其相关者的故事都是围绕着这家车行的兴衰跌宕而展开的。而《车行》之名异于《姐妹》，也划出了剧本与小说的区别来。

我煞有其事，按照我的理解，将各种话剧元素作为添加剂兑入作品后发现：所演绎出来的这个三万多字的新本子，到头来仍然还是一部"披着话剧外衣"的新小说！如真要登台作演出用的话，还得将其重新"剧本化"了后才行。至此，事情不又绕回到了原有的那条老路上去了？可见，我之当个剧作家的永不可行，还是一心一意做我的小说罢了。

当然，影视公司方面的"买下"之事也不再会有下文了。这并无所谓，我的意外收获是：于阴差阳错间，竟然以小说之父与话剧之母"交配"出了一种新的文学品种来，曰"剧本小说"，或"小说剧本"，都可以。这事的成就倒教我兴奋失眠了足足有好几个晚上！

这便是这部《车行》——小说《姐妹》的孪生"剧本体"——的诞生经过，实录于此，权当释辞。

2016 年 8 月 31 日于沪寓

主旨 1：人都已老去，景物依旧。历史同上海人也同全国人民开了一个玩笑，轮回一周又回到原点。

主旨 2：上海人族适之生存的本领，在不同历史时期，展示其独特的适应能力。

主旨 3：上海人群居在这座挤瘪的城市里，尽管你追我逐、争斗不休，甚至"尔虞我诈"，但他们更是有情有义、互助互爱的一群。这是人性善良光辉的体现，也是上海之所以能在世界都市之林立于不败之地的深层原因之一种。

具体体现：车行的名称变化。华福记车行（1949 年 5 月，白克路 141 号）——公私合营上海第三汽修厂分厂（1956 年之后）——红卫汽车修理厂（文革中）——改革开放后改回原名：华福记车行。并被黄浦区政府赋予百年老店及信誉企业的荣誉称号之铜牌——2009 年被私人（海强及阿三的儿子小华）收购，变成为中美合资华福记车行有限公司。场景完全与 1949 年 5 月白克路 141 号背景相似，仍然是灯火酒绿的南京西路（原静安寺路）。体现六十年风水轮流转的某种宗教与哲理涵意。

人物：

一、华老板即华师傅的形象及性格稍作补充：

其人粗壮黝黑，一副南人北相，但他憨厚、友善、讲究商誉，是一位典型的经长年学徒生涯之勤奋而挤入老板行列的自食其力的工商业者。他的生活经历让他练就了一种适之生存、与时俱进、随遇而安的性格。他历经上海解放前从无到有创建一盘生意事业，解放后工商业蓬勃，公私合营后的工商业者改造，"文革"中社会丧失理性的各种历史时期，最后到达改革开放、乌云退尽、阳光再现的新的历史阶段。这便是他的一生，他已垂垂老去，并在最后一幕到来之前离开人世。这是人世的戏剧还是时代的悲剧？

二、补充一些人物：

1. 邵排长。

登场：1949 年 5 月 23 日夜雨中，同入城的战士们一块蜷缩在华福记车行门前。翠珍上场替战士们送姜汤取暖，届时，华太太突然分娩，翠珍惊慌失措来请求邵排长相助，后由邵协同军中护士助其分娩。1953 年后任市政府警卫连连长，伙同司机一起来车行修车（第二次出场），此时，翠珍十四五岁，初中生，正积极求上进，并明显地表现出对解放军邵排长（她唤他作"邵哥"）的某种亲切劲儿。公私合营后，邵调任汽修公司（汽修厂之上级单位）经理。并因与华师傅在同一单位之缘故，能与翠珍有常见面的机会，并发展了某种暧昧关系。届时，邵之山东结发妻来沪与其同住，故，他与翠珍不会有结果。"文革"中邵经理被打倒且挨斗，其一大罪状就是与资本家的女儿"搞破鞋"。改革开放后，邵官复原职，改回车行原名，信誉商店及百年老店之荣誉都是经他定夺颁发的。后来，他虽已离休，但中外合资开车行陈列店的计划与决定，新领导也经他顾问而定。最后一幕，老去了的他与全部人物一起上场，当 50 年代的黑白相片经由华太太取出给大家看时，他感慨万千。

2. 牛三（小名阿三或小三子）华师傅之徒弟，后任汽配厂分厂厂长。"文革"中，担任该单位革委会副主任。参与批斗邵经理及华师傅。

1949 年 5 月第一幕出场：对其师傅师母殷勤周到，对他们八岁的女儿翠珍则显得有些讨好巴结，他暗暗盼望能成为华家女婿，继承华老板的家当。但老板娘对他很厌恶，老板则宽厚待之。女孩太小，对其殷勤毫无感觉。1957 年公私合营后，他积极靠拢组织，汇报华福记车行在解放前与各色人等之交往以及公私合营期间华老板瞒报资产一事，结果当上了分厂的厂长。华师傅则受他排挤，"文革"时的牛主任参与华师傅和邵经理的批斗，但当其师傅因不堪欺辱而自杀被他发现时，其人性之善面获得了充分的展示。他将师傅亲自急送去医院抢救，救回师傅一命。改革开放后，他又获得新领导的好感，官复原职。继而，师傅长师傅短地对华师傅施其一贯机灵与见风使舵的本性。为了重新适应新形势、新背景下的生存形式，送华退休时，因锣鼓声和见到他徒弟时的可怖回忆，令华中风瘫痪，好举变成了坏事。80 年代后期，转而拍马翠媚，因其丈夫为台湾富商。他说：他是看着她长大，长成今日这副倾国倾城的模样。他希望从台巴子林志雄的口边分到一杯羹。2009年最后一幕，他已很老了，他也参与了海强和他自己儿子接管的华福记车行的开幕典礼。他虽没有成为华家女婿，继承车行的家当，但至少他也成全了自己一半的心愿。

其人性格：向上爬，不同时期，不同背景，对不同对象人物的讨好与靠拢，但他也有他人性善良的一面，他爱他的师傅，他的内心是敬重他的，因为，他知道，师傅也爱护他。

3. 崔老板（25～85岁）：华福记车行隔壁照相馆的老板。

第一次隐性出场，1949年5月23日傍晚，隐约所见崔记照相馆的招牌，两边还书写有婚纱俪影合家留念之类的广告语。第二次露面是小林在华福记门前拍了华家全家福后，拿去隔壁照相馆冲洗出来，之后，并引出了崔老板、小林与华老板之间一段对话的那幕场景。最后一次露面是在2009年最后的一场，照相馆已改成了"珍妮花"婚纱摄影店。崔老板颤颤巍巍地上场，他已是个八十五岁的老人了，他双手抓住华太太的手表示说，他的那间相馆已由香港老板投资开成了一家婚纱摄影店。摄影店由其儿孙辈掌管，生意滔滔，你知道如今的年轻人个个大手大脚，拍一套婚照没有一万几千是下不了场的，他问华太太：你说他们要不发也好难哪。

4. 薛强（补充）：……多年后化名熊志新回到上海，开了一家名曰艺术饭庄的海派菜饭店，他成了一个有钱的人。他在戏中分为两种绝然相反的人物形象：青年时代他是长发削瘦的薛强（画家），中老年时代，他是发福光头的熊志新（商人）。以此来折射出一种时代的反差。

5. 翠媚的人生轨迹：

1955年出生。第二幕，1954年年尾，当华太太再度挺着个大肚子上场时便暗示了她的到来（华太太希望它是个"小子"，但有人说万一是女儿呢？但华师傅表示说：我喜欢——我就喜欢女儿。两个不多，三千金才好呢，才发财呢。上海人都说：生女儿发财嘎），又找了算命先生为其取名，说，假如是儿子就取名海强，意蕴上海强大发达，假如是女儿就取名叫翠媚，妩媚就如你华太太啊！如此说法当然让华氏夫妇都很高兴。还当场批了一张命书，此书在最后一场由年迈的华太太取出，一经核对，众人惊笑，说这都是命哪，是命！翠媚的第二次出场是经华太太口述的，公私合营时，当敲锣打鼓喊口号举标语的华师傅途经车行门口时，华太太抱着翠媚在二楼的窗口，她望着兴高采烈的游行队伍，嘀咕了一句：没了车行，比赚回了一家车行还高兴呢。翠媚的第三次出场，是在"文革"期间。15岁的翠媚与比她大五岁的薛强一同露面，当薛在不经意间展示其艺术才华时，他赢得了一旁望着他俩的翠媚的二姐翠华对他的好感。那时的翠媚，已荷尖初露，呈现出一副美人的胚子来了。小林、海民均在场，海民说：女人我见多了，我敢打赌，再过十年，这个小姑娘的屁股后头不跟着一长串献媚巴结的男人才怪呢。80年代中再度上场时，翠媚已是个珮环叮当的美少妇一个了。她嫁给了一位枯瘦老年的台湾富商，原来此人就是小林的二哥林志雄。在此之前，她总是走在时代前面，口红、烫发、当年的那些时髦衣着她一一拥有。她告诉人说，这些衣裙都是在深圳中英街买来的。她与薛强争吵，一会儿说她找了一个高干子女，子女能搞到水泥和钢材的批文。一会儿又说她老去上海大厦和静安宾馆等几家当年上海的涉外酒店，她想去勾搭老外，想去外国。而假如外国去不成，能去港台也好，结果她与薛强闹翻。她告诉薛强：我俩相爱管相爱，嫁你？你别癞蛤蟆想吃天鹅肉了！薛答：我这只癞蛤蟆，就吃定你这只天鹅了！再老再丑也吃，你去到天涯海角，也追！后来，当她挽着台商林老板的手臂从豪华房车中钻出来到华福记车行门口时，正值牛三他们敲锣打鼓送华师傅退休回家的那一刻，翠媚亲眼看见了父亲中风的一幕。2001年林志雄在台去世，翠媚又回到上海，她高兴地告诉大家说，我找个有钱的老头还是找对了，如今我继承了他在台湾的全部产业。她已决定将它们全数投资去美国，美国的股票，美国的房地产。现在可好了，她更发了！就在这一幕戏里，她又见回薛强（薛强自从被翠媚抛弃后，便去了深圳和海南发展，现他也是个身价过千万的商人了。他又回来上海，开了一家名气响当当的"艺术饭庄"。他一身唐装，一颗光头，身体开始发福，已完全不是70年代的瘦削的他了）。他俩再度擦出火花，青年时爱的记忆全都复活了，尽管后来翠媚知道了翠华诞下海强之身世的全部秘密，但她仍割舍不了对薛强的爱。2009年（当下），当中美合资的新车行开业时，翠媚与薛强再度亮相。翠媚已明显地老了一大圈，头发也已花白，她在美国的投资在这次金融海啸中全军覆没。然而，薛强仍爱她，他安慰她说，这没什么，年轻时代的我们不也一无所有？我们还可以重头来过嘛。

6. 新增人物林文玉：小林的侄子。

上海解放前夕，小林的大哥去了香港，留下这位侄子让他的弟弟代为照看。小林的二哥林志雄去了台湾，即后来翠媚嫁于他的台湾富商。林文玉出生良好，弱冠之年，但其性格内向、懦弱、举止文雅。他是翠华的正名男友，第一次登场在第三幕的1961年；

1968（"文革"）那一幕再次登场，目击了翠华暗恋薛强，而薛强又执着于翠媚。然而，华太太是喜欢他的，不但是因为他本人的个性忠厚，更着眼于他的出身与家庭状况。林文玉后来去了香港定居兼继承遗产。2009 年最后一幕中他再度露面时，他已与他香港的太太离异，那时，他已步入老年。他还是决定与翠华共同生活，而翠华的病情也已痊愈。这是一桩皆大欢喜的事情。

话剧《车行》的剧情大纲及故事流程：（共七幕，连序幕）

序 幕

1949 年 5 月 23 日上海解放日。场景：戏从该日的黄昏启幕。三栋上海典型的三层楼的优质新式石库门住宅，中间的那间最正面也最大型，为"华福记车行"。白克路（今凤阳路）141 号。右宅能见到大半间，白克路 139 号，青石横匾上刻有"林宅"的字样，门口蹲着两尊石麒麟，一只可见，一只见不着。一副"迷你"小公馆的派头。这是一家有点儿家底，但显然有着"中产"冒充"阔少"之嫌的上海富裕市民的家庭。左宅为"崔记照相馆"，白克路 143 号，也只能见着半间。背景为霓光闪烁、灯红酒绿的静安寺路，（今南京西路）。从斜横的视角里，能见到另一条横马路，梅白克路（今新昌路），之上，有一横条箭头路标，曰：通往静安寺路。那个黄昏兼夜晚，左右两家都门户紧闭，毫无动静。唯中间的华福记车行二楼还有灯光和人物在闪动。

远处枪声大作，而后变得零星稀疏。从车行的二层望进去，能见到华老板一家的室内陈设，华老板、华老板娘登场。老板娘挺着大肚子，一副临盆在即的模样。华老板叫道："阿三！阿三！"阿三便从木扶梯噔噔地跑上楼来，华老板关照：小心门户，早点拉闸，窗户都要堵上木条。打仗了，当兵的入城来，抢家劫舍是常事。阿三说：是，是，师傅师娘放心。华太太又朝楼下喊道：翠珍，翠珍，今晚不要外面野了，留在家里，听到了哦？翠珍露面。她是一个八岁的女孩。阿三更显殷勤，他希望小女孩对他这位大哥产生好感。夜间开始下雨，解放军从街道上鱼贯而入，邵排长出场，他同他的战友在车行门口的屋檐下抱枪而坐，雨下得更大了。华家夫妇从二楼探头张望，并嘀咕说这样当兵的真还没见过呢。华太太说，给他们熬些姜汤喝吧，这些当兵的淋在雨里，一夜下来，怎么了得？华师傅沉吟一会儿，也点了头。八岁的翠珍很乐意做这件事，她又蹦又跳地跑进厨房，帮手她母亲一块儿煮姜汤去了。不一会儿，她便拉开铁闸给战士们送来了热姜汤，并表示说姜汤可以驱寒。

二楼的灯光突然亮了起来，从窗口望进去，华太太捂住了肚子大声呼疼。翠珍与阿三扶着她，从车行门口的铁闸间钻出来，显得有点儿惊慌失措，他们想送她去医院。但，全市宵禁了，无人可以外出。翠珍拉住了邵排长说："我妈……我妈，她……她要生了……！"邵排长听明白后，让翠珍他们先将华太太扶回家去，说让他来想办法。一会儿他找来了一位穿军装、右臂上系着一块红十字袖章的女护士，他们一同从铁闸间钻了进去。又过了一会儿，华家的二楼便传出了一声"哇！"的一声啼哭，一个新生命降生了，而一个新时代也同时来到。幕落。

第一幕

时近 1954 年年尾。外国和官僚资本被赶走后，又在新政府各项政策的扶持下，上海市面一派欣欣向荣的繁华景象，这是上海工商业者们的黄金岁月。有一句流行于资本家圈内的口头语，曰："难忘的 1954 年啊，1954……"（这句话要借华老板、华太太、小林夫妇和崔老板们的口中多次说出，甚至还可以谱成歌词唱出。即使在多少年后的阶级斗争的风潮中还会经常被那个时代的那些人说起；然而在"文革"的红色年代里，这又恰恰被证明是"剥削阶级梦想夺回他们已失去了的天堂"的有力证据。）

华福记车行仍是老模样，只是路牌改了，改成了凤阳路 141 号。车行前，一片人熙人攘的热闹景象。李海民驾着他的那辆 48 年型的别克车上场（这是上海解放前车辆进口商们能进到的最新款的车型了，之后，便不再有美国车进口。直到 2000 年后，GM 又来上海设厂，而最新款 08 年型的别克车则在话剧的最后一幕由华老板的外孙海强驾驶登场，以此来营造出一种时代的反差效果），他的车油缸漏油，待修。当年的邵排长已升为市政府警卫连连长。他伙同市府车队的一位司机同志一块来到华福记修车，华师傅如今是一位远近闻名、技术精湛的修车师傅了，他的技术得到了各种人的称许。他满面红光，忙进忙出，华太太则在一旁为他接生意，周旋于客户之间。千斤顶设备第一次露面，并以华之口告知海民此设备的各种技术功能，明显地表现出华师傅对进口货（尤其是对德国货）的敬佩之情。小林夫妇登场。小林夫妇正指挥工人在拆卸"林宅"石匾和移走石麒麟，并与古董寄售店的老板讨价还价。林说，这青石是蒲田青石，石麒麟的雕工又如何好如何精致，希望卖个好价钱。但古石店的老板却说，都什么时候了，这种东西现在不兴了，都是拆下来卖不出去的货色，我收了还不知道到哪里去找出路呢，你出高价我可不要了。林忙说，那好，那好吧，老板你开个价。老板说，石麒麟二十元一对，横匾十元。林太太愠怒，斥责老板太贪心，她说，你知道我们当年买这些东西回来用了多少钱吗？……但小林忙阻止，说，算了算了，成交吧。于是，他俩一手交钱一手交货。老板用平板车将石材拖走后，小林拉住了他太太，小声说，你也不看看形势，三反五反镇反，这东西挂在那里招不到财，反倒惹祸来！

小三子（牛三）露面，这回他已不像第一场中那般鞍前马后地讨好他的师傅和师娘了。他刚从区里开完了会回来，如今，他已是华福记车行的工会代表了。他甚至还掏出来笔记本来，向小林太太念了一段他的会议记录：要团结工人阶级，向不法资本家作坚决斗争之类。他阴阴地笑道：我们这些人如今是监督资产阶级做好社会主义改造工作的骨干力量啦！他感到了被赋予某种权柄后的快活。翠珍登场。她十五六岁，初三的中学生，她已长大成一位水灵灵的少女了，白皙的肤质一如她的母亲。她梳着两条可爱的马尾散辫，一副当年中学生的朴质文雅的扮相。她积极要求上进，希望能入团，但因出身非工农子弟的缘故，故迟迟未能批准。她见了邵排长十分高兴，眼中放出光彩来，邵见了她也很高兴（他们四目交投中具有某种暧昧性）。她唤他作"邵哥"，可见那回送姜汤事件后，他俩还有过不少次往来，她把他视作了那个时代少女的偶像。但邵告诉她说：他已把他在山东乡下的妻子接来上海与他同住了，翠珍听罢神色黯然。小三子见了翠珍仍有些巴结之意，但明显退却了某种卑微感。他喜欢她，这是因为她长得漂亮、诱人的缘故。但华太太讨厌小三子这人，她称他为"江北人"，因他来自苏北农村。她说："江北人里个好人少来系！"但华师傅不以为然，他说：小三子这个人勤奋、刻苦、好学。他承认他有点儿见风使舵的两面派个性，但他说，我们当年来上海打拼天地时，也不那个样？他还是喜爱他的这位徒弟的。华太太则意属海民，这位出身高尚门第的富家公子。她说：海民好，衣着体面，戴金腕表，开别克车，又是名校毕业（圣约翰大学经济系），家里还有好大一幢花园洋房等等，等等。小林夫妇上场，小林手中握着一架从寄售商店淘来的"蔡司依康"相机，这是他用卖了石匾和石狮的钱买回来的。他边走边同他太太说：用青石匾和石麒麟去换这个德国宝贝回来，合算！合算！你想，石匾和石狮是招人现眼的东西，说不定哪天还惹出点儿祸来，这相机就不同了，一样值钱，东西又小，往家里头哪儿一藏，谁都不知道。嘻嘻！见到华太太，他便炫耀地拿给她看。华太太挺着个大肚子，看来又很快要生了。华太太笑道，那就用你的相机给我们照一张全家福吧，就在车行门前。边说边拍拍自己的肚子："反正最小的那个也已经在肚子里了！"林太太问：不知是男是女，叫算命先生批过命书了吗？华太太说，已经批了一份，男的取名海强，女的则叫她翠媚。华太太将正忙着修车的华师傅叫出来，说，小林有相机了，来，快出来！他给我们照张全家福……华师傅从车行里出来，边走边在帆布工作兜上擦着他油腻乌黑的双手，说，照相机？什么牌子？答：德国的"蔡司依康"。华说，好哇，德国货好哇，用一百年还都能用，这是一件传宗接代的东西！拍照了，华太太将站在一边等修车的海民也拉了进来，一同照；小三子站在一旁有点儿失落，华师傅说，小三子，你也来，也来！华太太明显地表现出了一点儿不高兴的神情，但又不能拗其夫之意。翠珍则蹦蹦跳跳地跑过去，把邵排长也拉了过来，华家夫妇都有点儿愕然，但又不好出面阻挡。于是，这张"全家福"变成了一幅"杂烩照"了。（此照在最后一幕，当各种人物都上场亮相时，再由年迈了的崔老板取出给大家看，令众人大为感慨。而店堂内的千斤顶也在人缝间被摄入了相片内）照毕，小林看了看相机的计数器，说，一卷胶卷正好用完，让我拿去隔壁崔老板店里冲洗了就能有相片看啦（林转身进入照相馆）。华老板高兴地向老婆说，如今，咱们生意这样好，用不了多久，我就能攒起足够的资金来实现我的宏图大计啦。他的宏图大计是当一家德国名牌汽车的上海总代理，比如说：奔驰、宝马。他要大干一番，开成一家真正的、名副其实的车行，而不只是间小打小闹的修车店。华太太说，什么奔不奔驰的，现在还弄这些玩意儿？小心人家说你崇洋媚外！但华老板说，外国货，尤其是德国货，就是好就是信得过嘛，你不看我们的那架千斤顶，虽说是二手买来的，一直用到现在，从不出问题，使用起来得心应手。可帮了我们生意的大忙啦。小林从照相馆里出来，崔老板也与他同出，他俩拉着华老板想说点儿什么，但望了望正在一边等修车的穿军服的邵排长，便欲言而止了，说，我们上二楼去吧。二楼场景。华家夫妇，崔老板和小林。崔告诉华说：这回的三反五反运动可厉害啦，我的好几个朋友都跳了楼，还有一个跳了黄浦江。其时，小林太太从边台跑了出来，她找不着华师傅和小林他们，便径直往车行的二楼去了。她告诉她丈夫说，派出所来找过他两三回了，说他去了台湾的二哥有重大的敌特嫌疑，要小林去一次公安局，把事情说说清楚。还有他的那个去了香港的大哥，他的孩子文玉也交给我们来代他照管，今后的事情怎么说得清？还是让林文玉回到他淮海路的公寓里，单个去住罢了。林道：这怎么行? 孩子还小, 是大哥交托给我们的, 我能不负责吗? 形势骤然紧张, 小林夫妇还将小三子念给他们听的会议纪要也转述给了华家夫妇听, 说, 就别做你代理奔驰宝马的美梦了吧, 能把眼前的日子打发端正已属大幸了! 华师傅听罢, 有些颓然, 一屁股坐进了沙发里去, 他似乎已预感到某种政治风暴的逼近。就在这时, 翠珍急急慌慌地奔上楼来, 说, 不好了, 妈, 不好了! 翠华在马路上玩, 给脚踏车撞伤了, 邵排长他们已把她送到医院里去了。(第一幕终了)

第二幕

八年后的 1961 年, 正值三年自然灾害期。(当年流行的背景音乐)

华福记车行现已变成了公私合营上海第三汽修厂分厂。清晨, 华太太从小菜场买菜回来, 菜篮子里只有几颗黄包皮的卷心菜和一些豆制品。她站在车行门口(车行还没有营业), 向着招牌看了一会儿, 十分感慨。她在门口遇见了小林太太, 两个女人便抱怨了起来, 说, 这如何是好? 买点小菜什么都凭证, 怎么够吃? 小囡又正值长发头上……老华老省下来给孩子们吃, 自己营养不良, 有些浮肿。还有, 翠华这孩子也不知怎么弄的, 好像有病, 老闷在房里很少与人交谈。我怕营养不够, 会不会影响了她大脑的正常发育? 女孩子这个时候最重要了, 长得好, 一切毛病都可以带走; 长歪了, 毛病跟你一世。林太太也是又摇头又叹气, 说, 我们大城市里还算好的呢, 虽说定量供应, 但还能勉强过得去。听说河南安徽一带的农村饿死的人也不少……她叫华太太要想开点儿, 得过且过吧, 不要同以前的日子去比……

她刚与林太太分手, 打算上楼去时, 二女儿翠华和小女儿翠媚正好从楼上下来, 准备上学去。翠华是初中生, 翠媚刚上小学。翠华显得有些木讷, 站在那里, 望着其母。翠媚很活泼, 蹦蹦跳跳地跑上来, 拉着母亲的手无比亲热。说:"妈, 有什么好吃的吗? 早饭吃的是薄粥汤, 吃不饱, 饿煞我了! "接着, 就翻腾起母亲的菜篮子来。她从其中找到了一块油氽糍饭糕, 取出, 咬了一大口。母亲忙喊, 别全部吃光了! 给姐姐半块, 给姐姐……但她已三口两口地吃了个精光, 并嘻嘻嘻地望着母亲。母亲伸出巴掌来, 佯做打下状, 但翠华却讷讷地说, 妹妹, 走吧, 我先送你上学去。

文玉从小林家走出来, 见到娘仨。华太太对他十分亲切, 马上迎上前去, 问, 你不已搬到淮海路自己家中住去了吗? 你叔叔婶婶说你只在星期六日才会来这里住两天, 今

天怎么来啦？文玉答，因为他有事要找叔叔婶婶商量，所以才来住了一晚，现在赶着要
去学校上课了，于是便匆匆离去。正在此时，翠珍也下楼来上班去，她已大学毕业，正
好分配在汽修总厂任技术员。她一直积极要求上进，中学大学一贯如此，但她的入团入
党愿望，基于出身原因，就始终没能实现。这令她很沮丧。她一副20世纪60年代女大
学生朴素秀美的扮相，步下扶梯时，正轻轻地哼着当年的那首流行歌曲《让我们荡起双
桨》。见到母亲回家，便朝她说，爸已起身，正等你回家去给他弄早饭呢。母亲答，知
道啦。转而问女儿，侬轧男朋友的事情有进展不？华太太是知道她意属当年的邵排长，
如今已担任汽修公司经理的邵长江。但母亲说，你俩虽然天天在一间办公室工作，但邵
经理毕竟是个有家有室的人，这怎么使得？影响不好不说，也不符合我们华家的仪规
啊。其实华太太的心中，早已有了人选，那便是海民。她说，虽然海民现在汽车已不再
能开了，但他家住高安路上的一大幢花园洋房，每月还有定息拿，又有外汇寄过来，自
己的工作也体面，在银行上班，有哪点不好？翠珍低头不语，她对海民并没反感，但她
最爱的人仍是邵经理。

　　华太太上楼去了。场景切换成了车行的二楼，那儿仍是华家一家的住址，华师傅已
一早穿戴整齐，今天他换了一套新做的呢子中山装，一副喜气临门的模样，而他老婆则
吃惊地望了他一眼。华师傅就在楼下的分厂上班，因他技术好，担任车间主任一职。他
每日都提早去延迟归，工作十分卖力，他说，反正家就在楼上，他多照看着点是应该
的。华太太老说他，厂已经是国家的了，你还把它当作自己的？公私合营公私合营，那
个"私"字是摆摆样子的，你还当真了呢。1956年，公私合营那回，老华你带头敲锣
打鼓放鞭炮喊口号的，不像是我们失去了一家车行，倒好像是我们赚回了一家似的。当
时，我是抱着只有一岁大的翠媚站在窗口望见你们游行队伍从车行门前经过的，但华师
傅说，你们女人真叫是头发长见识短，现在时代变了，只有靠近政府才有出路！说着，
他便从中山装的内口袋中骄傲地取出了一份硬封面的派司来，说，单位上把我划成小业
主，已发给我"职工证"啦，如今，我也是工人阶级队伍中的一员了，这些都是邵经理
对我的关照，我理应报答他。他又问妻子：你知道为什么我今天会穿得如此崭新的吗？
他神秘地笑笑，悄声告诉妻子说，他已将他这些年来珍藏的数部奔驰车的原装发动机
都捐献了给国家。目前国家正缺物资，这些宝贝疙瘩对国家的建设还是很有用的呢。邵
经理因此而表扬了我，说我觉悟高。昨天，邵经理打来电话，说他今天会来分厂作一项
宣布，叫我不要离开。我估摸着很可能是升我做分厂的厂长啦！华太太听罢，也很高

兴。但对其夫把如此值钱的发动机捐献上去，很不满意。她说，这要值好几千块钱哪。

傍晚下班前，凤阳路 141 号，汽配厂里一派热火朝天的工作场面。华师傅在中山装外系了一条旧帆布的工作兜，一如他在当老板的那会儿。他这里走那里走地指导工作，并在几个轻工的机床前站立下身来，热情地手把手地教他们修车技术。那只千斤顶仍摆放在老地方，它的使用频率很高，不少人挤在那里，要派它用场。突然，马路上响起了汽车喇叭声。邵经理伙同牛三一起从车上下来，径直往分厂走来。华师傅见状，急忙脱了工作兜，迎上前去。但他见到邵经理的态度有些异样，也有些冷淡。牛三则向他师傅尴尬地笑了一笑。邵经理召集全体分厂职工会议，说要宣布两项决定。第一项决定是：由牛三同志担任上海市第三汽修厂分厂厂长一职。第二项决定是：经有关部门查证核实，原车间主任华福根（华师傅本名）由于瞒报其合营时的资产数额，撤销其主任一职，并当场没收他的"职工证"。原来牛三已在暗中向组织上反映了公私合营其间华福记车行的资产评估情况，并将他那时保存的华福记的旧账簿也一并交了上去。指出：其合营资产已超出 5 万元人民币，故，华师傅已不是小业主，而是资本家身份了。华师傅闻言，整个人都瘫软下去。但没法，这是组织决定，他只得十分痛苦地将"职工证"从中山装口袋里掏了出来，交给了邵经理。牛三在一旁，望着他师傅的一举一动，目光带些歉疚。华师傅回望了他一眼，目光涣散而木然。

下班时间到了，工人们都三三两两地离去。邵经理将牛三叫住，说，我俩留留，研究一下今后分厂的工作安排。他们进入厂里去，工厂的平移铁闸也拉上了。华师傅则垂头丧气地回到他二楼的家中去，一会儿，家中的电灯便亮了。光亮中，能见到华家夫妇俩活动的身影。小林从他家的门口走出来，手里还拎着一袋东西。他沿着边梯上到了华家。他是专门来看望他的这位老邻居的，原来，今天下午他途经厂门口回家时，偶然听说了华师傅被撤职一事。二楼华家的房间里，华师傅与小林，面窗而坐，华太太则坐在他俩对面。小林说：眼下，正值国家困难期，而现在，北京中央那头已确定让刘少奇来主政了，所以居民出国的政策也随之开放，他马上就让他的侄子林文玉申请到香港他父亲那儿去。但文玉今天来告诉我说，申请没被批准，据公安局说，大哥在香港那头不靠近左派，而参加了右派的商会，还担任了该会的会长！故，他不爱国，他的孩子也不能去。让他留在祖国大陆，看他父亲还敢在外面乱说乱动不？我这大哥呀大哥，他怎么就不替他留在上海的亲人们想一想呢？我们有压力啊！但，小林说，他哥寄回家来的猪油和牛油罐头倒是月月不脱期，还汇钱。小林取出了一叠红绿卡及侨汇特供券，说，我们也用不完，老华，给你们一些吧。你可以到南京路七重天二楼的华侨商店去买些"噎事"，价细也便宜，噎事又挺刮！他叫华师傅别把那些事放在心上，资本家就资本家啦，上海滩资本家又不是你一个人。华家夫妇对他们的那位热心的邻居千谢万谢，感谢他的侨汇券，更感谢他在他们受难痛苦无助之际对他们作出的安慰。

街上的路灯下，厂门口的铁闸拉开了，邵经理与牛三从铁闸内走出来，挥手告别，分道扬镳。牛三下场，邵刚转身准备离去，翠珍上场来了，她刚下班回家，而她在总厂也听说了她父亲的事。面对邵经理，翠珍抽泣了。她说，您不知道，邵经理，我爸他多么看重他的那份"职工证"啊！没了它，他还不知道会有多难过呢！……邵趋前，他动情地握住了翠珍的双手，说，这是政策，没法的。突然，牛三从黑暗中闪出，喊了一声："邵经理！"邵华两人急忙分开。牛三狡猾地看着他俩，神色古怪，道："我刚才忘了，我还有一些工作要向您汇报。"邵经理说："汇报工作？那……那好吧……"（第二幕落）

第三幕

1968 年夏天，"一打三反"运动的高潮中。幕布在"文革"的那首著名的"大海航行靠舵手"的歌声中正拉开。

现在，车行名称已改为"红卫汽车修配厂"，一旁，黑字白底的竖牌上写着的字样是"红卫汽车修配厂革命委员会"。竖牌的上方扎着一朵大红绸花，两边则有绸带飘垂下来。牛三带领一帮造反队员从车间里走出来，他们拉出的一幅横幅标语是：稳、准、狠地打击一小撮阶级敌人！善于见风使舵的牛三如今又被选进了三结合领导班子，成了红卫厂的革委会副主任。他告诉手下人说：等会儿要在这里开一场批斗会，叫大家分头去做些准备工作。

二楼华家的气氛很有些紧张，原因是华师傅已被厂里的造反派拉去隔离审查多日了，此刻，华太太从窗口望见造反派们在布置批斗会现场，心里就有了一种忐忑不安的预感。她吩咐翠华去把她的大女儿大女婿找来（翠华的神情显得更木讷了，尤其在经历了"文革"初期家庭的一场冲击之后，这种情形已变得十分明显），她要找他们商量。李海民如今已成了她的女婿，因为翠珍终于明白了她与"邵哥"之间是不会有结果的。再说，邵经理在"文革"之初已被当作"走资派"打倒，一切便更无望了。而她对自己的资产出身的家庭成分也感到绝望，她觉得自己在这样的社会现状中，再要求上进也是白搭。她听从了母亲的劝告，嫁给了海民。不一会儿，海民夫妇俩便抱着只有一岁大的女儿回到娘家来了。

小女儿翠媚也回家来了。她十五岁，细腰身，白皮肤，丰满的胸脯一挺一挺的，她已出落成一朵含苞待放的水荷莲了。海民也有多时没有见到她了，因为她平时很少回家，老野在外面，与各色人等瞎混。海民目不转睛地望着她，他同翠珍说，美女我见多了，你这小妹妹，我敢担保不出十年，屁股后面一定会跟着一大串巴结讨好的追求者。翠珍瞪了他一眼，她最不满意丈夫这种对于女性的不严肃的态度了，吃着碗里的还想着锅里的。她道："都什么时候了，还讲这些！"见翠媚一个人回家来，从来木讷的翠华此时也开口了，她说，薛强呢？薛强他怎么不同你一起来？翠媚不屑，反问道：他为什么一定要同我一起来呢？薛强是位画家，比翠媚大五六岁。而翠媚是他选中来作画的模特儿，同时，也是一个他正热烈追求着的女孩子。果然不出一会儿，薛强便追到了。薛强是个高个子的青年人，长发，削瘦，老叼着一支烟卷，一副颓废艺术家的模样，但却有一股才气和灵气从他身上辐射开来。他带来了一幅新近完成的翠媚的人物油画肖像，衬托在深暗的背景上，模特儿白莲般的脸蛋显出了一种半明半晦的神秘，十分迷人。大家见了，一致叫精彩。翠华更在一旁痴痴地望着画家。华太太见状很不高兴，她有意将她支开，便叫道：翠华，去灶头间烧点开水出来，你不见这一大圈人都没水喝了？海民说，我认识上海油雕所的一位叫陈逸飞的画家，也见过他的油画作品，他是上海滩上公认的最优秀最具实力的画家之一。但我怎么感觉薛强也不比他差多少呢？那边厢，薛强与翠媚却爆发了争吵，薛强是因为翠媚又有了新男友，而忍无可忍的。薛道：我只是弄不明白，那个北京人有什么好的？翠媚道：好，就比你好！他是总参谋长黄永胜的侄子，你是吗？他有军车开来接我，你有吗？薛说，我就是不能让其他男人来碰你。翠媚道，你是我什么人，不让别人来碰我——你也管得太宽了吧？正在此时，楼下传来了两声吉普车的喇叭声，一个穿军装的青年在窗下高喊道："翠媚！翠媚！"翠媚应了一声，转身奔下楼去。薛强也大吼一声，跟了上去。大家都惊愕地看着这一幕，华太太直摇头，说她管不住她的这个小女儿。突然，翠华从厨房中出来，也跟着下楼了，边走边叫道："薛强，薛强哥！——"但她被华太太拉了回来，把她重新轰回了厨房里去。

说话之间，只听得楼梯咚咚地响，文玉跑了上来。华太太一见是文玉，分外高兴，她暂时忘记了自家的烦恼，说，翠华正在厨房里烧水呢，我去叫她出来。又问：你今天怎么有空来你叔叔家的？文玉说，正是叔叔婶婶叫他来的。其实，他们要他来与华太太"串联"一下，告诉华太太说，红卫厂的专案组曾到小林夫妇的单位去外调过，调查华师傅解放前曾为国民党的某位高官修车，解放后，又替共产党的高干修车，他们认定华师傅是从解放前一直隐藏下来的一条又粗又深的黑线。国际国内的反动势力利用他做掩护，相互勾结，企图颠覆我们无产阶级的红色政权。如此骇人听闻的大"罪名"，大家听了自然都很惊慌，唯有华太太并不以为然，她说，她还不了解华福记车行和她的丈夫？这些无稽之谈不屑一顾。她倒是更担心华师傅的身体，说他经常有心区疼痛的毛病，还有肝病，这都是三年自然灾害期间落下的。他们这样折腾他，能否顶住？文玉说，他要走了，他不便久留。但华太太说，你有什么好怕的？你不是在同翠华轧朋友？这是众所周知的事，这也是你叔叔婶婶自己不来，而让你来找我们的原因。不急，不急，吃了饭再走，吃了饭再走。的确，文玉是翠华正名了的男友。但文玉在这方面还是有他的想法和顾虑的。第一，他知道翠华喜欢的人是薛强（尽管华太太并不喜欢薛强）；第二，翠华平时的那种神神道道的表情与行为令他感觉此女有些不妥。但华太太每回对他如此热情，又教他不好推却。他站起身来要走，被华太太按回了原座，复起身，复被按回。华太太还让翠华不要去忙厨房里的事了，她说让她来做，她要翠华出来陪陪文玉。

　　就在此时，楼下的红卫厂里，敲锣打鼓，人声鼎沸了起来。大家探头一看，才发现批斗大会开始了。批斗会场就设在厂门口，面朝大街（面朝观众），而华师傅与邵经理分别被从舞台的两个方向押上台来。两人都戴着尖顶高帽，华师傅的帽上写着：打倒反动资本家华福根！邵的高帽上则是：打倒死不悔改的走资派邵长江！而且，邵与华的名字上都又上了红色的杠杠。

　　批斗会开始了，小林夫妇、崔老板、崔太太也都小心翼翼地走出自家的家门，站在一边旁观。牛三的揭发内容主要集中在走资派邵经理如何与资本家的女儿"搞破鞋"这一问题上，当然他也带到了"反动资本家"利用女色来将我们革命队伍中意志不坚定分子拖下水去的罪恶企图。其他造反派的揭发则更趋于政治化，邵经理当然是忠实地执行了资反路线，而华老板的问题则越揭越来事了。说他老提什么"难忘的1954"，这不是"剥削阶级时时刻刻梦想夺回他们已失去了的天堂"，又是什么？这正好为刘少奇的阶级斗争熄灭论提供了最有力的反面证据。他们提到了某个已逃亡台湾的国民党高官×××，又说到了共产党内被打倒了的高官××和×××。说都与华老板有联系。说到高潮处，便高呼"打倒"和"横扫"一类的口号，又敲锣又打鼓，以助声威。突然，华师傅手捂胸口，人有点儿歪斜了下去。有一个造反派队员说他"装死"，冲上前去，准备对其采取革命行动。就在这时，牛三一个箭步拦在了他师傅的跟前，他手举红宝书，高呼"要文斗不要武斗"的口号，将其他人围挡在了外面。这时的小林夫妇和崔老板等人都有想趋前相助的冲动，但谁也不敢动弹，都胆怯怯地站在了那里。华太太在二楼窗口见状大惊，慌忙退回屋内，赶下楼来。但她见到的那幕情景是：华师傅与邵经理已分别被人押着离开了批斗会的现场。

深夜，路灯昏暗的光线中，有一条黑影从虚掩着的窗户间潜入了红卫厂的车间里。车间里并没有亮灯，也不见有任何动静传出来，除了有一阵"叽叽嘎嘎"的机械转动声外。不一会儿，翠珍便慌慌张张地在舞台上出现了，她疾步从傍梯跑上了二楼去。接着，二楼的电灯便打亮了。她告诉母亲说，父亲从隔离审查室逃跑了，他有回过家没？母亲说：没。但华太太突然明白了点什么，她的脸色骤然转成了煞白。

就在此时，发现华师傅逃跑了的造反派们也打着手电筒赶到了。他们中的一部分人跑去二楼华家，另一部分则拉开了厂门口的铁闸进入车间里去。他们乱晃的电筒光发现了躺在地上的几樽"敌敌畏"的空瓶和一只"七宝大曲"的酒瓶。牛三立即打开了车间里的全部灯光，他按动千斤顶的电钮，机器的升降板便"叽叽嘎嘎"地从地底下升了上来。和酒服下了"敌敌畏"的华师傅直挺挺地躺在了铁板台上，已昏死了过去。见状，造反派们便在一旁大声朗读毛主席语录，说，革命不是绘画绣花，不是请客吃饭，革命是暴力，是一个阶级推翻另一个阶级的暴力行动。又说，华某某，自绝于人民，死有余辜，等等。但牛三却跑了上去，他抱起了他的师傅，眼泪流了下来。就在此时，华太太他们也赶到了，她冲上前去，像一头发了狂的母兽，企图把她的丈夫抢过来。但牛三不让。她于是便指着牛三的鼻子，破口大骂，说你不要猫哭老鼠假慈悲了。你这个忘恩负义的东西，简直禽兽也不如！但牛三低着头，任他师娘谩骂，既不还口，也不辩驳。一个造反队队员推来了一辆"黄鱼车"，牛三便将他的师傅轻轻抱上了车，并亲自骑车将他送往了医院。

一切归于平静。翠华从黑暗中悄无声息地走了出来，她行动迟缓，表情麻木，她走到了千斤顶的旁边，将那台机器抚摸了一边又一边，突然，她仰天放声，大笑了起来，在受了巨大的精神刺激后，她已彻底疯了。（第三场落幕）

第四幕

又过了十七年，1985年秋，"文革"早已结束，中国已进入了改革开放新时期。"红卫厂"又复名为"华福记车行"，一幅很大很漂亮的横匾厂标高悬于凤阳路141号底楼的楼梁上。原因是：华福记是一间有着历史内涵的老店了，在这改革开放的新时代里，理应将其打捞出来，并让它再度发扬光大。但车行还是国有制的，仍属汽配厂分厂。而牛三在"文革"后虽经过一番组织审查，但凭着他圆滑的个性和生存技能，仍被定性为"好同志"，并再度重用，官复原职，做回了分厂的厂长。这天，是华师傅的退休之日（华如今是个德高望重的老前辈了，他的人品与技术都得到了领导和同事们的充分肯定与高度赞扬。大家都尊称他为"华老"）他一早就去了总厂，在那里，要举行一个隆重的欢送仪式，以表彰华师傅这么些年来对国家和人民作出的贡献。仪式由邵经理主持，而他也早已恢复了原先的官职。

华太太则在几天前动身去了湖州的乡下，她打算把翠华从一家精神病康复中心里接回上海来。原因是翠华已有了九个月多的身孕，都快临盆了。毕竟是自己的女儿，华太太舍不得呀，若把她留在乡下，坐月子谁来照顾她？再说，她还有病。但使华太太纳闷而又痛苦的是：这孩子的父亲究竟是谁？她问了康复中心，中心答，除了你家的大女婿常来乡下看望她之外，是没有其他外人与她有过过密来往的。华太太不禁满腹狐疑，此刻，母亲正搀扶着女儿从强生出租车里出来。华太太已是位准老太太了，头发花白，行动也没有像从前那般利索了。而翠华则变成了一位中年妇女，挺着一个大肚子，除了失神了的目光和茫然的表情外，她一切都酷似四十年前怀翠媚时的她的母亲。到家了，母亲还在一个劲儿地审问她的女儿：到底这人是谁？谁又同你干了些什么？她指着女儿的大肚子说，你怎么会变成现在这样了呢？女儿环望着这些熟悉的街道和房子。那厂房，厂房里的千斤顶还摆放在老地方。还有那座傍梯和她从小就在那里长大的家的窗口。她的表情开始变化，她开始产生出了回忆。她突然向她母亲说：是薛强——薛强哥！那晚，他从月亮里下来，他同我睡在了一块……母亲听罢，又气又恼。怎么可能是薛强呢？那些年来，他同翠媚的关系时好时坏，时和时闹，这都是因为翠媚在外面交了太多个男朋友的缘故，尤其在改革开放初期，市场秩序远没建立。她老与那些干部子女搞在了一块，倒卖水泥钢铁汽车一类的批文来赚钱。她又打扮得十分新潮，穿最新款的港台时装，口红、甲油、烫发。这些都令薛强很没有安全感。后来，1980年的那一回翠媚与他彻底闹掰。他赌气去了云南，后来，听说又去深圳。他在离开上海时，还给过华太太一个电话，说翠媚永远都是他的，谁也甭想把她抢去。即使将来大家都老了，他也不会放弃她。华太太在电话的这一头就骂了他，"神经病！"便挂断了线，之后便没有了他的消息——这又怎么可能是薛强呢？华太太自言自语，自问自答。她很想问清楚翠华：到底海民有对她干过点儿什么没有？话还没来得及问出口，就见小林从他的家门口走出来，见是华太太和翠华，便笑嘻嘻地走了过来。但当见到翠华高高凸起的肚子时，他惊呆了。但他立即机警地说：恭喜你呀，华太太，又要做外婆了吧？接着，他便迅速地转了一个话题。他说，他的二哥今天偕同新婚不久的妻子，一同回上海来。二哥出去四五十年，还没回来过一次，他准备出去买点东西，来将家里扮相一下，也不要让二哥见了太寒酸。正说着话，崔老板也从他的照相馆里出来了，如今，他的照相馆橱窗是橱窗，灯光是灯光，标牌是标牌，都已今非昔比了。但他说，当个体户虽也能赚到一点钱，但终究已赶不上时代了！他打算将店搞得再好些再高档些，他的那个大学刚毕业的儿子也同意他的看法。他和小林两个都明显老了许多，但神态却是喜气洋洋的。说，今后的日子只会越来越好，再没有阶级斗争搞运动那回事了……崔老板见到翠华的模样也很吃惊，但他知道这种事情是不便问的，而华太太也佯装没事，顾左右而言他。崔老板说，听说翠媚在美国混得很得法，他儿子希望去美国读书，能请翠媚经济担保一下吗？华太太说，应该没问题吧。她说，当年翠媚的确是在"静宾"认识了一个老外，继而便嫁到美国去了。但没多久又离了；她现在是在台北定居，又重新结了婚，今天她就是与她的新夫婿一同回上海来看望我们的。待会儿见了面，我一定让她替你儿子把这件事办妥。崔老板连声说"谢谢"，又恭维道，翠媚长得这么漂亮，又去了美国这些年，说一口洋文，哪个男人见了不会被她迷倒？但华太太说，他们要赶着回家去了，一会儿老华他们单位还要送他回家来呢——老华从今天起开始退休啦！

　　二楼华家。华太太和翠华刚坐定不久，便响起了敲门声，华太太开门一看是文玉。文玉告诉华太太：他的申请已经获准，他准备到香港去了。所以特地来向华伯伯华伯母道一声别。他还说，亏得现在的政策已开放，否则，他父亲年迈，身体又不好，公司没人管理，真还不知如何是好呢。华太太则祝他去港后一切顺利。她说，她多么希望他能成为她的乘龙快婿啊，但没法，这是天意。文玉望望呆在一旁看着他们的翠华的模样，心中也十分难过。他说，其实，翠华是个心地善良的女孩，只是……嗨！他能说什么呢？海民一家三口也来了，他们是刚去了国际饭店见过翠媚夫妇后再回家来的。文玉则乘机告辞离去。翠珍告诉母亲说，翠媚他们一会儿也会来。她让母亲今晚上不用准备晚饭了，翠媚请我们全家到国际饭店顶楼吃西餐去。一方面，也庆贺一下父亲光荣退休。华太太说，国际饭店吃西餐？还请全家？那要多破费啊。海民于是便插上嘴来，说：妈，这您就不必去替翠媚操心了，妹夫在台湾是大老板。再说，他也是个老上海了，解放前，他常去国际饭店吃大餐的。他说，他有"国际饭店情结"！其实，那时候的我倒也常去那里，说不定还遇见过他呢，只是想不到，时隔半个世纪，彼此会成为亲戚，嘻嘻。海民这次插话是很有点儿巴结和讨好意思的，他明显地感到他的妻子与丈母娘对他的不屑与冷淡，她们几乎谁也不愿搭理他，他自感没趣。突然，翠珍发作了。她的脸蛋涨得通红，指着海民："李海民，你究竟干过些什么对不起我，对不起翠华，也对不起我们华家的事？你说！你——说！！"海民一下子给吓呆了，唇颤脸白，变得语无伦次。他心中是很明白她们母女俩所指是什么的。他哭丧着脸说："我是常常去看望翠华的。湖州不是我的家乡吗？那家医院不也是我介绍的吗？我……我……""你，你什么——！"翠珍彪圆了眼睛盯着他。"我……我是抱过她……也……也吻过她……但，但我没干那事啊！我……我只是同情她，想安慰安慰她……"。翠珍大怒道："放屁！安慰她——你这禽兽不如的家伙！我当年真是瞎了眼，错嫁了给你！既然你没有干过，那我问你，翠华怎么会变成现在这个模样的？！"海民喃喃道："我也纳闷，我也感到奇怪，我也不知道啊……"翠珍疯狂地冲上前去，一把抓住了海民的衣领，她将他从椅子上揪了起来："你不知道？！除了你，还能有谁？"她连打带推地把海民推向房门口，说："你给我滚！你给我滚回你自己家里去！我们华家没你这个女婿！"她打开了门，将海民一把推了出去，然后，再"砰"地关上门，接着便号啕大哭了起来。华太太冷眼旁观了这一切，她既没去拉，也没火上加油。

　　这边厢，观众见到海民沮丧万分地从傍梯上走下来；那边厢，在华家的二楼，母女俩正面对面地坐着谈话。翠珍不断地在那里抽泣，母亲则很理性地将问题抽丝剥茧地向女儿交摊个明白。她说，至此一刻，当然还不能肯定这事是谁干的，但这并不重要。重要的是：怎样善后的方式才是最合理的？母亲恳求翠珍能看在她父母的面上，看在她可怜的妹妹的面上，承担起对这个即将诞生的新生命的全部抚养责任。不论他（或她）有没有海民的血脉，反正他肯定是华家的血脉。华母还说，我甚至还希望他是个小子。假如真是个小子的话，名字我也都替他起好了，就叫海强，蕴含了上海强盛发达之意。再说，也遂了我与你爸爸没有儿子的心愿。翠珍保持了沉默。眼泪却扑簌簌地往下直掉，她紧咬着自己的下唇，下唇都快让她给咬出血来了。但华太太明白：为了顾全大局，善良的翠珍已经应诺了。

此时，楼下传来了汽车的停车声。母女俩探头一看，一辆豪华型的锦江出租车就停在了凤阳路 141 号门前。车上走下来一男一女。女人打扮光鲜，从上到下，一身国际大名牌的包装，她便是翠媚。男人干枯、矮小、谢顶，年龄与华太太相仿，足足大出翠媚四十有多。翠媚一下车就忙着要上楼去，那矮老头却站定在了街中心，四周好奇地环望了起来，神情有点儿惊奇。翠媚叫他：你干吗，怎么不走呀？但那老男人仍在那里看个不停。见状，华太太忙赶了下来。翠媚见到母亲，一把紧紧地抱住了她，泪汪汪。事毕，又同她介绍自己的老公：林志雄。林志雄甚至在与初见面的岳母握手时，也显得有些心不在焉。他问道："这里是白克路吗？"答："这是从前的名字了，现在这儿叫凤阳路。"林又道："白克路 139 号？"答："那是隔壁的门牌号，我家是 141 号。"但林志雄慢吞吞地朝着小林家的方向走去，他指着门楣说：那幅"林宅"的石匾怎么没了？又指着门口说，那对石麒麟呢？这回，华太太真是楞了，惊讶得连话都说不出来了。她终于明白：所谓林志雄就是小林去了台湾的二哥！

华家二楼。围坐着一圈人：华太太，翠珍，翠媚，林志雄，还有，小林夫妇也到场了。大家唏嘘不堪，半个世纪的风云际会、人生坎坷，大家有着谈不完的话题。翠媚见到二姐的模样，十分惊讶。她悄声问母亲：这是咋回事呢？母亲先是望了望翠珍，后又摇了摇头，说："不提也罢！不提也罢！"说得翠媚更困惑了，她怔怔地望着她的母亲。就在此时，楼下的锣鼓声由远而近，一辆白色的面包车，载着一众欢送华师傅退休的同事和领导以及华师傅本人，一路往凤阳路 141 号驶来。面包车停下，邵经理、牛三等人陪同华师傅一起由车内下来。此时，分厂门口也都站满了同事，大家热烈鼓掌，锣鼓声又响起。此回的华师傅又穿上了那套呢子的中山装，胸前还挂了一朵大红花。见大家对他如此热情，华师傅的心中是很快乐很感激的，他笑着向大家点头打招呼，又抱拳向各位致谢。但一见到在厂门口的这副人声鼎沸的场景，又有喧天的锣鼓声又有牛三，甚至连邵经理也在场，他便明显地进入了某种回忆的状态之中。他的脸色开始变白，走路也有些摇晃了起来。他用手捂着胸口说，我有点儿不舒服，我要回家去，休息一会儿。牛三见状，忙上前扶住了师傅。他又恢复了从前牛三的那副殷勤劲儿，一个劲儿地对他师傅嘘寒问暖。他问师傅道：这是怎么了，您不要紧吧？华师傅虚弱地向他摆了摆手，说，不要紧，不要紧。他便在他徒弟的搀扶下蹿梯归家而去。邵经理紧随其后，他冷眼旁观着牛三的一切表演，一副不屑和反感的神情。

又回到了二楼的场景里。华师傅在椅子上坐定下来，之后，又喝了几口水，情势明显好转，大家也都松了口气。牛三见到了翠媚，又身不由己地展现出了一副讨好巴结的样子来了。他说，他是看着她长大的，从小就机灵漂亮，到了今天竟长成了这般倾国倾城的模样！接着，他便转了个话题。他说，如今的国营厂经营起来是越来越困难了，人员开始下岗待业，看来今后的趋势会越发严重！因而，他说，现在的厂长真是不好当啊，不比从前，有上级单位管你吃喝拉撒。如今，这几百号人都要向你张嘴要饭吃！他儿子替他出主意说，还是找找你师傅师娘他们吧。还有他们的小女儿、大女婿什么的都有很多国外关系，而且又有地位，又有钱。请他们来投资、合资，就是搞些"来料加工"也可以啊，这样或者还有可能救活这家厂。华太太乜斜着眼睛望着他，不言语。对于牛三这个人，她的态度与邵经理的相若。但华师傅听了便不忍心，他问翠媚道，你倒是同林老板商量商量，看看有此可能没有？林志雄见岳丈大人开口，忙抢答道：这成没问题！这成没问题！牛三见势便进而提出，说他的儿子已大学毕业了，学习成绩还不赖，他一心想去美国深造，不知道翠媚夫妇能为他提供一份经济担保不？这会儿，倒是轮到华太太开口了，她说，对了，今朝遇见你隔壁照相馆的崔伯伯，他的儿子也希望这份什么担保的。翠媚，你都替他们办一办，好吗？翠媚道：是，妈。于是，皆大欢喜。

就在此时，楼下又响起了锣鼓声，众人都探出头去张望。见有两位厂方的同事从白色面包车里取出了一幅大红横标来，举起，并将其缓缓展开。上曰：祝贺我们敬爱的华福根同志光荣退休。如此设计，当然也是牛三的杰作。正当他暗暗得意时，就见华师傅脸色苍白地站起了身来，他或者想去做点什么，但没行几步，便突然倒地，不省人事了。他的右臂右腿猛烈地抽搐着，众人惊愕得不知所措。唯华太太愤怒地冲到窗前，她向着楼下喊道，别敲啦！别敲啦！把横幅也给我收起来！都是这些该死的锣鼓和横幅惹的祸，它们害死老华了——！屋内大家乱作一团，七手八脚地把华师傅抬上床去，躺下。但邵经理说，这不行，还得赶快送医院。这才提醒大家又将华师傅抬下楼去，抬进了面包车里。林志雄将翠媚拉到一边，问道：哪今晚上国际饭店的西餐还吃不吃……？翠媚怒斥道：还吃西餐呢！快，快一块儿乘车上医院！他俩也一同钻进了面包车里，面包车开走了。唯有一个人留在了车后，没跟去，那便是下午被翠珍赶出家门来的海民。海民望着远去了的车子，心中十分失落，天色暗了下来。

夜晚，路灯亮了。街上很安静。有一辆挂着私家牌照的"雪铁龙"驶至，车在141号门前停了下来。车里钻出来一位中年男子，他剃着一颗光头，对襟的"寿"字唐装在路灯的辉照下发着幽光，他的身形也开始发福。他站在街边，往华家的窗口望去，只见屋内一片漆黑。海民走了上来，昏暗的灯光下，他俩彼此都认不清彼此的脸。海民说："请问，您是……？""华翠媚在家吗？""她们全家都外出了，你找她有事？"胖子从衣袋里掏出一张名片来，海民取了，就着路灯光边看边念了出来：上海艺术饭庄董事长兼总经理：熊志新。海民抬起头来望着对方，惊讶道，"艺术饭庄"是一家很出名也很有品位的饭店，我去过，原来您就是……"突然，两人都发现了点什么，海民道："这不是薛强吗？"薛道："原来你是海民哥啊！——"他俩的手握在了一块。（第四场落幕）

第五幕

2001年7月1日，香港回归纪念日。

21世纪伊始的上海，"华福记车行"仍存在在原地头上。只是在它红砖白嵌线的墙上，如今挂了几幅铜牌。其一：百年老店。其二：信得过企业。其三：市级保护建筑。这些荣誉都是上海汽修集团总经理邵长江在离休前向有关部门打报告，为华福记车行争取来的。而今天，更有一幅新增的彩旗从这幢石库门楼房的三楼一直垂挂下来，上曰：热烈庆祝香港回归祖国四周年！车行还有一定量的修车业务，但已不是主力了。其主业是出售各种汽车配件。铁闸早已移走，换上了一排铝框玻璃的落地门，玻璃门的上方横着一捆不锈钢的卷帘。而玻璃窗上则贴满了各类出售物品的品标以及宣传海报，诸如：丰田、日产、奥迪、桑塔纳、比亚特等等。远远望过去，车行左侧的那间"崔记照相馆"似乎也在进行一次大装修，几个工人高爬在铁质的攀手架上，在商店的外立面上敲打着什么。年龄已经有一大把了的崔老板身体仍很硬朗，他站在街边，亲自督工。

华师傅坐在轮椅中，轮椅由华太太推着，从右边上台来。自从那次退休日事件发生至今已有十多个年头了，华师傅中风虽被抢救了过来，但已行动不便，且随着年龄的不断增大，健康日渐衰退。华太太精心地照料着她的丈夫，每天都推他去街心花园悠转一圈，让他呼吸一下新鲜空气。而这，也正是华师傅最想做的一件事，因为，他可以下楼来，看看他的车行。今天正巧已退了休的牛三也回厂里来，当他隔着玻璃窗见到师傅师娘在门口停下时，他忙拉开了落地趟门走了出来。如今，对师傅师娘，牛三已完全恢复了他从前的那种感觉和感情了，尤其是当他也退了休之后。他打心眼里尊敬和感激他们。华师傅见到牛三，心中就十分高兴。他问道：小……小华他一切都……都顺利吧？中风后，华师傅说话口齿有点儿不利索。牛三忙答道：很好！很好！上星期他已被德国总部升任为上海大众集团公司的副总裁啦！刚才还打手机给我，说一会儿他要与海强见面，有事商量。小华是牛三的儿子，自从那次翠媚答应为他做经济担保后，他便考到了柏林大学去攻读工商管理，毕业后，进入了德国的大众汽车厂工作。前些年，又被派回上海的分公司来任职。牛三说，小华有今天，不，我牛三有今天，不还都靠了您与师娘的栽培？还有翠媚，我也感激不尽啊！华师傅道：嗨，阿……阿三，别扯这些了！只要你……你好，小……小华好，我就高……高兴啊。华太太说，你师傅是常常念叨你，刚才在街心花园里，他还说起你呢。如今，华太太对牛三的态度也不同从前了——人是靠心来换心的。华师傅望着徒弟就像望着自己的孩子一样，他幸福地微笑着，苍白的脸上都有红润之色泛现出来了。这自然令牛三感动不已。那边厢，崔老板见是华师傅他们，便朝这边走了过来。他边走边向华师傅说：老伙计，今天的气色不错啊。华太太说，他是见了他的徒弟高兴。又问，照相馆准备装修啊？人都这么老了，你还要弄点儿什么动静出来不成？崔道：不就为了这桩事儿吗？这爿照相馆虽小，但也是我和崔灏他娘丢进去了一世精力和希望的地方。不错，崔灏是我们的孩子，他倒是靠了你们老哥老嫂还有翠媚侄女的相助，有了一个好的前途。但这照相馆呢？它也是我们的孩子啊，我俩都老了，我们也应该为它找一个好的归宿吧？华太太问：此话甚解？崔老板解释道：两星期前，他接到了他儿子从美国打回家的一个长途，说，现在港台婚纱摄影很有前途，也很赚钱。而他的一位朋友在香港就是搞这一行的。如今，上海消费市场日趋繁荣、高端，他们于是便打算到上海来发展业务。而我们这家小店，虽不起眼，但地处市区黄金段，他们决定首选它，作为登陆上海滩的第一站。崔灏说，既然如此，我们就应该将它先装扮装扮，这样，在与对方谈判时，价码才能开得高。他对我说，爸，这笔钱是省不来的，只有吃了这等小亏才能赚到大便宜啊。噢，原来如此。牛三在一旁注释道：老太婆要重新嫁人，还需替她先扮扮俏，是这个意思吧？崔笑道：也差不多，也差不多。众人于是大笑。笑罢，华太太说，我们要先回去了，老华吃药的时间到了。大家这才将轮椅推到了傍梯边上，再小心翼翼地将华师傅搀扶下来，然后，由牛三和华太太一块儿将老华送上了楼去。

场景再度切换到二楼华家。观众见到二楼的装潢也改变了许多，家具陈设中也包含了不少能代表上海当下物质生活水平的元素。听到钥匙开门的声音，翠华从厨房里跑出来，她唤了一声："爸，妈，你们回来了啊。"翠华的病好转很多了，她已是个五十开外的准老人了，头发都已花白，但比起她的两个年迈病衰的父母，她的手脚则要显得轻盈利索得多。如今，这一家子的人都各栖其巢，只有她与二老住在了一块儿，负起了照料他们日常起居的责任来。她将父亲安顿在了一张沙发躺椅上，又倒了杯水来，又拿了药来，伺候他服用完毕。她转身向母亲说道：妈，您先回房中休息吧，忙了一上午了，一定很累了。正在说话间，大门上又有了动静。把手转动了一下，门便开了。海强从外面回来，与他在一起的是牛三的儿子：牛小华。海强十七岁，是个健康、阳光的年轻人。他穿着一件 POLO 的 T 恤，两只晒得黝黑黝黑的手臂裸露在外面。牛小华已是中年人了，稍见发福。他西服领带皮鞋，竖挎一只牛皮质的公文兼电脑包，一副"海归"派的行政人员的标准扮相。他俩虽说是两代人，但关系却很好。海强将小华叔视作某类成功人士，是他今后的人生奋斗目标。而小华对海强的情谊之中除了有对华家一家人的感激外，还包含了对海强这个年轻人由衷的赞许。他感觉，未来的海强必成气候。海强今年高中毕业了。两个月前，他以 650 分的高分通过了托福考试，他将成绩单寄去了远在美国宾夕法尼亚大学当教授的姐姐（海民与翠珍的女儿），而就在一星期前，他收到了宾州大学的入学通知书。他当然很高兴，他对美国充满了向往，他希望再能向小华叔问多一点有关他将在那儿读书和生活的各种生存要诀。海强进门见到翠华，分外亲热。他叫她作"华阿姨"，但不知怎地，他与"华阿姨"的那种感情却远远超出了一个阿姨与外甥间的。翠华对他的感觉也相似，此刻，她不停地抚摸着海强的那一头乌黑光亮的短发和他的那两只肌块垒垒的臂膀，说，我家的海强最聪明了，华阿姨最以你为傲了。海强却说："华阿姨，您近来晚上的睡眠好吗？别忘了您又要去康复中心取药了。我陪您去！"

　　说话之间，海民与翠珍也回娘家来了。海强唤了声"爸、妈"，其亲热劲反而还不如他对华阿姨。他向母亲翠珍道，小华叔说了，凭我的成绩单，我极有可能争取到全额奖学金。要知道，宾州大学是最重视人才培养的。到时，我就可以自己养活自己啦，这不很好吗？然而，母亲却笑道：好。好。但我告诉你：以现一刻的你的父亲的能力而言，就是再培养多两个像你一样去美国留学的大学生，也绰绰有余！翠珍一言既出，全家人都惊呆在了那里。原来，海民夫妇今天回家的目的就是来向家人宣布两大喜讯的。第一个是：海民今朝接到了香港的一家律师行的法律文本，让他去香港接受一笔为数不菲的家族遗产。第二个喜讯也是在今天上午获得的：徐汇区房管部门已正式通知他去取回他家的那幢高安路洋房的产权证了，"文革"时期强占此屋的有关单位及人员一律被勒令按时迁出！海民兴奋地说，两大喜讯几乎同时降临，你们说，我家是不是财星高照哪？众人都说：哪还敢情说不是？大家叽叽喳喳地对这两件天降喜事议论了好一番，兴奋够了，海强与小华便说有事要先离去。海强还说：华阿姨同我一起走吧，我带您到康复院取药去，反正小华叔有车。翠华有些迟疑地望了望她的母亲，但华太太说，去吧去吧，就让海强带你去吧！你还怕我午饭烧不成不是——都烧了有几十年了！于是，海强他们三人便开门走了。华太太则入厨房准备午饭去，屋内恢复了平静。华师傅半躺在躺椅中，用遥控机打开了电视。电视光屏上正在重播四年前香港回归交接仪式举行时的那一幕情景。一旁，海民的神色忽然有了些异样，他一个人坐在屋角里，默不作声，眼望着窗外，发愣。翠珍走上前来，说，怎么？又在为那些陈年旧事窝气啊。海民一听，果然气不打一处来。他说，人受了这样大的冤枉，是注定要牢记一世的，尤其是在这种事上！你可别忘了，十六年前，我就是在这里被你赶出屋去的！翠珍道，大家都早已把此事忘到九霄云外去了，就你一个人还揪住不放，啥意思？海强现在这样乖，这样懂事，这样出色，这不一切都得到补偿了？看来，妈当年的决定是对的。海民道，我就搞不清了，为什么就不能去做一做基因检测？你知道，现在的检测手段是很准确的……翠珍道，有那必要吗？再说了，海强和翠华至今不晓此事，一旦去做什么基因检测之类，一切不都穿帮了吗？妈能同意？海民一听翠珍提及华太太，便不再言语了。原来，海强的身世之谜，虽然在华家的两代人中是件人人皆知的事，但海强本人却一直被蒙在鼓里，还有，就是他的生母翠华。这些都是华太太的意思，她坚持要这样做，她说：翠珍养育栽培了海强这么许多年，就是看在这个分上，不是生母也胜似生母了。再说，翠华的病虽已大有好转，但仍未痊愈，万一谈及这个痛苦的往事，再触发了她的病，又如何是好？尽管老了，但在这个家中，华太太仍有着她说一不二的权威。从此，这事便没人敢再提了。

翠珍和海民正在那里嘀咕，客厅里的电话铃响了。翠珍刚打算起身去接，正好被从厨房里走出来的华太太接着了。只见华太太的脸上出现了一种意外而又兴奋的表情。她对着话筒说："文玉……文玉，这是你啊！你在哪里？……噢，在香港。……什么？你在看凤凰台……看香港回归……对，对，我们这里也正好在看呢。……你好吗？……好……什么？不太好？这是怎么回事呢？……后来，当华太太搁下了电话筒时，大家才知道了文玉在香港的近况：原来，文玉去港后便顺利地接手了父亲的企业和遗产。十多年来的经营也相当成功。即使几年前的那次亚金风暴也没对他造成太大的损害。照理说，这些都很好，但，人无完人，福无全福。文玉如今遇到的是他的婚姻危机。他天生懦弱与文雅的个性现在反成了遭人欺负的最大原因。文玉在电话里告诉华太太，这些都是钱造的孽啊。在香港这个地方，钱少了不行，钱多了有时更糟。这会让周围的许多人都来窥探你的财，算计你的钱，甚至包括你自己的亲人！这让人如何是好？如何有安全感？此刻，当我见到香港的回归之日，上海外滩的镜头一闪而过时，我的心中真是难受极了！我挂念上海，挂念上海的那些与我在一起度过了童年和少年岁月的人……文玉说着说着便在电话线的那头哽咽了。他说，翠华还好吗？华太太说，她很好——她好多了。他说，他想同翠华说两句。但华太太说，真不巧，她同她的侄子海强一同出去了……华太太说到这里眼眶也变得潮湿了。她安慰文玉道：华姨理解你，也了解你。相信好人一定得好报，也相信人生没有迈不过去的坎……她还能对文玉说点儿什么呢？大家听罢，也都神色黯然，心情沉重。

　　此时，楼下又响起了轿车的停车声，众人探头望去，只见停在141号门前的是一辆乌光漆亮的"大奔"。从车上走下来的是：光头发福的薛强和年近五十，但仍不失抚媚和妖娆之气质的翠媚。翠媚挽着薛强的手臂，她将头半靠在他肥厚的肩膀上，一副亲昵样。他们一下车就从边梯直奔二楼来了。现在，薛强已是个身价过千万的商人艺术家了。这十多年，正值上海经济高速发展的黄金期，而他的"艺术饭庄"也已开成了一家饭店管理集团，引资融资，十多家分行遍布了沪杭宁地区。翠媚的丈夫林志雄则在去年过世，留下了一笔十分庞大的资产，让翠媚做了他的全权继承人。现在的翠媚已是自由身了，她忘不了那段旧情，到上海来找回了薛强，重温旧梦，她感觉幸福无比。她向着她的父母、大姐和姐夫说道：当年我找个老头嫁，没嫁错吧？告诉你们吧，这种婚姻设计在港台乃至欧美的华人圈里是很时兴的，各取所需嘛。我想，过了不多久，上海也会如此的。她嘿嘿地笑了两声，见大家并无反应，便停住了。华太太不耐烦地向她摆了摆手：翠媚，别再向我们提这些事了，好吗？翠媚默然。薛强道：我这边可是终身未娶啊，那时，我不同华伯母说了？我既然爱你，我就会等你一世的。这不？我实践了自己的诺言。从来便对薛强没有好感的华太太第一次向他投去了赞赏的目光，而全房间的人对此言论也都无言以对。翠媚只好转了个话题。她说，她当下就将林志雄留下的资产给处理了，全都换成了美金，投入了美国的金融和房地产业。如今她更发了，她甚至拥有了比林老头在世时更高的身价。她说得眉飞色舞：你们可不知道了，这两年美国的房价翻了两番，还有华尔街的那些著名的投行，名目繁多的金融衍生品（她说了几个产品的英文名称）年回报率竟然高达百分之五十，甚至更高！海民说，你说这些没用，这儿的人听不明白。反正一句话：你发了，更发了——对哦？翠媚说，对个，对个。她突然用手拉住了薛强的胳膊，脸上露出了一种罕见的柔情。她说，如今，只有我华翠媚才能帮到你，支持你！我能支持你将"艺术饭庄"开到大陆以外的国家和地区去，开到香港的铜锣湾去！开到台北的仁爱路去！开到东京的银座去！开到纽约的第五大道上去！继而，她更动情地说，强哥，感谢你等我，一等就等了这么些年。今天，乘爸妈大姐大姐夫都在场，我俩就向他们宣布我们打算永远生活在一起的那项决定吧！但薛强却低下了头去，他说，不，我……我有顾虑。顾虑？你有顾虑？翠媚惊讶极了，她说，你不是说你爱我，你愿等我一世？你不是说，为了我，你至今未娶？你……？薛强慢慢地抬起了脸来，他说出了十七年前他的一段人生经历。那年他被翠媚抛弃，心情十分沮丧而焦躁，他常常借酒消愁，又来到凤阳路南京西路这一带走动，只希望能再见翠媚一眼。但就始终未遂心愿。后来，他偶然听说翠华去了湖州养病，便思忖说，翠媚一定会去那里看望她二姐的。只要他到那里去，说不定会有机会见到她的。一个圆月之夜，他喝醉了，他冒称他是翠华的哥哥，进入了翠华的房间里。那一夜，在半醒半醉间，他竟将翠华当成翠媚，与她有了热烈的一夜情。薛强说，这是一块他负疚了近二十年的心病，他想，他应该当着翠媚的面，也当着华家全家人的面，坦承这一切，将他的这个心理包袱永远地放下……

　　翠媚听着薛强的叙述，她握住他胳膊的手渐渐松垂下来，她转过脸去，抽泣了。薛强走过去，企图去拉她的手，他问她：你能原谅我吗？但翠媚狠狠地将他的手甩了回去。薛强转过身去，他的脸在痛苦中抽搐。他一步步地朝房门口走去，他准备离去了——永远地离去。但突然，翠媚转回身来，她奔上前去，一把抱住了薛强的腰。她说：你薛强不是完人，我华翠媚更不是！让过去的都过去吧，我俩都不能再一次地失去对方了！

　　一屋子的人都屏息地观摩了这一幕高潮戏的演出，鸦雀无声。唯有翠珍拉了拉海民的袖口，悄声地说：基因检测的结果不已经出来了？今后你可不许再提此事了，好吗？海民笑了，他如释重负。他说：好。（第五场落幕）

第六幕

2009 年 5 月 23 日傍晚时分，夕阳无限好，金色的夕晖洒满了整条凤阳路和坐落在凤阳路上的华福记车行。车行的名称又改了，改成了长长的一串：中美合资华福记车行有限公司，十多个黄铜铸刻的大字，在夕阳的辉照里显得更加光彩夺目。从正面望去，整个场景与六十年前的那一幕几乎没有什么两样，只是什么都崭新了一圈：三幢新式石库门建筑，中间的那座最大最正规也最醒目，左幢只能见到一半。如今也已粉饰一新，一排店牌是：珍妮花婚纱摄影沙龙。右边也只见半幢。再望过去，便是一条横街了，横街的街牌上写着：新昌路，上方一支箭头，指明了某个方向：通往南京西路。而背景一样是灯红酒绿的南京西路，天还没暗下来，但霓虹灯已抢先放亮：可口可乐的广告一圈一圈地闪动，还有大光明电影院的屋顶上，那幅巨大的"哈利·波特"的宣传海报在碘钨灯的照耀里，十分抢眼。唯一有别的是：在南京西路远远的背景里多了好几幢高层大厦的楼影。今天的华福记车行也已完全变了样，明亮的店堂布置得现代感十足。在一排强射灯的灯光里，停泊着几辆最新款的"奔驰"车样品。那台锈迹斑斑的千斤顶还在，它被高高地举托在店堂中央靠墙的一方平台上。如此这般，与四周现代化的氛围形成了一种强烈的反差效果，车行的门口，摆放着一张长桌，之上，酒水、饮料、点心、小食，应有尽有。西装革履的海强和小华分别站立在长桌的两端，他们的身旁摆放着不少庆贺的花篮。花篮的绸带上则写道：祝贺华福记车行闪亮开张，××，××× 公司敬贺之类。还有一辆 2008 年最新款的别克商务车，这是海强和小华驾驶来停泊在一旁的。海强已经二十六岁，他学业有成，在宾大拿到了 MBA 学位后便回沪来创业发展。他在小华叔的协助下获得了"奔驰"车车厂的上海代理权，又在其父海民的资助下，和小华叔合力将已面临倒闭的国营华福记车行收购了下来，开成了"奔驰"车的展示厅。这是他踏上商场的第一块阶石。而今天，正是新车行的开张之日。至于为什么偏偏会选中今天，这都是他外祖母的决定。尽管老了，但外婆在这个家中仍保持着她说一不二的权威地位。

年近九十的华太太银发苍苍，她在翠珍的搀扶下登上台来（华师傅已去世），海民紧随其后。他们一行三人径直往车行去。海强见是外婆，忙迎了上去。他搬来了一张太师椅，让外婆坐在了他的身边。前来庆贺的人流络绎不绝，有当地的，也有外地甚至外国的。海强一会儿用上海话，一会儿用国语，一会儿用洋文与来宾们握手寒暄。他请他们随意吃点儿喝点儿什么，然后再进去参观。华太太则笑眯眯地坐在一旁，望着来来往往的人们，没有动作，只有表情。后来，当她见到年过八十的崔老板手握一圈东西从他的照相馆里走出来，向这里走来时，她才颤颤巍巍地站起了身来。但崔老板却说：老嫂子，您坐。您坐。崔说，他儿子本想专程坐飞机回来庆贺新车行开张之喜的，但是实因公务缠身，无法成行，只得让我代他来拜候您老人家，同时也表祝贺之意。……华太太笑道：那不碍事，那不碍事。崔又说，他让我代送了一只花篮来，喏，就放在那边。那只最大最高、插满了红玫瑰的便是。华太太再说道：谢谢。谢谢。又问，你们照相馆生意好不？崔说，好。好得连我都看不懂啦。香港人台湾人赚钱真够狠的，如今，拍一套婚纱照要一万好几千，侬看得懂哦？当然啰，那班年轻人，也甘做"葱头"，任人"斩"。反正，在我们那个年代，这种天价谁敢开出来？不给物价部门把你扣起来才怪呢！老嫂子，阿拉这些人都老啦，落伍啦，现在做生意，只要让侬踏牢一块砖头，就教侬发得不清不爽！……不讲这些啦，崔老板继续说道，我倒是替你和新车行准备了一份特别的礼物。他说着，便将他手中握住的那卷厚纸卷在签名长桌上缓缓地展了开来，这是一幅24寸宽、48寸长的黑白放大相片。由于年代远久，相片有点儿泛黄，但却更加蕴含了一种别致的韵味。照片就是1954年在华福记车行门口用小林的"蔡氏依康"相机拍摄的那一张，照片上的人物，除了华师傅一人以外，都还健在，只是都老了。而最有意思的是那台千斤顶：在人们站立的缝隙间，居然也清楚可见。崔老板说，都过去这么多年了，但他还保存着这张底片，今天新车行开张，他琢磨了很久，心想，送花篮也太俗套了，是否搞点更雅趣的呢？于是，他便想起了这张底片。这回，他亲自操刀，把它在暗房里给扩放了出来，他建议海强他们去配个镜框，再将它在店堂里壁挂出来，而且就挂在那台千斤顶上方的墙上。这不就更有意义了？他的提议得到了全场人的一致喝彩。都说：如此装饰，既有历史感又有现代感，好主意！好主意！

正当大家的注意力都集中在崔老板带来的那幅照片上时，薛强和翠媚已不知在何时也到场了。薛强倒还是那副老模样，但翠媚却老了许多。头发都花白了不说，人也憔悴了，完全失去了昔日的那种风采。他俩的"艺术饭庄"希望能开到香港台北东京和纽约去的愿望终究落空了，原因是翠媚在美的投资在这次的金融海啸中几乎全军覆没。一夜之间，她从富婆变为了穷人。那时的她几近崩溃，她焦虑她抑郁，她想过自杀。后来，还是薛强得知消息，亲自飞去纽约，将她接回了上海。此时，当他俩见到这幅相片时，感慨万千。薛强见翠媚又有了些情绪波伏，便逗她说，在这张照片中，我没露面，其实，你也没露面啊！你不藏在你妈的肚子里？——我俩是一个等级的。但翠媚没说什么，她径直向母亲坐着的那张太师椅走去。见小女儿朝她走来，华太太想起身，但翠媚已走到她跟前了。她抱住了她的母亲，将脸伏在她的肩上，哭了。她说，我错了！妈，我错了！我失去了青春的同时也失去了财富。我终于懂得，这世上，除了真情和亲情外，什么都是假的空的，什么都不可靠，什么都不是永恒的道理！她在她母亲的身边跪了下来，她将头埋在了母亲的膝盖间，抽泣个不停。华太太则一遍又一遍地抚摸着女儿的头发，说，这没什么，翠媚，这没什么——啊。又说，难道，你就见不着你的成就吗？经你担保和资助的孩子们一个个的都学业有成、事业有成，他们都会感激你一辈子的啊。这，便是你人生的最大成功了！薛强见状，也走了上来，他将翠媚的一只手合在了自己的两只手掌之间，不停地拍打和抚摸。他安慰翠媚道：没钱，咱们就将去外国开店的计划暂时取消呗！这又有什么相干的？没了钱，我们还可以从头来过嘛，几十年前，我们不也一样没钱？再说了，我现在的连锁店经营得也不错，放心吧。翠媚，我俩穷不了！华太太抬起脸来，她感激地望着薛强，她说：薛强，谢谢你！……这时海民也走了上来，他似乎有话要对薛强说，但薛强的注意力完全放在了翠媚的身上。他从挎包中取出了一件东西来，他希望能让她开心起来。他取出的就是 20 世纪 70 年代他给翠媚画的那张肖像画。薛强说，他走遍了全国各地，这幅画他就一直带在身边。画中的翠媚还是那样新鲜、美丽，花季的她仍然隐没在一团漆黑、神秘的背景中。他向翠媚说，在我心中，你永远都停留在了那个时代的那个年岁上。翠媚紧紧地抱住了薛强，她一边掉泪一边快乐地笑了。周围的人见此情景，也都很感动。尤其是海民，他走上前来，握住了薛强的手。他说，熊总，不，薛强——嗨，我到底该如何称呼你才对呢？薛强笑了，他说，熊志新是他在改革开放后改用的新化名，时代都已经是两个了，人名就不许也有两个？但，他说，外边人都叫我熊总熊志新，但在自家人中，他还是希望大家都叫他薛强的好，这样的称呼会令他更有亲切感。海民说，薛强兄，你的那家"艺术饭庄"，无论是菜肴和装饰品位我都很欣赏，我倒是有个建议，不知合勿合适？你看噢，我的那幢高安路上的小洋房收回也有好几年了。这幢房子地段好，花园大，楼层又高敞，但我同翠珍两个人住又嫌太大太空荡。租给老外吧，我也有点儿不情愿，再说，租约两年转一转的，也太麻烦。所以我想……薛强睁圆了眼睛望着海民，他的眼中有一种异样的光彩放射出来。他说：你想，你想什么？海民道：我想，我想把它拿出来开"艺术饭庄"，就算是我入股你公司，而我这头也就不再拿现金出来了……薛强不等海民说完，就一把抓住了海民的手，说：太棒了！这不是太棒了吗？海民哥，谢谢你，真谢谢你啊！有了你这幢房子来作为我们"艺术饭庄"的旗舰店，还提他什么银座和第五大道的？我们就能直接从上海走向世界啦！听到薛强如此表态，海民也很兴奋。他说：那，那我们就说定了——？薛强说，说定了！说定了！一旁，华太太、翠珍、翠媚一众人闻言，虽有点儿意外，当终究都很高兴：他们想不到在海民与薛强之间，还有此等好事！

大家都在兴奋交谈时，已上了岁数的邵经理也来到了开张庆典的现场。他见到了坐在太师椅中的华太太后，便直接向她走了过去，他打算当面向她表示祝贺。牛三也前后脚到了。牛三今天换上了一身全新的行头，虽然也逾八十，但却神采焕发。他早年希望能继承"华福记"的衣钵，做华家的女婿的愿望虽没完全实现，但也算是成全了一半——怎么样来说，他的儿子牛小华不成了车行的股东老板之一？这时候，小林夫妇也从139号的门口里走了出来，准备参加酒会。小林与他太太如今也已变得十分之衰老了，他俩行动迟缓，互相搀扶着地向签名长桌慢慢走去。华太太见她所盼望要来的人都到齐了，就颤颤巍巍地站起了身来，她准备向大家说点儿什么。海强见外祖母这模样，便示意让大家安静下来。突然，华太太想起了什么，他问翠珍说，翠华呢？翠华他们呢？翠珍道，他们还在楼上呢。于是便挨着窗口，大声地喊道："翠华！翠华！"翠华与文玉同时从窗口里探出头来，翠珍道，你俩快下楼来吧，都要准备剪彩了！原来，文玉已在去年从香港回到上海来定居了。他已与他香港的太太离异，他分给了她一半的财产，彻底了断了这段漂泊他乡的生活。他找回了翠华，找回了能给他老年的岁月以安全感的泊港湾。文玉夫妇俩从楼梯上下来，加入前来庆贺的人群中去。如今的翠华已彻底地病愈了，她面色红润，笑意盎然，看上去反倒比前两年更年轻了。人都到齐了，华太太开始说话。她说，海强老追问我为什么一定要选今天来作为新车行开张的良辰吉日呢？我告诉他说，我已查阅过老黄历了，今天是黄道吉日，适宜安床开张展业。其实呢？其实我只说对了一半，今天是黄道吉日也不是，不是黄道吉日也是：今天是上海解放纪念日！六十年前的那个黄昏，天空中下着小雨，解放军就是从这个方向入的城（她用手指了指新昌路那条横街）。那时的邵经理还是个解放军的排长；入夜后，雨下大了，他与他的战友们淋雨抱枪坐在了这里，就坐在了这爿车行的屋檐下！她转而问邵经理说："对哦，老邵？我讲得对哦？——"邵经理很有些激动，为了不打断老太太的思路，他强忍着自己的感情，他希望她能继续说下去。而华太太呢？她略略停顿了一会儿，又马上将话头接上了。她说，还有，还有就是你的华阿姨，六十年前的今天，她就是在这家车行的二楼出生的！所以说，今天是你华阿姨的六十岁生日，刚才在二楼，你文玉叔叔不就在替她做生日？海强你说，到底今天算是黄道吉日呢，还算不是？我们这么几代人，生活在这么个时代，还有上海这座城市，还有凤阳路这条马路，还有华福记这爿车行，我们都是前世的有缘人哪，才会轮到今世来这里相聚！我们都要珍惜这份缘。今天，新车行又开张了，海强啊，外婆只希望你能把新店管好办好打理好，将这段珍贵的友情和缘分永远永远地继续下去！华太太的这番话说得声情并茂，让在场的所有宾客都听得激动不已。一段短暂的静默后，由海强带头，人群之中便爆发出了一阵热烈而由衷的鼓掌声，而华太太则在掌声中坐回到她的太师椅中去了。海强说，外婆，您就放心吧，如今，车行已交由我来经营了，我一定会像您像外公一样，将这番事业干得更加辉煌、更加出色！华太太向他满意地点了点头，她相信自己的外孙能做到这一点。

新车行在正式开张前，还有一个剪彩仪式。大家一排站齐，海强居中，小华居右，海民居左。就当海强手中的那把金剪刀准备"咔嚓"之前一刻，翠珍——海强的母亲——突然就高声地喊了一句：且慢！她说，在这大喜时刻来临之前，她有一件事要当众宣布。大家都转过脸来，望着她，愣了。因为是母亲，海强不便阻拦，他只得放下剪刀，走到母亲跟前，悄声问：妈，出啥事了？但翠珍并不回答他，她只叫他再去搬多一张太师椅出来，与外婆的那一张并排放在一起。而她自己则亲自走入人群之中，走到了她的二妹翠华的跟前。她向文玉说，文玉，能向你借用翠华几分钟吗？文玉莫名其妙，说，行，当然行啦……他不知道大姐要干吗。别说文玉、海强不知道，就连华太太也不明白此一刻翠珍的想法与打算，她的目光追随着翠珍身影的转动而转动了起来。只有海民见状，心中有点儿数，他兀自笑了。场景都布置好了，翠珍先让翠华坐到太师椅上去，然后，便令海强在她"华阿姨"的面前跪下。跪下？海强惊呆了，他问母亲：这是为什么？翠珍表情镇定，她告诉海强说，不为什么，因为你的"华阿姨"才是你生身母亲啊！接着，翠珍便向海强说出了一个发生在了二十六年前的故事。翠珍说，我不能允许自己再将真相隐瞒下去了，对我来说，这是一种每一刻都无法摆脱的精神折磨。海强你应该知道你真正的母亲是谁，而翠华她也应该知道她亲生的儿子现在究竟在哪里，这是你们生命的权利！听到这里，海强"咚"的一声便跪了下来，他用膝盖在地上朝着翠华坐着的方向跪爬过去，而翠华也"嚯"地站起了身来，她奔跑过去，一把将海强扶了起来。"妈！——""海强！——"在经过了长长的二十六年暧昧的岁月后，母子俩终于抱在了一起，哭作一团。而在场的不少人虽然都早已知晓这个故事的真实内容，但在这么个场合的这么个时刻亮相，还是令所有的在场者都感动得热泪盈眶。突然，海强将翠珍也拉到了自己的身边，他一只手握住了翠珍的手，另一只握住了翠华的手，他面朝观众，将她俩的两只手同时高高地举了起来。他大声地说道："我，只有我，才是这世界上最幸福的人！别人只有一个母亲，而我有两个，两个都是如此深爱我的母亲！"

　　素以坚强著称的华太太，这回，望着自己的那位善良的大女儿，眼泪也止不住地扑簌簌地往下掉。半响，她才将眼泪擦干。她见到剪彩仪式已经完成，海民打开了一支大香槟，白色的泡沫射得老高。华太太向着她身边的邵经理感慨道：老邵啊，如此情景，假如能让老华活着见到，他该有多高兴啊！但老邵却说，我们也都老了，总有一天，我们都会离去，而将这个世界留给了我们的下一代。这是一条永久的真理。正如毛主席他老人家说过的那样：世界是你们的，也是我们的，但归根结底是你们的。华太太笑了，她拍打了一下邵经理的那只握在了她椅柄上的手背，说：你居然还能背出这么一段语录来？邵说，为什么不呢？这些正是留在我们这代人记忆之中最深的刻痕，永志不忘的东西。每一代人都有每一代人年轻的岁月。我们有我们的，海强他们有海强他们的，而青春的记忆永远是美好的，这与那是个什么样的时代无关。大家在一旁听了，都说，对啊，对。邵老说得很对，很好，也很有人生况味、人生哲理！于是，在众人的阵阵笑语声中，大幕徐徐落下。（背景音乐响起：这是一首变异成了摇滚乐节奏的当年最流行的革命歌曲。）

全剧终

2010 年 2 月 6 日完成于上海寓所